有爱的青春陪伴者

花刀烧酒 （上）

许灵约·著

江苏凤凰文艺出版社

图书在版编目（CIP）数据

花刀烈酒：全2册 / 许灵约著. -- 南京：江苏凤凰文艺出版社，2023.9
 ISBN 978-7-5594-7710-1

Ⅰ.①花… Ⅱ.①许… Ⅲ.①长篇小说-中国-当代 Ⅳ.①I247.5

中国国家版本馆CIP数据核字(2023)第075264号

花刀烈酒：全2册
许灵约 著

责任编辑	王昕宁
特约编辑	张　磊
出版发行	江苏凤凰文艺出版社
	南京市中央路165号，邮编：210009
网　址	http://www.jswenyi.com
印　刷	长沙鸿发印务实业有限公司
开　本	880mm×1230mm 1/32
印　张	19
字　数	603千字
版　次	2023年9月第1版
印　次	2023年9月第1次印刷
书　号	ISBN 978-7-5594-7710-1
定　价	65.80元（全2册）

江苏凤凰文艺版图书凡印刷、装订错误，可向出版社调换，联系电话025-83280257

目录（上册）

【第一案：坠落火】

第一章 熟悉的声音 /002

第二章 你长得像我女朋友 /017

第三章 欢迎你回来 /034

【第二案：暗中窥】

第四章 无声博弈 /057

第五章 以她之道还治她身 /077

第六章 疑点与线索 /097

第七章 案件转机 /116

第八章 我会找到凶手 /134

【第三案：连环诅咒】

第九章 蹊跷的皮箱 /151

第十章 撩人技巧 /172

第十一章 我放不下 /193

第十二章 连环凶案 /216

第十三章 迟来的好久不见 /236

第十四章 我们现在什么关系 /256

第十五章 又破一案 /277

【第四案：小羊皮靴之死】

第十六章 感情突飞猛进 /300

第十七章 好友之死 /324

第十八章 神秘的福利院 /350

第十九章 真相是什么 /374

第二十章 我不会再丢下你 /396

【第五案：荒山谜踪】

第二十一章 意外车祸 /419

第二十二章 这世界需要光 /442

第二十三章 疑云重重 /464

第二十四章 窥见天光 /488

第二十五章 殊途同归 /511

第二十六章 有你在真好 /532

番外一 校园往事 /544

番外二 故事在继续 /563

番外三 我们结婚吧 /583

目录
(下册)

第一案

坠落火

第一章
熟悉的声音

临江市突降暴雨，外面雷声轰鸣，紫红闪电形状狰狞，毫不留情地划破广袤暗黑的天际线。高楼大厦街头巷尾都被这场突如其来的暴雨侵袭，暂时隐去了喧嚣的人潮。

晚上八点半。

灯盏悬挂，灯火昏黄。

时间还早，小酒吧里人不多，角落分散坐着十多个人，台上的歌手抱着吉他轻轻弹奏，歌声低郁又颓靡。

男人坐在最角落，身体懒散地靠后倚着，眼垂下，眉轻皱，神情有些许颓丧。他喝着酒，桌上的玻璃杯空了又满上，丝毫没有要停下的意思。

再一杯下肚，男人意识有些恍惚了。他还想倒满，有一只手出现及时制止了他。紧接着，另一个男人坐到他面前："哎，江暄，别喝了。"

叫作"江暄"的男人脸上浮现出笑意，懒洋洋道："照顾你生意还不好？"

"好什么？我巴不得这小酒吧快倒闭，你还非得帮我把它盘活了，图什么啊？"

"图快活。"

"你快活什么？好几年了，一到这天就要死不活的。"

江暄不说话了，敛起笑意，手放桌上，有一搭没一搭地轻敲着，看起来并没有将他的话放在心上。

程凌叹着气："说起来，她死了有七八个年头了吧，当年闹得沸沸扬扬，报纸电视都说她是纵火弑父自杀，可惜这么多年了警方那边依旧没个结果。江暄，你这次调回临江市，是不是就为了……"

话没讲完，江暄已经拉开椅子起了身。

"哎，你走什么啊，我话还没讲完……"

"不听了。"

"你钱也还没付……"

"不付了，为你酒吧的破产添砖加瓦。"

江暄不想听程凌继续聒噪，直接出了门。

骤雨已停歇，吹过来的风都透着凉意，驱散了初夏的燥热。

隐去的人潮又重新出现在大街上，来往行人逛吃逛喝或溜弯散步，吹潮湿凉风，赏璀璨夜景，都是再惬意不过的事了。

江暄带着酒意，没目的地，只是随意走走。他喜欢这样随意地走，回临江市之前就养成了这种习惯，看大街上的人或笑或哭或面无表情，在他身侧来来往往。仿佛只有这样，他躁乱的心才有片刻宁静。

江暄散着步，走到附近的夜市。

他有些疲惫了，找了个已关门的小店前的台阶坐下来，懒散地靠着卷闸门，身体藏匿在夜色里。

江暄很喜欢夜市的氛围，在他眼里，夜市才是一座城市的灵魂，这里热闹嘈杂，什么都能找到，在这里能看到人生百态凡尘烟火，喜怒哀乐贪嗔痴怪都得以全方位展现。

并且，她从前也很爱来夜市。

2009年，她风风火火地闯进他的世界，倨傲又狂野，故意骑着车从他身侧蹭过去，扭头给他一个笑容，那双眼尾上翘的眸摄他心魄。

可后来，她只给江暄留下最后一通电话，然后从跨江大桥上纵身跃下，从此彻底消失。

新闻报纸都说她纵火弑父。

关于她的搜救打捞工作持续了一个星期。

那几天正逢临江市梅雨季，水位上涨，水流湍急，搜救打捞工作开展得异常艰难，自然什么也没捞出来。

警方对此定义为"失踪"。

其实不用想就能明白，跳江，活不见人，除了死不见尸，几乎没有第二种可能。

江暄低下头，细碎短发稍微遮住双眸，旁边些许冷白色灯光透过来，在他眼睫镀上一层虚幻的光影。

他分明面无表情，可双眸中的那抹疼痛却明晰无比，忽视不掉，似乎经历数年，辗转过无数个日日夜夜，在他身上激荡隐忍，激荡再隐忍，压抑内心，刻下纹路，深深浅浅不可磨灭。

他深深吸了一口气，终于觉得好受了些。

前方有个烧烤摊，夫妇俩忙得热火朝天大汗淋漓，还在热情地吆喝着。
"这个三块！"
"鸡肉串五块。"
"姑娘，你的鱿鱼好了……"
身侧几米远的台阶上也坐了一个人，似乎是个男青年，装扮休闲，短袖长裤，鸭舌帽压得极低，只能看到半截鼻梁和流畅的下颌线，他一只手随意搭在膝盖上，另一只手把玩着一个银色打火机。

男青年的手指很灵活，修长又漂亮，方块的金属打火机在他手里肆意翻转，拇指扣动金属盖，"咔嚓"一声，顶端冒出蓝色火苗，抛向空中翻滚一圈，最终稳稳落在手中。

指法有些像她的。

她也喜欢把玩些什么东西，简单一支笔拿在手里都能耍出各种花样。

江暄半眯双眸，着迷地看着，似乎被跳跃的火苗勾动了烟瘾。他摸了下口袋，摸出半包香烟，打火机却没了踪影，应该是忘记带了。

江暄挺直背脊，身体往旁边倾了倾，声音低沉："兄弟，借个火。"

小青年的手指微顿，连眼都没抬，"啪嗒"一声将金属盖合上，随手往旁边一抛。

打火机在空中翻转两圈，金属外壳反射着对街的灯光，最终稳稳落在江暄手掌上。

"谢了。"江暄唇边漾出浅浅笑意，握住这枚还带着温热体温的打火机，点了烟。

晦暗处，红色火点忽明忽暗。

江暄抽了一口烟，还未来得及将打火机还给身边的小青年，就听到惊呼嘶吼声凄厉惊悚，像尖刀利刃，无情地划破夜市的忙碌和谐。

江暄昂头往上看，黑沉夜色里，竟然有一大团飞移的烈焰在熊熊燃烧。

瞬间，江暄敛眉，锐利视线扫上去。

就在对街，四楼楼顶。

那不仅仅是一团飞移的烈焰，那分明是一个浑身是火的人在痛苦地嘶吼跳跃。

夜市摊贩和过往路人都被吓到，就连江暄也惊得直起身来，耳边的惊呼尖叫声此起彼伏，沿街店铺里的人纷纷冲出来看热闹。等江暄反应过来时，身边的小青年已经如离弦之箭般冲了出去。

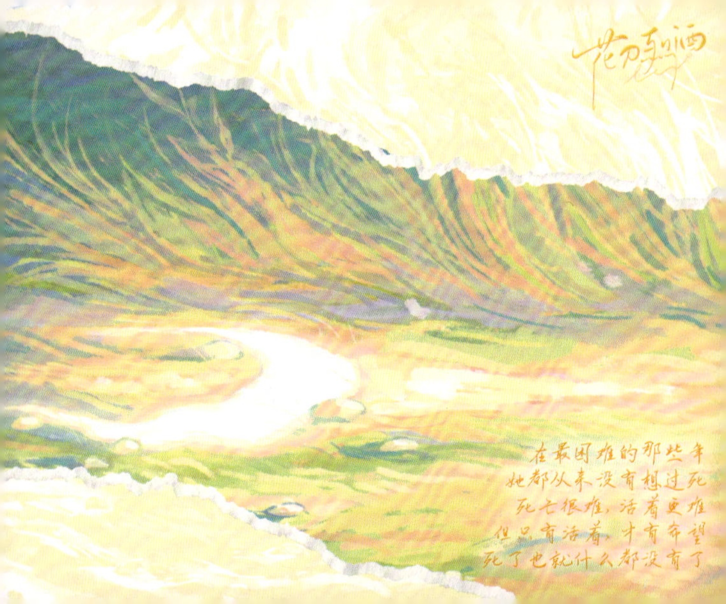
在最困难的那些年
她都从来没有想过死
死亡很难，活着更难
但只有活着，才有希望
死了也就什么都没有了

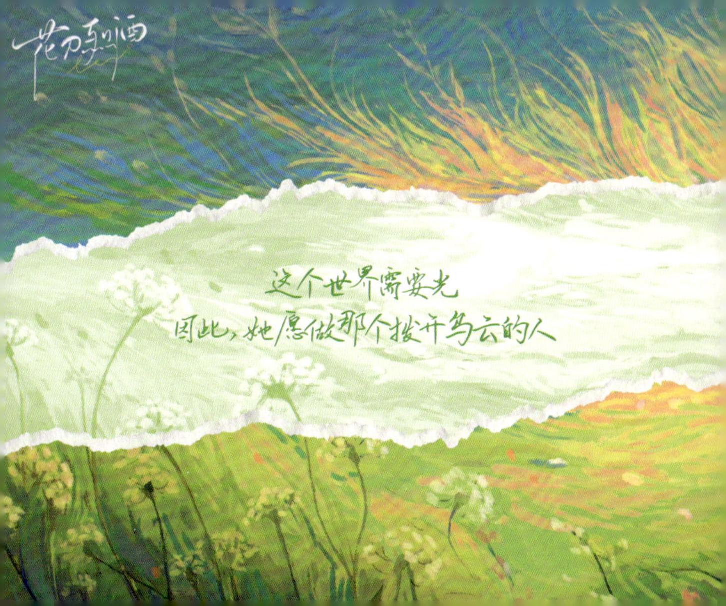
这个世界需要光
因此，她愿做那个拨开乌云的人

有人惊慌："火人！"

有人失措："快报警！"

两秒时间不到，"火人"双脚踩空，从楼顶垂直落下，直愣愣砸上对面油炸物小摊的棚顶，不仅点燃了棚顶那裹满油污的纤维布，还砸断了用来支撑棚顶的空心铁杆，身体也顺势滚落掉在夜市街道正中，被人群团团围住。

火焰还在猛烈燃烧，混杂着浓郁汽油气味的烤肉香味有孔便入，在人的鼻腔内滚动游走。

情急之中，附近店铺的老板端着一盆水跑出来，嘴里不停嚷着"让让"。江暄想阻止，可惜离得太远，只见那老板得了个空隙就将水一股脑倾倒上去，然后听到"砰"的一声响。

坏了！

一盆凉水浇上去，人身上的火不仅没熄灭，还顺着水流四散开来，甚至有越烧越旺之态。同时，棚顶纤维布燃得熊熊，融化的纤维粘着火星不停下坠，下面又是油锅，火势有些控制不住，看热闹的人群纷纷后退。

江暄眸光一沉，酒意去了大半。他四处张望，目光停驻在对街小卖部门前冷货柜上用来隔热的棉被上。

他迈腿过去，夺下小卖部店主手里端着的一盆凉水往棉被上浇去，掀起湿漉漉的棉被冲向烈焰。而对面竟然也冲过来一个人，对方戴着压得极低的鸭舌帽，单手拎着大红色的干粉灭火器，竟是刚刚借他打火机的小青年。

两人狭路相逢，眼瞳映着火光在空中相交，电光石火之间，江暄的声音依旧冷淡自持："我人，你物。"

言简意赅，换别人还不一定能听懂，但小青年却懂了。

只见小青年动作利落，他将手中的灭火器上下晃动颠倒，稍微后退几步，拿掉铅封，胶管对准地面。

江暄则将潮湿棉被盖在"火人"身上，隔绝氧气阻止燃烧，两人有条不紊地通力合作。

火被熄灭，人群再次围个水泄不通。

江暄喘气间，有人戳了戳他的手臂，在他耳边开口，刻意加重了语气："兄弟，干得不错。"

不是男人，骤然入耳的分明是清冷微寒的女声，如热油淋下，炸开江暄沉寂已久的五脏六腑。

熟悉。

久违的熟悉。

恍神片刻，江暄忙转身去寻找声源，只看到那女人潇洒的背影，挤进攒动的人潮里，很快消失在他的视线范围内。

繁华城市霓虹闪烁，尖锐刺耳的鸣笛声由远及近刺激耳膜。很快，救护车与消防车飞驰而至停在路口，顷刻间，抬着担架的医护与铺设水管的消防员迅速赶来。

江暄则面有急色，匆忙扒开人群离开火情现场。

他的目光在这条热闹的夜市街巷里不停睃着，或远或近，来来往往的每个人都未曾逃离他的视线，可依旧没有那个女人的身影。

江暄快走几步，走到巷口，还是没看到人。

他紧握的双拳松开，激荡的心也逐渐平静，他慢慢垂下头，轻轻嗤笑一声，嘲笑自己方才的激动。

是错觉吧。

这么多年了，怎么还可能听到几乎一模一样的声音。

江暄轻轻吁了一口气，漫不经心回望之际，在路边一家小店门前看到了那个女人。

对方手里拎着刚刚那个灭火器，正与头发花白的店主讲话。

很快，女人放下灭火器，潇洒地走出店门，与江暄目光相对。

江暄心中的冷寂迅速复燃。

同一水平线，相距五六米的距离。

她身穿黑T恤长裤，脚踩帅气皮靴，鸭舌帽依旧压得很低，脸上不知何时戴上了黑色的口罩，只露出一双锐利眸子，眼尾微微上翘。

天色昏暗，尽管有路边霓虹彩灯相助，江暄依旧看不太清。他挺直背脊，英挺眉眼不含任何情绪，可目光却尖锐锋利，好似要透过那黑色口罩看穿她的真面目一般。

两人对视了十几秒，女人有些心虚似的咽了下口水，似乎没兴趣同他继续僵持，低下头，手扶住帽檐，本就低的帽子被压得更低了。

她抬了腿，往江暄的方向走来。

一步。

两步。

三步。

距离越来越近，江暄的目光也越来越充满探究。

走到江暄面前时，女人的身体微顿，然后偏了些从他身侧擦肩经——

并未过去。

下一秒,她劲瘦的手腕被人狠狠抓住。

女人侧眼往上看,眸中凛冽一览无余,她开口问:"你什么意思?"

江暄敛目,眉头却舒展着。他轻笑一声,另一只手亮出做工精致的银质打火机。

"我没什么意思,只是想起没还你打火机,谢了——"

"不用——"

两人同时音落,表面和气,却各怀鬼胎。女人伸手过来要夺江暄手中的打火机,江暄则伸手过去要摘她脸上的口罩,却双双未得逞,从而扭打在一起。

手起拳落,抬腿互踢,互不相让。

她是个女人,虽没江暄力气大,功夫却比他扎实得多,招招带狠,拳拳到肉,多次让江暄落入下风深感不敌。

好在"幸运之神"眷顾江暄,昏暗夜色里,她踩中砖石,没站稳,脚踝剧痛使之踉跄两步,身体顺势后退倚靠在巷边墙壁上,撞击声沉闷。江暄看准时机,摘去她脸上的口罩,俯身上去制住她手腕将她抵在墙边。

此处是光线盲区,晦暗无比,两人看不清彼此的脸,却只感觉距离极近,近得热浪涌动,连呼吸声都清晰可闻。

江暄压抑住血管里沸腾的血液,神情已经完全隐没在了黑暗里,可那双眼却死死盯住眼前人,灼热隐忍,不容忽视。

他大拇指抵住打火机的盖子往上一弹,金属声清脆,跳跃的火苗映照着她的脸。

那女人似乎急了,不等江暄看清,脚下用力,踢上江暄的膝盖,同时夺去他手里的打火机,反将他抵在墙上。

江暄疼得闷哼一声,被她制住动弹不得。

"你偷袭!"

"是又怎么样?"她声音平淡,语调扬起,"你不也乘人之危?"她扬了扬手里的银质打火机,双眸里是狡黠的笑意。

江暄忘了疼痛,忘了思考,只能听到她讥讽的调笑声。

熟悉,与烙刻心底七年之久的那个人的声音并无两样。

"借人东西要客气,还人东西也一样,明白吗?"她尾音拖长,又轻笑一声换了说辞,"手下败将,再见。"

言罢,她往江暄的膝盖上踢了一脚,将打火机塞进裤兜,然后转身走了。

江暄想追上去，可惜膝盖传来剧痛，腿部不支直愣愣半跪下来，于是急切地询问她的姓名："你叫什么名字？"

女人明显脚步一顿，视线幽远。

不过是病急乱投医下的举动，江暄压根儿没想过她会回答，可她却答了："谢云衿。"

不知真假。

她语气微顿，又道："要寻仇的话，记得找准。"

女人并未回头，离开的背影分外洒脱。江暄动弹不得，只能眼睁睁看着她离开。

耳边嘈杂，江暄却好像什么都听不到，只有她扬起的嗓音在耳边循环萦绕。

江暄咬紧牙关，瞳仁里是少见的阴鸷，他嗓音低哑却笃定："一定会再见的。"

如此相似的声音，如此相似的感觉，真的不是同一个人吗？

江暄不知道。

疼痛缓过去，他迫不及待地在街上搜寻，可惜茫茫人潮，街上再没看到那女人的身影。

深夜，江暄才归家，裹了一身的疲惫。

墙壁上的西式挂钟老旧复古，褐色外表，黑色指针，菱格形的花纹，有古罗马数字镶嵌其上。

挂钟下方的红木书桌上放置着一份旧报纸，报纸纸张泛黄，从日期上看有些年代了，上面铅字密密麻麻却非常清晰，可见保管极佳。

紧接着，这份报纸被一只手拿了起来，手很好看，指骨修长劲瘦有力，淡淡青筋盘虬手背，如植物根茎一样盘错交互。

江暄站在书桌前，背脊挺得笔直如松，他目光清冷，一直凝视这份报纸占篇幅最大的那篇新闻报道。

标题显眼又有冲击力，字体大得夸张，文字痛心疾首。

花季少女，纵火弑父后跳江自杀为哪般？

再接着，江暄的视线往下，聚精会神地默读这篇新闻报道。

——爆炸声响，只一瞬，位于桐仁路415号的独栋老旧居民楼瞬间被湮没在洪水猛兽般的火势里。硝烟怒涛翻滚，火光汹涌冲天，火舌所过之处噼里啪啦的燃烧声响个不停，像地底炼狱。

2010年5月24日晚10点30分左右，临江市云澧区消防局119

指挥中心接到报警电话后迅速进行组织，后派出一个中队，五辆消防车、三十五名消防员赶赴现场，经过两个多小时的全力抢救，火情终于得以控制。

25日凌晨2点，现场已无明火，不过浓烟滚滚，窒息的烧焦气味往鼻腔里直灌，不少人都直接呕吐出来。

记者第一时间走访现场，参与救火的一位李姓消防员称，发现一名死者，因火势太大被烧得黑焦。火情发生后不久，云澧区刑侦支队也立即组织警力赶赴现场调查，根据尸体身形特征，死者正是该楼户主徐成（化名），四十岁，同时也是云澧区刑侦支队的一名警员。据了解，此案并非普通爆炸案，而是纵火引起的瓦斯爆炸，纵火人疑似徐成的女儿徐敏（化名）。

据徐氏父女亲戚陈某透露，徐敏今年十八岁，性格叛逆乖张，经常忤逆自己的父亲，徐成则因为工作繁忙很早便与妻子离婚，对唯一的女儿很是歉疚，几乎是极尽疼爱有求必应，却没承想女儿因为琐事怀恨在心。案情发生当天，父女俩矛盾严重激化，发生了激烈口角与肢体冲突，可能由此让徐敏起了弑父之心，火情发生后，有人目睹徐敏从临江大桥上纵身跳下，疑为纵火弑父后跳江自杀。目前，此案正在进一步调查中。（本报记者杨姝宁）

江暄读完，还是冷"呵"一声，随手将之扔回书桌上。

就是这样一篇遣词造句漏洞百出的新闻报道，这篇让他温故七年之久的报道，在2010年的临江市掀起轩然大波，通篇的"可能""疑似""疑为"，在未经证实、未有证据、未出结果的情况下被添油加醋发酵蔓延至电视网络报道上，引得全国激愤，对报道中这个纵火弑父心肠歹毒的"白眼狼"声讨谩骂了数月之久。警方出来辟谣几次亦于事无补，甚至有愤怒者赶赴"白眼狼"的跳江现场阻挠打捞搜救，认为这样的人不应该浪费社会公共资源，就该让她沉没在污秽的江底腐烂。

所有人都认定她已经死了，但江暄就是不相信。他视线阴沉，回忆起刚刚那女人的身影声音，熟悉感越发强烈了。

江暄走到窗边，看着外面浓重夜色，拨出一通电话。

"帮我查个人。

"她的名字是这样读的。

"Xiè yún jīn。

"嗯，是个女人。"

大清早，临江市云澧区刑侦支队各科室人员陆续到达，如一个制作精密的钟表被摁下发条，每个机械零件各司其职运作不停。

打印机"咔咔咔"疯狂往外吐着印满铅字的纸张，外勤侦查科的有线电话铃声大作，丝毫不给人喘气机会。技术科的王临风抱了一大摞黄封红字文件步履急促，拐弯到门口时，与匆匆跑出来的外勤科方审撞了个满怀，文件"哗啦啦"全都掉落在地，横七竖八，场面混乱。

方审本身性子就急，眼下又有要事在身，撞了人也不停步，边走边回望致歉，嘴里讲着："临风，对不住，对不住。"

王临风则完全相反，十足的好脾气，脸上常年挂笑颜，虽然嘴里说着"这么急做什么"，不火也不恼，身体却诚实得很，躬身下去收拾烂摊子，拾起后往办公室里面靠窗的位置上送去。

靠窗位置上站着个人，他姓吴名海楼，年纪五十还差点，是云澧区刑侦支队的副队长，此时他头缩起背弓起，眼皮耷拉着，脖子还歪着碰上肩膀，夹个电话听筒低声下气。

"舆论会发酵成这样我们也没料到啊，才一个晚上，就跟长了腿似的……在在在，我们已经在跟了，案发现场已经封锁起来了，人什么时候死的？昨晚没送到医院就死了，自杀还是他杀？具体原因我们正在调查，哎，哎，明白，我们都明白，一定，一定尽快……"

撂下电话，吴海楼瘫在椅子上长叹一声，像是要把满腔愁绪都随这口气吐个精光。

王临风见状没立刻走，而是双手撑在桌面上凑近："吴队，怎么回事啊？"

吴海楼一张脸皱成苦瓜，端起桌上茶杯喝了一大口才回答："还能是怎么回事，不就是昨晚筒子街那事，附近居民人心惶惶，商户不敢开门，网上也闹得凶极了，估计再过不了多久，就要闹得全国皆知了，影响太恶劣，上面勒令我们尽快破案。"

王临风听罢，探究着问："现在咱队里人手还够使吗？"

吴海楼眉头更加紧皱："我就是愁这事。"

云澧区刑侦支队外勤侦查组常年处于人手紧缺状态，好巧不巧，两起旧案里的潜逃嫌犯都冒了头，旧案的性质都很恶劣，所以近两天外勤侦查组大半人马都围着这两起案件忙活。

如今出了新案，队里能用的都是些新兵蛋子，刚来没两天，规矩都没摸清，封锁现场做个笔录跑跑腿还行，调查取证甚至于破案这些活全

权交由他们？吴海楼根本放心不下。

正当他一筹莫展之际，王临风突然一拍脑门："吴队，有个人您能用。"

吴海楼想都没想脱口而出："云衿？"

"没错。"

吴海楼放下茶杯，神情犹豫："她还处在停职察看期呢。"

"吴队，现在这个时候，火都烧了眉毛，您就别管什么停职察看不察看了，眼下怎么破案才是最关键的。谢云衿前段时间和嫌犯起冲突是不应该，但您也清楚，干我们这行的，平日都是忍着压着，可都不是圣人，谁能没有情绪？谁能永远没情绪我叫他爹！别说嫌犯那样挑衅受害者家属，是人都忍不住，我要在场也得炸，况且那件事之前，她能力出众工作也严谨，这些您都是看在眼里的。"

吴海楼顿了顿才道出原委："我这里倒是没问题，就是何队那里，老何那人你也知道，说一不二，说三个月那就得三个月，眼下他还在江州市开会……"

他说着住了口，咬咬牙："算了，何队那里我兜着，不管怎样，案子为先。临风，你给云衿打个电话，告诉她察看期结束，让她赶紧过来。"

话音刚落了地，门口就传来清冷一声，音量不大，语气带着股韧劲："不用打电话，我已经到了。"

吴海楼和王临风循声望过去，发现他们俩对话里的主角谢云衿就站在门口。她身材匀称，利落短发，穿一身休闲便服，五官生得端正漂亮，特别是那一双眉眼，好看不说，还透着傲然英气，搁古代，妥妥是驰骋沙场的女将军。

吴海楼身体后仰，心里五味杂陈，脸上倒是疑惑当先。

"你怎么来了？"

谢云衿颇为理直气壮："我怎么来不得，队里不是有了新案子吗？"

"我还没决定把案子交给你负责，你怎么就来了？"

"您说了，在门口，我都听到了。"

吴海楼无奈地笑着叹气，看看谢云衿又紧盯王临风，伸出食指在王临风面前晃个不停："你你你！难怪来我面前说她的好话，敢情你是来策反我的啊？"

"我不是，我没有，您可别乱说！"王临风摆着手，"吴队，我分明是来为您排忧解难的，怎么就成策反您的了？好人难当啊，我走了，我就不该掺和这事，还有工作要忙，告辞。"

他话讲完，马不停蹄地转身就走，到门口还不忘贴心带上门，然后露出会心一笑。

谢云衿脸上情绪不显,唇却稍微抿起,走到办公桌前方来:"吴队,这案子谁来跟,都没有我来跟更合适。"

吴海楼长长地"哦"一声,脸上露出考量的神情:"说说理由。"

"这案子发生时,我就在现场,我目击了全过程,作为本案的亲历者,我比队里其他人更有方向,所以,我有把握尽快破案,这算不算理由?"

这短短一句话,让吴海楼收起脸上的考量,神色瞬间变得凝重。

他不犹豫也不啰唆了,缓缓开口:"这案子你来跟。"

"明白!"

吴海楼又补充:"老何那里我替你兜着。"

"明白。"

谢云衿说完转身就想走,可步子还没迈开又被吴海楼叫了回来:"这么急做什么?回来!"

她转了个头:"吴队,您还有什么吩咐?"

"收敛脾性,压制情绪,以后还跟上次一样冲动可不仅仅是停职察看这么简单了。"吴海楼语重心长地叮嘱。

"嗯,我知道了。"谢云衿语调淡淡,"谨记吴队教诲。"

走出办公室门,谢云衿松了一口气,急促的步伐在技术科办公室门口放缓了,冲里面微笑着的王临风比了个"OK"的手势后,这才离开。

谢云衿下楼开车,在允许范围内开到最快,一刻也不敢停留。

昨晚案发的筒子街距离刑侦支队不远,今日道路状况也良好,因此,不过十几分钟,谢云衿的车便在街口停下了。

她动作快速,解了安全带后麻利地下了车。

筒子街位于云澧区与嘉宁区中部,是临江市一条普普通通的夜市街,白日摊贩未出,又因着昨晚那事两边的店都关了大半,此刻难免冷清些。

不过凑热闹似乎是人类的天性,尽管昨晚死者被浑身焚烧坠楼而亡,死状惨不忍睹,依旧挡不住前来看热闹的群众,三三两两分布于黄白色警戒线外,有的抱臂,有的交头,细细碎碎的私语声不绝于耳。

谢云衿左手格挡身前挤进人群,嘴里低语着"让让",颇费了些力气,才成功进入。

谢云衿亮出证件,无人阻拦。她掀起警戒线躬身走进去,视线往旁边看去,两名被白色防护服包裹得严严实实的法医蹲在死者坠楼的地方刮取残留在水泥地面上的人体组织。谢云衿收回目光,抬头看了眼顶上,

然后抬腿往楼上走去。

房子老旧，楼梯狭窄昏暗，地面也潮得很，谢云衿身处其中，只觉得有股难闻的霉味疯了一样往她鼻腔里猛灌。她屏息着，加快了速度。

她爬上四楼，透过锈迹斑驳的铁门往外看，几名痕检同事正举着相机给现场环境拍照，快门声粗糙刺耳，闪光灯不停，晃人双眸。

谢云衿顿步片刻，戴好手套穿上鞋套，以保证自己的进入不会给现场带来一丝破坏后，这才穿过那扇大开且满是铁锈的门上了楼顶。

刚露头，有个年轻人眼尖，一眼就看到了她，兴奋地招了招手："谢组，你可算来了。"

说话之人和她很熟，是她带过的外勤组组员，刚来不久的实习警员罗宇超。

他长相平庸，浓眉小眼，看起来挺顺眼，性格滑头，有些小聪明，标准的话痨加自来熟，才来不过一个星期时就已经混熟了刑侦支队，名副其实的社交王。

谢云衿："你消息可真灵通。"

毕竟她二十分钟前才确定能参与此案。

"不是我消息灵通，是五分钟前吴队给我来了电话说你复职了，让我们几个都要听你差遣。"他说着凑到谢云衿身边，脸皱成一团，难为情地小声道，"谢组，还好你来了，要不就我们几个怎么搞得定？愁都愁死了。"

谢云衿随意瞥了他一眼，下达指令："别贫了，干活吧。"

"行啊！"罗宇超回答得非常爽快。

进入现场，谢云衿没有第一时间观察周遭环境，而是走到楼顶围栏边往下看去。

下面就是坠落的街道，昨天晚上，谢云衿亲眼看着死者浑身燃火坠落下来，如今再看，只能看到乌压压攒动的人头以及被人群包围起来的那两名取证法医。

一高一矮，一胖一瘦，矮胖身形的那名法医谢云衿认识，名叫袁新元，和她共事过两年，年前刚升级做了父亲，可高瘦那位身形虽眼熟，但似乎并非刑侦支队的人。

谢云衿眉头微皱，下巴抬抬示意旁边的罗宇超："那个是谁，怎么以前没见过？"

罗宇超往楼下随意地晃了一眼："哦，他啊，谢组你不认识也正常，这是新调过来的法医，姓江，叫江什么来着……"

罗宇超还在苦苦思索姓名,江暄似乎察觉到了来自楼顶的窥视,转过身投去锋利视线,与谢云衿目光汇聚。

罗宇超终于想起来,语气激动:"想起来了谢组,他叫江暄!"

谢云衿的手指稍微捏紧。

怎么又是他。

工作做完,江暄脱下手套。

头顶的光线明亮刺眼,江暄的眼镜镜片蒙上一层镀金白光,什么东西都看不真切,自然也看不清四楼楼顶的情况。

他回了头,双眸被太阳光刺得有些泪光,眼前还黑晕一阵。他闭眼稳了稳,等眼睛恢复清明之后抬腿往楼道走去。

昨夜被那女人狠踢了几脚,江暄腿有点瘸,走了好几分钟才上到四楼。铁门当前,他没进去,就站在门口,双眼随意扫视一圈,在顶楼边上那个清丽身影上停驻了目光。

谢云衿:"死者在哪里?"

罗宇超:"昨晚确定死亡后已经运回了队里。"

谢云衿:"尸检结果出来没?"

罗宇超:"还没有,目前只知道死者皮肤大面积烧伤,身体多处有坠落产生的刮擦伤。"

话到此处,谢云衿这才开始环顾起案发地来。

这个现场,太过明显,一眼过去便能发现满水泥地板的泥鞋印,看花纹与形状大小似乎都是一双鞋留下的。旁边,技术科痕检同事黄缘正在对其中一枚清晰鞋印进行测绘提取。

谢云衿虽是外勤科的,但干刑侦的,尤其涉及到现场勘察,若是对痕迹都不敏感,将会错过非常多的线索。

这枚鞋印纹路清晰,压重点压重面明显,花纹比较细小,弓腰处无花纹,后跟是粗波浪形花纹,鞋长目测二十七厘米左右,谢云衿一眼看出这是一双男式皮鞋。

昨夜八点,临江市一场大暴雨瓢泼而下,露天楼顶,泥鞋印要是之前就有,定是被冲得渣都不剩,由此,鞋印只有可能是在雨停后留下的。

谢云衿蹙眉,轻声问身边的罗宇超:"死者脚上穿的什么鞋?"

这个问题抛出,彻底将罗宇超问住了。虽然两个小时前他近距离看过死者遗容,可惜他神经大条,完全没注意过死者的穿着情况,因此,此时也是支支吾吾答不上来。

罗宇超窘迫之际，后面有人替他解了围，是一个清冷透寒的男声："42码的皮鞋，七成新，牌子是日鑫。"

接着，蹲在地上的黄缘昂头看向谢云衿："地上的泥鞋印也都是42码的皮鞋留下来的，大概率就是死者的。"

谢云衿点点头，目光往前，发现越靠近楼顶围栏，地板上的泥鞋印就越杂乱，除此之外，还有两道明显的鞋印滑痕，围栏上也有不明刮痕。看到这些，谢云衿眼前似有画面，她好像看到浑身是火的死者痛苦哀号，不停跳跃，最终不慎跌落的场景。

思绪回转，谢云衿视线挪向旁边。凌乱泥鞋印旁的水泥地面有处明显燃烧过的痕迹，呈黑褐色，很大一圈，形状不规则。谢云衿走过去，刚准备蹲下身看个究竟，身后那声音继续："是汽油在地面燃烧后留下的痕迹。"

谢云衿眯了眯眼，并未回头。昨夜灭火时，她确实在死者身上闻到过浓郁的汽油味。即便如此，谢云衿依旧坚持亲自查看。

她冷静了会儿，双膝跪下匍匐地面轻轻嗅了嗅。

尽管是日照与通风都无比充分的露天环境，但谢云衿还是捕捉到了微弱气味，确实是汽油无疑。正欲起身，身后男人再度开了口："死者身上被泼了汽油。"

男人的声音一直在身后响起，让谢云衿的思绪滞了几秒。她视线往前，突然在顶楼围栏角落里发现了一小块不明物质，黑色的，想必昨晚地面剧烈燃烧的汽油未曾波及到它。

谢云衿捻起来看了看，很轻，不是石头，条状的，长度大概在一到两厘米，有点湿，边缘线条很规则，也不像动物粪便，像是人工产品。她将之放到鼻子下轻闻，有特殊气味，是香味，很淡很熟悉，是未燃完的——

蚊香。

常见的廉价驱蚊产品。

谢云衿抬眼："给我物证袋。"

江暄站在铁门旁，敛眉平静地看着那个趴在地上的身影。

她的声音不大，却极有力度，如沉重的鼓点一般敲击江暄沉寂的心。

依旧是让他极度不淡定的熟悉感，如昨晚一般。

而这头，谢云衿已经接过了罗宇超递过来的物证袋，将之扔进封好起了身。

她终于转了身，眼睛直视正前方的男人，神情从容不迫。

而江暄眸光汇聚到一点之上,到这时,他才终于看清了这女子的真面目。

像,太像了。

分明是一个人的长相!

第二章
你长得像我女朋友

谢云衿五官生得清伦英气，却并非时下"流行"的美。

她不白皙，皮肤上也有瑕疵，双颊边分布着些许因日照风吹留下的雀斑；她不细瘦，身材却匀称有力，手臂和长裤包裹下的腿上都有因刻苦训练练成的肌肉；她没有化妆，离了脂粉与红唇，却更能彰显轮廓的英挺出众。

声音像，五官像，只是穿衣打扮和神情动作完全不同。

江暄印象中的那个人，叛逆乖张，张扬爱笑，脸上妆容精致，当年活脱脱就是个不良少女。

可眼前这个人，休闲便服，未施粉黛，眸光锐利，是动作利落、行事谨慎的刑侦队外勤科二组组长。

说实话，尽管长得如此相似，江暄还是很难将两者联系起来。

正当他思绪混乱之际，谢云衿已经到了他面前，脸上没有表情，摘下手套伸手过来，声音也不卑不亢："我是谢云衿，外勤科。"

谢云衿。

他心里默念一遍。

昨晚初听此名时，江暄就觉得耳熟，连夜拜托熟人调查，意外发现这人竟然也在云澧区刑侦支队工作。因此，对于今天的见面，他并不感觉意外。

江暄低头看着她的手指，修长圆润，指尖在日光照耀下似在跳跃发光。

他看了许久，看得入迷，终于理智战胜情感，轻咳一声拉回思绪，握上她的手，凉意传来，他极力保持面上波澜不惊。

"我是江暄，法医科。"

"你好。"

"你也好。"

两人分明只说了只言片语,甚至连眼神都很少相交,可就是这短暂的寒暄,让旁边看着的罗宇超生出了些异样感觉,直觉他们应该不是初见这样简单。

为此,罗宇超还颇为疑惑地发问:"谢组,你和江法医是认识的吗?"

谢云衿抽回手:"不认识。"

"不认识"这三个字冷漠迅速地撇清关系,莫名让江暄心底不悦。

他镜片后的目光冷沉深邃,英俊面容上却浮出一抹玩味笑容,似要透过眼前这张相似面皮看破她隐藏的内心。

江暄明明内里翻江倒海极度不淡定,声音却慵慵懒懒,话里似乎还有些调戏意味:"不认识?我怎么觉得谢组很像我的女朋友?"

一听此话,罗宇超惊掉下巴。

这……撩人也这么大张旗鼓的吗?工作时间,众目睽睽之下!

罗宇超摇摇头,心理活动丰富多彩:新来的法医还是太年轻啊,就知道看脸行事,在刑侦支队找对象,光看脸行吗?也不打听打听谢云衿其人,美则美矣,性格极差,谁能和她处下来我叫他爹!

谢云衿面上表情无异,她瞥了江暄一眼:"江法医,你搭讪的技巧未免太拙劣了些,哄哄小姑娘或许有用。"

江暄眯起双眸,一字一顿:"我并不是搭讪你,我说的是真话。"

谢云衿轻笑:"我记得昨晚在街上与人发生冲突打了起来,走前还不小心踢了他几下,今天看江法医眼熟,不会就是你吧。"

她说得坦荡,让江暄扯扯嘴角:"是我。"

"你现在是怀恨在心报复我?"

同事们投过来的探究目光太过聚集,似乎都被两人的对话吸引了。江暄不愿拖慢工作进度,轻笑一声,顺着台阶下了:"我很记仇。"

"那就不好意思了。"

话音未落,不远处正在搜证的警员高声喊了一声"谢组"。两人之间你来我往、不知所谓的试探这才戛然而止。

"这里有重要发现。"

谢云衿没迟疑,转身便往声源地快步走去。那里是楼顶中心位置,距离死者的坠楼地有好几米的距离,堆放了许多东西,都是些杂物,油漆桶、废弃沙发、桌子腿什么都有。

"什么发现?"

警员伍方昂起头,头顶日光让他下意识地眯起了眼:"在杂物堆里

面找到了这个。"

一个打火机。

谢云衿沉眉,重新戴好手套接过来详察几秒。

亮黄色,空的,塑料容器里没有一丝液态丁烷,做工粗糙,楼下超市零售架里,这玩意儿不会超过两块钱。

谢云衿尝试打火,"咔嚓咔嚓"好几下,不出所料,一点火星子没冒出来。

她沉默片刻,麻利地将它塞进物证袋里,又开口问:"还搜到什么东西?"

伍方指了指:"都在那里。"

谢云衿拔腿走过去。

纸箱里的物品不多,一眼便能看完。

一个空矿泉水瓶,底部残留淡黄色液体。谢云衿拿起放到鼻下轻嗅,里面是汽油无疑。

一个矿泉水瓶盖,边缘发黑,有被燃烧过的痕迹。

一部手机,六成新,屏幕碎裂厉害。谢云衿尝试开机无果。

此外,还有三截黑色条状物,一两厘米长,看起来有些潮湿,应该与昨夜的雨有关。谢云衿闻了闻,与她刚刚发现的是同一种东西。

谢云衿双眸微眯,将这四枚蚊香逐一摊开于手掌观察比对,同时心中默念。

都是黑色。

种类相同,廉价且常见。

长度相当,质地潮湿,一定在不久前被水浸湿过。

一头都点燃过,呈内凹状,另一头截断面很不规则,像是被随手折断一般。

"罗宇超!"谢云衿突然出声。

"在呢。"

"这东西是谁发现的?"

"谢组,我!都是我发现的!"

"在哪儿发现的?"

罗宇超像个急于证明自己厉害的小孩,字里行间都透着兴奋:"第一个是在这里。"

谢云衿快步过去,蹲下来看了眼,在地上发现干涸在水泥地面上的黑色蚊香灰。

昨夜那么大的雨，如此露天的地方，蚊香灰不仅存在，还保存得这么完整，足以证明是雨停后出现的。

谢云衿皱眉，又如法炮制般看了其他几个地方。

不远处，江暄则盯着谢云衿的身影眸光暗沉。

突然，肩膀被人拍了拍，江暄转头，发现一张满是热汗的笑脸："江法医，让让。"

江暄回神，这才发觉自己正站在进入顶楼的铁门口，挡住了外勤科实习警员蒋丛和肖正钧的脚步。

江暄颔首："抱歉，没注意。"

"没事没事。"蒋丛大度地摆手。

江暄忙侧身让蒋丛和肖正钧通过。

蒋丛刚来刑侦支队没两个月，经验虽不足，办事却极认真。他个子高肩膀阔，脸庞生得端正，眉毛浓黑锋利，双眸中隐隐透着坚毅；肖正钧则中等身高，精壮身材，与蒋丛相比沉默寡言了不少。

蒋丛率先看到谢云衿，瞬间眼神一亮，脸上也挂着喜悦的笑意："谢组，你怎么在这里？"

不等谢云衿回答，他又抢先说道："我和肖正钧刚对下面商户做完笔录，还找到些目击者，问到些情况。"

谢云衿淡淡抬眼："什么情况？"

"死者身份确定了，姓名张德树，男，1977年生人，家就住这附近……"蒋丛说着话头一停，嘴努了努示意对街，"就住对面的，也是四楼。"

"就住对街？"

"是。"

谢云衿眉头微皱，目光锁定在对街四楼。

开合窗，木制窗棂，还是插销式的，老旧又普通，窗外挂了些干草，束成一把，是艾草。

蒋丛还在讲着话，喋喋不休。

"谢组，我和正钧走访了这附近的住户，他们不少人都认识张德树，根据共同说法，张德树以前是个理发师，人还挺本分的，可从七八年前认识一群狐朋狗友后就变了，工作工作不干了，家庭家庭也不要了，吃喝嫖赌游手好闲，欠了一屁股的债，高利贷还不上，天天逼着妻儿老母要钱。

"他妻子名叫何秋华，在那边农集菜市场里卖卤菜。张德树母亲平日里帮着何秋华卖卤菜。张德树还有个儿子,今年十一岁,读五年级,一家四口蜗居在一个四十平方米的小房子里,生活过得很拮据。他这个人,是个窝里横,对外人反倒比家人和善多了。"

罗宇超听到这种情况有些愤愤:"和气给外人,脾气给家人,这种情况,何秋华也没想着离婚?"

"不是没想离婚,是没离掉,张德树不肯。何秋华本想起诉离婚,可她是个农村妇女,文化不高,拖拖拉拉的,就耽搁下来了。"

谢云衿沉眉:"继续。"

蒋丛却停下来,从兜里摸出自己的手机,解了锁,手指划划点点后递给谢云衿。

"谢组,你看看。"

谢云衿接过来,手机正在播放视频。

画面抖动得厉害,画质也差,但能明显看出视频背景就是谢云衿脚下踩着的天台。

画面中是一个中年男人,有点秃,头发上有水渍,身上也湿着,他的脸生得尖瘦,颧骨凸起,眼窝深陷,眼眶下面的乌青快垂到了下巴。

男人一只手拿手机拍自己,另一只手拿着个塑料瓶,里面是浅黄色的液体,只见他晃动瓶身,然后用牙齿咬住瓶盖旋开,接着将里面的液体谨慎地泼洒在衣服上。

他泼完后往旁边一扔,便听见塑料瓶落地时刺耳的弹跳声。

画面里,男人不知从哪里摸出个打火机,明黄色的,在手机镜头前扬了扬,抹了两把泪,痛哭流涕:"妈!妈!你看到没?这是汽油啊,那些人把我逼得紧,还不上债,儿子只有一把火点了,活生生烧死自己啊。妈,你忍心吗?你忍心看着我去死吗?"

视频到这里戛然而止。

谢云衿抬眼:"哪里来的?"

"何秋华发给我的,是张德树死前发到他母亲手机上的,目的是要钱。"蒋丛说着扬了扬下巴,"谢组,你往前翻,还有呢。"

谢云衿听言照做,手指往前划了划,果然还有一个视频,她点击播放,手机画面再次跳跃出来。

依旧是夜晚,依旧是这个男人,却不在这个天台,而是在一处空旷的河堤边上,男人手里拿着一个装着浅黄色液体的塑料瓶,只不过这次没淋雨,穿得也厚实,看起来不像夏天拍摄的,他没有涕泪齐出,而是一副凶神恶煞的表情,嘴里叫嚣着骂人的话。

"你不给钱?不给钱我就去学校,我抱着儿子,一把火点了,你就等着给我和小兔崽子收尸吧!"

狰狞的表情,恶毒的言语,活脱脱地狱来的"讨债鬼"!

"这个视频是张德树之前为了要钱发给妻子何秋华的。"

罗宇超是性情中人,凑边上看完视频低啐道:"真不是个东西。"

谢云衿目光阴沉,却并未对此展现出任何情绪。

她工作几年,悲欢离合、黑暗扭曲的,不知见了多少,早就练就了心如止水看人性之恶的本领。

不过本领也有"失效"的时候。

就如上个案件,凶手进屋行凶,手段残忍。被抓后,面对男受害人那对两鬓斑白、眼含痛泪的老父母,凶手还挣脱押送刑警猖狂地冲上去挑衅。

就那一刻,谢云衿没有忍住,冲上去制伏凶手后还因私人情绪给了他结实一拳。当然,为这冲动的一拳,她也付出了沉重代价。检讨、处罚、停职,整整一个月在家无所事事的日子差点儿逼疯她。

谢云衿沉默不语,将这两个视频来回看了三遍。

蒋丛继续道:"张德树最开始找家里要钱赌博,后来钱要不到就开始借,借的还不起就开始偷家里的钱,今年偷不到了才想出这损招逼老婆老母亲要钱,买瓶汽油,找个空地,拍段视频对他的妻子、母亲或威胁或恐吓,他之前得逞过一次,昨晚属于故技重施。"

"昨晚事发时何秋华在什么地方?"

"她在农集菜市场里卖卤味。"

"张德树母亲呢?"

"在旁边帮忙,附近摊贩我问过了,都能证明。"

谢云衿将手机还给蒋丛,长眸微眯,尽显凌厉。

"何秋华在哪里,我想当面问问她。"

"就在楼下。"

蒋丛答完,一直沉默的肖正钧在旁开口补充:"张德树母亲也在。"

"好。"谢云衿说着,这才挪开视线,走前随意地扫视一眼,发现刚刚还在铁门口观望的江暗不知何时离开了。

她敛回视线,神情上倒是没任何端倪,叫了罗宇超:"你和我一起下去。"

"行!"罗宇超声音高亢爽快。

谢云衿吸气平了平稍微浮躁的心,抬腿走了出来。

离开勘察现场，谢云衿取下手套，又蹲身下来取下鞋套，这才大步流星地往下走。

到楼下站定，正巧遇上法医科的车发动，谢云衿眯眼看着那辆白色车辆主驾驶位旁边的后视镜。

镜里映着一张清俊的脸庞，江暄头微微偏着，同样目光冷厉地凝视后视镜。

光路可逆原理：一个人在镜子里看到了另一个人的眼睛，那么另一个人也一定能看到此人的眼睛。

所以两人并未面对面，却得以另一种方式互相观察、目光相交。

车辆终于驶离。

谢云衿收回视线，扫视一圈，很快在凑热闹的人群中一眼将何秋华与张母认出。

太过明显。

这两个女人互相搀扶着站在警戒线外，一个不停地抹泪神情悲切，另一个却只是眼眶泛红，看起来并不悲伤。

也能理解，一个面对的是亲儿子的死亡，尽管他恶事做尽，但做母亲的，对孩子的死亡悲痛欲绝在所难免；可另一个面对的却是一个折磨自己许久的恶魔，能做到眼眶泛红，已经算何秋华这人大发"慈悲"了。

谢云衿走到二人面前，先亮证件，再说来意。

"我是负责此案的刑警，还有些问题需要了解，何女士方便和我过来一下吗？"

何秋华猛眨眼睛挤出眼泪。

"警官，刚刚不是问过了吗？"

"遗漏了些问题。何女士放心，就耽误你几分钟。"

何秋华点头答好，声音柔柔弱弱，走前还不忘安抚张母："妈，我去去就来。"

说完，她颤抖着拉开警戒线，跟在谢云衿后面进了楼道。

一旁，罗宇超已经轻车熟路地拿出了笔和本子摆出记录架势。

何秋华不高，一米五的个头，身材偏胖，面相老实，脸色蜡黄，典型的体力劳动妇女模样。她穿着廉价的衣服和牛仔裤，缠满厚茧的手指正紧张地撕扯衣角。

"何女士，别太紧张，就问几个问题，放轻松些。"

"我……我知道……"何秋华有些难为情地解释，"可我不知道为什么,见到警察心里就有些发怵。"她的手指依旧在撕扯衣角。

像何秋华这样的农村妇女,本分了一辈子,见到警察有本能的惧怕是再正常不过的事。

谢云衿面冷内热,也完全理解她这种惧怕,放软语气笨拙地想抚平她的情绪,可惜说出的话依旧冷漠官方。

关键时刻,还是社交王罗宇超懂得缓和气氛,先是一句"何姐"拉进距离,接着为照顾何秋华的身高,罗宇超刻意低头下来,语气随意:"姐,没事没事,别绷着,我们就随便聊聊,问几个问题,您绷着倒把我们搞紧张了。"

三言两语,让何秋华卸下防备。由此,这场问话的主导权顺理成章落到了罗宇超的身上,而谢云衿则自然而然地接过了纸笔站在一旁开始记录。

"何姐,您结婚几年了?"

何秋华一怔:"十多年了。"

"当年怎么会选择和大哥结婚啊?"

"为什么?"她苦笑,"能是为什么?年纪到了,家里介绍了个对象,说是理发的,家里条件普通。我见了人,不好也不差,嘴皮子挺利索,是个会说话的人,就应下来了。"

"婚后怎么样?"

"刚开始几年还好,吵架也吵,大体还算过得下去。他脾气躁,人也懒,可好歹有个谋生的技能,一家人也能生活下去。可七八年前,他迷上了赌博,家都不要了,整天不是在外面鬼混,就是变着法地找我们要钱,我那小摊能挣几个钱啊。"

"孩子还好吗?"

说到孩子,何秋华这才发自内心地红了眼,她垂着头擦了擦眼眶:"孩子还好,只是昨晚一个人在家,可能被吓到了。"

罗宇超趁热打铁:"何姐,这几年上照老人下顾孩子的,过得很不容易吧?"

"不容易,不仅是我不容易,他妈不容易,孩子也不容易!"她越说越激动,越说越大声,似乎要把这么多年的委屈痛恨都在此刻发泄出来,"他这些年作恶多端,染了赌博的恶习,欠了一屁股的账,有段时间,高利贷天天赌家门口找他要钱,说要不到就剁他手指头。为了要钱,他竟然威胁我们要抱着儿子一起烧死,虎毒都不食子,他比畜生还不如!"

罗宇超愤愤:"确实!"

激动是激动,何秋华并没有失控,她抽泣一声缓了口气,收起激动的情绪,轻轻地、毫无保留地说出自己的真心话。

"警官,昨天知道他死了,我反而松了口气。作恶有报应,老天都看着呢,这就是他的报应。"

这一刻的何秋华真实无比。

辛苦挤泪,反倒不如坦荡的真情流露更让人同情。

这不,罗宇超就完全共情了,他话也不继续问了,伸手拍拍何秋华的肩膀安慰起来。

可谢云衿依旧冷静,冷静得有些不近人情,罗宇超没问了,她就接过话头将问题继续了下去。

"何姐,昨晚张德树坠楼时你正在农集大市场卖卤味?"

面对谢云衿的问话,何秋华又不自觉开始紧绷起来,她点点头:"当……当然,从早卖到晚,一刻都不敢偷懒,我们全家的生活来源都靠那个卤味摊。"

"你是什么时候知道张德树坠楼的消息?"

何秋华经历了短暂的回忆后给出了一个模棱两可的答案:"晚上九点多的样子。"

"怎么知道的?"

"楼下开超市的那户男人跑菜市场告诉我的。我们关了摊子赶过来时,他正被抬上救护车,我和他妈跟车到医院里,医生说人救不回来,让我们准备后事。"这个问题,她回答得倒是很坚定。

"他平日有与人结怨吗?"

"结怨?多了去了,欠了钱还不上,放贷的个个都恨不得剁他喂鱼。"

问题打住,谢云衿又单独叫了张母过来,差不多的问题问过去,得到的答案与何秋华的大同小异,只不过张母的情绪一直处于悲痛中,好几次都差点哭倒在地上。

取证工作持续到中午十二点,案发地里里外外都被勘了个遍,日头暴晒下,围观的人也只剩了零星几个。

技术科警员收拾好刑事勘察箱先行驱车离开现场,再接着,警戒线被撤下收好。肖正钧过来询问:"谢组,收队吗?"

谢云衿站在道路中央,汗水顺着发缝从脸颊上淌下。她蹙起英气的眉峰,拿过肖正钧手里的警戒线粗略量了下街道的长度,这才回了肖正钧的问题:"收队吧。"

"行,我去通知他们几个。"

肖正钧做事雷厉风行,话音刚落人影就没了。

谢云衿瞥了一眼他的背影,接着转身拉开车门先行上去等待。

天气热得不行,她鬓边头发都被濡湿,冷气吹在脸上,她舒服地闭上了眼。不知为何,脑子里突然浮现出江暄的音容,没来由地烦郁起来。

等了没几分钟,罗宇超、蒋丛几人陆续上车,一车坐不下,分了两车,这才顺利打道回府。

回了刑侦支队,谢云衿没有休息片刻,又立即往尸体解剖实验室的方向走去。

她没进去,就站在门口,双臂环抱,透过门上玻璃窗往里看。里面的尸检工作似乎刚刚收尾,因为负责摄像的华铭已经放下了相机。

谢云衿视线挪动,突然在解剖台最左边那个身影上停驻下来。

他穿着白色防护服,更显身姿挺拔,旁边,即将退休的老法医宋清山前辈正和颜悦色地同他交代着什么。门紧闭着,谢云衿压根儿听不见里面的谈话,她只能看见江暄双手反在背后,头低下,背弯起,一扫之前的慵懒颓态,偶尔眉眼弯起似乎在笑,温柔谦逊的样子让谢云衿有稍微的晃神。

晃神之际,门突然从里面打开,江暄率先走出,看到谢云衿时脚步一顿。

谢云衿故作坦荡:"江法医好,我是过来问尸检情况的。"

她讲话官方,江暄自然也收起了私人情绪公事公办:"尸检鉴定报告未出,目前,我只能提供给谢组死者的大致情况。"

谢云衿望向一边,刻意躲避了江暄的视线。

"好。"

江暄轻咳一声开口说道:"死者张德树,身高一米六五,体重七十公斤,死前曾饮酒,但不多,身体多处残留汽油,胸腔腹部皮肤大面积烧伤,手肘肩膀和后背有坠落产生的擦伤以及挫裂伤,另外,死者颅骨骨折,颅内出血严重,致命伤就在后脑勺,是高坠所致,死亡时间晚上十点前后。

"死者身穿普通灰色 T 恤与黑色长裤,T 恤被大面积烧毁,腰间系着普通针扣皮带,地摊货,脚上是一双 42 码的日鑫牌皮鞋,鞋底沾满泥,裤腿也溅上了泥点。"

听完,谢云衿静默片刻,回答道:"明白了。"

她抬腿就走,走了两三米远,突然想起什么,回过头来补给江暄一

句客套的"谢谢"。

就这个回头,让江暄极力压抑的内心再次激荡起来。

江暄想起些往事,好似时光倒回八年前,他还是个高中少年,穿着整齐干净的蓝白校服,上学放学竞赛拿奖,生活平淡得似一潭死水。那个张狂爱笑的女孩最初出现在自己的世界里,他是极度不适应的。

他规矩了十七年,没见过这样的人——不穿校服,穿的衣服也不伦不类,铆钉铁链,身上"叮当"作响,性子狂妄,见着他就挡他的路,还嚣张地冲他吹口哨。那时他脸皮薄,身边人一起哄,他就脸红到耳朵根。

每次离开前,她都会习惯性地回头冲江暄张扬地笑笑。

而现在,江暄看到谢云衿回头,熟悉的感觉再次喷薄而出,深藏心里很久的名字梗在喉咙口,最终还是没有叫出声来。

心底似在撕扯,江暄昂头看向天花板,深深地吸了一口气。

然而,江暄那里翻江倒海,谢云衿这里倒是风平浪静。了解到尸检情况之后,她就径直进了技术科。

技术科最里侧的窗边坐着图像侦查员曾行,专门负责调查案件中的视频监控线索。他圆脸黑肤,眼睛黑亮,爱笑,笑起来一口白牙非常闪亮,由于名字谐音"真行",曾行喜提反向外号"不行",别看他在队里外号叫不行,工作起来可是人如其名真的行,一双火眼金睛,再刁钻再模糊的监控他都能从里面找出线索。

见谢云衿进来,曾行挥挥手:"谢大组长,欢迎你回归!"

谢云衿嘴唇微弯表示回应,接着说道:"我需要张德树死前的活动轨迹。"

"早整理好了。"

曾行嘴咧开,大白牙异常晃眼:"昨晚拿回来的监控我和小苏分工合作已经全看了一遍。"

小苏本名苏毓,是队里除谢云衿外为数不多的几个女警之一,年前入的队,人很秀气机灵,她主动给谢云衿介绍起情况:"谢组,筒子街的监控拍到张德树是在晚上九点左右上的楼,手里拎着个塑料瓶,那时候暴雨刚停不久。"

谢云衿将活动轨迹报告书来回翻了两遍,一目十行,疯狂提取信息。

晚上8点03分,张德树独自一人进入兰正街的李记烧烤店吃饭。

晚上8点31分,张德树吃完饭结了账,准备出门时一场大暴雨阻碍了他的去路。

监控显示，他期间接了两通电话后才出门，这个时候雨没停，他从烧烤店里借了把伞。

监控再捕捉到他的身影时便是在筒子街，确实如小苏所说，他九点左右上了坠楼的天台，这时候雨刚停，而他全身是火从楼上坠落时，谢云衿清楚地记得是晚上九点十五分。

而晚上八点三十分到九点，从兰正街到筒子街，他是怎么来的，并不清楚。

结合张德树皮鞋鞋底沾满新鲜黄泥这一线索，谢云衿推测他是走江堤那条泥土路过来的，毕竟现在的城市，处处都是柏油路水泥路的，泥土路少得可怜。

谢云衿查完张德树生前活动轨迹，突然想到什么，问小苏："张德树坠落的119号楼有几个监控？"

"两个，一楼楼道一个，三楼楼道一个。"

她思忖片刻，对小苏和曾行说："再查一下雨停后到封锁现场，有没有人上过楼顶。"

离开后，谢云衿又找了痕检黄缘询问现场物证情况。黄缘和谢云衿关系很好，她个子高，性格开朗大大咧咧，头上扎着高马尾，声音很清亮。

"云衿，手机修好也验过了，视频是从这部手机发出去的，手机外壳、空打火机还有塑料瓶上面都有张德树的指纹与皮脂残留，可以断定现场发现的这些东西就是他本人携带上楼的，还有那四截黑色物体，验了成分，就是市面上最常见的灭蚊蚊香，一头被点燃过，另一头看截断面，像是被人随意折断的。"

谢云衿表情严肃，再次丢出问题："那四截蚊香上还有什么别的发现吗？例如指纹、油脂、皮屑之类的。"

黄缘摇头："没有，除了地面灰尘没有沾上其他东西，四枚都非常干净。"

"好，我明白了。"

一整天，云澧区刑侦支队所有人马都忙得不可开交，追旧案，查新案，反正就没有闲着的人。

对了，除开谢云衿，她好像是闲着的。

谢云衿问完情况后就从支队对面那小超市里买了一盒最普通的螺旋形蚊香。

下午三点的时候，罗宇超忙完事情后路过三楼，发现谢云衿不知在捣鼓些什么，光洁照人的瓷砖地板上整齐排列着几十截一两厘米长的蚊香，干的湿的，点过的没点过的，各种模样各种姿态应有尽有，没有重样。

罗宇超面色诧异，蹲在谢云衿旁边仔细看了看，疑惑地问："谢组，你在干啥啊？"

谢云衿头也没抬："显而易见，我在做实验。"

"做实验？"罗宇超随手拿起一截蚊香看了看，试探性地问，"是因为在坠楼现场发现的那些蚊香？"

"嗯。"

罗宇超越发不解了。

诚然，现场是发现了一些不明来历的蚊香，但这并不能表示这与张德树的坠楼有什么关系。

张德树坠楼案件并不复杂，毕竟死者已经确定，死前活动轨迹也清晰明了，一天一夜调查下来，案件来龙去脉都被摸得清清楚楚，眼下最重要的便是案件如何定性。

是意外、自杀，还是他杀？

谢云衿突然扭过头问："说说你对这案子的想法。"

让罗宇超开口，那必定是眉飞色舞滔滔不绝："谢组，依我看，无非是赌徒要钱不择手段。

"楼是他自己上的，汽油是他自己泼的，打火机是他自己带的，视频是他自己拍的。况且，这事情也不是第一次发生了，只不过这次弄巧成拙，原本只想威胁家人，没想到真的点燃了火。这说明什么？坏事做多了，老天爷都看不下去了。"

罗宇超心里已经将这案子定为意外了，但谢云衿的寥寥几语，又将他原本的想法一点点推翻。

"现场发现的打火机压根儿打不出火，张德树身上的汽油是怎么燃起来的？"

罗宇超哑口。

"打火机打不出明火来是一回事，"谢云衿声音清冷，"关键，现场出现了能轻而易举点燃张德树身上汽油的东西。"

谢云衿眯起双眸，一字一顿："并且能确定是在雨停之后出现在坠楼现场的。"

罗宇超越听越迷糊了，他狠揉了几下头发，脑子没转过弯来："谢组，等会儿等会儿，你这把我搞蒙了，你怎么知道的？"

谢云衿神情冷沉："因为昨晚那场暴雨。"

"暴雨？"

众所周知，对于现勘工作，刑侦工作人员除了害怕人为破坏外，最怕的便是恶劣的自然天气。

原因无他，只因恶劣天气无法避免，尤其是暴雨，对案件现场的破坏力简直致命，一场瓢泼大雨落下，甭管多么明显的痕迹，保准给你冲得干干净净啥都不剩。

可任何事物都有两面性。

暴雨确实能冲刷掉很多痕迹，可是相应的，暴雨也能让很多痕迹显露出来。

比如坠楼现场明显的泥鞋印，再比如那四枚被折断成一两厘米的蚊香。

罗宇超感觉自己头有点痛："我还是不明白。"

谢云衿没好气地提醒："注意细节！"

罗宇超复读机一样："细节？"

"用用脑子吧。"

而不远处，一直默默观察两人的江暄嘴里也默念了两个字。

"细节。"

江暄轻"嗤"一声。

他越注意细节，就越能发现，谢云衿与他记忆中那个人的相同点越多。

谢云衿捻起一截蚊香："蚊香正常燃烧产生的灰烬质地绵细，呈灰色，什么情况下会产生现场那种黑色蚊香灰呢？"

她稍作停顿："将正在燃烧中的蚊香投入积水中，它产生的灰烬是黑色的。

"坠楼现场一共发现四枚蚊香，杂乱分布于楼顶各处，没有任何规律，像是被人放置或者投掷过来的，这四枚蚊香全都被折成一两厘米长，并且都浸过水，是湿的，一头被随意折断，另一头呈内凹状，燃烧过，上面沾有蚊香灰，一处发现蚊香的地面上也残留有黑色蚊香灰，这说明什么？"

罗宇超咽咽口水："雨停之后，有人把燃烧中的蚊香投掷或者放置到张德树坠楼楼顶？"

"嗯。"谢云衿活动了一下酸痛的肩颈，"目前不确定这几枚蚊香的出现究竟是恶作剧，还是点燃张德树身上汽油的罪魁祸首。"

罗宇超在心里将谢云衿说的话仔仔细细梳理了一遍，不禁感叹："谢组，你这也太细节了吧。"

其中三枚蚊香都是他发现的，但罗宇超压根儿没往深处想，毕竟，现勘时能发现很多，但并不是每样东西都是与案件有关的物证，很多时

候,它只是恰好就在案件现场罢了。"

谢云衿却答:"案件侦破,很多时候靠的就是细节。"

都说物证会说话,其实并非如此,物证不会说话,是人让它会说话。

罗宇超挠头笑了笑,似乎是为了掩饰,突然调侃起谢云衿来:"谢组,你这么细节,男人会很害怕靠近你的。"

谢云衿皱皱眉:"为什么男人会害怕靠近我?"

"谢组,你想啊,你这么厉害,以后你的男朋友要是干点坏事,不一下就被你发现了,可不得害怕吗?"

谢云衿冷哼一声,不客气地驳了回去:"为什么男人靠近一个女人,首先想的是方不方便干坏事不被发现?"

"做我男友还想着干坏事,我建议他先在陵园定好墓地,因为我这么好为人师,不仅会教他当人男友什么事该做什么事不该做,还一定会向他科普知识,例如人身上的两百零六块骨头究竟是怎么长的。"

罗宇超:"呃……"

谢云衿站起身来吩咐道:"把地上收拾干净,十分钟后集合,我们开个会。"

她说完回头,意外发现江暄就站在不远处。

他眸光愉悦,嘴角弯起,身形颀长挺拔,换下臃肿的白色防护服,更显风度翩然。

江暄不知道在那里站了多久,也不知道在笑些什么。

莫名其妙。

当然,表面上看来,谢云衿也并不关心。

她维持着冷漠的脸色,径直从他身侧走过,没给他眼神。

十分钟后,在谢云衿的主导下,参与张德树纵火坠楼案的全部调查人员聚集在办公室开了个短会。

短会主题没别的,无非就是各科人员交流汇总各自调查的线索罢了,毕竟涉及到人命,不管脉络简单还是复杂,都不可能仅靠一人灵光神探现身,三言两语侦破案件,要破案,靠的永远都是团队协作。外勤、痕检、图侦、法医,方方面面,缺一不可。

谢云衿率先起身讲话,她先环顾四周,随后清了清嗓子,开口讲了关于现场那四枚蚊香的疑虑。

话一出口,众人先沉默,曾行随后讲话:"谢组,如果真按你猜的那样,我更倾向于是投掷过去的。下午,我和小苏按你的要求查了119

号楼三楼的楼道监控,从雨停到我们封锁现场,没有人上过四楼。"

"没有人?四楼的住户呢?也没回过家?"

蒋丛忙答:"四楼就两户,一户没住人,另一户是个行动不便的老太太,几乎很少出门,我和阿肖查过了,昨晚她没出门。"

肖正钧郑重地点点头。

罗宇超深思完,咂了几下嘴:"假设张德树身上的火真的是投掷过来的蚊香点燃的,会是谁呢?"

谢云衿:"多次将蚊香折断成差不多的长度,点燃后投掷到119号楼顶,如此有计划的举动,我不认为是巧合,我更倾向于这个人和张德树很熟,也可能有仇怨,知道张德树此时就在楼顶,也知道他身上有易燃的汽油,如此举动是故意的。"

罗宇超又想到了什么,快嘴说道:"谢组,你说有没有可能,打火机之前是能打着火的,张德树用它点燃蚊香,然后自杀?"

蒋丛也补充:"依照我和老肖的走访调查来看,张德树这个人自杀的可能性几乎没有,他极其自私,很惜命。"

"对了,他死前不是饮过酒,会不会在神志不清的情况下点的?"

"他死前确实喝过酒,不过看尸检鉴定书,血液里酒精浓度非常低。"

"从他发出的视频来看,思维是清晰的。"

"还有一点,如果真是自杀,没必要发视频威胁老母亲要钱,更没必要自杀前先点几截蚊香抛到顶楼各处,这么多此一举,动机是什么呢?"

讨论到这里,众人的观点又集中于他人投掷,不过这样一来又有了新问题,那便是何人投掷。

"张德树这人结过什么仇怨没?"

"其实除了祸害家人,他在外的口碑没那么差,他对待外人很和气的,典型的窝里横外面怂,我们走访过程中没查到他与什么人有大的仇怨。"

"按理说最希望张德树死的人就是何秋华,不过她当晚和张母一起在菜场卖卤味没有离开过……"罗宇超随即提出猜测,"高利贷要不到账杀了人?"

蒋丛很快否决:"可能性不大,高利贷威胁恐吓的目的是什么?要钱!人活着还能要着,把人杀了他们从哪儿要钱?"

谢云衿淡淡抬眼:"蚊香轻,不像石子,能轻而易举掷出几十米,如果真是有人投掷过去的蚊香点燃了张德树身上的汽油,那么他距离119号楼顶不会太远,最多十几二十米远,另外,投掷多枚这个举动很值得深思。"

谢云衿:"蒋丛,你们几个再查下张德树的社交圈,和张德树结怨的,有仇的,特别是对他昨晚行动轨迹了解的都筛一遍。"

"明白!"

"曾行,你和苏毓以119号楼为圆心,二十米为半径,查这区间内的路面或者店外监控,案发前,有没有人做出过奇怪的投掷动作。"

谢云衿补充道:"其实此举只能排除一部分,如果有人是躲在119号楼前后对街的室内投掷,道路监控大概率是捕捉不到的,不过眼下这个情况,我们只能辛苦点,逐一排除。"

曾行和苏毓异口同声:"行!"

"罗宇超,你和我再去一趟案发地。"

"好呢!"

第三章
欢迎你回来

散会后,几人从办公室鱼贯而出。

谢云衿是个急性子,刚散会便要出发去现场,可罗宇超好巧不巧刚好内急,她没好气地瞥了他一眼:"三分钟时间。"

罗宇超捂着肚子哀求:"谢组,五分钟,五分钟!三分钟真的不够。"

谢云衿看他脸皱成一团的痛苦模样,心里不悦,面上还是同意了。

"我去车上等你。"

"好!"

话音落下,人就没影了。

五分钟后,解决完内急问题的罗宇超神清气爽地出门,在走廊里看到抽着烟的肖正钧和伍方。

"你俩还没出发呢?"

"抽完这根烟就出发。"伍方说着掏出烟盒亮出一根烟,"阿超啊,要不要抽根再走?"

罗宇超悲愤地摆手:"我也想,但谢组还在车里等我呢,我就不抽了。"

伍方同情地拍了拍罗宇超的肩膀,突然想到什么:"阿超,我突然想到一件事,我觉得很奇怪,你要不要听听?"

"有屁快放,放晚了我可没时间闻。"

"咱几个明明都是一起进的队,怎么谢组每次出去都带你啊?就没带过我们。"

话一出,沉默寡言的肖正钧都开了口:"对。"

伍方顿了顿,调侃他:"谢组不会是看上你小子了吧?"

罗宇超听到这话先是下意识否认:"那不可能。"

他嘴都没合拢,又神秘兮兮地说道:"也不是没可能啊,毕竟我这么英俊潇洒,谢组平日再冷酷,好歹也是女人,被我吸引也很正常。不过我喜欢温柔可人的,谢组太冷了,打架又凶,我怕婚后被家暴,毕竟我也打不过她。"

伍方见他嘚瑟,又忍不住泼冷水:"行了,给点甜头你就开糖厂,我就随口一说,你连谢组婚后家暴都想到了。"

罗宇超还想说话,可惜时间紧迫,他没空和伍方多争辩,转身欲走,却发现江暄站在不远处,薄唇抿起,脸色看起来有些阴沉。不过罗宇超可无暇顾及这些,毕竟谢云衿还在车里等着他。

罗宇超匆匆往外走,拉开副驾驶的门,弯身坐稳,门刚关上,安全带都没来得及系,谢云衿一脚油门,车已开出十米远。

罗宇超手忙脚乱地系着安全带,抬眼一看,谢云衿脸色就像氤氲的乌云。

生……生气了?

他自诩三寸不烂之舌,别的女人生气他还能厚着脸皮哄一哄,可是谢云衿生气可咋哄啊?

罗宇超小心翼翼地瞥了眼谢云衿:"谢组?"

"迟到三分钟。"谢云衿目不斜视,义正词严。

"明白,我……我下次一定不会迟到了。"

罗宇超说完,又抬头看向谢云衿。在接收到她可能暗恋自己这个信号之后,罗宇超感觉她冰冷的脸色突然温柔了很多。

罗宇超承认,刚开始进队知道是个女人带他时,他心里非常不服气,还暗中和人吐槽过,不过所有不服气都在随后而至的警营运动会中被谢云衿一脚踢翻。

就是他不服的这个女人,在满是大老爷们的刑侦支队样样不落下风,格斗比赛一脚将他踢"飞"不说,还以技巧险赢方审。

方审何许人也?特警转刑警,云澧区刑侦支队老大哥,武力值顶尖。

她体力与力量虽不如方审,但韧劲和技巧都丝毫不差,尽管她自称赢得阴险,但比赛都是结果论,赢了就是赢了。

谢云衿察觉到罗宇超盯着自己的视线持续了很久,弄得她有些蒙。她挑挑眉往旁边瞥了一眼,疑惑地问:"你一脸做贼心虚的表情看着我做什么?"

偷看被抓包,罗宇超强装镇定地耸耸肩,神情期待又矫情:"谢组,你……你没点话想对我说?"

谢云衿有些莫名其妙:"没有。"

"真没有？"

"少迟到，多学习，细心点。"

"就这些？"

谢云衿不耐烦："你到底想说什么？"

罗宇超做了几分钟的心理建设，终于忍不住问出声："谢组，你……你是不是看上我了？"

"什么？"

他心一横，直截了当："你是不是暗恋我？"

话说出口，罗宇超心里已经组织了几十句拒绝女上司不伤人的话，可惜还没来得及说出口。

"我暗恋你？"

她皮笑肉不笑的问话让罗宇超心里发怵："对……对啊！"

谢云衿一脸无语："暗恋不可能，暗杀倒是想过很多次。"

罗宇超心里虽惶恐，可架不住好奇："谢组，那……那你为何每次出外勤都带我啊，不是为了想和我有更多相处时间？"

谢云衿面容上没有一丝波动："新人里就你最没谱，不把你放眼皮子底下我不放心。"

罗宇超："……对不起谢组，是我误解了。"

太尴尬了。

如果不是他太惜命的话，他都想当场跳车了。

谢云衿侧过脸瞥了下他羞愤的神情，意味深长地抿抿唇。

她其实是撒了谎的。

为什么次次带他？自然不是因为他最没谱，而是他最擅长与人快速拉近距离，谢云衿这方面恰好是死板，只是她没明说，毕竟罗宇超这人，点根炮仗直接能上天的性格，她也只能出言挫一挫他的自信了。

此外，谢云衿怕他多想，还不忘补充："十八岁后，我就对男人没有任何兴趣了，况且，你也不是我喜欢的款，不用那么惊慌，我是不会对你有兴趣的。"

听她这么说，罗宇超瞬间收起尴尬转为吃瓜模式："谢组，为啥啊？你十八岁的时候受过男人的伤啊？"

谢云衿没承认也没否认，她有些恍惚，脑海中浮现出那个清隽挺拔的男人。

想到初见他时的心动，想到那样规矩守礼的人在她热情如火的攻势下被撩得满脸通红、闭口不言的模样，想到那个满天星辰的夜晚，他吃到她亲手做的生日蛋糕时欣喜的表情，当然她也不会忘记后来两人激烈的争吵，以及那通求救电话里无情的忙音。谢云衿柔和下来的神色瞬间转冷。

她没回答，罗宇超似乎有了答案，他了然地转转眼珠。

好家伙，大新闻，谢云衿真被男人伤过！

被罗宇超问了这么一通，谢云衿明显心烦意乱，呼吸加重，眉峰蹙起透着凛然。

罗宇超自是不敢讲话，两人一路沉默，车开得又快，没几分钟便到了筒子街。

晚上七点，夜风裹挟着凉意直往人身上窜。

车没开进去，就停在路口，谢云衿先下车，罗宇超则匆匆跟上，两人一前一后步履如飞。

进入筒子街，里面人来人往拥挤喧嚣，发廊门口的小转灯不知疲惫地晃啊晃。

走到张德树坠落的地方，谢云衿才停住脚步，她往四周环顾一圈，在一处关了店面的卷闸门前顿住视线。

昨天晚上，她停职的第三十二天，也是父亲的忌日，她没有去祭拜，一个在众人眼里已经死亡的人是不该出现在那里的，所以她在外面恍惚地晃荡了一整天，被一场雨困在筒子街夜市里，坐在台阶上发个呆的工夫，不仅偶遇老情人借火，还遇到大活人浑身是火哀号着坠楼。

思绪收回，谢云衿立刻投入工作状态中。她带着罗宇超沿街寻找张德树坠楼前的目击者，祈求获得案件突破口，却一无所获。

期间遇到过来走访排查张德树社交圈子的蒋丛他们，几人交流了下情况。

伍方叉着腰："谢组，我们又查了一圈，没什么进展。他在外面除了借钱真没结什么仇怨，会溜须会拍马，人缘还不错，不然重点转向他借的高利贷？"

谢云衿思忖几秒："好，你们到时候都查查吧，不要放过一个。"

说完，谢云衿又问罗宇超："给小苏打个电话问问他们那边的情况。"

"行。"罗宇超忙不迭地给苏毓去了电话，可惜技术科的回应让几人大失所望。

"阿超，我和曾哥还拉上了我们科的人一起看，加速看可劲看，周围几个路面监控都查过了，没发现什么可疑之人。"

电话挂断，罗宇超烦躁地挠了挠头："谢组，会不会那几个玩意儿和案件没关系啊，我们这样查是不是有点小题大做了？"

"就算没关系，也要查清楚为什么没关系，不能放过任何一种可能。"

蒋丛扭动了下酸痛的脖颈，双眸定格在坠楼地对面，开口道："谢组，不是说也可能是在案发地两边的窗口吗？不然我和阿钧两个去临街的住户家走访一下，问下情况。"

"案发地左右几栋的临街住户也问问情况吧。"

"那行。"

信息交流到尾声时，罗宇超想起什么，开口嘟囔了一句："张德树坠楼地正对着的不就是他自己家吗？哎，他儿子那个点不是在家吗？可以问问他啊，保不齐他就看到了什么。"

话还没落音，谢云衿身体一僵，突然拔腿往张德树坠落楼的楼道走去。罗宇超自然不知道谢云衿所思所想，也不敢问，只能亦步亦趋地跟上去。

今天上午现场勘察结束后，刑侦支队对楼顶的封锁便已经解除。楼道昏黑，铁门被虚掩着，谢云衿轻轻一拉，伴随着混杂金属感的"吱呀"声，门就此打开。

她缓缓走进，走到楼顶边缘，围栏只齐她的腰。

地上黄泥鞋印纷繁杂乱，仿佛能看到浑身烈火的张德树跳跃哀号。

谢云衿目光微促，看向对街。

楼下是热闹夜市，楼上则是普通民居，玻璃窗后灯火摇曳，窗帘没拉的人家，只要里面开着灯，房子里的情形几乎是一览无余。

因此，谢云衿自然也看到了何秋华。

何秋华今日没去卖卤味，昏暗的节能灯下，何秋华正在狭窄的厨房里低着头忙前忙后，期间张德树母亲来过一次，两人不知说了些什么，很快，张母出了厨房。

而另外一边明显是卧室，谢云衿能清楚看到里面的床柜摆设，以及在窗边书桌前伏案看书的小男孩。

因为他年纪小，所以谢云衿一直没将这个孩子纳入怀疑范围，可现在种种信息汇聚，他却是最有可能的人。

第一，直击案发现场。

第二，和死者有直接仇怨。

第三，占据最好的投掷位置。

罗宇超也想到了什么，有些不可置信："谢组，你不会怀疑那小孩吧？他还那么小，不至于吧。"

谢云衿神色淡淡："至于，十多岁杀人放火的不在少数。"

说完，她如一阵风，迅速下楼穿过这条宽度七八米的夜市街，进入对面楼道上了四楼。

谢云衿震惊于眼前所见。

何秋华家外面被人用红色油漆喷得不成样子，其中"欠债不还、断子绝孙"这八个大字犹如淋淋鲜血般触目惊心。

罗宇超见状也颇为震惊："这是什么情况，高利贷干的啊？"

"不然呢，你认为还能有谁？"

谢云衿轻哼一声，跨步上前去，伸手欲敲门，却在半空中停下了。

她后退了两步，吩咐罗宇超："你来。"

罗宇超有些不情愿："又是我来啊？"

"不然呢？"

"好吧。"罗宇超叹气上前，敲门前转头过来说了一句，"谢组，我发现你真不是暗恋我了，你每次带我出来就是拿我当工具人使吧？"

谢云衿眼皮跳跳："有时候人活得那么透彻是不会快乐的。"

罗宇超悲愤："果然！"

他伸手敲门，半天都没人应，不仅如此，原本里面的动静也消失了。

罗宇超不死心，继续敲门，同时出声问："何姐，您在家吗？"

好几秒后，里面终于传来一个警觉的女声，是何秋华的。

"谁？"

随后，门开了一条缝，何秋华狐疑地往外看。

谢云衿不擅长与死者家属沟通，于是眼神示意罗宇超上前。罗宇超心领神会，立马笑着开口："何姐，您还记得我吗？我是上午才和您见过的，刑侦支队小罗。"

见是他，何秋华稍微放下戒备心，又将门打开到正常程度，伸出头往外晃了一眼，见没异常后才说："是你们啊，这么晚来有什么事吗？"

"是，有些情况还需要向您了解一下，"罗宇超往里面指了指，"何姐，介意我们进去坐坐吗？"

"不介意不介意。"何秋华招呼着，"你们进来吧。"

她说完又回头叫道："妈，给这两位警官泡杯茶。"

罗宇超忙开口推辞："不用不用，何姐，不用那么兴师动众，弄得我们都不好意思了。没事，您别紧张，我们问几句话就走。"

何秋华连连称好，侧身让谢云衿和罗宇超进来，体谅地讲道："你们为这事也忙了一天一宿了吧，真不容易，我都看得明白的，辛苦了。"

她说着小心翼翼地伸长脖子问："他的死是有什么新的情况了吗？"

这个问题着实把罗宇超问倒了，不过他人很机灵，眼神请示谢云衿，得到答案后熟练地打马虎眼："情况还在调查中，等出了结果我们会第一时间通知您的。"

何秋华长长地"哦"了一声，颇为疑惑："那两位警官这次来是什么事啊？"

罗宇超嘟囔两句后请示般地再次看了一眼谢云衿，企图从她神色上得到答案，毕竟他也不太清楚谢云衿过来的目的。

谢云衿这次没示意罗宇超说话，也没回答何秋华的问题，而是明知故问："何姐，门外的墙上是什么情况啊？"

说到这个，何秋华低了头，脸上难以抑制愤恨："还能是什么情况？不就是张德树在外面借的那些债，前一段时间要债的找不到他，连续一个多月天天堵门口，孩子出门上学都得偷偷摸摸，我们也不知道受了多少罪。"

门框边上，佝偻的老人背过身去抹泪。

说到孩子，谢云衿又问了句："孩子的情况怎么样？"

何秋华眼泛泪光，声音有些哑："孩子没什么大问题，情绪还算稳定。"

她叹了口气，又接着说："孩子每天晚上都是一个人在家里，自己做饭，吃完饭就写作业，他爸每日不归家，我和他奶奶要出摊，我们得挣钱啊。"

"何姐，孩子在哪儿，我能和他聊聊吗？"

对于谢云衿的请求，何秋华明显犹豫了，她踟蹰了好几分钟，终于还是点了头。

"孩子在卧室看书，他很聪明，也很用功，次次考试都是第一名。"何秋华丝毫不掩她话里的骄傲。

谢云衿附和地笑了笑，跟在何秋华身后进了卧房门。

男孩在看书，很专注，以至于丝毫没注意到有人进门的脚步声，直到何秋华小心翼翼地开口："晓峰，晓峰……"

连叫三声，张晓峰的意识才从聚精会神里脱离出来，他低低地"嗯"了一声，稍稍回头睨了一眼。

"妈，什么事？"

他穿着校服，领口洗得泛白，短短四个字，神态语气动作，都透着超脱年龄的老成。

"晓峰，我是负责你爸爸案子的警官，我姓谢，有些事想和你聊聊。"

对于谢云衿的来访，张晓峰神色淡然自若。他斜斜地打量了一眼谢云衿，又将头挪回正位："还有两页书要看，等会儿吧。"

话落音，何秋华神色尴尬地笑了笑，解释道："孩子性格有些内向，也不太会说话，谢警官不要介意。"

谢云衿的视线没从张晓峰的背影上离开过，同时，她也理解地点点头："没事，何姐，你先出去吧。"

谢云衿走上前去，走到张晓峰的书桌前。对于面前落下的阴影，张晓峰视若无睹，依旧专注在书本里。

窗户开着，从此处往外看，相对的便是张德树的坠楼地，果然是极佳的投掷点。

谢云衿视线又往下，落到张晓峰的书桌上，捕捉着蛛丝马迹。

书桌是白色的，可能因为使用年限久，桌面已经泛黄了。桌上的物品多，摆放却规律整齐，书本垒得井井有条，《小学英语报》上面的红色打火机非常扎眼。

谢云衿不动声色，目光继续睃着，在桌面上发现了细微的不明黑色灰尘，除此之外，还有笔筒里竖着一个弹弓。

她直觉敏锐，又怎么可能放过如此疑点，自然地拿起来瞧了瞧，在包裹弹丸的皮块上也发现了明显的黑色不明灰尘。不等她细看，扬言要看完这两页书的张晓峰突然起身将弹弓从她手里夺了下来，同时双目往上瞟，神色也有了略微的紧张。

谢云衿顿时心里有了底。

"这是我的东西！"

"我知道是你的东西，"谢云衿和颜悦色，"我就拿起来看看。"

张晓峰明显生气了，他又坐下去，声音稚嫩却不客气："你要和我聊什么？"

谢云衿双眸眯起。

发生变故之后，她外向的性子变得慢热，不懂快速拉近与陌生人的距离也成为了她的短板，但她却极其擅长审讯与套话。

这两者都是技巧活，对待不同的人得有不同的方式，或咄咄逼人，或和颜悦色，或以退为进，如何选择，先找对突破口，问话套话察言又观色。

有的人心理承受能力差，三言两语就招架不住，有的人则不同，几百句下去都抓不住他的破绽。

面对这样一个乳臭未干的小孩，谢云衿并不打算用多么高超的套话技巧，而是轻描淡写直奔主题："你爸爸的事情你都知道了？"

"早就知道了。"张晓峰面色无异。

谢云衿点点头。

嗯，他还算镇定。

她故意问了一个刁钻且多余的问题："你爱你的父亲吗？"

他从鼻腔里发出一声稚气的嘲讽声："怎么可能？我恨他，我们全家都恨他。"

"他坠楼前，身上的汽油无故点燃了，你不想知道是怎么点燃的？"

"我不想知道。"

他依旧镇定。

可镇定过了头，露出的便是破绽。

父亲死了他不伤心情有可原，毕竟张德树的所作所为枉为人父，但他年纪也不大，怎么会完全心如止水。

"我们在现场发现了四根短截蚊香，点燃过的，你不想知道它是怎么出现的吗？"

听到这句话，张晓峰的情绪才算有了波动，他手指捏紧："我怎么可能知道？我一个小孩。"他特地强调了下自己的"小孩"身份，似乎想要以此将自己摘开。

"但我知道。"谢云衿语气透着笃定。

听她这么讲，张晓峰手里抓着一支笔，捏紧又松开，梗着脖子轻轻咽着口水。

"我最开始猜测，蚊香是被人折断后点燃，用手投掷过去的。"

谢云衿低了低头："不过现在，我发现我猜错了，是被你的弹弓弹射过去的。"

"被弹射过去的蚊香点燃了你爸爸身上的汽油，导致他浑身起火，最终坠楼身亡。"

张晓峰嘴角的得意消失，手里的黑色签字笔掉落在地，他深深吸气，终于昂头怒视谢云衿。

许是秘密被戳破，张晓峰明显恼羞成怒了，他破罐破摔道："是我弹过去的，我就是想烧死他，他本来就该死，死了又怎么样？"

如洪水决堤，张晓峰将他深埋心底的愤恨尽数吐出口，那一刻，他憋屈的人生第二次感觉到了畅快。

而第一次感到畅快是他将蚊香火星弹射到那个男人身上时，他冷眼

看着对面熊熊燃烧的烈焰，看着那个男人痛苦地凄厉哀号，看着他与烈焰一同坠落，那些担惊受怕逃贷躲债的日子便都会过去了。

"死了更好，他死了我们一家就都安宁了！"

张晓峰是畅快了，但何秋华和张母却都不畅快，在谢云衿和罗宇超想带走张晓峰细问情况时，遭到了两人一致的阻拦。

她们流着泪，就差磕头祈求，努力为家里寄予厚望的孩子辩解。

"警官，你别听他胡说，孩子小，不懂事，那是他亲爹，他怎么可能做这种事？肯定是搞错了，你要抓就抓我，抓我好了……"

谢云衿最不擅长招架这种场面，于是带着张晓峰先行离开，由罗宇超负责阻拦安抚。

身后悲切的哭泣声在耳边晃荡，平静的张晓峰眼眶终于涌上泪意，他昂着脖子，脸偏着，努力不让自己落泪。

谢云衿还是拍拍他的肩膀算是安慰："跟我走吧，把做过的事都如实交代一遍，不用太紧张。"

从执法者的角度，无论事情起因结果多么让人唏嘘、让人痛心，谢云衿只能尽量保持完全中立的态度，按规办事，至于之后的事，全由法律定夺。

她带着张晓峰回刑侦支队，还没开始细问情况，甚至屁股都还没坐热，便收到了一则指令。

"这个案子，你不用管了。"

谢云衿眸光促敛，拍桌而起："为什么？撤销惩罚回归队伍，是吴队下的命令。"

"云衿，你不用这么激动，我不是来同你抢案子的，吴队是下过命令，但继续处罚是何队说的，他的脾气想必你比我清楚……哎，云衿，你去哪里？"

方审话讲到一半，谢云衿拔腿就往外走，走到何繁忠办公室门口，正巧与推门而出的江暄狭路相逢。

江暄注视着谢云衿，推了下鼻梁上的金属镜架，镜片后深藏的目光平静慵懒。

两人似乎都没有相让的意思，场面有些僵持。

谢云衿不想浪费时间，她很快挪开视线，声音也故放冷意："我有要紧事找何队，麻烦江法医让一让。"

江暄的眉峰轻微耸动，他低下头，认真看着女子姣好却有怒意的面容，黑沉双眸里的情绪晦涩难解。

　　白色冷光下，他的影子落到谢云衿脸上，目光也投向她，抬手将门挡得更加严实，轻轻笑着："我要是不让呢？"

　　谢云衿被这样的眼神弄得有些炸，她眉一冷："你不让？那别怪我不客气。"

　　江暄笑意戏谑，故意拿话刺激她："你怎么不客气？"

　　说完，她不管三七二十一，伸手薅起江暄的衣领就往外拉。江暄笑得轻佻，却并不反抗，还大声说道："谢组，你想非礼我？"

　　谢云衿动作干脆利落，两秒时间不到，江暄趔趄一下被暴力拉出门外，再转过头，只能看到谢云衿潇洒离去的背影。

　　"砰！"

　　震耳欲聋的一声巨响，刑侦队长办公室那扇门被她狠狠摔上。

　　江暄呆滞了好几秒，慢条斯理地整理好被她薅乱的衣领，然后深深吸了一口气，垂首强抑住心跳，似乎是无可奈何地笑了一声。

　　听到摔门声，何繁忠的眼从满桌文件里抬起，见着来人又很快落了下去，嘴里轻"呵"一声："你是来兴师问罪的？"

　　"很显然，我不是来同你话家常的。"

　　何繁忠面无表情，自然知道她的来意，握笔的手写个不停，从鼻子里哼出音来："停职三个月就是三个月，少一天都不行，你出去吧。"

　　"这案子我算是解决了，也不能算戴罪立功？"谢云衿一边说一边走到铁皮橱柜旁，挑挑拣拣，拿起里面分量最重的奖章。

　　"功是功，过是过，功要奖，过要罚，二者不可能混为一谈。你出去吧，不用跟我废话了。"他放下笔，揉了揉疲倦的眼，正欲三下逐客令，抬头看到她单手举起奖章，好像随时要扔到地上。

　　"放放放……放下！"

　　"不是说不用废话了吗？"

　　何繁忠语塞，无奈招手："我有废话要同你说，行了吧。过来！"

　　谢云衿满意地耸耸肩，转身将奖章原封不动地放置回去，这才走到他面前："我要归队，我要查案，我不能闲着。"

　　"不行，处罚就是处罚，不可能为你一人破例。"顿了顿，何繁忠语重心长，"刑侦工作里，如果说急躁是大忌，情绪失控就是致命，你作为执法者，尤其做的外勤侦查工作，失控带来的严重后果，你难道不清楚吗？"

　　谢云衿满腔怒意被嘹亮有力的质问声尽数浇熄，她攥紧的拳慢慢松

开,语气也很疲惫:"我清楚。"

"你清楚,但你还是犯错了!"

谢云衿无话可说,也无法反驳。

何繁忠一副老干部作风,端起旁边盛满浓茶的茶杯喝了一口,随后抬头直视谢云衿。

"云衿,你爸和我是过命的交情,你也是我看着长大的,你从小胆子就大,不服输也不服管,说得好听是独立有主见,说得不好听就是我行我素。这件事,我不认为是小事,让你停职三个月,是希望你反省的同时好好休息,我不否认,无论是分析、研判,还是逮捕抓人,你大胆,你果断,同样的,你不乏细致,但情绪管理也是能力的一部分!

"我知道,你考公安大学,进公安系统,在工作上拼了命,废寝忘食,不肯有一丝的懈怠,不仅仅是为了新案,也是想早日破了你爸那桩旧案。"

提到父亲,谢云衿有些哽咽,但她犟着:"我不是为了他,我是为了我自己。"

"嘴硬,你就是这样,从来不肯低头,忘了你高中时候放的话?说最讨厌我们这群臭警察,以后你见着警察就躲得远远的,结果现在呢,你反倒成了自己最讨厌的人,这是为了自己?"

谢云衿想起叛逆时期说的那些"大逆不道"的话,轻轻笑了笑:"多少年前的事,你还记得啊?"

何繁忠也笑了:"我记性好。"

他说完突然想起什么,神色变得严肃:"队里新调过来的法医江暄,我看着有些眼熟,是不是和你认识?"

提到他,谢云衿眉眼一沉:"高中有过些接触。"

"是你以前的高中同学?他在暗中调查你,你知道吗?"

谢云衿眯起双眼,有些不可置信:"他在暗中调查我?"

"嗯。"

"并且,他刚刚找我谈话,也有些试探我的意思,被我糊弄过去了。"何繁忠伸出满是厚茧的手指叩叩桌面,"你们真的只是在高中阶段有过些接触?那为什么他会对你的身份这么上心?"

对于这些,谢云衿并不想提及。

何繁忠语重心长:"云衿,当年你作为直接受害人差点丢掉性命,媒体那边制造出的谣言铺天盖地,出于保护受害者的目的,你被救起也没对外公开,身份信息和户籍信息都做了修改处理。如今你爸爸的案子一直悬而未破,他调查你不知道是出于什么目的,不管他是不是已经知道了你的身份,反正你自己多小心些。"

谢云衿点头:"我能处理好。"

"能处理就好。"何繁忠拿起桌上的笔继续批阅文件,"这个周末来家里吃饭,你婶婶吩咐的。"

"好,让婶婶多做些好吃的,我一定到。"

谢云衿转过身,疾步往外走去。

时间已晚,但刑侦支队各个办公室都灯火通明,旧案新案汇聚一堂,众人自是忙碌异常。但这些忙碌,谢云衿都要暂时告别了。

她走到外勤侦查科办公室门口,单手插进裤兜,看着办公室里的同事都忙得热火朝天,而自己却无所事事闲得发慌。

不知道是不是刚刚与何繁忠的谈话里提到了父亲,总之,谢云衿突然心情很差。

心情一差就容易乱想,一乱想,她就想揍些什么发泄情绪,这不,拳击沙袋便成了极好的对象。

训练室人不多,只有寥寥几个,谢云衿眼含冷意,看着眼前的黑色圆柱体沙袋,赤手空拳,左勾右勾,侧身将荡过来的沙袋一脚踢飞,动作行云流水干净利落。

动作干净,心里却乱糟糟。

脑中像在放电影,不停闪播着父亲出事那天的场景。

2010年5月24日。

无比普通的一天。

从早上开始,雨将落不落,这种天气最惹人厌烦。

她那时还留着长发,大波浪,故意化着烟熏妆,耳朵上垂下来的铁环比拳头还大,身上也是露脐装小热裤,怎么出格怎么来。老古董父亲果然气得够呛,对着她破口大骂。她也是个怪胎,父亲越骂心里越得意越舒坦,直到一句恨铁不成钢的"徐酒酒,你妈妈看到你现在这个样子不知会有多难过",将她彻底点燃。

她脸上得意的表情先凝固后狰狞,立马剑拔弩张:"徐海成,你有什么脸提我妈?

"如果不是你,我妈根本就不会死!"

她伸出食指,指着眼前这个中年男人的鼻子咬牙切齿:"从小到大,你管过我吗?管过这个家吗?为了你的工作,你的案子,这个家你回过几次啊？我生病你不见人，妈生病你也不见人，她不是你最爱的女人吗？既然这么爱，妈去世前给你打的那通电话你为什么要挂掉！如果你没有挂断，她也许就不会死，你就是害死她的真凶，罪魁祸首！"

……

谢云衿心底如同千层浪花翻涌，尽管已经汗如雨下，可她像个不会累的铁人，拳脚依旧快而密集地落在沙袋上。

动作激烈，响声沉闷。

不远处有两个人并排站着，目光默契地锁定在谢云衿身上。

一个是罗宇超，另一个则是江暄。

罗宇超忍不住"啧啧"两声，将手肘靠在江暄的肩膀上："江法医，你说我们谢组怎么这么能打啊，这都快半小时了吧，愣是不带歇的。"

江暄收起了散漫，身体站得笔直。他沉吟了片刻，撂下几个轻飘飘的字："她有心事。"

"江法医，这你都知道啊？"罗宇超笑嘻嘻地转过头调侃他，"我感觉你对我们谢组怪怪的，不会一见钟情了吧？"

江暄没有回答。

罗宇超心情激动，忍不住和江暄分享几个小时前得到的一手八卦："哎，江法医，跟你讲件事。"

"我没兴趣。"

"我们谢组的！"

听是她的，江暄敛去眸中失神："什么？"

"我们谢组十八岁被男人伤害过，留下了心理阴影，所以现在对男人不感兴趣，你要是想追她，估计得下点功夫……"

话刚讲完，身后有人叫他："阿超？"

罗宇超赶紧回头招手："哎，这儿呢，找我干啥？"

"干啥干啥，开会！找你半天了，张晓峰的审讯工作已经结束了，心理辅导师和他的监护人都过来了，你可赶紧的。"

罗宇超拍拍江暄的肩膀："江法医，消息我给你透到这儿了，还得开会，我先撤一步了。"

他说完就小跑着溜走了，留下江暄还站在原地。而这边，谢云衿终于感觉到了疲累，蓄满力气的拳头给了沙袋狠厉一击，汗水挥落，迅速决绝。

沙袋还在大幅度左右晃荡着，约莫好几分钟才彻底停摆。

谢云衿脸颊通红，浑身都被热汗浸透了。许是刚才放肆太过耗尽了力气,她手脚都酸痛得很。

她走到旁边的长凳上坐下来,手肘大剌剌地撑在膝盖上,头低着,汗水就这样一滴滴顺着她流畅的下颌线淌下来。

突然,有个阴影落下,紧接着,眼前被人递来一块干净的白毛巾。

谢云衿累得很,压根儿没力气抬头,只稍稍抬了下眼,看清了这只拿着白毛巾的手。

是双修长劲瘦,指骨分明的男人手。

她不记得刑侦支队里有男人的手长成这样。

谢云衿秀眉一皱,终于昂起头来。

江暄眼底暗藏晦暗,声音却透出戏谑:"谢组,擦擦汗吧。"

谢云衿喉头微哽,犹豫片刻,索性心一横接了过来胡乱往脸上脖子上抹一抹,反正她也不是什么矫情的人。

江暄盯着她擦汗的动作眉目阴沉,眼前的身影逐渐与七年前那个重叠。他轻咳一声拉回思绪:"谢组,介意我坐你旁边吗?"

谢云衿把毛巾往旁边一扔。

"介意——"

"谢谢。"

两人同时出声,等说完,江暄已经在她左边的位置上坐下了,还精准无误地接过了那条白毛巾。

谢云衿气不打一处来,侧着身体质问他:"你这人怎么回事?我说介意,听不懂人话?"

江暄懒洋洋地笑了,故意凑近到她耳边呼出热气:"你的话我自然听得懂——"他停顿片刻又接着道,"但我不想听,我就想坐谢组旁边。"

热气搅得耳郭发痒,谢云衿眼皮一跳,连忙往旁边挪了三米远。

怎么回事?

她记得以前的江暄克制守礼,连调侃一下都能脸红半天。

那个时候的"高岭之花",怎么如今说话做事这么无耻?

冷静下来的谢云衿冷哼一声,故意嘲讽江暄:"江法医看起来一副正人君子的模样,没想到举止这样轻浮,真是人不可貌相。"

江暄蹙蹙眉:"原来这就是轻浮吗?"

他盯着不远处的谢云衿,笑容有些无奈:"我不知道,这些都是十八岁那年,我女朋友教我的。"

谢云衿:……真能甩锅。

谢云衿心烦意乱,也无意与江暄继续纠缠下去。

她起身欲走:"时间很晚了,我该回去休息了,谢谢江法医的毛巾,再见。"

"等一下。"

他的声音清冷有力,穿透力极强。谢云衿听到了,她面上波澜不惊,却本能地停下脚步。

"什么事?"谢云衿并未回头。

"没什么事。"江暄抬眼,神情有些哀伤,"我只是想说,谢组长得很像我一位故人。"

"哦?"

下一秒,江暄也起了身,凝视着她好看的侧脸,声音沙哑:"我的女朋友,七年前,她跳江了,活不见人,死不见尸,这些年,我都以为她已经死了。"

谢云衿心底不淡定,连呼吸声都急促了,但她会伪装,吸了一口气平定情绪,嗤笑一声:"江法医挺会编故事的,不过不好意思,你的故事,我并不感兴趣。"

她说完抬腿往前走了两步,直到江暄的声音再度响起。

"酒酒,我很想你。

"这些年,我过得很不好。"

谢云衿稍稍偏头:"可惜——你认错人了。"

谢云衿并没有停留,匆匆离开训练室,江暄此时是何种表情,她并不想知道。

外面风很大,道路两旁的香樟树"簌簌"作响,也将谢云衿额前碎发吹得肆意飞扬。

她稍稍缓了一口气,心情这才得以平复,加快步伐直接回了宿舍。

宿舍是两人间,她和黄缘一起住,此时刑侦支队各路人马正紧锣密鼓加班加点,黄缘自然还没回来。

肩膀有些酸痛,不知道是不是刚才打拳太过激烈拉伤了。谢云衿起身拉开抽屉,拿了里面的一瓶药膏背着坐到镜子前,她麻利地解开衬衣前两粒扣子,捏着领口往下拉,镜子里映出诱人的裸背。

她用嘴咬住瓶盖,一只手扯住衣襟,另一只手旋开瓶盖,手指挤压两下,将白色药膏均匀涂抹到肩膀处,刺痛感更加强烈了。

她倒吸一口凉气,极力忍住痛感,正欲拉好衣服,视线突然在自己锁骨下的那颗红痣上停下了。

049

谢云衿想起八年前,她那时还是骄纵张扬的徐酒酒,夜色黑沉的小巷子里,她做着荒唐事,将学校里那个高冷学霸堵在墙上。

她身量没他高,于是踮起脚,手指攀援住他的衣领将脸与他凑近到咫尺之距。

热气涌动,少年脸红到脖子根,扭过头压抑情绪:"请你自重。"

她置若罔闻,昂着头狡黠一笑:"给你讲个秘密,除了我和我妈,谁也不知道。"

"我锁骨下面有一颗红痣。"

江暄这时才终于忍不住推开她,拔腿就往前走。

他落荒而逃的背影让她笑得猖狂。

…………

谢云衿手指伸到锁骨上,细细摩挲这颗红痣,又想到什么,神色突然变冷,身体坐正后快速扣好衣服。

她明明很困,洗完澡躺床上却睡不着了。

凌晨两点,门外传来钥匙碰撞的声音,紧接着,灯被打开。

黄缘看到下铺隆起的身影,出声问道:"云衿?"

"嗯?"

"我是不是吵到你了?"

"没事,我还没睡着。"

"你今天怎么住宿舍?"

"太晚了,懒得回家。"

"哦——"黄缘尾音拖长,又坐到谢云衿床边打探,"何队那里到底是怎么回事,明明你都把这案子解决了,他怎么还是不肯让你归队啊?"

谢云衿翻了个身:"他也有他的顾虑。算了,认错受罚天经地义,停职这段时间,我就当养精蓄锐。"

"休息休息也好,按你办起案子不要命的架势,我都担心你身体。"黄缘说着起身收拾衣服,"我先洗澡去了。"

"好。"

两人寒暄完,黄缘这才进了浴室洗澡。"哗哗"水流声如同催眠曲,终于听得谢云衿进入梦乡。

做梦。

做了一整晚的梦。

梦里的男女激烈纠缠,浓重喘息此起彼伏,快乐达天堂,直到一声低沉的"酒酒,我好想你",直接让谢云衿坠落云端。

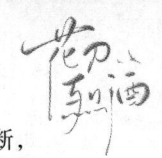

她猛地从床上坐起来，伸手给了自己左脸一巴掌，又利落又果断，嘴里嘀咕着："徐酒酒，这么多年了，还色心不改啊。"

一抬头，黄缘就站在浴室门口。

她头发抓成鸡窝，叼一根牙刷，张着满是白沫的嘴疑惑发问："云衿，大早上的，你扇自己耳刮子干吗？"

谢云衿一本正经地胡诌："做噩梦了，我做法驱邪。"

黄缘"哦"了一声，回到洗脸台前吐白沫，嘴里还嘟囔着："扇耳刮子还能驱邪呢？长了见识……"

谢云衿心神不定。

她换了衣服直接去操场跑步，跑了一圈又一圈，从淡漠无情跑到脸红心跳，很快就累了。

换平时，她能再来十圈，可今天不知怎的，提不起多大的劲，也不知道是不是昨夜梦里太累。

毛巾甩到肩膀上，谢云衿走到跑道旁拎起带过来的水喝了一口，扭头往旁边看，看到几个实习警员也来跑步，为首的穿个红裤衩，走路姿势大摇大摆极其欠揍。

罗宇超眼尖，一眼看到跑道边擦汗的谢云衿，兴奋地挥挥手。几人异口同声："谢组，早上好啊。"

谢云衿双眼微眯："早上好。"又问，"昨晚张晓峰的审讯情况怎样？"

"那孩子都说了，说是晚上写作业时从窗户外看到了对楼楼顶的张德树正往身上泼汽油，想到张德树做的恶事怀恨在心，就将蚊香折成段拿弹弓弹射过去，有的射偏有的没射到对面楼顶，一共弹射八次才点燃他身上的汽油。唉，这张德树真是种恶行，得恶果，没对家人干过一件人事，最终也死在了自己亲儿子手里。"

几人一阵唏嘘。

罗宇超叹了一口气，决意扯开话题："谢组，你今天怎么来操场跑步了？"

"昨天太晚就没回去，直接住宿舍了。"她说完目光落到罗宇超那红裤衩上，不禁嫌弃他的审美，"你跑个步穿得还真是喜庆。"

"嗐，我这不是本命年嘛，穿点红的挡挡冲。"

与罗宇超一同前来的伍方叉着腰，忍不住打趣他："阿超，别人本命年的红内裤都穿里面，你怎么内裤外穿，要不要脸啊？"

罗宇超眼睛一瞪："眼瞎啊，什么内裤外穿，我这是正儿八经的运动裤。"

两人于是就"罗宇超身上这条运动裤为什么这么像内裤"争论不休。

得了张晓峰的审讯细节,谢云衿无意再听这些不正经的插科打诨,她随手将汗涔涔的毛巾挂脖子上:"你们聊着,我先走一步了。"

说完,她也不等罗宇超几人回应,拎起地上的水杯抬腿就走。

回宿舍得绕过食堂,正好顺路,谢云衿便去食堂打包了份早餐。

云澧公安局四四方方的宿舍楼高四层,男性住一到三层,女性住第四层。谢云衿晃悠悠上楼,脑子不知怎么又浮现出早上做的那个春梦,她心浮气躁,走到三楼楼道口脚下一滑,身体跟跄往前倾倒——

没倒,平时锻炼得当,她又眼疾手快,手掌及时地撑住了地板。

问题不大,就是眼下这个情况有点狼狈,有点丢面,有点滑稽。

算了,没人看到就行。

谢云衿麻利地爬起身,拍拍手掌的灰,抬眸一看,春梦对象不知什么时候出现在了面前,还居高临下地看着她。

谢云衿斜睨一眼,若无其事地弯腰拾起地上的早餐和水杯,刻意忽视掉上方来自江暄的视线,疾步往上走,只希冀自己能快些从他眼前消失。

昨晚江暄讲破她的身份,谢云衿以为他会在此刻继续纠缠讨个结果,却没承想擦肩而过时——

"确实是我弄错了。"

江暄背脊笔直如松,单手插进裤兜,却目光轻佻语气懒散。

"谢组不是我要找的人,昨晚失态还请见谅。"

谢云衿脚步骤停。她明显是蒙了,而后又反应过来,故作无所谓地耸耸肩。

"没关系,我没放心上。"

她缓缓转头回看他时,正巧与江暄四目相对。

他长得好看,眼狭长,鼻高挺,窄腰长腿,颀长挺拔,面貌与之前相比变化不大,只是更显成熟气息。

"嗯。"他脸上挂着淡笑,薄唇微启,语气有些揶揄,"谢组上下楼还是小心些,真摔了可就不好了。我还有事,就不闲聊了。"

谢云衿没好气地抿唇:"谢谢你好心提醒。"

话音落下,江暄没有丝毫犹豫地往楼下走去,轻轻蹭上了谢云衿的肩膀,如一阵风,又快速离开。

谢云衿侧眼看他的背影。

昨夜重重举起，今早轻轻放下，他没事人一样，谢云衿心里却暗自失落。

角色对调。

好笑，她有什么好失落的。

谢云衿轻"嗤"一声，眸光敛回，头也不回地往楼上走去。

停职察看三个月，熬了一个月，还剩两个月。

从以前的昏天暗地到如今的无所事事，时间确实难熬，好在谢云衿极其自律，每日训练计划安排得满满当当，绝对不让自己松懈下来，终于熬到头，她得以再度归队。

早晨的凉风"飕飕"地吹着，谢云衿一大早便来了外勤侦查科二组办公室，意外的是，偌大的办公室，竟然一个人都没见着，安静得有些过分。

难不成时间太早都还没来？

谢云衿在门口驻足片刻，然后随意地环顾了一眼办公室，随即迅速否定了这个结论。

办公桌上的茶杯里还在冒热气，电脑不仅开着，连警用信息系统都已经登录上了。她又往前走了几步，在垃圾桶里看到了被丢弃的包装纸，包装纸上印着几个五彩缤纷的大字：惊喜喷花筒。

谢云衿叹了声气，无奈地揉了揉太阳穴，手还没放下，从办公桌底下蹿出好几人往她身上炸礼花，金光闪闪的碎纸片喷了谢云衿一身。

"Surprise！（惊喜！）"

谢云衿今日穿得休闲中性，黑夹克黑长裤，黑色鸭舌帽压下，额前碎发搭在那双眼尾上翘的丹凤眼上，像极了秀气小青年。身上金纸片被她尽数抖落，这边，罗宇超还兴高采烈地邀功："谢组，这是我们特地给你准备的欢迎仪式，怎么样，是不是很惊喜？"

谢云衿淡淡抬眼："是很惊喜。

"如果你们能在我出现之前把痕迹都清理干净的话，尤其是——"她指了指垃圾桶，"里面的包装纸。"

场面一时间有些安静。

顿了几秒，罗宇超疯狂找补："清理现场痕迹，那不成犯罪分子了？"

大伙儿被他逗笑："阿超，你就别给自己找借口了，垃圾桶包装纸就是你扔的吧，对痕迹一点都不敏感，我们干的活最注重的是什么，细枝末节，亏你还是个刑警。"

罗宇超被打趣得不好意思，忙找台阶："还在实习，我以后一定多学习、多注意，绝不放过任何蛛丝马迹。"

得，还押韵了。

蒋丛走到谢云衿面前，俊朗面容上是久违的欣喜，他双眼湛亮："谢组，废话我们也不多说了，大伙儿都欢迎你回来，真诚的。"

"对，云衿，你不在这段时间，我们虽说还是在正常工作，可总觉得缺少了什么，现在想想，可能就是缺了主心骨。"赵语感慨万千。

孟孚也接着发言："云衿，我这人不会说话啊，但是看到你回来我是真的高兴，希望你继续带领我们冲锋陷阵，所向披靡。"

罗宇超不禁揶揄他："老孟，你连用两个成语这还叫不会说话，谦虚啥，你要是都称不上文化人，我们得多文盲啊。"他说完看向谢云衿，开始眨眨眼皮酝酿情绪，带着哭腔叫出一句"谢组，我可想死你啦"。

他们的方式是笨拙甚至滑稽的，但心意都是真挚的，一向情绪清冷的谢云衿不禁有些感动。她点点头，脸上是愉悦的笑意，深吸一口气缓缓开口："谢谢大家的欢迎仪式，说实话，我没想到，这是另一种方式的惊喜。"

气氛浓烈高涨，罗宇超的"中二"之魂熊熊燃烧，他率先伸出手："喊点口号打个气吧，同志们，都不许冷场啊。"

"为了正义！"

"那我为了真相。"

"为了死者冤屈。"

"告以生者安慰。"

"团结。"

"细致。"

"勇猛。"

"协作。"

"加油。"

"冲！"

热血完，罗宇超还不忘叫唤："刚刚是谁喊的'冲'，拉低我们的文化水平，是不是你啊老肖？"

"阿超，你就喊个'加油'，还好意思讲老肖没文化水平，要不要脸啊？"

"我怎么不要脸啦？那'加油'好歹还两个字！"

"别贫了，这满地的碎纸片，赶紧把卫生搞一搞。"

....

众人散开，办公室里依旧充斥着快乐的氛围，直到有个轻慢的声音在门口响起："做什么，这么热闹？"

"哎，江法医是你啊，我们在给谢组搞欢迎仪式呢。"

江暄拖长尾音："哦！对，今天是谢组复职的日子——"

他说着走到谢云衿面前，谢云衿也适时抬眼看他。突然，他修长的手往谢云衿脸上伸来，谢云衿心下一滞，下意识往旁边小幅度躲了一下，却不想江暄的手并没有收回，而是直接伸到她眼前，从发梢取下一片黄色的亮片。

"谢组头发上沾了东西。"

他如此坦荡，倒显得自己的躲避小心眼了。谢云衿压下眉眼："谢谢。"

"不客气。"

江暄只淡淡地瞥了谢云衿一眼，随后快速地挪开视线，抬腿走到秦海明办公桌前递上一个黄封皮密档文件袋："你要的东西。"

秦海明忙接过："江法医，你看这……我准备自己去取的，还劳烦你给我送过来了，多不好意思。"

"没事，顺路，"江暄说着又侧过脸，"正好我也顺便过来对谢组说一句话。"

谢云衿狭眸微眯，细密睫毛轻轻颤着。

他深深凝视着谢云衿，笑意飘忽，眼底有说不清道不明的轻微暧昧。

"欢迎你回来。"

第 二 案

暗中窥

第四章
无声博弈

江暄是真欢迎还是假欢迎,谢云衿不清楚,但从那天在楼梯口偶遇开始,他再没提过那回事,就仿佛他真的是认错人一般,关于那天晚上为什么揭穿谢云衿身份,还情难自抑冲着她说了一句"我好想你"的事也至今是个谜。

谢云衿不问,江暄不提,两人以一种奇怪的方式相处着,见面客客气气,说话规规矩矩,你叫我"谢组",我喊你"江法医",工作时间能解决的事绝不拖到私下,真的就是平淡无奇的普通同事关系,虽如此,每每落在对方身上的眼神却又似乎没那么简单。

张德树坠楼案过后,临江市风平浪静了一阵,云澧区刑侦支队的警员们也乐得轻松,没新案就找老案追旧案究悬案,总之一句话,不能闲着。

其间,临江市电视台同云澧区刑侦支队搭上了桥,说要办个法制节目,一来整理临江市近些年发生的刑事案件警醒观众,二来还能起到向群众普法的作用。上头领导觉得甚好,普法担子任重而道远,有电视节目助力传播效果更广。

这不,一拍即合后,电视台那边也做了详细的策划,很快递交过来第一期的主题,定为"网络信息安全与刑事犯罪"。

如今科技发展日新月异,网络安全已经成为重中之重,电视台从信息安全作为切入点,深入剖析近年来与之相关的刑事案件,挖掘背后隐情,探究复杂人性,最重要的是宣传法制,警醒世人。

云澧区刑侦支队副队长兼"对外工作处理员"吴海楼自然是万分重视,立刻召集全队出谋划策,要求寻找近三年来典型的、有影响力、有故事性还得发人深省的案例,很快定下两起案件。

一起是去年发生的"儿童失踪被绑案",另一起也是去年发生的"狂热粉潜入女明星住宅伤人案",这两起案件的起因都与"网络"二字有密不可分的关系。

主题定了,案例也定了,节目宣讲员却一直没定下来。吴海楼原本打算带着技术科负责信息侦破的王临风过去,但节目录制前几天,王临风突然生病住院了。吴海楼思来想去,居然找上了谢云衿。

谢云衿:"吴队,我需要理由。"

"你形象好气质佳,说不定能提升收视率,这样我们的普法宣传效果更好。

"这两起案子你都经手过,特别是女明星宋翎那起案件更是由你全权负责,整个队伍,我都找不出比你更适合的人。

"节目明天就开始录制了,云衿,你别犹豫了,赶紧过来救救场吧。"

一连三点,条条充分有理有据,谢云衿要是推辞,就显得过分矫情了,但她低低头,还是向吴海楼说明自己的顾虑:"吴队,我不喜欢面对镜头。"

吴海楼摸着下巴,自然不理解她的顾虑,还以为她是因为电视节目要面对观众紧张了。

"害怕啥,云衿,就上个电视,没多大事,不用紧张。刀山火海冲锋陷阵你都能去,怎么一个镜头就把你给吓着了。这样,你再考虑考虑,午饭后给我答案。年轻人,格局要大一些,我还有事,先下楼了啊。"

"吴队……"

谢云衿本想立刻回绝,可惜吴海楼压根儿不听她讲完就疾步下了楼。她无奈扶额,单手抱起一摞文件转身进了办公室。

屁股还没坐热,几人闻讯前来凑热闹,围着她的办公桌高谈阔论。

秦海明:"谢组,听说你要和吴队去参加那法制节目?"

谢云衿眼都没抬:"谁说的?我压根儿没同意。"

罗宇超双手撑桌:"还没同意啊,他们都这么讲。"

谢云衿:"谁传的谁去,我不会去。"

"为啥不去啊谢组,这多好的出风头机会,要是我能去,一定广播宣传,让我三姑六婆七婶八姨都坐电视机前看看。"

秦海明哈哈笑:"你也就这点出息。"

谢云衿面无表情地整理桌上材料,几人则在旁边聒噪地互相打趣。

"你们知道这节目主持人是谁吗?储俪,著名美女主持,我挺欣赏她的。"秦海明说着看向谢云衿,"哎,谢组,你要是真去别忘了给我要张签名。"

谢云衿翻动纸张的手骤然怔住,眼皮微抬,声音带着寒意:"谁?"

"储俪，临江电视台主持人。"

谢云衿的神色滞了几秒，目光慢慢挪下来，语气变得很随意："有点意思啊，这美女主持，怎么你对她挺了解的样子，说来听听。"

"也不是很了解，就略有耳闻，储俪最开始是在临江电视台《360新闻栏目》当记者，一年不到就积累了不小的名气，转行做了主持人，专做法制栏目，我欣赏她是因为常看她的节目，原因也简单，就觉得她漂亮。"

他话落音，谢云衿这边也整理完毕，她起身走到办公桌后面的铁皮书柜前，将文件整整齐齐叠放进去，关好柜门。她稍微偏头，视线幽暗："行，我到时一定给你要到签名。"

"行！"

忙忙碌碌一整天，工作时间结束，谢云衿直接回了宿舍。

今晚黄缘归家，宿舍只有谢云衿一人在。

室内昏暗，没开灯，窗帘也被拉紧，幽蓝的笔记本灯光映照在谢云衿淡漠清丽的面容之上。

她身体僵硬了几秒钟，这才伸出手去点击鼠标，"噼里啪啦"的键盘声响个不停。很快，隐藏文件夹被点开，她点开其中一个视频，长眸微微眯起。

画面中，女子长相貌美，大眼睛高鼻梁，扎着高马尾，眼神坚定，语气也铿锵有力，正在进行着新闻播报。

"观众朋友们好，挖掘案情，深度剖析，做最真实的新闻，我是'5·24'特大纵火杀人案的特派记者储俪，我正在案发现场。

"现在我们可以看到身后已经成为一片焦土，尽管大火已经熄灭一天一夜，可站在这片土地上，还是能够感受到刺鼻的焦味。据悉，415号楼起火并非意外，而是有人蓄意纵火，纵火人是户主徐海成的亲生女儿徐洒洒。

"有人拍下火情发生之后，徐洒洒独自一人逃离现场的照片，据知情人透露，'弑父恶女'徐洒洒逃离现场后直奔临江大桥，后从桥上跳江，疑为弑父后自杀，目前下落不明中。以上是《360新闻栏目》记者储俪发回的报道。"

看到这里，谢云衿突然抬手合上电脑。她身体慢慢往后倚靠在椅背上，深深地吐了一口气。她头昂起，看着头顶，目光涣散，然后轻轻"呵"了一声。

空旷房间里荡起回音。

一夜无眠。

翌日一早,谢云衿穿好制服站在镜子前。

她的背脊挺直如松柏,头昂起,细碎短发下,眉英气,眸淡漠,眼眶下有淡淡青痕,透着股生人勿近的气息。

入职三年,谢云衿能穿制服的机会并不多,毕竟跑外勤侦查,一身便服更容易在三教九流里混迹,因此,她也珍惜每一次穿制服的机会。

谢云衿稍稍低头,伸手拿起旁边的警帽戴好。

电视台那边也很重视这次的节目,派了专车来局里接人。上午八点整,谢云衿同吴海楼一起坐上了车。

司机师傅是个健谈的,一路上都在与吴海楼攀扯前段时间的坠楼案。谢云衿没心思细听,索性头枕椅背开始闭目养神。

不多会儿便到了电视台。

节目流程烦琐,今日还不是正式拍摄,仅仅只是对本而已,就弄得谢云衿疲累不堪。

上午十点多,工作人员一声讨好的"储老师来啦"将谢云衿的浑身疲惫尽数驱赶。

会议室门口走进来一个身穿黑色西装套裙、脚踩黑色细高跟的女人,她年纪三十有余,保养极好,皮肤紧致光滑,一头端庄的鬈发,脸上挂着盈盈笑意:"两位警官好。"

储俪先跟吴海楼握手问好,又往谢云衿的方向过来,高跟鞋"哒哒"作响。

"你是谢警官吧,你好,我是储俪。"

两人对视着,空气都有些凝结。

储俪嘴角噙着标准得体的笑容,手停在半空,修长又漂亮。

顿了好几秒,谢云衿这才缓缓伸出自己的手轻轻握上去。

"储老师好,我是谢云衿。"

谢云衿握得太久,储俪笑容依旧得体,还轻柔地开口提醒她:"谢警官?"

谢云衿这才松开手,声音冷寒低哑:"抱歉,储老师,能给签个名吗?"她递上早就准备好的纸笔。

"当然可以。"储俪端庄优雅,在纸上签下了自己龙飞凤舞的大名,脸上笑容依旧如春风和煦。可她转身时,谢云衿分明捕捉到她眼中那抹

细微的嫌弃,想来也并未认出自己。

谢云衿站在原地,目光缓缓往下,看着纸上的名字,视线变得冷沉。

这位储老师只来露了个面,看了下节目台本,前后不过二十来分钟时间便匆匆离去,可谢云衿、吴海楼和此节目的工作人员却为此忙碌了整整一天。

第二日是正常拍摄,电视台依旧有车过来接,吴海楼在楼下等了谢云衿十分钟,却迟迟不见她下来。出乎意料地,他等来了本该躺在医院的王临风。

"云衿不来了,她说她一个跑外勤的,不适合在电视节目上露面,让我过去拍摄,刚刚她已经把节目流程都跟我细说了一遍。"

吴海楼一脸不解:"你不是该在医院吗?"

"吴队,您这是见不得我好啊,我病好了就不能出院吗?"

吴海楼瞪眼:"你小子,我是那意思吗?我的意思是你病刚好,不躺家里休息休息?"

"您看我像是能闲得住的人吗?"

到了这个节骨眼,吴海楼也不打算和王临风瞎扯,拉开车门:"行了,快上车吧,别让人家电视台的久等了。"

王临风也不迟疑,"哎"了一声,麻利地钻进车里。

刑侦支队三楼窗口,谢云衿站在那里,目送电视台的车辆消失才收回视线。

她转身,将一张写有"储俪"二字的纸张放在秦海明的桌上。

电视台那边进展迅速,不出两天便完成了后续的后期剪辑等工作,赶在周五新闻时间前的六点档播出试水。

开播当天,云澧区公安局大厅墙上的电视机也同步播放着。正逢晚饭后的时间,观看警员非常多,人潮中,谢云衿也在列。

她面无表情,视线也是极度淡漠,头稍稍昂起,专注地盯着电视屏幕。

强光灯照亮,储俪手拿蓝色文件夹,站在光圈正中,嘴角扬到特定弧度,流畅地说着铿锵有力的开场词——

"聚焦罪案,探寻真相,我是你们的案件引导员储俪。近年来,信息科技技术发展日新月异,人们的生活也有了极大的便利,然而,由此产生的恶性案件也越来越多,今天,案件引导员储俪将带领大家一起,走进临江市近几年由'网络'诱发的罪案,探寻罪案的背后究竟有着怎样的隐情。"

镜头一转，电视屏幕开始播放起案件详情来。

这两起案子，谢云衿都直接或间接地参与过，确实是与"网络"有关的案例中最典型的。

第一起，绑架儿童案。作案人是受害儿童父亲的下属，因为工作失误被开除，由此怀恨在心，根据上司在朋友圈发布的大量生活照，了解到他家的很多情况，诸如孩子的名字、就读的幼儿园、学习成绩以及老师的样貌姓氏，在幼儿园外踩点观察几天，找准时机冒充家长接走了孩子，后绑架孩子勒索五百万。

第二起案件的作案人则聪明得多，他是女明星宋翎的狂热粉，只根据她在社交平台发布的一张手持咖啡杯站在窗前的半身照，从房子构造、格局朝向以及窗外植物、标志建筑等特征找到了宋翎的居住地址，后偷偷潜入她的家中妄图近距离观察女神，被发现后刺伤宋翎逃走。

谢云衿对案情都一清二楚，自然也没了看下去的心思，默默转身打算离开时，却发现江暄正站在人潮末尾。他穿着休闲，几缕碎发乱糟糟耷拉在双眸之上，一身的颓懒。

这人目光不在电视屏幕上，却直勾勾定格在她身上，视线晦暗流转中，不知藏了什么样的心思。

谢云衿淡淡抬眼，毫不避讳地迎视上去，她进他就退，分秒之间，江暄已经不动声色地看向了别处，目光似乎从未在她身上停驻过。

谢云衿狐疑地眯起双眼。

她不懂，江暄自然也没那么轻易让她看懂。

两人无声的心理博弈，以谢云衿拔腿离开而终结。

太阳落山，天色渐沉，又沉得不够彻底。

天边晚霞混杂街巷霓虹，给这座繁华都市点缀上芜杂色彩。

街边停了辆出租车，有一女子推门下来，她长相算不得多美，但打扮时尚，手上拎着新买的名牌包，又刚做了头发，整个人明艳夺目。

女子踩着高跟鞋，走进街道边上的一个小区。

小区老，修成于上世纪八十年代，经历快四十年的风雨洗礼，钢筋水泥铸造而成的房子已经被时间侵蚀得斑驳陆离，老化严重又没电梯，也因此，租不出太高的价格，住的大多都是外来务工人员，里面鱼龙混杂，什么人都有。

五六分钟的工夫，女子已经走到了小区最里侧那幢房子。正欲上楼时，后面有人喊了她的名字，是租给她房子的房东太太。女子爱打牌，去房东

太太家里打过好多次麻将，两人熟识得很。

"舒曼，你今天做了头发啊？黄黄卷卷的，真洋气真好看。"

女子转了身，笑眼盈盈，没接她的话茬，而是提了新的话头："哎，王阿姨，你提的什么东西啊？大包小包的。"

"好东西，早上回了趟乡下，摘了好多青菜，都是有机食品，又新鲜又健康。来，舒曼，你拿点回去吃。"

房东太太热心肠，说着就要分她一把，名叫舒曼的女子摆着手："王阿姨，我又不做饭的，你给我也没法吃啊。"

房东太太这才收起分菜的手，一拍脑门："看我这记性，给忘了。这样，我明天做好了菜，你来我家吃。"

"那多不好意思。"

"那有什么不好意思的，咱们邻里邻居的，你都租了我这么多年的房子了。"

两人热闹地寒暄着，一前一后上了楼，到三楼，往走廊深处再走几步，便到了女子的租房。

租房门外是一块"出入平安"的红色地毯，旁边还放置着一个鞋架子。

女子如往常一般，拿了鞋架最上面那双粉色拖鞋放地上，将手撑在门把上换好。临进门时，身后房东太太突然想起什么，扯住女子拿钥匙的手凑上去，神色古怪地问："舒曼，你最近没得罪什么人吧？"

女子扭过头，轻轻笑着："王阿姨，我每天上班下班，能得罪什么人？"她说着将钥匙插进锁孔，轻轻一转，"嘎哒"一声门就开了。

房东太太咽了下口水，扭过头小心翼翼瞥了眼楼道的方向，凑得更近了些："有件事，我觉得还是得和你说一下。前几天我回家，发现你门口有个男的长得贼眉鼠眼的，鬼鬼祟祟，不知道是干什么的。总之，自己多小心些。"

女子漫不经心地笑着进了门，嘴里应着："谢谢王阿姨，我会多注意的。"说完，门合上。

女子开了灯，将包挂在衣帽架上，又走到窗边拉开窗帘，随后拿了遥控器打开电视机。

临江电视台正播放着新出的法制节目的第一期，取名为《谁在看着你》。女子躺沙发上看了几分钟感觉无聊，便拿起手机刷起短视频来。刷了几分钟后，她拿了墙角的录像设备摆放到客厅中央，自己则站在窗前跟着跳起了短视频平台近期的大热舞蹈。

这是她这一个月来最热衷的事情，不过她没学过舞蹈，跳得不算好，只能算瞎扭扭，每次将自己跟风跳的舞蹈视频发送出去只有寥寥几十个"喜欢"和几条评论。这次发布出去半个小时了，喜欢或者评论她是一个没收到。

女子有些气馁，也有些烦躁，将手机随手扔进沙发，正欲起身去浴室洗澡，灯却突然熄灭了。

黑暗中，沙发上手机的振动声响，在深沉夜色里显得格外惊悚，女子也被吓了一跳，回过神后扑倒在沙发里将手机拿起来看了一眼，只见屏幕上显示着。

——您有一条新评论，请查收！

"咯吱"一声。

档案室的门被人从外推开，里面昏暗无光，空气中搅动着一股沉郁闷气。

外面光线透入，地面映出门缝与人影，紧接着，灯被打开，冷白色的光将黑暗尽数驱赶。

谢云衿抽出钥匙，抬腿走进来，在一排排摆放整齐、编号明晰的书架前缓慢走动，在放置2010年刑案那一处停了下来，依据编号一本本找过去，本该放置"5·24"案件卷宗的位置却空着，显然已经被人拿走。

谢云衿眉毛一挑，一抹疑虑涌上心头。她马上转身锁好门，找到档案室管理员郝证："七年前'5·24'特大纵火案的卷宗是被人借走了吗？"

见谢云衿到来，郝证放下手里的活，拿出一旁的登记本翻开找了找，抬头回答："昨天刚被借走。"

"谁借的？"

郝证顿了下："是江暄。"

他……

谢云衿眉头轻微地皱起，他借这份卷宗做什么？

她没迟疑，转身出了门，下三楼，直奔法医科办公室。

时间尚早，法医科办公室空无一人，谢云衿胡乱扫视一眼后锁定了江暄的办公桌，随后抬腿走了过去。

椅子拉开的，电脑显示屏亮着，茶杯的水温热，卷宗也被摊开。很显然，他已经来了，且人刚离开没多久。

谢云衿不想和江暄有过多接触，准备霸道一点，直接将这份卷宗合上准备带离，后续再找人通知一下他。可卷宗刚拿到手里，里面掉落一张照片，谢云衿的视线被吸引住，扭头往地下看去，熟悉感涌上心头。

照片主角不是别人，正是七年前的她与江暄。

照片里的两人坐在床上，手臂、肩膀都裸露，谢云衿长发及腰，白皙胳膊蛮横地搂住江暄脖颈回望镜头，举止亲昵暧昧。

这不是一张普通的合照，是当年她强迫江暄拍的，一张所谓的"床照"。

尽管如今的她与之前相较，在穿衣打扮很多方面已经大变样，但她只是改名换姓又非整容换貌，人还是那个人，只要稍微熟悉她的，不难察觉出照片上的女人与如今的她相貌相似。

随身带"床照"，还放办公桌上，他如今也是够野的。

他野他的，裸奔都不关她的事，可是他将这张照片明目张胆地放在公共区域，主角还正是她，谢云衿就觉得关她的事了。

她眼皮子跳跳，浑身血液加速流淌直冲心脏，快速拾起地上的照片，若无其事地揣进兜里，转身准备离开，却被身后站着的高大男人挡住了去路。

江暄单手随意插进裤兜，头稍稍往后偏着，眼睛眯起，视线意味深长。

毕竟是做贼，心理再强大也容易虚，谢云衿如今就处于这种状态。

不过她擅长伪装，哪怕已经被抓包，她仍然不动声色，就如什么事情都没发生过一般。

江暄推动鼻梁镜架，凑到谢云衿身边来，不兴师问罪，反而愉悦地打趣挪揄："谢组干着刑侦口的活，私下里知法犯法啊，偷拿他人财物是什么罪名，想必谢组比我更清楚吧。"

谢云衿淡淡抬眼，语气平静得很："我自然清楚，不过只是一张照片而已，几乎没有价值，这个罪名定不下来。"

江暄收起脸上的轻佻笑容，直勾勾地盯着谢云衿："对谢组来说可能没有价值，对我而言却价值非凡，你拿走我的东西，就不解释解释？"

谢云衿手指捏紧，被他堵得语塞，一时间没想好应对之词。而江暄居高临下观察她的神色，嘴角噙着愉悦笑意，又给了她台阶："既然谢组这么喜欢我和我女朋友的照片，就送你好了，反正我手上有底片，你要是这么喜欢，我再多洗几张出来……"

话未讲完，谢云衿冷了神色，将照片从兜里掏出放办公桌上："不要了，不稀罕，这是你的东西，你自己好好留着吧。"

她说完抬腿就要走，手腕却被人抓住，她怒目上挑："照片已经还你了！"

"我说照片了吗？"江暄低"嗤"一声，目光定格在谢云衿手里的卷宗上，"凡事得有个先来后到，这卷宗是我先借的，谢组想要也得先等我看完。"

谢云衿深吸一口气,收拾好情绪,认栽地点点头,扬了扬手里的卷宗,也将其放回到他办公桌上:"好,今天的事,是我做得不妥当,不好意思,江法医。"她刻意加重了最后三个字的语气。

江暄轻笑:"你这是在向我道歉?"

"你想要理解成别的意思,我也没意见。"

"谢组这道歉着实没诚意。"

"你不接受我也不勉强,先走一步了。"

说完,谢云衿不悦地抿抿唇,挣脱开手腕桎梏,毫不犹豫地往外走去。

身后,江暄被她挣开的手停在半空中,指尖似乎还保留着温热感。

他敛起脸上轻佻的笑,伸手拿了桌面上的照片,头稍稍往后注意着她的动向。

刚出门,谢云衿就迎面遇上神色匆匆的罗宇超。

"谢组……你……你可让我一顿好找……"他跑得满脸通红,双手叉腰喘粗气,一句囫囵话都说不清楚。

"慌什么?有事情慢慢说。"

"有……有案子了,恶性命案!何队已经让秦海明带着人先过去了,派我出来找你。"

"怎么不打电话?"

"打了,你没接。"

谢云衿掏出手机,发现自己不知道什么时候设置了静音:"没听到,行,我们马上过去。"

她目光冷沉,拔腿迅速往前走了两步,又突然想到什么,忙折返回来走到法医科办公室门口:"有案子了,通知一下你们科的人,收拾收拾东西,赶紧过去吧。"

早上八点,太阳明晃晃地悬挂在半空。谢云衿动作迅速,刚接到消息不出三分钟便到了楼下。随后,罗宇超也狂奔着直接钻进后座。

谢云衿正欲驱车离开,副驾驶位玻璃被人从外敲了敲。她降下车窗,偏头往那处看,外面赫然站着江暄,他的手肘随意搭在车身上,脸上挂着惯常的懒散笑容。

"谢组,我们法医科的车坐不下了,能不能搭你的车顺路过去?"

谢云衿无情地拒绝:"不行。"

话没落音,车门被人打开,江暄已经上了车,自行系好安全带,声

音愉悦:"谢谢,开车吧,谢组。"

谢云衿没好气地瞥了他一眼,表情寒着,什么话也没讲,也没将人赶下车,而是脚下油门一踩,车飙出十几米远。

罗宇超没系安全带,由于惯性,鼻子猛地撞上前座椅后背,疼得他龇牙咧嘴,忙用双手抱住前椅:"谢组,谢组,悠着点开,城区限速。"

江暄语气轻松:"没事阿超,不用减速,谢组可能是想去隔壁交警支队和那边的同僚们喝喝茶。"

谢云衿沉着一张脸,虽一言不发,但还是减缓了速度。

案发地址就在云澧区桃苑路上的桃苑小区,离刑侦支队不过三公里的距离。虽然旁边坐着个她并不想有过多接触的人,谢云衿也并不觉得时间难熬,因为只需短短几分钟便到了目的地。

小区大门敞开着,谢云衿一路畅通无阻,顺着大道开进去,那里聚了十几个居民看热闹,周围也停了好几辆警车,车顶蓝红警灯闪烁个不停,看来外勤侦查科和技术科的同事们都已经先到了,不过这外面警戒线都没布,肯定也才到没几分钟。

车停稳,谢云衿摔上车门之际,江暄和罗宇超也随即下了车,几人没迟疑多话,立刻抬腿往事发楼走去。

他们直接上了三楼。门口已经聚了好些人,还有个头发烫成鸡窝卷的中年妇女被两名警员搀扶,捂着胸口表情惊骇。

蒋丛眼睛尖,一眼就看到谢云衿,小跑过来高声喊着:"谢组。"

谢云衿轻轻点头回应,接过他递来的手套鞋套,穿戴时也不忘询问:"什么情况?"

说到案情,蒋丛神色立马变得严肃:"命案,手段极其残忍。"

说话之际,谢云衿已经越过人群进入了案发地。她轻轻抬眼,只见客厅窗边天花板下的铁钩上系着根铁锁链,锁链下吊着个人。是个女人,她背对着谢云衿,中等身材,曼妙身姿,身穿白色吊带睡裙,头发被烫染过,黄黄卷卷的。

技术科负责刑事照相的华铭先行靠近尸体,他端着单反相机,在死者周围不停拍摄,闪光灯不停亮起。华铭走动的过程中手肘不小心撞到了死者的脚,外力使得铁链滑动,悬挂半空的死者晃悠悠的,身体随着这股外力慢慢转动过来与谢云衿正面相对。

不对,不是正面相对。

吊在天花板下的那女人哪里还有什么脸?

只见死者的头颅吊在锁链之上,身体垂下来,脸部已经被火烧得黑焦一片，鼻眼融化不分彼此。

场面惊骇，众人见状惊吓得倒吸一口凉气，罗宇超刚实习不久，前几次出的现场只能算小打小闹，哪里见过这样的惨案，更不用说他一进来就直面冲击。他心理有些承受不住，两眼一抹黑踉跄转了身，扶着门框不停干呕，顿了好几分钟才终于缓了过来。

报案人是对面楼的租户，一个程序员，昨天加班到晚上十一点回家，无意中发现对面三楼住户还亮着灯，灯影绰绰，夜色浓郁，窗帘上竟然映着个人影，还是吊着的，双脚影子悬在半空。

时间已经太晚，报案人工作一天浑身疲惫，还以为那影子是对面晾的衣服，迷迷糊糊洗了个澡便上床睡觉，睡到早上六点起床上厕所，无意中又往窗外看了一眼，越看越不对劲，他睡意醒了不少，趴到窗前一细看，胆都差点儿给吓破。

那影子，哪是晾的衣服，分明是个人吊在窗前。

报案人这次没有迟疑，立刻选择了报警，电话转到最近的桃苑派出所。

凌晨六点半，桃苑派出所两名民警过来察看情况，根据报案人的指引上了对面三楼，先敲门，敲了半天里面都没人应，倒是把对门那户人家吵醒了——一个中年妇女尖厉的声音响起，她警觉地隔门询问情况。两名警员问出了她的房东身份，又如实说了有人报案的情况，希望她联系对门租户，房东王太太这才颤颤巍巍地开了门。

她先是给租户打电话，电话打不通，又是敲门，门也敲不开，折腾了快一个小时，她这才拿了钥匙打开了对面的门。一开门就看到悬挂在天花板下的女人，她尖叫一声，声音如利刃，无情划破了宁静的早晨，人也吓得差点儿背过气去。

此时，王太太还处在惊吓过度的状态里，她不停地咽着口水，双手颤抖得像扯了风。面对办案警员的询问，她连话都说不利索，断断续续的，勉强能听明白。

"她……她叫舒曼，蒋舒曼，租的我家房子，租了……租了五年了，昨……昨天还好好的，我俩一起回家，还讲过话，她做了新头发，洋气得很，怎么……就让人给害了呢……"

与王太太相比，报案人巩志邦就显得冷静不少，他身穿格子衬衣牛仔裤，戴着黑框眼镜，典型且刻板的程序员扮，伸手杵了下滑落下来的镜框，如实解释着："第一次看见影子没有报案的原因是真没想那么多，还以为是对门美女晾的衣服什么的，并且我才加班加点赶完一个项目，昨天更是忙到十一点才到家，整个人骨头都快散架了，只想快点洗完澡上床睡觉。"

他话刚讲完，负责询问的秦海明浓眉一挑，迅速抓住他话中疑点："你怎么知道这里住的是个美女？"

巩志邦回答得迅速，神色也看不出任何端倪："我看见过啊。我在这里也住了一年多了，两栋间相距就几步路远，窗帘一拉开，对面屋里啥样都看得清，前几天，我还看到她在窗前跳舞呢。"

他这回答倒也解释得通，秦海明没继续追问，低头快速做好记录。

这边，女警赵语也在问着王太太问题："案发前，有没有感觉受害人身边出现什么异样情况？"

"异……异样？"王太太神色一诧，握紧赵语的手腕，语气激动，"有……有发现异样！"

赵语迅速安抚王太太的情绪："您慢点说，不用着急？"

问到此处，王太太涣散的双眼这才开始聚焦，她说话也流畅了不少："前几天，我早上买菜回家，看到个男的鬼鬼祟祟，不知在……在舒曼门口捣鼓着什么，见着我，他慌慌张张的，很快就离开了。昨天我……我还提醒了舒曼，哪里晓得今天就出了这事，造孽哦。"她说着指着蒋舒曼房间门口的鞋柜，"他当时就站那里，站那个鞋架前……"

赵语的表情迅速变得凝重，她忙追问："这男的长什么样，眼熟吗？"

"长得尖嘴猴腮，头发也乱蓬蓬的，一看就不是什么好人，不眼熟，我从来没见过他。"

赵语记录的手写个不停，同时也问了下一个问题。

而这边的房间内，技术科的华铭和段烨完成了对现场所有的影像照片记录后，其余人才进入案发现场各司其职。

方审叉着腰，昂头看着铁链上这具颇为棘手的尸体，转过头和谢云衿商量："云衿，死者还是先弄下来，一直吊着，江法医他们不好开展工作。"

谢云衿"嗯"了一声，叫了声罗宇超："我们协助方组一起，先把死者弄下来吧。"

"谢组，等我几分钟……"

听到声音，谢云衿转身过来寻找罗宇超的身影，只见他还趴在门边脸色铁青，看来还没彻底缓过来。

谢云衿转头瞥了一眼，眉头稍微蹙起，却并未出言苛责他。

说到底，警察终究也只是肉体凡躯，少有人天生神力，初次见着这种残忍吊诡的凶案现场还能心如止水丝毫不受干扰,连谢云衿第一次出现场遭遇久泡江水的尸体,也在接触死者前做了十几分钟的心理建设才敢靠近。

害怕、恐惧,其实都是人之常情,只是责任使命在前,容不得他们退缩罢了。

她抿抿唇,还没来得及回罗宇超的话,江暄尾音上扬,在谢云衿身后说道:"我帮谢组一起吧。"

人手不够,有人帮忙已经是大好事了,因此谢云衿只是轻轻咽了下口水,并未开口拒绝。方审倒是热情十足:"那敢情好,江法医,我搬个梯子上去,你和云衿在下面接着。"

江暄侧眼看着谢云衿细密的眼睫,爽快应下了:"没问题。"

几分钟时间,蒋丛已经从附近居民家里借来了三角梯,将下面两脚固定好。方审伸手推了推测试稳定性,确定没问题后才"哼哧哼哧"爬了上去。

将吊着的死者弄下来容易,可不对死者尸体造成破坏可就难了,方审双脚跨在三角梯上,居高临下地看着,随后吩咐谢云衿和江暄:"你俩接着点啊,可千万别摔了。"

谢云衿忙上前,却没想江暄也一同上前,两人肩膀相触,气氛略微有些微妙。

不过这样紧要的关头,都无暇顾及这微妙的氛围了,两人皆全神贯注盯着上方。

方审在上面比画了半天,终于将死者从铁链上抱下来,谢云衿抬脚,江暄抬头,两人的配合有种无声的默契,快速地将死者平稳放置于空旷地面。

放好后,江暄并未起身,而是换了一副手套,收起往日里的懒散,头稍微往后偏了下:"帮我拿下门外的勘察工具箱。"

话音落了没两秒,一个沉重的大铁皮箱摆放到了江暄手边,他稍微抬眼,正好和放完箱子起身的谢云衿目光相撞,江暄嘴角弧度稍微扬起:"谢谢。"

回答完,他收拾好情绪,开始对死者进行初步尸表检查。

所谓尸表检查,就是对死者衣饰穿着、皮肤外器官等进行检验,以便迅速且粗略地掌握死者死亡前后的基本情况。

尸表检验中有先局部后整体,由上至下从前到后等约定俗成的顺序,而局部检验中,头部尤为重要,尤其人的脸,分布着人体表皮最多的器官,对于初步了解死亡时间、死因等情况有至关重要的作用。

但这具尸体却让江暄颇为棘手,只因死者的脸部已经被蓄意毁坏了,瞳孔、口腔、鼻腔都没细看,没法,只得从脖颈开始。

"脸被人用火烧毁,脖颈尸斑呈暗紫色,颜色深,有点像窒息死亡。"他用词也颇为模棱两可。

江暄说着又将脸凑近了些,仔细查看了死者脖颈上的勒痕:"索沟并没有充血出血小水泡这些生活反应,没有生前缢死症状,死者大概率是死后被人吊上去的。"

说着,江暄用手指按压死者,又从勘察箱里拿出一把尖利小刀稍稍划破死者的皮肤:"按压尸斑出现完全褪色情况,也出现了尸斑转移现象,切开来有血滴流出,坠积期尸斑典型特征,死亡时间十到十二个小时。"顿了顿,江暄又补充了一句,"范围再扩大点,八到十四个小时。"

他说着稍稍往后看了眼,从里面取了一把镊子夹取死者脸上被烧焦的部分仔细查看,镜片后的眸光专注而冷冽。

旁边,袁法医也到了现场,他蹲在江暄左侧:"江暄,这是什么东西,脸上能出现这种形状的?"

只见镊子上是一截黑炭样波浪弯曲的不明物体。

江暄摇摇头,又看了十几秒,拿起一旁的透明物证袋装了进去:"带回去验验成分。"

讲完,他准备检查死者腰部情况时,听到一声怒骂,明显是从里面的卧室传来的。

"浴缸里泡着些什么恶心人的玩意儿啊!"

这声高亢怒吼一出,自然吸引了所有人的注意力。方审才从三角梯上爬下来没两分钟,眉头一锁,步履不停去往卧室,再往前走便是浴室,他扒拉开发出声音的李怀朗:"什么情况啊?叫叫嚷嚷,大惊小怪的。"

往浴室门口探进个头,方审神情愣了,浴缸里赫然是一池子的乌黑血水,上面还漂着一团类似黑色毛发的东西,幽幽往外散发臭味。方审在支队一待六年,见此场景也忍不住骂了一声。

"什么恶心人的玩意儿!"

话说完,谢云衿也已经到了身后,她轻轻拍了下一个看直眼的警员,待他让路后这才走进去。

谢云衿平静地瞥了一眼一池子血水,然后将浴缸外用于遮挡的布帘拉到最开,弯腰下来,眉稍稍皱起,神情依旧冷静。她轻轻抓住那团黑色毛发一般的东西往上稍微提了下,这污秽血水里的玩意儿才终于展露在人前。

是一只黑色的，死去多时的长毛狗。

血水被搅动，像被投入催化剂一般，"咕噜"冒出个血泡，臭味也越发浓烈了。谢云衿屏息着将死狗拎起查看几秒后又放了回去，手套已经沾满污秽，她身体僵了下，随后回头看了一眼，这才开始认真打量起这个房子来。

房子不大，四五十来个平方米，一室一厅，入门是玄关，接着就是客厅，客厅右侧是个小厨房，左侧是卧室与厕所。屋子构造很简单，装饰也很温馨，粉色床单鹅黄色窗帘，床头摆满了布娃娃，房子也打扫得窗明几净，能看出房屋主人应该极爱生活。

可惜这样爱生活的人，却死于非命，想想也足够让人唏嘘痛心。

返回客厅换了副新手套，谢云衿目光随意一瞥，看到了茶几上摆放的照片，是一张单人照。上面的女孩留着黑色长直发，笑容满面，手里提着个"香奈儿"经典款的包，看起来靓丽时尚。

这边，对房东王太太和报案人巩志邦的询问工作已经结束，赵语整理好递上记录："谢组，问完了，还查了死者的户籍信息和一些基本情况，已经汇总整理好了。"

谢云衿接过来的同时，赵语也快速做起介绍来："死者蒋舒曼，女，1990年生人，今年二十七岁，未婚单身，在柳新路一家美容机构工作。她在这里租了五年的房子，和房东王太太关系很好。昨晚，王太太见过死者蒋舒曼，她们在楼下碰到，王太太还夸了她做的新头发，两个人一起上楼的……王太太还提到前几日，大概是9月15日，她亲眼看见有不明男子在蒋舒曼门口徘徊。"

"门口？"

"对，王太太说这男子蓬头垢面，穿个发黄的T恤和短裤，趿拉着一双拖鞋，当时在死者门口的鞋架前不知捣鼓些什么。"

"捣鼓？"

"嗯，他当时就在鞋架前，手在动，但是背对王太太，所以王太太也没看清男子究竟在做什么，她一出声，男子就慌慌张张地逃走了。"

谢云衿沉吟片刻，边翻记录的同时边问："对了，死者有养狗吗？"

"这个王太太倒没提。"

"嗯，你等会儿去问下。"

"好。谢组，还有什么别的疑问吗？我一起去问。"

"暂时没有。"

赵语是刑侦支队外勤侦查科除谢云衿外的另外一名女子，性子也是说一不二雷厉风行，谢云衿的指令刚下达，她就立马出了门。而谢云衿则走到门口的鞋架旁，大大咧咧地蹲下来，从上至下依次打量下去。

屋内打扫得干干净净，可这鞋架就完全不是那么回事了，上面的鞋子种类繁多杂乱，胡乱塞着，有些还脏兮兮的，一眼扫过去，都是女士鞋，其中以高跟鞋居多。

鞋架外放在城市中是很常见的事，一来不占屋内地方，二来人归家在门口就换了鞋，避免将外面污秽带回家。

谢云衿嘴里重复着："男子，门口，徘徊，鞋架，捣鼓……"

在鞋架前能捣鼓什么呢？

她突然想到什么，双眼聚光，动手将鞋架上的鞋子逐一拿出来仔细查看，重点看了鞋子内部。

关于鞋架，她其实想到这样一群人。都是男人，无论年龄、学历、有无体面工作，他们追求刺激，行事猥琐，在地铁公交车上，他们是偷偷摸摸的咸猪手，在酒吧夜场外，他们是目无法纪的"捡尸人"，而这其中有一部分癖好特殊的人，他们自称"猎香族"，他们对脚情有独钟，因此会专门寻找独身女子屋外的鞋架，对着鞋子胡乱发情。

谢云衿看完上两层的鞋子，并未发现什么可疑之处，又继续往下看去，在第三层左边找到了一只布满灰尘的黑色细跟鞋，它外表平平无奇，可内里却有一团白垢一样的东西。她深吸一口气，叫着罗宇超："物证箱拿过来。"

终于缓过来的罗宇超动作迅速地走到谢云衿身边："谢组，我来了。"

谢云衿将一只黑色高跟鞋放进去，刚起身，伍方便过来了，递给她一部手机："谢组，在沙发底下找到一部手机，没锁的，我点开看了一下，应该就是死者的手机。"

谢云衿接过来翻翻划划，先看了通话记录，又点开通讯软件，查看了死者生前与人的聊天记录，大多是闲扯，没什么太有用的信息，只在和一个备注为"小娟"的人五天前的聊天中提到过——好烦，最近走路上总感觉有人在看着我。

小娟的回复则是——该不会是你哪个暗恋对象吧。

谢云衿又点开她的短视频软件，发现死者似乎很喜欢跳舞，主页三十多个视频内容都是她站在那里扭来扭去，穿着裙子，美颜拉到最大，配上流行的音乐，有的时候在客厅，有的时候在卧室。谢云衿将她的短视频来回看了两遍,很快发现了端倪。

死者之前都是黑长直,而昨晚发布的视频里,她是黄鬈发。

房东王太太提到过,死者昨天做了新头发。

之前的视频里展示出,她的床上乱糟糟地堆放了很多衣物和名牌包,桌子上也胡乱堆放着化妆品,与如今房子的干净整洁形成鲜明对比。

谢云衿依照惯常思维,首先就猜测了案发现场被凶手刻意地清理过,现场确实也有大量清理痕迹。

她面无表情,点开这些视频的评论区,很快又发现了可疑之处。

评论区有一个活跃分子,他昵称"大眼睛",头像全黑,蒋舒曼每条视频下都有他吹的"彩虹屁"。

而最新的视频下同样也有他的身影出现——女神跳得真好,时时刻刻都在关注着你哦。

谢云衿顺着此人的头像点进他的主页,却什么都没发布过。

她手指顿顿:"让技术科的查一查这个账号。"

伍方接过手机,中气十足地回了句:"行。"

这边,江暄和袁新元已经从上至下看到了死者的手臂。

"手臂上有伤痕,掐伤和刮伤都有。"

袁新元说着抬起死者一条胳膊看向指端,倒吸了一口凉气:"手指磨破结痂,指缝有白色粉末。死者死前应该遭受过极大痛苦,这是手指抓挠墙面时形成的。"

江暄也看起了另一只手的指缝,他眯起双眼,又补充了一句:"从暗痂看,伤口应该形成几天了,不大可能是昨天形成的。"

袁新元也仔仔细细再看了一遍,同意江暄的看法:"对。"

黄缘这边也在玻璃茶几上发现了一枚非常清晰的灰尘指纹,她提取完毕后找寻谢云衿的身影,发现谢云衿正趴在地面不知寻找着什么。

其实,谢云衿在收集地面的毛发。女人的房间嘛,掉落的毛发比比皆是,隔几处便是一根,谢云衿全部收集起来,都是黄色的鬈发,与死者头上的颜色形状一致,到卧室床头柜,她发现了一根不太一样的头发。

一根黑色直发,半截被压在床头柜下。她小心翼翼地抬起床头柜取出时,很快又发现了疑点。

床头柜下一丝灰尘都没有,很显然也被刻意打扫过,她将之搬开来,这才发现床头柜后面遮挡的是一道道带着血迹的抓痕,似乎暗示着死者死前曾非常痛苦地挣扎过,这里倒是与死者指甲缝伤痕对上了。

谢云衿叫来华铭拍照留证，继续在卧室里搜索痕迹。她拉开抽屉，里面赫然是几盒药，都拆封过，且食用过半了。谢云衿看了眼药名。

奥美拉唑、雷贝拉唑……好像都是治疗胃溃疡的。

谢云衿又拉开第二层抽屉，里面空空如也，再往下看依旧如此。她打开衣柜，里面衣物不多，十几件而已，可谢云衿回忆起视频里堆放着的那满满一床衣物，她又想到了什么，翻箱倒柜找了半天，却没发现一个视频中出现过的包。

难道凶手行凶后，还带走了死者部分衣物和所有包？目的是什么？卖二手赚钱？

线索越汇越多，自然地，疑点也越聚越多。

江暄这边已经和袁新元做完了基本的尸表检验，他起身来视线扫了一圈，没在客厅找到谢云衿的身影，便去了卧室，进门便看到谢云衿拉开衣柜门愣着神。

江暄走到她身边，故意拿手在她面前扬扬，这才将她恍惚的思绪拉了回来。

见是他，谢云衿下意识往后躲了下，眼里充斥着警觉："做什么？"

工作结束，江暄好似本性回归，懒散地环抱双臂，目光中透着戏谑："不做什么，无非就是提醒谢组一下，免得你失了魂丢了魄。"

谢云衿轻哼一声，似乎对他的提醒很不屑："我谢谢你提醒啊。"

江暄摊摊手，颇为理直气壮："不客气，举手之劳。"

他言语顿顿，语气正经了些："尸表检查已经做完了，借你们组几个人，先将死者拖回去，我和老袁还得做个解剖。"

谢云衿刚想回"好"字，又想起来什么："你先别急，过来看看这里。"

她少有的主动让江暄眸色晦涩，他跟在她身后绕到了床的另一边，自然也看到了墙壁上带血的抓痕。

血液早已凝固，颜色发深。江暄皱眉："死者手指也有磨破痕迹，不过从伤口上的痂来看，似乎不是新伤，至少，绝对不会是昨天形成的。"

轻飘飘的一句话，越发加重了谢云衿的疑惑。

江暄转身叫着老袁："提取下墙面血迹。"

袁新元动作也快，不出五秒便急切地冲进来："来了，在哪儿？"

"这边。"

江暄深深看了一眼谢云衿沉思的侧脸，起身挪了些，袁新元凑近，仔仔细细将墙壁上残留的血迹提取进一个玻璃试管里。

提取完毕后，法医科和外勤侦查科两名警员带着死者尸体先行回了刑侦支队，而其余人员则是将这四五十平方米大的房间勘了个遍，确保没有漏掉一丝痕迹后，这才封锁现场收队离开。

　　离开前，谢云衿在门口遇上了瑟瑟徘徊的房东王太太，她精神萎靡，眼眶也红着，看起来状态很差。谢云衿视线往下思考几秒，后抬腿走到王太太面前开口问道："有些事情还想向你打听一下。"

　　她目光凌厉，再度开口："你确实是昨晚才见过蒋舒曼吗？"

　　王太太忙不迭地点头："是……是昨天……"

　　"你昨天见着她的时候，她手指上有伤吗？"

　　"伤？"王太太仔仔细细地回忆了一番后摇摇头，"没见着啊。"

　　"是没见着，还是没仔细看？"

　　这番话倒是将王太太问倒了，她又思考了一阵，无措地摇摇头："警官，我……我没注意，又怕讲错，这个我不知道……"

　　谢云衿吊在嗓子眼里的那口气慢慢吐出去，她放软语气，安抚起这个年过五十、精神恍惚的中年女人："想不起来也没事，后续要是想起些什么，可以及时向我们说明情况，我们的联系方式你这里有吗？"

　　"有……有的，之前那位赵警官有给我留过……"

　　谢云衿颔首回了个"好"字，又补充："这间房子是案发现场，暂时不能进去了，我们得先封锁起来，你这边能提供一份钥匙吗？"

　　"可以……可以……"王太太被吓得不清，讲话也总是断断续续的，低头从腰间一串钥匙里翻翻找找，最后取下一把来递给谢云衿。

　　谢云衿抿唇："王太太，感谢你的配合。"

第五章
以她之道还治她身

回程的路上换了罗宇超开车,蒋丛坐在副驾驶室,两人在前面高谈阔论见着那一池子血水时的感受。

"大丛,说真的,我本来见了死者就一直心口不舒服,再见着那缸发酵的血水,我差点在旁边吐了,感觉早上吃的饭都涌到我嗓子眼了,硬生生吞下去的。我当时心里想着,要是吐出来就破坏现场了,那谢组……"他说着瞟向后视镜,"不得当场杀了我啊。"

蒋丛被罗宇超诙谐的语气逗笑:"那还好你没吐,不然我都担心接下来要给你收尸。"他说着语气又变得凝重,"说起来这凶手真心变态,杀狗又杀人,不仅用火将死者的脸烧得面目全非,还弄了那么一池子恶心人的血水。"

两人谈着又将后座的秦海明拉入群聊:"老秦,你说这凶手大概率会是谁啊?这么残忍!"

秦海明是刑侦支队资历比较老的前辈了,他叹了口气:"依照我这几年办案子的经验来说,但凡是女性遇害,首先查老公、男友、情人、前夫、前男友、追求者这些,命中率在百分之七十。"

蒋丛"嗜"了一声:"老秦,你别说,还真有可能。"

"不过这起案子嘛,可能没那么简单。依照刚刚在现场查到的那些线索来看,我觉得大概率是陌生男人作案。"

罗宇超见后座的谢云衿看着窗外迟迟不说话,试图将她也拉入自己的群聊小队:"谢组,你怎么看?"

谢云衿收回目光,心中的疑团未解,于是用简简单单的三个字拒绝他的"群聊邀请":

"不知道。"

她的拒绝并未终止罗宇超和蒋丛的聊天,两人很快又起了新话题。

谢云衿只觉得浑身疲惫,身体靠向椅背闭目养神起来。

没多长时间,车停在了刑侦支队门口,谢云衿下了车,直接上楼往解剖实验室走去。

她需要最快知道死者的尸检结果。

解剖台上,江暄为主导,袁新元和实习法医钱知理作为协助,华铭则负责拍照录像。

尸检过半时,谢云衿才穿戴好防护服走了进来,她停步,目光首先在江暄颀长的背影上稍做停顿,随后落到解剖台上。

旁边整齐摆放着三排工具,刀上都带着血痕,在解剖室明亮白光映照下闪着寒气。

而江暄正用镊子将死者剖开的肚皮缝合起来。

谢云衿目光漠然地走到他身边:"死者什么情况?"

江暄眼也没抬,缝合的动作不停,只简单说了几个点:"死者女,身高一米六四,死因窒息,死亡时间大约在昨天晚上的八点到十二点,胃里有未消化完的食物残渣,从形状特点分析,是泡面。另外,死者似乎被性侵过,下体有撕裂伤,并且残留体液,还没进行 DNA 检验。"

谢云衿眉头一紧:"残留体液?"

"对。"

凶手能做出这么明目张胆又肆无忌惮的举动,还清理现场做什么?

现场难道还留下了比体液更能证明身份的东西?

房子明明打扫得干干净净,犄角旮旯诸如床头柜下方都被擦拭得一尘不染,却刻意没对地面上的头发做处理,并且还留下了一枚清晰无比的指纹。

是另有隐情?

谢云衿想不透彻,她吞了下口水润润干枯的喉咙,随后抬腿走了出去。

一回刑侦支队,各科都忙得不可开交,其中数外勤侦查科最为忙碌,回来一趟,水都还没来得及喝上一口,又赶忙出了外勤。

外勤科首先将重点放在了排查死者的社交圈子上,这不,谢云衿出了解剖实验室,就带了几个人直奔蒋舒曼的工作地址。

房东王太太透露,过去五年,蒋舒曼一直都在柳新路一家名为"芙丽嘉"的美容机构上班。

这王太太为什么会知道得这么清楚呢?据她所说,蒋舒曼带她去芙丽嘉做过好几次美容,每次都看在熟人的面子上贴心地为她打了七折。

明明已入秋,临江市的秋老虎却还厉害着,下午三点,正是烈日当头的时候,谢云衿拉开车门走下来,双眸被这强烈日光照射得睁不开,隐隐泛出些泪意。

她用手挡住头顶射下来的日光,朝着芙丽嘉美容院的方向快步走去。

美容院在四楼,一出电梯,映入眼帘的便是金光闪闪的招牌,两边分别放着盆栽葳蕤茂盛的发财树,树枝上面还挂着接地气的小红灯笼。

谢云衿没有迟疑,抬腿便走了进去。前台站着两位身着统一蓝色制服的美女,长发盘起妆容精致,恭恭敬敬鞠躬询问:"帅哥,你们都是来做美容的吗?"

罗宇超头一歪,疑惑神情一览无余:"帅哥,都?"

显然,她们将谢云衿也看成了男人。

为出外勤方便,谢云衿衣着一般都是舒适休闲的中性风,还刻意留了短发,不过近段时间疏于打理,头发长了不少,一顶鸭舌帽盖上,配上她英气的眉眼和深邃的轮廓,倒更显得"雌雄难辨"。

她还未来得及开口说话,高个美女便将一本厚书样的东西递到她面前,还热情地介绍起了美容院里新出的嫩肤项目。不过谢云衿只是冷淡地将高个美女打量了一眼,随后从兜里掏出警官证亮明身份:"我不做美容,警察,来问个情况。"

她话音一落,两个女子面面相觑,高个美女率先反应过来,飞速将谢云衿面前的项目册抽了回去,后赔着笑脸:"警官,这,我什么都不知道,不然我去找一下我们经理……"

话没讲完,就被谢云衿打断了:"先不用找经理,你回答行了。"她说着将一张照片推到两人面前,"这个人你们认识吧?"

两人凑近瞧了瞧,个子稍矮些的女子眼神迷茫地摇了摇:"不认识,我才来这里工作十几天。"

高个女子则伸手将照片拿起仔细看了几秒:"认识,这是我之前的同事,她叫蒋舒曼,一个月前就辞职了。"

"一个月前辞职了?"

"对。"

"她之前在你们美容院做什么工作?"

"美容师。"

"她平时是个怎样的人?"

"人还挺好的,平时和我们也挺聊得来,顾客也很喜欢她,好像家里挺有钱的吧,经常见她买名牌包名牌衣服。"

"她月薪多少?"

"月薪八千到一万吧,反正是我的一倍。"

"那你知道她为什么辞职吗?"

"知道啊,她说要去创业,要开一家美容院。对了,之前和我一起做前台的陈娟是她挺好的朋友,两人同时走的,说是要合伙开店。"

陈娟?

谢云衿想到蒋舒曼通讯软件里那个备注为"小娟"的人,顿了顿,再度问道:"你这里有陈娟的联系方式吗?"

"有。"高个女子很配合,忙拿出手机翻起通讯录来,很快找到一个号码,"喏,就是这个。"

谢云衿记忆力极佳,只看一遍便已经将这串数字深深刻入了脑海,一旁的蒋丛则迅速拿出手机将这个号码拍了下来。

给完号码,高个女子收回手机,明显忐忑地问了一句:"警官,蒋舒曼怎么了?不会犯什么事了吧?"

谢云衿摇摇头:"犯事倒没有。"

高个女子松了口气:"还好还好,我还以为蒋舒曼犯什么事了你们要逮她呢。"缓了缓,她再度开口,"那警官问她的情况做什么啊?"

谢云衿适时抬眼,语气平淡,说出的话却如惊雷般:"不过她死了。"

"死了?"高个女子被惊到,瞳孔放大,她似乎不太敢相信,整理好语言后又问了一遍,"警官,蒋舒曼死了?"

"嗯。"

"真死了?"

谢云衿颔首:"从目前掌握的情况来看是这样。"

高个女子缩起肩膀,又咽了咽口水,神态惶恐,同时也是好奇的:"怎么死的啊?"

谢云衿随意地瞥了她一眼,暗含冷光:"案子没破,这些信息暂时得保密。"

"是是是……"高个女子低了头,忙不迭地回答。

出了美容院,蒋丛立刻拨打了陈娟的手机号码,可惜听筒里那句温柔女声一直提醒着:"对不起,您所拨打的电话已关机,请稍后再拨。"

蒋丛摊手:"怎么办,关机了。"

罗宇超摸摸下巴:"蒋舒曼刚死这陈娟就一直关机,案子不会和她有关系吧？又是入股又是开店的，两人之间会不会存在经济纠纷啊？"

谢云衿看着川流不息的马路："瞎猜没意义。罗宇超，你给技术科打个电话，查查陈娟的户籍信息和家庭地址，我们直接去她家跑一趟。"

得了命令，蒋丛立马转身拨了技术科的电话，留下刚拿出手机的罗宇超一脸茫然，反应过来的他悻悻吐槽："看你这殷勤劲，这明明是谢组给我的活！"

抢活成功的蒋丛挂了电话便"嘿嘿"一笑，随即反唇相讥："那还不是你动作慢吞吞像个王八，你要是搞快点，我想抢也没机会啊。"

罗宇超白眼翻上天："看把你能的！"

技术科动作很快，前后不过几分钟时间便查询到了陈娟的家庭地址。蒋丛看了一眼，又将手机递给谢云衿："离美容院不太远，开车过去也就十来分钟。"

谢云衿点点头，撂下一句"你开车"，随后拔腿就走。

车停太阳底下许久，人刚进去只觉热气蒸腾。罗宇超出了一脑门的汗，急切地催促着："你赶紧把空调打开，热死爷了。"

蒋丛则嘲笑他："你吃这一身肥肉，不热才怪。"

罗宇超梗着脖子："你瞎造谣什么，我这是肌肉！"

后座的谢云衿被他俩的聒噪吵得头都要炸了，挑挑眉，不近人情地撂下一句："这么大的太阳天，看样子，你俩是想跑步过去？"

这句威胁非常奏效，从它被说出口到车在陈娟家楼下停住这十五分钟里，两人唇舌紧闭，愣是哼都没哼上一句。

三人前后上楼，敲了陈娟家的门，开门的是个胡子拉碴的中年男人，他态度凶恶，语气也极差："你们找谁啊？"

谢云衿依照流程亮明身份，随后才说了来意："我们是云澧区刑侦支队的刑警，请问陈娟是住在这里吗？"

男子听见这个名字，铁青的脸色稍微缓和了些，忙开口问："你们是逮着那贱人了吗？在哪儿？我的钱追回来了吗？"

几人皆听得一头雾水。

罗宇超一字一顿地问："大哥，您和陈娟是什么关系？"

男子往地上啐了口痰："她是我老婆，前几天卷了我家两百万的拆迁款跟人跑了，你们不是说有消息就来通知我的吗？现在是什么情况？钱追回来了没有？"

到这里，谢云衿几人才搞清了情况。罗宇超耐心地解释着："大哥，是这么回事啊，我们是刑侦支队的，不是经侦支队的，您的钱追回来没我们不清楚,不过现在可以明确告知您的是,您老婆陈娟目前牵扯进了一桩凶杀案,我们是过来找您问情况的。"

男子眉一横:"咋的,那贱人杀人了?"

蒋丛接话道:"我们可没说她杀人,是陈娟在美容院工作时结交的好友蒋舒曼于今早七点被人发现死在家中,我们是来找她问情况的。"

"找她问情况?那你们可得努努力,赶紧把她找到,还有那个野男人,最好一起抓回来。"

蒋丛迅速抓住重点:"这么说,她卷走两百万,和一个男人跑了?"

说到这个,男子气得咬紧牙根:"可不是嘛。"

谢云衿问:"什么时候的事?"

男子眼眶红得像淬了毒,扶门的手都在用力,似乎下一秒就要发狂:"五天前!"

"这样,你先冷静一下,情绪不要太激动,好好回忆下细节。"蒋丛说着拿出了纸笔准备记录。

几番交谈之后,男子终于收敛了怒火,他敞开大门让几人进屋,打算心平气和地坐下来好好说明情况。

室内昏暗不透风,地上全是烟头酒瓶,茶几、沙发上堆满了杂物,烟味和脚臭味在封闭空间里肆意汹涌,罗宇超有些受不住,擅自到边上打开了窗。就着外面的热风,罗宇超嘴里不禁吐槽道:"兄弟,您这屋里味真冲,个把月没通风了吧?"

男子置若罔闻,扬扬手,招呼他们几个坐。

嘴里招呼着,可实际往哪里坐?这屋子俨然一个垃圾堆,下脚都要再三掂量。蒋丛皱眉扶额,生怕这一屁股下去惊扰了哪个犄角旮旯里做美梦的蟑螂。

不过男子似乎早已习惯了这样的腌臜环境,他大剌剌地将自己臃肿的身体靠向沙发,从茶几上拿了烟和打火机,旁若无人地点火抽了起来,后又烦闷地吐出一口长烟来。

他将烟盒往三人面前亮了亮:"警察同志,你们抽不抽哦?"

"不抽。"

谢云衿果断拒绝后,又给旁边的蒋丛递了个眼神,终于开始进入正题:"你叫什么名字?"

"我姓'尤',尤勇谋。我爹当初给我取这个名字,就希望我有勇有谋,可惜我这个人蠢到家了,才会一次又一次地相信那贱人的鬼话……"

蒋丛写字的手顿住,笔尖在洁白纸张上戳出个黑点:"打住,尤勇谋,我们问什么你答什么就行,简明扼要一点,不用发散那么一大堆……"后面的"废话"二字被他强行咽了下去。

尤勇谋掸掉烟灰,悻悻地回了个"哦"字。

蒋丛再次低眸:"下个问题,你和陈娟最后一次联系是什么时候?"

尤勇谋视线涣散,想了想:"五天前。自从她有了外面的野男人,就对我越来越不耐烦了,说要和我离婚。"他说着低了头,双手交握撑在膝盖上,"我不肯离,我对她还是有感情的,可她为了躲我,一个多月前,甚至辞掉了工作连家也不回了,我找她都找不到。

"五天前,她突然回家,带着一大堆行李,对我说着好话,求我原谅。我以为她是真的收心要同我好好过日子,结果第二天才发现,她把存有我们拆迁款的银行卡给偷走了。之前我们俩为了谁都不偷用这笔钱,采用了她拿密码我拿卡这种模式防范,谁能想得到!"

蒋丛再问:"你一直说陈娟和一个男人跑了,那这个男人是谁,你知道吗?"

尤勇谋叹了口气:"知道,这男的叫孙喻,是她的高中同学。"

蒋丛又问了几个问题,然而没得到太多有用信息,尤勇谋说到恨处,气不打一处来,狠捶了好几下茶几。

罗宇超大口呼吸了几下新鲜空气,叉着腰安慰:"大哥,您别激动,我们回去肯定会好好调查陈娟的下落,有什么情况就及时通知您。"

基本的问话结束后,几人走出门来,都蔫头耷脑的。

本想从陈娟这里获得些线索,却没想到扑了个空。

晚上七点,谢云衿几人回了队,交代技术科查询陈娟和孙喻的行踪后,又和外勤侦查科其余人交流了一下,得到了一些新信息。

秦海明走访了蒋舒曼的老家,了解到蒋舒曼的家境并不好。她是临江市下面村县的人,父母都是残疾人五保户,家里还有一个弟弟一个妹妹,条件非常差,因此,她十七岁便辍学打工,刚开始会寄些钱回来,仅仅两年之后,便再也不与家中联系了。

方审则查到蒋舒曼此人生活很骄奢,与她的工资水平并不相当,她酷爱购买奢侈品,名下有近百万的负债,两年来一直在"以贷养贷"过活。

赵语这边则又去了趟案发地小区,再次仔细问了房东王太太和楼上楼下的邻居,并没发现蒋舒曼有养狗的痕迹,联系到她的家中也没有任何养狗用具,因此判断,浴缸里死去的狗大概率不是蒋舒曼的。此外,赵语走前,王太太还和她透露了这样一个消息。

"今天上午，和你一起的那警察同志问我昨天见着舒曼的时候，她手指上有没有伤，我那个时候慌里慌张，没想起来，等回家里就仔细回忆了下，肯定是没伤的，因为我昨天问她要不要我从老家带回来的菜，她冲我摆了摆手，如果有伤，我肯定当时就发现了的呀……"

与此同时，技术科这边也有了新进展。

早在下午三点，王临风便查到了常在蒋舒曼评论区活跃的"大眼睛"的 IP 地址，定位就在桃苑小区 11 栋，恰好位于蒋舒曼住址的对门。

晚上八点，黄缘在现场提取到的指纹比对结果出来了，与指纹信息记录库里一位名叫"侯舜"的人对上了。

情况进展顺利得有些出乎意料。

翌日早上五点，法医科这边也终于出了详细的尸检报告，江暄带着这份报告，裹挟了浑身的疲惫，直奔谢云衿办公室，嘴里的"谢组"二字在他看到靠椅上熟睡的谢云衿后被生生咽了下去。

她睡得很沉，头靠椅背，腿搭在桌面上，分外不拘小节。

谢云衿的头稍微偏着，盖在脸上的报纸不知什么时候滑落下去，秀气的眉紧蹙着，像是有团愁云笼罩着。

他喉结滚动，轻手轻脚地走过去，将一份尸检鉴定书放在谢云衿的办公桌上。这一刻，他收敛起了身上伪装的轻佻与散漫，目光深邃又专注。

七年的时光，确实能改变很多，能让城市高楼拔起，能让少年迅速成长，可他心中这份悸动，却好像无论如何都无法随着时光而流逝掉。

她消失这么多年，改名换姓，似与过往一刀两断。江暄不知道具体是什么缘由，但对于那天的鲁莽，他后悔了，当年发生那样的惨案，她一定有苦衷，所以他为了维护她的苦衷，才会在后来对她讲自己认错了人。

他伸出手，想替她抚平眉间愁绪。可手到半空，睡梦中的谢云衿却警觉地察觉到遮盖眼前的阴影，她迅速睁了眼，语气里是满满的防备："你做什么？"

她防备的质问语气让江暄的手滞住，随后他低眸笑笑，轻而易举地掩饰住眼神里的刺痛。瞬间，他整个人又变成之前那漫不经心的状态，敲了敲桌面："没做什么，来给你送《尸检鉴定书》。"

谢云衿轻哼一声："我还以为你伸手过来是要检验我有没有断气。"

她说着拿起桌上的文件，目光在江暄的身上落了下去，又不动声色地挪开了。

江暄愉悦地勾唇："你怎么不说我伸手过来是想杀你灭口？"

"有这个可能，但就怕你没这个本事。"谢云衿语气懒洋洋，抬眼

凝视他，笃定地说道，"江法医只有被我杀的份。"

江暄与她四目相对，看着她眼里涌动的狡黠，无奈地摊摊手："我确实不是谢组的对手。"

短暂言语"交锋"结束，谢云衿大获全胜，她低下头，一目十行快速翻看这份《尸检鉴定书》。

"死者死前的最后一顿是泡面？"

"对，胃里有还未消化完的食物残渣。另外，尸表检验时，我们在死者脸上发现一截被烧糊的弯曲不明细状物，一厘米长，验了成分，是面粉，估计也是泡面。"

谢云衿淡漠如月色的眸子里覆上一层疑惑："泡面出现在脸上，还一起被烧焦了？"

江暄伸手推了下镜框，镜片后的狭长双眸更显凌厉："可以这么理解。"

谢云衿继续翻看，突然想起了什么，问："死者的胃健康吗？有没有得什么胃病，诸如胃溃疡？"

"尸检过程中并无发现，死者的胃很健康，没有溃疡症状。"

谢云衿暗暗嘀咕着："没有……"

她再次看了下去，尸检鉴定书里提到，死者后脑勺有撞击伤，已结痂，伤口形成超过三天。

后脑勺有撞击伤，伤口形成还超过三天，这样严重的伤，那蒋舒曼为何还在昨天去理发店做了新头发，还又烫又染的？

她又抬头，眼里的困惑像浓墨般："对了，浴缸里的血和那只狗呢？"

"血是狗血和水的混合物，那长毛狗是罗秦犬，起源于法国，价格昂贵，市场价四万到八万不等。"

蒋舒曼负债累累，家里为何会出现这样一只价格不菲的狗呢？

谢云衿再翻一页，看到了对于死者下体体液与高跟鞋中白垢的成分分析。江暄也适时开了口："DNA 序列完全一致，是一个人的，并且该 DNA 在警方 DNA 数据库有过记录，是一名叫侯舜的男子。

"侯舜在 2015 年因数次偷窃电动车被判刑六个月，因此留下过指纹和 DNA 信息。"

谢云衿目光晦暗，轻"嗤"了一声："这么巧？"

江暄话音刚落，方审已经带着秦海明冲了进来，他急切地招呼着："云衿，赶紧的，出现场准备逮捕，嫌疑人已经锁定了，DNA（脱氧核糖核酸）和指纹全都对上了，经常在死者评论区留言那账号'大眼睛'，也确定了，是这个侯舜，他就住死者的对门。趁着天早，估计他还没起床，咱们赶紧过去把他逮了。"

秦海明也催促着："谢组,你可快点啊,我已经叫弟兄们都准备着了。"

见他们如此急切,谢云衿回了个"行"字,但她离开前却突然转身看向江暄,继而叫了他的名姓,不再是冷冰冰的"江法医"。

"江暄。"

"嗯?"江暄含笑看着她。

"拜托你一件事。"

"好,我洗耳恭听。"

谢云衿咽了咽口水,轻轻吸了口气,从桌上拿了三个装着头发的物证袋递到他面前,语气急迅却不急躁:"这根是死者头上的头发,这根是房间内掉落的头发,这根是被压在床头柜下的唯一一根黑发,我想让你帮我查查,这三根头发,究竟是不是一个人的。"

江暄接了过来,手指触碰到她冰冷的指尖,爽快地应下了她这个请求:"好。"

两人说话间,秦海明还在念叨着:"我的谢组哦,嫌疑人都已经锁定了,你怎么还在纠结这几根头发……"

谢云衿并没有解释,只说了一句:"先走吧。"

外勤侦查科行动迅速,从确认侯舜到抵达他家不超过十分钟。

此时是清晨,早上五点半,这座繁华都市尚未完全清醒过来。

因为侯舜的住址构造简单没弯绕,负责此次行动的外勤警员也是采用了最方便简单的方式进行抓捕,那便是破门而入,打他个措手不及。

五点四十五分,方审一声令下,率先一脚踹开门冲了进去。彼时,侯舜正好打开电脑。

可能是偷窃被抓过的血泪教训,侯舜异常警觉,甚至还没看清是谁踹他家的门就迅速打开窗户顺着下水管道往下爬。

别看他打个赤膊一身肋骨比猴都瘦,可动作却敏捷非常,等方审和秦海明冲向窗口时,他已经刺溜顺着管道爬到了一楼,随后跳跃下去飞速逃走。方审忙指挥楼下留守的谢云衿:"云衿,赶快,别让他跑了。"

再细看时,谢云衿也冲了出去。

方审几人正欲转身下楼一同抓捕时,却因为侯舜房中墙壁上贴的一张张照片停下了脚步。

这侯舜竟然偷摄了这么多女子,有侧面照、正面照、裙底照、大腿照,甚至还分门别类一一排序张贴起来,其中,死者蒋舒曼的各种偷拍照片

也赫然在列。

排名第14号。

谢云衿如离弦之箭般冲出去,双臂疯狂摆动,也逐渐与侯舜拉小距离。

侯舜神色慌张不停地回望,眼看就要被谢云衿追上了,他剑走偏锋,猛地朝车来车往的街道上跑去。

车辆川流不息,侯舜是豁出老命了,一个劲往前冲,不过他运气也是好,竟然——与车辆擦身而过。

可谢云衿没这么幸运,她被疾驰的车辆逼停好几次,气得皱眉甩手,终于突破重重车辆越过交通护栏。可这时,侯舜已经过了马路往偏僻小巷里跑去。

谢云衿不管不顾追进小巷,与侯舜展开了一场激烈角逐。

这侯舜瘦归瘦,动作是相当灵活,眼看快要被谢云衿追上,他纵身一跳,双手攀住围墙上檐,双脚在墙面狂蹬几下,竟然爬上了围墙上方准备跳到另一边。谢云衿动作也敏捷,飞速伸手过来想要将围墙上的侯舜拉下马,可惜这人打个赤膊穿个短裤,身上光溜溜如泥鳅,压根儿抓不住,只得被他得逞,成功跳到了另外一边。

谢云衿眼中是不服输的韧劲,她也攀住上檐跳到了另外一边再次追逐起来。两人在这窄巷里不要命地奔跑,终于,侯舜腿上没劲,脑子也没了脱身招,被谢云衿追上。她飞踢过来正中他的膝弯,侯舜腿上剧痛,直愣愣跪倒在地。

追逐这么一路,谢云衿的力气也耗了大半,她累得停下脚步,深深呼吸好几下,虽然细碎头发被汗水濡湿,双眸中的狠厉却丝毫不减。

侯舜侧身扑倒在地,一边打滚一边抱膝哀号,扬得地上粉尘是一阵又一阵。

"杀人啦,杀人啦!救命啊,杀人啦!"

喘过气来的谢云衿从腰间取下一副银白色手铐,铐环在初升日光的照射下格外闪眼。

"喊什么喊?"

侯舜这才意识到又破门又追他的人究竟是什么身份,他大声嚷嚷:"你是警察?"

谢云衿抬腿过来将之"死鱼翻面",捉住他的手腕狠狠铐上:"不然呢?"

侯舜随即剧烈挣扎起来,身体在地面匍匐不动,随即啐了一声:"老子什么都没干,清清白白,你们抓我做什么?"

谢云衿也不管三七二十一,迅速将他另一只手也牢牢铐住,轻"嗤"一声:"你既然什么都没干,我们来了你跑什么?"

"你们都踹门而入了,我能不跑吗?我不跑我傻啊,我脑子有坑啊?"他边反抗还边吐露污言秽语,被谢云衿直冲脑门去的一巴掌打消停了。

"废话少讲,等去了审讯室,有的是时候给你讲话。"

她押解着侯舜,连脑门上的汗都来不及擦便从这条弯弯拐拐的偏僻小巷里走了出来。

他们刚走到巷口,便遇上了随后赶来的外勤组警员。方审停下奔跑的脚步,叉着腰喘气,不好意思地讲道:"云衿,哎,紧赶慢赶,还是来晚了一步,本想着支援你,没想到你速度这么快,就把他逮住了,倒显得我们分外多余。"

谢云衿将侯舜往方审那里一推,淡淡开口:"不多余,你们押着他先回车里。"

"那你呢?"

谢云衿手指扬了扬:"我渴了,去边上买瓶水。"

距离巷子口五米远的地方开着家小卖部,店面很老旧了,谢云衿一路追逐跑得口干舌燥,正需解渴,于是三步并作两步跑到货架上拿了一瓶水。

店主是个头发花白的老人,热情讲着价格:"两块钱。"

"好。"

谢云衿正欲拿手机付款,却不想这老人为难地开口说道:"姑娘,你有零钱没啊?"

他的手如枯槁的树皮,不受控制地颤抖着,难为情地讲明了缘由:"这什么码是我儿子的,打到这上面的钱我一分都见不着……"

谢云衿也明白了老人的处境,忙伸到衣兜里四处翻翻,翻出二十元的纸钞递给老人:"有钱。"

老人颤颤巍巍地接过钱,脸上露出笑颜:"姑娘,等我会儿啊,我给你找零。"

"不用了。"谢云衿笑了笑推辞。

但老人坚持:"要的,你不要,我心里不安啊,要的,要的!"他说着拉开抽屉数起零钱来。

谢云衿拧开瓶盖,昂头喝了一大口,随意往旁边一瞥,目光突然在

小卖部用于糊墙的一张旧报纸上停驻。

她瞳孔骤然紧缩,手也不受控制地触摸上去,只见上面刺眼的大标题明晃晃印着——

花季少女,瓦斯爆炸,弑父后跳江为哪般?

谢云衿直愣愣地盯着报纸,上面密密麻麻的铅字似乎变成一个个小毒虫猛地往她眼珠子里冲。

倏然,她挪开视线,手也阻止了老人数钱的动作:"老爷子,不用数了。"

老人眼里闪着疑惑:"可我要找你零钱的啊……"

她又偏过头,目光定格在这张泛黄得能摸出齑粉的报纸上,嘴角弯起弧度:"剩下的钱,就当我买这份旧报纸了,您看成吗?"

老人有些不可置信:"这……这报纸是贴墙用的,不值钱啊。"

"没事。"谢云衿语气轻松,"我这个人有个收藏习惯,喜欢收藏这些旧报纸,这期我正好没有。"

老人这才收起找零的手,替她拿了把小刀:"姑娘,你要喜欢就弄。"

谢云衿接过这把水果刀,手指稍微转动刀柄,利刃处对准报纸。她眼中泛着寒光,三两下将这份旧报纸从墙壁上分离下来,只不过报纸的下半部分糊了其他报纸,年代久远粘连一起,只能一同弄下来了。

做完这一切后,谢云衿将水果刀放在收银台:"谢了。"

报纸太脆弱,谢云衿没卷没折,单手拿着一角出了门。

这份报纸,她竟然从来没有见过。

谢云衿视线沉下,里面似有无数疑云翻涌,当她走到等待的车前时,眼里的情绪又全都消失殆尽。

"谢组,你买瓶水怎么去了这么久?"

谢云衿麻利地坐上副驾驶室:"没什么,刚刚和店主聊了会儿天。"

"你手上拿的什么?"

谢云衿神情波澜不惊,随便搪塞过去:"没什么,刚刚路过电线杆,从上面撕下来的牛皮癣广告。"

罗宇超"嘿嘿"直笑:"谢组,广告上不会印着重金求子吧。"

谢云衿稍微偏头顺着他的话:"还是你聪明。"

她沉了沉眼,视线投向窗外,不经意间转移了话题:"侯舜那出租屋里有什么发现?"

一说到这个,罗宇超就来劲了:"发现可多了。那小子就是个猥亵男,偷拍狂魔,房间里贴满了偷拍照,床下还藏着个用于偷窥的望远镜,真变态,老秦和大丛他们还在那小子房里清点罪证呢。"

谢云衿轻轻"嗯"了一声:"我知道了,快开车吧。"

"得嘞。"

马不停蹄赶回刑侦支队,侯舜已经被押进审讯室了,只不过罪证还没清点完,审讯工作自然也没开始。

忙碌了一个早晨,时间才刚过早上七点半,谢云衿半身的力气却像被什么东西吸走了一样。她将带回来的报纸锁进抽屉,慢腾腾走到窗前,身体疲惫地倚靠上去。

新的一天才刚刚开始。

大江穿过临江市,自西向东奔腾不息,轮渡驶过,鸣笛声悠长辽远,零星散落着的几条小船在冰冷江水里摇摇晃晃。对面,高楼大厦外墙玻璃焕然发亮,明晃晃的日光洒下,在谢云衿眼前反射出层叠的光晕。

她眯起眼,突然感觉到手掌处传来的痛感。她低头,这才发现手掌不知何时擦伤了,此时皮肉绽开,伤口处还混杂着砂石。

谢云衿回忆了下,觉得应该是攀爬围墙时擦伤的,只不过之前忙着逮人,见着那份报纸后又晃神了许久,所以一直没能感觉到痛意。

她转身来,将身后铁皮柜打开,找到碘酒、绷带,打算自行消毒包扎一下。

她坐下来,先用碘酒消毒,忍住痛感后准备拿绷带进行包扎,却没拿稳,绷带掉落在地。她正欲弯腰拾起,突然一双骨节分明的手先她一步将那卷洁白绷带从地上捡了起来。

谢云衿嘴唇动动,抬眼往上看去,准确无误地撞入了他温柔的眼瞳。

江暄抿着好看的薄唇,扬了扬手里的绷带,声音低寒冷沉:"我帮你。"

他说着朝谢云衿伸出自己的手。

谢云衿怔了好几秒,这才反应过来。她本想着拒绝,手却被眼前人拉了过去,破天荒地,她停止了挣扎。

她不动声色地咽下一口口水,努力保持无波无澜的神色,静静看着江暄娴熟地帮她缠绕纱布,一圈又一圈,光阴跌跌撞撞,让她想起了以前。

似乎高中的时候,她有次受伤,江暄也是这样,耐心地替她一圈一圈包扎伤口。

只不过谢云衿还记得,那时候的江暄可没现在这么温柔,那个时候,他的脸冷得连腊月寒冰都不如。

这时,罗宇超风风火火地闯进办公室,嘴里急切嚷嚷着"谢组谢组",

没想到见到这样一幕。

　　柔和的日光通过透明玻璃投射进来，给人周身都镀上一层模糊的光晕，而窗边，江暄单膝跪地，手拉着谢云衿的，安安静静，画面看起来美好得不像话。

　　他先是一怔，随后手掌猛拍额头懊恼道："对不起，谢组，我真不知道，打扰了，打扰了……"

　　他说着忙不迭地、急匆匆地又往回退，直到谢云衿冷淡的视线往门口一扫，随即命令他："回来！"

　　罗宇超又猛地缩回自己往外踏出的脚，不知所措地挠挠头。

　　谢云衿看着他："找我什么事？"

　　"方组和老秦他们回来了，带了一堆罪证，请您过去过目一下……"

　　罗宇超说话时忍不住八卦地瞟了江暄一眼，只见江暄用绷带娴熟地打着结，这才意识到江暄单膝跪地是在给谢云衿包扎伤口，害得自己白激动了一场，误以为江暄在给谢云衿告白，还手拉手的这么甜蜜，那一瞬间，他连自己随多少份子都打算好了。

　　江暄抬头看向谢云衿："好了。"

　　谢云衿抽回手，客客气气地回："谢谢。"

　　听到这句"谢谢"，江暄舒展的浓眉轻轻皱了下，很快便恢复如常，他尾音拖长，说着："不用——"

　　随后，他低头轻笑，看谢云衿的眼神充满戏谑："如果谢组真想谢我，可以用点别的方式，比如，案件结束后，请我吃个饭吧。"

　　谢云衿冷声拒绝："不好意思，我没钱。"

　　"那我请你。"

　　"不好意思，我没空。"

　　江暄笑出声，语气愉悦："谢组可以不必这么快给我答案，再考虑几天，兴许你会有空的。"

　　谢云衿直接起身往门外走，还不忘撂下一句："考虑多少天都没用，没空就是没空。"

　　这一波连环拒绝简直看愣了罗宇超。

　　他心里不禁叹气：谢组这人，就这么冷酷无情的吗？完全不给江法医机会啊。

　　谢云衿离开后，罗宇超跑到江暄身边神秘兮兮地问道："江法医，你真对我们谢组有心思啊？"

　　"嗯。"江暄大大方方地承认了。

"你想要追求她？"

江暄单手插进裤兜，语气漫不经心，似乎带着玩味："当然，她未娶，我未嫁，为什么不可以？"

他的反问让罗宇超语塞片刻，"话……话是这么说没错，但我们谢组真不是那么好嫁……好娶的，虽然你是长得很帅，但我们谢组吧她不是一般的女孩子，"罗宇超说着同情地拍了拍江暄的肩膀，又凑过来，"江法医，我给你讲个八卦啊，之前，检察院那高楚，不知道你见过没？"

江暄眸光敛起，声音沉下："有过一面之缘。"

"他曾经狂热地追求了我们谢组好一阵，没成功。虽然这高楚长得比你逊色些，但也是仪表堂堂一帅小伙啊，可见我们谢组不看颜值。"

江暄"呵呵"道："她只是不看他的颜值而已。"

罗宇超隐隐有些兴奋："江法医，你打算用什么办法追我们谢组？说来听听，我到时候给你助攻！"

江暄单手插进裤兜，想到从前徐酒酒的各种撩妹技巧，唇稍微抿起，眼睛里的情绪肆意张扬："没什么别的办法，无非是死缠烂打、穷追不舍、主动诱惑，以她之道还治她身。"

"以她之道还治她身，啥意思啊江法医？"

"没什么意思。"江暄耸耸肩，"我也去看看罪证，就不同你闲谈了。"

说完，江暄将手从裤兜拿出，背脊挺直走出门去。

秦海明、方审从侯舜家里清点出了两个大纸箱，里面装着偷拍照、女式高跟鞋以及各种外国淫秽碟片等。王临风和曾行闻风过来，看着半个纸箱的照片不禁惊讶："偷拍了这么多啊。"

"还不止呢。"秦海明耷拉着眼，"那小子硬盘里还存有影像，主要偷拍对象有十四个，蒋舒曼就是最后一个，拍得那叫一个细。算算时间，他偷窥蒋舒曼应该已经快两个月了。"

说着，他递给王临风一份名单："查下这些受害者，看还有没有遇害失踪的。"

王临风接过来瞟了一眼，随后折起来："行，我这就去查。"

秦海明又看向谢云衿，她正在查看蒋舒曼的偷拍照，一张一张反反复复，看得非常认真。

秦海明："谢组，证据确凿，这侯舜，谁去审？"

谢云衿的目光并未从照片上挪开，声音淡淡："你和方组去吧，我在外面看着。"

"好。"

谢云衿说完又看向曾行:"蒋舒曼那栋楼的楼道监控查得怎么样了?"

曾行一拍脑门:"我忘记给你说了,那楼道监控早坏了。"

"行,我知道了。"

十分钟后,方审和秦海明去了审讯室。

门打开,两人一前一后走进来,神情冷肃刚正,让人看得心里发怵。

头顶灯泡悬挂空中,将侯舜那没几根毛的头顶映得光洁锃亮。见有人进来,他迅速抬眼,身体也扭动起来,铁铐与特质的铁制审讯椅碰撞,发出"叮里哐当"的声响。

侯舜此人长得尖嘴猴腮,颧骨外凸,确实一看就不是什么好人面相。他不停地替自己辩解:"警察叔叔,肯定是误会,我自从被放出来后就遵纪守法,没偷没抢,"他说着亮了下手铐,"你们抓我做什么?"

方审人长得浓眉方脸,刚正不阿,讲出口的话气势十足:"抓你做什么?我告诉你啊侯舜,你杀人了!"

人这种生物,嘴是最不牢靠的,说出口的话真真假假谁能参得透?

诚然,人是会说谎的,但潜意识透出的肢体语言却很容易暴露,因此,审讯期间,谢云衿特地站在单向透视玻璃外盯着侯舜,察言观色。她看到方审话音落下后,侯舜身体前倾,嘴唇张开,眉毛上扬,眉心还有两道深深的褶皱。

他下意识展露出的是表达疑惑的肢体语言。

下一秒,侯舜像是听到什么天大的笑话般:"我杀人了?

"杀人?我侯舜可不是被吓唬长大的,你是警察没错,但你说我杀人我就杀人啊,我杀谁啦?我杀谁啦?"

秦海明起身,椅子腿与地面摩擦发出刺耳响声。他走到审讯桌前,往侯舜面前扔了一沓照片,一字一顿道:"尾随、跟踪、偷拍,甚至猥亵,到蒋舒曼家门口徘徊,用她放在门外的高跟鞋做过的事,还需要我跟你仔仔细细描述一遍吗?"

他这一番掷地有声的指控让侯舜哑口无言,几秒后,侯舜咽了下口水,悻悻点了点头:"我是干过这些没错。"

"所以,你承认蒋舒曼是你杀的了?"

话音落下,侯舜突然激动,瞳孔放大,声音隐隐带着哭腔:"尾随跟踪偷拍我都干过,这点我承认,但我没有杀人,我杀只鸡都不敢,怎么会杀人呢?"

"我这个人长得丑,没文化又没钱,没女的跟我搞对象,可我色啊,我就喜欢女人,所以才偷拍的,但我没有杀人,我真没有杀人!"

单向透视玻璃里,谢云衿看到侯舜双眸红得像充了血,不停搓手辩解着。秦海明一沓检验报告扔下去:"证据确凿,你还怎么狡辩啊?侯舜我告诉你,不是你三言两语没杀人就能洗得清的,现在你所有辩解在我眼里都荒唐得可笑。你说你没有杀人?那为什么蒋舒曼会被人吊在窗前,她家里为什么独独出现你的指纹,身体里为什么会残存你的体液?"

侯舜张大嘴,脸上两道清晰泪痕,他精神有些恍惚,语气不可置信:"指纹……体液……"

"蒋舒曼窒息而亡,被你侵犯过,她死后,你将她的脸用火烧毁,然后拿铁链吊在窗前,你的作案过程,用得着我给你转述吗?"

侯舜咽了一次又一次口水,那双细长的吊眼瞪大着摇头,不住地疯狂摇头!

"没有,我没干过,我没杀人!"他越说情绪越激动,突然面容扭曲地嘶吼一声,将桌上的检验材料狠狠撕碎。他激动地伸出手指指着秦海明的鼻子,手指不住地抖动,"假的,都是假的,是你们冤枉我!你们想要屈打成招,我要申请市里省里国家重新鉴定,我算是明白了,是你们公安局找不着凶手找我当替死鬼呢,我不会入套的!"

"屈打成招,拿你当替死鬼?"秦海明叉着腰,"我们打你了吗?我们和你无冤无仇,为什么拿你做替死鬼?侯舜我告诉你,你撕毁这些东西没用,重新鉴定也没用,因为出现在蒋舒曼家中的指纹,它就是你的指纹,体液也和你的DNA完全吻合,你就是找来你双胞胎兄弟,也没这么一致的,明白了吗?"

侯舜神情有些绝望,但他还是否认:"没有,没杀人,我没杀人……"

秦海明将情况说完,方审又开了口,他目光严肃,问道:"侯舜,你从什么时候开始偷拍蒋舒曼的?"

侯舜双目涣散,似乎来了个妖魔趴在他肩膀上张开血盆大口吸食他的精气,声音也虚弱无力着:"两个月前。"

方审眯了眼:"将偷拍和杀死蒋舒曼的全过程都交代一遍。"

侯舜依旧摇头:"我没杀人!"

方审把笔一掷,声音突然高了八个度,将侯舜吓得一哆嗦:"我让你交代偷拍和杀死蒋舒曼的全过程,听清楚了吗?"

侯舜此时也冷静了些,他哽咽着:"我可以交代偷偷窥视,这些我都可以交代,但……但杀人,我是真的没有,我没有,这可是要判死刑的,借我八百个胆子我也不敢啊。之前我兄弟,就是以前和我一起被关进来那黄毛,他知道我偷拍女的还笑话过我,让我喜欢哪个女的就去强奸,说三年血赚,死刑不亏,但我从来没……从来没干过,死刑怎么不亏,死刑亏死了,我怕死的啊……"

说完,冷静下来的他又开始哭得涕泪纵横,上气不接下气,随后擤了把鼻涕擦在椅子腿上。

方审双臂环抱,冷眼凝视他,随后说道:"那你先把偷拍蒋舒曼的过程完完整整交代一遍吧。"

随后,审讯室里沉默了好几秒。

谢云衿就站在外面,冷眼旁观里面的一举一动。不知何时,江暄也悄无声息地站在了她身边,他嗓音悦耳,头稍稍往下偏着:"谢组,你说这个侯舜讲的话是真的吗?"

谢云衿依旧目不斜视。

她观察了这么久,说句实话,真没从侯舜的微表情与肢体语言里察觉到谎言。

但她不敢确定,因为这世界上,总有极佳的表演者。

因此,谢云衿也只能实话实说:"我不知道,我感觉他其实没撒谎。"

她停顿片刻,又补充着:"但感觉仅仅只是感觉,是我这些年侦办各种案件以及与形形色色的人打交道所获得的经验,在没有更加强有力的证据佐证这些之前,都是无稽之谈。"她说完这才转过头,抬眼凝视江暄冷峻的侧颜,"你认为呢?"

江暄勾唇:"我和谢组想法一致,我也认为他没说谎。"

他话音刚停,只见里面的侯舜抹了把眼泪,委屈兮兮地开始叙述:"一个多月快两个月前,我通过猫鱼视频同城圈子刷到了她,我看到了她跳舞的视频,扭来扭去,腿又长又细,我当时就觉得这姐姐的身材真辣,通过她发布视频定位的地方找到了她的住址,然后就……"他说到一半小心翼翼瞟了眼方审,又低头继续说,"然后就搬到她家对门了。"

"嗯,继续,后来呢?"

"后来,我就经常看她,看她跳舞,她不喜欢拉窗帘,每次都看得特别清楚,可我觉得不过瘾,所以有时候趁她出门,我会偷偷跑到她家门口,闻闻她的鞋,看看她放在门口忘记扔掉的垃圾,看看她每天吃什么用什么……"

他估计也觉得这些行为可耻,忙给自己解释道:"我是真的喜欢她,我知道我配不上她,我只是想和她靠得更近点。"

"喜欢?喜欢你干这些恶心事?偷鸡摸狗的。"

"我也不想的啊。"

秦海明:"那你说说,你为什么要杀害蒋舒曼?"

侯舜仰头看了看亮得刺眼的灯泡,又低头下来狠狠咬住干枯皲裂的嘴唇,无力地辩解着:"警察叔叔,我真的要给你们跪下了,不管你们问我多少遍,我没杀人就是没杀人,天王老子来了我都没杀人,如果我杀人生生世世遭五马分尸不得好死……"

秦海明扬了扬手,一副"静静看你表演"的神情:"毒誓在我们这里没用,进来的人个个毒誓发得贼溜,我们真的见得多了,你要想不起来,下午跟着我们去指认现场,到了现场,你失去的记忆估计就该回来了。"

听完这话,侯舜的面容狰狞得几近崩开,他拿头狠狠撞击铁制审讯桌,响声洪亮沉闷,很快磕破额头血流满面。

方审和秦海明因他突然的癫狂行为怔住,还没反应过来,单向透视玻璃外的谢云衿和江暄已经一同冲进门,谢云衿急切吼着:"你擒头我擒手,把他控制住。"

要是人在审讯室里不小心自己把自己撞死,他们麻烦可就大了。

两人的配合一如既往地默契,很快制住了癫狂状态的侯舜,秦海明见状赶紧冲了出去:"止血,快过来给他止血!"

一阵折腾过后,血是止住了,侯舜的情绪虽然也冷静了,但精神状态很差,他双手战栗着,嘴里一直重复:"没杀人,我没杀人……"

俨然疯了。

不知是真的还是装的。

但不管怎样,情况确实有些棘手。

第六章
疑点与线索

秦海明站在门口神情苦恼，随后一拍脑门出门去和谢云衿诉苦："谢组，这可咋办？那小子不会疯了吧，我们就把他做过的事复述了一遍，还没带他去认尸体看看蒋舒曼死得多惨呢，他像受了天大的委屈一般，受害者可是活生生一条人命呢，她能去哪儿委屈啊！"

谢云衿扭头："装疯卖傻这招，你我见得还少吗？"

她双眼死死盯住里面的侯舜，捕捉到他眼里的微光："放心吧，天天公众场合偷拍偷窥尾随跟踪，做的都是违法犯罪的事也没见他怕过，没这么容易疯的。"

秦海明悻悻点头："说得也是啊。"顿了顿，他叹了口气，"算了，不想这么多了，我还是先把这事跟何队汇报一下吧。"

"嗯，你去吧。"

"那好。"秦海明步履急促，匆匆离开了此处。

谢云衿则缓步走到窗边，看着窗外的香樟树叶在阳光下熠熠生辉。突然，身边有个愉悦的声音响起："谢组一个人想什么？"

谢云衿头也懒得抬："你还真是神出鬼没没一点声啊。"

江暄勾起嘴角："我就当你是夸我了。"

谢云衿淡漠的双眸里充斥着不耐烦："废话少讲，找我什么事？"

"没什么事，还是老问题，案件结束后，谢组赏脸和我吃顿饭吧。"

"说了，没空。"

"如果我能证明谢组的猜测呢？"

"侯舜没说谎的那个猜测？"

"不是，另一个。"

谢云衿神情上漾起狐疑："什么？"

"死者可能另有其人。"

江暄说完这句话,谢云衿脸上的狐疑神情突然滞住。

她随即转过头,原本涣散的眼瞳地聚光,不可置信地上下打量他:"你是怎么知道的?"

她可从未将自己这个猜测说出口过。

江暄收起浑身的颓散,盯着远处粼粼江面,语调不紧不慢:"这案子看似处处线索,可线索之中却又疑点重重,谢组让我将三根头发都验一遍,不就是怀疑死者身份吗?"

谢云衿看着江暄:"没错,我确实怀疑死者身份。"

"如果死者真是蒋舒曼,她后脑勺那块形成至少三天以上的大面积撞击伤,到底是怎么去做的头发?还有指甲顶端的暗痂,"谢云衿目光冷沉,也刻意加重了语气,"说实话,我只能想到两种可能,一是房东王太太撒了谎,二就是死者并非蒋舒曼,而是另有其人。"

江暄弯唇,给了谢云衿一个赞许的眼神:"很好,但仅仅只验这三根头发的 DNA,还不足以证明死者另有其人。"

他偏过头来凝视谢云衿:"我可以明确告诉你,死者头上的黄鬈发和地面的黄鬈发 DNA 一致,是同一个人的,那根黑直发是另一个人的,都是女人的毛发,遗憾的是,她们两人之前都没犯罪记录,所以 DNA 在警方数据库里没有记录,仅仅只凭借 DNA 检测,根本无法证明死者另有其人,同样的,也无法确定死者真实身份。"

谢云衿越听越迷糊:"那你怎么说你能证明我的猜测?"

江暄语气里透着玩味:"我不说完全证明另有其人,但我可以给谢组的调查提供一条非常重要的线索,就看谢组肯不肯赏脸了。"

线索,还是重要线索,依照谢云衿的性子绝对不可能放过,哪怕她不想和江暄有更多牵扯,却还是耸耸肩,没好气地应下了:"行,好,都可以,地点你定,钱你出,我要吃临江市最贵的。"

说完,她带着压迫感的目光定格在男人清晰锋利的轮廓上:"现在,你可以告诉我是什么重要线索了吗?"

江暄眼瞳里映着日光和江水,他薄唇抿了抿:"既然如此,那我也可以明确告诉你,死者的黄鬈发,不是最近做的,更不可能是昨天做的。"

"你怎么知道的?"

江暄眉微挑:"死者头皮有新长出的细碎黑发,长度在三厘米到五厘米不等,另外,头发上没有烫染剂药水残留,如果真是昨天才做完头发,这显然是不合理的。"

听完他给的线索，谢云衿嘴角扬起，终于对江暄真情流露地笑了一声："你原来不是花拳绣腿啊。"

江暄眯起眼，第一次直呼她的名字："谢云衿，你这是夸我还是讽刺我？"

得了线索，谢云衿又有了追查方向，她抬步欲离开，不过走前还不忘撂下一句："不用怀疑，我自然是在讽刺你。"

江暄看着她潇洒离开的背影，颔首无奈地笑了笑：真是越活越回去。

读书年代的"吊车尾"，如今也敢对着当初的年级第一大放厥词了。

而谢云衿步履急促，半分钟时间连爬三楼，撞到四人，这才到了外勤组办公室。

她开口说道："方审，开个会，我们调整一下追查方向。"

话一出，正在旁边与方审密切交谈的秦海明首先表示了疑惑。

在他眼里，这起案件的脉络细节、线索流程都清清楚楚明明白白，他们甚至动作迅捷，在距离死者被发现不到二十四小时的时间里就擒到了凶手，如今最主要的便是完善证据，这侯舜承不承认问题都不大，因为命案都是证据论，法庭上，侯舜哪怕一句话都不说，仅凭确凿的证据都能定了他的罪。

"谢组，怎么回事，人都逮到了，怎么还要调整追查方向？那我们追什么呢？查什么呢？"

谢云衿的脸色依旧平淡如水，看不出端倪，她冷静地说出自己的推测："死者，很大可能不是蒋舒曼。"

声音有力，掷地有声，外勤侦查科所有人，包括做事沉稳处变不惊的方审都明显怔住了。

方审和谢云衿共事三年，就这短短三年，她从下属变平级，他自然清楚谢云衿的能力。几秒后，他的神情变得沉重不少，他扬扬手："云衿，你倒是仔细说说，死者怎么就可能不是蒋舒曼了？"

谢云衿："我们目前有强有力的证据证明死者就是蒋舒曼吗？"

她声音压低，语气却透着凌厉。说完后，方审和秦海明各自绞尽脑汁妄图寻找什么来反驳她，可惜什么都没找到。

不仅没有，法医科尸检过程中还提出过好几个疑点，但都被接二连三从现场痕迹里提取到的线索以及迅速锁定嫌疑人的那种兴奋给掩盖了。

谢云衿继续道："其实包括我，在最开始都进入了一个误区，一个有关习惯的误区，为什么在死者被烧得面目全非的情况下依旧笃定她就是蒋舒曼？因为她死在蒋舒曼家中，穿着蒋舒曼的衣服，与蒋舒曼发型、身形都相似，特别是熟人王太太都说她就是蒋舒曼，所以我们并没有多想，但仔细想想，王太太就开门的匆匆一眼，她凭什么证明？"

秦海明听到这里，眉头紧皱着倒吸了口凉气，点头讲道："谢组，你这么一提，倒真有这可能呢。"

方审手肘撑在桌上，手指摸了摸鼻梁，很快提出新观点："法医科的尸检结果说指甲和后脑勺的伤形成好几天了，王太太却说没发现前天见到死者时手指有伤，会不会是王太太记错或者撒谎了？"

秦海明一听好像也有理，拍拍额头，墙头草一样倒戈方审那边："也是啊。"

"确实有可能，不过这个查证起来并不难，毕竟这几天见过蒋舒曼的肯定不止王太太一个人。"

秦海明立马申请："我追查下这条线，看这王太太嘴里说的到底是不是真话。"

"行，老秦，这条线你到时候带人去追。"

"没问题。"秦海明应完又看向谢云衿，"谢组，要像你猜的那样，不是蒋舒曼，死的究竟是谁呢？真正的蒋舒曼，又去了哪里呢？"

话音落下，几人都陷入沉思。

方审低头思索良久，最终抬头："就算死者另有其人，凶手也只能是侯舜。"

他说完摆出推论，每条每点逻辑清楚。

"第一，侯舜这人有作案动机。他文化程度不高，道德人品不强，心理阴暗，不尊重女性，常做尾随偷拍的事，常看国外淫秽视频，也承认对女性有过强烈的身体欲望无法发泄，而案发现场的种种线索都表明，他像是在发泄对女人对社会的愤懑仇恨。

"第二，侯舜也有作案时间和条件，他没工作，整日无所事事，闲暇时间非常多，近两个月来都住案发地对门，常偷窥蒋舒曼家中，还多次去蒋舒曼家门外徘徊，对周边环境路线非常熟悉。

"另外，最不容忽视的便是死者死前被性侵过，且有他的体液残留，如果说指纹还能是作假，或者诬陷，这个怎么说呢？"

方审随后又提出新猜测："难道侯舜将死者运到蒋舒曼家中，蒋舒曼被他转移到了另外的地方？"

秦海明问："他这么做的目的呢？"

"为了刺激，其实有些杀人犯做事没有什么逻辑的，怎么样能最大程度满足内心的愉悦感他们就会怎么做。"

"这样想想也有道理,"秦海明咂了几下嘴,"不过要是这样,岂不是多了一名受害者?更棘手的是我们目前不仅不知道死者的身份,也不知道蒋舒曼身处何方。"

谢云衿垂下眼睑,又抛出新疑点:"还有个地方一直没能想通,勘察现场的时候,我发现蒋舒曼家中多处有清理痕迹,桌子、茶几,甚至床头柜下这种极易落灰的地方也被清理过,可黄缘只在玻璃茶几上发现了属于侯舜的一枚指纹,而这房子的主人,蒋舒曼,她一直生活在里面整整五年的时间,怎么一枚属于她的指纹都没发现过,这不符合常理。

"假设凶手真是侯舜,既然清理过房子,怎么不清理自己的,又留指纹又留体液的,这不是明摆着告诉我们,凶手就是侯舜,他蠢到这种程度?"

方审马上提出新猜测:"可能两人或者多人作案,留下侯舜当替死鬼,或许我们可以查下他的社交圈,看看他与哪些人交往过密,有无共同作案的可能。"

秦海明突然想到了什么,立马来了精神:"审讯侯舜的时候,他是不是提到过朋友黄毛?曾经怂恿过侯舜强奸,还说什么三年血赚,死刑不亏来着。"

方审语气冷肃:"对,我也记得。"

讨论到这里,案情又有了新的追查方向,方审立刻召集所有人马开会,随后立马开始新一轮的追查。

而这时,技术科那边关于被侯舜偷拍尾随过的另外十三名受害者的调查结果也出来了,这些女子目前都无恙,其中十名还生活在临江市,三名已经去了外地发展。

谢云衿将报告合上:"临风,你再帮我查两个人吧。"

王临风点头:"你说。"

"蒋舒曼的好友陈娟,还有陈娟在外面的情人孙喻,查下他们的行踪,身份证、银行卡之类的使用情况……"讲到这里,谢云衿话头一顿,"尤勇谋名下的银行卡使用情况也调查一下。"

王临风爽快地答应:"没问题啊,我这就去。"

交代完,谢云衿丝毫没懈怠,带着蒋丛、罗宇超又火速出门去寻找侯舜朋友黄毛的踪迹。

这"黄毛"是外号,他本名赵肖肖,临江市马河县人,十六岁以来

101

因盗窃多次被拘留，去年还曾入狱半年，出来后重操旧业又被抓，直到三天前才被放出来。

谢云衿几人在赵肖肖常出没的地方找寻，终于在一家名为"极速"的网吧里找到了他。

烟雾缭绕里，赵肖肖戴着耳机，身体陷进椅背里，他脱了鞋，屈起双腿，脏得发黑的双脚胡乱踩在椅垫上，右手不住地挪动鼠标，游戏画面切得飞快，他嘴里还不停地怒吼着："杀啊杀啊！"

正"杀"得起劲，肩膀突然被人从椅背后面捏住，赵肖肖烦躁地将那只手推下去。可不过两秒，那只手又捏住了他的肩膀，好巧不巧，他操纵的游戏人物此时也正好死了，赵肖肖气不打一处来，一摔鼠标起身就要干架。

"你找削啊，是不是想死？"

蒋丛居高临下地看着赵肖肖，随后亮出警官证："赵肖肖，我是警察，找你有事，出来一趟吧。"

赵肖肖这人一头黄毛，堪堪一米六，长得还骨瘦如柴，在一米八大高个、身强体壮的蒋丛面前简直不够看的，再看到蒋丛的证件，他气焰瞬间消了一大半。

没几分钟，网吧门口，赵肖肖像个犯了错的小孩一般蔫头耷脑的。

"警察叔叔，我才放出来，这几天都乖得很，就在网吧打打游戏。"

"在哪几个网吧打游戏？"

赵肖肖手指了指旁边："就这个。"

"从三天前被放出一直在这里面打游戏，没出来过？"

"没啊，没出来过，吃喝拉撒都在里面，打游戏总不犯法吧？"

谢云衿听完没接他的茬，而是给蒋丛递了个眼神，蒋丛会意立刻进了网吧。

罗宇超在他面前亮出蒋舒曼的照片："这个女人你认识吗？"

赵肖肖拿过照片认真瞧了几秒，有些疑惑："这是谁啊？不认识，还挺漂亮的。"

"真不认识？"

"真不认识。"

罗宇超见状又掏出另外一张照片："这个人你认识吗？"

这次赵肖肖没接照片，只是随意地瞥了一眼："这不是猴子吗？"

"侯舜？"罗宇超强调了一遍。

"是啊，是侯舜。"赵肖肖咽了一下口水，神情还有些幸灾乐祸，"怎么，我才刚出来，他又偷东西进去了？我和他还真是难兄难弟啊……"

"他是进去了，不过不是偷东西，这次是以杀人嫌疑进去的。"

赵肖肖本来还弓腰驼背乐呵呵，听这话瞬间惊讶："杀……杀人……他那胆子也敢杀人啊？"

谢云衿一脸冷漠，手指点了点蒋舒曼的照片："你再看看这个女人，眼熟吗？"

这次，赵肖肖认认真真端详了一遍蒋舒曼的照片，终于点点头："眼熟，眼熟，好像猴子之前有偷拍过她，在我面前炫耀过。"

"听说你还怂恿侯舜强奸她，说三年血赚，死刑不亏？"

赵肖肖顿时紧张得结巴："我我我……我就是开……开个玩笑，那网上不是有这种段子吗？我看他天天偷拍那女人，一脸下贱样，我笑话他，就是个玩笑话，我可没有怂恿他。"

赵肖肖咬死了"开玩笑"，抵死不承认是怂恿，后又探究地问道："猴子不会真这么糊涂，将人强奸杀死了吧？"

谢云衿目光如炬："你认为呢？"

赵肖肖紧张得摸了把额头细汗："猴子……猴子应该没这个胆子吧。"

谢云衿语气淡淡："除了你以外，侯舜还和谁关系比较好？"

赵肖肖挠头想了一阵："还有耗子。"

"说真名！"

"王……王昊。"

罗宇超听罢拿出手机刚想进入警务通查下这个王昊的信息，下一秒赵肖肖便补充了一句："耗子年初进别人家里偷东西被判了两年，现在还在牢里蹲着呢。"

"除了你们俩之外就没了？"

赵肖肖绞尽脑汁回忆了一下，最终给出答案："没了。"

问话到此处，谢云衿和罗宇超对视一眼，又带着赵肖肖进了网吧。

前台，网管正按照蒋丛的要求查询案发前的监控，快进看到晚上九点，蒋丛最终沮丧地摇头起身。

赵肖肖也等得精疲力竭："我都说了我一直在这网吧打游戏，你们怎么不相信我呢？"

从夕阳西下忙活到万家灯火，案情没任何进展，罗宇超的肚子却饿得一个劲地乱叫。

路过一个烧烤摊，他是彻底走不动道了，在谢云衿背后苦苦哀求："谢

· 103

组,都忙活一下午了,饭也没能吃上一口,我们在这里吃点再走吧。"

他说着将话题抛出来:"谢组,大丛,你们难道都不饿吗?"

蒋丛其实也饿,但是他会忍,所以尽管饥肠辘辘也一直忙于工作没有吭声。

谢云衿看了眼时间,已经晚上八点半了,一整天忙来忙去的消耗极大,说不饿那是假的,只是她有个毛病,忙起案子时浑身上下都充满了斗志,连饿了困了疼了这些事都会忘掉。

她转头看着罗宇超,他不停舔着嘴唇,眼神往烧烤摊疯狂瞟着,看来真是饿坏了。

人是铁饭是钢,不吃饱怎么有力气干活?因此谢云衿手一挥:"就在这里吃点再走吧。"

罗宇超得了允许,火急火燎在路边找张桌子就坐下,大声呼喊着服务员:"赶紧赶紧,你们的菜单赶紧来一份。"

很快得了菜单,罗宇超边翻边喊:"牛肉串一手,羊肉串一手,韭菜五串,土豆五串,还有你们这个特色香辣蟹也来一份吧……"

蒋丛提醒他:"主食,点主食,光点烧烤怎么能吃饱?"

"主食吃啥?"罗宇超说着望向谢云衿,"谢组吃啥?"

谢云衿单手撑在桌子上,淡漠的双眼下是两片乌青:"随便吃点。"

罗宇超大手一挥做了决定:"炒饭!"

服务员一一记录上去,又问:"喝酒吗?"

"不喝不喝,来几瓶矿泉水吧。"

"行。"

等菜时间,四周也没人,几人讨论起了案情。

罗宇超揉着刺痛的太阳穴:"这案子真棘手,假设死者不是蒋舒曼,会是谁呢?被侯舜偷拍过的前面十三个女人可都没事啊,我真想不出其他人了?"

蒋丛摸摸下巴:"你们说死者既然出现在蒋舒曼家中,会不会和蒋舒曼有些联系?来蒋舒曼家中找她,然后遇了害。"

罗宇超思维迅速:"蒋舒曼的好友陈娟不是一直处在失联中吗?尤勇谋说陈娟和一个男人跑了,但那只是他的片面之词,我们也不可能全信,我倒觉得死者要真的不是蒋舒曼,会不会就是陈娟啊?"

蒋丛拍了两下桌子:"别说,还真有可能。"

他俩说完齐刷刷看向谢云衿,只见她将头偏向另外一边,不知看什么看得出神。

两人循着她的视线看过去,发现垃圾桶边上有一只黑色长毛流浪狗正在觅食,它耸着鼻子顺着墙角这里嗅嗅那里嗅嗅,寻着味道走走停停,最终到了谢云衿脚边。

"谢组,你怎么还会起狗来了,你是怎么想的,快和我们讲讲呗。"

谢云衿拿了几串牛肉串给了脚边的流浪狗,然后挺直背脊,突然低头轻笑一声。

罗宇超和蒋丛不理解,面面相觑:"谢组,你笑什么啊?"

"想起个线索。"

"什么?"

谢云衿指了指地上正狼吞虎咽的——"狗。"

"狗?"

她声音冷沉:"死者没养狗,但现场出现了一只被虐杀放血的狗。罗秦犬,这种狗起源于法国,体型小也黏人,纯种的价格非常昂贵,我稍微查询了一下,这种狗国内并没有引进系统地繁殖,得从国外进口,价格贵不说,饲养的人也很少。"

蒋丛:"狗肯定不会无缘无故出现在现场,它大概率不是和死者有联系就是和凶手有联系。"

"顺着这条线索往下查一查,看能不能有些进展。"

蒋丛点点头,又说:"谢组,还有那个陈娟?"

"我出来前已经让临风去查了。"

菜上齐,早已饥饿难耐的三人自然吃得大快朵颐起来。

水饱饭足之后,几人便打道回府,由蒋丛开车,谢云衿和罗宇超坐后座。

这两日来都忙得不可开交,罗宇超此时已经疲惫不堪,刚坐下就靠着车窗睡着了,而谢云衿却一直没有睡意,降下车窗看着窗外一闪而过的璀璨灯火发呆。

刚回刑侦支队,秦海明就赶紧过来汇报情况:"谢组,死者可能真不是蒋舒曼,我去了蒋舒曼去的那家理发店,问了当时给她做头发的李有祁,他说没有发现蒋舒曼脑后有伤,我还查看了店中监控,蒋舒曼当时早上十点就去了理发店,一直做到下午五点,也确实没有发现异样情况。"

谢云衿听完汇报之后,又和秦海明说了一下赵肖肖的情况,随后问他:"侯舜人呢?"

"观察室呢,怕他真疯,也没进行下一步的审讯,让赵语和伍方看着呢。"

"我要审他,你和我一起,帮我记录。"

"行,我马上去把他提出来。"

他说着拔腿就要走,却被谢云衿叫住问道:"江法医呢?"

"估计在法医实验室,好像在看现场那只死狗吧。"

"嗯,我先去找他,十分钟后审讯室见。"

"好。"

旁边的罗宇超补充了一句:"谢组,我和你一起去吧。"

夜色深沉,但刑侦支队依旧灯火通明。

谢云衿和罗宇超一同走到法医实验室门口。

她往里看了一眼,江暄正在实验台摆弄着那只死狗的身体。

他们进来时,江暄像是早就知道了一样,并未抬眼,而是指了指门口架子上放置的一套防护服:"恪守实验室规则,换好再进来吧。"

罗宇超看了一下:"江法医,怎么就一套啊,我穿什么?"

江暄这才抬头:"抱歉,我不知道你也会来,外面柜子里有。"

罗宇超也没多想,转身就去了外面找防护服,而谢云衿则面无表情地吞咽了下口水,然后拿起衣服进了旁边的更衣室。

几分钟后,罗宇超和谢云衿都穿戴好防护装置,这才走进实验室。

江暄正在解剖那只狗,由于尸体腐烂,实验室里弥漫着一股浓郁的尸臭味。要搁以前,罗宇超指不定早就吐出来了,可不知是不是两天前才经历了那样惨烈的案发现场的缘故,他此时淡定了很多,但他被这股臭味呛到,咳嗽了几声问:"江法医,你不是已经给狗做过检查了吗?"

"案发后一直忙着人的尸检,狗只简单地看了下品种和死因,并未解剖,一个小时前我梳理案件信息,想到这狗很关键,便过来将狗也详细检查一下。"

"江法医,你和我们谢组真默契,同一时间,想一块儿去了。"

江暄眉毛挑挑,目光也定格到谢云衿身上:"是吗?"

"是啊。"

"看来我和谢组是真的很默契。"江暄语气有些愉悦。

谢云衿也看向他:"那这次什么情况?"

江暄掏出狗的内脏,臭味越发浓郁。罗宇超终于没能承受住:"对不起谢组,我真不行了,我先出去透口气。"说完,他忙不迭地转身出了实验室。

室内只剩了谢云衿和江暄,两人在实验台两边面对面站立。

头顶,冷白色灯光投下来,将两人的身影交叠在一起。

谢云衿看着实验台上放置的狗项圈,拿起来仔细端详。

项圈是皮具的,中部挂着个金色小铃铛,皮圈里侧有个小金属片,上面刻有英文字母"ANDY"。

ANDY?又刻在狗项圈上,谢云衿对着四个英文字母的第一反应便是狗名。

她又看了一眼项圈上的铃铛,掂量了两下,感觉比铁制的要重,又看了眼质地,怀疑是金的。

而这边江暄放下手里的内脏,白色橡胶手套上已经沾满了近乎黑色的污血。

他先掰开狗嘴,指了指旁边的手电筒,吩咐谢云衿:"拿起来。"

谢云衿照做,拿起手电筒打开,刺眼的光线投射进狗嘴里。

"这狗已经换了恒牙,牙齿坚实,下门齿尖突起部分磨损,牙齿上出现了些牙斑菌,骨骼强劲,毛发浓郁颜色周正,正当壮年,年龄应该在两岁到三岁之间。"

说完,他合上狗嘴,谢云衿也放下手电筒嘀咕了一句:"两岁到三岁。"

江暄没有接话,又接着看起死狗的内脏情况来,他双手都是血污,对谢云衿说:"将钳子和手术剪递给我一下。"

谢云衿看着旁边整齐放置的几十枚大小长短形状各异的铁制工具头脑发蒙:"哪个啊?"

江暄抬了抬下巴:"左边第三排第三把和第五排第七把。"

谢云衿伸出手指,根据江暄所说一一数过去,将两把工具拿好一同递给他。

江暄动作娴熟,将内脏一一分离开来。

臭味更甚,就连处变不惊的谢云衿都没办法做到面不改色,她轻轻蹙起眉。

江暄淡淡瞥了一眼:"那边有防毒面具,谢组还是去拿好戴上吧。"

谢云衿没任何犹豫,立马拿了防毒面具戴得严严实实这才回来。

半个小时后,江暄检查完毕,将内脏全都缝合进去。

"狗很健康,是被割喉放血而亡,胃里食物消化完全,死亡时间和死者相当。"

谢云衿这才摘下防毒面具,脸已经被闷得泛红,额头细汗濡湿了发梢:"好,我知道了。"

她说着拿起那根狗项圈:"这个我先带去技术科了。"

107

"好。"江暄深深看了她一眼，低头处理起实验台上的污迹来。

谢云衿脱下防护服，至少净了三遍手才从法医实验室走出，刚出来就直奔技术科将狗项圈递给黄缘。

黄缘："云衿，这是什么？"

"从狗身上解下来的项圈，你帮我查查材质。"

"没问题。"黄缘接过这条皮项圈，走进物证实验室开始检验起来。

谢云衿没了其他事，索性回了办公室。

人一松懈便容易疲倦，她背脊刚沾上椅背，困意突然铺天盖地席卷而来，她头稍微偏着，随手从桌上拿了份什么东西盖在脸上，没了头顶刺眼光线的阻挠，很快沉沉睡去。

这一觉睡得极不安稳。

她一直在做梦，一直梦到七年前的事情，那天阴阴沉沉，她和父亲徐海成大吵一架后跑出家门，直到晚上才归家。

那个时候的谢云衿还叫徐酒酒，是父亲给她取的，一个极度"随便"的名字。

她推开锈迹斑驳的铁门，穿过院子到了家门口，刚拿出钥匙插进去，压根儿没拧，可大门轻轻"吱呀"着开了。

徐酒酒警觉起来，她以为家中遭贼，轻手轻脚推开大门走了进去，拎起墙角放置的一根铁棒，没出声也没开灯，慢慢往里面走去。

房子有两层楼，面积并不大，一楼只有客厅厨房，卧室厕所都在二楼。

黑暗里，徐酒酒慢腾腾往前挪动。凭借生活多年对家中的熟悉，她顺利检查完客厅和厨房，没触碰到任何东西，没发出任何声响，也什么都没有发现。

她刚走到楼道，这时，楼上突然传来物品落地的声音，沉闷响亮，在空旷房子里飘荡着回音。

她沉着眉眼，单手将长发绑好，拎起铁棒慢慢上楼。她想要活捉这不知天高地厚东西偷到她家里的小偷，她也有十足的胆量和自信觉得自己一定能擒住。

父亲徐海成是一名刑警，从小便刻意对她进行过体能和格斗训练，美其名曰是让她学会了之后好防身，母亲当时一直反对，说女孩还是文静些好，反对归反对，耐不住徐酒酒自己喜欢，学得很起劲，母亲没了办法，也就由着去了。

徐酒酒爬到一半，突然听到了一些细微的响动。她抬头往上看，突然，

一束刺眼光线直接照向她。

她本能地拿手挡在眼前,借着光亮看到徐海成浑身是血地躺在二楼楼梯口,她视线迅速往上,锁定了用手电筒照射她的人,是一个身穿黑衣脸蒙得严严实实的人。

徐酒酒终于忍不住嘶吼一声:"爸!"

可地上的徐海成却半点反应都没有。

然后,她听到那人说:"你别找了,他女儿回来了。"

是个男人的声音。

徐酒酒怒目而视,大口喘着气,还没反应过来时,只看见头上方那个身着黑衣的男人,缓缓掏出什么东西,待看清才发现那是一把枪,对准她的是黑色的枪口。

她立马反应过来。

他们有枪,这不是普通的贼,他们杀了徐海成,现在还要杀自己灭口。

徐酒酒咬紧下嘴唇,双目凌厉,将手中铁棒猛地往枪口方向投掷过去。

只听到铁棒撞击上楼道扶手的脆响和痛苦的哀号,随后是一声咬牙切齿的怒吼:"你还在找什么,赶紧抓了这丫头弄死。"

徐酒酒跑出大门,可那两人也迅速追了过来。

她对这附近非常熟悉,没走大道,选了弯绕极多又黑的小巷。

她自以为聪明,以为这样就可以甩掉他们,却没想小巷是好逃命,可是却通往临江大桥,中途也没有任何监控。

她出了小巷爬上通往临江大桥的楼梯,然后疯狂往前跑,期间拿出手机翻出电话拨了过去。很快,电话被接通,那边传来一个清冷的声音:"什么事?"

"江暄,救我,有人想杀我……"

话还没讲完,电话已经被挂断,只剩了"嘟嘟"的回音。

徐酒酒愣了,又反应过来,手指疯狂摁键拨打报警电话,却因为太过紧张屡次摁错。

她转头往后看,那两个穷追不舍的恶徒,一个爬上了通往临江大桥的楼梯,另一个已经越过栏杆到了桥面。

深夜,桥面车少,仅有的几辆也是速度极快地飞驰过去。

徐酒酒咬咬牙,这次终于成功摁对。

"嘟——"

电话正在接通中。

她不敢松懈,脚下依旧保持速度,可就在这时,她看到自己正前方

109

不知何时也出现了一个男人。

这男人没穿黑衣,身着便服,棕色外套黑色长裤,整个人站得笔直。

从外表上看来他与普通路人并无两样,只是左手手臂与身体紧贴着,徐酒酒警觉地在他紧贴身体的手腕衣袖下看到了露出来的一小截尖刀,头顶路灯映照下,刀身幽幽散发着寒光。

她停下来,绝望地往后看看,两人距离她只有十来米了。

徐酒酒眯起双眼,迅速锁定这些人的身形特征与眉眼形状,然后没有一丝犹豫,翻上临江大桥栏杆往下纵身一跃。

"扑通"一声投入水中,黑黝荡着暗波的江面突然激起千层水花。

水波汹涌之下,她感觉自己的身体在下沉,飞速地下沉,随后窒息感如洪水猛兽一般袭来……

谢云衿猛地惊醒。

脸上盖着的书报也随着她身体的颤动而掉落在地。

她睁开眼,四周还是熟悉的景物,是刑侦支队外勤科办公室,不是冰冷刺骨让人窒息的江底。

谢云衿擦去额头上细密的汗珠,手肘撑在桌上,手指按揉着太阳穴,情绪终于冷静了些。

她拎起衣领闻了闻,这么热的天,她两天没洗澡还一直在外面跑,衣服已经充斥汗臭味了。

她起身打算回宿舍洗个热水澡换身干净衣服顺便休息休息,刚下楼便被人从后面叫住。

"谢组要回宿舍?"江暄眼里笑意敷衍。

"嗯。"

"我也回宿舍,一起走吧。"

谢云衿脸色冷冰冰,没回答,但脚步并未停下。

江暄快走几步跟上她,两人并肩而行,气氛却有些僵。

他侧过脸,看着低眸快走的谢云衿,慢条斯理地问道:"走那么快做什么?"

谢云衿"嗤"了一声:"你看不出来我不想和你一起?"

"看不出,明明刚刚在实验室谢组还同我相谈甚欢?"

她想到之前那个梦,想到七年前被挂断电话的绝望,没解释,只说了一句:"没什么,只是不想和你同行。"

她说着轻咳一声,宿舍楼昏黄的声控灯亮起。借着灯光,她快步上楼,刚走了没几步，只听见身后的江暄愉悦轻笑一声："是吗？那就算了吧，本来还带来了一个消息，我以为谢组会很想和我讨论一下案情呢，原来是我多想了。"

谢云衿脚步顿住，猛地回头："什么消息？"

江暄脸上的笑容依旧轻佻，他手指摩挲几秒后慢慢背过身去，头稍偏起对谢云衿说："无可奉告。"

他说完便转身，楼上的谢云衿眼一眯，三步并作两步下了楼，狠狠攫取住江暄的衣袖："说清楚。"

她声音清亮，带着股急切之意，头顶灯光投下来，在她眼眶下留了阴影。

江暄停住了脚步，转头过来，又是一句"无可奉告"。

谢云衿明显不悦，她沉下脸，手中用力将他一把甩到墙边。沉闷的撞击声响起，江暄顺势倚靠墙壁，嘴角依旧噙着欠揍的笑意。

谢云衿比他矮了大半个头，可气势却不输，她皮笑肉不笑："我这人最痛恨别人和我卖关子了，老老实实说了，你我都痛快。"

江暄嗤笑，眼神里都是狡黠："谢组怎么这么不讲武德？我好歹和你算平级，你就这么对待你的同僚？"话讲到一半，他扬了扬被谢云衿死死握住的手腕，故意"嘶"了一声，又做痛苦状，"谢组，轻……轻点，疼……"

谢云衿挑眉，嫌弃地看了他一眼："你一个男人，疼什么啊？"

"真的疼。"

谢云衿瘪嘴，悻悻放开了江暄，故意开口讽他弱不禁风。可江暄神情沉了片刻，幽暗目光却随着她放下的手缓缓移动。刚刚她抓自己手腕用了全力，可她的手掌上分明还缠着纱布，甚至早上见她，手上还血肉模糊地混杂地上的灰尘砂砾。

她不知道疼的吗？

江暄刚挪开视线，下一秒，谢云衿又蛮横地薅住了他的衣领，还很不客气地拉下他高昂的头颅："你别想转移话题，说，到底什么消息？"

谢云衿眼神很专注，丝毫没有意识到她和江暄正四目相对，咫尺之距，呼吸的热气洒在他鼻尖，让江暄心上刺痒。

原来已经过去这么久了。

久到他都快忘记这种悸动的心跳到底是何种感受了。

记得刚出事那段时间，临江日日阴雨，江面水位已经快到了临界点。他就站在码头，像个活死人，没有表情，没有心跳，什么都没有，打捞船三三两两漂泊江面,蛙人入水又上来,每一次靠岸,他都嘶哑着声音一遍遍去问。

"找到了吗?"

"没有。"

"找到她了吗?"

"没有。"

有个蛙人同他讲:"你是她朋友吧,我理解你的心情,但我要告诉你,人溺水一般五分钟到十分钟就死了,她这都三天了,就算找到,也是一具泡得发胀的尸体了。"

这些道理江暄何尝不明白,可他依旧执拗地一遍遍打听消息,尽管每次都徒劳无功。

其实没有消息就是最好的消息,至少这样他就可以自欺欺人,可以骗自己说,兴许她没事,她还在世界的某个角落好好地活着。

如今,一切都不是错觉,她真的活着,不是钱包夹层里薄薄的泛黄照片,不是照片上虚幻的肆意笑容,而是能触摸到她,能听到她的声音,感受她的情绪,是完完全全真实的。

感觉到江暄心绪的游离,谢云衿用另一只手在他眼前利落地打了个响指:"魂掉了?我问你话呢,快点说,我没那么多耐心。"

江暄又恢复了之前的吊儿郎当,他揉了揉自己的手腕:"等下,还有点疼,我缓缓。"

谢云衿悻悻,脱口而出:"以前怎么没见你这么会装呢?"

话一说出口,两人皆是一怔,谢云衿意识到了什么,连忙放开江暄,不愿与之继续在这个问题上纠缠,转身想走时,江暄终于开了口:"出门时遇上了黄缘,她对狗链的材质做了检验——"

谢云衿脚步顿住,脸稍微后偏仔细聆听。

"铃铛和卡扣都是黄金材质,纯的,重量十五克,雕刻字母的那块金属是铂金材质,另外项圈是鳄鱼皮,这肯定是手工定制的,用料都昂贵,价格也水涨船高。"

谢云衿敛起眸光:"名贵稀少的品种,又冷门,临江市养的人不会太多,还配了价值不菲的项圈,照顾得这样健康周到,这狗主人不难查。"

说完,她转身过来,用蛮横的语气说着请求的话语:"你手机借我用一下?"

她理直气壮得让江暄揉了揉刺痛的太阳穴:"这就是你求人办事的态度?"

人活世上，能屈能伸也是一种本事。

只见谢云衿长吐一口气，放软语气："请江法医把你的手机借我用一下。"

江暄眼皮跳跳，将兜里的手机递了过去，只见她麻利接过来拨了方审的电话，言简意赅："查那只狗的主人、狗证、狗舍、宠物医院、能定做名贵狗项圈的地方。"

电话挂断，谢云衿将手机递给江暄，她原本打算回宿舍洗澡，此时却又往夜色深处走去。

江暄快走几步跟上来："谢组去哪儿？"

"我们平级，你管不着。"

"我是管不着，不过有件事我想来想去，还是得提醒你一句。"

"什么？"

顿了顿，他撂下一句："谢组真的该洗澡了，你身上的味道，真的很难闻。"

时间将近十二点，黑夜昏昏沉沉，天空压低如墨染一般。

夜风有些大，吹得道路两边的树叶"沙沙"作响。

谢云衿脚步很快，但江暄紧随其后，她压根儿没法甩掉他。

走到半道，谢云衿忍不住了，回头瞪他："你跟着我做什么？"

江暄笑意疏散，学她的口吻驳了回去："我俩平级，我管不着你，你自然也管不着我。"

"你干别的事我自然管不着，但你若是继续尾随我，我就管得着了。"

听罢她的话，江暄轻笑："谢组竟然用尾随这样的词来形容我？"

"难道不是？"

"当然不是。"他答得理直气壮。

谢云衿"嗤"了一声，无意与他多争辩，面无表情地拉开车门。刚坐下，下一秒，江暄也弯腰进来坐上了副驾驶座。只见他眉目轻挑，慢条斯理地理好了刚刚被谢云衿薅乱的衣领，随后轻车熟路拉过安全带，修长手指轻摁下去，"啪嗒"一声扣好。

谢云衿冷眼看着他一系列"恬不知耻"的操作，太阳穴里经脉直跳，不客气地强调："这是我的车。"

"我知道。"

"我要去案发现场，麻烦江法医现在下车。"她下了逐客令。

江暄嘴角噙着抹意味深长的笑容："我也去案发现场。"

113

谢云衿心里压着火,她不解地问道:"你去干吗?"

"大晚上的,谢组难道不需要我帮忙?"

"不好意思,还真不需要,我反而担心你会拖我后腿。"

江暄点头,长长地"哦"了一声,突然扭过头来笑言道:"谢组向何队申请搜查证了吗?现场勘查已经结束,私自前往案发现场,我记得好像不符合程序吧。"

"眼下破案为主,程序什么的对我来说不重要。"案件侦查确实有这道程序,但一般情况下不会计较,属于不举不查,所以谢云衿以往从未理会过,她现在脑子里几团疑云翻涌不止,迫切地想要搜寻些新线索,要真的等到明日向何繁忠申请了搜查证再去,黄花菜都能凉上好几趟了。

"谢组才复职回来,不带上我这个知情人一起违规,就不怕我去举报你?"

谢云衿眼皮一跳,悻悻系好安全带,哪知身侧那人得逞后竟然还得意扬扬地说道:"开车吧,你没得选不说,还得感谢我。"

她皮笑肉不笑:"你可真会为自己揽功劳。"

"谢谢夸奖。"他刻意压重语气一字一顿。

说完这句话,江暄迅速转头来看她。只见谢云衿手指动动,并没接他这茬,而是深吸一口气,冷着一张脸发动车辆,幽幽说着:"谁说我没得选?"

江暄凝视她的侧颜,细听她口中另一种选择。

"杀你灭口,显然比带上你这个选择更好。"

江暄声音愉悦:"杀我灭口?你的想法很好啊,只可惜如果不把我的尸体妥善处理,谢组恐怕很难脱身呢。"

车开得极快,窗外灯火树影一闪而过,谢云衿舔舔干枯的嘴唇:"如果我真的杀你灭口,江法医觉得怎样处理你的尸体才能让你彻底消失?"

江暄懒散地笑了笑,身体靠上椅背:"不厚道啊,杀我灭口还要我这个受害者提供办法处理我的尸体,空手套白狼也得讲基本法吧?"

谢云衿无所谓地说道:"但我不想讲。"

江暄耸耸肩,无可奈何地叹气,修长手指轻轻摩挲衣料,又开了口:"谢组要杀我又要脱身何必那么麻烦,说一声,我自己留好遗书不就行了?"

谢云衿"嗤"了一声,漫不经心:"你这么大方?肯把命拱手送我?"

"自然。"密闭的昏暗空间里,江暄扭过头,声音是笑着的,可眼神却专注无比,"我一直很大方的。"

两人有一搭没一搭地聊着,车里有些闷热,谢云衿降下车窗,任由

风灌进来将她额前的碎发扬起。

她没有再接话,江暄也没挑起新的话题,两人沉默了没几分钟便到达目的地。

找了个合适的地方停车,谢云衿和江暄先后下来,一同进入了桃苑小区。

路灯昏黄,在地面投出两人身影,一高一矮并肩而行,从路灯下走过,变短的影子又一点点被慢慢拉长。

越往里走,光线便越发昏暗,到了事发那栋楼前,要不是旁边几户还亮着些灯光,几乎都要到伸手不见五指的地步。

谢云衿看向旁边的江暄:"手机借我看下时间,我没带。"

她接过这部带着体温的黑色手机摁键看了眼,屏幕上显示刚过十二点。她准备还给江暄,他却没接,将手插进裤袋昂头往上看去:"你拿着吧。"

谢云衿没客气,将之拿在手上,循着江暄的视线往上看,正好能看到案发现场的窗户。

她眯起双眸,脑中快速整合这起案子的疑点与线索,开口说道:"一般来说,大部分杀了人的都会想要将尸体藏起来处理掉,能拖时间便拖时间,拖得越长案件侦破起来就越难,也就更好脱身,可这起案子的凶手却反其道行之,将死者吊在窗前不说,还特地开了灯,似乎就想让死者早点被发现。"

江暄:"他确实很自信,小区监控基本都是摆设,压根儿没可能拍下他的身影,现场处理得也算完美,至少眼下来看,没留下一丝对他有害的线索。"

"是自信,现场处理表面看起来也称得上一句完美,可有利也有弊,做得多错得多,越完美就越能展现错漏,急吼吼地将死者摆出来,又留下那样明显的证据,就差捏着耳朵告诉我,凶手就是侯舜了。"

说完,谢云衿打开手机手电筒,微弱灯光照亮前路,她抬腿往前:"走,上楼看看吧。"

115

第七章
案件转机

深夜寂静,楼道空旷,尽管谢云衿和江暄刻意放轻了脚步,却依旧弄出了细微声响。

借着手机灯光,两人上了三楼,走到蒋舒曼家门前,谢云衿将手机光线凑近,贴在上面的封条完好无损。

她扬扬下巴指挥江暄:"你来撕。"

江暄伸出手麻利地撕开,谢云衿则掏出上次从房东王太太那里拿过来的钥匙,小心翼翼插入进去。

"咔嚓"一声,门"咯吱"着开了一条缝。

谢云衿抽出钥匙,推门走了进去,同时低声嘱咐后面的江暄:"把门关好。"

江暄挑挑眉,听言照做。

因为怕引起不必要的恐慌,谢云衿没开灯,两人就着手机手电筒这点微弱光线轻车熟路地在黑暗中穿行。

走到窗前,谢云衿将手电筒光线往上照去,吊着死者脖颈的铁链已经被刑侦支队勘察时带走了,如今只剩了个从天花板中伸出来用于悬挂灯饰的铁钩子。

谢云衿昂头往上看:"天花板高度两点六米,垂下来的铁链零点六米左右,死者体重近百斤,将完全没有生命反应的人直接举起来悬挂到近两米左右的位置,要耗费一番力气,身高肯定也不低。"

江暄呼吸轻缓:"显而易见,两种可能,男性或者多人作案。"

谢云衿盯着天花板上那个悬挂铁链的铁钩子思忖了片刻:"我想要上去看看。"

"嗯?"

她用打量的眼神将江暄从头看到脚,眼角眉梢都是"利用":"你的膝盖够结实吗?"

"你不会是想踩着我……"江暄拒绝,"想都别想,我去下面给你找梯子。"

之前借来的梯子就放在楼道,没几分钟,他扛着梯子回来,放在铁钩下方。

谢云衿双手摇晃测试了下稳定度,接着三下五除二爬上去,她低下头,看到江暄正在底下扶着三角梯。

"光。"

江暄递上手机。

手电筒的光很亮,足以让谢云衿看得清清楚楚。

这种老房子修建时,空调还不常见,吹风扇居多,这铁钩子是当时流行的吊扇承重装置。

铁钩很结实,生了锈,但是从铁钩尖处到弯处整体外观都有新鲜的摩擦痕迹。谢云衿看着,用手摸了摸。

再看铁钩另一半弯处到和天花板连接的承重位置,锈迹很重,没有任何摩擦痕迹。

谢云衿暗自怀疑。

铁链挂铁钩上,将尸体的头放上来应该只会在铁链和铁钩相接触的那一点部位留下痕迹,难道说,尸体是用另外的方法放上来的?

如果是另外的方法,凶手还可能是有力气的男人或者多人合作吗?

谢云衿心里打了个问号,但她此时也想不出还有什么方法。

江暄看谢云衿迟迟不动,忙问:"发现什么了吗?"

"嗯。"谢云衿将自己的疑惑之处和江暄讲明,随后拍了照从梯子上爬下来。

江暄又爬上去看了一眼,然后皱皱眉:"这看起来像是有什么孔,只有这根铁钩大小的硬物从铁钩尖这里穿到弯处。"

谢云衿点头,她也同意这种观点,但这样做的目的是什么呢?

"再去里面看看吧。"谢云衿抬腿继续往里走。

江暄跟在她身后提出疑问:"蒋舒曼目前处于失踪状态,可她在这里生活这么久,凶手却偏偏将她的生活痕迹清理得一干二净,这个举动很耐人寻味,可蒋舒曼本来就生活在这里面,清理她的生活痕迹目的是什么?"

谢云衿沉吟片刻回答了他的问题:"如果凶手此举不是在刻意误导

我们,那蒋舒曼在其中可能也扮演了一个角色,她不是受害者,而是帮凶或者主谋,我之前就怀疑这点,仔细想想又不太符合常理,案子有太多疑点,死者被吊在蒋舒曼家里,身形发型都与她相似,熟人都一致认为就是她,我们自然而然会将死者默认为是蒋舒曼,可能证明身份的面部恰好被烧毁,但如果生活痕迹都在,一对比,死者和蒋舒曼是不是同一个人就很容易知道,我想将蒋舒曼生活痕迹清理干净的目的也正在此吧。"

推测到这里,谢云衿也提出了一个困扰自己已久的问题:"死者尸检结果表明被性侵过,蒋舒曼一个女人显然无法直接做到,难道侯舜真的参与了?他和蒋舒曼合谋,杀了另一个女人?故意留下明显证据顶罪?可审讯室外我观察他的表情,又不像撒谎。"

谢云衿的猜测越来越大胆,江暄也蹙起眉头:"如果侯舜和蒋舒曼真的合伙杀人,那死者是谁呢?"

"外勤科在走访排查时发现,蒋舒曼名下有许多借款,另外,她有个带走拆迁巨款的好友,叫陈娟,目前下落不明。"

"你怀疑死者是陈娟,蒋舒曼图财杀人?"

"嗯。"谢云衿语调淡淡,"但只是怀疑而已,不过不难证明,明天我申请搜查证,让陈娟丈夫尤勇谋配合一下,在他家里找下陈娟的头发皮屑之类的带回来检验对比便知。"

江暄双眸敛起,语气疑惑道:"我其实不是很明白谢组大半夜来案发现场的目的,按照常理来说,直接去陈娟家不是更省事?"

"话是这样没错,只是我有更重要的一点想要立刻证明。"

"什么?"

谢云衿往浴室方向走,同时一字一顿:"我不相信,一个人生活了五年的地方,痕迹能完全清理干净,有一个地方,藏得足够隐秘,我猜她肯定忘记了。"

"哪里?"

话音落下,谢云衿顿住,同时转过头来,语气扬起:"答案就在这里。"

江暄环顾这间小浴室,里面没有洗脸台,靠窗那侧是一个小浴缸,里侧是一个淋浴台,他借着微弱的手机灯光视线缓缓往下,在谢云衿脚边停驻了目光,思忖了几秒,然后顿时了然。

江暄嘴角勾起弧度,声音透着快意,他想到很久之前观察谢云衿在走廊摆弄蚊香时和罗宇超说的话。

注意细节。

"排水口?"

"嗯。"

江暄扬眉,笑着说道:"我没有想到谢组对细节分析得这样鞭辟入里。"

谢云衿轻哼一声:"你想不到的事还多着呢。"

她说完麻利地蹲下来,打开排水口的镂空铁制盖板,下方是一根通向下水道的管道,里面漆黑无比,手电筒的光只勉强照亮管口。

女人,尤其是蒋舒曼那样的长发女人,头发便是最容易留下的痕迹,而排水口管道内壁,一个最易藏污纳垢的好地方。

谢云衿从兜里掏出个物证袋,正欲伸手往管道口探去,却被江暄紧紧握住手腕阻止。

她不悦地问道:"做什么?"

江暄没说话,却往她手中塞了个镊子。

"用这个吧。"

两人离得很近,房中又寂静,彼此的呼吸声清晰可闻,没来由地,她心中泛起些细微涟漪,没拒绝这个称手工具,躬身下去开始认真取证,而江暄举起手机替她照明,以便她的工作能够顺利进行。

有了镊子,取证果然顺利不少,谢云衿从管道内壁夹取出几根粘连附着的毛发放进物证袋。

取证完,谢云衿将镊子递回去,随口说了句:"没想到你竟然随身带这玩意儿,职业病啊。"

江暄轻笑:"你没想到的事情也多着呢。"

谢云衿神情冷淡,却轻声嘀咕了句:"学人精。"

明明是在吐槽他,江暄心情却意外地好。

收拾妥当回到车上时,已经是凌晨一点多了,谢云衿这几日来连轴转,回车里刚坐下,一股倦意从大脑神经飞速往下渗到皮肤肌理。

她不受控制地打了个哈欠,身体也疲累不堪似要散架,将封好的物证袋拍上江暄胸膛:"这个给你,回去验验,验出来告诉我结果。"

江暄拿过物证袋时她的手还没收回,触碰到她的指端,他视线幽深:"你困了?"

谢云衿强撑着睁了睁眼:"有点。"

"我来开车,谢组到副驾驶休息会儿吧。"

"不用,十几分钟而已。"

江暄侧脸看她,明明已经困得努力瞪眼了却还逞强要开车。

119

他嘴唇动动，眼里分明是另外的情绪，可讲出口的话却透着戏谑："你疲劳驾驶，我不想一车两命。"

两人双双下车位置对调。

江暄坐上驾驶位拉好车门，电话突然响起，他看了眼来电显示，上面跳动着程凌的名字，他丝毫没犹豫，修长手指轻划，电话便挂断了。

他刚将手机放好，转头过来瞥了眼谢云衿，却发现她已经困得睡着了。

头稍稍偏向江暄一侧，呼吸声轻缓响起。江暄目光晦暗，探身过来手越过谢云衿身前，摸到了椅背边上的安全带替她系好。

这才几秒工夫就沉沉睡着，想必真是累得不行了吧。

江暄轻轻叹气，手指不受控制地伸出想触碰她的脸，却发乎情止乎礼，在半空中停顿片刻，只是理了理她杂乱的头发，低头苦涩地笑了一声。

翌日清早，刑侦支队这个"精密钟表"又被按下了发条，各部门工作有条不紊地推进中。

方审带着人在临江市走访排查狗舍宠物医院。谢云衿则一早就申请了搜查令去了尤勇谋家中，由于尤勇谋家中卫生条件太差，工作开展得还挺艰难，直到上午十点才提取完毕打道回府。

谢云衿将陈娟的毛发和衣服上残留的皮屑送到法医科进行检验。晚上八点，各项检测结果陆续出来，江暄也第一时间告知了谢云衿。

"排水管道提取到的毛发与唯一一根黑发是同一个人的。"

谢云衿松了口气："应该就是蒋舒曼的。"

顿了顿，她问："陈娟的毛发皮屑呢？"

"从尤勇谋家中提取到的毛发和皮屑属于同一个人，但它与死者的DNA并不吻合。"

谢云衿皱起眉头："不吻合？"

休息室里，谢云衿捏紧从自动贩卖机里购买的矿泉水。

"你确定？"

"确定。"

江暄浓眉轻挑："怎么，谢组怀疑我的专业能力？"

谢云衿眼睑垂下，破天荒地谦虚起来："不敢。"

她随性地走过来，将水放下，单手手掌撑在乒乓球桌上，细碎短发下，她的眼里充斥着挫败："我现在是怀疑我自己的专业能力，案件发生已过去好几天，调查一直没停过，可是我们竟然连死者身份——这一最基本的信息都还不知道，如今能查的线索只剩一条了，就是出现在案发现

场的名贵品种狗,要是方审他们没查出什么,这案件所有的线索便都中断了。"

江暄走到她对面,也学着她的姿势撑在球桌上,两人相对而立。

谢云衿开口继续:"今天上午取证的时候,我有问过尤勇谋,也问过与陈娟熟悉的邻居,她不仅不养狗,还怕狗怕得厉害,当时心里存了一丝侥幸,以为能在查明那条狗的来历之前先确定死者身份,却没想到……"

她抿抿唇,没说下去了。

而江暄目光沉静,修长粗砺的手指轻轻叩击着桌面,节奏沉闷。

他问谢云衿:"谢组经验丰富,来说说,这起案子,给你的第一感觉是什么?"

谢云衿稍微抬眼,不假思索地说了两个字——

"预谋。"

她语气微顿:"换句话说,目的性和计划性太强,如果不仔细,很容易被他带偏。

"凶手走的每一步都算不得多缜密,但很高明,就算能发现他的纰漏,可抓不住十足的证据,也找不出突破口。"

谢云衿眉心蹙起褶皱,脑中放电影一般,细细将这起案件从头梳理。

相似身形,相似发型,死在家中,熟人的指认,死者顺理成章被认为是房屋主人蒋舒曼。

独居女人,窒息死亡,铁链吊挂,死前被性侵,脸部被烧毁以及案发现场被浸泡在血水中的狗,都指向一个内心变态、手段残忍的凶手。

现勘时发现的无锁手机,轻而易举从里面得到蒋舒曼正在被人偷窥的信息以及可疑ID,王太太的证词,似乎都彰显一点,死者死前疑似被人盯上了。

活跃在短视频评论区的ID账号,仅有的一枚指纹,死者高跟鞋里的白垢,和死者下体残留精斑通通直指同一个人,侯舜。

混混身份,入狱半年,偷拍尾随,心理猥琐,案发前特地搬至蒋舒曼家附近偷窥,频繁给死者短视频账号留言,更加为侯舜杀害蒋舒曼的嫌疑注入"强心针"。

如果不是调查过程中发现死者与蒋舒曼身上存在细微差别,恐怕侯舜杀害蒋舒曼将会成为一个板上钉钉的事实。

但侯舜,又真的如他所说,只是偷拍尾随并未强奸杀人吗?

如果是这样,死者身上残留他的体液又作何解释呢?

谢云衿喉头微哽,思绪依旧受阻,她想要找个突破方法,于是抬眼问:

"尸检细节你肯定都记得吧?"

"自然。"

"我想要你具体和我说一下尸检过程中,检查出死者被性侵的所有细节。"

江暄有些不明白:"我的《尸检鉴定书》写得不够明白?"

谢云衿摇头。

当然不是,他的鉴定书写得非常好,详略得当,重点分明,条条点点清晰透彻,但鉴定书毕竟是冷冰冰的描述性文字,得到的也仅仅只是一个结果而已。

她眼神冷肃坚决:"我想要,身临尸检现场的感觉。"

江暄轻抿嘴唇,声音低敛:"谢组的要求还真刁钻。"

话虽如此,他却并未拒绝这个刁钻请求,而是很快进入状态,将眼下这乒乓球桌当作解剖台,绕着桌角走到另一边,假设死者正躺在上方。

"死者身穿白色吊带睡裙,真丝材质,看起来光滑亮泽,这里有收腰设计。"

他说着话,谢云衿同时也在想象,视线随着江暄手指划动的弧度勾勒出人形来。

"她身体有明显伤痕,衣服却干净异常,只在胸口里侧有些黑灰,像是脸部被烧毁后才换上的,因此衣服上也没有留下嫌疑人任何指纹皮屑体液毛发。

"我尸检的时候发现,受害者指缝里的白色粉末大多是碳酸钙,其中没有嫌疑人皮屑残留,手臂、大腿、腰部虽然有明显掐痕,但形成时间在死亡前几天,背部倒是有新的拖拽擦伤,胸部等器官上并没有发现抓伤或咬伤,也自然没有发现嫌疑人的指纹、口水、汗渍。"

谢云衿绕着桌子走动半圈,同时脑中在不停整合着这些细节。

"……有撕裂伤,体液中雌性激素增多,宫颈口有过收缩反应,最重要的一点,残留体液,这是侯舜性侵过死者最直接的证据。"

说完,江暄偏头看向谢云衿:"谢组还想听什么细节?"

谢云衿沉默良久,手指摩挲着粗糙桌面缓缓说道:"也就是说,除了体液,再没有其他证据证明是侯舜性侵过死者,对吗?"

江暄挑眉:"体液就是最直接最致命的证据。"

谢云衿倒吸了一口气:"我做个假设,你给我解答一下呗。"

"你说。"

"这个案子,假设侯舜真的被陷害,你能查出端倪吗?"

江暄太阳穴一跳："你还真是会给我出难题啊？"

谢云衿双眼湛亮，故意激他："江法医不会连这个都解答不了吧？"

江暄思考了好几分钟，最终轻笑一声："我检查不出，但也不会有人能检查得出，如果使用工具进行动作，中途注入新鲜体液，这个怎么界定？没法界定，尸检归根结底检的是死者最后的身体反应，没有其他辅助性证据，谁能知道过程究竟是什么？"

讲了一大堆，他口干舌燥，声音也有些喑哑。

谢云衿沉默良久，最后受教地点头："我明白了。"

说完，她嘴角勾起弧度，冷不防将手中的矿泉水往江暄的方向投掷过去。

江暄眼疾手快，稳稳接住这冲着脸击来的物体，语气带着调笑："怎么，利用完我就偷袭，卸磨杀驴啊？"

转身准备离开的谢云衿稍微回头，轻哼着："你还挺聪明，我要去提审侯舜，先走一步了。"

江暄眼睛里透着笑意，扬了扬手上的矿泉水："谢组刚买的水也不要了？"

"嗯，没心思喝了，"她脚步不停，"这个垃圾，就麻烦江法医帮我处理一下吧。"

江暄抿起薄唇，看看手上这瓶矿泉水，又看了下她匆匆离开的背影，"嗤"了一声，脸上的笑意更深。

从休息室出来，谢云衿正巧遇上蒋丛，他手里端着一碗泡面，刚倒热水准备垫个肚子。

"将侯舜提出来，你和我一起去审他。"

蒋丛恋恋不舍地嗅了嗅泡面盒蒸腾热气里掺杂的面香味，然后放到窗台上，连忙跟在谢云衿身后："谢组，突然审他是有什么新线索了吗？"

"没有。"

蒋丛长长地"哦"了一声，还是服从命令马不停蹄地将侯舜提了出来。

侯舜刚睡醒，此时双眼惺忪，乌青眼袋在眼眶下垂着，看起来困顿极了。

谢云衿沉默不语，抬腿走到审讯室里侧，手指摁下开光。强光大灯倏地照射向侯舜，猝不及防的强烈光线刺激让他瞬间精神的同时也令他本能地拿手挡在眼前。

他不停地眨着双眼，被刺激得涌动眼泪，嘴里也喊着："灯小点，小点,太刺眼了。"

谢云衿置若罔闻,丝毫没有在意侯舜的请求,在他最手足无措,大脑无法思考的时刻问问题。

"案发当天,9月17日,你见过蒋舒曼吗?"

"我……我……"

"你见没见过蒋舒曼?"

"见……见过!"

"9月17日,你有没有对一名女子实施过强奸行为?"

"没有!"

"9月17日,你有没有杀人?"

侯舜不停地擦着眼泪,说:"没强奸,没杀人,我没做过!什么都没做过!"

"你是在什么情况下见到蒋舒曼的?"

"窗口,窗口见到的,我看到她回家。"

"还看到什么?"

"她那天穿得很辣。"

"还有呢,有什么变化没有?"

"有,有变化,她染了头发,还剪短了,烫过了。"

缓了好几分钟,侯舜终于稍微适应了强光时,谢云衿又突然关掉了这盏大功率的审讯强光灯。

侯舜眼前顿时黑晕一片,什么都看不见,只能听到谢云衿铿锵冷肃的声音响彻耳边。

而谢云衿则能清楚地观察到他脸上细微的表情变化。

她又突然放缓了语调:"之后呢,她回家之后呢?你有偷窥过她吗?"

侯舜哆嗦着嘴,并没有第一时间回答。

下一秒,谢云衿拍桌:"回答我,你有偷窥过她吗?"

侯舜支支吾吾,脸上有明显的犹疑。

谢云衿又加重语气:"你在案发当天有偷窥过蒋舒曼吗?"

他拿手擦了下鼻子,眼神往下:"没……没有……"

"说话犹豫,眼神飘忽,侯舜,你在撒谎!"

她的声音不容置喙。

侯舜的脸上闪过懊恼。

谢云衿趁热打铁,故意嘲讽:"这个节骨眼,你觉得你撒这个谎有用吗?"

侯舜咬紧牙关。

"你知不知道自己现在是什么处境？"

他大口喘着气。

"你真的没有杀人？"

"说过好多遍了，没有杀人，我连她家门都没进去过……"

"案发现场出现你的指纹，死者下体留下你的体液，你到这个点还想着撒谎？"

几个回合下去，侯舜的心理防线已然溃不成军，他声音掺杂哭腔："我真的……真的没有杀人……我都不知道我是怎么背上这个杀人罪名的，我想不通……"

短暂的时间过后，侯舜眼前恢复清明，只不过眼眶却红肿依旧。

谢云衿面无表情地继续说道："既然你说自己没杀人，那么你将蒋舒曼回家之后，你的行动轨迹完整交代一遍。"

他身体有些轻颤，咬着牙哽咽说着："那天……那天，我看见她回家又……又在窗前跳舞，就开始偷看她，拿那个望远镜，不过她没跳几分钟就不跳了。我不过瘾，就偷偷去了她家门口……"

蒋丛瞪大眼："你在案发前去过蒋舒曼家门口？"

侯舜连连摆手："我没有进去，也没有杀她，我就是那地方不得劲，在她门口用她的鞋子……真的只是对着鞋子来的，我刚刚说谎就是怕你们误会……"

"之后呢？"

"然后我就回家去了。"他说完小心翼翼瞥了眼蒋丛和谢云衿，神色艰难，"警官，警官，你们相信我说的话吗？我真的没杀人……"

谢云衿目光敛起，身体往前倾移，她脸上神情讳莫如深："你要听我说实话？"

"嗯嗯。"

谢云衿一字一顿："我不太相信。"

她目光锐利，如一柄利刃，将侯舜用以蔽体的衣物划开后直指他的心脏。

"你先是装疯卖傻逃避审讯，刚刚又谎话连篇说我们误会，你让我怎么信你？我又怎么知道你哪句话是真，哪句话是假？"

"我……"

"对了，侯舜，我得好好给你普普法，但凡命案，重研究调查，不轻信口供，只要证据真实确凿，就算你死不认罪依然能定了你的罪，但如果你选择坦白从宽，法律会酌情考虑减轻罪罚，你要说实话吗？"

谢云衿的话音落下，侯舜眼里希冀渴望的光慢慢黯淡下去，身体像膨胀紧绷的气球突然被放了气，他无力地耷拉着，眼神里满是绝望。

"警官，你让我说什么实话啊，我刚刚给你讲的都是实话啊，我是到过她家门前，但除了那些之外，我什么都没有做，我没有杀人，你让我怎么认罪啊……"

谢云衿舔了舔干枯的嘴唇，眼神里透着狡黠，她冷眼旁观侯舜绝望地痛哭摔打，并未继续问下去，而是扭头对蒋丛说："审讯就到这里。"

谢云衿这行云流水的一套强压式审讯结束后，两人出了门，蒋丛摇摇头，和谢云衿吐槽道："谢组，不得不说，这些杀人犯还真会演，刚刚侯舜那声泪俱下的模样，我都要信他是真的没杀人了。"

刚说完，谢云衿冷沉的声音响起："我倒是越来越认为他说的是真话了。"

蒋丛怔住："谢组，你刚刚不是还说不相信吗？"

谢云衿轻瞥一眼："诈他的。"

蒋丛彻底蒙圈。

谢云衿随后给方审去了电话。

临近晚上十点，方审出了某家宠物医院的门，他叉着腰："云衿，今天临江市一半的狗舍、宠物店、宠物医院我都跑了，没什么进展啊。"

谢云衿"嗯"了一声："行，明天我和你一起跑另外一半。"

挂断电话，她走到窗前，远眺不远处的大江，黑夜下，暗潮涌动。

现场出现的那只狗依旧没有查到任何线索，但另一边，案件又迎来新的转机。

蒋舒曼的好友，失联快十天的陈娟突然主动送上门来，她出现在桃苑派出所里，向警方报案称自己遭遇了诈骗。

半个小时前，桃苑派出所里来了一名女子，她情绪激动嚷着要报案，声称自己被男友诈骗了两百万巨款。民警在询问诈骗细节的过程中获知了她的身份信息，一查才知道，云澧区刑侦支队正在搜寻此女下落。

顺理成章地，桃苑派出所的电话打到了云澧区刑侦支队办公室里。

铃声大作，好几秒后，罗宇超才脚步匆匆地走到电话前拿起听筒："你好，云澧区刑侦支队，找谁？"

寥寥几语后，罗宇超的语气激动又急切："对对对，陈娟是吧？我们正在找她，好，等会儿，马上派人过去。"

挂断电话，罗宇超大吁了一口气，火急火燎地夺门而出。

他人未到声先临，"谢组"二字叫得一声比一声高亢。谢云衿此时正靠在办公室椅子上小憩，听到罗宇超的叫唤声缓缓睁开眼，正巧与进门来的罗宇超四目相对。

他喘气叉腰："谢组，原来你在办公室啊？"

谢云衿扭动着僵硬的脖颈坐直身体，看着他脸上的激动神色，问："什么事？"

"有线索了。"

谢云衿身上的困倦霎时消失得无踪无际："那狗有线索了？"

"不是！不是狗，是陈娟，陈娟有线索了。刚刚桃苑那边打电话过来，说一个女人去派出所里报案被诈骗，一查身份信息，竟然就是我们要找的陈娟！"

罗宇超讲完长串话，终于如释重负地吐了口气。

谢云衿动作迅速，忙站起身来往门外走："我过去一趟。"

等罗宇超反应过来时，谢云衿已经出了门，他急忙追出来："谢组，你不带我吗？"

"不用了，我一个人过去就行了。"她语调冷淡，步履急促，背影飒爽中透着杀伐。

下楼梯时，她巧遇江暄，两人一上一下。

江暄换了一套干净的衣物，额前碎发有些湿。

经过江暄时，谢云衿不受控制的目光投视过去，在他微滚的喉结上驻足好几秒，顾此失了彼，一下没留神，偷看性感喉结时脚下踩了个空。

饶是她平日打架再凶处事再利落，也终究敌不过突如其来的意外，谢云衿身体踉跄往前，直愣愣往楼下扑去。

原以为会狠狠地同地板来个亲密接触，却没承想江暄眼疾手快，让她落入了一个坚实的怀抱里。他刚洗完澡，身上洋溢着淡淡香味，像是海风和木屑混杂起来的味道，很好闻。

江暄不自觉加深了这个久违且意外的拥抱，他神情阴晦，手下用了力。

谢云衿回神过来，这才意识到自己正被江暄抱着，感受到他的举动，她眉眼一沉，猛地推开江暄："干吗，趁机揩油？"

她力度没掌控好，推他时手腕扭了下，疼得紧皱眉头。

温热感离开，江暄神情一滞，很快又恢复如常。

他随意地耸耸肩，面上笑容带着玩味："刚才明明是谢组突然扑我怀里的，说揩油，应该也是你揩我吧。"

127

谢云衿轻轻揉着手腕，想反驳却又无从说起，索性破罐子破摔："就揩你，有意见吗？"

"那不敢有。"江暄摊摊手，笑意很深，"谢组想揩我，我自然送上门来。"

谢云衿盯着他的喉结轻咽口水，嘴里却说："谁稀罕。"

见陈娟要紧，谢云衿不打算和江暄在这里浪费时间："麻烦江法医让让路，我还有事。"

江暄侧身让谢云衿过去，嘴里同时问道："什么事这么急？"

谢云衿没隐瞒，边走边说："陈娟在桃苑派出所，我得过去一趟。"

外面下了些小雨，淅淅沥沥的，谢云衿快步走到停车坪，一抬眼，江暄不知什么时候也跟了上来。

她眉一皱，脑海中浮现出江暄几次不经允许就上她车的场景，刚准备摁车钥匙的手指停住了。

谢云衿视线讥诮："你不会又来蹭车吧？"

昏暗中，江暄缓步走过来，声音低哑舒缓："不是。"

"那你是来……"

一句话没讲完，谢云衿手上一空，车钥匙已经被他拿了过去。

江暄不由分说摁下车钥匙，车灯闪了三下，紧接着，他拉开副驾驶的门，旋即嘴角微勾："来给谢组当司机。"

"用不着。"

江暄居高临下，瞥向谢云衿的手腕，眸光有微不可察的阴沉。

"谢组手掌伤还没痊愈，手腕又伤了，这种情况下，还想着开车？"

"你……"

"我没别的意思，谢组不要多想，我主要是为路上行人的生命安全着想。"

谢云衿郁结在喉咙处的那口气慢慢缓了下去，她无语地瞥了他一眼，然后钻进副驾驶室。江暄则愉悦地抿唇，接着甩上车门走到另一边。

几秒后，江暄躬身上车，偏头过来看向谢云衿，只见她弓着背缩着脖，脸上神情寒冷如冰。

"系好安全带。"

谢云衿吐了口气，面无表情地伸手拉了下背后的安全带。车里黑灯瞎火，她手摸索了十几秒，还是没将安全带扣插进插孔中。

江暄见状，伸手过来，黑暗中握住她的手引向插孔，然后"咔嚓"一声，准确无误地对上。

谢云衿喉头干涩，猛地缩回手，两人的触碰让她极不自在。

反观江暄，却如没事人一般，他目不斜视，很快发动了车辆。

不同于谢云衿的急切，江暄开车很稳，全程匀速行驶，很快到达目的地。

说明身份与来意，在桃苑派出所民警的引导下，谢云衿和江暄直奔调解室，终于见到了陈娟本人。

调解室里摆放着一张长会议桌，陈娟眼眶通红，正颓丧地靠在椅背上摆弄手机。见有人推门进来，她下意识坐正身体，眼神里透着迷茫。

谢云衿的目光在女子身上睃了几秒："你是陈娟？"

女子不知所措地擦了下脸上的泪痕，胡乱地将手机塞进兜里："是，我是，你们找我什么事？"

"我们是云澧区刑侦支队的，有些情况需要向你了解，希望你配合我们。"

陈娟拘谨点头："到底什……什么事啊？"

谢云衿没立刻回答，和江暄眼神对视一下，两人默契地走到陈娟对面的椅子上分别坐下。

民警小郑随后进来，给谢云衿、江暄和陈娟各倒了一杯茶，接着坐下陪同在侧。

谢云衿没立刻开口说话，而是打量了陈娟很长时间。

陈娟一头黑色长直发，中等身材普通长相，没化妆，脸色很憔悴。初秋时节，天气隐隐残存燥热，因此，陈娟穿得也凉快，白色短袖褐色短裤，脚上趿拉着双凉鞋，放在桌上的手指肤黑粗糙，手指顶端却做了个亮色的精致美甲，看上去有些不伦不类。

谢云衿目光凛冽，伸手叩了叩桌面，响声沉闷。

"陈小姐，我们有几个问题要问你，知道什么就回答什么，不得隐瞒，明白了吗？"

陈娟擦掉脸上泪痕，轻吸了下鼻子："好，你们为什么找我？"

谢云衿沉吟片刻，最终开门见山："我们是为了蒋舒曼的事情，你最近有和她联系过吗？"

提到这个名字，陈娟的悲伤情绪稍微收敛了些，她先是摇摇头表示没联系，随后疑惑又关切地询问："她怎么了？"

谢云衿沉默几秒，没说自己对死者身份的怀疑，而是顺着惯常思维告知陈娟："她被杀害了，这件事情你知道吗？"

听到这个消息,陈娟怔了好几秒才反应过来,她的脸色瞬间变得惊骇,身体急切前倾再问:"被杀害了?"

"嗯。"

"警官,确认了吗?是蒋舒曼?"

"是蒋舒曼,家住桃苑小区。"

从谢云衿口中得到肯定回答,陈娟原本直挺挺的背脊慢慢弯下去,她的手指插进头发痛苦地揉搓,不可置信喃喃道:"怎么会……怎么会被杀害……"

她突然起身,带动身后椅子摩擦地面,响声刺耳:"警官,是谁杀害了她?是谁?"

谢云衿:"不清楚,如果已经查到凶手,就不需要来找陈小姐问情况了。"

可能是接连遭遇打击,陈娟情绪突然崩溃,她双手掩面,悲切地痛哭出声,哭得面容扭曲,鼻涕眼泪混成一团。

江暄见状将手边纸巾递了过去,陈娟抽泣得上气不接下气,胡乱抽出几张擦拭脸上泪涕。

她情绪失控,询问暂停了十多分钟。等她稍微缓和下来,谢云衿试探性地询问:"陈小姐,还能继续吗?"

陈娟拿纸巾擤了鼻涕,鼻头被她揉得通红,但还是点头。

谢云衿眯起双眼:"看样子,你和蒋舒曼关系真的很好?"

"我和曼曼关系很好,说是亲姐妹也不为过。"

谢云衿盯着陈娟那头与蒋舒曼极为相似的黑长直:"那你们这段时间怎么没有联系过?"

"是没联系,前段时间我们俩闹了些矛盾,吵架了,她还骂我,我一气之下把她的联系方式拉黑了"

"因为什么闹矛盾?"

提到这茬,陈娟悔不当初,扶额絮絮叨叨地说着:"前段时间,我们家的拆迁款下来了,将近两百万,曼曼说一直给人家打工永远出不了头,让我把这笔钱拿出来和她合伙开个美容院,我们俩一人出资两百万。本来寻思着是件好事,她是美容师,干这行快十年了,有经验又有技术,我也想多挣钱,就应下了,我俩一起辞了职为美容院做准备,可刚辞职没多久,孙喻……"她说到这个名字时停顿片刻,咬咬牙关,"是我初恋,说他做生意缺启动资金,求了我好久,我心软了,就不想合伙做美容院了,把钱给了他做生意,曼曼一开始好言好语劝我,让我去她

家里好好商量,还说那男的不靠谱,可是我鬼迷了心窍,就是听不进去,把她的联系方式都拉黑了……"

她咬牙切齿:"哪晓得孙喻那狼心狗肺的东西,压根儿不是做生意,把我哄得团团转,拿着我的钱,人不见了!"

说到此处,陈娟又没忍住,痛心疾首:"我悔啊,要是我当时听了曼曼的,我的钱可能就不会被骗!"

谢云衿将她的回答在脑子里过了一遍,很快询问:"你们是什么时候吵的架?"

"一个多星期前。"

"具体是哪天?"

这个问题将陈娟问蒙了,她哽咽着掏出手机,颤抖双手点开蒋舒曼的聊天框,给了准确日期:"9月13日。"

蒋舒曼家中的女人9月17日遇害。

谢云衿身体前倾:"陈小姐,我能看看你和蒋舒曼的聊天记录、通话记录吗?"

陈娟迟疑了片刻,但还是将手机递了出去。谢云衿接过手机,修长手指划划翻翻,突然感觉耳后有股热气,她稍微转头,发现江暄不知什么时候起身站到了她身后,目光正凝聚在手机屏幕上。

谢云衿目光微沉,扭过头接着看起聊天记录来。

从聊天记录看,陈娟与蒋舒曼两人确实关系匪浅。

9月13日之前,两人几乎每日都聊天,天南海北吃饭斗嘴什么鸡毛蒜皮的小事都要说上一句。

9月13日清晨,蒋舒曼和陈娟提过最近总感觉有人在盯着自己,陈娟的回复也正是那句——该不会是你哪个暗恋对象吧。

9月13日晚上,两人确实闹过不愉快,陈娟在微信聊天里提出不做美容院后,蒋舒曼打了好几个电话过来都显示拒绝接听,紧接着蒋舒曼的消息密密麻麻,苦口婆心劝说陈娟和她继续做美容院,还几次说着——

你先来我这里,好吗?

先别说这些,先来我这里,我们俩好好谈一下。

我们先不说这些,小娟,你来我家一趟吧。

陈娟都没有理会,随后蒋舒曼就恼火了,发了不少难听的话,也就在这时,陈娟将她拉黑,后面再也没了聊天消息。

看到这里,谢云衿皱眉。

蒋舒曼的举动不太符合常理,特别是数次让陈娟来自己家中详谈这点更加让她觉得匪夷所思。

陈娟跑路，蒋舒曼又急又恼情有可原，正常情况下确实应该找陈娟好好问清楚，但既然她如此急切，怎么不问陈娟在哪儿，主动出门去找陈娟聊，反而变主动为被动，数次提出让陈娟来自己家里，好像只要陈娟去了她家，一切事情就都能解决了一样。

并且谢云衿记得清清楚楚，在蒋舒曼遗落在案发现场的手机里，9月13日晚上这段聊天记录是没有的，被刻意地删除了，删得干干净净。

如果凶手是侯舜，应该删除的是13日早上的聊天记录，而不是晚上的，刻意删除这段聊天记录为了什么呢？

谢云衿眯了眯眼，阻塞的思绪突然之间畅通了些，她嘴角勾起自信的弧度，将手机推了回去，继续询问："你和蒋舒曼合伙办美容院，一个人出资两百万，你的两百万是拆迁款，可蒋舒曼哪儿来那么多钱？"

"曼曼的男朋友很有钱的，要给美容院投两百万。他是个富二代，海归，在什么公司当投资总监来着，还经常送她大牌包包衣服，我可羡慕了。"

"什么公司？"

陈娟抓耳挠腮想："她和我讲过，我给忘了。"

谢云衿："你见过她男朋友吗？"

陈娟摇头："还没见过。"

"叫什么名字你知道吗？"

陈娟继续摇头："不知道。"

"还知道他其他信息吗？"

"也不知道。"

只知道有这样一个人，其余的什么都不清楚。

也就是说，这是一个只存在于蒋舒曼口中的富二代男友。

谢云衿抿紧唇。

如果这男人真的存在且大方，能毫不犹豫拿出两百万给女友开店，那蒋舒曼用于奢侈品上的一百来万负债是如何产生的？

见完陈娟，时间已经太晚，但这一趟很有收获。回去的路上，谢云衿一直望着窗外想案子想得出神。江暄见状并未出声打扰，只深深看她一眼后便专心开车。

谢云衿回宿舍洗了澡，浅眠几小时，天很快就亮了。

像是不知道疲累为何物，她从方审那里拿了走访完毕的狗舍等名单后，一大清早，她就带着外勤侦查科二组的几人先行出了门。

所谓走访排查，用的是死办法，俗称"跑腿战术"，就是最简单的，一家一家去问去查，统一记录，逐个排除。

好在狗舍、宠物医院这些不是超市便利店隔几米就有一家，排查起来也并不烦琐。第三天上午，找到源中区一家宠物医院时，案件终于迎来了进展。

第八章
我会找到凶手

中午，太阳光有些晃眼，谢云衿与蒋丛几人走进这家名为"爱宠安康"的宠物医院。

过道两边都摆放着狗笼子，里面关着些猫狗在"嗷嗷"叫着，店员见有客人进来忙上前招呼。蒋丛立马亮出证件："我们是警察，过来询问些情况。"

店员是个扎双马尾的年轻女孩，见状立刻变得拘谨。她双手交握身前点点头，随后接过谢云衿递过来的照片，上面是一只狗的照片。

店员只匆匆瞥了一眼，疑惑地嘀咕了一句："这是罗秦犬？"

"你认识这种狗？"

"当然认识，我接待的顾客中有一位就养了这种狗，每次来都是我给它洗澡，可熟呢，听说这狗挺贵的。"

听到这里，蒋丛稍微有些激动。纯种"罗秦犬"昂贵且小众，临江市养它的人极少不说，这狗的长相还和普通丝毛犬区别不大，因此走访这些天，认错它的人不在少数。

谢云衿倒是依旧冷静自持，她迅速发问："这位顾客是女人吗？"

"是啊。"

"这位顾客的罗秦犬两到三岁？"

店员回忆了一下，不太确定："好像是吧。"

谢云衿眯起双眸，问了更直接的问题："它叫 Andy 吗？"

"你怎么知道？"

"脖子上是不是还系着一个定制的牛皮项圈？"

店员吃惊地张张嘴，随后忙不迭地点头："是。"

走访这些天终于有了结果，蒋丛握握拳头松了口气："就是它了。"

他急忙凑上前问道:"你们这边有登记这位顾客的身份信息吗?"

店员还有些蒙,她愣怔了下,然后颔首:"有,她在我们这边办了VIP会员。"

"我们需要调取这位顾客的身份信息,麻烦配合一下。"

店员神情为难:"可这个我做不了主。"她说着招呼来一位男店员,"我需要请示一下我们经理。"

谢云衿扬扬手表示理解,店员忙去了里间请示经理。

得到经理同意后,她这才走到电脑里查找这位顾客的身份信息。蒋丛凑上前去,念出电脑屏幕上的名字:"赵艾帆。"

话音刚落,伍方已经打开警务通开始了查询工作,排除掉几个同名男人后很快锁定了目标。

赵艾帆,女,1989年生人,二十八岁,初中学历,独居,无业,户籍所在地江州市,不过她早在十年前便已落户临江市,目前就住这附近,源中区永安路的高档住宅区云华新苑12栋27楼。

得了确切地址与联系方式,外勤侦查科迅速出动,首先造访了赵艾帆的家。

罗宇超站门口敲了很久,可惜一直没人回应。他转过头,冲谢云衿摆摆手,刻意压低声音:"谢组,没人。"

谢云衿看着紧闭的大门,拿出一张柔软的白色纸巾轻轻擦拭了一下门把手,纸巾上沾染了薄薄一层细灰。

她沉沉眉:"这门很久没人开过了,不知道赵艾帆是一直没归家还是一直没出门。"

罗宇超叉着腰摇头:"谢组,我估计是一直没回来,毕竟都敲这么久的门了。"

他说完话,蒋丛看向谢云衿:"接下来怎么办?"

谢云衿抬抬下巴:"宠物医院不是提供了她的手机号码吗?就在这里拨下试试看。"

"得嘞。"蒋丛掏出手机拨了赵艾帆的电话号码,短暂的等待后,听筒里传来"嘟"声,他咧开嘴指了指手机低声说,"谢组,通了。"

谢云衿神情讳莫如深,她走到门边贴耳细听,房子里面没传出任何动静,紧接着,电话被接通了。

里面传出一个女声,很是悦耳娇俏:"你好?"

蒋丛正欲开口说话,谁知手机被谢云衿伸手夺去,她走远了些,走到电梯口,面无表情,语调淡淡:"你好,请问是赵艾帆赵小姐吗?"

短暂的停顿后,那边传来回应声:"嗯——是,我是赵……艾帆,请问你是?"

"哦,我是快递公司的,您有一个来自江州市的包裹,一直放在我们快递站没人签收。"

"有快递啊?"

"是。"谢云衿眯起眼睛,胡诌道,"我们十多天以前就给您打过电话,您说过几天来取,结果一直没过来,您还记得吗?"

女子连连"哦"了几声:"是有这回事,我给忘了,什么东西啊?"

谢云衿眼皮一跳,又瞎编:"一个很大的箱子,很重,具体是什么我也不清楚。"

"好,我知道了。"

谢云衿捏紧手指快速问:"请问您什么时间能过来拿呢?"

女人语调里透着犹豫:"我……我现在在外地呢,这段时间都没空过去拿。这样吧,先放着,等我有时间就过去。"

谢云衿语气为难:"赵小姐,我还想问问您,真不记得这是什么东西吗?价值高不高啊?一直放在这里不太好,不然找家人朋友代取一下,要是后续遗失或者损害我们可不负责啊。"

"不用,不用代取。"女子的语调很无所谓,"没事,不是什么重要东西,就放那儿吧,出问题我不会找你们麻烦的。"

谢云衿轻轻"嗯"了一声:"那好,赵小姐,我就不打扰您了。"

挂断电话,那边传来忙音,谢云衿将手机递给蒋丛,语气笃定:"这个女人,不是赵艾帆。"

刚刚的谈话,谢云衿用一个压根儿不存在的快递故意诈了她三次,可她次次落套,不仅承认了这个快递的存在,还承认了那通不可能拨出去的电话,自己没法过来拿也不让朋友代取,也完全不在乎这个属于自己的,很可能价值贵重的快递。

不合逻辑,也不合常理。

谢云衿深吸一口气,脸上露出淡笑。她对蒋丛说:"你们几个调查下赵艾帆的背景,越详细越好。"

"明白。"

他们回答完正欲离开,又被谢云衿叫住:"对了……"

"谢组,还有什么事?"

谢云衿一字一顿:"别忘了查一查蒋舒曼和这个赵艾帆的关系。"

回到刑侦支队,谢云衿马不停蹄地进了技术科。

"临风,帮我查赵艾帆的出行记录。"

"没问题。"王临风手指疯狂敲击电脑键盘,结果很快便展现在谢云衿眼前。

"最新的出行记录在今年年初,买过日本来回的机票,除此之外就没了。"

谢云衿沉思片刻:"最近几天有酒店入住记录吗?"

王临风摆头:"没有。"

谢云衿再开口:"好,那帮我查下赵艾帆名下的银行卡有没有使用记录。"

"行,我立刻联系银行。"

交代完,谢云衿出了技术科的门,却不想迎面遇上江暄。

他看着谢云衿神采奕奕的脸色,薄唇轻轻勾起,用调笑的语气说道:"看谢组的表情,案件进展很大啊?"

谢云衿心情好,挑着眉:"确实是不小的进展。"

江暄点头:"那我提前恭喜谢组破案。"

"嗯,借你吉言。"

短暂的寒暄后,两人擦肩而过,谢云衿继续为了案子奔波出门,江暄则单手插兜注视着她的背影。

王临风那边行动速度,很快查到了流水账单,他收成一摞送到谢云衿办公桌:"云衿,你要的东西。"

谢云衿潇洒扬手说了一句"谢了",然后连忙将之拿起一目十行看了起来。

赵艾帆名下银行卡很多,常用的就两张,最近几天花钱如流水,短短四五天时间竟然支出快二十万,并且,其中绝大部分都是与整容医院发生的交易。

整容?医院?

她垂下眼睑,神色狐疑地走到窗边,手里却在不停翻看着这份账单,原来想不通的点,在忽然之间,茅塞顿开了。

清晨,猝不及防的一场冷雨浇下,赶走秋分天里苟延残喘的热浪,一夜之间,临江市迎来大降温。侦查科办公室窗户没关,外面冷风就着细雨飘洒进来,躺靠椅子上睡觉的谢云衿终于没能抵过冷意侵袭,猛打几个寒噤。

137

寒噤打完，她终于清醒过来。

长时间维持不舒服的姿势睡觉，谢云衿浑身上下都酸痛不已，她扭动脖子，刚想起身活动筋骨，身上盖着的衣物冷不防掉落在地。

谢云衿愣怔住。

昨夜忙到凌晨三点，她又没回宿舍，索性就在办公室睡下了。

睡下时，她记得自己只在脸上盖了一张旧报纸来着，到底是谁这么好心给她身上盖了一件厚实外套？

她躬身下去捡起来看了看。

一件黑色男式冲锋外套，潇洒不羁，领口还残留淡淡的类似茉莉花沐浴液的香味。

很清新，也很好闻。

不消几秒，谢云衿便根据袖口几丝微不可察的消毒液的气味猜到，这件外套，来自她的"老情人"。

意识到这点，往事一闪而过，谢云衿的双眼有片刻的迷离，但她很快又想到了什么，如一盆冷水从头淋下，理智占了上风。

她正欲起身，不远处一声戏谑问候吸引了谢云衿的注意力："谢组睡醒了？"

谢云衿扫视过去，侧前方坐着个西装革履的英俊男子，他头发稍长，肤色白皙，戴着副金丝眼镜，面容含着漫不经心的笑意。

不是江暄又是谁？

谢云衿轻皱眉头，语气有些不耐烦："一大清早的，你怎么在我们办公室？"

"我说是来专门看你睡觉的，信吗？"

"江法医要真是没事情做，就把刑侦支队的厕所扫了，我看你无聊透顶。"

江暄笑笑："哪里无聊，我分明在做正事。"

谢云衿没好气，伸手清理了桌面，顺便将桌子上被她睡觉搁腿弄倒的台历扶正。

"你到底什么事？"

江暄身体懒散后靠，伸手指了指旁边办公桌上的纸袋："给你送早餐，听说味道很好。"

谢云衿视线旁移，手指触碰到纸袋，还温热着。

"请你吃。"他特地强调了一句。

她眉眼沉沉。

"无事献殷勤,非奸即盗。"

谢云衿将早餐往江暄的方向推了些:"不用,江法医还是自己吃吧。"

"我已经吃过了。"江暄语调慵懒,"买都买了,谢组不要的话就扔掉吧。"

扔掉一份美味早餐,实属暴殄天物,更何况谢云衿是真饿了。因此,她也没再矫情,而是回了句:"那就谢谢了。"

到这时,江暄才终于起身:"谢谢就不必了。"

下意识地,谢云衿往江暄那儿瞥了一眼。

相逢这些天,他从没穿得这样正式过,一身剪裁得体的西装,肩宽腿长,衬衣领口扣到顶,贴着滚动喉结,莫名撩人又禁欲感十足。

多看了几眼,谢云衿不动声色,又快速挪开,没忍住好奇心:"江法医今天穿这么隆重,有什么喜事?"

江暄转身走到门口,撂下一句:"当然有,我今晚去约会。"

"约会"二字骤然入耳,谢云衿捏住纸袋的手一顿,神情有片刻的恍惚,但很快,又如没事人一般将早餐从纸袋中拿出来,居然是蟹黄包和手磨豆浆。

谢云衿的手指慢慢松开。

记得那段时间疯狂恣意,她设法想靠近江暄时,偶然发现江暄家门口那家早餐店里的蟹黄包味道很绝,于是寒冬腊月里连续两个星期在江暄家附近的早餐店排队等着蟹黄包新鲜出笼。到第三个星期时,江暄终于没忍住,叫住刚买完包子的她:"我觉得,你每天这么早到我家门口来,很浪费时间,也完全没意义。"

她疑惑挑眉:"我花我自己的钱,买我爱吃的包子,填饱我自己的肚子,怎么没意义了?"

江暄:"……你每天天不亮就过来,是为了买包子?"

"不然我吃饱了没事做,这么早来?"话落音,她看到江暄脸上愠怒的神色,歪嘴笑着,不由分说地伸手揽上他的肩膀,"你该不会因为我不是为你而来,生气了吧?"

江暄偏过头,抿抿唇,白皙脸颊漾出些桃红,语调是一如既往地冷清:"没有。"

她的长发落在江暄脖颈里,轻轻撩着,痒得很,她狡黠说着:"你也别太难过,放心,姐姐没那么容易放过你的,你等我过了馋小笼包的劲,再来找你啊。你家门口这家早餐店的蟹黄包味道真的很绝,就是人太多了,我每天起这么早都要排上半小时……"

江暄只是静静听着她的吐槽一言不发。

第二天,她再来时,早餐店门口还是排满了人,队伍最前方站着一个清隽身影,他从容不迫地要了两份蟹黄包,随后走到她面前,轻慢抬眼,伸手递给她,头也不回地往前走了……

谢云衿强迫自己拉回思绪。

她没立即吃,而是拿了桌下纸盒里的洗漱用品往洗手间走。

干刑侦这行,忙碌是常态,有案子的时候,更是昏天暗地、昼夜不分,因此为着方便,几乎人人都在办公室备了洗漱用品,好节省时间。

匆匆忙忙吃完早餐,谢云衿又投入到新一天的忙碌当中。与此同时,对赵艾帆与蒋舒曼的各项调查也基本到了尾声,刑侦支队专门开了个小会汇总调查结果。

赵艾帆这人经历复杂,她十七八岁便与临江市有名的建材出口商刘峥义纠缠不清,据传是被包养。观察她这些年的社交平台,她生活过得非常奢靡。不仅如此,赵艾帆还在五年前与富商原配当街对打上过社会新闻。蒋丛他们又找到刘峥义本人询问情况,据透露,赵艾帆脾气骄纵,文化程度不高,很爱狗,专门花重金购买了那只罗秦犬,并取名为"赵安迪",将它当孩子养,而刘峥义在年前便与她分道扬镳,所以他对赵艾帆现在的情况也并不知情。

赵艾帆与此案"灵魂人物"蒋舒曼也关系匪浅,她虽不是蒋舒曼的什么朋友,却是芙丽嘉美容院的老顾客,和蒋舒曼熟识多年,并多次钦点蒋舒曼给自己做美容项目。

方审这边也顺利进去赵艾帆家中取了牙刷和毛发做 DNA 比对,结果与死者相吻合。

而赵艾帆名下银行卡有过多次的交易记录都直指同一个地址——整容医院。

结合之前的诸多疑点线索,答案呼之欲出。

整容医院里的赵艾帆,大概率不是赵艾帆,而失踪的蒋舒曼,也可能并未失踪。

会议结束后,外勤侦查科立刻出动直奔"赵艾帆"所在的整容医院。谢云衿到的时候,这位"赵小姐"刚做完全脸整容手术没几天,此时正虚弱地坐在病床上看手机,整个头部都被纱布缠绕住,旁人压根儿没法看到真容。

谢云衿一行人在护士的带领下进了病房,他们都身穿便装,起初这位"赵小姐"并没有搞清楚什么状况,她叫唤着让人都出去,这是私人病房不允许外人进来,还嚷着要投诉。谢云衿走到她面前亮出证件:"赵艾帆,我们是云澧区刑侦支队的刑警,现在怀疑你涉嫌一起谋杀案,希望你配合我们调查。"

因为只露出一双眼睛,谢云衿没法通过察言观色探寻这位"赵小姐"此时的心情,但谢云衿从她骤然握紧双拳的肢体语言中看出了她现在的紧张与惶恐。

片刻之后,"赵艾帆"握紧的双拳慢慢松开,她稍微抬头,刚做完双眼皮手术的眼眶还肿着,紧接着,用平静的陈述口吻说道:"我赵艾帆没有杀人,你们是不是搞错了?可不要冤枉我啊。"

听到这句话,谢云衿低头轻笑一声。就是这声笑,让"赵艾帆"再次不淡定了,她艰难地咽了下口水,手指轻轻摩挲着被单。

谢云衿耸耸肩:"你知道真正被冤枉的人会是什么反应吗?"

"赵艾帆"不敢直视谢云衿,而选择挪开视线。

"我们擅自闯进你的私人病房,还冤枉了你,你的第一反应应该是感觉莫名其妙或者持续愤怒,而不是和我这么冷静地陈述你没有杀人,哦,对了,还特地强调一句,赵艾帆没有杀人。"她的最后一句话掷地有声,让这位"赵小姐"垂下眼皮咬紧牙关,呼吸短促。

"你这么刻意地强调自己是赵艾帆,可惜人不是这么容易就能变成另外一个人的。"

女子摇摇头,声音镇静依旧,还暗含些许迷茫,可能因为刚做完整形手术,她话还讲不利索,断断续续着:"你们……在说什么啊,我都没懂,你们突然闯进我的私人病房,我花了这么多钱肯定会愤怒,但是你说你是警察……我就收了脾气,这不是很正常吗?"

谢云衿脸上有笑意,目光却锐利如刃:"我现在不想和你探讨你的反应是不是正常,我现在只想问你,你的爱犬赵安迪,现在在哪里?"

女子犹豫几秒:"跑丢了……"

"跑丢了?"

女子郑重地点头:"是。"

"什么时候跑丢的?"

女子的回答含糊其词:"有一段时间了。"

谢云衿:"你不是喜欢狗吗?怎么它跑丢了不去找,反而在这里安安心心做整形手术?"

女子吞咽口水:"就一只狗嘛。"

谢云衿叹了口气:"蒋舒曼,你装都装不像,你知道赵艾帆将那只狗当成什么吗?孩子!专门定制手工嵌金项圈,你的孩子丢了你能不管不顾声都不吭?"

听到"蒋舒曼"这三个字,女子身体一颤,伸手将被子拉上来盖在身前。

从心理学的角度来看,这个举动已经将她内心的惶恐暴露无遗了。

谢云衿乘胜追击:"其实你的计策很新颖,找了个绝佳的帮手或者说是替死鬼,不过可惜,留下了太多破绽。"

女子心理素质也够好的,明明知道自己已经暴露,却依旧装傻:"我听不懂你们在说什么,莫名其妙,我是赵艾帆,不是蒋舒曼,也没有杀人,你们找错人了。"

这种情况谢云衿见得多了,很多罪犯在被找到之时都用装傻装听不懂来掩饰自己。

有什么用呢,不过是垂死挣扎罢了。

"有没有杀人我说了不算,你说了也不算,证据说了才算。配合调查是公民义务,现在我需要你——'赵艾帆',和我们回去接受调查。"

话音落下,女子微昂头颅一动不动。

谢云衿往后扬扬手,秦海明和蒋丛先后进门来。

他们冲着"赵艾帆"笑了笑,蒋丛说:"如果你执意不配合我们回去调查,那便只能采取强制措施了,您这刚做完手术,我怕强制过程中碰坏了哪里……"

听到这句话,女子终于轻吸一口气:"好,我和你们回去接受调查。"

这场审讯进行得很特殊,只因嫌疑人才做完整形手术,因此,负责审讯的谢云衿和方审并没使用强光灯,而是在一个安静平和的状态里开始了与她的谈话。

"姓名?"

"赵艾帆。"

"姓名?"

"赵艾帆。"

"姓名?"

"赵艾帆。"

三问下去,女子咬死了自己就是赵艾帆。

谢云衿没再继续,而是继续问下去:"赵艾帆,你几月出生?"

女子嘴微张，没回答。

"你和刘峥义是哪年认识的？"

女子继续沉默。

谢云衿继续问："你父母叫什么名字？"

审讯桌上放置的手指蜷缩起来，女子梗着脖子还是一声不吭。

谢云衿嗤笑一声："蒋舒曼，你想李代桃僵，可惜功课没做够啊，急吼吼把脸换了，怎么，你觉得我们会拿脸验身份？"

女子并未因为自己没答上来而乱了阵脚，她声音依旧平淡冷静，还带着隐隐的疑惑，反问回去："你们说我不是赵艾帆，是蒋舒曼，还杀了人，你们有什么证据？"

方审双臂环抱："你说你是赵艾帆，可真正的赵艾帆已经死了，尸体就躺在太平间的冷冻柜里，我们取了赵艾帆家中的毛发和皮屑，DNA比对结果都出来了，你怎么解释？"

女子指甲嵌着桌面，声音恶狠狠："就算我不是赵艾帆，你们凭什么认定我是蒋舒曼？"

谢云衿身体懒散后靠，腿随意跷起："你是把你的家中清理得很干净，但再干净也有清理不到的地方，比如你浴室排水管道内壁，打开盖子，里面可是缠了一堆你的毛发，你要是愿意，我可以不嫌麻烦将它与你脑门上的头发做个鉴定，或者更麻烦一些，不承认没关系，你父母还健在，不然让你们做个亲子鉴定？"

话到此处，女子终于感到事情败露无力回天，她极力维持着平稳呼吸，深吸一口气破罐子破摔："对！我是蒋舒曼。"

"她是我杀的。"

方审忙拿起桌上的笔进行记录，而谢云衿则起身双手撑桌，问："目的呢？"

蒋舒曼艰难地吞咽口水，紧闭双眼，沉默很久之后才吐出四个字："我想要钱。"

"我缺钱，缺得厉害，所以我得想个办法，不仅要让我摆脱债务，还能另得一笔钱。"

谢云衿眯了眯双眸，想到与陈娟的谈话，问："你最开始的目标应该不是赵艾帆吧？"

想法被人完全洞察，蒋舒曼认命地点点头："是我的闺蜜，她叫陈娟，刚拆迁得了两百万，可惜她太蠢，信了男人，不肯把钱给我。"

"所以你这才找上赵艾帆？"

"嗯。"

"用的什么借口,还是合伙开美容院?"

"是。她有钱,不久之前我给她做嫩肤她提到过和有钱男朋友分手了,赵艾帆怕坐吃山空想投资做生意,我就想到了她。"

那天烈日当头,赵艾帆拿着存有巨款的银行卡,抱着它的爱犬在蒋舒曼的盛情邀约下来到了蒋舒曼家中。

谢云衿继续问:"那侯舜呢,他是你的替死鬼?"

蒋舒曼轻蔑地冷笑一声:"他?就是个猥琐蠢货而已。"

事已至此,蒋舒曼自知难逃,不伪装也不隐瞒:"我早就知道他搬来我家对门偷窥我了,我就故意拉开窗帘跳舞给他看,没想到他竟然天天在我账号下留言,有几次来我门前翻我门口垃圾,用我门口的鞋……很好!"

蒋舒曼笑着,配上她未拆线的肿胀双眸,白眼翻动,眼球凸出,有种莫名的诡异惊悚感:"他以为他在暗中看着我?其实,是我在看着他。"

侯舜的偷拍做得并不隐秘,也早就被蒋舒曼察觉。起初她如同正常独居女性一样,对这个阴沟里的蛆虫感到害怕恶心,而就在此时,各种催款信息扰得她头痛欲裂,她又收到了好闺蜜陈娟拆迁款到账的消息,一时间嫉恨悲愤恐惧担忧各种情绪涌上心头,然后,一个恐怖想法浮现在脑海中。

如果陈娟代替蒋舒曼死了,不仅蒋舒曼的债务能一笔勾销,陈娟的钱财尽归她所有。

又送上门来一个偷窥狂,正好!绝佳的替死鬼。

他不是爱偷窥自己吗?她就专门拉开窗帘扭给他看;他不是爱尾随自己吗?那她就将这个讯息透露给其他人;他不是爱来自己门前晃悠吗?那就粘下门把手上的那枚清晰指纹;他不是爱用自己的鞋子吗?那她就多放几双旧鞋让他爱上这种偷偷摸摸的绝妙滋味,让他成瘾,让他神不知鬼不觉,成为变态杀人犯。

于是,她蛊惑陈娟辞职,邀请陈娟一同合伙办美容院。两人关系好,她又能言善辩,陈娟也很快上钩。

就当蒋舒曼以为万事俱备时,原本的"冤大头"陈娟突然为个男人放了她的鸽子,快到嘴的鸭子飞到了人家的嘴里。

蒋舒曼怒不可遏,她再想联系陈娟时,却发现陈娟已经拉黑了她所有的联系方式。无奈,蒋舒曼只得另寻对象。她在美容院工作十余年,手底积累了一批有钱富婆的联系方式,对她们的背景过往也多多少少知

晓一些。很快，蒋舒曼挑选到了赵艾帆。

她凭借着一张巧嘴和多年熟识的关系，又知晓赵艾帆被金主抛弃的窘境，她假借合伙开美容院，成功将赵艾帆骗来自己家中，后将之迷晕囚禁在自己卧室进行折磨。赵艾帆痛苦挣扎苦苦哀求，用指甲将粉白墙壁抠得血肉模糊，即便告知了银行卡密码承诺自己出去后会再给蒋舒曼一笔钱，蒋舒曼依旧不打算放过她。

17日夜晚，她等来了侯舜，于是收集好鞋里的新鲜体液，然后用工具伪造性侵假象。赵艾帆已经没了任何反抗能力，嘴里直唤着："饿，好饿……"

动手前，蒋舒曼最后发了次"善心"，她泡了一包泡面喂了赵艾帆几口，然后轻而易举地蒙死了她。

谢云衿面无表情："我想知道，你是怎么一个人将死者挂上铁链的？是有人帮忙，还是使用了工具？"

蒋舒曼耷拉着眼皮。

得手后，蒋舒曼清理着家中一切属于蒋舒曼的痕迹，头发、指纹、皮屑全都清理得一干二净，准备伪装成变态男人杀人。她想法很周全，知道凭借自己可能没法将赵艾帆成功抱起挂上去，于是，她事先买了个铁质滑轮安装到铁钩上，用铁链一头缠绕赵艾帆的头，站在高凳上，利用滑轮将另一头往下拉，接着稳稳扣上取下滑轮。

"你杀狗放血是为了什么，营造变态杀人犯的氛围？"

蒋舒曼将头垂得更低。

"你带走的名牌包和衣服，现在藏在哪里？"

蒋舒曼艰难地咬着舌头，没有再回答一个字。

谢云衿似乎会读心术，轻而易举洞察了她作案时的每一个举动。

家中那些名牌包和衣服，她没舍得，将值钱的通通带走了。

她为它们债台高筑，为它们杀人放火，也将为它们丢掉性命。

它们不是简单的皮革布料，而是她以心血浇灌的虚荣心，外表光鲜亮丽，内里腥臭不堪。

谢云衿的最后一个问题："你后悔吗？"

听到这个问题，蒋舒曼眼前浮现白光，她恍惚了很久，最后郑重地摇摇头。

她出身不好，有残疾的父母和年幼的弟妹，还有个一贫如洗的家。她十多岁就出来打工，在美容院里当学徒，带她的女技师不喜欢她，常对着她呼来喝去，她都忍了下来。每月挣个千八百，她全部寄回家中希

145

望能减轻负担，可父母并不理解她独身在外的艰辛，反而嫌她寄回家的钱太少不够花，她被压得喘不过气。她有时看见店中来做美容的顾客，个个青春靓丽、穿着时尚，势利的女技师对她们毕恭毕敬、卑躬屈膝，与她们侃侃而谈着宝格丽和香奈儿，这些，她听都听不懂。

有次，她不小心将女技师的手提包弄掉在地，立马招致对方气愤的呵斥："你知道这包多少钱吗？抵你当学徒不吃不喝整整一年的工资，猪！"女技师怒目圆睁，伸出手指戳着蒋舒曼的额头，指甲尖利得要戳破她的皮肉。蒋舒曼就只是站着，流着泪，一声也不敢吭。

那天回到宿舍，她听着室友们甜噪的鼾声，在窗前站了整整一夜。

从那天开始，蒋舒曼好像变了一个人，她不再老实沉默，而是勤学好问，见谁都热情招呼。她凭借从女技师那里学到的技术很快转正并挤走了对方，她存到了钱，她第一次走进奢侈品门店，店员们对她恭恭敬敬的模样让她想到了曾经刻薄过自己的女技师。

她享受到了快感，紧接着的是膨胀的虚荣心。

蒋舒曼跳槽了，新美容院的工资更高，但她不再往家中寄钱，万八千的工资也满足不了她，她开始借贷，开始"以贷养贷"，疯狂地购买奢侈品，她做这些从不为取悦男人，只为取悦自己，完完全全地取悦自己。

审讯到此基本结束，但谢云衿与方审起身时，蒋舒曼却急切地叫住了他们，她眼里的疑惑满得快要溢出来，一字一顿地问："你们到底是怎么发现的？"

明明很完美。

一个多月的策划，她原本自信满满，然而不出五天，警方便识破了她引以为豪的计划。她心有不甘，想要个答案。

谢云衿的目光锁定她，声音依旧冷淡："你觉得你的计划很完美？"

她没有回答。

谢云衿继续道："还是那句话，一个人没那么容易变成另外一个人的。

"死者的头发不是新染的，她没有胃溃疡，血肉模糊的指尖已经伤了好几天了，就这几点，足以推翻死的人不是蒋舒曼。

"你将你自己的生活痕迹清理得干干净净，却只留下侯舜的？你觉得哪个变态杀人犯会蠢成这个样子，清理痕迹不清自己的，反倒清理死者的，你越想掩盖什么，就越是掩盖不住。你的想法挺新颖，可惜并不完美。实话实说，我在刑侦支队三年，就没有见过完美的犯罪，也不相

信这世界上有完美犯罪,任何犯罪,我都会找到凶手!"

蒋舒曼听着,背脊一点一点软了下去。

审讯完蒋舒曼,谢云衿心情不畅,她一个人上了顶楼,去了天台,手肘随意靠上围栏俯瞰远处,大厦高楼、繁忙轮渡,这座城市永远繁华迷人充满魅惑。

谢云衿想起审讯室里自己对蒋舒曼说的话。

"任何犯罪,我都会找到凶手。"

说的时候信誓旦旦,可说完之后,谢云衿却没来由地生出一阵心虚与歉疚。

这几年,她经手的案件说多不多说少不少,她也确实破获了案子,可自己最在乎的那起却依旧没有任何进展,因为那场大火将所有痕迹烧了个干干净净。

七年了,她时常辗转难眠,眼前总浮现出父亲惨死、自己跳江的场景。

谢云衿低垂头,额前落下细碎短发,遮住她狭长锐利的眸。

骤然,她嗅到一股清淡的烟味。

谢云衿皱起眉头转过身,赫然发现身后不远处,江暄正慵懒倚靠围栏,修长指尖夹了一根香烟。

看见谢云衿,江暄抬着长腿走过来,他声音扬起:"真巧,谢组也来天台散心啊?"

谢云衿瞥他一眼,回了个"嗯"字。

江暄与她并肩而站,他指尖飘散的烟味灌入谢云衿鼻腔。谢云衿下意识地站远了些:"麻烦江法医将烟熄掉吧,我不喜欢烟味。"

"不喜欢?"江暄下意识地发出疑问。

"当然。"谢云衿冷沉反问,"我应该喜欢吗?"

闻言,江暄弯弯唇:"抱歉,我不知道。"他说着掐灭了香烟,又不动声色地往谢云衿的方向挪了些。

感受到江暄的注视,谢云衿也挑眉迎视上去。

她的目光在江暄一身笔挺西装上停留片刻,语气有些不耐烦:"江法医今天不是要去约会吗,工作时间快结束了,江法医应该早些去约会地点做准备,别让女孩久等了。"

江暄轻笑:"约会对象就在眼前,我一个人过去做什么准备?"

谢云衿有些错愕,等撞上江暄眼里的调笑,她才想起自己答应过江暄案件结束后一同吃饭的邀请。

该死,她早就忘到了九霄云外。

"谢组,答应的事情该不会反悔吧?"

谢云衿没好气,转身准备下楼:"放心,我没打算爽约,只是忘记罢了,不过我得提醒你,请我吃饭得掂量掂量自己的钱包,我可不会客气。"

"那是自然。"

"还有,咱俩这叫简单吃饭,不叫约会。"谢云衿强调。

江暄愉悦地笑出声:"行。"

两人刚下到三楼,没想到正好遇上罗宇超和伍方。罗宇超喘着气,激动说着:"谢组,江法医,找你俩半天,原来在这儿啊。"

谢云衿奇怪:"什么事?急急忙忙的!"

"谢组,忙了这么些日子,终于能缓口气,又正好碰上方组三十三岁生日,咱不得给他好好庆祝顺便庆个功啊?秦哥说了,位置都订好了,让我通知大家一起过去,一个都不许少。"

听到这话,谢云衿冷漠的脸庞突然露出一抹笑意:"今天是方组生日啊?"

"对啊,我把地址发你们手机上,谢组你和江法医先过去,我们再去通知其他人。"

谢云衿郑重其事地回答:"行,那是该好好庆祝。"

等罗宇超和伍方走远,谢云衿耸耸肩,似乎是如释重负:"今天方审生日,看来,那顿饭是吃不成了。"

"不要紧,今天没机会就改天,反正机会很多不是吗?"

谢云衿敷衍道:"以后再说吧。"她说完头也不回地走了。

江暄低垂双眸轻轻"嗯"了一声,没人看见他的表情。

聚会地点很近,就在刑侦支队对街的一个小酒楼里。

一天之内,两大喜事,大伙儿也放肆了些,聚会时吃吃喝喝聊得热热闹闹,包厢里充斥着欢快的氛围。

里面有些闷,谢云衿吃饱饭出来透气,关好包厢门准备去洗手间,在拐角窗边看到了江暄。

他颓散地倚靠着窗框,头稍微昂起,发狠地吸了一口烟,眼里尽是忧伤。

很快,江暄发现有人正看着他,目光利刃一般射来,扫到谢云衿身上时又骤然温柔下来。

谢云衿深深看了他一眼,压低帽檐从他身前走过,突然想到什么猛地停驻脚步。

她稍微侧眼，帽檐下的目光似乎有些恻隐之感。

刑侦支队不少人靠抽烟来缓解焦虑压力，这是很正常的事情。

但谢云衿微微张嘴，撂下一句："抽烟不好，能戒的话尽量戒了吧。"

江暄手指顿住。

说完，谢云衿没有迟疑，抬腿往前走。

江暄看着她远去的背影，用只有自己能听到的声音苦涩地喃喃：

"烟是你教我抽的，可你没教我戒啊。"

第 三 案
连环诅咒

第九章
蹊跷的皮箱

天一直阴阴沉沉，这日终于下了场瓢泼大雨。

蒋舒曼案件的收尾工作忙完，谢云衿驱车回家打算睡个好觉。

她麻利地上车踩下油门。地面坑洼积水，车轮碾过，掀起几阵泥浪。很快，车辆便从街边小路拐出驶进平坦的康庄上。

雨下得大，时间又晚，街上不仅人少，连车都没有几辆。

到家时已经晚上十一点多了，谢云衿简单洗漱了下就准备睡觉。

可惜，好不容易松懈下来，她却失眠了。

翻来覆去两个小时，凌晨时才有了些睡意。

迷迷糊糊间，她还听到外面淅淅沥沥的雨声。

与此同时，临江市平宁区禹川县一块郊外施工工地上还有一队工人在深夜冒雨作业。

黑沉的天，风雨交加，远处山峰连绵不绝。

工地上，强光大灯照着，雨丝漂浮在空气中，如一个个微小的发着光的生物体。

破旧卡车停在一堆石头土块旁，发动机轰轰作响。

旁边，几名工人身穿雨衣拿着铁锹正将石头土堆往卡车里掀，忙得汗流浃背、热火朝天。

终于，一个瘦高个工人弓起酸痛的背脊，叫苦不迭："累死了，老张，还有多久才能休息啊？"

那名被叫"老张"的工长矮小精悍，眼眶极黑，他的背有些驼，紫黑嘴唇上下都是杂乱胡须，如一蓬蓬野草肆意生长。

"都不喊累，就你累！"工长呵斥着。

他呵斥完又变了张脸,苦口婆心道:"你累我也累啊,大家都累,这不没办法的事吗?上头要得急,月底之前就得将地基整出来。"

瘦高个心里极不痛快,看着工长走远的背影嘀咕:"站着说话不腰疼,这么多的活,就咱几个,月底就得整出来,没日没夜地干,迟早得累出人命!"

"可不是嘛!"有人附和。

旁边一名年长些的工人碰了碰瘦高个的手臂,语重心长:"行了行了,少说几句吧。"

瘦高个瘪瘪嘴,撇着眼,脸色悻悻,抱怨着:"行行行!我听蔡叔的,我不说了。"

他嘴里讲着不说,可忙了两分钟又嘟囔了起来:"我们累死累活,还挣不到几个钱,可他们呢,啥都不用干,大把钞票揣着,大把美女搂着,杀人放火金腰带,修桥补路无尸骸!"

瘦高个挂着铁锹骂骂咧咧,又瞪了一眼走远的工长,气愤地铲了几下,碎石混着泥水从高处滚落下来。

他浑身湿透了,脸上也尽是水渍,分不清是雨还是汗。

瘦高个用手胡乱摸了一把,再看地面,泥污石块间躺着个暗黄色的土坷垃,在强光大灯的照射下格外显眼。

可若是土坷垃,怎么还会发光呢?

瘦高个没反应过来,旁边的蔡叔眼神尖利,抢先过去扒拉开污秽泥水,将那土坷垃拿在手上。

他将之举到眼前仔细端详许久,语气惶恐又惊喜:"强子,你看看这是不是金子?"

嗓门嘹亮,混在发动机的轰鸣声里依旧清晰可闻。

他这一声,不仅叫来了那个瘦高个"强子",还叫来了一起作业的其他工人,他们忙不迭地将蔡叔团团围住。

"这是啥啊?"

"假的吧?"

"真是金子?给我咬一口试试真假!"

"让我试,让我试!"

几人眼里闪着精光,七嘴八舌喋喋不休,伸出手去又摸又抢。

强子低斥一声,先行一步将那土坷垃从蔡叔手里拿了过来。

他摸了又摸,掂了又掂,又拿牙齿咬了几下,始终不能确定真假。

强子看着这块土坷垃思忖良久,最终,他红着眼将大伙聚起来提议道:"先甭管真假,咱们往下挖,看底下还有没?要是真的,哥几个卖了平分,拿了钱过舒坦日子去,省得在这里又累又受气。"

众人高声附和。

有了目标,干活都卖力了些。

六七个身强体壮的汉子挥舞着铁锹铁锨,手臂肌肉抖动,气势汹涌。不一会儿,几人又从石堆里挖出几小块"土坷垃",众人力气高涨,继续往石块下挖去,快到底的时候,挖出来一个做工精致的大皮箱子,皮箱上面还绑着个锈迹斑驳的铁匣子。

强子如获至宝,忙扑上去想将皮箱子提出来,却发现这皮箱子重得很。他招呼来人,几人通力合作,终于将这皮箱连带着铁匣子搬运到了下方空地上。

强子已然成了众人当中的领袖,他蹲在地上,手颤抖着,也不知是冷还是激动。

绑着皮箱和铁匣的绳子被割开,铁匣没了束缚,翻滚几下落到泥水里。强子将之翻了个面,只见铁匣正面竟然刻着"开即死"三个字。

旁边胆小的青松吓得倒吸了口凉气。

强子胆子大,不以为意:"怕啥,万一里面装的都是金子,哥几个就赚大发了。"

他不由分说,拿起铁锹往锁扣处狠狠铲下,匣子开了。

不负所望,里面装着七八块暗黄色的长条子,掂量下去,一块足足有一百克,黄金中央还放置着一个做工精致的木匣子。强子已经红了眼,他忙不迭地打开木匣子,只见里面放着一块手掌大小令牌状的美玉,强子大呼发了发了,光是铁匣子里就发现了这么多宝贝,那个重得要死的皮箱里还不知藏着什么。

工人们浑身上下经脉骨骼热血翻涌,待拉开拉链,掀开盖子,几人皆面目惊骇地惊呼一声。

皮箱里却没如愿出现"土坷垃",里面装着的竟然是一具腐臭的尸体,整个身体弯曲蜷缩在皮箱里,花白大腿上还淌着雨水,大灯照着,折射出诡异的微光。

谢云衿醒得很早。

清晨六点,在生物钟的惯性中,她机械地从床上爬起来,习惯性地打开床边收音机听新闻。

刺啦电流声响过,很快,频率稳定,收音机里传出一个舒缓低沉的男声。

"各位听众朋友大家好,欢迎回到《临江新闻之声》,我是主播阿生,下面给大家播报一条最新新闻。近日,警方破获前段时间在临江市闹得沸沸扬扬的女子吊杀案,嫌疑人已被抓捕归案并交代了作案全过程。据悉,嫌疑人蒋某因高额债务缠身心生歹念,自导自演一出偷梁换柱戏码,杀死顾客冒充自己企图假死脱身,后于整容医院被警方擒获……"

谢云衿走到浴室里洗脸漱口,刚换上一身运动服准备出门跑步,桌上的手机冷不防响了起来。

她又折返回去拿起手机瞥了眼屏幕,来电人的姓名那一栏明明白白显示着两个字:宋翎。

宋翎是谢云衿从前经手过的"私生粉"入室伤人案的受害者,一个十八线女明星,演过几部网剧,在小圈子里也算有些名气。谢云衿和她的渊源也是从她那起案子开始的。案件结束后,宋翎又是送锦旗又是请吃饭,谢云衿拒绝多次依旧无果,不过在她的坚持不懈下,两人终于混成了朋友。

电话接起,听筒里传出一个娇俏女声:"谢大警官,你在做什么?"

谢云衿走到镜子前理了理自己凌乱的衣领:"准备出门跑步。"

"晚上有时间没?我请你吃饭。"

"无功不受禄,你为什么突然请我吃饭?"

"请你吃饭还需要理由吗?"

"当然需要,我的时间宝贵。"

宋翎轻笑:"好,那我随口编个理由,请你吃饭是为了求你一件事。"

"什么事?"

"云衿,这个世界上,我只相信你了,你帮帮我,救我一命吧。"

谢云衿声音里的疑惑掩饰不住,她很严肃地回问:"救你一命?宋翎,你告诉我是什么意思?你怎么了?"

刚问完,宋翎突然得逞地大笑起来,她语气轻松,笑得上气不接下气:"我开玩笑,逗你玩呢,都说是随口编的理由,你怎么还信了?"

谢云衿换鞋出门边走边说:"玩笑可不能随便开,你不知道吗?很多真话都是以玩笑的方式说出口。"

"对啊,我说的就是真话,怎么样?今晚要不要赴我的约,弄清事情真相。"

谢云衿欣然同意:"好,几点,在哪儿?"

"晚上七点,地点未定,我到时候过来接你吧。"

宋翎话音刚落,身边助理催她化妆,她又和谢云衿扯了几句废话,

然后才挂断电话。

这个小插曲谢云衿并未放在心上,因为两年的相处中,谢云衿发现宋翎就是一个思维跳脱的人,说出口的话常常很无厘头,因此,她选择放弃探寻其中的逻辑性。

她摁下电梯,随后双手插兜走进去,电梯直下二十楼。

小区后面是个小公园,谢云衿常去跑步,今日也不例外。

虽然昨天睡得晚今天起得又早,但她精力还不错,绕着这小公园跑了整整五圈。

跑完步,她绕到公园后面的老式居民楼去吃早餐。

这里处于闹市,清早开始就热闹喧嚣,墙体灰白斑驳,头顶压低的电线交错攀缠,举目望去都是烟火气。

随便走进路边一家早餐店,谢云衿点了碗牛肉面,刚坐下没几秒,眼前突然落下阴影,一个熟悉的身影出现在眼前。

"老板,我也要一碗牛肉面。"

紧接着,面前椅子被一双骨节分明、分布青筋的手拉开,伴随着椅子腿与地板摩擦的刺耳响声。谢云衿终于抬眼定睛望去,秀气眉头里漾出浅浅的疑惑:"你怎么在这里?"

江暄薄唇微启:"谢组不妨猜一猜?"

谢云衿没好气:"肯定不是巧合。"

"当然。"他很坦荡,"我跟着你过来的。"

"江法医,我得提醒你一句,跟踪人可不是什么好习惯,侯舜的事可刚刚才过去呢。"

他轻"嗤"一声:"是不是好习惯,谢组应该比我更清楚吧,我这顶多只能算'东施效颦'。"他的眼神意味深长,盯得谢云衿有些心虚,毕竟她以前确确实实干过这档子事。

她抿抿唇,端起杯子喝了口水,没多久,女老板端着两个碗走过来。

"你们的牛肉面来了。"

江暄和谢云衿异口同声说了句谢谢,两人默契对视一眼,触及江暄戏谑的眼神,她又不自在地挪开了视线。

她拉过其中一碗,拿了筷子低头吃起面来。

江暄也拿了筷子,动作不紧不慢,眼神却定格在谢云衿的身上。

她吃东西的样子很好看,秀气利落。

江暄敛去眸中失神,终于将目光从谢云衿身上挪开,也低头吃了起来。

刚吃了没几口,兜里的手机再次响了起来。

谢云衿掏出来看都没看直接放到耳边："喂？"

"云衿，你在哪里？"

声音很熟悉，低沉稳重，来自何繁忠。

"我在外面吃早餐。何队，你有什么事吗？"

"云衿，队里出了新案子。"

谢云衿立刻放下筷子："行，我知道了。地址呢？"

"地址发你手机上了，你联系一下法医组，赶紧赶过去看看情况。"

谢云衿看着江暄："好。"

手机并不隔音，加之何繁忠嗓门又大，对面的江暄自然听得真真切切。

"有案子了？"

"对。"

"我开了车，就停在外面，谢组同我一起过去？"

"事不宜迟，尽快。"

两人随即起身出门，江暄的车就停在路边，谢云衿走到主驾驶位，语气不容置喙："钥匙给我，我来开。"

江暄随手掷过去，谢云衿扬手一接，随后打开车门钻了进去。

雨过天晴，外面处处生机，树木郁郁葱葱。

开着车，谢云衿将手机扔给江暄："看一下何队发给我的地址。"

江暄拿起手机："密码。"

"100524。"

她刚说完，江暄手指一滞，目光有片刻的黯淡，但他没有迟疑，很快将密码输入进去。

"平宁区禹川县青云镇瑞林坝。"

谢云衿心不在焉地"嗯"了一声，立刻导航驱车前往。

现场在临江市的近郊，离市中心颇有些距离，那边依山傍水，环境清幽。

情况紧急，谢云衿加快车速。

窗外景物飞速变幻，两人一路上都没说话，从繁华街景到安谧乡村，他们花了快一个小时才到目的地。

车在靠近案发地的柏油路上刚停稳，便有人走过来从外面替谢云衿开了车门。来人正是罗宇超，他刚从刑侦支队宿舍赶来，到这里也不过才十分钟。

眼看谢云衿和江暄一同下车，罗宇超心中的八卦之火熊熊燃烧："谢

组,你不是从家里过来的吗?怎么和江法医一起的啊?"

"你不关心案件,反而关心我和谁一起过来?"

罗宇超被堵得没话说,挠挠头:"我随口一问,随口一问。"

距车几米远处架起了一台摄影机,漂亮的短发女记者正拿着话筒对现场情况进行报道工作,她口齿清晰,声音也铿锵有力。谢云衿瞥了一眼,问罗宇超:"案件什么情况?"

得到指令,罗宇超兴冲冲开始讲述:"今早六点二十三分,瑞林坝施工工地的工长张兴亮来电到禹川县派出所报案,说早上去工地监工,在碎石堆上发现一个皮箱,他打开来看,里面竟然被塞了一具尸体,禹川县民警来现场查看确认后于七点十分将案子移交给我们支队,我们到的时候,现场还没有动过。并且张兴亮说,昨晚这里还有一班工人冒雨施工,今早竟然不见了踪迹,也联系不上。"

谢云衿沉吟片刻:"联系不上?"

"对,电话关机,微信不回。"

"这班工人有多少个?"

"七个。"

谢云衿目视前方,再次确认道:"七个人全都联系不上了?"

"那可不,全都联系不上了!"罗宇超喋喋不休地讲着,"说起来真是离了个大谱,我刚听张兴亮交代完就觉得这事蹊跷,拿自己手机试着打了他们七个人的电话,全都是关机状态,工地刚出命案呢,怎么就都联系不上了?"

他语气非常笃定:"谢组,我打包票,这七个人肯定有鬼,要没鬼我'罗'字倒过来写。"

谢云衿正站在这条横亘中央的柏油路上,锐利眸光往前看去。

一大片凹凸不平的空地,上面堆了不少用于修整地基的碎石块,都堆成山坡状,距离马路四十多米处正是皮箱尸体的发现地。远处,蒋丛和两位禹川县民警正匆匆往柏油路这边走。

由于连续几天时不时下雨,这片泥地的土质已经被冲得又松又黏,地面也是车轮印、鞋印层层叠叠泥泞不堪,几人从尸体所在地走到路边来这短短几十米的距离,鞋上已经攀缠附着上了厚厚一层黄泥。

他们嘴里抱怨着,到道路边上站定片刻,背脊稍微弯曲,将鞋边厚泥刮擦到路边坚硬处。囫囵处理完,两位民警抖了抖裤腿,先后踏步上来打招呼。

"谢组,你们来得可真快啊。"

说话的民警叫周成峰,将近四十岁,皮肤黝黑身材板正,是谢云衿的熟人,两人之前因为禹川县的一起案子打过多次交道。

"刚接到消息就过来了。"

周成峰的眼神在江暄的身上停留几秒:"蒋丛和宇超我们已经都认识了,但看这位可是新面孔啊,谢组,队里来新人了你不介绍一下?"

谢云衿随意往旁边瞥了一眼,正巧与江暄的眼神相撞。她轻咳一声,言简意赅道:"这位,我们队里的江法医。"

话音刚落,江暄也顺水推舟伸手过去:"你好,我是江暄。"

周成峰点头握住:"江法医好啊,我是周成峰,横看成岭侧成峰那个成峰。"他说着指了指身边那位年轻小伙,"这位也是我们所里的新人,我徒弟,甘泉,泉水的泉。"

甘泉高大健硕皮肤白净,比师父周成峰高了半个头,不过神情略显羞涩,话也不多,只谦卑地点了点头。

基本的寒暄结束,话题自然而然转移到了这起案件上。

"报案人在哪儿?"

周成峰随意抬抬下巴示意:"就是他,叫张兴亮。"

谢云衿的目光循着周成峰手指的方向投射过去,只见张兴亮身边围绕着刚刚下车看到的美女记者与摄像,看样子好像正在对他进行采访。

她收回目光又问:"工地才开工吧?"

毕竟这一大片空地,目之所及,除了辆卡车和几大堆碎石块外几乎不见其他施工设施。

"对,是刚开工两天。"

"建什么?"

"这边空气好环境好,开发商是想建个私人的疗养康复中心,目前只有一个班组的工人在这边打整地基。"

"皮箱什么时候出现的?"

"张兴亮说这两天都是他监工,一直到昨天晚上,从未见过工地上有皮箱出现。"

"按他的说法,皮箱是昨晚新出现的?"

周成峰点头:"从目前了解到的情况来看,是这么回事。"

江暄的眉眼间看不出情绪,沉默地听完两人的问答,眸子晲着远处的皮箱。

"死者什么情况?"

蒋丛咂了几下嘴:"我和周前辈还有甘泉,我们仨都没敢大动,怕破坏了现场,等着你们过来,就看了几眼。反正看不出男女,只看到皮肉都腐烂掉了,应该死了挺长时间。"

几人说话间,外勤组和技术组人员也陆续到达,只有法医组迟迟不见车来,不过这并不影响进度。谢云衿先安排了华铭几个人现场进行拍照,尽量将案发现场最初始的样子保存下来以便后续的分析工作,因为搜查取证工作一旦开始,对案发现场的破坏将无法估量。

远处,华铭完成拍照工作,技术组和外勤组组员也陆续去往尸体发现处。

工作在有条不紊地进行中,这边,美女记者对张兴亮这个第一目击人的采访已经结束。早上虽未下雨,但这空地刮着烈风,吹得张兴亮脖子瑟缩不停搓着手。

谢云衿心中有疑惑,自然没那么容易放过他。因此采访一结束,谢云衿就抬腿走过去拦住张兴亮的去路,要再问他些问题。江暄说无事可做,自告奋勇要帮谢云衿记录情况,谢云衿愣了下,并未拒绝他。

张兴亮个子不高,但行事作风很利落,眼睛里也透着气势:"好,警官问什么,我肯定知道什么讲什么,丝毫不隐瞒。"

听他这么讲,江暄也二话不说取下笔帽准备开始。正在这时,张兴亮的电话突然响了起来,他瞥了眼屏幕:"警官,领导的电话。"

谢云衿没有多言,扬扬手示意他先接。张兴亮也没有犹豫,他稍微侧身,将手机拿到耳边,嗓门洪亮得很:"刘总,我现在正在处理呢,警察都来了,在问我话呢,你有什么事?赶紧说。"

电话那头的刘总不知道说了些什么,张兴亮的语气逐渐不耐烦起来:"什么情况,什么情况我怎么知道,我又不是神仙。"

电话里的刘总似乎在愤怒地呵斥他,但张兴亮丝毫不虚:"我什么态度?我告诉你,老子就这态度。你说得对,我就是不想干了,一点破钱天天给你们当牛做马累死累活,我干完今天就不干了,你尽快派人过来处理,后续的事情老子就不管了。"

挂断电话,他转过身,咂了下嘴,像变脸一样,笑着说:"警官,您想问什么?"

这一套转变倒是让谢云衿有些看不懂,但她没有多说,只和身边的江暄对视一眼。

两人虽然什么都没讲,但似乎默契地懂了对方的眼神,谢云衿抬抬下巴:"现在可以开始了吗?"

"可以！"

"先将你到现场发现尸体的过程详细叙述一遍。"

张兴亮顿了一下很快开始讲话："我们一般是早上七点上工，我七点半过来的，一来，远远地一个人没瞧见，就开始给他们发微信，结果全把我拉黑了，我又打他们电话，个个关机，我当时那个气啊，一边骂一边走，走到下面一看，看到个皮箱，里面是个死人，我都吓破胆了，急急忙忙报了案，警察来了之后我都没敢过去。"

谢云衿稍微眯起双眼。

他嘴里讲着吓破胆，但是这一段话讲下来，没停顿没阻碍，咬字清晰，语速流畅，实在是看不出吓破胆的样子。

谢云衿声色不动，低头睨了眼张兴亮的鞋。

黑色雨靴，鞋上附着不少干涸泥土，湿泥很少，只在鞋跟周围浅浅地覆了一层。

谢云衿看了眼空地上鞋踩出的深坑，又将视线投向旁边正低语交谈的周成峰师徒俩。

尽管两人已经刮掉了鞋上大部分泥土，但还是能明显看出，湿泥覆到了两边的鞋面。

旁边的江暄低着头，笔尖在记录本上行云流水，很快，一排遒劲有力的字体跃然纸上。

谢云衿等他记录完，接着开始问下个问题："工人们确定都联系不上了是吧？"

"不知道怎么回事，都联系不上了！"张兴亮说完小心翼翼地瞄了眼谢云衿，触及她讳莫如深的眼神，他没之前那样镇定了，而是小小地结巴一下，"情况……情况就是这样了。"

谢云衿敛起神思"啧"了一声："挺蹊跷。"

施工队七个人就跟商量好了似的集体失联挺蹊跷，工长张兴亮频频撒谎的行为同样蹊跷。

谢云衿沉了沉眉，继续问："你到现场的时候，皮箱是什么状态？"

"在那堆碎石下面一点，皮箱打开着的。"

"你有凑近看吗？"

"那没有，我只远远地看了一眼，看到里面是个人就赶紧报了警。"

谢云衿远眺那几堆碎石："那些石头是什么时候运过来的？"

"大概两个月前这些打地基的碎石就运过来了，项目本来要动工的，但上面领导不知因为什么扯皮耽搁到了现在，时间不够、人手不足，偏偏催得还急,这不,工人们这两天都是冒雨作业到晚上八九点,早上七点又要开工,所以怨声载道的。"

"你作为工长,每天和他们朝夕相处,你觉得工人集体失联和这有关系吗?"

"应该有吧,刚动工就有人说不想干了,说是太累了。"他说着"嘻"了一声,"不止工人累,我每天也累得要死,现在又出了这档子事,我害怕,也不打算干了。"

"你和工人们都住哪里?"

张兴亮往远处指了下:"住那边的村子里,租的村民的房。"

"你和他们住一起?"

"住一起。"

"他们昨晚离开,你一点察觉没有?"

张兴亮稍停顿,舔了舔干枯嘴唇:"没……没呢……我一个人睡一间,睡得很死,都不知道。"

谢云衿眯了眯双眼,说:"你待会儿将这七名工人的信息都给我提供一份。"

"这个……这个没问题。"

谢云衿深深看了眼他的鞋,终究没说什么。她扬了扬手:"行,暂时没有问题了,不过后续可能还得你和我们回局里一趟。"

"啊?"

"有意见吗?"

张兴亮不停地摆手:"没意见。"

问话结束,法医组的车也终于到达,袁新元带着两名实习法医,提着两个法医勘察箱先行下车:"江暄!"

江暄应了一声,旋即将笔帽旋了进去,把手里的笔记本递给谢云衿,轻轻弯唇:"我得过去现场,谢组要一起吗?"

谢云衿淡淡回答:"一起吧。"

进入软泥地,如踩在吸附能力极强劲的触须上一般,每走一步都无比艰难。

路程还未过半,谢云衿几人的鞋便已经被湿泥糊得看不清本来面貌了,在这种环境里,戴鞋套也已经没有任何意义,因为无论如何小心,只要鞋子接触地面,都难免留下极度破坏现场的鞋印。

现场早已被踩得坑坑洼洼没一处完整地,谢云衿看着不禁揉了揉太阳穴。

有些难搞。

但再难搞,也得硬着头皮进行下去。这边,蒋丛和罗宇超咬着牙蹲在地上,用铁质镊子在污泥堆里夹出好几个烟头,他俩举到眼前细细看了一眼。

黄蒂、蓝蒂的烟头都有。

两人对视一眼,都不能确定和案件有无关系,因此全都塞进物证袋里打算再做后续调查。

因为寻找物证而长时间保持低头动作,蒋丛此时脖颈酸痛得很,他昂起头快速扭动几下,然后舒爽得狠吸一口气。

罗宇超见状有样学样,仰天叹道:"舒服。"

时间已经是早上九点半,久雨的阴沉天气终于在今日出了些太阳,不过气温依旧低,周围风也大,将谢云衿身上风衣衣袂吹得鼓鼓囊囊。

她细碎的发胡乱飞舞着,露出光洁饱满的额头,眼尾上翘的丹凤眼漂亮但有杀伤力。脚下湿泥固然恼人,但她已经完全顾不上了,此时她的关注点在案发现场停留的那辆破旧小卡车上。

谢云衿神色晦暗不明,她走到卡车边,先是看了看车厢,车厢后围栏开着,里面装着的不出意料都是碎石,占了一少半的面积。

她又蹲下来看轮胎,轮胎稍微陷进湿泥里,暴露在空气中的地方非常干净,有泥,但很少,只是溅上些许,前后也无车轮印,这能说明一点,早在下雨之前,这辆卡车就已经停在这里没动过了。

她绕着卡车走了一圈,在边上发现一盏大灯。谢云衿对这种灯并不陌生,工地夜间施工常用的高瓦数镝灯,它的光线非常强烈,能照到夜间数百米远的距离。

谢云衿沉思片刻。

看来张兴亮所言并非全是谎话,至少工人们被迫夜间加班作业这情况应该是真实存在的。

看完卡车,谢云衿这才将注意力全都聚焦到这起案子的主角上——一只棕黄色的皮箱。

人蜷缩在里面,穿着夏天的衣物,从体型发型与穿着上看,女性的可能性为大。

谢云衿在江暄身边蹲下,目光落到皮箱盖上。她下意识地伸手过去,指尖距离盖子只有几厘米时,敏锐的职业习惯让她陡然停止了前进。与此同时,一只骨节分明的手掌也迅速握住了她的指尖。

她冰凉的指尖被温热感尽数覆盖，这热量似乎也通过经络纹理迅速蔓延。

谢云衿往身边望去，只见江暄斜眼睨她。他目光专注却又透着玩味："谢组，你别误会，我可不是故意占你便宜，只是你的手再往前，可就算破坏物证了，我这是好心阻止你。"

江暄话虽如此，却一直抓着她的手不放。

谁信他只是好心阻止？

他现在这些把戏，都是谢云衿曾经玩厌了的。

谢云衿轻"嗤"一声："我当然知道江法医是好心，毕竟这世上，能占我便宜的人也还没出生。"

她说着先是挣脱开，然后反抓住江暄的手，另一只手则直接往他身前探去。这操作不仅让江暄愣住，还看傻了旁边的袁新元和两名实习小助理。

只见她眼疾手快，伸出修长两指，指尖在江暄衣服纽扣上停留几秒，接着眯起双眸，指尖慢慢往右边挪动，直至停留于他心脏的位置。

江暄收起脸上的戏谑表情，看着她圆润指尖喉咙微涩。他神色有些恍惚，轻轻咽下口水。

而谢云衿弯起嘴角，在他心乱如麻时，迅速抽出他白色防护服胸前口袋里放置的塑胶薄手套。

谢云衿放开他的手，温热感残存，她面上恢复淡漠神色，稍微低眸，将这副手套戴上，嘴里同时漫不经心吐出两个字："谢了。"

原来只为了他口袋里的手套，却轻而易举地撩动了他的心。

江暄服气，无奈低头吁了口气，无论自己模仿她多久，好像终究是输家，她一个动作一个眼神，便将他轻松拿捏。

反观谢云衿，已经迅速走出了刚刚的小插曲，她目光沉着，探下身体，细细观察起这个"装尸容器"。

行李箱装尸并不少见，因它易携带转运，还不易引起旁人注意，所以很多凶手都选择行李箱来抛尸。

皮箱二十四寸大小，箱底滑轮和箱子四个边角都有不同程度的磨损，可见并非新的。

箱身附着不少泥点，手指擦过去也能擦出一层厚灰来，皮质材料也脆弱得开始脱落，谢云猜测这个皮箱已经暴露自然环境里有一段时间了。

箱盖有些内凹，箱壁也有些许变形，看上去似乎被什么重物压过一般。谢云衿蹙起眉头看向旁边的碎石堆，有明显挖掘过的痕迹。她淡淡开口：

"箱子之前应该被埋在这堆碎石里面。"

不过——

谢云衿的目光在箱盖外面那个四四方方的痕迹上停驻。

她手指轻轻擦了一下,那处很干净,没有厚灰,仿佛之前附着过什么方形物品,不过在这皮箱重见天日的时刻被取掉了。

会是什么呢?

谢云衿屏住呼吸凝神细想片刻,却想不出什么。

她随即叫来华铭:"着重拍一下这里。"

"来了,谢组!"

华铭端起相机快走几步过来,躬下身体多个角度"咔嚓"几声,将这个箱盖上的方形痕迹永恒地记录了下来。

这边,江暄看着坑坑洼洼的地面,和袁新元商量了一下,决定暂时不动尸体,先连尸体带皮箱挪到那边的公路上去。

毕竟这地面又是泥又是水,开展检查尸表工作艰难不说,就算将地面铺上塑料垫,也难保不会让尸体沾染污秽。

达成一致,袁新元为难地看了眼江暄:"我手前些天扭到了,提提勘察箱还行,这尸体我恐怕抬不动。"

江暄说了句没事,扭头求助谢云衿:"谢组,搭把手呗。"

"帮你抬尸体?"

"聪明。"

谢云衿抿抿唇:"行,怎么分配?"

他指挥另外两名实习法医:"小郑帮老袁提勘察箱,小陈扶着箱底。"

江暄的视线挪到谢云衿身上:"我和谢组抬,有问题吗?"

谢云衿倒是爽快:"行。"

说着话,她躬身下来,手掌握住箱子滑轮那一边,而江暄则抬拉杆那一侧,两人小心翼翼地抬了起来。

这并不是个轻松活。箱子连人百来斤不说,路也难走得很,三人颇费了些时间力气,这才将箱子成功转移到公路上。

甫一放下,谢云衿便觉手腕一阵酸痛,她直起身来轻轻扭动几下。

旁边已经铺设好塑料垫,江暄与袁新元轻手轻脚、全神贯注,尸体终于从这狭窄皮箱中脱身出来,不过由于身处皮箱太久,因此还维持着僵硬的蜷缩姿势。

江暄新换一副手套,将防护口罩往上拉了拉,这才开始对这具尸体

进行初始检查。

死者身穿普通白色长袖以及一条黑色短裤,留着一头长发,头发已经开始出现脱落情况。

江暄轻咳一声:"尸体高度腐败,软组织已经有不同程度的毁坏,隐隐可见骨头,头颈部和皮下肌肉最为严重,头发开始脱落,典型的白骨化特征,这些天天气都不算太热,死亡时间应该在一个月以上。"

说着,他拿起个长形镊子探入死者的口鼻:"死者口鼻很干净,没有蛆虫蝇蚁啃噬的情况,应该死亡不久便封锁在这个皮箱之中了,没怎么接触过外界环境。"

江暄放下镊子拿起直探照灯照入死者的嘴仔细看了下牙齿。

一边的袁新元则拉起死者的一条手腕细细察看。

两人正检查着,道路尽头驶来一辆车,刚停稳人还未走出,便有个高亢男声唤了一声:"云衿。"

谢云衿循声望过去,发现来人是何繁忠。

"何队。"

"有点事,耽误了些时间。什么情况?"

他神情严肃,快步走到死者身边低身下去看了眼,又挺直背脊。

谢云衿环抱双臂,将所知情况事无巨细与何繁忠讲了一遍。何繁忠听完思忖片刻。

"这七个人一定得查,很关键。"

旁边的蒋丛听完谢云衿的话接了句:"何队,我怀疑这皮箱肯定就是施工过程中被他们从碎石堆里挖出来的。"

但若是他们挖出来的,不报警却集体失联又明显不符合常理。

难道另有隐情?

谢云衿抿了抿唇,最终并未说什么。

而这边,张兴亮已经将这七名工人的真实姓名全都交代出来,秦海明和赵进通过警务通一个个查询核实下去,终于列出一份详细名单交到了何繁忠手上。何繁忠看过一眼之后又递给谢云衿:"好好查查。"

谢云衿拿过名单一目十行扫下去。

李自强、顾青松、唐明喆、蔡泽普、魏晋曜、魏守礼、戴生……

搜证工作还在继续。

外勤侦查组与技术组轮番上阵,一群人通力合作将这片软泥地搜了个底朝天,遗憾的是,并没有太多收获。

日头渐渐上移,时间也临近中午,谢云衿沉沉眉,目光落到不远处等待的张兴亮身上,只见他躬着背踱着步,手里夹了根香烟不停抽,一双小眼睛则出神地望着不远处的尸体发现地,嘴唇稍微咧开着。

谢云衿冲他抬抬手,张兴亮没看到,她又出声叫了下他的名字,他这才如梦初醒般看过来,抑制了脸上的笑。

他润了润皲裂的嘴唇,随手将手里的烟掷地上,用鞋底碾上去,火星子溢出来。

"警官,您叫我什么事?"

谢云衿的目光在不远处的村落久久停顿,她伸手指了指:"你们工人在哪里租房?带我过去看看你们住的地方。"

张兴亮讨好地笑了两声,答应得倒是很干脆:"那肯定没问题。"说着抬腿往前走了几步,"我们是……现在过去?"

"对,现在就过去。"

谢云衿说完冷淡地扫视了一眼,就旁边刮鞋泥的赵语空闲着。

"赵语?"

"在。谢组,什么事?"赵语应得非常积极。

"跟上。"

赵语脚下胡乱蹭了下这些难缠的湿泥:"就来就来,等我。"

谢云衿轻轻"嗯"了一声,眉毛微扬,快步跟在张兴亮身后。

地上检查死者的江暄听到谢云衿的声音失神片刻,目光随着她的背影移动一分多钟,直到旁边的小陈叫了一声:"江老师?翻身吗?"

他这才收回目光调整心态,配合着小陈的动作将死者翻到另一面。

而这边的赵语动作也麻利得很,虽落后两三分钟,但只小跑十几步便迅速跟上了谢云衿和张兴亮的步伐。

村子离这片施工地并不算太远,走路快,只需十来分钟便到了。

村子里居住的人并不是很多,大概二十来户,大部分年轻人都外出打工,只剩了些老弱妇孺留守于此,为防外贼,几乎家家都养了狗。谢云衿和赵语这两个陌生人的到来彻底打破了这个静谧村落的宁静,狗叫像病毒会传染一样,一只狗吠完另一只狗接力。

张兴亮被吵得耳朵根子生生发疼,烦躁地吐槽了一声:"这些死狗,叫些什么。"

三人这时正好经过一个大铁门,里面的狗一个俯冲过来,将铁门撞得"叮里哐当",随即亮出獠牙吠得越发起劲。

张兴亮瞪了那狗一眼,语气恶狠狠地威胁道:"再叫!再叫!下次

杀了你吃肉。"

这时,张兴亮才意识到谢云衿和赵语还跟在身后,他讪笑两声:"这狗太烦人了,我和那几个都进进出出多少趟了,还认不得。"

谢云衿看他这模样,若有所思地摸了摸鼻尖:"你们进出这段时间,狗每次都叫唤?"

"叫啊,它们可机警了,一只狗开叫,整个村的狗都叫个不停,烦都烦死了。"

谢云衿轻轻"哦"了一声。

赵语也养狗,看到张兴亮对狗这副凶恶表情心里有些不适,她开口说道:"村民养狗本来就为个平安,陌生人进村来狗都不叫岂不是太不正常了?"

张兴亮尴尬地挠挠头,然后连连称是。

三人沿着村中大道往里面走了几户,到后面一个小楼房边,张兴亮停了脚步,他扬起左手,中指和食指上的厚茧被香烟熏得蜡黄。

"两位警官,我们就租在这里。"张兴亮边说边介绍,"房东是个老太太,今年七十多岁了,儿女都出去打工了,没老伴,她自己一个人住在边上那偏房里,把楼房租给了我们。"

赵语看着这楼房外面豪华的装修,随口问了一句:"你们施工队租这么好的民居啊?租金不便宜吧。"

张兴亮低低头"嘻"了一声:"怎么可能租得起好的,我们干工地的,平时风吹日晒,卖的都是力气,有个遮风挡雨的地方睡觉就行了。"

他说着话,推开虚掩的大门。赵语和谢云衿走进去,才知道这楼房只是外面装修豪华,里面就是个毛坯,什么家具都没有,黑沉沉的水泥墙,连地板都是踩得发硬的泥土地。

赵语双眼往空荡荡的房子里一扫:"你们睡哪儿?"

张兴亮咽了咽口水停顿了片刻,低眉顺眼着,老实回答:"二楼,我们都睡二楼。二楼的环境比一楼要好一些。"

一楼一眼就能看完,因此赵语点点头:"行,那上去吧。"

上了二楼,谢云衿才算明白张兴亮口中环境好是哪里好,敢情只是因为二楼是水泥地。

踏出楼梯就是客厅,连带着阳台,靠墙边摆放着四个床铺,左边便是两个卧室,张兴亮指了指靠近楼梯的那个卧室:"这里是我住的地方。"

谢云衿拉开门看了一眼,里面只有一个床铺。她又面无表情地走到靠近阳台的那个卧室看了一眼,里面靠墙摆放着三个床铺。

除了张兴亮睡的是张正儿八经的床,其余床铺都非常简陋,两条板凳一个木板搭建起来,铺上被褥,就成了一张床。

被褥没叠,很脏,全都胡乱揉成一团,床头上面还放着不少东西,袜子、衣服更是乱扔着,再看地上,鞋子也是乱放着,幽幽散发着脚臭味。赵语不受控制地皱起了眉头,而张兴亮好像已经习惯了这样的环境,他双手交握身前,神情没有一丝不适。

谢云衿的目光如锋利的尖刀,稍微扫了张兴亮一眼,他的气定神闲迅速被打破,手指捏紧,明显紧张起来。

看他这反应,谢云衿眯了眯双眼看向床铺,越发觉得可疑。

衣服鞋子没带走就算了,甚至床头排插上的手机充电器都没带走。谢云衿狐疑着目光,掀开一张床的枕头看了眼,竟然还躺着两包烟和一个打火机,又掀开一个枕头,下面还压着百十来块现金。

虽说这些东西价值都不高,可他们都是工人,能在这样的环境里待着,说明本身也是不富裕的,就算不想干了集体离开,也没理由衣物钱财都不要了。

她正思索着,蹲下身的赵语似乎发现了什么,轻轻叫了声:"谢组,你看这里。"

谢云衿顺势蹲下往床底探头,底下杂乱无章横七竖八躺着几双雨靴,靴面非常脏,全是黄泥。她伸出手指轻轻刮了下,黄泥还湿着,很新鲜,看来昨晚他们确实从工地回来过,似乎换下了雨靴只带上手机便离开了。

昨天晚上,到底发生了什么?让这七个人走得这样匆忙而突然。

谢云衿起身来看向一旁的张兴亮,只见他低着头点燃一根烟,不知道是想到什么开心事,唇边竟然挂了一丝若有若无的笑意。

谢云衿:"昨天晚上,他们几点回来的?"

张兴亮正了正神:"八……九点多吧。"

"回来的时候你知道吗?"

"听到些响动。"

谢云衿挑挑眉:"什么时候走的你真不知道?"

触及到谢云衿那颇具洞察力的眼神,张兴亮再次心虚了,他慌张地将眼神挪开:"不清楚……我睡觉很死的。"

谢云衿垂眸片刻,脑中却在梳理自与张兴亮打交道以来他的所有举动,简简单单两个字概括:

矛盾。

一方面,谢云衿不知道他是遇到了什么开心事,以至于他一直在偷

摸着兴奋，整个人都显得有些飘飘然。

另一方面，他也藏了事，频繁撒谎，心里很虚。

谢云衿盯住他，故意问道："你说的是真话吗？"

他立马梗着脖子拍着胸脯道："我说的句句是真话，警察面前，借我张兴亮八个胆子，我也不敢说谎啊。"

赵语正拿出手机拍摄二楼环境，同时补充了一句："也对，搅进命案还敢撒谎，那真是活到头了。"

张兴亮干笑两声，附和着："那是那是。"

检查完工人们的住所，谢云衿心里已经有了调查思路，三人一同下楼，正巧遇上来村里排查的肖正钧和罗宇超。

罗宇超立刻招招手："哎，谢组！赵语，住所得怎么样了，要不要我和老肖再上去瞧瞧？"

赵语扬了扬手机："那用不着，我和谢组将犄角旮旯儿都看了一遍并且拍了照。"

两人说话之际，谢云衿远望着不远处马路边上聚集的几个村民开口："你们排查得怎么样了？"

罗宇超："我们还没开始呢？"

谢云衿点头，指着罗宇超："行，阿超，你不用排查了。"

罗宇超一脸不解："为什么啊谢组，我可是……"

"我给你个新任务，带报案人回队里，还有些情况需要他配合调查。"

身后的张兴亮一听这话，那是老大不乐意："警官，我能不能问下还需要我配合多久啊，我这……我今天还有别的事要干呢。"

谢云衿冷漠地瞥了一眼："别着急，耽误不了你多少时间。"

都这么说了，张兴亮饶是再不情愿，也只能点头。他悻悻地嘀咕："行吧，算我倒霉。"

谢云衿没再理会，去找了张兴亮口中那个住偏房里的老太太，不巧的是，老太太这几天都不在家，她去镇上女儿家小住了。

无奈，谢云衿只好退而求其次，去了路边询问其他村民。

"村里最近几个月有没有人失踪？"

头发花白的老大爷说："那没有。"他说着还和旁边一位拄拐杖的大爷相视笑了下，"我们村总共就这么些人，没听说过有人失踪啊。"

赵语记录下来，谢云衿又问："租住在你们村里的那几个施工工人，来多久了？"

169

老大爷回忆了一下："没多久,也就几天吧。"

"昨晚他们什么时候从工地回来的,这您知道吗?"

"这……不知道。"

谢云衿换了个问法："昨晚村里的狗是不是叫得厉害啊?"

"是挺厉害,九点多,一村的狗都在叫。"

拐杖大爷补充："不止九点多呢,凌晨十二点多也叫过一阵呢,几辆摩托车从我家门前开过去,动静挺大,我那时候还没有睡着,年纪大了,觉少。"

谢云衿迅速捕捉到这个信息点,她确认了一遍："凌晨十二点有摩托车从你家门前经过?"

拐杖大爷："对,是出村子的,我觉得就是那几个外地工人,不知道大晚上干啥去的。"

他的话一落音,旁边大婶也回忆了起来："是有摩托车开过去,我晚上也听到了,我家的狗还叫了好久。"

谢云衿："村子里那几个工人你们有印象吗?大概长什么样子?"

几人七嘴八舌："有印象,打过照面,路上碰到过好几次,来我家买过烟……"

整合完村民的说法,谢云衿对这个施工班组的七名工人有了初步的认识。

李自强,瘦高个,流里流气,有个标志性的歪嘴。

戴生,话都讲不利索的,听说是个智障。

魏晋曜、魏守礼,一对堂兄弟,身板结实,长得很像,脸方方正正,话不多。

顾青松,一双眯眯眼,尖下巴,年纪不大,十七八岁。

蔡泽普,这七人里面年纪最大,五六十岁了,头发白了一半,都叫他"蔡叔"。

唐明喆,戴眼镜,人长得干净斯文,像个读书人。

基本的问话结束,谢云衿三人又回到了案发现场旁边那条公路。

法医组已经结束了初步尸检工作,将死者搬上车,江暄便看到了不远处的来人,他随意将手肘靠上车门,提高嗓门问："谢组,你现在要不要搭我的车回队里?"

谢云衿："我现在还不回。"

江暄："但是我要回。"

她莫名其妙："你回你的,好像不用向我汇报吧。"

江暄嘴角带着若有若无的笑意，说出口的话似乎有些暧昧意味："我的车钥匙在你左边口袋里，你不给我，我也没法回啊。"

谢云衿愣了下，这才想起早上她是开着江暄的车和他一起过来的，上车后就将这钥匙随手揣口袋了。

谢云衿一摸左边口袋，果然，于是随手往江暄的方向扔过去，他手一扬，稳稳接住了。

袁新元和两个实习生互看几眼，脸上顿时露出八卦神情。

早在那边检查皮箱时，袁新元就感觉这两人之间的气场不对劲了。袁新元摸摸下巴，忍不住问："不对啊，老江，你早上是和谢组一起来的？"

江暄倒是坦诚："是。"

"可是我来的时候给你发消息，你说你从家里来的，那你和谢组一起从家里来的？你们……"

谢云衿不忘解释："我们只是路上碰到了。"

江暄也笑着强调："对，我们只是路上碰到了。"

但这种八卦，只会越描越黑。只见袁新元夸张地"哦"了一声，然后识相地给小陈、小郑使了个眼色后迅速地转移了话题："明白明白，不说了不说了。老江，你赶紧的，我们得回去了。"

谢云衿还想说什么，可袁新元已经飞快地蹿上了车。

第十章
撩人技巧

法医组离开后,谢云衿无语地嘀咕了一句:"他们怎么这么八卦?"

"对啊,太八卦了。"赵语愤愤附和了一句,然后咽咽口水,凑到谢云衿旁边神秘兮兮,"云衿,你早上真是和江法医一起从家里来的啊?"

谢云衿无奈地揽上赵语的肩膀:"赵警官啊赵警官,你怎么也这么八卦?"

"我只是为忙得没边的生活找些乐子罢了。"赵语说着打趣她,"谢组把手放我肩膀上几个意思,不会想趁机锁我喉灭我口吧。"

"我是那么小心眼的人吗?"

赵语的表情意味深长:"那可说不好哦。"

谢云衿耸肩笑笑,迅速转移话题:"这案子,你怎么想?"

赵语轻"呵"一声,立马看穿:"别想转移话题,五分钟后我再回答你关于我的看法,但现在,你是不是该老实交代一下,你早上和江法医……"

"吃早餐时遇上了,正好何队打电话过来说有了案子,就开他的车一起过来了,这个解释够清晰明了吗?"

"这么巧?"

"就这么巧。"

赵语转过头,说:"我不信,你们俩到底什么关系?"

谢云衿轻咳一声:"我俩能有什么关系?普通同事关系。"

"真没有特殊关系?"

"真没有特殊关系。"谢云衿有些心虚地问,"为什么你会认为我和他有关系?"

赵语看着她:"我又不蠢,你俩每次说话要么针锋相对,要么暗潮涌动,我好歹也在外勤组待了快三年,察言观色这方面也学到些本事,你不会认为我们都看不出来吧？当局者迷旁观者清啊谢组，这道理还是你教我的，我们旁观者，对你们俩的一举一动，看得可清楚了。"

谢云衿秀气的眉轻皱一下，低声嘀咕了句："有那么明显吗？"

赵语什么都没听清，凑近来："你说什么？"

谢云衿摸摸鼻子："没说什么。"

赵语还想问，结果谢云衿又开口："五分钟时间已经到了，我们该聊聊案子了。"

"行！"赵语轻笑一声，"先放你一马，聊案子。"

一涉及案子，赵语轻松的神色立刻变得凝重起来："报案人有问题。"

谢云衿点点头："你也看出来了。"

"那简直不要太明显了，撒谎几次，七人集体离开的缘由，他肯定知情。"

谢云衿："这七名工人昨晚突然集体离开，我想听听你的想法。"

赵语润了润嗓子："现场那堆碎石，明显有被挖掘过的痕迹，并且痕迹很新。我觉得，这皮箱要么是那七名工人挖出来的，要么是他们七个打算将原本埋在这里的皮箱转移。前者没法解释为什么挖出尸体不报警，所以我更偏向于后者，死者的死肯定与他们七个有关，他们昨晚不是施工，而是打算转移尸体。"她说着抬了抬下巴，"这边不是正在施工吗？疗养中心修起来，皮箱在碎石堆里迟早会被发现，但如果挖出来埋进地里，尸体应该很难有重见天日的机会。"

讲到这里，又出了新的疑点，那就是为什么没转移，反倒堂而皇之摆放在碎石堆旁，赵语想了很久，提出猜测："我怀疑内讧了。"

话音刚落，满手满裤腿都沾满湿泥的黄缘走过来好奇询问："你俩在说啥，什么内讧了，都不给我分享分享？"

赵语："我们在说那七名工人。"

"哦——"黄缘边脱满是泥的手套边应声。

谢云衿语调淡淡地问她："黄缘，现场痕迹怎么样？"

黄缘站在路边刮弄鞋底，轻微喘气："不乐观。"

"雨后着实恼人啊，我们靠近现场都尽量小心了，但工人这几日施工已经将整个地面踩得泥泞不堪，鞋印完全失去了取证价值，除了装尸体的行李箱，现场对案件有用的痕迹是一个都没找到。"

谢云衿揉了揉突突的太阳穴："装尸的皮箱呢？"

"箱子我仔细检查了下，普通工厂货，线下商店和网络平台都很常见，没法将箱子品牌作为突破口，不过值得庆幸的是，我在皮箱底部两侧以及中间部位都提取到了指纹,具体的等我检测完再告诉你。"

谢云衿听完稍微松了口气:"行,不是一无所获就行。"

外勤组与技术组警员快将这块土地翻了个底朝天,可惜依旧没有新的进展。谢云衿将了解到的情况如实汇报给何繁忠,听完她的讲述,何繁忠点点头发布指令:"收队吧。"

"好的,何队!"

谢云衿令行禁止,立刻通知下去,下午五点,一行人才浩浩荡荡回了刑侦支队。

烦琐的找寻最耗费力气,又是从大清早开始忙起,中午什么都没吃,刑侦支队各路人马早已是饥肠辘辘,正好赶上晚饭饭点,一回来就直接往食堂冲。

谢云衿端着一大盆饭菜上了桌,那满满的分量震惊了队里一众糙汉们,就连队里最能吃的伍方看见了也自愧不如:"谢组,你吃这么多啊?"

"吃饱了饭好干活。"

谢云衿刚扒了两口饭,面前突然有阴影落下。她下意识抬了下眼,正好撞上江暄投射下来的视线,她面色如常,又低下头去。

比起谢云衿的粗犷吃法,江暄明显斯文了很多,他端着餐盘,上面是小碟子小碗,菜品分门别类装着。两人明明都是吃的食堂,谢云衿吃得像廉价路边摊,而他偏偏吃出了高级西餐厅的感觉。

谢云衿没理会,继续埋头大快朵颐,可一抬头却发现,那男人眼尾垂下,正饶有兴致看着自己吃东西。

她最不喜欢他这种从上至下的轻佻睥睨,就好像抓住了她的什么把柄随时能拿捏她一般。

她心里有些恼意,抬头挑眉:"江法医到底吃不吃饭?"

江暄看着谢云衿脸上的笑意更深:"本来是准备吃饭的,不过现在好像,看谢组吃饭更有意思。"

谢云衿轻"嗤"一声:"那你还是继续有意思着吧。"

她吃得很认真,丝毫不顾形象,额前细碎的短发搭了几根在眼皮,嘴角不知何时沾上了一粒米饭,可她却浑然不觉。

江暄着迷地注视着她。

此时的谢云衿似乎卸下了平时那层冷漠又虚假的外壳,让江暄不受控制地想起了读书的时光,那个时候,她也如现在一般生动可爱。

江暄正准备动筷,谢云衿已经将这大盆饭菜都吃了个精光,看来真

是饿得够呛。

她挺直背脊收拾餐盘,正准备起身离开,江暄却突然叫住了她。

"谢组确定要这样出门?"

谢云衿居高临下地看着慢条斯理吃着面前精致小菜的江暄,问:"不然呢?"

江暄拿着筷子指了指自己的嘴角。谢云衿眉心漾出褶皱,没理解他的意思。

江暄叹了口气,这才开口提醒:"嘴角沾了点东西。"

"什么东西?"

"饭粒。"

谢云衿随意擦了下左边嘴角,啥也没有。

见状,江暄伸手过来:"我帮你吧。"

可惜谢云衿拿捏住他的手腕无情地甩开:"不用,我自己来。"

她伸了食指一擦右边,果然。

江暄抿唇,虽还在吃饭,可眼底的笑意越发肆意了。

谢云衿不自在地咳了声:"谢了。"

"谢谢我是应该的,不然你这么出门,多丢脸。"

谢云衿轻"嗤"一声:"你还真不客气。"

"谢组的夸奖,我很受用。"

她无意再与之言语来回,撂下一句"您慢吃"便匆匆离开饭桌。

她刚放下餐盘,兜里的手机冷不防振动起来。她看了一眼来电显示,是宋翎打过来的,她手指划过接听键放到耳边。

"谢大警官,你可答应了今晚赴我的约,别忘了。"

谢云衿只好说抱歉:"宋翎,你的约,我赴不成了。"她看着天空阴暗的乌云继续道,"今天早上队里接到了新的命案,案子很棘手,所以这段时间我应该都很忙。"

手机那头,宋翎的声音娇俏,埋怨着:"哎呀,你真是大忙人,约你吃个饭都约不到。"

"不好意思,宋翎,你还有其他事情吗?"

宋翎没回答她的问题,而是说了一句:"这可能是天意吧。"

谢云衿捕捉到了不对劲的地方,她立刻问:"什么是天意?我怎么听不明白?"

"没什么。"

"对了宋翎,你早上说要求我一件事,还说这个世界上只相信我,

175

要我帮你，要我救你一命，这到底是什么意思？"

宋翎"咯咯"的笑声从电话那边传来："我说了逗你玩的。"

谢云衿不相信："真的？"

"真的，那几句其实是我新剧里的台词。我跟你说，我这次演女二号，戏份很多，民国悬疑大剧。"

"实话？"

"实话！我就不该逗你，哪晓得警察都这么较真。再说了，认识两年，你还不了解吗？我就是喜欢开玩笑啊。"

就是因为了解，所以谢云衿听出了宋翎语气里暗藏的不对劲。

她的声音听着娇俏轻快，却似乎带着发抖的颤音。

像在恐惧。

但谢云衿不确定。

"宋翎，明天找个空闲时间，我们吃顿饭吧。"

她想要问个清楚。

宋翎"啧"了一声："那你可能没机会和本明星吃饭了，明天新戏开机，我得进组。好了，手机没电，不跟你说，我先挂电话了。"

谢云衿还想开口问些什么，却没想到那边忙音阵阵，宋翎已经将电话挂断了。

她刚想回拨回去，身后有人喊道："谢组。"

是罗宇超。

谢云衿心里还记挂着张兴亮，于是开口问："张兴亮在询问室吧？"

"还在，刚给他送了饭，他一口都没吃，水也不喝，在里面吵着闹着要离开，说我们没理由扣着他。谢组，这事你看……"

"没事，我来处理。"

到询问室门口，谢云衿推门进去时，张兴亮正站在窗前和外面树上的鸟瞪眼。听到声音，他连忙转过头，语气有些不耐烦："谢警官，您可终于来了，该交代的我都交代了，到底什么时候放我走？我真的还有要紧事，八十岁的老母躺在医院，现在等着我回去照顾呢。"

"急什么，还能不放你走吗？"

谢云衿不急不慢，在他桌前放了一杯茶。茶水是她刚倒的，上面还冒着蒸腾的白色雾气。

"先喝杯茶，我们聊聊天，没问题的话，耽误不了你多久的。"

张兴亮听她这么讲，也不好再说什么，只能认命地拉开椅子坐下来。

谢云衿将那杯茶往他的方向推了下。

张兴亮看了一眼，没拿起来喝，一脸焦急："谢警官，您到底还要问什么，咱们就别兜圈子了。"

谢云衿应了个好字，在他对面坐下来："喝口茶吧。"

张兴亮泄了一口气，拿起桌上的纸杯喝了一口后又将之放下。

谢云衿直截了当地发问："我想问张工，今天早上报案之前，你真的是走到皮箱旁边才看到尸体的吗？"

张兴亮这次不再心虚，而是想也没想："是。"

谢云衿嘴角的笑容带着洞察人心的狡黠，她的目光往张兴亮的鞋上看了一眼。

他还穿着那双雨靴，鞋底那浅浅一圈湿泥也早已干涸。

而自己下过一次案发现场，尽管上来后处理过，但鞋面已经被黄泥糊得看不清本来面貌了。

谢云衿："我们队里，每一个下现场的人，不出十步，鞋上指定黏上厚厚一层黄泥，皮箱距离路边可有四五十米的距离，为什么你的鞋会这么干净？"

她话音一落，张兴亮下意识的动作便是缩回脚。可看到谢云衿如炬的眼神，他定定神，嘟囔着说："那个……我擦过的……我这雨鞋，泥一擦就干净了！"

张兴亮并不是个擅长撒谎的人，缩脚、定神、嘟囔、吞吐，一系列动作与表情已经将他明显的谎言暴露无遗。

"用什么擦的？"

他犹豫三秒："卫生纸。"

"什么时间擦的？"

"……等警察来的时间。"

"在那个路边？"

"啊……对！"

"擦完随手扔在了地上？"

张兴亮不明白她问这个问题的目的，下意识地点头："是。"

"那为什么我们没发现半片卫生纸？"

张兴亮哽了几秒："那个……风大风大……"

"今天早上风是大，不过风向自东向西的，你若是将卫生纸扔路边，就一定会吹到案发现场，地上湿泥粘附性很强，卫生纸这样的东西很容易吸附上去，但我们将那片空地翻了个底朝天，可没见什么用过的卫生

177

纸巾。"

张兴亮先是咬咬牙,似乎明白这个问题自己答不上来,他情绪突然变得躁郁起来,起了身,手掌撑在桌面上,声音很不客气:"反正该说的我都说了,该交代的我都交代了,现在我必须要走,我又没犯法,你们没理由扣押我。"

谢云衿冷眼看他:"你是报案人,通常情况下做个笔录如实阐述情况便可以离开了,但由于你屡次撒谎,所以你现在的身份不仅仅是报案人,也是嫌疑人。"

这一番话算是彻底将张兴亮辛辛苦苦伪装的和气戳破了,他怒目而视,面容狰狞,捏碎面前的纸杯,伸出手指指着谢云衿的鼻子:"臭娘们,老子不爽你很久了,你跩什么啊跩?那死人和老子没半点关系,嫌疑人就嫌疑人,你能拿得出证据证明是老子杀的吗?能拿出个屁!别欺负我文化低不懂,来之前我都问过人了,你们没证据证明我杀人,就不能长时间扣押我!"

原则上来讲,在没有证据的情况下,刑事案件拘传,时间不得超过十二小时,就算是性质恶劣的案件,最长也不过二十四小时。

谢云衿盯着他那根不客气指着自己且被香烟熏得蜡黄的手指慢慢站起身来。她身量比张兴亮高了半个头,此时眼神凌厉如刃,张兴亮与她对视着,竟然有些发怵了。

他用鼻腔狠吸一口气,慢慢放下那根挑衅的手指,但还是不服气地抬脚踢了下面前的桌子。

响声很大,惊动了外面值班的秦海明,他火急火燎地推开门:"谢组!没事吧。"

谢云衿摆摆手:"没事。"

闹到这份上,张兴亮破罐破摔般说道:"你继续扣着我也没用,你的问题我一个字都不会回答了。"

谢云衿敛起眼神,语气轻飘飘:"行,那你走吧。"

僵持了这么久,突然就让自己离开,张兴亮有些不可置信:"我真走了?"

"走啊,还舍不得了?"

张兴亮不悦地回看一眼,缩着脖子佝着背脊,抬腿往询问室大门的方向走去。

待他脚步声远去,秦海明这才开口说:"云衿,真让他走啊。"

谢云衿抬腿走到他面前:"我们又没证据,二十四个小时一到,还

是得放了他，僵持下去没意义，不如看看他为什么着急离开，到底是要去医院照顾生病的老母亲，还是有什么别的事？"

说到这里，谢云衿语气微顿："老秦，你辛苦一趟，带上正钩，跟着他看住他，看他到底着急去哪里，有没有和李自强那七个人碰面。"

"行，跟人这事是我强项。"他说着飞快地掏出手机给肖正钩发了条消息，接着又抬头，"趁着这小子还没走远，我先跟上去了。"

秦海明离开后，谢云衿又折返回来，目光在那张猪肝色长桌的桌脚处落下，刚刚给张兴亮倒的茶现在已经被他连水带杯打翻在地，褐色的茶水洒在瓷白地板砖上。

谢云衿神情依旧淡漠，她走过去拿起桌上的纸巾蹲下身体准备收拾，却看到纸杯已经被他捏得变形。

她拎起纸杯盯住看了几秒，自言自语："你到底在给他们七个隐瞒什么呢？"

可惜纸杯就是纸杯，压根儿无法回答她的问题。

谢云衿将之捏得更碎，然后起身，拿出随身携带的指纹胶仔细提取张兴亮手掌撑过桌面的指纹与掌纹。做完这一切，她去了技术组的鉴定室，里面，黄缘正对案发现场的皮箱进行全方位的仔细检查。

谢云衿："情况怎么样？"

"刚开始，有结果了我再告诉你。"

谢云衿颔首，然后将提取到的指纹交给黄缘："这是张兴亮的，十个手指的指纹都在，并且非常清晰，待会儿你检测完，帮我看下能不能与皮箱底部的吻合。"

黄缘拿过来，抬头回给她一个笑脸："没问题。"

谢云衿在她身边站了会儿，双手反背走出来，又去了法医实验室。

实验室的门紧闭着，隔着门上玻璃窗往里看去，几个身着白色或蓝色防护服的人影在里面晃动。这场尸体检验由江暄做主导，袁新元做副手，两位法医助理在一旁观摩学习记录过程积累经验，另外摄像机也架好了，准备将这个尸检过程原原本本拍摄下来。

尸检未开始，袁新元和江暄一边戴手套一边讨论等会儿的操作。正说着话，袁新元眼尖，看见了玻璃窗外"偷窥"的谢云衿，他忙打断江暄的话，走过去将门打开："谢组！要进来观摩吗？"

"当然，我等不及，需要第一时间知道死者情况。"

江暄眼含愉悦，随即背过身走向解剖台，懒洋洋地开了口："防护服在柜子里，手套和护目镜都戴好，等会儿解剖味有些大，谢组最好将防毒面罩也戴上，还有解剖的时候最好站远些，防止有腐烂液体溅到谢组身上。"

谢云衿耸耸肩："行，谢谢提醒。"

这番叮嘱事无巨细。

袁新元和两名法医助理挤眉弄眼了几秒，被江暄开口打断："老袁。"

"哎。"

"可以开始了。"

进入工作，袁新元立马深吸一口气，调整到全神贯注的状态。

尸体检验可不是什么轻松活，一旦开始便要持续数小时，以懒散戏谑的状态面对不仅对死者不尊敬，也是对职业的不尊敬。

谢云衿做好防护措施走出来，这场尸体检验正式开始了。

冰冷的白色解剖台上横陈着一具初显白骨状态的裸体尸体，静默不动，似乎在等待着法医人员一点一点揭开"他"死亡的秘密。

江暄和袁新元分站两侧。

江暄："死者身高一米六一。"

袁新元："死者目前重量四十二点三千克，全身多处出现软组织腐败，推测生前体重为四十四到四十六千克左右。"

江暄："全身并未发现明显外伤，死前应该较为平静，大概率没有挣扎或者被人殴打捆绑虐待。"

话音落下，两名法医助理齐刷刷地记录下来，而谢云衿则双臂环抱在一旁注视。检查到死者下半身，袁新元的表情凝重下来："是一名女性死者，年龄似乎不太大。"

谢云衿咬紧下嘴唇，双拳狠狠握紧。

江暄和袁新元将死者翻身又仔仔细细检查了一番，确保无任何遗漏后，江暄才开口："准备解剖。"

死者静静地躺在橡胶台上。

头顶，冷寒的白光从天花板的大灯投射下来，将她那张因为腐烂而变得狰狞不堪的面庞镀上一层惨白。

江暄与袁新元摆弄了下，让死者身体呈现出弓形，这番动作是为了等会儿在解剖实验中更方便操作。

为了尽可能减少对两名法医的干扰，谢云衿的站立位置又远了一些，她目光冷沉，凝视着橡胶台上死去多时的悲惨女子。

谢云衿不知道她姓甚名谁，不知道她生前究竟经历了什么，也不知

道是谁将她装到那样一只小皮箱里。

但这一切,随着解剖的进行,随着案件的深入,随着整个刑侦支队的通力合作,深埋背后的真相与罪恶,终将会天光大白。

谢云衿坚信。

江暄浅吸一口气,在橡胶台左侧方站定,旁边的法医勘察箱打开着。江暄目光落在死者腹部,手却轻车熟路摸到了勘察箱里面的解剖刀具。

他拿出来,手指执刀,锋利刀刃折射出冷白色的寒光。

江暄垂下双眸,瞳孔微缩,刀尖落到死者肿胀的褐色皮肤上。

他并未立刻下刀,而是比画了一下,找好落点,采用指压式执刀,手腕和指尖均用力。

江暄的手非常稳,刀尖在腹腔上畅通无阻地游走,随着冷刃与皮肉内里摩擦而过的细微声响,恶臭味像入水的海绵一样迅速膨胀。

气味实在令人呕吐。

两名观摩学习的法医助理强忍着不适感,额头上的汗珠豆大一颗。

江暄却似乎早已习惯。

他英俊面容上没一丝异样,甚至眉头都没皱一下。

他顿了下,刀尖又从死者腹部转向左边,从胸部下方顺着蜿蜒划上去,到死者肩关节才停,又如法炮制,将死者右边肩关节连接,切出一个"Y"形切口。

江暄将脏污的解剖刀放下,注意力依旧在死者身上,声音有些哑:"断肋器。"

很快,一把状如修枝剪的器具被袁新元递到了他的手上。

江暄没有一丝松懈,将断肋器在手中转了个方向,使得刀尖往下触碰到死者皮肤。

"老袁。"

两人共事不久,却很默契,只用喊名字,袁新元便迅速明白了江暄的意图。

袁新元伸手固定住死者腰部:"可以开始了。"

江暄吐了一口浊气,稍稍定神,断肋器深入死者的皮肉,沿着肋骨胸骨相连接的软骨分界线走刀下去。

断骨极度耗费力气,只见江暄裸露在外的额角青筋暴起,白皙皮肤上也覆上一层密汗。

汗水汇聚而下流到左边眼睛中,疼痒难耐,江暄下意识地停刀了。

袁新元双手正在固定死者无法动弹,但他眼神尖利,很快看到江暄的境况,忙出声:"哎,你们谁,赶紧的,帮老江擦擦汗吧。"

实验进度快,两名实习法医忙前忙后,正奋笔疾书记录过程,不敢遗漏一分一秒,就谢云衿这一个闲人,什么忙都不帮好像说不过去。她轻咳一声,声音清冷:"我来吧。"

谢云衿取了几张干净纸巾将之对折一次,抬腿走到江暄身边。

他的目光依旧在解剖台的死者身上,不过为了配合谢云衿的身高稍稍往她的方向弓下了腰,左边眼睛因为流入汗液而紧闭着,黑长浓密的睫毛已经被刺激出来的眼泪浸湿。

谢云衿看着他凌厉的眉峰与镜架下高挺的鼻骨有些恍惚,她定定神,伸出手,纸巾在男人太阳穴上擦拭下去。

"过来点。"她的命令不容置喙。

江暄无奈又听话地低头,笑容很清润,终于睁开眼看向她。

而谢云衿维持着冷酷表情,虽在擦汗,不过目光跩跩的,随意地与他对视一眼,然后将纸巾揉成一团扔进垃圾桶,随后潇洒拍拍手掌后退几步:"擦完了,继续吧。"

江暄挺直背脊,很快将注意力从刚才的小插曲中拉扯回来,继续投身于这场没有硝烟的硬仗中。

其实尸检实验不亚于做了一台手术,需要法医有极高的专业技能以及过硬的医学知识,对人体结构脏器疾病都要烂熟于心。

江暄手执断肋器继续下去,直到死者腹腔与肋骨能完全从两侧剥离才停手。

做完这步,他的手套以及那把利刃都沾满了看起来脏污无比的恶臭液体。

用完的断肋器被扔到一旁的铁盘中,撞击声清脆,但江暄却充耳不闻。

他有条不紊地进行着下一步,再次拿起解剖刀开始开死者胸腔,刀尖抵住死者第二根肋骨,依附组织走刀,行刀干脆利落。

很快,死者的脏器得以全方位展露无遗。

长时间的专注,江暄背脊酸痛,他停顿几秒钟后又从勘察箱里拿了一枚窄细的剪刀分离脏器。

江暄:"老袁,准备称重;小陈,记录数据。"

尸检正进行到关键时刻,谢云衿兜里的手机突然振动起来,她掏出来看了一眼,是方审给她打来的,应该是有要紧事。

她不动声色地离开解剖室,走到门外才接起电话。

"方审?"

方审粗犷的嗓门立刻从听筒里传出来:"哎,云衿,在哪儿呢?刚刚去办公室没见着你人,技术组也没见着。"

谢云衿往身后大门看了一眼,手插进防护服的兜里。

"我刚刚在法医实验室看尸检呢,有什么新的情况了吗?"

"有,曾行刚刚查询了那七名工人的行踪,发现李自强、顾青松有过上网记录。"

"在哪里?"

"在嘉宁区佳禾路的极致网吧,上机时间是今天中午十二点到下午三点。"

工地发现死尸,他们两个却连夜从乡下来到城市上网?

生活还挺悠闲的啊。

"其他五个人呢,没有身份证的使用记录吗?"

"没有。"

谢云衿目光沉沉:"你现在在技术组?"

"对,我在曾行这里,正在查看极致网吧附近的路段监控,看能不能锁定这两人的身形,网吧监控已经让伍方去取了。云衿,尸检结果出来太慢了,你要不先过来这里看看啊。"

她犹豫了几秒,最终同意:"行,我马上过来。"

马不停蹄,刚出法医实验室,她转身又进了技术组的影像监控室。

罗宇超听到声响忙回头望,一见谢云衿:"谢组,你这也裹得太严实了吧,怎么连防护服都穿上了?"

谢云衿倒是坦荡,扬了扬手上的东西:"你确定只有防护服吗?"

"竟然连防毒面具都整上了,谢组,你不会是从解剖室出来的吧?"

谢云衿睨了他一眼:"那还用得着说吗?"

罗宇超悻悻笑笑:"好像也是哦。"

两人说话时,曾行将鼻梁上那个大黑框眼镜往上抵了抵,电脑画面在今日 15 点 04 分 45 秒暂停,上面是两个勾肩搭背的身影。曾行对比了户籍信息上的照片,一帧一帧慢放,最终开口:"锁定了,就是他俩。"

音落,办公室里面几人都围了过来。

两人不甚清晰的面容定格在电脑屏幕上。

谢云衿敛起眸光:"放大,把脸放大。"

曾行听言照做,画面被逐渐放大。

谢云衿依据村民们描述的特点将两人联系起来。

左边的是李自强，果然是个瘦高个，脸很颊窄，歪嘴，嘴里叼着一根烟；右边的是顾青松，身形不会比李自强强壮多少，身高却比李自强矮了半个头，小眼睛，下巴尖。

没错，就是他俩。

"查下他们后续的行踪。"

"好的，没问题。"

话音刚落，谢云衿的手机再次振动，她目光依旧定格在电脑屏幕上，接了电话放到耳边。

"喂，云衿，听得到吗？"

那边是秦海明的声音，被刻意压低了。

"听得到，你说。"

"我和正钧一路跟着张兴亮的，他这个人滑头啊，什么要去医院照顾生病的老母，假的！他一出来就直接在路上拦了辆出租车去了北望路这边的廉租房，在楼下小摊买了一碗炒粉就上楼了，三楼。我现在就在他楼下呢，查过了，就一个出口。"透过玻璃车窗，晦暗夜色里，秦海明的目光往上看去，"他住的那户灯刚刚打开，云衿，还用继续守着吗？"

在刑侦支队里火急火燎，甚至不惜当场和警察叫板，就急着买碗炒粉去廉租房？

这事怎么想怎么不合理。

谢云衿直截了当："守，继续守，有什么风吹草动及时报告，不能让他离开我们的视线。"

秦海明点头："行，包在我身上。"

挂断电话，秦海明长长地伸了个懒腰："正钧，看来今晚得通宵喽。"

肖正钧笑了笑，还是一贯的沉默寡言，只回了秦海明一个字："是。"

秦海明打趣着："你小子什么都好，就是半天蹦不出一个屁来，能不能多说几个字？"

肖正钧低低头，终于多说了："秦哥说得是。"

秦海明被他逗乐，笑着拍了拍他的肩膀。

两人虽在说话，可目光一直没从三楼那个亮着橘色灯光的窗户口挪开过。

旁边坐落着一家小工厂，租住在此的多数是厂里的工人，不习惯住宿舍，廉租房也便宜，便租在了这里。此时夜已经深了，但附近热闹着，两人将车停在路边树下，车外有人来来往往，张兴亮那栋有人上楼下楼，不远处的炒饭烧烤也飘香很远。

守了三个多小时,不见张兴亮下来,也不见灯熄灭,肖正钧和秦海明的肚子倒是饿得"呱呱"叫。

秦海明看着不远处青烟缭绕的烧烤摊直流口水,他实在忍不住了,开口问道:"正钧,你饿了吗?"

肖正钧舔舔干枯的嘴唇如实回答:"饿。"

秦海明扬扬下巴:"我也饿,饿得受不了。人是铁饭是钢,不吃饱也干不了活,这样,我盯着,你下车去弄点吃的来。"

肖正钧点点头:"好,"顿了顿又问,"秦哥,你吃啥,烧烤?"

"不了不了,那玩意儿香是香,只不过吃不饱,等的时间还长,咱俩出任务呢。简单点吧,你就在那小摊前随便搞两碗炒粉炒饭之类的。对了,让老板多给我放些辣椒啊,我口味儿重。"

"行!"

肖正钧说完拉开车门走了下去,还没走到那小摊前,张兴亮所租的那栋楼的楼道突然蹿出个黑影撞上肖正钧的肩膀,撞上后不道歉也不说话,而是撒腿就跑。

肖正钧忙回头锁定此人身形,黑衣服,比张兴亮瘦上不少,不可能是他。

确定这点后,肖正钧放心下来,没理会,径直走到小摊前要了两份炒粉。

十分钟时间不到,肖正钧携带两份热气腾腾的炒粉回到车里,将辣椒多的一份递给了秦海明,随后自己打开快餐盒掰开筷子开始狼吞虎咽起来。

这炒粉重油盐,肖正钧吃完齁得慌,低头找水时察觉到了不对劲的地方。

怎么自己鼻尖萦绕着一股淡淡的腥味?

肖正钧眉头紧锁,下意识地伸手摸了下刚刚被那人撞上的肩膀,有些湿润。

他将手伸到面前仔细看了下,暗红色的液体,再凑到鼻子下闻了闻,正是腥味来源。

肖正钧叫了一声:"秦哥,血!"

秦海明看了一眼深夜还一直亮灯的三楼顿感不妙:"正钧,你待在这里继续盯着,我上去看看情况。"

谢云衿再回法医实验室时,里面只剩了江暄一个。

水池旁水龙头开着，江暄正在冲洗尸检所需的各种器材。

他没有回头，注意力仍然在器材上，却不看便知道来人是谁，开口道："东西原地放好就行。"

谢云衿将防毒面具放下，目光在解剖台上落了下，死者已经被缝合完毕："结束了？"

"结束了。"

"他们呢？"

"时间太晚，我让他们回去休息了，我自己善后。"江暄说着语气顿顿，"顺便等你过来问我结果。"

来意被看穿，谢云衿怔了下，清清嗓子，顺坡下驴问道："所以呢，结果怎么样？"

"谢组稍等，我清洗完这些器材再和你说。"

谢云衿回了个"好"字，站立一旁看着江暄用酒精给这些刀具消毒，消毒完的刀具一一整齐放到旁边的干净铁盘中。

突然，他手没拿稳，一柄尖刀掉落在地滑到谢云衿脚边。

谢云衿下意识蹲下去捡刀，却没注意，手指触碰到了刀尖，疼得轻"嘶"一声，手指尖已经涌出了米粒大小的鲜血。

江暄的白皙面容上显出慌乱神色，突然像变了一个人一般，额上青筋盘虬，动作很粗暴，不分青红皂白猛地拉过谢云衿的手，另一只手又拿了瓶酒精往她刚刚出血的手指上倒。

谢云衿不明所以，也确实被他弄疼了想要挣脱，却没想到江暄死死攫取住她的手腕，她竟然没有挣脱开。

她质问："你疯了？放开我！"

江暄没回答，只是一遍遍冲洗她的手指，直到洗得没半点血液涌出才作罢。

谢云衿终于得以抽回手："你做什么？"

江暄反问："你知道有多危险吗？"

"什么危险？"

江暄脸色很差，也很不客气："你知道那把刀触碰过什么吗？"

"尸体。"

"那你知道每具尸体都有携带病毒的可能吗？"

谢云衿愣了下："我看你都消毒了……"

江暄深吸一口气，情绪终于得以缓和了些："对不起，是我太激动了，也怪我没有提前和你说，这些刀具才解剖过尸体，可能携带病毒，很危险，你不要碰,去门外等我,我很快处理完。"

谢云衿看着他恍惚的神情嘴唇动动,最终点头,手指覆上刚刚被他狠狠攥取住的手腕,那里还残留他刚刚粗暴动作留下来的温度。

她想到些往事,与之类似的往事。

高中化学实验课,那次的实验是盐酸与碳酸钙反应,同组有个学渣滴管取稀盐酸手直发抖弄倒了盐酸瓶,其中一滴飞溅到她的手背上,那时的江暄也如现在一般的反应,慌张急切、脸色苍白,捏住她的手打开水龙头猛冲……

谢云衿神色恍惚,刚拉回思绪,兜里的手机在今晚迎来了第三次来电。

她立刻摒弃杂念接起来:"老秦,你那边什么情况?"

那头,秦海明的声音急切:"云衿,张兴亮出事了!"

江暄低垂双眸,看着地上的尖刀愣神几秒,然后缓了口气捡起来。

匆匆处理消毒完刀具,江暄又净了好几遍手才走出门来。

谢云衿站在门口背对自己正在打电话,他要喊出口的名字哽在喉咙里,抿抿唇,慵懒倚靠门框耐心等她讲电话。

谢云衿声音有些急躁:"张兴亮出什么事了?"

秦海明的嗓门粗犷,随着"刺啦刺啦"的电流声传过来。

"被人捅了几刀,目前生死不明,我不敢动。正钧已经拨打120了,救护车在来的路上。"

"怎么会被捅呢,知道是谁吗?"

秦海明就站在张兴亮的租房门口,胡乱抹了把额头上的汗,视线落在里面门缝处渗出的暗红色鲜血上,他也是百思不得其解:"云衿,说实话,我也不清楚,因为害怕张兴亮发现,他上楼后,我和正钧没上去,就一直在楼下守着,没见他下来过。大概三个小时后,我俩都饿了,正钧去买饭,被一个楼上冲下来的人撞了肩膀,正钧一摸,发现刚刚被撞的地方被蹭上了血,我这才感觉到不对劲,连忙上来查看,刚到三楼门口,就看到张兴亮那户门缝里流出来的血,也管不了那么多,直接把门踹开了,一开门就看到满屋子的血迹,张兴亮就躺在地上,心口插着一把刀,情况就是这样。"

听完他的叙述,谢云衿思忖几秒,声音沉缓了些:"行,我知道了,你将地址发过来,我现在立刻带人赶过去。"

谢云衿挂断电话,一回头就看到江暄站在她身后。他问:"出什么事了?"

谢云衿言简意赅:"张兴亮被人捅了。"

江暄回想了几秒:"那个报案人?"

"没错。"谢云衿低着头,手指疯狂地摁手机给方审发送消息,同时对江暄说,"我现在必须要过去一趟,"她说着语气一顿,"可尸检结果……"

尸检结果,她也想立刻知道。

江暄见谢云衿这神色便知她心中所想,他轻推鼻梁上的金属镜架,懒懒挑眉:"如果谢组需要我的话,我倒是不介意当个司机,开车的路上将结果告知于你。"

江暄的建议自然如她所愿,可谢云衿神色仍波澜不惊,维持着自己的冷酷人设:"行,那走吧。"

她转身抬腿准备走,却发现身后的江暄脚步不动。

谢云衿回头:"江法医怎么不走?"

他双臂环抱:"我觉得谢组刚刚的态度太敷衍了,我很受伤,搞得我像拿热脸贴冷屁股。"

谢云衿:"那你想我怎么样?"

江暄轻笑一声,走到她跟前,稍微弯腰下来,直勾勾盯住她,带着说不出的蛊惑。

两人的脸离得很近,他声音低哑,呼吸的热气在谢云衿鼻尖萦绕:"谢组了张嘴,怎么就那么不会说话呢?我帮你的忙,你也不知道说点好听的感谢我?"

谢云衿轻轻"哦"了一声,抬眼与之对视:"好听的,比如说呢?"

江暄语气认真无比:"比如说,谢组可以回答,需要我。"

说完,江暄眼梢轻佻,视线不自觉地靠下,无意间落到她精致锁骨上,白肤衬托下,那颗红痣犹如雪中红梅艳而不俗。

一时间回忆上心头,江暄气息瞬间乱了,他轻咳一声拉回思绪,忙挺直背脊拉远与谢云衿的距离。却没想到谢云衿目光狭促,她薅住他的衣领迫使他不得不低头与之对视:"你刚刚是在——撩我?"

衣领被她薅住,动作被她制住,头也被迫低下,主动变被动。

江暄无可奈何地回答:"是。"

谢云衿的浅色瞳仁里带着傲慢,她沉默片刻,对江暄刚才的撩拨行径做出评价:"拙劣得很。"

"怎样才不拙劣,谢组不是说自己好为人师吗?不妨当我师父教教我撩人技巧?"

谢云衿目光凌厉,从上至下扫了他一眼:"你想学?"

"当然。"

"那行,交点学费吧。"

"你提——"

江暄话没讲完,突然感觉脖颈处一紧,紧接着自己踉跄一下,狼狈地被谢云衿带着往前走。

下楼时正巧遇上方审、蒋丛几个,他们看见这一幕愣了几秒,罗宇超快人快语:"谢组,你在干吗?遛江法医玩呢?"

谢云衿这才放开江暄的衣领:"不是,他在给我交学费。"

几人疑惑地互望,都没听懂谢云衿的意思,当然,谢云衿也懒得解释,她偏头瞥了江暄一眼,将手中的车钥匙往他的方向一扔。

江暄眼疾手快,稳稳接住,这才神色无奈地整理起被她抓乱的衣领。

"江法医,别愣着了,给师父开车去吧。"

江暄认输般地笑了笑,衣领也不理了,晃晃手中的车钥匙:"行,师父,徒弟立马就去。"

眼看江暄出门走远身影消失,三名吃瓜群众面面相觑,可旁边的谢云衿神色却波澜不惊看不出端倪。

没几分钟,外勤科的车停在了刑侦支队大门门口,谢云衿抬抬下巴对方审说:"上车吧,一起过去。"

方审尴尬地笑了笑,看着挤眉弄眼的罗宇超:"那个……云衿啊,你和江法医过去就行,我们几个自己开车。"

谢云衿已经拉开了副驾驶的门,她稍微偏头:"江法医等下会口述尸检结果,你不想第一时间知道?"

"尸检结果我怎么可能不想第一时间知道?"

毕竟早些知道死因,后续的侦查就能更有方向。

谢云衿指了指车门:"那你就别磨蹭了,赶紧上车吧。"

方审这才不再犹豫,躬身上了副驾驶位,然后冲着江暄讪笑两声:"那个,大半夜的,麻烦你了,江法医。"

江暄嗓音低哑醇厚:"不麻烦。"

说完,谢云衿几人陆续钻进后座,江暄这才发动车辆。

江暄开车技术很好,车辆平稳行驶在宽阔坦途上。同时,江暄也讲起了皮箱死者的尸检结果。

"死者为女性,身高一米六一,推测体重为四十五千克左右,长发,发质柔顺,发色偏黄,没有烫染,身穿T恤黑裤,衣服很普通,是平常的商场货,身上没有饰品,没有文身,指甲干净,没有做美甲,身上没有一切能够证明其身份的东西。"

方审手背托在下巴上，听着江暄的口述面庞逐渐肃然起来："我检查过箱子，空的，里面也没有能证明死者身份的东西。"

谢云衿静静听着，明眸狭促，蒋丛和罗宇超也陷入沉思中。

江暄继续开口："死者死因是窒息，各脏器都进行了病理与毒物实验，她很健康，生前也没中毒，不过肺表面出血斑与水性肺气肿征象，消化道与呼吸道也存在溺液，辅助呼吸肌群与颞骨椎体内都有出血，肺部肝脏均分布有硅藻，但数量很少，我怀疑是在自来水或者井水中溺水身亡，不过死者的皮肤没有被水浸泡过的现象，虽是溺亡，身体是没入过水的。对了，死者身上没挣扎虐待伤痕，亦未被性侵，很像是自杀，不过我不确定。"

毕竟这几年他接触到的案例中，伪装成自杀的谋杀也没少过。

方审连忙问："年龄呢？"

"从骨骼和牙齿上判断，死者的年纪不大，应该没成年，我推测在十四五岁上下，大概率还是学生。"

他话音刚落，方审就惋惜着出声："这么小……"

夜很深了，来往的车辆并不多，因此江暄也加快了速度，他目不斜视："死亡时间大致在两个月左右。"

简单的口述结束，车内霎时变得沉默。江暄懒懒抬眼看向后视镜，镜子里面的女子双目狭长神色冷凝，一看就在深思案件。

江暄敛回视线，没再出声，怕打扰她的思绪，不过又加了些速度。

一辆白色小车在寂寥的深夜里疾驰，路程不远，开得又快，二十多分钟便到达目的地。

救护车已经先他们一步到达，车顶的爆闪灯闪烁着刺眼的冷蓝光，车后门大开着，几名急救医生抬着空担架从楼上下来。

这样的深夜，换平常时间早已经万籁俱寂，可不知是不是因为张兴亮的缘故，这片廉租房附近还很喧嚣，人群聚集起来对着楼上指指点点、高谈阔论。

车停稳，谢云衿麻利下车，秦海明已经过来了。

他眼眶泛青，神情也显得很憔悴。

谢云衿瞥了眼空担架，心里已经有了结果。下一秒，秦海明也开了口："方审，云衿，张兴亮失血过多，刀子正中要害，口鼻处也被人贴上了厚厚一层浸湿的纸巾，医生上去的时候人已经没了。"

他说着又冲江暄招招手，叹了口气："江法医来得巧，可以直接上去验尸了。"

方审面带疑惑："到底什么情况，今天下午不还在询问室里好好的？老秦，你把整件事情的原委再跟我讲一遍。"

秦海明挠挠头，神色有些懊恼："也怪我警惕性太低。"他叉着腰，仔仔细细说了一遍经过。

方审听完眉头皱得能挂锁："那个撞正钧肩膀的人看清了吗？"

"我没注意，正钧只看到了背影，说撞到他时冲劲很大，应该是个男人，穿黑衣，挺瘦，和他差不多高。"

肖正钧的身高将近一米八，和他差不多，看来这人身形属于瘦高类。

瘦高个？

谢云衿双眸一眯，脑中立刻浮现出李自强的面貌来。

谢云衿又问："你们的车停哪里的？"

秦海明手一指："就那里。"

循着秦海明指尖的方向，谢云衿锁定了目标，车辆停在一棵大榕树下，车头正对着张兴亮租房的楼道口。

谢云衿声音沉沉："等会儿回去好好看下行车记录仪，看有没有拍下那人。"

秦海明一拍脑门，恍然大悟道："对啊，我怎么没想到行车记录仪。行，云衿，这事交给我。"

"正钧人呢？"

"在楼上。"

方审咂了下嘴，揉了揉酸痛的太阳穴。

也确实是头疼，早上的工地皮箱女尸还没个头绪，十二个小时不到，报案人又遇害了，看来今晚又是个不眠之夜。

说到这里，方审又拍了拍蒋丛的肩膀："大丛，你打个电话回队里，通知技术科和法医科，让他们赶紧过来，我们几个先上去看看情况。"

言毕，蒋丛立刻掏出手机开始通知。

谢云衿性子急，抬腿往楼道的方向去了。江暄单手插兜，也抬腿跟了上去。

她才刚进楼道，便闻到了淡淡的血腥味，越往楼上，这股血腥味便更加浓郁。

才到三楼楼道，左侧门缝处渗出的鲜血直冲人的视觉神经，她手指稍稍捏紧，目光顺着地上血液进入大开的房门中，只见张兴亮躺在地板上的血泊中，胸口确实插着一把刀，只露出外面的刀柄，口鼻处覆着一块白色物体，左手掌上——

谢云衿定睛一瞧，张兴亮的手掌上还放置着一团什么东西，但从她这个角度却看不清。

此时，肖正钧就蹲在尸体旁正拿着手机拍照，察觉到来自门外的视线，他连忙抬了头："谢组，你来了。"

谢云衿看着地上的一大摊血迹愣怔片刻，接着下意识地摸摸口袋，职业习惯让她保持了随身携带手套、鞋套的习惯，但今日有些不巧，她上午出现场没带就算了，现在竟然又没带。

一回头，江暄骨节分明的手伸过来，白皙修长的食指中指之间夹着的，正是她现在需要的手套与鞋套。

江暄注视着她，手指往她身前递了递，瞳仁里流转着戏谑："师父，这个能算学费里吗？"

谢云衿下意识地弯唇，意识到这点后，她又很快恢复如常，"啧"了一声："你还挺会举一反三。"

"师父教得好。"

"别，马屁少拍，我还没开始教你呢。"她说着快速瞥了江暄一眼，伸手从他指尖拿走手套、鞋套，好看的丹凤眼垂下，低头将之一一戴好才走进来。

脚下刻意避开血液，谢云衿绕到张兴亮尸体另一侧站定，此时他皮肤发黑、双目紧闭，身上都是触目惊心的血。

谢云衿蹲下来，这才看到他手掌上抓住的东西。

是一个做工粗糙的布娃娃，眼歪嘴斜血盆大口，纽扣做成的眼睛在天花板长管灯光下闪着光，看起来恐怖吊诡。

布娃娃身体上竟然还有黑线绣的字。

三个字。

谢云衿眯了眯双眸，轻轻念出声音：

"开即死。"

第十一章
我放不下

"开即死"。

短短三个字,让这起本就一头雾水的案子更加扑朔迷离起来。

原本还想将张兴亮作为突破口,顺着他这条藤往下摸瓜,查出七名工人突然离开和他隐瞒七人行踪的缘由,以及他与那七人是否与皮箱女尸有关,但随着他的死亡,背后真相将会更加难以找寻。

有些伤脑筋。

谢云衿看着地上张兴亮四仰八叉,铁青的脸,紧闭的眼,已经完全没了人的生气。这不禁让她想起下午时分,在询问室里,张兴亮还生龙活虎地在自己面前张牙舞爪,可现在六个小时不到,他竟然就变成了一具冰冷的尸体。

谢云衿唏嘘不已。

而此时,张兴亮口鼻处覆盖的那层纸巾也吸引了她的注意力。

她身体凑近了些,伸出手指轻轻夹住纸巾的两端将之揭起来放到眼前仔细端详。

普通的抽纸纸巾,叠了很多层,被水浸湿了。

如此操作后放在活人口鼻处,人是无法呼吸的,大概率会导致窒息身亡。

再看张兴亮的口鼻,嘴唇微张,嘴皮皱裂,神情有些狰狞,死前想必是极为痛苦的。

她神色越发困惑,目光又落到死者胸口处的那柄尖刀上,已经插到了底。种种行为都彰显着凶手没想给张兴亮留一点活路。

这到底是怎样的深仇大恨?

谢云衿想不透彻。

眼下也不是想这个问题的好时机。

她眉目沉沉,掏出一个透明物证袋,将纸巾封存进去。刚做完,江暄也戴好鞋套、手套走了进来,他在谢云衿身边蹲下来,目光首先落到了那个造型吊诡的布娃娃上。

"开即死,什么意思?"

"我也不知道。"谢云衿歪头看着那三个字,"开即死,感觉像一种警告?"

江暄顺着她的话继续嘀咕:"开门即会死?开窗即会死?"

还是开什么其他的东西会死?

两人对视许久,眉目间都是不解。很快,他俩默契地放弃了在这个问题上继续僵持。

谢云衿站起身来打量这个廉租房内的环境。江暄则维持着蹲下来的动作,视线从谢云衿身上挪开,定格在张兴亮的手指上。

他凑下来看了几眼,很笃定地说:"这布娃娃是他死前抓在手里的。"

谢云衿问:"你怎么这么肯定?"

江暄狭眼如钩,伸手试图掰弄张兴亮的手指,但他抓得非常紧。

他抬抬下巴示意谢云衿:"看到没有?掰不开,这是一种特殊形式的尸僵,法医学上称为'尸体痉挛'。"

尸体痉挛这个概念谢云衿倒是听说过,是指尸体肌肉僵硬紧绷,而人在剧烈挣扎或者精神高度紧张的情况下,最容易发生尸体痉挛。

但为什么张兴亮死前手里会抓住这样一个布娃娃呢?

这个布娃娃和凶手以及他的死又有没有关系呢?

太多疑点就像细线乱缠成一团,既找不着线头,也无从解开。

没办法,谢云衿只能继续在这个房子里搜寻蛛丝马迹,兴许真相的"线头"就藏身于此。

廉租房环境简陋,陈设也很简单。

家具虽不多,整个房子却乱糟糟的,床头贴着位裸体美女的图片,床单被罩被扔在地下,地上分布着好些杂乱无章的血鞋印,衣柜抽屉的门都大开着,里面的东西也胡乱横陈,像在不久之前被什么人翻找过。

谢云衿搜寻的目光往上,视线在房子里一寸一寸仔细睃着。

墙壁泛黄,屋子里飘着淡淡的潮湿霉味,天花板上还有好几处黑斑,附着在上面,像一个个深不见底的黑洞,里面隐藏着不可见人的罪恶。

楼下突然传来急促的脚步声,一阵接着一阵,很快,技术科的几人先后到达门口,华铭端着台摄像机气喘吁吁刚站定,这满屋子的血映入眼帘，惊得他大叫一声，同时，自言自语道："这现场真够惨烈的。"

谢云衿冲他挥挥手："别愣着了，赶紧进来拍照留证吧！"

"马上，马上。"

华铭咽咽口水，鞋套一穿，扛着长枪短炮进来，"咔嚓咔嚓"一顿拍，闪光灯闪得晃眼。

等他拍完，负责物证鉴定的技术员才来，他们进门的第一件事便是提取地上的血鞋印。

而不远处，江暄正双臂环抱看着墙壁上的一行血迹，与此同时，他还在疯狂头脑风暴试图还原张兴亮遇害时的场景。

凶手与死者是什么站姿？

凶手是如何将那柄尖刀插入死者的胸口？

一遍一遍，脑中在不停地模拟推翻，再模拟再推翻。

此举极度费脑，因此，脑中模拟复原只进行到三分之一时，江暄便疲惫了，他紧闭双眼，深吸一口气，然后屈起粗砺的食指，用指骨坚硬处刺激着太阳穴，使自己保持兴奋状态。

不一会儿，袁新元也提着两个刑事勘查箱匆匆赶到了现场。

他此前刚刚结束一场为时五个小时的尸检实验，好不容易能洗个热水澡睡到天光大白，却没想到，热水澡是舒舒服服地洗了，可他刚躺床上睡了没两个小时，就被急促的电话给吵醒了。

睡意惺忪中，他翻身下床连忙往现场赶。

谁能想到，一天之内，案子一个接着一个，让人完全没了招架能力。

袁新元无精打采地将法医勘察箱递到江暄手上："来，拿着，你刚用过的，还热乎着呢。"

江暄微微弯唇，回他一句："谢了。"

说完，江暄立刻蹲了下来，趁着死者尸体还新鲜，打算赶紧做个尸表检查推测一下死亡时间。

毕竟死亡时间越短的，精确度就越高。

他动作迅速，将法医勘查箱打开放置手边，修长好看的手指从左至右抚过去，最终在一把普通镊子上停下了。

江暄拿出镊子，先掀开死者的眼皮观察瞳孔，又撑开其嘴巴观察牙齿口腔，顿了顿才开口，声音清冷磁沉。

"死者角膜大体上算清透，有少量点状混浊出血，皮肤出现尸斑，很小，呈条纹状，颜色有些紫红。"江暄说着伸出食指按压死者颈部尸斑，接着又如法炮制往下按压死者肩膀，只见按压下去的尸斑出现短暂的褪色，待手指挪开又很快出现，"是沉降期尸斑。"

接着，江暄又查看了死者的手臂、大腿："尸僵开始出现，分布于死者的小肌群，并呈全身发展趋势，死者死亡时间不长，初步判断在三个小时以内。"

"三个小时。"谢云衿自言自语了一声，眼睛又看向肖正钩，"正钩，那人是什么时候撞上你的？"

肖正钩双手交握身前，回忆了好几秒，一副好学生回答问题的架势："晚上十点出头。"

一同共事好几个月，谢云衿清楚肖正钩是个少言寡语的人，她抬抬手："你再多说点，把事情原委详细讲一遍。"

顿了顿，肖正钩终于多说了几句话："晚上七点，我和秦哥跟着张兴亮到了这里，眼看他上楼开灯，确定了楼层与房间号才下来，将车停在楼下，期间我们从窗户看到，他房间的灯一直开着。我和秦哥守了三个小时饿了，我就想着下车买点吃的，刚走了没几步，楼上跑下来一人撞我，当时只看到个背影，我没想那么多就去小摊前点了两份炒粉，等了差不多有七八分钟，回车上的时候我看了眼手机，我记得很清楚，那个时候是十点十五分。"

"发现肩膀血迹是什么时候？"

"不超过十点四十分。"

"什么时候破门而入发现张兴亮死亡的？"

"十点五十分左右。"

谢云衿掏出手机看了眼，屏幕上正好显示是午夜十二点整。

两人的对话结束，江暄也将镊子放回到法医勘察箱里。

他转过身直视谢云衿，开口说道："谢组，我想趁着死者死亡时间不长，立刻运回队里做尸检，死亡时间越短，尸检结果越精确。"

谢云衿沉吟几秒，随即朝刚上楼的罗宇超招招手："阿超，交给你个任务，你叫上几个人，协助江法医，先将死者运回去。"

得了指令的罗宇超踩脚敬礼，学着港剧里中气十足地回了声："Yes Sir！（好的，警官！）保证完成任务。"

几人动作迅速，担架很快放置到了死者旁边，罗宇超与另外两名警员齐心协力，小心翼翼将尸体放上担架抬下楼。

凌晨十二点半，法医科离开现场。

凌晨一点，技术科物证鉴定组结束工作离开。

凌晨两点，外勤侦查科封锁现场离开。

196

人是离开了案发现场，但与现场有关的工作却远远没结束。

法医科通宵达旦，技术科灯火通明，外勤侦查科夜以继日，刑侦支队这个结构精密的"大钟表"能平稳运行，每个部门乃至于每个人都至关重要缺一不可。

凌晨两点半，谢云衿才终于得了空能够休息一会儿。

为节约睡觉时间，她没回宿舍，依旧如之前一样随意靠在椅背上，双脚交叠往桌面上一搭，动作肆意不拘小节，从桌上随便捞起本书摊开盖脸上，最后寻了个舒服姿势。

她也确实是累了，刚闭上眼，铺天盖地的倦意便汹涌而至，没一分钟，便沉沉睡去。

然后，一觉睡到大天亮。

长时间维持一个姿势睡觉，醒来后，谢云衿脖颈和脊背都酸痛得很，她伸了个懒腰，起身活动了下筋骨。

清晨的微风裹挟寒意，窗外生长着一棵香樟树，前段时间它还郁郁葱葱青翠欲滴，如今已经叶片发红散发着馥郁香气。

她深深吸了一口新鲜空气，然后决定回宿舍洗漱一番。

昨天忙到深夜，忙得大汗淋漓，两次出现场，谢云衿连口气都来不及喘，现在低头闻闻衣领，还能闻到一股淡淡汗渍味。

趁着早上的空当，她快步跑回宿舍洗了个热水澡。

洗漱完毕，她扑倒在柔软小床上一度想就此睡过去，睡他个天昏地暗。

但只躺了十分钟，她又依靠强大的自制力爬了起来。

她换上一身干净衣物，步履急促地直奔食堂。

每日体力消耗巨大，她毕竟不是钢筋铁骨，因此吃得也很多。

留给她的时间不多，她匆匆忙忙吃完早餐，又拿了一瓶牛奶准备回办公室喝。

回到支队大楼，在三楼走廊上，她看到了一个熟悉身影。

他身形清隽，瘫坐在走廊外的长椅上，背脊靠上椅背，头昂起，左手手指轻轻揉着额头和太阳穴，重重地发出一声喟叹，整个人看起来疲累不堪几近虚脱。

也是，跑前跑后，连续两场不亚于手术强度的尸检实验，持续时间将近十二个小时，肉体凡胎，他不会累才怪。

谢云衿站在那里，脚步顿了顿，清冷的视线一直落在他身上没有离开过。

她眯起双眼，细碎的短发遮不住眼里的疑惑。

她分明记得，江暄家境优渥，父母均从事医疗器械进出口的生意，家族期望以及他自身的志向都是从商，为什么他会选择这样一个八竿子打不着的职业？

谢云衿也想问问他，当年为什么要挂断她的求救电话。

濒临死亡，争分夺秒，她是极度信任才会将生的希望交到他手上！

她重重地吐出一口浊气，最终压下这个念头。

她低下头，冷了双眸，抬腿走到江暄旁边坐下。

感受到身边来人，江暄下意识半睁眼睛往旁边看去。此时，谢云衿也终于开口："结束了？"

"结束了。"

极度没营养的对话。

谢云衿咽了咽口水，兜里揣着的那瓶牛奶被她握紧了又放开，最后心一横掏出往江暄怀里随便一扔。

她目视前方，撒谎也脸不红心不跳："拿多了，给你喝吧。"

江暄握紧那瓶还温热的牛奶，轻轻笑着："谢了。"

"不用。"

他稍微坐正身体，双腿张开，拧开瓶盖喝了一口，又侧脸过来凝望她翘挺的鼻尖，晃晃瓶身："很好喝。"

谢云衿面无表情，轻轻"嗯"了一声。紧接着，江暄咳嗽几声又开口，嗓音沙哑疲惫："连续两场，大家都累得不行，鉴定报告估计会晚些。"

"没事，你们先休息，鉴定报告不急。"谢云衿耸耸肩，深吸一口气后终于正视江暄，"辛苦了。"

江暄眼眶下乌青一片，双眸里密布红血丝，投向谢云衿的目光里溢着柔情："不辛苦，谢组比我更辛苦。"

谢云衿有些不自在，双手插着兜，兜里的手指却在不受控制地摩挲衣物布料。她终于没忍住问出口："为什么？"

无头无脑的一个问题，江暄疲惫的眼里有些疑惑："什么为什么？"

谢云衿一怔，如梦初醒般，原本想问的问题被她强压下去，换了另外一个。

"为什么你会选择做法医？我……有些好奇……"

牛奶已经被他喝完，空瓶子放到脚边，江暄懒洋洋地倚靠着墙，声音很低很缓也很累："其实我原本想要做刑警，和你一样。"

这个答案比他成为法医更让谢云衿感到惊讶。

迎着她眼睛中的迷惘，江暄轻笑着，语气云淡风轻："可惜我小时候动过一场手术，缝过几针，还留了疤，体检就被刷下来了，没办法。"

谢云衿神色恍惚，记起了那道疤。

就在江暄左边腰腹处，五六厘米长，她的手指曾经抚摸过，凹凸不平，状若蜈蚣。

那时候她问过一嘴，得到的也是一个轻飘飘的答案：手术留下的。

什么手术？谢云衿没问，江暄也没答。

谢云衿喉咙有些涩意："你原本又怎么会想要做刑警？"

江暄轻掀眼皮，只说了一句话："我放不下，想要真相。"

短短八个字，像起了火，以燎原之势燃烧谢云衿冷漠疏离的躯壳，差点直捣她冰封的心脏。

她松开的手指骤然捏紧，原本平稳的呼吸也渐渐变得不畅快。意识到自己失态，她下意识起身想要离开。他却在背后急切叫了她现在的名字："云衿。"

他凝视着谢云衿的背影，他也有很多的问题要问她，有很多的话要同她说。

漫长的七年，行尸走肉般的生活，他过得太累了。

他一度都要接受她早已死亡的现实，可命运像开玩笑般，又让她出现在自己面前。

他欣喜若狂。

从那一刻开始，他才发现，自己原来不是一具行走的躯壳。

他有心脏，它会跳动，它连接着血管经络，是这具身体的中心，它一下一下跳动着，强劲而蓬勃。

谢云衿缓了缓神，情绪很快调整得当。她稍微偏过头："我还有事，先走了，江法医回宿舍好好休息。"

说完，她没给江暄一点开口机会，抬腿疾步离开。

再上一楼，坐到办公桌前，谢云衿才发现手指已经被自己掐出了深深浅浅的血痕。

她突然想到了什么，用脚抵着将椅子后退了十几厘米，然后伸出手，手指勾住抽屉拉环将之拉开，里面静静躺着一张残缺不全的旧报纸。

这张旧报纸是她之前买水时，在一家小卖部墙壁上用刀割下来的，拿回来后便一直放在这个抽屉里没有仔细看过。

谢云衿咬紧下嘴唇，将之小心翼翼地拿出来放到桌面上正准备看，突然,有人从后面重重地拍了下她的肩膀。

她身体一滞。

紧接着,一个欠揍的笑声冷不防响起:"嘿,谢组,是不是被我吓了一跳。"

谢云衿黑沉着脸转过头。罗宇超就站在她背后,笑得张扬,露出上下两排大牙,脸还往这边凑:"谢组,你在干吗呢?"

谢云衿一手挡住报纸,另一手挡住他投射过来的视线,同时目光阴沉地将好奇的罗宇超从头至尾打量一遍,咬牙切齿地说道:"你知不知道你现在很欠揍?"

罗宇超往报纸上凑的动作僵住了,此刻,他脸上的表情可谓是精彩纷呈,三分好奇,四分惊慌,五分失措,最后耸耸肩打着哈哈:"谢组,揍我,你也舍得,我可是你的爱徒,你的得意门生啊。"

话音落下,谢云衿的表情透着浓重的无语。

赵语喝完最后一口茶,捧着空杯子起身,很不客气地走过来笑话他:"阿超,你不说这句话咱们谢组可能只是想揍你,你说了这句话谢组现在应该只想杀你灭口,就你,爱徒?得意门生?"

谢云衿轻"呵"一声,给了赵语一个赞许的眼神。

赵语看懂了谢云衿的眼神,她拍着胸脯:"看来还是我懂你!"

罗宇超皱着眉头咂了两下嘴,颇为委屈地脱口而出:"谢组,那你不厚道,你不能因为收了江法医这个徒弟就不认我了啊。"

"我什么时候收江法医做徒弟了?"

"昨晚啊,我亲耳听到的。"罗宇超说着还指了指隔壁办公室的方向,"可不止我啊,大丛啊、方组啊,那可都听得一清二楚,我绝对没造谣。"

谢云衿回忆起昨晚,是有这么回事,尴尬地轻咳一声,没话说了。

倒是赵语来了劲,她接了杯水过来,那双锐利眼睛里闪着探究的光,死盯着谢云衿不放。

谢云衿眼疾手快将那份残缺的报纸塞进抽屉,然后坐正身体问:"你这么看着我做什么?"

赵语"啧啧"两声:"别装,你不会不知道我想问什么的?"

谢云衿拿起一旁的《刑事审讯技巧》翻了翻,双眼注视着上面的铅字:"你若是问审讯技巧,我倒是知无不言。"

"我要想听审讯技巧直接去公安大学听陆教授的讲座了。"赵语双臂环抱眯起双眼,"所以,云衿,你为什么会收江法医为徒?"

一般来说,队里来了新人,分到老人手下带带,教些技巧方法、注意事项、工作规则,毕竟理论和现实工作区别还是很大的,而新人为表尊敬称一句师父,合情合理。

但江暄和谢云衿,一个刑警一个法医,还是同级,谢云衿收他为徒,教什么呢?

罗宇超也在一旁看热闹不嫌事大地问:"对啊,谢组,你教江法医什么啊?"

谢云衿自是不想回答这个问题,她面容漠然,指了指自己的手表:"现在是早上七点半,李自强几个人的行踪找着了吗?张兴亮案附近的目击者排查了吗?老秦开出去那辆车的行车记录仪调取了吗?"

一连三问,打得两人措手不及。

"没……"

"那还不快去。"

这招倒是很奏效,赵语压下自己现在对谢云衿私人感情的好奇心,爽快回应:"行,我喝杯水马上就去。"

不过她也放了话:"昨天放了你一马,今天又放你一马,等案子结束,你必须给我一个合理的解释,毕竟我赵语可不是放马的,我是吃瓜的。"

她说着拿了谢云衿桌上的一个橘子:"今天没瓜可吃,我吃你个橘子解解馋,走喽。"

看赵语转身剥橘子,刺激性的气味让谢云衿弯弯唇,她眼瞳里闪着狡黠的光,用只有自己能听到的声音幸灾乐祸:"这酸东西,总算有倒霉鬼上当了。"

橘子是前几天食堂一个姓白的大姨给她的,给了两个,据说提神醒脑。

谢云衿前几天值班无聊剥了一个塞嘴里,好家伙,她可算知道那白大姨为什么说它提神醒脑了,只吃了一瓣,她原本迷迷糊糊想睡觉,人直接给酸清醒了。

果然,几秒后,只听赵语大叫一声,表情痛苦,鼻子、眼睛酸得皱成一团,她转过身,看看谢云衿又看看手里的橘子,语气怀疑地问:"云衿,你老实说,你是不是在里面下毒了?"

"很显然,是!"

赵语强忍着酸意吞咽下去,伸出根手指在谢云衿面前晃了晃:"行,狠还是你狠。"

两人说话之际,外面脚步声匆匆而来,几秒后,赵进在门口露了个头。

"谢组,赵语,哎,阿超,你们几个都在呢,方组让我过来通知,说就咱们外勤侦查科开个简短的案情分析会,理理这两起案子头绪,顺

201

便再交代下今天的工作安排。"

谢云衿应了一声:"好,什么时候开始?"

"十分钟后。"

谢云衿忙合上书本放到桌面书架上:"马上就来。"

十分钟后,外勤一组与二组警员尽数到齐,会议正式开始。

第一起案子由于还未确定受害者身份,于是只能依据出现地点、出现特征以及性别被简单命名为"工地皮箱女尸案"。

方审也是一天一夜连轴转,一直到现在眼睛都没闭上过,他实在累得不行,但还是强撑着开口讲话:"这起案子目前最重要的便是找到尸源,确定死者身份。"

老刑侦人常说,命案,但凡确定了受害者尸源,案子就已经破一半了。顺着死者身份这一点摸下去,能得到各种各样的信息。

若连身份都没确定,刑侦支队开展工作便如同无头苍蝇般难以下手。

相较而言,"张兴亮遇害案"便简单得多,毕竟身份清晰明了,第一案发现场确定了,凶手逃走还可能被行车记录仪拍了下来,因此方审对此只是简单交代几句,讲话重点都放在第一起案子上。

"昨天晚上,江法医简单地向我讲了皮箱女尸的尸检结果,死者年纪不大,十四五岁,死亡时间得有将近两个月了,死因是窒息溺亡。昨晚我让临风调查了近一年的失踪人口记录,有两名与之年龄相当的女孩,不过后来根据身高体型确定了都不是。"他说着朝谢云衿扬扬手,"云衿,你辛苦一点,用死办法,带人排查下案发地附近的几个村落,看有没有相似的女孩失踪,或者说外出打工之类的。"

乡村地区偶然会发生这样的事:孩子失踪,家人的觉悟也不高,往往以为他是外出打工了,并不会报警,就那样干等着,可这人却一走就没了音信,多年后有人发现尸体报警确认身份,家人才知是遇害了。

谢云衿颔首接受安排:"好。"

方审咳嗽了好几声,再度开口:"我带一队人,重点寻找那七名工人的行踪,他们的老家以及家人、爱人、朋友都要详细排查一遍。"

他说着又看向秦海明:"老秦,张兴亮租房附近的排查工作交给你和正钧,你俩熟。"

"没问题,"秦海明摸摸胡楂说着又开口,"行车记录仪我已经交给曾行了。"

"好,大家准备准备,都各自出发吧。"

说完，会议室里哄闹起来，众人随后都起身陆续出了门。

人快走光了，方审双手手肘撑在桌面上，用指关节轻轻揉了揉太阳穴。

他生了场病，虽然只是感冒，但昨天整晚未眠，强健的身体也终于有些受不住了。

可是这两起案子接踵而至，来势汹汹，后续一大堆事情要做，人手又不够，他也想休息，现实情况实在不允许。

方审正准备掏出烟盒来上一根提提神，刚摸出打火机，有双手伸到他面前，很快，放下了一杯水和几盒药。

他一抬眼，发现来人是谢云衿。

"还抽呢？"

方审放下烟盒："我提神呢。"

谢云衿将热水杯往他手边推了推，随后双臂环抱，漫不经心地开口："提什么神？生病呢，就别强撑着，吃完药好好休息，队里也不差你这个人。"

虽是关心，但是她话说得冷冰冰。方审看着热水和药低头无奈地笑了笑："云衿啊，你这关心人都不知道说点暖心话。"

谢云衿随意将手指骨节摁得"咯吱"作响，连忙否认："我可不是关心你啊，免得嫂子误会。我是怕你又是生病又是熬夜，一不小心猝死了，少了你，我往后的工作可要翻个倍了。"

方审先反驳："你嫂子哪有那么小心眼！"又反驳，"我哪那么容易猝死！"

说完，他握住茶杯，笑着摇摇头，稍微昂头喝了一口，热水入胃，身体舒畅不少。

谢云衿轻慢地掀开眼皮："七名工人的排查工作我让赵语负责，她的认真程度你可是知道的，不输你我，这样你能放心休息了吧？"

方审点点头："行，那我今天就给自己放个假。"

他也确实是累得不行了。

谢云衿重重"嗯"了一声："我先出外勤了。"

"好，你去吧。"

出了门，谢云衿和赵语简单交代了几句，然后歪着头抬抬下巴开始讲话："方组今天的工作，就交给你了。"

赵语忙不迭地拍胸脯保证，脑后扎成一束的利落马尾左右晃动着："包我身上，保证给完成得妥帖！"

谢云衿嘴角弯了弯："你多注意些，那我就先出发了。"

昨晚大家都没睡好，除了开车的蒋丛，后座两排五六个人的动作全都神同步，无一例外都靠着椅背闭眼补觉。谢云衿也压低帽檐，冷淡眼睛下的乌青很明显，她扭动了下脖子，然后寻个舒服姿势打算浅眠一路。

前几天日日下雨，今天终于是个艳阳天，明晃晃的太阳在湛蓝天空上高悬着，不遗余力往地面洒落温暖，车窗开了一小半，微风轻轻吹着，倦意很快朝谢云衿涌来。

四周很黑，很寂静，一点声音都没有。

徐酒酒猛地睁开眼睛，目光往身前探了探，下面是汹涌翻腾的江水。

果不其然，又做噩梦了，梦里，她再次来到了当时跳江的临江大桥上。

徐酒酒偏头往两边看看，又是相同的场景，右边是从家里一路追过来的两个黑衣人，左边则是那个身穿便服脸戴口罩的男人。

梦里的徐酒酒眼睁睁地看着他们逼近，一步一步，这次破天荒地，她并没有按照原来那样跳江求生，而是目光凛冽地扫视一眼，选择离她更近的便衣男人抬腿便踢过去。她动作迅疾，让人完全没有招架能力，一个过肩摔，男人应声跌落在地。

徐酒酒冷嘲一声，伸手去摘他脸上的口罩。

"我倒要看看你是个什么东西！"

手起罩落，便衣男的脸全方位展露无遗，可惜除了那双她早已牢记心底的眼睛，其他都只是一团糊影，压根儿没有脸。

她抢了男人手中的尖刀，起身回头，直视那两个黑衣人。两人慌乱了，连忙开枪，打出来的子弹个个命中徐酒酒的要害，可惜她却一点不觉得疼痛。

徐酒酒死死盯住那两人，一点点逼近，几乎不费什么劲，便将他们撂倒在地。

这次，她没有伸手去掀那两人的口罩，她知道就算掀开也什么都看不见。

她眼神阴冷，握紧手中的尖刀，往其中一人的心脏处狠狠刺去！

"砰！"

一个急刹，谢云衿身体由于惯性前倾一下，人也被惊醒了。

她睁开惺忪的双眼，大桥江水黑衣人便衣男通通不见，自己此时正在外勤车副驾驶位上，车窗外景物定格，阳光明媚。

谢云衿扭过头问蒋丛："到了？"

蒋丛："没呢，刚刚路上突然蹿出来个小动物，像是黄鼠狼，我怕

撞着它,紧急刹了车。"

后排的周辰凑过头来:"大丛,你没撞上吧?"

"没!"蒋丛指了指旁边晃动的草丛,"往那里面去了。"

他说完又准备继续发动车辆,谢云衿问:"还有多久到?"

"还有二十来分钟呢。"

"你累了吗?换我来开吧。"

毕竟蒋丛昨晚也是凌晨才睡。

蒋丛摆手拒绝了:"我不累,昨晚一回来我就钻休息室里睡觉去了,一分钟没耽搁,现在精力很充沛。谢组,你不用管我,继续睡吧。"

见他这么说,谢云衿也没坚持。很快,白色面包车再次在这条乡间大道上奔驰起来,谢云衿却没了睡意,她懒懒靠着椅背,望着车窗外飞速闪过的景物失神。

路上没什么车,蒋丛开得也快,因此,不到二十分钟,车便到达了目的地。

下车后,谢云衿简单分配了下任务,三人成一队,分散去临近的村子进行排查。

谢云衿三人排查的这个村子距离案发地有两公里左右,村里人大多也很热情,一说明来意,村干部便带着几人挨家挨户上门调查。调查到中午饥肠辘辘,村干部还热情地邀请他们吃了顿午饭,下午又继续开始工作,一直忙到日头西斜,却始终没有进展。

村里没有失踪人口,外出打工的女孩是多,与受害者年龄相当的也有几个,但逐一排查联系下去,发现这些女孩都能联系上。

谢云衿又和排查另外村子的警员们汇总了一下排查信息,结果也很不乐观,这几个村子里都没一个人能与受害者对上的。

几人悻悻,只能无功而返。

回到刑侦支队,谢云衿直奔技术科。

她这边虽然没有什么进展,但技术科进展非常大,行车记录仪将张兴亮租房楼下的情形拍得一清二楚。

10月17日晚上9点27分,黑衣男子上了楼。

晚上10点08分,此人慌慌张张地从楼上跑下来,正好与下车买食物的肖正钧撞了个正着,行车记录仪拍下了他的正面。曾行通过比对脸部特征及身形、走姿,很笃定地开口:"这个人就是李自强。"

谢云衿的秀气眉头疑惑地挑高,拳头握紧放嘴下轻吁一口气,脑海中虽在不停地梳理这几起案子掌握到的所有线索,可心里依旧乱成了一团剪不断的乱麻。

她不知道,皮箱里的那具女尸、刚遇害的张兴亮、有杀人嫌疑的李自强,以及另外六名暂时还未露头的工人,他们之间到底有什么仇怨、联系和纠葛呢?

或者说,除了这几个已知人物以外,还有没有警方现在不知道的其他人参与其中呢?

线索与谜团交织,卑污与恶浊错杂。

谢云衿站在窗前,冷风吹来,将她细碎的发丝吹得胡乱飞扬。

不远处的凌江如往常一般自西向东奔腾不止,漆黑的江面上有一艘大船在徐徐行进,船头微弱的灯光努力照亮前路。

突然,有一只端着纸杯的手伸到她面前。

手很好看,修长白皙,骨节处的沟壑尽显锋利。

谢云衿还未抬头,身边便有身影站定,紧接着,冷沉的嗓音自上方传来,是江暄。

"给你。"

谢云衿犹豫了下,最终还是接过来,脚步往旁边挪了挪,好让这个并不长的窗口能容下两个人。

"你请我喝牛奶,我请你喝咖啡。"他声音里带着一丝调笑,"我俩都不亏。"

谢云衿淡淡回答:"嗯,不亏。"

她握住纸杯的手用了些力气,将之拿到嘴边轻轻抿一口。

咖啡很苦,像触电一样,苦味从舌尖蔓延到咽喉,但非常提神醒脑。

只一口,谢云衿瞬间感觉自己清醒不少。

她眺望远处江面,又喝了几口,许是清晨发生的事无形横亘着,两人沉默许久,都没再说话。

终于,还是江暄忍不住了,他轻咳一声,开始聊起了工作:"今天有什么进展吗?"

谢云衿沉吟几秒,如实回答:"我这里没有,技术科倒是有些进展,赵语那里……她那队还没有回来,我还不知道具体情况。"

"嗯。"

"你那里呢?尸检鉴定书写完了吗?"

"差不多了,老袁在做收尾工作,很快就能送到你的手上。"

谢云衿顿了几秒:"既然还没完成,不然你先跟我说说张兴亮的尸

检结果吧。"

江暄应得爽快:"好。"

他单手插进裤兜,姿势很随意,缓了口气开始说道:"死亡时间在昨天,也就是10月17日的晚上九点到十点之间,身上有扭打伤,死前应该与人发生过肢体冲突,胸前那把刀是一把双刃匕首,全长二十六点四厘米,刃长十三点八厘米,从胸口直接插入心脏,刀柄上有指纹,刀伤是很致命的,这也是张兴亮流那么多血的原因,但却并不是导致他死亡的元凶。"

谢云衿很警觉:"是口鼻处覆着的那一层湿纸巾?"

"对,我在尸检中发现,张兴亮面部青紫肿胀,尸斑后续呈现出紫红色,眼结膜下有点状出血,内脏淤血,小便失禁,内脏黏膜也有出血点,非常典型的窒息死亡。"

他顿了顿,接着说道:"别看只是几张浸水的纸巾,它杀伤力非常大,可以隔绝空气,让人无法呼吸,只几分钟便能致命。"

说到这里,谢云衿想起出租屋墙上的喷溅型血迹:"所以张兴亮是先被插刀,然后才被人用湿纸巾捂住口鼻的?"

江暄点头:"应该是。我当时在现场用脑子做了个简单的血迹喷溅模拟,推断张兴亮是被人抵在墙上用尖刀插入的,不过我不完全确定,后续我会做个实验验证。"

脑内构思,终究比不上真正地实验一把。

江暄侧着脸,从他这个方向,只能看到谢云衿乱飞的发丝以及清秀的侧颜。

他薄唇微启,看向谢云衿的视线很专注,脸上神情也没了平日里的戏谑,突然出声喊她的名字,简单的两个字从唇齿间流出,带着缱绻的暧昧。

"云衿,对这两起案子,你有什么想法?"

谢云衿摇摇头:"线索太少,不足以支撑我的任何想法,现在的想法,都没有意义。"

她答完神情滞了几秒,猛地发现江暄称呼的变化。

他以前都是戏谑地叫她"谢组",怎么今天两次叫了她的名字?

谢云衿有些不自在,她耸耸肩膀,将最后一口咖啡喝完,手上晃了晃:"喝完了,谢谢你的咖啡,我脑子突然清醒不少,还有些事,就不跟你在这里闲谈了。"

"这么晚了,还有什么事?"

谢云衿细密睫毛轻抖:"既然线索太少,那我更要多找些线索。"她说着潇洒转身,"我去翻翻现场物证。"

江暄盯着她的背影半响,原本来找她是想接着早晨的话题继续下去,但她并没有要聊的意思,因此,他也将想说的话想问的事通通吞咽入腹。

他轻叹一口气,镜片后的眼睛闪着隐忍的光。

罢了罢了。

现在不是谈私事的时候,等这两起案件结束,他一定要和她将前尘往事开诚布公聊得明明白白。

既然活着,为什么不联系他?为什么要装作不认识他?为什么重逢后要疏远他?

这边,谢云衿刚准备下楼,迎面遇上了回来汇报情况的赵语。赵语爽朗地笑了一声:"正准备找你呢。"

谢云衿问:"什么时候回来的?"

"二十分钟前,一回来就和他们去食堂吃了顿饭,大家都饿得不行。"

"有什么好消息没?"

赵语说着神秘兮兮笑了下,故意卖关子:"你猜。"

谢云衿一看她这副表情便知肯定是有了进展,于是揽住她的肩膀往楼上走,开门见山:"说,什么好消息?"

赵语知道谢云衿心里急,也不打算拿这个逗谢云衿了,她打了个饱嗝,出声道:"除了李自强、唐明喆、魏晋曜和魏守礼兄弟俩外,其余三人我都找着并带回来了。"

这确实是个好消息,瞬间扫走了谢云衿心里的阴霾。

"在哪儿呢?"

赵语又打了一个嗝:"都在观察室里呢,分开的,怕他们仨串口供。"

"怎么找到的?"

"这三个人前天晚上离开工地后来了趟临江市区,然后就都回了老家,他们几个的老家离得都很近,年纪最小的顾青松,年纪最大的蔡泽普和这儿……"赵语指了指自己的脑袋,"有些迟钝的戴生是一个村子的,李自强、唐明喆、魏晋曜、魏守礼是蔡泽普隔壁镇的,四个人也同村,不过四个人都没回老家。"

赵语吸了口气,又继续:"我还调查到一些情况,不知道对案件有没有帮助。"

"什么情况?"

"戴生小时候发高烧把脑子烧坏了,人不是很聪明,只空有一身力气,家人养到这么大觉得不能白养,便想让他去工地干活,于是找了同村的蔡泽普带着一起出去,没想到出去才十天不到,昨天回来时兜里竟然揣了两万块钱,他家人是喜欢炫耀的,把这事当孩子有出息炫耀给我听呢。还有顾青松,我找到他的时候正在镇上摆了一大桌请亲朋好友吃饭。"

谢云衿总算露出笑颜:"行啊,这个情况很重要。赵语,我先去看看物证,等下去审讯他们,你回办公室休息会儿,消消食。"

赵语应得松快:"好嘞。"她揉着肚子,脸稍微皱起,"是该消消食,我吃太多了,一路上都在不停地打嗝,控制不住。"

两人交谈完,在楼道口分道扬镳,赵语去办公室,谢云衿则往物证室的方向走去。

推开门,江暄竟然先谢云衿一步到了,他正拿着张兴亮死时手里紧抓住的布娃娃。

谢云衿走到他身边环抱双臂:"你怎么在这里?"

江暄懒洋洋地笑笑:"只准你来物证室找线索,就不准我也来?"

谢云衿摊摊手:"我可没说不准,物证嘛,当然是谁想看便能看的。"她视线还停留在江暄手上:"看得怎么样了?"

江暄没回答,而是将之递给谢云衿。

谢云衿低头戴了副手套,接过来,眯了眯眼,放到眼前仔细端详,又看又摸,还放到鼻子下闻。几分钟后,旁边的江暄出了声:"你对这娃娃有什么想法?"

谢云衿轻哼一声:"想法很多。"

"哦?"江暄笑着,"谢组说给我听听。我看了半天,除了感觉这娃娃做得阴森诡异像是故意的,看不出什么其他线索。"

谢云衿顿了下,然后从外到内,从点及面,从细节到整体事无巨细讲了起来。

"布料是普通纱布,眼睛是纽扣,鼻子嘴巴都用了红色的棉布,像是从旧衣服里拆下来的,娃娃里面填充的是棉花,这些东西普通家庭里非常常见,但这用于填充的棉花却另有蹊跷。"

江暄面露不解:"棉花里有什么蹊跷?"

谢云衿将布娃娃递到他的面前,湛亮的眼睛里闪过一丝狡黠:"你摸摸。"

江暄听言照做,伸手摸了摸。

很快,他便明白了谢云衿为什么说它"蹊跷"。

"棉花很柔软，但里面似乎有不少硬核一样的东西。"

"那是棉花籽。"谢云衿沉眉，"这是从地里摘下来，未经处理的棉花。通常市面上卖的棉花，都是去籽的，带籽的也有，少得很，因为去籽棉花能卖出更高的价格。"

谢云衿沉吟片刻继续："纱布纽扣以及红色棉布都很容易获得，我不认为做这个娃娃的人会花些力气专门买带籽棉花填充，我猜测这些东西，应该都是他手边易得的。"

江暄沉思着，嘴里复述："从地里摘下来，未经处理的棉花……"

谢云衿的关注点又到了娃娃的缝合处："这不像机器缝合，是手工缝制的，针脚很细密，还有娃娃身体上这三个字，'开即死'，是黑线绣的，绣得很好，缝制这个娃娃的人应该很擅长这种针线活。"

江暄："娃娃做得阴森恐怖，还特地缝了'开即死'这三个字，又正好出现在死亡的张兴亮手上，凶手这个举动很刻意啊。"

谢云衿心中依旧疑云笼罩："'开即死'这三个字，到底代表什么呢？"

"仅从字面意思上理解，似乎是打开什么就会死亡，听起来像警告，也像一个诅咒。"

谢云衿没再说话了，而是若有所思地点点头。

终于，她敛回神思，晃了晃手中的娃娃："我想，还是逮个人问问。赵语刚刚带回来三名失踪工人，我先去审讯一个。"

江暄"嗯"了一声："好。"

出门后，谢云衿首先去了外勤侦查科办公室。

刑侦工作有规定，审讯嫌疑人，必须由侦查人员进行，审讯的时候，侦查人员不得少于两个人。

所以谢云衿找到蒋丛，让他同自己一起，蒋丛自然欣然应允。

她看了眼时间，已经是晚上九点半了："今天就审一个，审完早点休息。"

"行，谢组，咱们先审谁？"

谢云衿思忖几秒："先审顾青松吧，他昨天不是和有杀人嫌疑的李自强一同去过网吧吗？就审他。"

"明白！"

蒋丛立刻将顾青松从观察室提了出来，带到审讯室坐好，谢云衿并未立刻进去。

审讯工作开始前，谢云衿有个习惯，就是观察人，她此时站在审讯

室外的单向玻璃前饶有兴致地打量着里面的顾青松。

天花板上悬挂的灯盏光线强劲,将顾青松整个人照得亮亮堂堂。

他不强壮,看起来还有些瘦,下巴很尖,一双滴溜溜的小眼睛,里面闪着打量的光。

顾青松身穿灰色冲锋外套,黑色裤子,外套里面是白色T恤,脚上踩着一双崭新的运动鞋,全身都像是刚买的。

他虽然表情看不出紧张,但一直在抖腿,是身体表现出来、典型的掩饰紧张的动作。

观察完,谢云衿才推门走进来,她瞥了一下顾青松,然后走到蒋丛旁边拉开椅子坐下来。

首先,还是例行询问,由蒋丛开口。

"姓名?"

"顾青松。"

"年龄?"

"十八。"

"满了吗?"

"满了。"

"性别?"

顾青松眉心一皱,脱口而出:"警察叔叔,性别还要问啊,这不是……这不是很明显吗?"

蒋丛冷冷地扫了他一眼:"问什么就答什么,这是程序。"

顾青松撇撇嘴,有气无力地回答:"男的。"

蒋丛继续问:"知道我们找上你是什么事吗?"

"知道!"顾青松没有犹豫,"好像是我干的那个工地上出现了一具尸体。"

问到这里,蒋丛侧脸看了一下谢云衿,然后轻咳一声。谢云衿会意,接着问起来。

"好像?这么说,你对工地上出现这具尸体并不知情?"

顾青松哽了一下,将脸扭到一边躲避她如利刃般的视线:"不知道。"

"真不知道,假不知道?"

"真……真不知道。"

谢云衿嘴角微勾,带着洞察人心的笑容。

"10月16日,也就是前天,你还在工地上干着活吧?"

"干着呢。"

"当天晚上作业时发生了什么事,你好好回忆一下。"

顾青松的手指稍稍捏紧,他舔了舔干枯的嘴唇,思索了几秒:"晚上我们就做工啊。"

"你们前天晚上做完工为什么集体离开了?"

说到这里,顾青松那是一肚子怨气:"太累了不想干了呗,领导催得又狠,偏偏只派了我们这一个班组,七八个人累死累活,钱还少,谁还给他干啊?"

"辛苦工作好几天,不仅工钱不要,行李也不要啦?"

顾青松脸上带着笑,似乎对金钱很不屑一顾:"那能值几个钱,扔了呗。"

"行李不要就算了,手机充电器也不拿?"

毕竟这个年代,谁能离得了手机?而一个没有电的手机,同空壳子有什么区别?

顾青松竟然不假思索:"换个新手机呗。"

"我去你们工地租的民居里看了,可不止一个充电器落下了。"谢云衿用调侃的语气说道,"怎么,你们难不成个个都要换新手机,前天晚上突然之间就发财了啊?"

听到这句话,顾青松神色明显一滞,摆放桌面的双手也瞬间捏紧。他一抬眼,看到谢云衿直勾勾盯着他的手,身体一僵,连忙将手缩到桌子底下去。

谢云衿双臂环抱,背脊潇洒地往后靠去:"紧张了?"

顾青松勉强赔笑:"紧……紧张什么?"

"虽然你嘴上不承认,但你的身体很诚实地告诉我,你紧张了。"她的语气非常笃定,手指弯曲叩了叩桌面,响声沉闷,"和我说一说,发了什么财?让你又是买新衣又是换手机,还回镇上宴请亲朋好友,中彩票啦?"

顾青松摸了摸鼻子:"是……"

蒋丛和谢云衿对视一眼,长长地"哦"了一声:"中的什么彩票?说给我们听听,沾沾喜气,我也买彩票,怎么老中不了呢?"

顾青松桌下的双手交缠着:"我前几天买了张刮刮乐,那天晚上一刮,就中了!"

蒋丛对彩票比较熟悉,继续问:"几等奖啊?"

"一等奖。"

"奖金多少?"

顾青松颤颤巍巍，伸出两根手指比道："这个数。"

谢云衿笑着："二十万，挺多的啊。哎，我就奇了怪了，你这一个人中彩票，怎么还给戴生分了两万？活菩萨啊？其他人你也分了吗？"

他咬咬牙："分了……"

蒋丛问道："哦，你去哪个彩票中心兑的奖啊，说给我听听，我去查证一下。"

蒋丛的话刚说完，顾青松的脸色瞬间变得极为难看。他支支吾吾了半天，最终给了个模棱两可的答案："就在佳禾路上那家……"

谢云衿坐正身体，神情也变得漠然无比，她开口说话，声音铿锵有力："顾青松，你年纪不大，书读得应该也不多，可能也没听过什么大道理，但我要跟你讲的是，撒一个谎呢，是需要无数个谎去圆的，你在生活中撒个小谎无伤大雅，但这里是什么地方？审讯室！你知道你今天为什么会被带到这里吗？因为你现在有杀人嫌疑！

"你满了十八岁，你知道在这里撒谎意味着什么吗？你现在说的每一句话，我们都录下来了，每一句我们都会查证，每一句你也都是要负责的！你现在涉嫌的是命案，命案是什么概念，还用得着我跟你解释吗？

"现在我要你，顾青松，把前天晚上你所知道的情况一五一十都给我交代得清清楚楚！"

谢云衿低下头，手里那支签字笔被她转出了各种花样，但她并没有听到顾青松开口说话。

她抬眼，眸带寒光："还没想好怎么说吗？"

顾青松喘着气，改了口供："我……我没有中彩票，也没有兑奖……"

"那你的钱哪里来的？"

顾青松咬紧牙关，很艰难地开口："强……强哥给我的……"

"李自强？"

"是。"

"戴生的钱也是他给的？"

"是。"

"其他几个人他有没有给钱？"

"给了。"

谢云衿："李自强的钱又是哪里来的？"

问题问了三分钟，顾青松也没回答，谢云衿再度开口，语气里带着戏谑："总不可能是大风刮过来的吧？"

顾青松低垂双眸，稍显稚嫩的脸上充斥着各种情绪。

慌张、犹豫、纠结，精彩纷呈，最后，他给了一个最保险也最没用的答案："我不知道。"

"不知道？"

"嗯……"顾青松脸颊涨得通红，眼睛里似乎也有了些泪意，"我什么都不知道。"

"前天晚上你们离开工地来市区做什么？"

他竟然还是这个答案："不知道……"

顾青松声音带着哭腔，还不忘建议谢云衿："警察姐姐，我真的不知道，要不然，要不然……你问蔡叔吧……蔡泽普，你问他吧！"

顾青松想将自己摘出去，谢云衿却偏偏不让他如愿，声音冷冷："不着急，每个人我都会问的，蔡泽普我也会问，但现在是你的时间。"

"但我真的什么……什么都不知道……"

"工地上的尸体，你见没见过？"

"不知道……"

"李自强去哪里了，你知道吗？"

"不知道……"

"你叫什么名字，还知道吗？"

"不知道……"

好家伙，一问三不知不说，还给整"失忆"了。

谢云衿将笔往桌上一掷，声音冷沉道："那张兴亮死了的事，你知道吗？"

这个问题，总算让顾青松抬了头，他脸上淌着泪痕，神色很不可置信："什么？"

谢云衿拍了下桌："张兴亮，你们的工长，昨天晚上十点死了，被人用双刃匕首刺进心脏，手里还拿着个布娃娃的事你知道吗？对了！布娃娃上还绣了三个字，'开即死'，这三个字你有没有听说过？"

听完这些话，顾青松先是一哆嗦，然后像泄了气的皮球一样慢慢瘫软下去，他的脸色也一点一点变得煞白，变得恐惧。

神态、动作、哭腔，种种迹象都表明，顾青松一定听说过这三个字。

他是知情人。

与此同时，他情绪也失控了，此时正靠在椅背上害怕地掩面大哭起来。

蒋丛尝试叫他的名字无果，问问题也无果，任何声音换来的都是他更加高亢的哭声。

蒋丛无奈地看了眼谢云衿，压低声音问："谢组，怎么办？"

谢云衿挠了挠头:"他这个状态,不适合继续审讯下去,今天先到这里吧。"

蒋丛点点头:"只能这样了。"

第十二章
连环凶案

从审讯室出来,谢云衿的心情倒是好了很多。

本来她想起这起案子就觉得一头雾水无从下手,但审讯完顾青松后,这案子的诸多疑点似乎都有迹可循了。

看来今晚能好好休息一番,她很满足。

她缓步上楼,办公室除了值班的,已经没人了,看来大伙儿这两天都累得够呛,逮着机会就去补觉了。

谢云衿走到自己办公桌前拿了外套,转身准备离开时,突然看到了微微打开的抽屉。

她目光一黯,手指勾住抽屉拉环轻轻打开,那张残缺的旧报纸依旧静默地躺在那里。

她盯着看了半分钟,最终吐了口气,将之拿了出来。

到宿舍时,黄缘已经熟睡了,沉重的呼吸声在小房间里此起彼伏。

谢云衿尽量放轻动作,走到自己桌前打开了夜灯。

她将报纸放置桌面,开始聚精会神地默念这份报纸上的内容。

"花季少女,瓦斯爆炸,弑父后跳江为哪般?"

谢云衿视线阴恻恻,继续往下看。

"爆炸声响,只一瞬,位于铜仁路415号的独栋老旧居民楼瞬间被湮没在洪水猛兽般的火势里……案情发生的当天,父女俩矛盾严重激化,发生了激烈口角与肢体冲突,可能由此……"

报纸内容到这里戛然而止,后面的内容被另外一张报纸所覆盖住,谢云衿目光又往上。

"临江晚报。"

她立刻打开手边的电脑,点开搜索引擎,在里面输入"临江晚报"

这四个字。

网页刚跳转，床上的黄缘突然翻了个身，紧接着，她迷迷糊糊的声音传到谢云衿的耳朵里："云衿……你回来了？"

谢云衿"嗯"了一声："我才回来，是不是吵醒你了？"

黄缘又翻了一个身，嘟囔着："没呢……你是不是还没洗澡，快点去洗澡吧。"

快些洗了上床睡觉，免得再吵到她。

谢云衿没继续看下去，她合上电脑："好。"

这样想着，谢云衿起身，在床头拿了睡衣往浴室走去。

打开热水，雾气蒸腾，谢云衿匆匆洗完澡，然后走到浴室洗脸台前。

眼前的镜子上覆着厚厚一层水雾，什么都看不清。她手指摁上去，小雾珠聚集成一团，蜿蜒着流淌下来。

她又伸手胡乱抹了抹镜子，终于，里面映出了清晰的脸。

许是刚洗完热水澡，她脸色白里透红，眼睛狭长而上翘，细碎的短发湿哒哒，发梢还在淌水。

看着镜子里的自己，谢云衿有些恍惚，突然想到了从前。

那个时候的自己是什么样子的？

应该是长头发，很长，及腰了，她不喜欢扎头发，总是披在脑后。

她静静地凝视镜子，同时想象里面那个人的头发在慢慢地变长，直到延伸到腰部位置。

那个时候的自己离经叛道，总是父亲觉得什么不好什么不对，她就偏偏要去做。

徐海成说，你这个年纪的女孩不应该化妆，素面朝天才有学生样。

她偏偏要浓妆艳抹，让自己看起来没个学生样。

徐海成说，你这个年纪要好好学习，考个好大学才是最重要的。

她偏偏吊儿郎当，不爱学习，每次考试考倒数。

徐海成还说……

直到后来，他躺在了那个四四方方的小盒子里，再也没办法对自己说一句话了。

过了这么多年，回过头来看，自己好像真的做错了许多事。

她低了头，又想到江暄的音容面貌，晃了晃脑袋，强迫自己不再想下去。

穿好衣服出门来，黄缘睡觉时的呼吸声依旧回荡在这个不大的房间里。谢云衿摸黑上床，拉被子盖上，翻来覆去十分钟，却睡不着了。

一闭眼，江暄的身影总在脑海中挥之不去。

烦人。

谢云衿实在是看不懂他。

他说他放不下，他想要真相，是真的想要真相，还是因为愧疚？愧疚自己没有接到她的求生电话，还是愧疚听到了自己跳江死亡的消息？

谢云衿不知道。

她强迫自己不再去想，翻了个身，打算继续睡觉。

生物钟让谢云衿醒得极早。

她心里乱得很，简单洗漱一番后便打算出门跑步。

今日依旧天朗气清云彩分明，尽管太阳还未出，但谢云衿已经感觉到了，今天肯定也是个艳阳天。

不巧的是，她下楼时居然遇上了江暄。他穿着休闲，衬衣长裤，清隽颀长，见到她还主动打招呼："谢组，早上好。"

谢云衿眼都没抬："早上好。"

"这么早去操场跑步？"

她点点头，无意与之继续寒暄，加快步伐匆匆下楼。

江暄看着她跑动的背影，嘴角不受控制地弯起。

想见便能见到她的感觉，真的久违了。

到操场上，谢云衿先热身五分钟，然后一气呵成地跑了五圈。

跑完步，身心舒畅不少，她回宿舍换了衣服，在早上七点半准时赶到外勤科办公室。

方审比她来得更早，一大清早，他便坐在自己办公桌前看尸检鉴定书。

谢云衿朝他打了个招呼，然后问："休息好了？"

方审放下手中文件夹冲谢云衿笑了笑："一天一夜，我在床上躺得骨头都麻了，还能休息不好啊？"

谢云衿耸耸肩："那就行。"

方审："哎，云衿，我这缺席了一整天，你和我讲讲进度呗，案子怎么样了？赵语说那七名失联工人找着三个,你昨晚还和蒋丛去审讯了，怎么样啊？"

谢云衿双手撑在他办公桌前，声音不带一丝情绪："昨天太晚了，我就审了一个，是年纪最小的顾青松。"

方审喝了口茶，神情冷肃，听得很专注。

"审讯过程中，他频频扯谎，很不诚实，工地上出现尸体这事他们

218

一伙人应该都知情,并且还有很重要的一点是,16日晚上,也就是他们集体失联那一晚,好像都得到了一笔不小的钱财,一开始他还扯谎说是中了彩票,后来见瞒不住就哭着喊说自己不知道,我目前还没问出是如何得到的,打算等会儿再去审审蔡泽普和戴生。"

方审放下茶杯:"我和你一起审。"

"嗯,没问题。"

谢云衿应完,转身去了自己办公桌,上面也摆了一份《尸检鉴定书》,她在桌前站定,拿起来翻开认真看下去。

看到一半,方审过来叫她:"云衿?走!"

谢云衿放下鉴定书,跟在方审后面:"先审谁?"

"你觉得呢?"

她思考片刻:"先审戴生吧。"

方审浓黑的眉毛一扬,用怀疑的语气:"不是说这个戴生脑子有些毛病吗?审他能审出个子丑寅卯吗?"

谢云衿:"这样的人,才更加不会撒谎吧。"

方审被她说服:"好像也是。"

毕竟越聪明的人,往往谎言也越多。

由于戴生情况特殊,因此,审他并未选择阴暗封闭的审讯室,而是在宽敞明亮的询问室,身边也有家属陪同。

他的母亲,一个年过半百的普通农妇,黝黑的脸,脸上满是紧张的神情,此时正伸手轻轻拍着戴生的背安抚他的情绪。

推开门,谢云衿的目光先落在戴生身上。

成年人的体格,成年人的长相,成年人的穿着,第一眼看上去与常人无异,但摇头晃脑的动作,呵呵傻笑的神态,又处处彰显着他与常人是不同的。

见方审和谢云衿进来,这位母亲惶恐地站起身来,声音有些抖:"警……官……"

方审扬扬手,语气也并不严肃:"没事,坐下来吧,不用太紧张,我们就问几个问题。"

戴生昂着头,冲他们俩笑着,站起身来,傻乎乎的声音:"警察叔叔好。"

"你好。"方审回应他,又扬扬手示意,"你快坐吧。"

身边的母亲拉了拉他的手,戴生嘻嘻笑着坐下来。

谢云衿不动声色地关好门,拉开方审旁边的椅子,两两对坐,一场特殊的审讯就此开始。

方审先问了戴母有关戴生的情况，戴母也如实回答："他会说话，也能听明白我们讲话的意思，也会回答，就是脑子确实是迟钝，笨！"

方审颔首几下："他这个状态，怎么会让他去工地干活呢？"

戴母听着眼眶红了，她长长地叹气，悲伤地摇头："我和他爸也是没办法啊，他小时候发烧烧坏了脑子，我们为着他的病到处求医问药，不仅没治好，家还拖穷了。他还有弟弟妹妹要念书，就他爸一个人在外面干活，负担实在太重，你看他，这么壮的一个人，力气也大，我们想着去外面做做工，也不用什么脑子吧，能挣点是一点，毕竟他在家里待着也是待着，一张嘴巴张开也是要吃饭啊。"

戴母双手交握身前，捏紧了又松开，继续说道："老蔡和我们同村，他在工地干活好多年了，我们就请他带着一起出去，老蔡同意了，没想到去了没十天这傻小子又回来了，还揣回来两万块钱说是自己挣的，我和他爸本来又惊又喜，还以为孩子出息了，没想到……没想到……"她慌张摆着手，"钱我们一分都没动，都带过来了。"

她说着就要伸手从兜里掏出来，被方审制止。"等会儿吧。"

戴母连连说"好"，手又垂了下去。

谢云衿的目光落在戴生的身上。

发现谢云衿在看自己，戴生冲她傻笑两声。

谢云衿神色淡然，开口喊他的名字："戴生。"

"哎！"他高亢地回了一声。

"你在工地干活累吗？"

戴生反应了好久才理解这句话的意思，他吮着下嘴唇，话说得不太利索："干活……干活很累的……"

"工地上都做些什么活？"

他摇头晃脑："铲……铲石头。"

"大前天晚上，你在工地最后一天的事，你还记得吗？"

戴生表情纠结，昂头看着天花板，眉毛、眼睛都皱起，顿了差不多有五分钟："记得啊。"

谢云衿趁热打铁："你们在工地上有没有看到一只皮箱子？"

"皮……皮箱子是什么？"

"就是长方形的，皮质的，能装东西的箱子，有没有见着？"

戴生奋力地扯着自己的衣袖，用了很大的力气，衣袖都被他扯变形了，却一直没有回答。旁边的戴母拍拍他的肩膀急切地说："小生儿，你快说啊,警察问你什么你就要说什么,到底有没有见着,那什么皮箱子?"

戴生还是在扯衣袖,他眼珠子转了转,嘴巴张张合合好几次,最后摇摇头:"强哥、强哥说了,我什么都不知道,我什么都不知道……"

谢云衿又问:"那天晚上离开工地后,你们一群人去了哪里?"

没想到戴生还是回答:"不知道……"

问到这里,谢云衿算是明白了,看来李自强特地教过他的,遇到这些问题,就说不知道,这戴生很听李自强的话。

谢云衿没打算放弃,换了个方式:"城里好玩吗?他们带你去了哪里玩?"

"好玩!"戴生兴奋了,"吃了、吃了好吃的!"

还准备继续问下去时,询问室的门突然被人从外推开,罗宇超的表情非常急切:"谢组,我必须打断审讯,有重要的事情要汇报,情况很紧急!"

方审给了她一个眼神,示意谢云衿先出门。

等关好门,罗宇超喘着粗气急忙道:"兴源路那里发生了命案,一男子当街被杀,死状很惨烈,凶手有两个,已经逃走了,死者疑似就是我们正在找的李自强!"

罗宇超憋了一路,眼下一次性说完,终于如释重负般长吁一口气。

可听完他的话,谢云衿却沉默了。

她脑子里如同被人塞进一团乱麻,明明听清了,却没听清一般问道:"谁当街被杀?"

"疑似是李自强。"罗宇超声音高亢地答完,还准备开口说些什么,谢云衿却没给他这个机会。

她脸色阴沉得像是要滴出水来,后脊背通电一般,抬腿便往前走去。罗宇超"谢组谢组"在背后叫了几声,谢云衿却置若罔闻地继续往前,罗宇超见状快跑几步赶忙追了上来。

谢云衿步履急促,三步并作两步,一鼓作气连爬五楼。

在门口站定,她手一扬,猛地推开天网监控室的门。

满墙的视频监控整整齐齐陈列在眼前,一眼扫过去,监控画面不停跳跃滚动,最大屏幕前围了不少窃窃私语的人,谢云衿定睛一瞧,吴海楼、王临风、何繁忠……甚至是刘局都在列!

看来这次的情况很不简单啊。

谢云衿沉着步子走到何繁忠身边,还没开口说话,何繁忠便已经察觉到身边站了人，他侧脸瞥了一眼："收到消息了？"

谢云衿低眉敛目："嗯，刚收到。"

顿了顿，谢云衿问："是李自强吗？"

何繁忠的手指随意地一抬，示意她看大屏幕。谢云衿的目光死死盯住，上面正在重放兴源路上的那起凶杀案，画面很清晰。

早上七点，这座繁华都市刚刚从睡眠中苏醒过来，路上人流不多，但车鸣嘈杂，一名身穿黑色皮夹克的瘦高小伙慢慢走到屏幕正中央，他叼着烟，歪着嘴，脖子瑟缩，双手插兜，头却往两边打探着，似乎正在等待什么人的到来。

突然，小伙看到了什么，他身体一僵，脚往后退了几下，然后猛地将手从兜里抽出来摆臂奔跑。很快，另外两个男人分别从路的两边跑进画面，将瘦高小伙左右包夹。

两个男人身材中等魁梧健壮，差不多的身高，一个穿深蓝外套，一个穿灰色外套。

三人僵持着，不知说了些什么话，瘦高小伙似乎是被激怒了，他从衣兜里抽出一把管制刀具往"深蓝外套"身上狠狠刺去，却没想到那人动作灵活，给躲开了，瘦高小伙愈加疯狂，挥刀再刺。那两人也怒了，他们合伙过来将瘦高小伙控制住，然后抢夺了他的刀具，"深蓝外套"情绪失控，拿起刀具就插进了小伙的腹部，似乎还不解恨，又抽出来狂捅几刀。

瘦高小伙躺在地上，血流汩汩，双脚抽搐几下很快没了反应。

"深蓝外套"这时才意识到自己杀了人，他先是害怕地扔掉刀具，又和"灰色外套"说了些什么，这才蹲下来开始手忙脚乱搜起瘦高小伙的身来。

很快，他们从瘦高小伙衣兜里找到了个白色方块状物体，确认后扬长逃去。到这时，才有路过的行人发现倒在血泊中的瘦高小伙，是个老大爷，他提着一袋子蔬菜振臂高呼，呼声引来了更多的人围上前来。

画面暂停。

"这就是天网监控拍下的凶案全过程。"

接着，屏幕一转，静止街景里，有两人匆忙跑进画面，正是刚刚杀人的"深蓝外套"与"灰色外套"，两人跨上路边一辆摩托车，"灰色外套"载着"深蓝外套"很快离开了案发现场。

"这是天网拍下的凶手作案逃离现场全过程，三人的脸被拍得很清楚，曾行那边正在做人脸识别比对。"

谢云衿的目光冷沉地定格在电子屏幕上。

她早已看过多遍这七人的照片，对几人的外貌特征非常熟悉，很确定受害者就是李自强，而"深蓝外套"和"灰色外套"则是与李自强一同失联的魏晋曜、魏守礼两兄弟。

她咬了咬下嘴唇，指尖几乎要嵌入肉里，同时结合两场审讯所掌握到的信息，她脑子迅速梳理起几起案子来。

10月16日晚，皮箱女尸出现在工地现场，工地七名工人集体失联。

10月17日晚，工地工长张兴亮死在廉租房内，李自强衣服沾血匆忙逃出，廉租房内有被翻动的痕迹。

10月19日晨，李自强被魏晋曜、魏守礼两兄弟左右包夹，他掏刀杀人反被杀。杀了人后的两兄弟做的第一件事竟然是搜李自强的身，搜到白色方块物品后匆忙逃离。

这方块物品在监控画面下压根儿看不清，但一定很重要，重要到让这两兄弟哪怕杀人都要去抢夺！

联系到顾青松与戴生在16日晚上均得到了一笔意外之财的事，谢云衿顺理成章地推测，这白色方块物品，应该与钱有关，它可能是个值钱的东西。

而状如此物的值钱东西，有什么呢？

张兴亮的死，是不是也与这白色方块物品有关呢？

皮箱女尸出现，七人失联，张兴亮遇害，李自强逃跑，李自强遇害，魏氏兄弟逃跑？

难不成是为了这白色方状物体，几人螳螂捕蝉，黄雀在后？

大团疑点在谢云衿的脑海里缠绕盘旋，但同时，很多猜测呼之欲出。

"凶手作案后骑摩托车逃离现场，期间，梓宁路、淮云路、凤凰路路段监控都有拍下两人身影，但下凤凰路后就没监控拍到了，疑似是进入了苍阳山。"

屈玉山的话刚落音，只听吴海楼烦郁的一声："是苍阳山，难办喽。"

吴海楼之所以说难办，是因为苍阳山地处市郊，延伸到下面区县，是临江市最大最高最复杂难行的一座山，虽说这些年政府也在着手将苍阳山开发为旅游景点，不过只开发了临市区那一段，若是凶手往苍阳山深处逃窜，找寻难度将会非常大。

刘局左手托着右手，右手抵住鼻下，脸色非常凝重，他抬抬下巴，不悦地喊道："繁忠？"

何繁忠低眉顺目："刘局，您说您说，我听着。"

"短短四天，三人遇害，你们刑侦支队，得尽快给我、给上头、给老百姓一个交代！"

短时间内凶案接二连三，加之媒体的渲染报道，网络舆论不受控制，已经出了不少"阴谋论"猜想。

何繁忠连连点头："是，我明白，我们肯定会尽快的，不会让市民恐慌继续扩大。"

话虽如此，可首案死者的尸源都还未确定，破案从何谈起？

何繁忠头疼，刘局走后，他双臂环抱，问身边的谢云衿："你跟了这么久，对案子有什么想法？"

谢云衿那双英气的眉稍稍挑高，语气笃定地说道："我已经找到这几起案子的突破口了。"

何繁忠"嘶"了一声，身体往谢云衿的方向侧了侧，吩咐道："你说说。"

谢云衿走到控制台，让屈玉山将画面定格到两人搜身李自强的画面。随后，谢云衿走向电子屏幕，灯光在她脸上聚集，她伸出手指，指向那块白色方块物品。

"突破口就是它。"

何繁忠目光炯炯，盯着谢云衿手指的方向看了很长时间。

他摸了摸下巴处的胡楂，伸出两根手指认真地比画了下那物品的形状与长度，随后让屈玉山放大再放大。

图像放得越大，像素格越明显，画面自然而然也越模糊。

何繁忠和吴海楼两人站屏幕前左看看右看看，始终摸不准他们从李自强身上抢的是个什么东西。

吴海楼招招手，又让屈玉山将画面调到正常大小。

看了好几分钟，吴海楼提出推测："看起来是个硬东西，上面不是很光滑，有纹路，像块石头。"

可若仅仅只是一块石头，怎么会让那两人将李自强围追堵截甚至杀人，只为抢了这东西就跑呢，这石头难不成是什么宝贝，难不成比钱还重要！

何繁忠虽然并未直接参与此案，但凭借二十多年的刑侦生涯，他大脑飞速运转，结合形状纹路敏锐地猜测道："是块石头，但不是普通石头，正面不光滑之处有纹路，像雕刻纹路，估计是一块玉石。"

话音落下，谢云衿露出一个自信的笑容，看来她与何队的猜测不谋而合了。

"玉石，难怪啊，那就能解释通为什么要搜了这东西就跑了。"吴海楼又凑过去看了几秒，豁然开朗地"嘿"了一声，赞许道，"老何，不得不说，还是你的眼睛毒啊，我怎么就只能看出这是一块石头呢。"

何繁忠依旧盯着电子屏幕，沉默了几秒没讲话，脸上神色深沉。

没几秒钟，监控室的门再次被人推开了，这次是方审。

他身材健硕，刚从询问室出来，走路过来时臂膀前后摆动，脸孔板着，看起来气势十足。

方审的目光首先落到何繁忠身上，叫了声"何队"，转眼又看到吴海楼："吴队也在呢。"

两人颔首回应。

方审走向谢云衿，问道："刚刚在门口问了阿超，说是疑似李自强当街遇害了。啥情况啊，赶紧和我说说。"

谢云衿眯了眯眼："不是疑似，就是李自强。"

方审烦郁地叉着腰，瞟了一眼最大块的电子屏幕："凶手身形拍下来了吗？"

"拍下来了，拍得特别清楚。"

方审稍稍松气："拍下来就好办，让曾行做个人脸比对，后续直接搜寻抓捕就行了。"

"可没那么简单。"谢云衿声音淡淡，抬头直视方审，双眼如一泓深泉看不见底，"当街杀人的是魏氏兄弟。"

方审的眉头皱得能挂锁，他不可置信高声确认："魏氏兄弟？"

"嗯，这七人照片我看了不下八百遍，不用等曾行的人脸比对结果了，就是他俩没错，凤凰路路段监控最后一次拍到两人身影，之后便失去踪迹，估计是进了苍阳山。"

方审怔松了会儿，刚弄清楚事情前因后果，快速将这几起案子在脑子里整合了一遍，可惜越整越乱，他无解地挠了挠头。

正在这时，何繁忠出声叫了他的名姓："方审。"

方审忙将挠头的手放下，身板挺直着高声回应："哎！何队，您说。"

"事不宜迟，你和云衿分工协作，云衿出现场勘察，你带一队人，联合下面的派出所进山搜寻这两人踪迹，务必赶紧将他们抓捕归案，不能再让这案件继续扩大了。"

"行，何队，我立刻带人过去。"方审丝毫没有迟疑，立刻出了门。

谢云衿也准备离开去现勘，却被何繁忠叫住："云衿，你、你等会儿。"

谢云衿狐疑转身:"何队,你还有什么事?"

何繁忠沉默片刻,后从胸腔呼出一口长气来:"云衿,这案子,你全程跟的,说说,有眉目吗?"

"有。"谢云衿的回答很坚定。

何繁忠脸色狐疑:"真有假有?"

谢云衿挑挑眉,给他吃下一颗定心丸:"真有。"

顿了顿,她又补充道:"何队,我坦白,短短四天,案子跟接力赛一样,皮箱案还未弄清楚缘由,张兴亮接着遇害,现在又是李自强,猛地冲击过来搅和成一团,打得我措手不及。起初,我确实一头雾水毫无思路,但现在,我认真梳理下来,已经有了追查方向。你相信我,再多给我些时间,我一定会尽快弄清真相。"

何繁忠听完鼓励似的拍拍她的肩膀:"其实你办事时,我一向是放心的,就是你上次那个……"他没继续说下去,正了正神,叮嘱,"还是那句话,控制脾性。"

谢云衿眼皮微掀轻哼一声:"何队,你这个叮嘱大可不必,我最近已经很能控制脾性了,再控制下去,能直接去庙里当和尚你信不信?"

何繁忠笑言:"年轻人讲话就是夸张,你想去庙里当和尚,庙里还不收你呢。好了,该交代的我都交代完了,技术科和法医科的先过去了,你也出发吧。"

谢云衿点点头,旋身抬腿便往门外走。

她速度很快,深邃眼睛里蕴含肃杀,不出三分钟,人便直下五楼拉开车门坐了进去,随后双手搭上方向盘,车辆发动扬长而去,荡起一层黄灰。

罗宇超本想同谢云衿一同去往案发现场,可惜就去撒了泡尿的工夫,紧赶慢赶还是没赶上。他看着渐渐远去的车尾悲愤地叉起了腰,嘴里嘟囔着:"谢组啊谢组,你就不能慢那么几秒钟吗?"

但这些谢云衿已经不可能听到,她后背挺直,双眼直视前方,车速在允许范围内开到最快。没多久,兴源路到达,谢云衿扭头往车窗外一瞧,路边全是围观群众。

她放缓车速,停在了距离案发现场不到一百米的地方。

她下了车,眯了眯双眸,拿手格挡身前才勉强挤过了围得水泄不通的人群。

警戒线圈了三十来个平方米,正中央的地上躺着浑身染血的李自强,早已经没了气息。旁边，江暄半蹲地上正在检查死者体表，他一袭白色工作服，清俊矜贵，认真专注得似乎天塌下来都无法侵扰到他。

谢云衿慢慢拉开警戒线，目光却在江暄身上迟迟未曾挪开，直到不远处的蒋丛高声叫了声"谢组你来啦"，她才强迫自己将注意力抽离开来。而正在检查死者的江暄也听到了蒋丛的声音，他好像并没有谢云衿以为的那样认真，至少在听到蒋丛的声音时，他指尖一顿，随后抬了眼，在确认谢云衿确实站在自己面前后，又埋头继续工作起来。

蒋丛已经到了谢云衿身边自觉开始介绍起了情况："谢组，根据死者身上的身份证件以及手机确定这就是我们正在找的李自强。"

"嗯，这个我已经知道了。"

"案发时，斜对面那早餐店的老板娘和两个食客目睹了杀人全过程，不过由于害怕都没站出来阻止。那老板娘说，他们看到的时候，两名凶手正在与李自强对峙，听他们的对话，好像是李自强私吞了什么东西，两人不服，来抢夺的。"

谢云衿沉思片刻，嘴里喃喃两字："私吞……"

她的视线停留在李自强的尸体上，问："除了身份证件，还有在身上搜出什么其他东西吗？"

蒋丛没说话，地上做检查的江暄倒开了口，他语调带着慵懒："一包烟、一个打火机、一部手机、一把钥匙，没了。"

听到此处，蒋丛连忙补充："谢组，对了，我和伍方走访了一下这附近，查到了李自强的住所，还没进去查看。"

"哦？在哪里？"

蒋丛指了个方向："很近，就往那条巷子里进去，拐个弯，再走一百多米就到了，他租的是个一室的民居。"

谢云衿没有犹豫："走，我们过去看看。"

"哎！"蒋丛连忙应声。

谢云衿取过从李自强身上搜到的钥匙，随着蒋丛一起走进旁边的小巷。

狭窄的街巷，高高的灰墙，墙上贴着密密麻麻的牛皮癣小广告。

再抬头往上看，一方小小的天空压下来，让人莫名生出一种压抑感。

走了百来米，到一处斑驳的褐色木门前，两人停下了脚步。

谢云衿神色清冷看不出任何情绪，她戴上手套，从兜里掏出李自强家的钥匙准备开门。

刚插进锁孔，谢云衿神色一黯，语气很冷沉："在我们来之前，已经有人进来过了。"

蒋丛还未来得及问清楚,只见谢云衿并未转动锁孔中的钥匙,而是轻轻伸出一根手指推了推,木门"咯吱咯吱"着,开了一条缝,蒋丛立刻警觉地绷紧了身体。

谢云衿的眼神寒若冰霜,她稍微侧身站立门边,刀锋般的视线顺着这不足五厘米的门缝往里看。

里面漆黑一片,好似那吃人的深渊。

谢云衿示意蒋丛后退些,自己却上前一步。她伸出三根手指,将这扇木门推得更大些,又是一阵刺耳的"咯吱"声,在寂静小巷深处显得格外明显。

她小心翼翼地跨上台阶,侧着身体踏进了李自强那间从外面看上去漆黑无光的房间。

衣服外套布料擦过墙壁,响起一阵声响,窸窸窣窣。

置身其中,除却谢云衿走动以及衣料摩擦的细微声响,里面竟无一丝声音。

身后的蒋丛也踏步跟上,他身体不如谢云衿轻盈,弄出的声响有些大。谢云衿抬手示意,让他保持静止。

蒋丛会意,迈出的腿又小心翼翼缩了回来,他看着谢云衿清丽坚韧的背影,不禁有些担心。

谢云衿没有配枪,手上也并未携带任何防身工具,独自进入肯定是危险万分的,毕竟屋内现在到底是个什么情况,谁也不知道!是李自强出来没有锁好门,还是真的有人潜入其中,如果真是潜入,这人又是否还藏身在里面呢?

蒋丛实在摸不准情况,又不想站在门口干等着,心下琢磨了会儿,再后退几步,掏出电话准备叫那边现勘的同僚们过来增援。

而谢云衿还在缓慢而警觉地往里面挪步,墙边是块布帘子,她抬起手肘轻轻拨开,里面情况一览无余,简陋的一体浴厕,没有藏人的可能。

再往里挪步,她眯起双目,似乎听到了细微的呼吸声,就蛰伏在更深处的黑暗里。

谢云衿明白,刚刚开门闹出的动静不小,房子里要是真藏了人,定然早就惊动了他,两人只是在对峙着,看谁更沉不住气罢了。

她屏住呼吸,左手手肘格挡在前做出防御性动作,可脚步却无所畏惧继续往里。

又踏出三步,黑暗中的呼吸声也越来越清晰。很显然,对方比她更沉不住气,只听一阵"刺啦"响声,不远处的窗户边,厚重的黑色窗帘被人猛地掀开,室外光线如决堤的洪水般奔涌进来。

倏地,一个黑色人影敏捷地跳上窗台,随着一声沉重的坠地声,那人已经顺利从窗户口跳了出去。

谢云衿脸色一变,快步跑到窗边纵身跳上,也翻窗而出追上去。

江暄来时正好看到这幕,他锐利的眸光死死定格在那个奋力逃跑的黑衣身影上。然后,同时同刻,两人一同摆臂追击。

追击途中,谢云衿和江暄默契地扭头互望对方一眼,他们的嘴角都扬了下,又很快恢复如常,凝视前面继续疾跑。

两人的追击速度很快,那人也完全不落下风,但这里面几条小巷互相连通,那人非常熟识附近地形,好几次差点将两人甩掉。追人的同时,谢云衿也在飞速头脑风暴模拟这几条贯通小巷的地形图,快到下一个拐角时,她正欲开口叫江暄变道,话还未说出口,江暄已经拐进了旁边那条。

她稍喘一口气,没作停留继续往前。

终于,在通力合作下,谢云衿和江暄一头一尾将那人堵在小巷正中央。

那人也实在是没劲了,跑不动了,脚下一虚,身体像摊软泥般靠着墙软绵绵地滑落下来。

谢云衿此刻也疲累不堪,她大口喘了几下气,坚毅的双唇抿了抿,抬腿走到那人面前,弯下腰伸出手,抓住他的头迫使他往上仰了仰,这才看清了他的脸。

一张男人脸,跑得翻白眼,脸庞通红着,脑门上也全是汗。他鼻梁上架着一副黑框眼镜,五官端正,整张脸看起来斯文秀气。谢云衿一眼认出,他就是七名工人里隐身到现在的——

"唐明喆。"谢云衿声音冷肃。

瘫软在地的男人听到她的声音明显是有反应的,他艰难地抬眼看了下,嘴里依旧在大口喘着气。

江暄的呼吸声也沉重不少,他瞥了地上的男人一眼,这才看向谢云衿:"什么情况?"

他刚做完死者体表检测,正准备和袁新元一同归队,就接到了来自蒋丛的电话。江暄让袁新元带着死者先回队,二话没说便赶过来增援,不曾想刚过来便看到一个身穿黑色外套的男人翻窗就跑,紧接着又看到谢云衿也跳出来,几乎没有半分迟疑,他立刻加入追击行列。

谢云衿如实回答:"拿了李自强身上那把钥匙准备去他的租房里找

找线索，结果门是虚掩着的，我一走进去，这小子翻窗就跑。"

她薅起命都快跑掉半条的唐明喆："你潜入李自强租房内做什么？"

唐明喆累得脸孔扭曲，嘴巴张张合合，愣是一个字也没说出口。

谢云衿不费吹灰之力，将唐明喆反制在地，又从腰腹处取下手铐，"咔嚓"一声，那双银白色手铐便牢牢把他束缚住。

刚做完这一切，蒋丛带领秦海明姗姗来迟，看到人已逮到，两人这才停下脚步。

蒋丛稍微喘气，脸上带着笑意："谢组，江法医，你俩速度真快啊，我和秦哥还想着过来支援，没想到白跑一趟。"

"不算白跑。"谢云衿双目微眯，"你来得正好，把他带回去，我过会儿要重点审他。"

蒋丛声音爽利，忙过来提溜起地上的唐明喆："行！"

秦海明大剌剌地叉着腰："云衿，李自强那租房已经被我们的人围起来了。"

谢云衿颔首："嗯，我去看看。"

江暄狭长的眸眯了眯，语气随意道："那我和谢组一起去吧。"

谢云衿轻轻咽了下口水，没同意也没拒绝，只抬腿往前走去。江暄见状，脚步闲散地尾随其后。

今日天气不错，温暖的阳光洒落在地，谢云衿目视前方地上，两人的影子被朝阳拉得很长。

谢云衿轻咳一声找了话题："你刚刚反应挺快。"

江暄轻笑："谢组是在夸我？"

谢云衿轻慢地挑挑眉："这话像在讽刺你？"

江暄"嘶"了一声："说不好。"

"怎么说不好？"

"谢组的心思，很难猜呢。"

谢云衿蹙了蹙眉："哪里难猜？"

江暄语气愉悦："你对我讲话的时候阴阳怪气得很，我实在琢磨不透你是在夸我还是在讽刺我。"

谢云衿嘴唇翕动想反驳，细细想来却没法反驳，她索性破罐破摔："那就当我在讽刺你吧。"

江暄看着她不爽的脸色微微勾唇："看来谢组刚刚确实在夸我。"

谢云衿轻哼一声："你别太自作多情。"

这个话题极其"没营养"，却又和谐地进行了下去，没多久便到了唐明喆刚刚跳窗的地方，只见窗帘大开着，几名警员已经进入其中开始勘察。

大门口，伍方正站在那里抽烟，他狠吸一口，忙着吞云吐雾，小眼睛一瞟，猛地看到谢云衿和江暄，连忙将手里的香烟掐灭："谢组，逮着了吗？"

"逮着了，蒋丛和老秦押着，等会儿带他回去审讯。"

谢云衿边说边进门。

房间内的黑暗已经因为窗帘的拉开而尽数被驱赶。

她目光一扫，细细打量着这个不大的房间。

三十来个平方米，一室一卫的格局，一眼便能看到头，简陋又肮脏，同张兴亮那个租房一样，衣柜拉开，抽屉拉开，东西胡乱堆放，明显也被翻找过。但翻找之人是否就是唐明喆，谢云衿的心里还得打个问号。

两名警员正蹲趴在地细细搜寻，紧接着江暄也走了进来，他看了这房间几秒，开口第一句话便是："这里被打劫过啊，这么乱。"

谢云衿语气轻快："可能确实被打劫过。"

她说着弯了腰，也开始在这小房子里搜寻起来。而身后的江暄眼尖，他一眼便看到床上凌乱的被褥下压了什么东西，他长腿几步走过去，伸手将之从被褥下抽了出来，竟是一个锈迹斑驳的铁匣子。

江暄那双好看的桃花眼微微敛起，拿起来看了看，并未看出什么端倪来。

他翻了个面，赫然发现这铁匣子正面竟然刻着字，还是熟悉的三个字"开即死"。

江暄手指轻抚上刻纹，又将这铁匣子随意晃动，里面似乎还装着东西。

他放缓呼吸，修长手指伸到锁扣处轻轻拨弄，"嘣"的一声，铁匣自动弹开，里面静静躺着一个布娃娃，肚皮上用黑线绣着同样的三个字"开即死"。

江暄薄唇动了动，轻轻喊着："云衿。"

蹲在地上的谢云衿快速扭头，眼睛里盛满了困惑，直到她看到江暄手里的东西。

她忙起了身，视线首先被那个布娃娃吸引："又是它。"

"不只是它呢。"江暄挑起黑色浓眉，将手里的铁匣子递过去，"这次还多了个东西，是这玩意儿。"

"这是什么？"谢云衿压了压额角，将这铁匣子接了过来。很快，她也看到了匣子正面刻着的那三个字。

谢云衿抿紧嘴唇，英气的眉宇间染上一抹戾气，她将这铁匣子拿手里掂了掂，最终一句话没说。

江暄嘴角弯了弯："谢组对这个没什么想法？"

"想法再多也没用，还是先搜搜这房子里有没有什么别的线索。"

她将铁匣子放进一旁的物证箱里，走到床边掀开脏得发黑的被褥，下面塞着些皱皱巴巴的衣物，她提起这些汗味臭得快要发酵的衣服抖了抖，什么东西都没掉出来，她又伸手进兜里掏去，这次倒是掏出些东西。

不过却是一个没气的打火机，以及几张卫生纸。

谢云衿有些气馁，又掀开枕头，下面压着一沓粉色大钞以及一张银行卡。

他们将这三十平方米的小房间里里外外搜了个遍，就差掘地三尺了，可惜再没发现什么有用物证。无奈，谢云衿只能联系了房东，宣布将此处暂时封锁起来。

出了门，外面阳光明媚刺眼，照射到身上还隐隐有些热意。

谢云衿围着这房子四周的小巷走了圈，只在通往兴源街那处的入口发现了一处监控。

这小巷子弯绕虽多却四通八达，这处监控的作用明显不大，但就算希望再小也不能放过，调取完此处监控后，谢云衿便让警员们准备收队。

她走到自己车前，刚舒展完酸痛的身体准备上车，抬眼又与江暄四目相对。

江暄视线懒懒缠绕在谢云衿身上，双手插进工作服的衣兜里，语气有些戏谑："谢组，法医科的车先回去了，技术科和你们外勤科的车也坐满了，我只能蹭你的顺风车了。"

谢云衿没好气地轻"嗤"一声："你蹭得还少吗？"

说完，她拉开车门坐上驾驶位，而下一秒，江暄也不知什么是客气一样熟稔地钻了进来。

他系好安全带，扭头笑得玩世不恭："麻烦你了，谢组。"

谢云衿什么话也没讲，脚下油门一踩。

窗户半开着，外面的风往车里猛灌，肆意吹动谢云衿额前碎发。

她的头发一直没理过，比初见时长了不少。江暄安静地注视着她，最终，这抹炙热视线在被敏感的谢云衿察觉之前被他收敛住。

谢云衿随意地往副驾驶位瞟了一眼，看着正襟危坐的江暄开口问："说说，李自强的初步尸检情况如何？"

江暄语调慵慵懒懒，言简意赅道："身上有扭打伤，腹部几处伤口，应该都捅到了内脏，我目前还不清楚哪刀是致命伤。"

谢云衿"嗯"了一声，没再说话，心里却一直思索着案子。

二十分钟后，车辆平稳驶进刑侦支队大门，刚上楼，迎面便撞上了黄缘。

看到谢云衿，黄缘神色一亮："赶巧了，正要找你。"

"正好，我也要找你。"

黄缘将一沓鉴定报告郑重其事地递到谢云衿手上，有气无力地说："我这几天忙得精神都要错乱了，这不，刚把皮箱案和张兴亮案现场的物证鉴定报告整理出来。"

谢云衿冲她笑："辛苦了。"

黄缘耷拉眼皮伸了个懒腰："确实辛苦。"她顿了顿，湛亮的眼睛里蕴满了憧憬，"真希望这几起案子结束后，我能如愿休个假。"

"那还不简单？到时候我和何队说说，案子结束你第一个休假。"

"那敢情好。"黄缘满足地长吁一口气，又咂了咂嘴，"不过忙起来累是累，也有点好处。"

谢云衿注意力虽在鉴定书上，可也不忘张嘴回应黄缘的话："忙起来还有什么好处？"

"可以用来搪塞我妈啊，省得她天天让我相亲，搞得好像我这辈子都嫁不出去一样。"

黄母爱张罗姻缘大事在刑侦支队是出了名的，之前她来队里给黄缘送饭，可是把谢云衿、赵语以及队里的单身小伙的资料都搜集了个遍，还拉着谢云衿的手，扬言一定要给谢云衿介绍个优秀小伙。

谢云衿笑问："阿姨还那么热衷于给人张罗相亲啊？"

黄缘一说到这个就头痛，她无语地扶了扶额："那是相当热衷，上次还看好了一个做律师的小伙子，说要介绍给你认识，我给一把回绝了，让她别费这个心。"

谢云衿手指翻动鉴定书，语气轻松地调侃着黄缘："你怎么回事，为什么帮我回绝，我觉得认识认识也不错啊。"

"得了吧，你这一天到晚扑在案件上，能有时间谈对象吗？"

"不相亲试试，怎么知道我有没有时间？"

话音刚落，身后响起纸张落地"稀里哗啦"的声响，黄缘和谢云衿的瞎侃被打断，均扭头往声源方向望去，只见江暄就站在不远处，他再没有了平日里的嘲弄神色，那双狭长眸子晦暗不明，白皙俊秀的面容上，脸色如同暴风雨来临前的阴沉天气。

江暄死死盯住谢云衿,手指顿了顿,躬身下去将散落一地的纸张捡起来。

很快,他站起身来,深深吸了一口气,却什么也没说,转身离开了,顾长背影渐渐融进走廊深处,带着股难以言说的落寞。

谢云衿的注意力此时已经没有集中在鉴定书上了,她抬起眼,冷沉的视线定格在江暄的背影上。同时,黄缘诧异的声音在耳边响起:"云衿,江法医好像有些不对劲呢。"

谢云衿忙敛回视线,轻咳一声掩饰道:"哪有什么不对劲!"

她很快调整好自己的失神,迈开腿走到窗边,聚精会神地看起手上这本鉴定书来。

"缤纷牌皮箱,产自晋州市缤纷色彩箱包有限公司,每年产量大,线下线上均有销售,溯源困难,箱子皮革腐蚀现象严重,暴露在自然环境中将近两个月,皮革夹缝处发现细砂碎石,与案发现场的石堆中的碎石一致。

"箱子底部的掌纹清晰,来自于不同的三个人,靠近拉杆侧指纹与指纹库中李自强的完全匹配,其余两人的指纹在指纹库中未有匹配,与张兴亮的指纹未有匹配,从形状与受力点来看,六枚掌纹疑似是从底部抬箱时所留。"

谢云衿继续往下看,同时默念出声。

"案发现场发现黄、蓝两种烟蒂,烟蒂表面被泥沙覆盖,指纹无法提取,唾液无法提取。"

她一目十行,将皮箱女尸案现场勘查到的物证快速扫完,又着重看起张兴亮案。

"插向死者腹部的是一柄双刃匕首,刀锋锋利,双侧刃处均有细纹残留,作案前被人磨过,刀柄有血指纹,与指纹库中李自强左手食指指纹完全匹配。

"张兴亮案现场的血鞋印长度26.8厘米,底部为波浪形花纹,一双41码普通帆布鞋。

"布娃娃材质普通,外面为旧纱布,填充物为带籽棉花,身体血迹属于张兴亮。"

…………

谢云衿将鉴定书从头翻到尾,深吸口气将之合上。黄缘还站在她身后:"云衿,有什么问题你可以问我。"

"你提取下顾青松和蔡泽普的掌纹与指纹,看能否匹配上。"

"行,我正准备下午去呢,还有什么问题?"

谢云衿:"其他问题倒是没有,就是又有事情要麻烦你了。"

"什么事情?"

"刚刚出现场又带回来了一堆物证。"

黄缘崩溃地仰天长叹:"这日子什么时候是个头啊,我这几天真的,都快鉴定吐了,我觉得我上辈子肯定做了特别伤天害理的事,要不这辈子怎么做了痕检呢。"

抱怨归抱怨,牢骚发完,黄缘又重振旗鼓:"谢组,物证在哪儿?"

谢云衿随意地昂了昂下巴:"伍方帮你搬上去了。"

"行,我先去食堂吃个午饭,都饿得双眼发黑了,一块儿去吗?"

"不了,我还得回趟办公室,你先去吧。"

"那好,不跟你在这里浪费时间,我先去食堂吃饭了。"

黄缘说完打了个哈欠,懒着身体往楼下走去。

谢云衿送走她的背影,跨步往上面走。

办公室里就赵语一个人,此时此刻,她正趴在办公桌上翻看物证鉴定书。

听到脚步声,赵语警觉地昂头:"云衿?"

"怎么就你一个人在?"

"大丛、秦哥几个都去食堂吃饭了,方组那一队影子都没见着一个,估计还在苍阳山里搜着呢。"

"还搜着呢。"谢云衿嘀咕一声,掏出手机拨了方审的电话,"嘟"声很久才被接通。

山里信号不好,因此,方审的声音伴随着电流声也是一阵一阵地传进谢云衿的耳朵:"云衿……没找着呢……继续……你那边……还有什么事……"

谢云衿还未来得及开口讲话,电话那头便挂断了,只剩下"嘟嘟"的忙音。

她屈起骨节摁住自己额头乱跳的经脉,脸上神色沉重得如一团浓墨。终于,她双眼狠狠闭上又睁开,转过头:"赵语,一块儿去食堂吃饭吗?"

赵语放下物证鉴定书,蓦地从座椅上弹起来:"去去去,不说还不饿,一说就饿得发慌。"她推着谢云衿的后背往外走,"赶紧的。"

两人匆匆吃完午饭,刚休息没二十分钟,谢云衿便集合了外勤组所有警员进山协助方审一块儿搜寻嫌犯踪迹。

235

第十三章
迟来的好久不见

两点整,刑侦支队的外勤车在苍阳山入山口附近停下,十多名警员忙不迭地进了山。

苍阳山又大又陡,树林茂密,头顶树冠遮天蔽日,只有几缕斑驳的阳光洒落进来。

谢云衿表情冷漠没有温度,她手里牵了一只马里努阿犬,是队里的王牌搜寻犬,名叫"飞龙"。

飞龙一身漂亮的油光发亮的黄棕皮毛,身躯帅气又健壮,正低着头行走在前敏锐地嗅着嫌犯的气味。

它时而抬抬头,时而又低下头,黑沉的双眸里充斥着坚毅。

一整个下午,谢云衿牵着它行走在这片密林中,从日头高悬找到暮色四合,可惜始终未曾发现两名嫌犯的踪迹。

谢云衿拿出对讲机询问了其他几个小队,得到的都是同样的结果。

"谢组,没见着。"

"谢组,无发现。"

"谢组,这边也没有。"

…………

眼看天快黑了,密林中不再适合开展搜寻工作,谢云衿眉峰蹙得很深,她圆润的指尖摁向按键,随后通知下去——收队。

忙碌一天,无功而返,再加上疲惫缠身,回程的路上,大家的情绪都很低落。

赵语沮丧地叹了口气,将身体靠向旁边的谢云衿,嘴里嘟囔着:"苍阳山实在太大了,难得找啊,不知道方组那里情况怎么样?"

谢云衿扭头看着窗外沉默不语。

远山迷蒙在夜色里,连绵不绝的山峰暗线此起彼伏。

她将自己的身体靠上椅背,无力感铺天盖地朝她侵袭而来。

坦白说,谢云衿工作时间不过短短几年,接手过的命案以及追过的老案都不少,从来没有哪起案子像这起一样累人,接力赛一样,你方唱罢我方登场,螳螂捕蝉黄雀在后。

这背后,到底藏了怎样的隐情?

谢云衿实在没有精力细想下去了,她努力将整个脑子都放空,双目无神地注视着窗外一闪而过的风景。

刚回刑侦支队,方审那一队人也精疲力竭地回来了。

今晚原本是打算开个长会,整合物证线索,推理案件脉络,明确后续追查方向的,可惜白日里太过折腾,每个人都累得不行。虽说刑侦支队的工作强度是女人当男人使,男人当牲口使,可就算是拉磨的驴也得休息。方审于是"人性"地取消了这个会议,将时间改到明天上午。

谢云衿在外面跑了整整一天,几乎没歇过脚,此时已是浑身臭汗亟待洗澡了。

她踩着夜色,从刑侦支队大楼匆匆往宿舍楼的方向走。

距离不远,五分钟时间便到了宿舍楼下,谢云衿正准备上去,可惜身后的黑暗里突然蹿出来一个身影,他如一头暴怒的雄狮攫取住谢云衿的手腕,同时将之压在墙壁上。

"砰"的一声,撞击声沉闷。

他力道凶狠,幽深双眸里迸发着阴鸷的光,但谢云衿也不是任人揉捏的软柿子,他强势攻击,她就强烈反抗,两人难分伯仲,一时间僵持不下。

谢云衿怒不可遏,冷声命令他:"放开我!"

江暄凑近来,低沉悦耳的声音回荡在她耳边:"你要和谁去相亲?"

谢云衿轻"呵"一声:"我做什么事情、和谁相亲,好像和江法医没关系吧。"

"没关系?"江暄咬着嘴唇,明明疼得很,嘴里腥味流淌,可语调依旧轻快,"没关系?我们怎么没关系,徐酒酒,我们怎么没关系?"

听到这个名字,谢云衿脑子里炸开一束白光,她静默半晌,终于揶揄地笑了一声。

他们俩重逢以来针锋相对过,阴阳怪气过,也默契协作和谐相处过,但心里都清楚,两人不过都戴着张虚伪的假面罢了。

但现在,这层虚伪的和谐被江暄一声咬牙切齿的"徐酒酒"给猛地撕碎。

谢云衿心脏猛地一跳,头皮有些发麻,她极力保持平静,至少在江暄看来,她现在外表除了被他激起的愤怒外看不见其他情绪。

"我和江法医,只有同事关系。"

"只有同事关系?"

他忍了几个月,好多时候想要拉住她问得清楚明白,却念着她的处境,心有顾忌生生压了下去。

江暄握紧她手腕的手掌越发用力,似乎要将之捏碎一般。镜片后的视线漾着寒光,他轻笑着重复道:"只是同事关系?"

谢云衿脸上的怒意也消失殆尽,她目光如寒霜:"你到底想做什么?"

江暄喉咙间溢出一声苦涩的笑,反问她:"我想做什么,你觉得呢?你觉得我想做什么?"

"最开始,你暗中调查过我?"

他偏着头,眼睛眯起,眼神很蛊惑,语气却很坦荡:"没错,我确实调查过你。灭完火,听到你的声音,看到你的脸,我就认出你了,只不过我需要确定。"

"确认了,知道了,又有什么意义?"

江暄轻笑着重复她的话:"又有什么意义?"

他敛回目光,身体晃动一下,胸腔里火灼一般,以至于痛痒难耐到呼吸不畅。

有什么意义呢?他得好好想想。

江暄原本只是父母两家联姻的产物,他的人生也不过就是设定好的程序,他的生活很优渥,可也足够冰冷,父母各自忙于生意,在家的时间很少,对他的生活也甚少关心,他存在的目的,不过是让这场虚假婚姻看起来真实一点,父母可能对他也有一点爱,但在他们丰富的人生体验中太不值一提。

生活在冰冷的环境中,江暄整个人似乎也没什么温度,他没有俗套地成为一个纨绔子弟来报复父母吸引关注,他很优秀,也很冷漠,同样,生命也苍白无聊到压抑窒息。徐酒酒则和他相反,她是一个不良少女,她很张扬,也很耀眼,她的人生比江暄的要精彩有趣得多,他们完全是两个极端,在徐酒酒还不认识他之前,江暄便被她吸引了。

后来,徐酒酒强硬地闯进他的生命里,让他气急败坏,让他脸红心跳,让他牵肠挂肚,也让他展露笑颜。江暄第一次感觉自己不是行尸走肉,他不是冰冷的,他是一个鲜活有心跳的人。他原来可以那样喜欢一个人,喜欢到强装冷漠也掩饰不住，喜欢到看到她说话也觉得开心，也早早地将她纳入自己未来的人生计划。

可是这一切的美好，在接到徐酒酒弑父跳江的消息后轰然倒塌。

思绪回转，江暄深深吸了一口气，似要将这无尽的寒意都吸进五脏六腑，再吐出来，情绪冷静不少。

可谢云衿脸上神色冷漠如常，她皱了皱眉，使了全身力气，将压迫在身前的江暄推开。

江暄往后趔趄一下，狼狈地扶住楼梯扶手才勉强站稳。

他微抬眼皮，瞳仁里流转着浅淡的哀伤："为什么改名换姓，又为什么躲我这么多年？"

"改名换姓，是我的自由，至于躲你——"谢云衿冷睨过去，又收回视线，"我没有躲你，我只是没有联系你。"

"那你为什么不联系我？"

这么多日日夜夜辗转难眠，所有的证据都指明，所有的人都同他讲，徐酒酒真的死了！可江暄执拗地沉溺在过去里不愿相信，后来每次想起，都如同五脏六腑经络骨骼悉数错位。

谢云衿的脸色很莫名其妙，她皱着眉头："我为什么要联系你？早在那件事发生之前，我们就已经连朋友都不是了。"

江暄面容苍白，突然想起了什么："你是说那次争吵？"

在出事之前，两人有过一次严重争吵，起因也很简单，不过是年轻气盛的两个人，却拥有不同的人生观念，高考在即，江暄希望徐酒酒能对自己的前途上些心，但她依旧我行我素浑浑噩噩，矛盾由此爆发。

争吵之后，他们俩心里都有气，谁都不肯先低头，见到对方都不说话，只当是陌生人。出事前一天，徐酒酒终于沉不住气了，冲动之下先发了短信，她矫情地希望江暄能来挽留，结果他连回都没有回复。

没有回复，应该就是默认了吧。

但此时的江暄却无比坚定地回答："我从来没有同意过！"

顿了几秒，他再度开口："所以是因为这个原因，你才一直没有联系我吗？"

谢云衿冷漠如冰，那通电话始终是横亘在她心里的一根刺，既然两人已经把话说到了这个地步，她也不介意将这根刺开诚布公。

"不是。"

"那是什么？"

谢云衿挑挑眉，语气有些讽刺："你不记得了？"

江暄眸光幽暗，带着疑惑，静静等待她继续说下去。

"我不联系你，是因为出事前，我给你打过最后一通电话，那是一通救命电话，可是你挂断了。"谢云衿轻轻吁气，神态有些颓丧。

她想到自己对父亲多年的仇恨与隔阂，正是因为母亲死亡前打的那通电话被即将出发执行任务的父亲无情挂断，没想到命运的齿轮循环往复，命悬一线的徐酒酒遇到了几乎一致的境况。

谢云衿轻轻吁气，神态有些颓丧，也不愿再与江暄做过多纠缠，只冷冷瞥了他一眼，抬腿欲往楼上走，直到背后低哑而卑微的声音响起。

"那天晚上，我没有挂断你的电话，这些年，我也一直在找你。"

声音明明不大，可在谢云衿听来，却振聋发聩。

她的手指轻轻蜷缩，往上的脚步也骤然停下，像有电流顺着筋骨脉络剧烈流动，气息紊乱不止。

她轻轻咽下口水，没有继续往上走，也没有再说一句话，可心里却早已经翻江倒海。

身后，江暄的眼神炙热如暗夜流火，他盯着她，艰难地一字一顿道："那天晚上我刚接到你的电话，手机就没电关机了，等我再打过去，你那边就再也打不通了，我去了你家，可那里火海一片浓烟阵阵，没多久，就收到了你已经跳江的消息……"

他没讲完，面前的谢云衿继续抬腿往前走，头顶的声控灯骤然熄灭，整个世界都陷入黑暗中，他如流火的眸也黯淡下去，轻轻地喊她的名字："酒酒……"

她没有停步，也没接江暄的话，只撂下一句："我都听到了，今天太晚了，有什么事情，我们明天再说吧。"

今天经历了太多事，又得到了这个与她以往认知完全相悖的答案，谢云衿一时间无法消化，除了花时间冷静冷静，她没有别的想法。

直到回了宿舍，大门掩上，谢云衿虚浮的脚步才终于有踏上实地的感觉。

堵在胸口的那口浊气顺着喉咙轻轻吐出来，她倚靠在门上，脑海中江暄的话挥之不去。

"那天晚上，我没有挂断你的电话，这些年，我也一直在找你……"

谢云衿握紧拳头，手背上的青筋浮现，她狠挠几下头，直接扑倒在床上，浑身力气都像被吸干一般，疲惫困顿。

往日的各种记忆涌上心头，搅和得谢云衿头痛欲裂。

终于，她振作地从床上爬起来，匆匆收拾了身换洗衣物走进浴室。

温热的水流很快驱散了她的疲惫，洗完澡，谢云衿突感精神百倍，她甩了甩发梢上的水渍，抬腿走到电脑桌前坐下来。

她看着电脑，屏幕透出的光线映照着自己的瞳孔，她再度陷入深深的回忆里。

那天晚上从临江大桥上跳下，随着"扑通"一声，无数的水流从四面八方涌入直至包裹住她的全身。徐酒酒在黑暗窒息的江底急速坠落，朦胧之中，她好像看到了黑白无常缓缓前来。

鬼差兄弟俩手执脚镣手铐站在徐酒酒身边，似乎在等待她断气死亡后勾魂锁魄。那一瞬间，徐酒酒骨子里不服输不认命的血液在顷刻间沸腾，冰冷刺骨的江水中，她睁开眼，抵抗着水流与涡旋，猛地往上蹬脚求生。

不能死，她不能就这么轻易地死掉！

她奋力逃生，再加上久居江边水性极佳，终于，她成功浮出了水面。她抬头往上看，自己处于这座大桥的正下方，也位于追杀她的那些人的视线盲区，因此并未被他们发现。她深吸一口气，使尽浑身力气往岸边游去。

值得一提的是，跳江那晚的后半夜，临江市下了一场非常大的暴雨，第二日江面湍急水位骤升。如果事情晚一天发生，她晚一天跳江，再好的水性恐怕也保不住这条小命。

谢云衿其实不信鬼神，可后来也总是忍不住想，这一切，会不会是死去的父母在冥冥之中保护着她呢。

思绪被拉回，谢云衿低头紧闭上眼，再次睁开时，眸子清明了很多。

她点开了社交软件登入框，输入以前的账号数字和密码，神色很平静，可手指却稍微有些颤抖。

过去使用的账号密码她都烂熟于心，只是出事后再未登录过，只因为她换了母亲的姓，改了小时候母亲为她取的名字，和过去的人与事斩断一切联系，营造出徐酒酒已经死亡的假象。

输入完成，屏幕上的小箭头被挪到登录位置，谢云衿却犹疑了，她就像久离家乡的游子到了家门口，近乡却情怯。

但谢云衿迫切地想知道，徐酒酒这个人"死亡"后，到底发生了什么？

心一横，她终于点击了登录，随着短暂的等待，再接着，是无数条涌进来的消息，如同决堤的洪水一般。

她看着社交好友界面，首栏正是江喧的账号，而他的消息以极快的速度增加，快得电脑甚至都陷入卡顿中。

谢云衿眼眶有些湿润，她手指捏紧又松开，七年时间，与过去挥别了两千五百多个日日夜夜，他竟然一直在给徐酒酒这个"死人"的社交账号发消息。

或许，真的是误会了。

他真的没有挂断自己的电话。

谢云衿心乱如麻，她没有勇气翻看这么多年来江暄发来的消息，她也第一次感觉到自己竟然也有怯懦的时候，怯懦得连与他的聊天记录都不敢面对。

她吐了口气，关闭了两人的对话框，继续翻看下来，这才发现，她"死亡"的这七年，除了江暄，她也收到了很多其他人的信息，来自同学的、老师的，甚至之前学校门口小吃摊摊主的，其中有遗憾她年纪轻轻就死了的，有相信她并未纵火弑父的，当然，更有很多的垃圾信息。

但这铺天盖地的信息中却有这样一条消息吸引了她的注意力。

——对不起，但你必须得死。

看起来有些愧疚，但更多的是对徐酒酒死亡后的快感。

谢云衿左手手掌撑着头，疑惑地看着发送此条消息的备注名，上面显示：杨姝岑。

"杨姝岑。"谢云衿轻轻念出声，想了很久，脑中才慢慢浮现出这个人的脸孔来。

她认识，是高中时隔壁班同学，印象中曾经是个小童星。两人不算太熟，甚至交集都少得可怜。账号怎么加上的？谢云衿早就忘了，若说有仇怨，那就更无从谈起了。

为什么在徐酒酒"死亡"后，杨姝岑却发来了这样一条消息？

谢云衿目光如炬，凝视这条消息很久。

如果这条消息不是恶作剧的话，仅从字面意思上看，徐酒酒的"死亡"，杨姝岑是知情的，可能还不止知情这样简单。

到这里，谢云衿就更想不通了。

可就算自己无意中得罪过杨姝岑，杨姝岑冲着自己来就行了，何苦闹这么大阵仗。

更不用说放到当年来说，杨姝岑和徐酒酒一样，不过就是个十几岁的女学生，谢云衿不相信她有能力策划这么大一出戏，这可是杀人纵火，又不是小打小闹，不仅成功了，还把所有嫌疑都推到了死者女儿的身上，桩桩件件都不是那么容易做到的。

并且那晚潜入家中的两个人,也根本不是什么普通人,身上可是带了枪的,从他们的对话来看,杀人灭口后迟迟不离开的原因是在家里翻找他们想要的东西,这一连串的事情不是冲她来的,更像是与父亲有直接关系。

她推测,之所以要放火,一方面是要抹掉这两人入室杀人的痕迹,另一方面可能是想要的东西没能找到,也不想让它重见天日。

当年案发后,云澧区刑侦支队的警员前辈们成立专案组调查此案,卷宗记载也详实可察,谢云衿看过无数次,早就烂熟于心了。

侦查员们最开始将破案方向定在了寻仇报复上,毕竟徐海成是个刑警,手里接触过众多大案要案,更是抓过数不清的逃亡嫌犯,被报复是有一定概率的。

这一方向很快被推翻,徐海成是破过很多案也逮过很多人,可每起案子都是整个刑侦支队一起协作,要寻仇报复,没理由只报复他一个,而媒体所宣称的徐酒酒纵火弑父则在最初就被否定了,只因为验尸报告显示,徐海成是中弹身亡的,并且从弹头直径长短结构等等综合判断,杀死徐海成的凶手是专业的,凶器是一把奥地利格洛克手枪,算世界级名枪,只能是境外走私进来的,就算徐酒酒再叛逆乖张,本质上也不过只是个学生,压根儿没机会接触到这些。

随着调查的深入,侦查员们又发现,事发前一个多月,徐海成有些反常,似乎在暗中调查什么事情,并且他们从徐海成的通话记录中找到些端倪,这期间,他与一个无名电话号码有过七次通话。

那是 2010 年,国内手机普及率仅仅只有百分之五十,不记名黑卡在市场上的流通更是畅顺无阻,而这个手机号码,在案发后便废止了使用,加之那场大火烧毁了徐海成家中一切痕迹,他究竟在暗中调查什么,与他通话七次的人是谁,压根儿无从查找,案件由此陷入僵局。

谢云衿眯起双眸,背脊慢慢往后靠上椅背,心里在细细思索着,可始终疑云密布。

她轻轻出声,再次念了一次这个名字:

"杨姝岑。"

杨姝岑会和这起案件有关系吗?谢云衿在心里打上个问号。

但不管是什么蛛丝马迹,总之,她都不会放过。

谢云衿紧闭双眼,将身体瘫软在椅背上。突然,电脑提示音响起,右下角疯狂跳动着图标。

很熟悉,这是江暄的头像。

她犹疑片刻还是点开来看,他只发了短短一句话,却迅速击溃谢云衿以冷漠铸成的外壳。

——七年,你终于回来了。

她轻轻低下头,手指机械地敲敲删删,终于摁下了发送键。

——嗯,好久不见,现在说,是不是有些太晚了。

楼道,江暄看着手机屏幕上跳出的这句回应愣了很久,然后,拿着手机的手垂下来,身体散漫地靠上楼道墙壁。

是啊,迟来的好久不见。

江暄吁出长长一口浊气,看着白炽声控灯下飘浮的细微灰尘,喉咙里的苦味浓郁至极,可嘴角却不受控制地扬了起来。

不过老天也是眷顾他的吧,原本以为永远不会出现在他面前的人再次出现,原本以为会永远灰暗的头像在今晚亮起,原本以为他的偏执永远得不到回复。

迟一点,又有什么关系。

刚准备回她,手机再次振动,江暄低头点开,谢云衿又发一条消息过来。

——我突然不想明天谈了,出来走走吧。

江暄快速打了几个字发过去。

——我一直在楼道。

没一分钟,只听到从上往下急促的脚步声,很快,谢云衿出现在自己面前。

她穿着睡衣,简单地套了个外套,眉目清丽英气,头发较之前长了不少,发梢还湿着,显然才洗完澡。

两人注视对方很久,最后,谢云衿慢慢走下来,走到江暄身边。

压抑的情感在此刻爆发,江暄轻轻低头,展臂将面前这个倔强的身影拥入怀中,下巴搁在她的头顶,轻轻摩挲着。他闭上眼,餍足地吸了口长气。

这种暖意徜徉的感觉,终于久违了。

拥了很久,只听到身前的谢云衿闷闷开口:"抱够了没有?"

"嗯?"

江暄低头与她对视。紧接着,她再度说道:"抱够了,就该换我了吧?"

他眉心疑惑地蹙了下,冷不防,谢云衿挣脱开他的拥抱反将他紧紧抱住,随后挑挑眉,伸出手放到他脖颈后,蛮横地将他的头压到自己肩

膀上。

为了迁就谢云衿的身高,江暄弯腰弯得很辛苦,他无奈地轻笑一声:"这种重要时刻,能不能让我来啊?"

谢云衿似乎本性回归,眼里的狡黠掩饰不住:"不行,你好好享受我的怀抱吧。"

"但这个姿势,真的不雅观,还很累。"

"是吗?"谢云衿尾调扬起,将人抵到旁边的墙壁,自己则欺身将之困住。

被她禁锢在身前,江暄压根儿不想反抗,反而慵懒地靠了上去,低头凝视她,眼神带着若有若无的蛊惑。

谢云衿突然调侃他:"我发现,多年不见,你没之前矜持了。"

江暄轻咳一声,扬扬眉:"你也没之前贪色了,换作之前,你应该已经……"

江暄话未落音,唇上有温软的东西覆上,冰凉的薄荷味已经传到他的舌尖。

他这才知道自己错了,徐酒酒就是徐酒酒,骨子里的东西是一点都没变。

她吻技高超,据说是无师自通,江暄也不错,名师出高徒。昏暗灯光下,寂静楼道里,两人唇舌辗转缱绻,双方浑身发热,这才停了下来。

谢云衿退后一步,双手随意插进裤兜,好看的丹凤眼轻轻睨他。

"操场吹吹冷风。"

她的提议江暄自然不想拒绝,他理了理被她薅乱的衣领,慢条斯理地回她:"好。"

迎着冷秋的风,踏着寂静的夜,两人在空无一人的操场并肩行走。

要说些什么?

多年的思念,当年的误会,还是这些年的生活?

最终,是谢云衿先开了口,她舔了舔干枯的嘴唇,看着远处黑暗里亮起的一盏灯火,声音很落寞:"我妈妈因为生我落下了病根,她身体一直很差,可因为爸爸的职业,她又不得不撑起整个家,每天忙里忙外累死累活……"

江暄没言语,静静听着她说下去。

"她死的那年才三十六岁,急性心梗,发病前给我爸爸打过一个电话,可他挂断了。因为这件事,我一直不肯原谅爸爸,所以后来……你……"

她轻轻叹了下气:"是我误会了,对不起。"

江暄这才明白原委，他很委屈："这么多年！你知不知道……"

谢云衿心虚地问："什么？"

"算了。"江暄耸耸肩，"都过去了，不提了。"

他声音闷闷的，带着隐忍的涩意："那天晚上，到底发生了什么？"

谢云衿垂下眸子，没立刻回答，而是问江暄："你还记得读书时，我们学校有个叫杨姝岑的人吗？"

"杨姝岑。"江暄复述一遍，同时脑中迅速回忆，"记得，她和我一个班。"

顿了顿，江暄又问："怎么突然说起她？"

"我想了解一些她的信息，你能和我讲讲吗？我记得她很漂亮是吧？"

"漂亮吗？我没注意，不过我只记得她是个童星，小时候拍过好几部电视剧和广告，还挺有名的。"

"她是个什么样的人？"

江暄如实回答："不知道。"

谢云衿诧异："她不是你们班的吗？"

"是，但我对不重要的人没那么关心。"

"算了，问你也白问。"

他当年性子冷得像块冰，能知道才怪。

江暄疑惑："怎么突然说起她？"

谢云衿怔了下，并没有隐瞒。听完之后，江暄眸色晦暗："她的事，我确实不知道，不过有一个人肯定一清二楚。"

"谁？"

"程凌。"

"那小子！过得怎么样？"

"挺好，开了一家小酒吧，开了三年，花天酒地，年年亏钱，入不敷出，还在坚持。"

谢云衿轻笑一声："是他能干出来的事。"

几秒后，谢云衿又问："你呢？"

他声音压得很低，痛意隐藏不住："我过得很不好。"

夜很漫长，结束了操场吹风后，谢云衿心里很难受，躺在床上辗转很久才睡去。

早上六点半，她便被手机闹钟吵醒了，昨天睡得晚，早上醒来脑子也晕晕乎乎，直到去洗手间，几捧凉水浇脸上才算彻底清醒过来。

案件研讨会定在早上七点半，主要是针对近几天由"皮箱女尸案"开始发生的一系列连锁案件，汇总线索，研判信息，确定方向。

小会议室里大门紧闭，窗帘也拉得严丝合缝，天花板上的灯盏高悬着，将室内照得通亮。

正前方放着长白板，支架撑起，上面密密麻麻全是照片箭头，贴满了涉及此系列案件的所有人员。

这几起案件虽然定性为系列案件，但比起以往的系列案件，又显得那么不同，以往的连环案要么是一人连续或者间断杀害多人，要么便是多人密谋杀害多人，可像这样，先出现一具无名尸，接着嫌犯们都陷入一个螳螂捕蝉黄雀在后类型的杀戮怪圈的，还是第一次见。

尸检鉴定书和物证鉴定书早已分发下去，这几日的侦查工作情况也已汇报完毕，众人神色凝重，开始对这些线索以及信息进行研判。

信息研判环节是侦查工作的重中之重，主要是根据已知线索各抒己见，最重要的还是大胆推测、小心求证。

侦查科初步探讨下来，认为使儿名工人都陷入这个杀戮怪圈的利益因素可能性最大。

根据皮箱夹缝处的碎石，箱底的指纹以及对顾青松、戴生等人的审讯，众人推测那天雨夜张兴亮以及七名工人施工时从碎石堆中挖出了这只皮箱，李自强以及另外两人将之抬了下来，可能在发现皮箱内女尸的同时也发现了一些钱财，几人因为利益合作，因为利益隐瞒，也因为利益开始互相杀戮。

方审也是板着张脸，神情肃然，骨节突出的指弯叩了叩白板："行，各位都来说说吧，还有什么想法？"

他目光睃着，在底下的谢云衿身上停下。她正懒散地靠在转椅椅背里，手指撑着下巴，身体无意识地小幅度左右转动，似乎正在沉思。

方审将话头扔给她："云衿，你一向是最擅长细节的，谈一谈，有没有什么被我们忽略掉的细节？"

听到方审的声音，谢云衿这才从自己的思绪中抽离出来，她如梦初醒般抬头："叫我？"

方审扬扬眉："嗯，叫你上来谈一谈想法。"

谢云衿脚下稍稍往前用力，椅子下方的滑轮与光滑地板发出"刺啦"的摩擦声响，最后在白板前稳稳停下。

她背脊挺直，身形清丽，将转椅往旁边随意一推，转身过来，细碎短发搭在额前，淡漠眼睛下的青痕太明显，看起来昨晚似乎又熬夜了。

247

谢云衿在白板前站定,盯着工地现场皮箱女尸的照片愣神,很久才拿起黑笔在上面打了好几个圈,然后转身过来。

"女尸的身份我们不知道,凶手是谁我们也不知道,唯一毋庸置疑的便是她是死后被抛尸在此的,刚刚在下面,我心里一直在想一个问题,那就是凶手为什么要将这具女尸抛到发现地呢?"

谢云衿的问题一出,众人都沉默思索起来。谢云衿再度开口,还是冷冷的语调:"对抛尸行径,各位都不陌生,通常情况下,凶手为了掩人耳目不让犯罪事实暴露,会选择一个很隐秘的地点将之抛尸……

"不通常的情况下,狂妄的凶手专门抛到显眼的地方,有的是想省时省力,有的是想挑衅警方故意和我们玩猫鼠游戏,但凶手选择这里作为抛尸点,不是太奇怪了吗?首先,这是一处暂停施工的工地,什么时候动工不清楚,但只要开始施工,被发现是迟早的事,挖个坑埋地里都比在碎石堆里隐秘,另外埋碎石堆下既不省力也不显眼,那他为什么要选择这里呢?"

底下窃窃私语了几秒,罗宇超轻咳一声,提出自己的观点:"我记得之前调查到这个工地上的碎石堆是两个月前运过来的,死者的死亡时间也接近两个月,会不会?皮箱原本只是随意被放置在空地上,只不过车辆卸下碎石时将之掩埋了进去。"

赵语有些不赞同他这个猜测,摇摇头讲道:"那么大一堆石头,好几吨重呢,要真是卸货砸下来,小皮箱怎么可能承受得住。"

"那皮箱只有顶部被压得有些凹陷,尸体保存得完好无损,不像被重压过的,感觉埋得不深。"方审双臂环抱着说完,又继续将话头交给谢云衿,"云衿,你继续。"

谢云衿目光锐利:"这几起案子细思起来有太多不合常理之处。先说张兴亮案,匕首入腹血流成河,凶器上的指纹和案发后逃走的人都指向这个凶手是李自强,可如果李自强真的是为了抢夺财物与张兴亮发生扭打而将匕首刺入他的腹部,为什么还要将几十张卫生纸巾叠在一起浸湿覆在张兴亮口鼻处使其窒息死亡呢?费时费力不说,还非常多此一举!

"还有,明明匕首上留有李自强的血指纹,致死的卫生纸巾又怎么会那么干净呢?这让我怀疑湿纸巾到底是不是李自强放的?"

抛出一系列问题后,谢云衿又将众人的思绪引导到这几起系列案件的源头上来:"再想想那具无名女尸的真正死因是什么?也是窒息!真的会有这么巧合的事情吗?"

"也是窒息"这四个字咬得极重,如一道惊雷响起,侦查员们都倒

吸了一口凉气。

如果不是巧合的话，这两起案子似乎以另外一种方式串了起来。

秦海明经验老到，也很快提出："是的，如果后续的案件起因只是几名工人为了利益互相杀戮，也没法解释出现在现场的绣着'开即死'的手工布娃娃和刻着'开即死'的铁匣子，我感觉这几起真不像表面看上去的那样简单，这背后更像是藏了一只看不见的手。"

"老秦这个形容用得好，看不见的手……"谢云衿歪着嘴狡黠笑笑，想了片刻，"不过，我觉得要看到这只手也不是什么难事。"

蒋丛摸摸下巴面露困惑："谢组，怎么说？"

谢云衿问："张兴亮租的什么地方？"

"紧邻工厂的私房。"

"李自强呢？"

"也是私房。"

"有什么共同点？"

蒋丛不知道谢云衿问这两个问题的缘由，但还是脱口而出："多且杂，租金低廉，环境差，附近人员也是鱼龙混杂，难找得很。"

"对，这类私房出租程序很不正规，房东为了省事通常不会来备案，租房人信息也没录进过我们的系统里，就算是我们要找，都要耗一番力气，如果这只'看不见的手'真的存在，怎么它就能次次抢先且精准预判呢？"

蒋丛突然恍然大悟地叹了声气："说得也是啊！"

谢云衿的语气迅速恢复冷意："熟人，对他们几个一定非常熟悉，不排除就存在其中，什么目的？我暂时还想不到。"

方审摸了摸下巴："这几名工人啊，确实要查，要审，要深入审！不仅只查他们个人的背景，最好家庭关系社交圈子都仔细查一查。哎，正钧，你等会儿把这几个人能查到的详细资料整理好。"

秦海明："除了两个遇害的，两个潜逃的，其余四人都已经在我们的控制之下了。"

伍方信誓旦旦："我觉得谢组在李自强出租屋里逮着的那个最可疑，叫什么？唐明喆是吧？我感觉就他最可疑！这房子主人刚刚被他们的工友在大庭广众之下杀害，他倒好！偷偷摸摸潜入别人租房内，好巧不巧？又在屋内发现了那个什么破布娃娃，有鬼！我觉得那什么破布娃娃，和他脱不开干系！"

"哎，对了！"秦海明喝了口茶后说道，"方组、谢组，苍阳山没必要再搜寻了，里面太大太难找，还通达下面的村落，我们队所有侦查员加搜查犬一齐出动进山找也不一定能找得到，更别提一晚上过去，人指不定早跑了。"

方审领首："是，得好好想想魏氏兄弟杀了人抢了物最可能去哪里，他们的老家自然不用提，第一个就要重点排查。"

赵语眼珠子转了转："如果我是他们，为抢值钱东西杀了人，抢到后最重要的事情当然是赶紧卖了换钱逃命啊，他们都是在工地卖力气的工人，又不是什么有钱人，手里的余钱肯定不够花。"

方审打了个响指："很有道理。"

案件研讨到这里，原本密布的疑云似乎消散不少。赵语自告奋勇："方组，我带一队人查查临江市的玉石交易市场，古玩市场以及典当行这类地方。"

方审点头同意了，又说："我带一队人去魏氏兄弟的老家探探，云衿、老秦，你俩留下审讯吧。"

各项任务安排完毕，众人又投入到新一天的紧张工作中，谢云衿更是水都没喝上一口，直接就进了审讯室。

随后，顾青松时隔一天之后被带进了这个地方，他神情有些萎靡，双手被要求伸出来摆放在面前的扶手板上，紧接着"咔嚓"一声金属脆响。扶手板旁边的钥匙孔与锁扣通过锁舌连接起来，顾青松被牢牢控制在审讯椅上。

坐好之后，顾青松整个人开始陷入一种惶恐不安的状态。

而谢云衿静静打量着他。

面对她的注视，顾青松完全掩饰不住自己的紧张，他在短短两分钟内连咽五次口水，眼神也飘忽不定。

可谢云衿却像一只暗夜中蛰伏的猎豹，她沉默着，目光幽暗深不见底，以自信姿态打量猎物，静待出击。

随后，她开了口："顾青松，昨天休息了一天，过得怎么样？"

谢云衿虽是问话，可语气冷得像冰，听得顾青松生生打了个寒噤。

紧接着，秦海明和煦笑着起身到了他身边，伸出宽厚手掌轻轻拍了拍他的肩膀。感受到顾青松不受控制的身体颤抖，他的语气也更加温柔："小伙子，你太紧张了，叔叔跟你讲，不用这么紧张的，放轻松些。"

身处气氛压迫的审讯室内，面前还坐着个让他感觉压迫的人，顾青松心里藏着很多事不敢说，怎么可能不紧张呢？

但秦海明轻柔的安抚话语让他很受用，顾青松似乎感受到了这个中年男人身上散发出来的善意，他看向秦海明的目光充满祈求，礼貌地叫了声"叔叔"，又嗓音发抖着问："我什么时候可以走？"

谢云衿双臂环抱冷嗤："走，你还想走？背负着杀人的嫌疑，你走得掉吗？"

但下一秒，秦海明躬下身来，与惶恐的顾青松四目相对，依旧出声安慰他："能走的能走的，只要你如实交代，我们查明了事情和你没关系，你就可以走了。"

秦海明说完往谢云衿的方向看了一眼。谢云衿会意，继续施加压力，拍桌讲道："老秦，你和他废话什么？这小子频频撒谎，嘴巴里面一句真话没有。"

秦海明将姿态放得更低，手掌放在顾青松脖颈后面轻轻将他的脸往自己的方向带了带，如一个父亲般语重心长地讲道："小伙子，今天有几句话，我一定得同你讲讲，你听得进去就听，听不进去就当废话。"

顾青松盯着眼前的男人，怔怔地点头。

秦海明神色惋惜地看着他："小伙子，你知道你现在是什么处境吗？你的工友，有两个都遇害了。"

秦海明话音刚落，顾青松手指骤然捏紧，瞪大双眼惊悸地问："谁遇害了？"

"张兴亮、李自强，都遇害了，现场都出现了一个诡异的绣着'开即死'的布娃娃，很明显是有人刻意为之啊。"秦海明的语调放得更轻，"我听说你才十八岁，叔叔真的很心疼你，你比我儿子大不了几岁，未来的路还很长，老实交代对你只有好处没有坏处，就算我们最后解除了嫌疑放你出去，你能确保你不是下一个遇害的人吗？"

顾青松恐慌得上下牙齿开始打战。

看准时机，谢云衿再次厉声道："老秦，我看他是不会说的，为了一点蝇头小利死鸭子嘴硬，估计我们一放他出去，他这辈子都能交待在这里了。"

秦海明长长地叹了声气，苦口婆心："小伙子，我真的看到你就好像看到了自己的孩子，真不希望你年纪轻轻路就走尽了。"

两人的审讯是特意商量过的，一个唱红脸一个唱白脸，一个以冷漠嘲讽强攻顾青松的心理防线，让顾青松焦急惶恐惧怕，另一个则以温情善意走进顾青松的内心，使其放下戒备信任他依赖他。

谢云衿与秦海明通力合作，虽方式不一，但殊途同归，最终成功撬开顾青松的嘴。

顾青松一把抓住秦海明的手,抓得非常紧,神情也透着惶然,急切得声音都夹杂哭腔:"叔叔,我不想死,我是真……真的不想死的,叔叔,我还这么年轻,我还不想死,您救救我,您一定要救救我,我怕死,我怕下一个就是我死!"

秦海明拍着他的后脖颈安慰:"不要着急,不要害怕,我会帮你的。"

秦海明拉过一旁的椅子坐到顾青松旁边,声音依旧如父亲般稳重慈爱:"你慢慢同叔叔讲,那天晚上,工地上到底发生了什么事?"

谢云衿见状也打开笔记本电脑,手指放在按键上做好记录准备。

顾青松愣愣的,咽了好几下口水:"那天晚上做工,我们不仅挖出了尸体,也挖出了金子,还有……"

秦海明殷切地看着他:"还有什么?"

"还有个铁匣子,上面刻着'开即死'三个字,我们都没当回事,把那匣子打开了。那匣子特别难开,但是一打开里面都是金子,还有一块玉,好……大一块玉。"

顾青松话声落下,秦海明神色有些惊诧,他稍稍偏头瞥了眼谢云衿,只见她双眼微眯,明显也是吃惊的状态。

秦海明又安慰般地拍了拍顾青松的肩膀:"别害怕,小伙子,你把那天晚上的情况详细说一说,我们知道了详情,才能更好地帮助你。"

在秦海明的安抚下,顾青松的恐惧情绪缓解了不少,他深吸几口气,稍稍组织了语言,继续开口讲述。

"那天晚上下着细雨,我们干到八九点,每个人都累得要命,张兴亮还不让休息,非说上头要得急……"

他手指撕扯着自己的衣袖,艰难地继续开口:"强哥不服,他把强哥骂了一通然后就走了,他走了之后,强哥就挖到了一块金子。"

谢云衿心中对这金子有疑问,不过担心顾青松的交代节奏被她打乱,所以选择暂时将疑惑压了下去。

顾青松缓了口气,身体控制不住轻轻颤抖起来:"强哥把我们召集起来说要继续挖,看下面还有没有,我们往下挖,真的就挖出来了!

"一只大皮箱子,皮箱子上面还绑了个铁匣子,就是那刻字的铁匣子,我们就打开了,里面装的都是金子,金子中央还有个木匣子……"他断断续续的,"木匣子里面,是一块玉!"

谢云衿听愣了几秒,随后双手敲击键盘将顾青松口述的情况飞速记录进去。

"我们以为那皮箱子里能有更多的金子,谁承想,里面是个死人!"顾青松越说越激动,上气不接下气,"早知道我就不开那匣子了,和死人绑在一起的,能是什么好玩意儿!邪门,真的邪门!"

他瞪大双眼看着秦海明,哽咽着问:"我们该不会、该不会是撞鬼了吧?"

秦海明虽不是个坚定的唯物主义者,却也不信鬼有这么大能耐,杀人就算了,还弄两个造型诡异的破布娃娃,鬼无鬼德,闲出屁了。

谢云衿就更不用说了,她也压根儿不信,就算这一切真是鬼干的,她也得把那鬼给揪出来绳之以法。

秦海明安慰顾青松:"小伙,这世上哪有什么鬼,别想太多。"

"可……可现在已经死了两个人了……"

秦海明思忖了下:"那要真按这么说的话,张兴亮不该死啊,他不是骂了一通之后就走了吗?照这么说他没开那匣子,怎么也死了?压根儿解释不通啊。"

"他不知怎的竟然没走远,等我们打开皮箱的时候,他杀了个回马枪!他也在现场,也在现场!"

秦海明引导他继续说下去:"然后呢?"

顾青松年轻稚嫩的脸孔有些狰狞:"张兴亮也想和我们平分,但强哥说不行,他说这……这是我们七个人挖出来的,可张兴亮说,不给他分他就报警老实交代,毕竟是和尸体一起被挖出来的,到时候都得上交警察,我们一个子都分不到,要是给他分,他就善后,把事情处理得妥妥当当。"

"你们几个就同意了?"

"同……意了……"顿了顿,顾青松继续,"蔡叔说反正人又不是我们杀的,并且还说这些东西也不知道是真的假的,先答应他得了,我们几个先拿着这些东西去城里看看真假,但张兴亮怕我们拿着东西跑了,他说把那块玉让他保管。"

"后面你们就带着金子连夜骑摩托来了市里验真假?"

顾青松点头,语气难掩激动:"都……都是真的!那么多,七八块金条子,都是真东西!我们七个人一起,去了好几个地方卖。"

"卖了多少?"

顾青松颤颤巍巍伸出三根手指:"卖了……快这个数。"

秦海明吁了一口气,惊讶着说:"好家伙,卖了快三十万啊。"

"是、是的。"

到这时，谢云衿才终于出声问："你们怎么分的账？"

"强哥，给……给了戴生两万，剩下的，我们六个平分了。"

"一分都没给张兴亮留啊？"

"没有……"

"可那玉不是还在他手上吗？"

"是啊，那玉在他手上，还是最值钱的。"

秦海明双臂环抱，身体后仰："你们怎么知道玉是最值钱的？"

"分完钱后，蔡叔说他有个朋友做玉石生意，我们把拍的照片给他看过。"顾青松说得双眼发了红，"他朋友说那块玉水头特好，还可能是古董，起码能值好几百万。我们一想也是啊，毕竟金子是真的，那玉被单独装在一个很漂亮的木匣子里，肯定更值钱啊。"

"强哥让我们都回去等消息，他把玉从张兴亮那里抢回来，然后我们再一起去卖掉。"

"你们这也同意？不怕李自强抢了玉独吞？"

"蔡叔说同意，戴生一个傻子能有什么同意不同意，我是想要，但……"他嗫嚅着，"我怕强哥，他平时就凶，听说以前还犯过事的。"

"魏氏兄弟和唐明喆呢？"

"阿喆倒是没说话，魏氏兄弟不太同意，和强哥争了几句，但强哥再三保证抢到了一定会通知大伙儿，他们也就同意了。"顾青松说到这里狠狠闭了一下眼，喘着粗气继续，"后来在市里买了些东西，我们就回村里了，其余的事情也不清楚了。"

顾青松紧张地抬了下头，局促不安地讲道："那钱，分的那些钱，我已经用了两万多了。"

谢云衿轻咳一声，说："我问你，你们是先发现了一块金子才往下挖的吗？"

顾青松怔怔地点头。

"你们挖了多久才挖到皮箱子的？"

顾青松回忆了下："挖了四五分钟。"

"铁匣子绑皮箱上的？"

"是。"

"铁匣子非常难打开？"

"嗯。"

到这里，谢云衿敛回目光："行，我没什么问题了。"

她讲完，秦海明两条眉毛拧得很深，手肘抵着审讯椅，手掌虎口撑着脸颊两旁做沉思状。

　　持续一分多钟,他才终于起了身。而这边,谢云衿正襟危坐疯狂敲击键盘,直到将顾青松口述的内容全部录入进去。

第十四章
我们现在什么关系

秦海明走到谢云衿身边："云衿，怎么样？"

谢云衿声音清冷："都弄完了。"

她又抬头看向顾青松："顾青松，你说的所有话，无论真假，我们都会去核实清楚。"

顾青松忙不迭地强调："都是真的都是真的，我这次一句谎没撒。"

"要是查明死的几个人都和你没关系，你就可以走了。"

顾青松急了，连忙站起身，审讯椅被他弄出巨响："我不想走了，我怕！我能不能继续待在这里？"

"你还住上瘾了？"

他吞吞吐吐地说："我还不是怕死。"

"放心，你不会死的。"谢云衿合上电脑站起身来，"不过那些钱，不是属于你的东西，你也不能拿，明白了吗？"

顾青松一听这话，脸上急切且担忧的表情凝固了，他像个泄了气的皮球，肩膀软塌塌地往后靠去。

审讯完顾青松，两人先后从里面出来，合上门，一同走到窗户边上。

秦海明松垮垮靠在窗边，看着窗外风景愁容满面："云衿，如果顾青松说的都是真的，那这事情真挺玄乎。挖出尸体不奇怪，连带着挖出那么多金条，价值快三十万啊，这可不是什么小钱，并且还有一块可能很值钱的玉，我实在是想不通，耗时耗力还耗钱，这……这到底有什么目的啊？感觉更扑朔迷离了。"

谢云衿眯起双眼眺望远方："我倒感觉离真相更近了。"

秦海明倒吸一口气："怎么说？"

谢云衿扭头看他："不是说他们几个人是先挖到一块金子，才挖到

绑着铁匣的皮箱吗？"

"是啊。"

"皮箱上确实有一块四四方方的痕迹，形状大小，和在李自强出租屋内发现的铁匣子差不多，这么说，顾青松很可能并没有说谎。"

秦海明舔舔嘴唇，等待谢云衿继续讲述下去。

"可是顾青松也说了，那铁匣子非常难打开，但打开来，里面全是金子……"

她只说到一半，秦海明却敏锐地想到了："对啊，匣子既然那么难打开，怎么会散落出一块金子呢？"

谢云衿语气坚定："很明显，这是故意的，先用一块金子做引导，让这几名工人深挖下去。我觉得，他的目的，就是想让这几个人将尸体挖出来。"

秦海明听得头都大了："说起来合情合理，可这人又为什么非得让这几个人将尸体挖出来呢？这个目的又是什么？"

话音落下，身后有人高声喊着："老秦，谢组，审完了？"

听到声音，谢云衿和秦海明一齐转身过来。来人是罗宇超，他叉着腰走到两人面前："情况怎么样？"

秦海明"嘻"了一声，嘟囔着说："问是问出挺多的，就是……"

"就是什么？"

秦海明犹豫着，不知道从何说起。罗宇超是个急性子，见他一直不说有些着急，忙问道："咋回事啊？老秦，你赶紧跟我说说。"

秦海明狠狠吸了一口气，然后说："顾青松交代，他们那天晚上不仅挖出尸体，还挖出了一堆价值三十万的金子，以及一块可能很值钱的古董玉石。"

罗宇超脸上的表情精彩纷呈，先是震惊，接着疑惑，然后不可置信地询问真实性："真的？"

"真的。"

"价值三十万的金子？"

秦海明抬抬手："你也觉得玄乎是吧？"

罗宇超忙不迭地点头："这已经不能用'玄乎'来形容，这简直离谱啊！"

"不过是真的还是假的，现在并不能完全确定，还得去审其他几个。"

秦海明和罗宇超你一言我一语正说着话，谢云衿却目光黯淡一直没有作声。突然，她看到走廊尽头站着个清隽身影，正眼神坚定，单手插

257

进衣兜往她的方向走来。

罗宇超眼尖，很快看到走来的江暄，连忙朝他挥挥手："江法医，李自强的尸检结果怎么样？"

江暄的眼神先在谢云衿身上停留，两人视线相交，似有波光流转。

经历完昨晚，两人终于把话说开将误会解除。

很快，江暄挪开视线，回应罗宇超的问题："和初步尸检的结果差异不大，致死原因就是那处腹部的刀伤。"

说完，江暄的目光又重新定格在谢云衿身上，他稍微偏着头，嘴角微微勾起："谢组，有空吗？我有事情找你。"

谢云衿稍微抬头，迎着他的浅笑直视回去："有空，江法医什么事？"

江暄道："借一步说话。"

谢云衿语气微顿，答应得倒是爽快："好。"

说完，她又扭过头和秦海明交代："老秦，等会儿我俩一起再去会一会这个唐明喆。"

老秦比了个"OK"的手势："没问题。"

谢云衿跟在江暄身后，缓着步子往前走，完全没有想到，身后两人正探究地望着他们俩。

两人的对话虽然很官方，但并没有瞒过罗宇超这个人精，他几乎一眼就看出谢云衿和江暄之间气场的变化。

罗宇超伸手戳了戳秦海明的手肘："老秦，你有没有发现咱谢组和江法医好像变得不同了？"

可惜秦海明是个"直男"，完全看不出来什么不同，眉毛皱起，不解地问："能有什么变化？不还和以前一模一样吗？"

罗宇超看着两人的背影，环抱双臂，煞有介事地说："谢组和江法医，他们俩，好像变亲密了不少。"

秦海明也循着他的视线望过去，两人并肩行走，明明什么亲密举动也没有。

他收回视线，无所谓地耸耸肩："我是瞎了？我怎么啥也看不出。"

走上天台，到围栏旁边站定，深秋肆意的风缠绕着江暄那件灰色风衣的衣袂。

江暄这才偏过头来看向她，而谢云衿找了个随性的姿势靠向栏杆，风也将她的头发撩乱。

"什么重要的事找我？"

江暄也没兜圈子，漫不经心地回答："自然是你想知道的事。"

停了几秒，江暄又补充："谢组不是很擅长察言观色进而询问问题进行推理吗？不妨又来猜一猜。"

谢云衿轻哼一声："我想知道的事？那可多了去了，我懒得猜。"

话虽如此，她却还是抬头观察起江暄的脸来。看见他疲惫的神态以及眼眶下的乌青，她声音愉悦地发问："看来你昨晚睡得比我更晚啊，做什么去了？"

江暄没有回答，只是眼含笑意，脸上的表情讳莫如深："谢组进度如此迅速，已经进入问问题的阶段了吗？"

谢云衿挑挑眉："知道还问？"

"问了才知道。"

"行，别跟我兜圈子了，回答我的问题吧！"

见状，江暄如实说道："我昨晚去打听了些情况。"

他这句话落音，谢云衿心里已经猜了个大概。

她如今想知道的事情除了这几起案子，便是有关七年前那场旧事的。

而他昨晚就能问到，还能这么轻而易举，谢云衿准确无误地猜出："你去找程凌了？"

"没错。"

谢云衿弯起的嘴角很快拉成一条直线，她神情也肃然起来："你要跟我说的事是关于杨姝岑的。"

"嗯。"江暄眺望远处的大厦楼宇，"就是杨姝岑。"

谢云衿眼神凌厉，语气试探："这个杨姝岑，和我有过节吗？"

"和你有没有过节这个得问你啊，以前的事情你不记得了吗？"

"以前的事情我肯定记得啊，可是这个杨姝岑，我确实和她接触不多，应该是没有过节的，那时候天天只想着玩，关于她的事情……我只隐约听说过，说实话，收到来自杨姝岑的那条消息，我现在还很惊讶，完全不知道她是出于什么目的，所以想确定一下。"

江暄眸光微敛，低头凝视面容困惑的谢云衿，开口说道："你和她有没有过节我不清楚，但我能确定的是，杨姝岑是和人发生过过节，那个人你肯定不陌生，她叫霍如。"

江暄刚说完，谢云衿的思绪像穿过黑暗隧道的列车一样迅捷，"哐当哐当"的声音响起，很快，一个清晰的人影出现在自己眼前。

霍如。

一个大波浪发型的女孩，她妆容放肆，喜欢红唇与眼线，在七年前，是行为举止比徐酒酒还要乖张放肆的存在。

两个人虽然互相看不惯,可行为举止一样的贱,贱的方式也并不相同,霍如是在学校在外面都嚣张至极,而徐酒酒则喜欢独来独往人不犯我我不犯人。

江暄背过身来,手肘搭在围栏上继续说道:"我问过程凌了,据他所说,杨姝岑的长相确实很漂亮,性子也和善,她小时候曾经拍过广告和电视剧,是个小童星,还未入学,名声便传遍了整个学校,是很多男生心目中的女神。不过与名气和偏爱一起的,还有来自其他人的嫉妒与欺凌,当时欺凌杨姝岑的主要人物就叫霍如。"

说到这个,谢云衿又想起一些事情来。霍如确实欺凌过杨姝岑,有次还被她撞见过,她看不惯霍如在学校里这样作福作威,还出手替杨姝岑解了围。

当时是寒冬腊月,厕所里,水龙头里流出的自来水冷得像冰一般。杨姝岑站在角落中打着冷战,好看的未施粉黛的脸颊上全是水渍,头发湿嗒嗒地垂下来,眼神惶恐地看着面前的五六个人。

徐酒酒那时候进来上厕所正好撞见了,她看着这一幕眉毛不悦地挑挑:"什么情况?"

霍如瞪了她一眼,语气很不善:"和你没关系。"

霍如欺软怕硬,虽然看不惯徐酒酒,却也不敢欺负到徐酒酒的头上,只因为徐酒酒并不是只有一个打八个的架势,她是真的能一个打八个,还睚眦必报,和她发生冲突吃力不讨好。

徐酒酒看着蜷缩在角落的可怜女孩动了恻隐之心,冷眼一瞥:"怎么,欺负同学?"

霍如立刻换上斗鸡姿态恶狠狠地盯住徐酒酒:"和你没关系,识相的话就当没看见。"

徐酒酒接收到了杨姝岑祈求的眼神:"我两只眼睛功能都正常,又没瞎,怎么当没看见?"

徐酒酒说着手在前格挡着,将面前五六人推开,拉起杨姝岑的手准备往外走。其中有人想阻拦,徐酒酒一个侧身抬腿,鞋底在那人胸前停驻。

徐酒酒斜睨对方:"你长得细皮嫩肉的,骨头应该也很金贵吧,我这一脚下去,你肋骨可能会骨折呢。"她这句话明明说得轻描淡写,却格外有威慑力,将那人吓得退后两步。

徐酒酒轻笑着放下腿,不由分说,拉起杨姝岑便往外走。她们人虽多,却只能眼睁睁看着,不敢上前阻拦。

肋骨骨折的滋味，谁也不想尝试。

　　谢云衿陷入沉思，仔细回忆着过往，她并不记得两人有任何过节，并且当时替杨姝岑解围后，杨姝岑哭着表达了感谢，两人就是在那次加上了社交账号。
　　谢云衿抿了抿唇问起杨姝岑的现状来："她现在怎么样？"
　　"非常好，杨姝岑读书的时候便立志要上电影学院，后来成功考入，顶着童星光环，出道之路也很顺利，现在拍了几部电视剧，成绩都不错，不过——"
　　"不过什么？"
　　"霍如就不太好了。"
　　谢云衿狐疑问道："怎么不好。"
　　"她很早之前就失踪了。"
　　"你说的'很早之前'，具体是什么时候？"
　　江暄眸光深沉，一字一顿说道："在七年前，你出事前后——"
　　谢云衿的呼吸有些不顺畅，她轻轻念叨："失踪……这么多年了！"
　　突然，她想到什么，从兜里掏出手机解了锁。
　　这几年，谢云衿醉心工作，几乎不看任何电视剧，对娱乐圈的事情自然也不清楚。
　　因此，她点开搜索引擎，在搜索栏里输入杨姝岑的名字，奇怪的是，并未得到很多信息。
　　此时，江暄也凑到谢云衿身边，头稍微低下，背脊也微微弓起，出声提醒她："杨姝岑用的是艺名。"
　　谢云衿将手机塞进江暄手上，冲他眨眨眼："你来搜。"
　　江暄修长手指灵活转动，将手机倒转过来输入"舒岑"两个字，很快便得到了许多详实的资料。
　　他扬扬眉，又将手机递回："搜好了。"
　　谢云衿接过来，手指轻轻滑动，将网页信息一行一行看下去，看杨姝岑的履历，她的出道经历，她这些年拍过的电视剧，以及她得过的奖项。
　　现在的杨姝岑在娱乐圈里确实有些名气，至少，比她的朋友宋翎——那个十八线小明星有名得多。
　　谢云衿继续往下翻，突然在一条最新资讯上停驻了目光。她眯了眯双眸点击进去。
　　资讯发布时间10月10日，标题很显眼。

——"人气女神舒岑新剧敲定,首次搭档当红小生季礼出演民国悬疑大戏。"

谢云衿死死盯住资讯上唯一一张开机仪式合照。

照片里,杨姝岑笑容灿烂,与记忆中那张脸孔相比无疑更加漂亮耀眼了,即使此剧帅气男主角和她一起站在了中心位置,她也是当之无愧的吸睛焦点。

而在这张合照中,谢云衿还发现了一个很熟悉的人,她的明星朋友宋翎,孤单落寞地站在边上。资讯里提到,宋翎这次演的是戏份不多的女配角。

谢云衿想起前段时间宋翎打来电话时提到过自己很快就要进组拍戏,看来所言非虚。

她稍稍抬眼,眼中情绪晦暗不明。

之前宋翎屡次热情邀请谢云衿去探班,不过她都以工作太忙没时间给拒绝了,看来等这几起案子结束,她得去探探宋翎的班。

正想着,手中的手机突然毫无预兆地响了起来,是秦海明打来的电话。

谢云衿丝毫没犹豫,手指划过接听键:"喂,老秦,我马上过来。"

挂断电话,她随意地朝江暄扬了扬手机:"我得去忙了。"

江暄轻叹一口气,很无奈地笑着:"我也得去忙了。"

案件期间就是这样,每个人都没有闲暇时间,连说个话谈个天都得掐着点来。

谢云衿转过身,见江暄还没有要走的意思,问:"愣着干吗?冷风还没吹够?"

"不是,我只是在想一个问题。"

"什么问题?"

江暄略微偏头看她,那双眼尾上翘的桃花眼里似乎有星河流淌:"我们俩现在,是什么关系?"

谢云衿轻"嗤"一声,故意说:"单纯的同事关系咯。"

"嗯?"江暄一听这话有些急了,"同事关系?不行。"

他深深吸气,之前那种心如死灰的日子,他一天都不想过了。

谢云衿嘴角弯起,放肆的目光在他身上打量,最后在江暄微微滚动的喉结上停留住。

她随意地招了招手,示意他低身下来。

江暄照做,听话地弯了弯腰。

紧接着,谢云衿凑近了些,凑到他的耳畔轻轻开口,语调明明正常,

可在江暄听来却无比蛊惑。

她说着话，撩人热气在江暄耳郭里流转，惹得他耳尖染红。

"同事关系不行的话，那就情人关系吧。"

江暄怔住，看着她飞扬的得逞笑容心被撩乱，他薄唇微启，修长手指也骤然捏紧。

而罪魁祸首谢云衿，在大言不惭后拍拍手掌，双手随意插进衣兜下楼了，背影分外潇洒。

江暄浑身无力一样后退几步再次抵上墙壁，头颅昂起，望着湛蓝无尘的天空失神片刻，随后，他低头下来无可奈何地笑着，心里只有一个念头闪过。

"江暄啊江暄，你完了，你又轻而易举被她拿捏了。"

不过这种被拿捏的感觉，好像异常舒心畅快，畅快得江暄不禁怀疑自己身体里是不是藏了什么仅她可见的"受虐基因"。

简直莫名其妙。

他喉咙里呼出一口气，耸耸肩，这才跟在谢云衿后面下了天台。

谢云衿刚在楼道上走了几步，迎面便遇上脚步匆匆的秦海明，他抬抬下巴唤了声"云衿"，又问："接下来是审蔡泽普还是唐明喆？"

谢云衿思忖几秒："唐明喆吧。"

毕竟他出现的时间与地点太难不让人生疑，审他，至关重要。

秦海明摸了摸下巴上冒出的短胡须，点点头："行。"

隔了会儿，他又开口问："这唐明喆，怎么审，还是用对付顾青松的办法吗？"

谢云衿摇摇头："不了，他比顾青松年长好几岁，胆子也大得多，情况和顾青松不同，这办法对他效果不会很大。"

秦海明若有所思地"嗯"了一声："那怎么办？"

谢云衿的声音铿锵有力："还是采用常规审讯手段吧。套话，察言观色，找准他的弱点，强攻心理防线。"

秦海明爽快回应："可以。"他说完指了指前方，"那我去提人。"

"嗯，你先去，我随后把审讯需要用到的几个物证搬过来。"

两人商讨完，又在楼道各自分开。谢云衿马不停蹄去往物证室，取了在张兴亮和李自强租房内发现的那两个布娃娃以及铁匣子。

审讯室里，唐明喆已经坐在了审讯椅上，他身穿黑色外套，鼻梁上架着一副黑框眼镜，长得斯文秀气，整个人第一眼看上去便有种文质彬彬的感觉，如果不是双手手指手掌上普遍分布的厚茧以及皴裂泛黑的缝纹，实在难以让人想到此人竟是工地上卖力气的工人。

谢云衿双臂环抱将身体陷入椅背中，将他上上下下打量了一番，这才向前探身。

她手指弯曲，随意地叩了叩桌面，木质材料的桌子被她叩出沉闷的响动。

到这时，一直低头的唐明喆才被惊动。

他做贼心虚般地瞥了面前两人一眼，又像老鼠见了猫，猛地缩回脖子再次低下了头。

秦海明轻咳一声，按照程序首先提问了他的姓名年龄等基础问题。回答这些时，唐明喆语气断断续续的，声音也有气无力，像是三天没有吃饭一样。

秦海明不悦地皱眉，突然拍了下桌："唐明喆，我在问你年龄，你能大声点吗，是不是没吃饭啊？"

唐明喆始终没有直视两人，不过还是识相地提高了音量："二十……二十四岁……"

谢云衿的目光落在他紧紧交握的双手上。

他的手指很长，骨节突出，上面布满了粗糙厚茧与皴裂，比起同样作为工人的顾青松和戴生来说，他的手看起来要触目惊心得多。

谢云衿沉默着一直没有问话，看完手，她这才将视线挪到唐明喆的脸上来。

由于唐明喆深深低埋头颅，头顶的大灯只能照亮他的鼻梁，因此，从谢云衿这个角度望过去，并不能看清唐明喆回答问题时的神态表情。

她声音清冷："抬头。"

听到声音，唐明喆不情不愿地将头抬高了一些，但还不够。

谢云衿第二次提醒他："抬头。"

唐明喆又抬高一些。

第三次，谢云衿拍了桌："我让你抬头！"

她的呵斥威慑住了唐明喆，只见他身体惊动一下，沉重地喘息着，终于将头抬到了正常位置。到这时，谢云衿的审讯才正式开始。

而江暄此时就站在单向玻璃外注视里面的一切，毕竟对这几起案子，他的心里也同样疑云重重。

谢云衿的语气很懒散，如话家常般问道："你的手怎么回事？"

对于她的问题，唐明喆眉头轻皱，肩膀无意识地轻轻耸动，在心理学上,这是一个明显表达困惑的身体语言。看来,唐明喆不知道谢云衿为什么问起这个。

与此同时,唐明喆的声音也透出困顿,交握的双手松开反复瞧了瞧:"我的手怎么了吗?"

这个问话透露出一个信息,他并不觉得自己的手有什么问题,看来非常习以为常。

谢云衿懒懒地抬抬下巴示意:"你手上的茧和裂,怎么看起来这么狰狞?"

"干活干出来的。"唐明喆下意识地紧捏了下手指,神态局促地讲道,"家里穷,爸妈都一身病,我从小就开始干农活了,再大一些就出来打工了,手难免粗糙一些。"

他舔舔嘴唇,无所谓地看了眼自己的手。

"家里几口人?"

"五口,除了父母,还有两个弟妹。"

谢云衿神态如常,追着这个问题继续问:"多大年纪出来工作的?"

唐明喆再次低下了头,回答得毫不犹豫:"十五六岁就出来了,没办法,家里得有人挣钱。"

"一直在工地干活吗?"

唐明喆摆摆头:"不是,最开始在餐馆洗盘子,后来升级成打荷的,干了四年和主厨吵架给辞了,又送了一段时间的水,感觉这活没前途,这才去了工地干活。"

"你和其他几个人的关系怎么样?"

唐明喆的脸上没什么情绪,他不假思索道:"我们几个人关系都挺好的啊。"

"在一起干活多久了?"

唐明喆稍微想了下:"我和魏守礼、魏晋曜一个地方来的,从去年到锦华,我们仨就在一起干活了,工友们来来走走,到今年四月份,其他几个人才和我们一起被分到一个班组。"

"那张兴亮呢?"

"张兴亮也是四月份开始升成工长的。"

"有发生过什么矛盾吗?"

唐明喆摆摆头,咂了几下嘴:"张兴亮是有点小权就吆五喝六的人,我们都挺看不惯他的,不过大的矛盾倒真没发生过,我们的关系一直都挺和谐的。"

谢云衿"嗯"了一声,跳过这段,开始询问关于挖出尸体那天晚上的事。

最开始,他和顾青松一样支支吾吾不肯说,直到谢云衿以冷漠口吻将顾青松已经将情况全盘托出的事情说出,他这才开始慌张,开口交代的过程也比谢云衿预料的快得多,说出口的话也同顾青松讲述的情况大同小异。

他交代完毕后,秦海明和谢云衿对视一秒。

紧接着,单向玻璃外的江暄看到谢云衿起身直接走到唐明喆面前。

阴影落下,唐明喆有些不知所措,不动声色地咬了咬牙。

谢云衿凝视他,刻意压低声音:"你昨天为什么会出现在李自强的租房内?"

唐明喆咽着口水,眼珠子往左下方看去,这个明显的思考举动被谢云衿尽收眼底。

顿了五秒,他抬眼:"他……让我去的,他说有事情找我。"

嗯,撒了谎。

谢云衿缓慢呼吸着,低声重复一遍:"你昨天为什么会出现在李自强的租房内?"

唐明喆明显感受到了压迫,呼吸已经紊乱了,他手指尖被捏得发白,吞吐着讲道:"他……他说有事情找我……"

哼,还在撒谎。

谢云衿对唐明喆的回答置若罔闻,她的视线越发凌厉,紧盯着唐明喆,将原本就紧张的气氛压得更加深沉。

第三次,谢云衿嗤笑一声,带着五分自信、五分轻蔑,那副胸有成竹的神态好像早已洞察了唐明喆的内心。

谢云衿掷地有声:"你昨天为什么会出现在李自强的租房内?"

一连三问,采用重复提问的审讯方法,循序渐进。第一次提问是探他的答案虚实;第二次提问是扰他的心理防线;第三次提问必须自信必须睥睨,给他一种"我什么都知道你撒谎无用"的错觉,让他懊丧让他崩溃让他自乱阵脚。

唐明喆脸颊涨得通红,"我"了几声,又心虚地瞥了一眼谢云衿,最终,他非常颓丧地举起双手狠狠拍向自己的脑门,响声清脆。

唐明喆向谢云衿吐露真言:"我是去抢玉的!"

破防后,唐明喆脸上的激动表情压根儿隐瞒不住,他咬着牙关眼眶红得充血。

"蔡叔朋友说，那块玉能值上几百来万，几百来万啊，不是什么小钱，我不知道自己在工地这么干下去，什么时候才能挣够这么多钱，我爸妈还得看病，弟妹还得念书，我还没有买房买车，也没有讨到老婆，我需要钱啊，警官，你能明白吗？那堆金子是卖了几十万，可是七个人分账啊，每人到手也就几万块钱，要是我独自得到那块玉……"他说得双眼放光，"我所有的辛苦所有的困难，都将不值一提，所以，我即便豁出性命，也想抢到它。"

一块价值百万的玉。

对于在工地上卖力气讨生活的人来说，如同饥荒年代凭空出现的肥美肉块，贪欲使得每个人都变成嗅味而来的苍蝇，一拥而上。

"人为财死鸟为食亡"，这道理千百年来亘古不变。

可他们没有想到的一点是，如果每个人都想得到这块玉，即便抢到又能怎么样，只能变成一个活靶子等待其他人的猎杀。

李自强便是最好的例子。

审到这里，谢云衿也不打算跟唐明喆多废话了，她转过身去，双手从物证箱里拿出个四四方方的物体，正是那个刻着"开即死"三个字的铁匣子。

谢云衿面色淡漠，眼神也冰冷如霜，她轻轻抬眼用眼神示意唐明喆看自己手上的东西："这玩意儿你见过吗？"

他瞥了一眼，悻悻回答："见过，这是装黄金的那个铁盒盒。"

谢云衿点头，伸出手指指向上面："这三个字你认识吧？"

"认识啊，"唐明喆倒是淡定，"我文化不高，但还是念过些书的，开即死嘛。"

"嗯，你开过这铁盒吗？"

唐明喆似乎还未意识到这件事情的严重性，他如实道："开过啊。"

谢云衿命令他："唐明喆，你再给我好好看看这三个字。"

唐明喆吸了下鼻子，认真地盯着这三个字许久，他还是没能理解谢云衿此举的含义。

"开即死，字面意思上看，便是打开某个东西就会死掉，好巧不巧，你的工友们已经死了两个了，你不会不知道吧？"她说着手指扣动铁匣子的开合处，"咔嚓"一声脆响，匣子盖弹开，里面那个造型狰狞吊诡的布娃娃赫然闯入视线。

唐明喆明显被吓到，身体猛地后倾，眼眶也惊得大眦："这是什么？"

267

谢云衿一脸讳莫如深的表情："这是什么，你难道不知道吗？"

唐明喆"啊"了一声，尾调扬起，眉毛紧蹙，嘴唇抿了抿。

谢云衿看他一系列表达疑惑的动作神态，不可置信地发问："你难道没见过这布娃娃？"

"没见过。"他的回答倒是没有一丝犹豫。

这下轮到秦海明疑惑了，他声音高亢确认道："这两个玩意儿难道不是你放进张兴亮与李自强租房内的？"

唐明喆的眉心锁得更厉害了，双手一摊："我？我放这玩意儿干吗？我又不是闲得慌，我是进过强子的家，但我自始至终只想抢到那块玉而已，没什么别的意思。"

他停顿几秒又补充："并且我只进过强子的租房，没进过张兴亮的。"

他这答案一说出口，令谢云衿和秦海明都沉默了一小会儿。紧接着，秦海明发问："那你是怎么进李自强租房内的？"

"我撬锁进去的啊，进去就开始找玉，还没找几分钟，你们就来了，然后，然后就把我给逮着了。"他说着咽咽口水，探究地伸长脖子，"你们说的，我的工友死了两个了？不是只有张兴亮吗……"

"还有李自强啊。"谢云衿声音淡淡，"在你潜入他租房内的前一个小时，被魏氏兄弟捅死在街边。"

唐明喆又看向铁匣子里的布娃娃，它身体上绣着那三个字。

看着看着，唐明喆的神态没有了之前的冷静，看着看着，他的冷汗慢慢渗透了后背。

他喃喃着这三个字："开即死……"

种种神态动作，如果不是演技高超到一定地步的话，都彰显了唐明喆并不是在背后搞这些小动作的黑手。

并且唐明喆的家庭背景好像并不能支撑他策划这么多的事情，就算不论那块玉的真假，就是这价值快三十万的黄金，少有人能轻易拿出且舍得拿出的。

耗精力又耗钱财，到底有什么目的？

思绪到了这里，谢云衿突然想到那个先后出现在顾青松以及唐明喆口中的蔡叔朋友。

谢云衿生了疑。

她眯起双眼疑惑发问："唐明喆，这个蔡叔的朋友，你见过吗？"

"没……"

"顾青松说，他只凭借你们发过去的照片就断定这是块价值几百万

的古董玉？"

唐明喆吸了下鼻子："嗯，是。"

"这么厉害啊？"

唐明喆点头。

谢云衿继续问："蔡叔从微信上发过去的？"

"嗯。"

谢云衿稍微后仰环抱双臂："你们怎么这么相信这个所谓的玉石商人的话？不是压根儿没见过吗？"

唐明喆扭捏了下："可蔡叔说他是做玉石生意的，对这方面很了解，蔡叔年纪最大又帮我们最多，我们都挺相信蔡叔的。"

听到这里，谢云衿明白了，他们的本质是相信蔡叔。

唐明喆又补充道："并且黄金是真的，那玉，总不可能是假的吧，没道理啊。"

他的话落音，谢云衿转过身，一副若有所思的模样。

唐明喆的初次审讯工作到这里便结束了，从审讯室出来，谢云衿看见了站在一旁身姿挺拔的江暄。

"审完了？"

谢云衿停下脚步："审完了。"

"但结果并不理想。"

谢云衿挑挑眉："看来你在外面偷听了很久啊？"

江暄倒是没隐瞒："嗯，从审讯开始我就来了，站外面基本全都听完了。"接着又说，"到饭点了，一起去食堂吃点？"

谢云衿没有拒绝，只是说了句："等下吧，我还有些事。"

"什么事？"

谢云衿神情随性："不知正钧将这几人的资料信息整理出来了没，我突然想去看一看，怎么样，你要一起去吗？"

一摞资料拿手上，从上往下翻，纸张"哗啦啦"清脆作响。

谢云衿的手指迅速扒拉，一张一张，最终在蔡泽普那一页上停留下来。

她侧眼看了下旁边的江暄，紧接着抽出来拿手里冲他扬了扬："我找到了。"

江暄站在她身侧，穿着休闲，后背也闲适地靠着桌边，目光却若有若无黏在她眉间发梢。很快，他又随着她的视线看向了那张纸。

这八人之中，李自强的资料信息是最多的，只因他青少年时期因为当街斗殴被拘留过，而蔡泽普的年纪虽然最大，关于他的资料信息却并不是很多，只有些简单的户籍信息等，短短一页纸便囊括所有。

江暄看着这份资料淡淡开口："看来是个本分人，没有什么违法犯罪记录。"

谢云衿轻轻"嗯"了一声，又翻页过来。蔡泽普的家庭组成很简单，上无双亲，只有妻子和女儿，没什么特别的。

谢云衿失落地放下资料，可随即想起什么，职业的敏锐感又使之迅速拿了起来。

她的目光在蔡泽普女儿的简单信息上停驻目光，豆蔻年华，和皮箱里那具无名女尸年龄相当。

谢云衿和江暄视线相交了一秒，默契地同时将手伸向其余七人的信息资料，指尖相触。

谢云衿嘴角狡黠地弯起，最终快他一步先行拿到了手里，同时不忘调侃江暄："动作慢了，江法医。"

江暄的手指顿在半空中，随后尴尬地收回来："我让你的，谢组。"

谢云衿"喊"了声，不置可否地笑笑，接着拿到眼前一目十行看了一遍，同时心里快速总结：

张兴亮离异，与前妻育有一子。

李自强未婚，双亲健在，下有个弟弟。

戴生未婚，双亲健在，下有弟妹，妹妹年龄十五岁，符合。

唐明喆未婚，父母健在，下有弟妹，妹妹年龄八岁，不符合。

顾青松未婚，父母健在，独子。

魏晋曜未婚，父母健在，独子。

魏守礼未婚，仅有母亲，独子。

江暄开口："你说这具无名女尸会和蔡泽普或者戴生有关系吗？"

"虽然我还没有审讯蔡泽普，但我认为更大可能是他。"谢云衿将目光从信息资料上挪开，声音冷沉，"仔细梳理着案子的线索不难发现，从女尸的埋藏方式和埋藏位置开始就明显是精心构思过的，后续的做法显示背后这个人对这些工人的脾性、住址信息等都非常清楚，很明显，这个人是他们的熟人，存在其中的可能性最大，并且种种策划就是冲他们来的。明明铁匣子很难打开，却有一块金子散落其外，为什么？目的就是引诱他们深挖，挖出尸体与那堆财物，挖出尸体重见天日，挖出真金激发贪欲，而那块所谓的价值百万的玉石是高潮点，自然而然会让这几个底层工人陷入疯狂的争夺中，所以形成了一个螳螂捕蝉黄雀在后般的杀戮怪圈,因为每个人都想要这块价值百万的玉,而提出这块玉价值百万的这个人很关键,蔡泽普是和这个人有直接联系的人,蔡泽普的嫌疑最大。"

江暄视线幽远,开始梳理:"已知的八个人里,张兴亮第一个拿到那块玉,理所当然成为活靶子,七人中有四人明确产生了争夺心理,没争抢的三人中,戴生智商低下不知抢、顾青松害怕不敢抢,那蔡泽普呢,他下有妻女,没理由不想要钱,但却也不争不抢?还有这具女尸……"

他话未讲完,被谢云衿打断:"我记得你的尸检结果显示,女尸衣着完好,身上没有挣扎伤,体内也没有残留毒物与药物,也并未受过什么虐待,死得挺平静,是溺水窒息,不过身体未入水,你说像自杀。"

"张兴亮也是窒息,亦与水有关,这样看来并非巧合。"江暄双眸微眯,回忆张兴亮的尸检细节,"张兴亮抓布娃娃的手出现了尸体痉挛,他是死亡过程中将之抓到手里的。"

他说着话,谢云衿眼前好似有了画面。

她看到一个胸口插刀的人躺在血泊里,艰难地喘息着,他还没死,但有个黑影在他手中塞了个布娃娃,同时将多张卫生纸叠在一起浸湿,然后覆盖在张兴亮的口鼻处,看他眼眶大眦,看他神情狰狞,看他痛苦挣扎,由于身体反应,张兴亮的手只能死死捏紧那个布娃娃。

"放布娃娃,这应该不是背后这人突发奇想的行为,同埋尸点一样,是精心设计过的,可这娃娃会和案件有什么关系呢?"谢云衿看着眼前的江暄,脑海中自动循环浮现出那个娃娃的形象,她自言自语起来,"布娃娃,女孩形象,手工制作,脸孔吊诡,材质易得,普通纱布纽扣,带籽棉花,绣着'开即死'三个字,绣活很娴熟。"

"未处理的带籽棉花,普通纱布纽扣,绣活很娴熟……"谢云衿一边重复一边拿起蔡泽普的资料,"未处理的带籽棉花,普通纱布纽扣,绣活很娴熟,制作它的人会不会是一名女性……"

她的视线往下再往下,最终定格在蔡泽普妻子那一栏上。

熊娣。

一瞬间,关键齿轮合上,这些猜测如同锁链一般在脑海中畅通无阻起来。

舍得花这么多钱,费这么多精力,让他们一个个自相残杀,甚至没死透还亲自动手,很像报复和泄恨。

无名女尸和背后策划这一切的人关系不简单。

谢云衿眼神如利刃,最终还是回落到蔡泽普女儿的信息上来,轻轻将她的名字念出声:"蔡淑语。"

谢云衿的思绪戛然而止,她转过身来摸出手机迅速拨通了方审的电话。

方审很快接起:"云衿?"

"嗯,你还在魏氏兄弟老家?"

"是啊。"方审声音发愁,"这两人捅了李自强后没回老家,他们家里人目前也联系不上他们,我和兄弟们在吃饭,吃完准备回队里呢。"

谢云衿声音冷沉:"方审,你先别回来,听我说,去隔壁镇查查蔡泽普的老婆女儿,戴生的妹妹也顺便查下。"

方审的眉毛不受控制地跳了跳:"从蔡泽普那里审出些什么了?"

"还没审,只是我的猜测。你别磨蹭,趁着天色还早,赶紧去一趟。"

方审回答得很积极:"行。"

紧接着就听到电话那头方审粗犷急促的声音:"哥几个快吃快吃,赶紧扒几口,有事情干了。"

挂断电话,谢云衿冲江暄眨眨眼:"对了,我也有件事需要你帮忙。"

江暄想也没想脱口而出:"比对DNA?"

"嗯,蔡泽普和戴生父母的都比对一下。"

宁可犯错,不可放过,这是谢云衿查案的行为准则。

说完,谢云衿郁结胸口的浊气终于能吐出来,她脸上露出微笑,朝江暄勾勾手指:"饿了,吃饭去吧。"

江暄眼中的笑意越发深了,他缓着脚步,和谢云衿并肩往楼下走去。

今日没出外勤,体力消耗不大,再加之记挂着案子,谢云衿没什么胃口,吃饭时也明显心不在焉。江暄挑挑眉,见她又拿着筷子身体怔住眼神空洞,忍不住伸手敲了敲桌面提醒她:"饭都冷了。"

谢云衿回过神来,刚吃没几口,赵语从后面突然出现坐到她旁边:"谢组,今天吃的什么菜?"

谢云衿抬抬眼皮看着来人,语气闲散:"你自己看。"

赵语凑过来看了几眼,嘟囔着又是这些菜啊,话音落下,她的眼神落到面前那个吃相斯文的男人身上。

赵语分明记得之前两人之间还涌动暗潮,她拐着弯想打听两人之间的关系也打听不到,怎么现在这么和谐地坐在一张桌子上吃饭。

她咽咽口水,看了看谢云衿又看了看江暄,嘴唇八卦地弯起,尽管很好奇,但她强忍住没在此刻问出声。

吃完饭,谢云衿没歇着,直奔技术科找到曾行:"拜托个事。"

曾行伸着懒腰，笑容满面："谢组你有什么事直说，还拜托什么，太客气了。"

谢云衿弯唇："行，那我就不客气了。"她轻咳一声继续，"之前老秦和正钧监视张兴亮时，车辆行车记录仪不是正好拍到张兴亮家那楼道吗？"

曾行点头："是啊。"

"你再重看一遍，看看案发前后，有没有可疑人员上过楼。"

"可疑人员？"曾行犯了难，"这期间上下楼的人不少，怎样才算可疑人员？"

谢云衿直截了当："你看下有没有类似蔡泽普或者他妻子熊娣的人出现过。"

"这么精确吗？"

"嗯。"

"行，那没问题。"他高声回答道，"我一定仔仔细细，绝不放过一个。"

交代完毕后，谢云衿这才回了办公室。

还未落座，秦海明便凑了过来："云衿，什么时候审蔡泽普？"

谢云衿看了眼时间："事不宜迟，现在就去吧。"

秦海明应了一声："让阿超先把人提出来，我去趟洗手间就来。"

秦海明从洗手间出来，脚步急促地走到审讯室门口，伸手推门，虚掩着的大门被推开。

蔡泽普已经被控制在审讯椅上，他面前的谢云衿也已经落座，两人隔着两米远的距离，都在静静注视对方。

谢云衿有个习惯，审讯开始前喜欢采用"相面法"，先将受审人细细打量一番，观察他的发型、衣饰，推断他生活在什么样的环境里，有着什么样的生活习惯，观察他的走姿坐姿，手足如何放置，此刻什么状态，判断他此刻的神态是否自然。

对坐在对面的蔡泽普也是同样的流程。

他眼神疲惫，眼珠子覆着一层明显血丝，眼眶下的眼袋很大，脸上皮肤凸显褶皱，头上黑白两种发色错综交杂。

——年过五十，神情尽显疲态，确实已经不年轻了。

上身穿灰褐色外套，袖口边缘已经被磨烂了，下身穿着条黑色长裤，裤腿卷起，脚上踩着双解放鞋。

——穿着廉价，生活节俭艰苦，是个普通人。

与其他工人一样，手指粗糙布茧。

273

——做惯粗活。

他凝视着谢云衿，双手放置于扶手板上，坐姿闲适，神情平静自然。

——看不出紧张情绪。

观察完，谢云衿背脊后仰吁了口气。秦海明坐好后，开口问了些基本情况："姓名？"

问题一出，蔡泽普突然身体前探，双手不好意思地搓着，笑容和善又带着明显的讨好意味："警官，我叫蔡泽普，泽是恩泽的泽，普是普通的普。"

"年龄。"

"警官，我今年五十四了，过年就是五十五，日子越老越不经混哪。"

"知道我们为什么找你来吗？"

"知道的，为了工地上挖出来的那个死人嘛。"

回答问题时，他的态度非常良好，不同于其他人问什么答什么绝不多说，蔡泽普每个回答都有种话家常的轻松感。

光从这个举动，谢云衿便能看出，蔡泽普和之前的顾青松、唐明喆这些没见过什么世面的愣头青不一样。他年纪最大，经事最多，浸染社会的程度也更深，很擅长和人周旋，也很能擅长营造轻松氛围降低人的戒备心，同样，他的心理防线往往也最难攻破。

"红脸白脸审讯法"以及"重复提问审讯法"这些技巧对笑面狐狸一般的蔡泽普估计效果不大，所以谢云衿并不打算使用。

毕竟审讯员的工作不仅仅只是问问题这样简单，嫌疑人也往往没有那么傻，不会你问什么他便答什么，因此审讯员们都应将自己培养成一名绝佳的演员，各种情绪各种技巧都要轻松拿捏，他们可以声色俱厉气势压迫，可以暴跳如雷拍桌而起，也得擅长温柔劝导循循善诱以及不动声色话家常套话，简而言之，对症才能下药。

也因此，谢云衿既不打算步步紧逼，也不打算苦口婆心，而是配合着他，甚至学着他的样子和善笑着与之周旋，从而寻找他的突破点，问道："工地上李自强、顾青松他们都叫你'蔡叔'是吧？"

蔡泽普忙不迭地点头："是、是，都叫我蔡叔，我年纪最大嘛，他们都尊敬我呢。"

"那好，我比他们大不了几岁，我也叫你'蔡叔'。"

蔡泽普连忙摆手，一副惶恐的样子："这我可不敢，警官，你还是叫我名字，要不，你叫我'老蔡'也行。"

谢云衿笑着，手指尖在桌面上故作轻松地打着旋："顾青松和唐明喆把那天晚上的事情都交代了,包括你们如何挖出金子、挖出尸体、如何卖钱、如何分账都一五一十说了。"

他听到这句话,先是"啊"了一声,接着急切地开口澄清:"钱我可一分没动,我都带来了。"他说着就想掏口袋,可惜手被固定在扶手上,他使再大力气也是徒劳。

同时,谢云衿也用言语制止了他的举动:"没事蔡叔,不用这么着急,也不用那么紧张,我们目前对你那笔钱并不感兴趣。"

蔡泽普"哦"了一声,悻悻地坐正身体,顿了顿,脸上的表情以及说话的语气都带着疑惑:"警官,那天晚上的情况他们都交代清楚了,钱你们也说不感兴趣,那你们找我来到底是为了什么事啊?"

谢云衿说:"找你来自然还是为了你们工地挖出来的那具无名女尸的事。"

她说话之时刻意加重了"无名"二字,再抬眼将视线投向蔡泽普,原以为会从他的脸上察出细微的情绪波动,但是可惜,面前这个年过半百的中年男人依然面带和善讨好的微笑,如同脸孔上贴了一张虚伪假面一般。

谢云衿看不透彻。

回答完,谢云衿稍理思绪,紧接着,秦海明挺直腰板补充道:"是,他们是交代了,但你不也在场嘛,涉及此案的所有人我们都得细细盘问一遍,不能放过一个,你能理解的吧。"

蔡泽普恍然大悟般长长地"哦"了一声,随即附和般地点头:"对对对,能理解能理解,是不能放过一个。"他说着又颇为疑惑地将身体前探问道,"警官,是你们问问题我回答呢,还是我主动把那天晚上的情况讲一遍?"

秦海明抬抬手:"你把那天晚上的情况从头至尾说一遍吧。"

"行!"蔡泽普很配合,他扭动了下脖颈,接着开始交代起来。

"那天晚上做工到很晚,大家都累了,但张兴亮非说上头要得急,让我们再干一个小时再休息,强子和他争了几句嘴,然后就在碎石堆里挖出金子了,我们继续往下,就挖出一只皮箱,还带着个铁匣子,上面刻了字的,打开看里面又是金子又是玉佩,我们以为皮箱里会有更多,结果打开是个死人,把我们都给吓破胆了。"他说着轻拍胸口,轻轻呼了口气。

"既然看到女尸吓破了胆,怎么还敢将同她一起被挖出来的黄金玉佩据为己有?"秦海明问。

蔡泽普敛起笑容,神情急切起来,回答的声音也明显激动:"警官,那是什么东西,黄金!不是石头啊,都是钱!俗话说得好,宁当富死的鬼不当穷死的人,那么大一堆黄金,就算和死人一起挖出来的又怎么了,它始终是黄金啊!"

说着,蔡泽普反问秦海明:"警官,你想想,你辛苦为生活奔波的时候,一大堆钱突然出现在你面前,你心不心动,你心不心动?"

秦海明和谢云衿单手撑着下巴,还真的顺着他的问题想了下去,答案是确实心动啊。

人活世上,皆为凡夫俗子,跳不出七情六欲,挣不脱碎银几两。天上突然掉馅饼,谁能不心动?

蔡泽普的笑容再次绽开,他叹着气说:"肯定会心动的,我们也心动了,所以才将那些黄金拿去卖了分账的。"

他停顿几秒又开口:"我活了这么大年龄一直都是规规矩矩的,从来没有做过什么违法乱纪的事,干完之后,我心里一直不安得很,讲实话,我分到了好几万,但那些钱我可一分都没动。你们找到我,我心里那块石头反而落了地,就想着把这钱上交,心动归心动,人还是得对得起自己的良心,警官你说是不是这个理?"

秦海明颔首表示赞同:"确实,不属于自己的终归不属于自己,老蔡,你的觉悟可比顾青松那小子高多了,他倒好,卖了物证换了钱直接花掉一半。"

蔡泽普理解地"唔"了一声:"年轻人嘛,都这样,容易对钱疯狂,同时也不珍惜钱财,没几个手里是能捏住钱的。"

秦海明"啧啧"两声:"是这么回事。"

他这句话落音,谢云衿这才隐约察觉出些不对劲的地方来。

明明是他俩审讯蔡泽普,怎么对话的主导权无声无息地转移了。

谢云衿低头细思几秒。

坏了!

她表情凛然,在纸上写了四个字递给秦海明。

——暂停审讯。

第十五章
又破一案

出门来,秦海明一头雾水:"云衿,审讯才进行到一半呢,终止做什么?"

谢云衿冷着面容,叉着腰反问:"你觉得再审下去能审出什么结果吗?再审下去能把咱俩聊成他兄弟了。"

秦海明喉咙里的话堵塞住,突然反应了过来。他昂起头颇猛地拍了下脑门:"咱们的思维落他的套了?这老蔡,真不简单啊,还没跟他聊多久呢。云衿,从什么时候开始落的?"他叉着腰,懊恼地询问。

谢云衿回忆着刚刚审讯的全过程,然后开口:"从他说'是你们问问题呢,还是我主动把那天晚上的情况讲一遍'开始,主动权便发生了转移。"

审讯过程本质上就是一个审讯员与嫌疑人的心理博弈,既然是博弈,必然有输有赢。

要赢,就势必要在对话中占据主动位,要主动掌控、主动出击、主动追击,让对方落入下风,接着自然而然被自己的节奏带着走。

而蔡泽普这句话表面看是将问题抛给两人让其做选择,实则是一次主动权的试探。

他们回答了,后续他又一再提问,所以将两人的思绪拖入了他自己的节奏中,这种情况下,无论再和他聊多久,都问不出有用的信息来。

秦海明咬紧牙关,再次狂拍脑门好几下,看得出来,他思绪已经被扰乱了。

谢云衿依旧保持清冷语调:"老秦,要不咱俩先休息下,等会儿再审。"

秦海明摇摇头,瘫坐在旁边的长凳上,目光中透着疲累。他长叹一口气:"云衿,我心态一时间有些绷不住,要不今天这个蔡泽普,我就不审了吧，你找个人代替我，我真的得冷静会儿调整下。"

这倒是让谢云衿犯了难，只因侦查科绝大部分大都出外勤去了，能用之人只有……

谢云衿看着从旁边技术科走出的罗宇超，他悠闲自得，哼着小调，拿着份文件缓步走过来。

走了没几步，罗宇超发现两道探究关注的目光齐刷刷落他身上，瞬间，他轻快的步伐变得沉重了。

"谢组，秦哥，你俩这么看着我干吗？"

秦海明朝他招招手："阿超，过来过来，交给你个任务？"

罗宇超两道浓眉蹙成了"八"字，隐约觉得不是什么好事："啥？"

秦海明指了指审讯室："你待会儿和谢组一起进去审讯蔡泽普呗。"

"为啥？"

秦海明实诚地回答了："我审得有点崩，感觉招架不住，缓缓。"

罗宇超夸张地后退两步，赶紧推辞："秦哥！你都招架不住，这人得多厉害啊，那我怎么可能招架得住？我才来几天，这审讯又不比抓捕，抓捕是力气活，你让我上我义不容辞，可审讯是脑力活，我脑子还不如你呢，你让我去，你也太看得起我了吧。"

"这不是让你锻炼锻炼吗？"

罗宇超头摇得跟拨浪鼓一样，用游戏理论类比道："秦哥，道理我都懂，可锻炼也得慢慢来，我还是白银阶段，你就让我上去打白金局，这不是让我上去找虐吗？"

谢云衿也觉得让罗宇超审不妥，毕竟自己和经验丰富的秦海明都吃了亏，更别说初出茅庐的罗宇超了。

谢云衿抿抿唇，突然想到什么，问："赵语中午不是回来过吗？她人呢？"

"赵姐啊，她回来吃了个午饭，又出外勤了。"

谢云衿垂下双眸，手指轻轻揉了揉太阳穴。罗宇超看着她为难的表情，小心翼翼地提议道："要不从技术科、法医科什么的抓一个过来审讯？"

罗宇超看着谢云衿身后不远处高声道："江法医怎么样？"

长凳上的秦海明赞同地"哎"了声："挺好，江法医一看就稳重。"

见秦海明支持后，罗宇超神态期待地看向谢云衿："谢组，怎么样？"

起先，谢云衿的面容清冷看不出情绪。几秒后，她挑挑眉，对罗宇超说："得去问问江法医有没有空？"

话音还未落地，身后一个戏谑的声音响起："有空。"

谢云衿转过身,江暄正快步过来,他英俊的脸上挂着笑容,眼底眸光肆意而张扬。

"我没调过来前,是在江州市刑侦大队工作,队里缺人经常抓我去审讯,在这方面,我还算是积累了不少技巧。"他停下脚步,往旁边望了眼,脸上笑意更深,"反正,肯定不会拖谢组的后腿。"

谢云衿环抱双臂,嘴角弯起弧度:"希望江法医没说大话。"

江暄笑着摊摊手。

敲定后,两人一同往审讯室走去。

罗宇超看着两人的背影,急切地戳了戳秦海明的胳膊:"老秦,你再仔细看看,真没感觉他们俩之间有什么变化吗?"

秦海明定睛看了眼,没好气:"什么变化,不还和以前一样吗?"

他反正啥也看不出来。

在外面讨论一刻钟后,审讯室的门再度被推开,谢云衿和江暄先后进门落座。

蔡泽普再度抬头,始终保持之前那种老实可亲的表情。

简单询问两句后,对蔡泽普的第二次审讯开始了。

这次,谢云衿没打算同他周旋,而是开门见山直接提问:"那天晚上,你们骑着摩托车,去了哪几个地方卖黄金?"

蔡泽普没那么快进入状态,他愣怔了几秒,目光飘远开始回忆,话说得断断续续:"先、先是去了桃苑路上那家宝莱金行,接着去了南桥里的望舒典当、典当行,然后又去了源中区那家叫什么来着,叫兴隆典当铺的地方。"

他说话的同时,江暄在一旁也迅速在电脑上查询这三个点的位置。

南的南北的北,还有一个在市中心。

江暄敛起懒散神色,视线透着凌人气息:"没了?"

"没了。"

"所以一共分了三次才卖掉?"

蔡泽普点头:"是啊,只卖一家的话,他们现钱不够,所以分了三家卖的。"

"直接卖金条还是?"

"融了称重,店家也怕那金条掺了别的东西。"

"怎么分账?"

他的回答与顾、唐二人的如出一辙:"戴生分两万,剩下的我们六个平分。"

"为什么不给张兴亮分？"

蔡泽普神色无异，对答如流："强子不让，他的想法是金子是我们几个挖出来的，张兴亮凭什么分？警官，你说是吧？"

江暄根本不接他的茬，继续问："听说蔡叔有个做玉石生意的朋友，能凭借照片断定玉石真假价值，是真的吗？"

从走进这个审讯室开始，蔡泽普整个人对情绪的掌控都很游刃有余，直到这个问题，谢云衿才在蔡泽普的脸上捕捉到了些许不自然的神态。他左脸颊稍微抽抽，声音倒是没有一丝犹豫："是，他做玉石生意三十年了，对这些玩意儿非常了解。"

一轮问答过后，江暄和谢云衿对视一眼，随后他退后，由谢云衿发起进攻："你们怎么认识的？"

蔡泽普思考了几秒："之前……在外面打工的时候认识的。"

"打工认识的？"谢云衿语气轻松，"做这么多年玉石生意，应该很有钱吧？蔡叔，你是什么机缘巧合下认识这个有钱朋友的？"

蔡泽普意识到她在套话，笑着糊弄："就是机缘巧合下认识的。"

谢云衿没在这问题上继续纠缠，她目光偏向桌面一角，上面放置着蔡泽普之前上交过来的手机。

一部老旧的智能手机，应该好几年没换过了，手机边缘磨损掉漆，屏幕也碎成很多块，但并不影响使用。

谢云衿扬了扬，问他："密码多少？"

蔡泽普回答了一串数字，谢云衿输入进去，"咔"的一声，手机解了锁。

谢云衿低垂双眸，修长灵活的手指在屏幕上翻翻划划。

她率先点开社交软件，一行行看下去，里面的记录被删得很干净。

看到这些空空如也的聊天框，谢云衿的嘴角反而弯起弧度。

删得越干净，背后越有鬼。

谢云衿稍微抬眼，瞥了下蔡泽普："蔡叔，你这手机，挺干净啊，平时不和人聊天啊？"

"聊，怎么不聊？"蔡泽普头顶白发在白色亮光下越发显眼，他身体稍微后仰，还是和煦的语气，声音却透出些沧桑感，"警官，你看我这破手机，用了好多年，内存怎么都不够，我得经常清理啊。"

这番解释倒有理有据。

谢云衿站起身来，挂着微笑的面容瞬间盛气凌人起来，她缓着步子走到蔡泽普身边，将手机放置于审讯桌前。

"找找，哪个是做玉石生意三十年的朋友。"

蔡泽普眉眼稍稍舒张，将手机拨拉到自己面前，手指笨拙地翻翻找找。

"喏，警官，就是这个。"

谢云衿低头看过去。

蔡泽普所指的账号被他备注成"老张"，头像是一尊青白色的玉佛。

"是他吗？"

蔡泽普答："是。"

他避开谢云衿的视线，不动声色地咽了咽口水。

谢云衿点进去，蔡泽普和"老张"的聊天界面依然是空空如也。

她手指轻轻滑动时，余光却在关注蔡泽普的神色，他已经完全脱离了之前的镇定，甚至呼吸声都刻意地压低了。

谢云衿敛回目光，心里有了底。

她将手机在蔡泽普眼前晃了晃："蔡叔，我也有块玉石需要鉴定，能托你的朋友帮我也看看吗？"

蔡泽普讪讪笑了两声，抬下巴示意："警官，这手机都在你手上了，你想看联系他，这我还有拒绝的权利吗？"

"那行。"谢云衿转身过来，神色波澜不惊，"对了，蔡叔，还得提醒你一件事，聊天记录这种东西，凭我们的技术手段能够恢复，所以删除无用。"

听完她的话，蔡泽普的语气反倒轻松了，他笑着："警官，聊天记录真是清理内存被清掉的，要是恢复我的聊天记录对案件有帮助，我自然全力配合，全力配合。"

两人的对话你来我往，谢云衿攻他就守，他的回答虽然并非滴水不漏，可也找不出什么大的破绽。

谢云衿回到座位前，偏头看向旁边的江暄。

他身形清隽坐姿闲适，下颌线条干净流畅，歪着头跷着脚，神情虽漫不经心，可眸子寒如刀刃。

谢云衿给江暄递了个眼神，他很快会意，再度开口。

"蔡泽普，分完账后，你还有和其余七人联系吗？"

蔡泽普不假思索："没有，分完钱我就直接回老家了，没和他们联系过。"

"对于后续发生的事情，你什么都不清楚？"

"后续发生的事情，发生什么事了？"他看起来挺一头雾水的。

江暄身体稍微前倾:"那就奇怪了!经你朋友鉴定值百万的玉石还在张兴亮的手上,你一点都不关心?"

到这里,蔡泽普眼睛下撇,明显思忖了下,这才开始说话:"这位警官,你也说了那块玉值百万,不是小钱,个个嘴上都说平分,可我看得出,那几个后生虎视眈眈心里想的都是独吞,我这么大年纪了也没太多用钱的需求,就懒得同他们掺和了。"

江暄很快便找到他话中的破绽:"蔡泽普,之前你好像不是这么说的啊。"

谢云衿附和:"对啊,你明明说凭空出现一堆钱,谁不心动?你也心动,心动是人之常情,怎么黄金你心动,更值钱的玉你却不心动了?你父母都不在了,可也有妻女要养吧。"

不然不会五十多的年纪还在工地辛苦做工。

江暄手指轻叩桌面,强调道:"我们了解到,你女儿才十四岁,你不为自己考虑,也得为她考虑考虑啊。"

"女儿?"蔡泽普语气一顿,"女儿考虑那么多做什么,又不是儿子,儿子得花心思,得培养成才,得买车买房,还得给他讨个老婆。女儿嘛,读些书养大嫁人就得了,没那么大花费,警官你说是吧?"

听他这不屑的口气,似乎还是个重男轻女的"封建余孽"。

谢云衿听到这番话虽心里有些愤愤,但没表露出来,也没接他的问题,反而继续追问下去。

"蔡叔,你对你女儿只是养大就行了吗?"

蔡泽普耸耸肩,理直气壮地笑着:"那不然呢?一个丫头片子,又不给我传宗接代,费那么多心思做什么?吃力不讨好。"

他的话语听起来特别刺耳,可谢云衿却对此存疑。

谢云衿轻吸了一口气,顺理成章地将话引到这次审讯的正题上:"蔡叔,你女儿叫蔡淑语,是吧?

"这名字是你取的吧?"

问到这个问题时,蔡泽普满是厚茧的手指紧了紧,笑着答:"啊,对。"

谢云衿埋头看向手边资料:"你和你妻子登记结婚三十二年,你女儿今年才十四岁,你是四十岁才有的这个女儿,"她抬头,"这么不容易才得到的这个女儿,我认为应该是很疼爱的吧。"

到这个问题时,蔡泽普的嘴角抽搐一下,皲裂干枯的手指捏得更紧了,他什么话也没说,眼皮耷拉着。

"她现在应该上初中吧,在哪里念书?"

蔡泽普咽了下口水，依然没回答。

他这般反应反倒让两人来了劲，谢云衿握拳敲敲桌面："蔡叔？我问你话呢。"

终于，蔡泽普如梦初醒般抬头，就是不与面前两道探究的目光对视，背脊也慢慢瘫软下去，顾左右而言其他："警官，说了这么久，我渴了，得喝口水。"

江暄并不给他缓冲机会，声音冷沉，重复一遍这个让他做出明显逃避举动的问题。

"蔡泽普，你女儿在哪里念书？"

蔡泽普的身体又前探，左手手掌撑住下颌，眼珠子往旁边瞟去，声音都显出些许不耐烦。

"警官，我渴了，我要喝水！"他躁动起来，摒弃之前的和善，故意将铁制审讯椅弄出很大的声响，"我在这里说了这么久，你们问什么我就答什么，怎么连口水都不给我喝，我要喝水！"

谢云衿略微抬头往面前的监视器看了一眼："临风，倒杯水送进来。"

没几分钟，王临风端着杯水推门而入。

蔡泽普猛地抢过这杯水一饮而尽，随后将纸杯又递了回去："我还想喝水，喉咙干得很，一杯哪够啊。"

王临风询问式地看向谢云衿，她抬抬下巴："多弄点水进来。"

"行！"

随后，王临风直接拿进来一个水壶。

谢云衿拿起水壶走到蔡泽普身旁，一边往空纸杯里倒水一边说："蔡叔，其实你女儿在哪里念书，我们真的都很容易查到，为什么反复询问这个问题，你应该已经意识到了吧？"

水杯已经被倒满，但蔡泽普双眼无神迟迟不动。

谢云衿自信地勾起唇，将水杯往他的正前方推了推："喝啊蔡叔，不是渴了吗？想喝多少有多少，喝完了我再给你倒。"

蔡泽普的呼吸声有些沉重，他出神地看着面前那杯水，水面荡漾着细细的纹路。

"蔡叔，你说你分完账就回了老家，也没跟他们联系过，想必也不知道后续发生了什么事情吧。没关系，我在这里好好跟你讲讲，10月17日，你们挖出尸体的后一天晚上，张兴亮在自己租房内遇害，胸口被捅了一刀，鲜血溅了半间屋子，地上也全都是血，情况非常惨烈。你想不想知道是谁干的？"

蔡泽普端起面前那杯水润了润干枯嘴唇，不吃惊不惶恐，竟然也不好奇。

谢云衿继续："我们在后续调查中发现，这凶器上有李自强的指纹，监控也拍到他进出张兴亮家楼道的画面，玉也被他抢走了，你说这杀张兴亮的真凶会是李自强吗……"

说到这里时，谢云衿停住了。她特意观察了一眼蔡泽普的神态，发现他靠上椅背双目紧闭，似乎不想听她说话。

但谢云衿偏偏不让他如愿。

她面带微笑："我们一开始也这么认为，可后来尸检发现，张兴亮原来是死于窒息，他死前口鼻处被人覆盖上了一层湿纸巾，纸巾很干净，什么血液指纹都没被留下。对了，张兴亮死时手里竟然还紧紧抓着个造型怪异的布娃娃，身上绣了字，绣着'开即死'，和你们挖出那铁匣子上面的字一模一样，你说奇不奇怪？"

蔡泽普缓慢地吐着气，依旧不发一言。

"还有你朋友口中价值百万的玉，直接让你朝夕相处的工友们都疯狂了，仅仅一天之后，抢到玉的李自强又当街被姓魏的两兄弟捅死了，好巧不巧，他的租房里也出现了造型一样的布娃娃！"

她还准备说话，蔡泽普却突然睁眼："你们也审我这么久了，我累了，我想休息了。"

"蔡叔，最开始你进审讯室明明是很放松的状态，甚至还能给我们下套，怎么现在都没法掌控自己的情绪了？是被我问到命门上了吗？"

蔡泽普已经完全收起了和善可亲的假面，他整个人变得狂躁起来："我要休息！你们警察也不能不让人休息吧，我是嫌疑人没错，但我也有人权。"

谢云衿却置若罔闻："那个做玉石生意的朋友到底是谁？"

"我要休息！"

"那具无名女尸和你是什么关系？"

"我不想回答了，我要休息，我要睡觉，不让我休息我就举报你们，我就投诉你们，我就要去法院告你们！"他突然开始胡搅蛮缠。

谢云衿退后两步，给出致命一击："你们挖出的那具无名女尸，是不是你的女儿蔡淑语？"

蔡泽普情绪突然变得很激动，他疯狂捶击着扶手板，眼眶通红，弄出巨大的动静。江暄连忙起身将他的头压在扶手板上控制住。

江暄偏头看向谢云衿，只见她神情依然冷静，还在继续说："我们的人已经去了你的老家，你和那具女尸的 DNA 也在比对中了，甚至正在重新查看张兴亮死亡前后他家附近的监控，蔡泽普，你逃避是没有用的。"

蔡泽普的身体不动弹了，他的头颅被江暄死死压在板子上，嘴咧开，眼眶也大眦，涎水淌出来，嘴里依旧嚷着："休息……休息……"

一分钟不到，监控室里的王临风也赶来帮助江暄。

对蔡泽普的审讯不得已第二次终止。

从审讯室出来，气都没缓一口，紧接着，谢云衿的手机便响了起来，是赵语的电话。

她接起来，赵语激动的声音传进耳朵："云衿，魏氏兄弟找到了！"

"在哪儿找到的？"

"翡翠玉石交易市场。"赵语叉着腰看向一边。蒋丛几个正在给情绪崩溃瘫坐在地、嘴里喃喃着"假的假的"的魏氏兄弟上手铐，身边还围了些看热闹的吃瓜群众。

"我们猜得没错，他俩确实需要钱，带着玉来这里交易了，想卖掉，只可惜啊……"

"玉是假的？"

赵语"嘁"了一声："没有，玉倒是块真玉。"

"那可惜什么？"

"可惜是块岫玉，雕刻挺精美，就是不值什么钱，什么老坑冰种老古董，价值好几百万都是假的，这玩意儿撑死了几百块钱。听说这两兄弟一下午没停歇，把这玉石市场的交易点跑遍了，全都鉴定不值钱，鉴定到最后，两兄弟情绪都崩溃了，一齐坐在地上哭，嘴里嚷着'假的假的''杀人了杀人了'，反正问他们什么也不知道回答，受了这么大的打击，也不知道精神还正不正常！"

一整天下来，云澧区刑侦支队各科人马可真是忙得不可开交。

晚上八点，侦查科出外勤的警员陆续归队完毕，休整一刻钟后，办公室大门紧闭，众人聚集其中开会。

方审坐在椅子上，背脊弓起身体前探，双手手肘撑在膝盖上。他头颅微抬，视线扫过众位同僚，开始总结他带领的这队成员的外勤收获。

"我们最先去了魏氏兄弟的老家，查了下两人的家庭关系。他俩是堂兄弟，家庭条件都不好，十七八岁就出来打工了。魏晋曜是哥哥，魏守礼是弟弟，只相差一岁，从小好得能穿一条裤子。当街杀人后，两人没回过老家，也没和家人联系过，当然，家人也联系不上这两人。下午接到谢组的电话又去了蔡泽普的老家。蔡泽普这人文化水平不高，但挺聪明，能吃苦耐劳，也非常节俭，和妻子结婚三十二年，一直勤勤恳恳本分做人，蔡泽普在外打工，妻子在家里务农，两人还有个十四岁的女儿。说到这个女儿……"

方审打了个顿，又继续："听村里人讲是来之不易的，他俩对这唯一的女儿也是寄予厚望。村子里的小孩一般都在镇上念中学，但夫妻俩觉得镇上中学教育水平不行，花大价钱将成绩平平的女儿送到市里念书。我还了解到一个情况，蔡泽普的妻子熊娣之前一直在家中务农，大概两个月前，她对外说要去市里给女儿陪读，之后一直不在家中。"方审说着视线转暗，"不过从蔡泽普家回来的中途，我去了一趟他女儿的学校，班主任说蔡淑语的父亲两个月前来给她请过假，说是生病在家休养，之后也一直没来上学。"

说完之后，他冲赵语抬抬下巴："小赵这里呢？"

赵语清了清嗓子站起身来开始汇报："我们在翡翠玉石交易市场发现了魏氏兄弟，两人拿着从李自强那里抢过来的玉到处鉴定，鉴定结果都是不值钱，两人都被带回来了，现在在观察室待着呢。魏守礼情绪好些能回答问题了，捅人的魏晋曜还处在崩溃中。"

赵语坐下，谢云衿又紧接着开口："我和老秦这里把唐明喆和蔡泽普都审问了，基本确认了这一系列的案子都和蔡泽普脱不开干系。审到后来，蔡泽普也情绪失控了，前因后果事情缘由细节过程这些还没有问出来。"

曾行："行车记录仪还在查看中，不过已经锁定了一个可疑身影，是在张兴亮案发前后戴口罩进出的一名中年女子，身形微胖，扎着马尾，和熊娣身形很像，不过并未确定。"

江暄咳嗽了好几声："DNA信息还在比对中，最快也得明天出结果了。"

王临风清了清嗓子："蔡泽普的手机信息正在恢复中，那个所谓的做玉石生意的朋友我们也已经着手调查了，最快明天结果也能出来。"

各队工作汇报完，方审这才起身来，神情透着疲惫："这几天大家都辛苦了，今晚加加班，尽快将结果整合出来，完善证据链，案子盘桓在这里，我想大家应该都跟我一样，心里像压着块石头，早点解决，石头早些落地。行，我在这里就不多说了，大家散会吧。"

话音落，众人站起身来顺便将滑轮转椅推回原位，很快，齐聚一堂的警员们又各自开始忙碌。

这晚，云澧区刑侦支队办公楼依然是灯火通明。

时间很晚,长夜漫漫,但每个人的情绪都很兴奋。连续多天的辛苦忙碌没有白费,只待潮水褪去,真相便会浮出水面。

晚上十点,谢云衿还在整合线索信息,罗宇超冲进办公室,紧接着是激动且高亢的叫喊声。

"谢组谢组谢组谢组谢组……"

一连串十几个没歇气。

谢云衿懒懒给他一个眼神,手里的活没停:"我在这儿呢,你悠着点,喘口气,我怕你背过去。"

她又收回视线:"什么事这么激动?"

罗宇超嘴唇半张深呼吸一次,接着吞咽口水润润干燥的喉咙,伸出手指指向外面:"何队犒劳我们今晚加班,点了好多夜宵,现在正在上来的路上。"

听清缘由后,赵语从后面办公桌探出个头笑话他:"阿超,我发现你大惊小怪真有一套,来个夜宵都这么激动,我还以为那几个嫌疑人都交代了呢。"

"嫌疑人倒是都没开口说话呢。"罗宇超讪讪笑着接了一句,说完又一本正经地强调,"不过这大半夜,累得够呛的时候有夜宵吃,我激动一下也情有可原嘛。谢组,你说是吧?"

谢云衿这时听到推车声与脚步声,这才终于抬了头,她"嗯"了声:"阿超说得也对,大家先放下手里的事,休息会儿吃个夜宵填下肚子。既然何队都给我们点了,也不好辜负他一片心意。"

她的话音刚落下,王临风和唐延提着几大袋子夜宵进了门,一时间,安静的办公室里突然喧嚣躁动起来。

秦海明第一个围上去:"让我看看,何队给我们点的啥好吃的。"

塑料袋子摩擦发出杂乱响声,很快被拆开。勾人香气弄得办公室里的每个人都不淡定了,就连沉默寡言的肖正钧也伸长脖子猛吸一口气:"真香啊。"

几人打开一个袋子:"哟,烧烤!"

大家又开一个袋子:"哟,辣蛤蜊!"

罗宇超嚷着:"秦哥,看看这个袋子里是什么?"

"馄饨,馄饨。"

秦海明嘴都合不拢,摩拳擦掌准备大快朵颐了:"何队真了解我们啊,这大晚上的,能吃辣的烧烤龙虾什么的提提神,不能吃辣的吃点馄饨暖暖胃，感觉我今晚通宵都没事了。"

他说着招招手，叫罗宇超和蒋丛："阿超、大丛，别愣着，把技术科、法医科的都叫过来一起吃啊。"

罗宇超兴奋地应声："行，我俩马上去。"

两人说着急匆匆出门，这边，秦海明几个已经在分食物了："赵语，牛肉吃吗？"

"吃！"赵语虽然留着长发，不过性格是个假小子，很是爽利，"除了羊肉，我啥肉都吃，无肉不欢。"

"就知道你是爱吃肉的，来！给你一打。"

不多会儿，技术科、法医科还在加班的几人也陆陆续续走进来："有好吃的啊？"

"有有有，何队点了很多，每个人都有份。"

"来，老袁、小郑、苏毓小美女。"秦海明招呼着，"还有咱们的监控杀手。"

秦海明说着抬头，目光定格在曾行有些光亮不剩太多头发的额顶，托着腮，语气沉重："小曾啊，我怎么感觉……怎么感觉你这脑门又秃了一点。"

说到这个，曾行也是欲哭无泪。想当年，他才进云澧区刑侦支队时，那也是青春靓丽头发浓密一小伙子，没想到时间仅仅过去四年，他就感觉自己这脑门是越来越凉了。

他长叹一口气："遗传了我爸，溢脂性脱发。"

秦海明拍了拍他的肩膀表示安慰，没两分钟，曾行又激情澎湃地说道："没关系，我变秃了，也变强了！"

众人都被他的自我调侃逗乐，此起彼伏的笑声从办公室各个角落传过来，大家吃吃喝喝，谈天说地，连续多日神经紧绷的各位警员终于迎来了难得的轻松时刻。

秦海明分着分着感觉少了人，环顾一周后问道："方组和江法医呢？"

伍方正在吞咽馄饨，他囫囵着说道："方组被何队叫去办公室了，等会儿回来。"

秦海明又看向袁新元："江法医呢？"

"老江说身体有些不舒服，没胃口，就不吃了。"

正准备动筷的谢云衿手指一顿。

秦海明拿出一盒热汤馄饨："没胃口喝点汤也好，你们谁吃完了给江法医送过去，我就不去了，我得要开吃了，都流口水了。"

谢云衿起身，声音很平淡："老秦，给我吧，我给江法医送过去。"

秦海明边往嘴里塞韭菜，边将那碗馄饨往谢云衿的方向推了推，说："这儿。"

"好。"谢云衿左手揣兜，右手拿起桌上那碗馄饨往外走去。

法医办公室得下层楼，谢云衿脚步很快，不过两三分钟便到了办公室门口。

谢云衿推开虚掩的门，里面灯光大亮却悄然无声，窗户边的桌上靠着个人。

她轻手轻脚走过去，刚将这碗馄饨放桌上，江暄便警惕地察觉到有人过来了，他稍微抬头，睁开惺忪双眼，直到看清来人，嘴角不受控制地弯起。

"你怎么过来了？"

谢云衿将那碗馄饨推到江暄眼前："给你送这个的。"

江暄艰难地挺直背，眼皮耷拉着，俊逸面容上是病态的惨淡。

谢云衿眉头轻皱，喉咙干涩地咽了下口水。她送完馄饨也没立即离开，而是从旁边拉了把椅子坐下，眼睛盯着他，清冷的目光中透出几分微不可察的关切。

"听说你身体不舒服，上午不是还好好的？"

"应该是昨晚在操场吹风有些感冒，上午只是头昏，下午症状严重了。"江暄强撑着说完，嗓子不受控制地咳嗽了两声，明明很疲倦，却还不忘笑着确认，"谢组这是特地来关心我？"

谢云衿看着他，坚定地点点头，语调微扬起："嗯。"

得到她肯定的回答，江暄愣怔片刻，抬头直视她，看她秀气墨黑的流星眉，看她淡漠好看的丹凤眼，看她翘挺的鼻和紧抿的唇。

一颦一笑都是如此清晰生动。

江暄的眼神有些迷离了，他将身体凑近了些，巴巴地看着谢云衿，从前生人勿近的高冷样不复存在，如今像极了一只乖顺的小狗。

他盯着眼前人，又凑近了些，嘴里轻声喊着她从前的名字，似乎带着温软撒娇的语调。

"酒酒。"

谢云衿敛起脸上的淡漠神色，心里有些五味杂陈。她也轻轻回答江暄："嗯，我在。"

"我很想你。"

"好。"

"我真的很想你。"他凑到谢云衿耳边轻轻吐出热气,然后将额头搁在她肩膀上轻轻蹭了蹭。

他突如其来的吐露心声让谢云衿有些懊丧自己当年的决绝,如果她多信任他一点的话,两人就不会有这样漫长的离别岁月。

谢云衿低下头,将手放到他的脖颈上,只感觉江暄身体温度有些高。

她伸手支起江暄的额头摸了摸,啧,真烫。

"你发烧了,我送你去医院。"她说着起身来。

可江暄还坐在椅子上推托:"我是男人,哪那么娇弱?一点小病去什么医院,我回去吃个药睡一觉就好了。"

"你是男人,哪那么娇弱?"

谢云衿挑眉,居高临下地垂眼看他。

江暄衣领乱着,细碎短发搭在迷离眉眼上,脸颊因为身体发热而泛着潮红。

她乖张肆意的本性突然压抑不住,躬身下来抬起他的下巴开始口不择言,语气里带着狡黠的坏痞:"你现在娇得我把持不住。"

江暄微昂起头。她眼睛湛亮,脸上使坏的表情一览无余。

他缓慢地呼吸,将身体往后靠去,肩胛抵住椅背,出神地看着眼前的谢云衿,心已经完完全全被她勾走,直到走廊响起沉重的脚步声。

谢云衿英气的眉眼一黯,慢慢直起身来收回手指,刚扭头,脚步声的主人已经推门而入了,是法医助理小郑。

甫一走进,小郑便敏锐地察觉到什么异常。他尴尬地冲两人笑笑,指了指自己办公桌:"谢组,江老师,我拿件衣服,拿件衣服就去实验室。"

江暄幽幽的声音响起:"倒是也不用这么急,在办公室里休息休息。"

小郑一听连忙接话:"那我必须得急!我得赶紧去实验室,无名女尸和蔡泽普的 DNA 比对结果一刻都耽误不得。"

他说着脚步匆匆跑到自己办公桌旁拿了外套就往外走,出去还不忘贴心地为两人关好门。

江暄咳嗽了几声,目光含笑般看着谢云衿,声音倒是哑得很:"谢组收手这么快,刚刚不是还说把持不住吗?"

谢云衿耸耸肩:"我自控力一向很好。"

她说着低眸瞥了一眼江暄,他满脸的病容倦态。她随即问:"去不去医院?"

"不去,一点小病而已,我回宿舍吃点退烧药睡一觉就好,真没那

290

么娇弱。"

"你确定?"

"很确定。"江暄压低声音,"不信的话,谢组可以试试?"

谢云衿也学他压低声音:"那你等着吧。"

她说完靠后了些,用眼神示意桌上那晚热汤馄饨:"吃点热的再回宿舍。"

江暄抿抿唇,点头说好。

等江暄吃完,谢云衿这才离开法医办公室。工作还未做完,她心里就像是压了块重石。

忙到深夜一点,手边的事才终于算结束,谢云衿打了个哈欠,催促同样忙碌的赵语:"回去休息会儿?"

赵语也困得受不住了,点点头:"行!"

两人马不停蹄地回到宿舍,接着倒头就睡,这一觉便睡到天光大白。

清晨,谢云衿睡眼惺忪地从床上爬起来,匆忙洗漱后便出了门。

到办公室时,各科室的鉴定报告也陆续递到了谢云衿手上,她快速浏览了一遍,脸上是自信的笑容,接着又将手里的文件递给方审。

方审看完,心里松了好大一口气。他将文件合上,问谢云衿:"咱俩来?"

谢云衿应得非常爽快:"行。"

方审摸摸下巴思考几秒:"先让他吃个早餐,半个小时后开始怎么样?"

"嗯,没问题。"

时间定好,半个小时眨眼便过,早上八点钟,蔡泽普迎来了针对他的第三次审讯。

这次进入审讯室,蔡泽普的脸上再没了昨日的讨好笑容。

他背脊佝偻瑟缩脖颈,整个人悲伤颓丧,眼睛一直盯着自己的手指,连头都没抬过。

谢云衿叫他的姓名。

"蔡泽普。"

听到声音,他只有手指动动,除此之外半点反应都没有。

方审没和他废话,直接将 DNA 检测结果扔他桌上,扇起的风让他闭了下眼,随后又慢慢睁开。

方审神情盛气凌人,很不客气地伸手指了指:"工地上的那具无名女尸,与你是父女关系,蔡泽普,你没有什么要说的吗?"

他将头埋得更低,就是不看桌上的结果,似乎是在躲避。

方审上下扫了他一眼,第二次询问:"你没有什么要说的吗?"

到这时,蔡泽普才终于抬头,他的目光在桌上鉴定书上停留短短一秒,接着迅速挪开,腔调有些哽咽:"你们该查的都查到的,鉴定结果也出来了,我没什么好说的了。"

"没什么好说的?"方审双手叉腰视线锋利,"你女儿蔡淑语,是被你装进皮箱埋到瑞林坝工地碎石堆里的?"

蔡泽普混浊的眼睛黯淡无光,他身躯疲惫地往后靠,声音苍老沙哑:"是我。"

"黄金铁匣、木盒以及那块雕刻精美的岫玉玉石也是你弄的?"

蔡泽普叹着气继续:"是我。"

"你那个做玉石生意的朋友……"

未等方审讲完,蔡泽普便将其打断,他直勾勾地盯着方审,轻笑一声,语调里透着嘲讽:"我压根儿没有什么做玉石生意的朋友,什么老古董,价值几百万的玉石,都是我编出来骗他们的。我拿这个当诱饵,我故意诱导他们抢这东西,诱导他们你杀我我杀你,真有意思,真有意思。"

他说着深吸一口气,咬牙切齿继续道:"东西是我放的,所有的事情都是我一个人干的,你们可以结案了。"

蔡泽普摊摊手,突然猖狂地狂笑几声:"我什么都不在乎了,什么都不在乎了。"

方审神情严肃,追问下去:"你做这一切,目的是什么?"

"没有目的。"

方审对此一个字都不信:"没有目的?没有目的你策划这么多,没有目的你下这么大的血本?"

蔡泽普缄口不言。

方审继续:"还有你的女儿蔡淑语,她是怎么死的?"

蔡泽普嘴唇动了动。

"你老来得女,对她的教育非常上心,村里人都说,你和你老婆都很爱这个女儿,希望她出人头地,是吗?"

提到女儿,蔡泽普双拳紧紧握住。他舔了舔干枯的嘴,喉咙苦涩得他差点哭出声来。

他哽咽着,闭上眼轻轻颔首。

方审放软语气,接着问了下去:"老蔡,和我说实话,她是怎么死的?"

蔡泽普沉默了几秒,最终开口说道:"自杀。"

他昂起头,盯住天花板上的灯盏。

强光刺得蔡泽普不受控制,眼泪决堤似的,汹涌淌过满是皱纹的脸。

顿了顿,蔡泽普压抑哭声,有气无力地叙述着:"她想不开,自杀了。她妈妈从田里摘完棉花回来,已经是晚上了,进了门到处找不着她人,转到后院水井,发现她趴在井口,她妈妈连忙抱下来想送医院,来不及了,来不及了,人都已经硬了啊。"

方审缓了口气,循循善诱:"她为什么自杀,和你那群工友有关系,是吧?"

问到此处,蔡泽普的情绪突然激动起来,他猛力捶打审讯椅。方审眼神一凛,忙过来想制止蔡泽普的动作,他又停下了。

蔡泽普看着红肿的手背,眼泪已经糊了整张脸,神情有懊恼有悔恨,最终咬紧牙关怒吼一句:"他们该死!"

蔡泽普费劲呼吸着,再次陷入沉痛的回忆里。

妻子给他打电话前,蔡泽普刚拿到上个项目的工钱,想到女儿正好放暑假在家,他兴冲冲去超市买上一堆的瓜果零食准备回家与妻女团聚。

妻子的声音颤抖且轻飘飘,像穿过云层的惊雷劈下来,蔡泽普拎着塑料袋的手指一松,瓜果"咕噜噜"滚了整条过道,他愣怔好几分钟,没听清一般再问一次:"你说什么?"

妻子哭泣的声音从手机那头传来,蔡泽普当即发了疯,连夜骑摩托赶回家中,果然只见到女儿冰冷的尸体。

蔡泽普不信女儿就这么死了,他抱着女儿,眼眶眯得老大,努力不让眼泪滑落,拿沧桑的脸颊小心翼翼蹭着女儿的发顶,嘴里喃喃唤着:"妹妹,老爸回来了,老爸回来了呀,妹妹,老爸给你买了你爱吃的。"

女儿内向不爱多说话,但爱笑,每次他回家,女儿都笑着喊他"老爸",笑起来眉眼弯弯。

他和妻子好不容易得到的这个女儿,为她拼命干活存钱,为她操心前程,为她能有个光明未来,可这些期望随着女儿的死轰然倒塌。

蔡泽普不愿相信女儿会自杀,他当晚便去翻阅女儿的手机与日记本,在日记本中发现了女儿自杀的原因。

"六月份的时候,她学校放假,没打电话通知我便自个儿来了工地宿舍找我,她之前来过几次的,知道地方……"他压住哭腔,"我那晚出去会朋友了,不知道她来宿舍找我了,要是我知道,要是我知道……"

蔡泽普说着又险些失控,紧闭上眼,眼泪无声淌下:"那天晚上做完工,我出去会朋友。他们一伙人去喝酒了,个个喝得烂醉,张兴亮、张兴亮!"

提到张兴亮的名字时,蔡泽普的神情狰狞凶恶,那种语气像是恨不得将之扒皮饮血。

"张兴亮对蔡淑语做了什么?"

蔡泽普重复张兴亮的名字半天,也没勇气将后面的话说出来,他懊丧地吞咽好几次口水,单手颤抖着往衣服内里摸了摸,摸出来一张折痕深刻的纸张扔桌上,随后疲惫地往椅背上倒去:"你们自己看吧。"

方审眉峰紧皱,将之拿起来摊开,快速浏览完又递给谢云衿,又看起另外一张来。

而谢云衿缓慢呼吸着,聚精会神地看了下去。

6月17日

今天放假,我来工地宿舍找老爸,走进来好大一股酒气,地上全是酒瓶烟头,脏兮兮的。几个哥哥在床上睡觉,老爸不在宿舍,张叔叔让我去里面等老爸。我坐在老爸的床边,张叔叔突然凑过来和我说话,满嘴酒味,我不喜欢就挪远了些,他又凑过来笑眯眯和我讲话,我很讨厌,准备去宿舍外面。他突然拉住我的手把我压在床上亲我撕扯我的衣服,我很害怕地大吼大叫,可宿舍里面那么多人,没一个人帮助我,他们难道什么都没听到吗?还是听到了假装没听到呢?那个恶心的叔叔就像一块巨大无比的石头,亲我的时候嘴里好大一股臭味,我费了好大力气才将他推开跑了出去,想到他将我压住亲我,心里就泛起酸水,真的太恶心了!

看完,方审又递过来另外一张。

8月17日

距离第一次来大姨妈已经过去三个月了,为什么大姨妈一直没有再来了呢,听说一直不来大姨妈就说明怀孕了,我会不会也怀孕了呢?是不是六月份在老爸宿舍被恶心的人亲了导致的呢,可我明明在网上查了,那样不会怀孕啊,为什么就是一直不来呢?如果我真的怀孕了,应该会被村里的人笑死吧,搞不好还会被学校开除,看不起我的人应该会更看不起我了吧,不敢和老爸老妈说,他们这么大年纪,要是知道了会很伤心吧。可是我该怎么办啊,没人可以教教我我该怎么办啊?

看完这两篇日记,谢云衿的心口淤积着一口浊气久久吐不出来。

她也总算了解了整件案子的起因。

小女孩遭遇猥亵,心里害怕不敢和任何人提及,又恰逢初潮过后月经不稳定,性知识匮乏的她担心自己怀孕,惊慌害怕之下选择结束生命。

谢云衿看着纸上的稚嫩字体,心情分外沉重。

而方审叹着气问:"你是为了报复?"

蔡泽普紧握的拳骤然松开,大方地承认了:"是,张兴亮害死我女儿,他不该死吗?

"他害死了我的女儿,我好不容易得到的,老天看我可怜赐给我的女儿,她在我心里就是最重要最宝贵的,我能把我的命都给她,可是她死了,我们辛辛苦苦那么久,攒那么多钱还有什么意义?"他捶着桌板泣不成声,"还有什么意义?你告诉我!"

方审不解:"可李自强他们?"

"他们不该陪葬吗?我对他们那么好,我对他们每个人都很照顾,可是他们呢?没一个念我的情,我女儿就在宿舍被欺负,没一个人出来阻止,甚至连一个告诉我的人都没有,如果有一个人和我说了,我女儿可能就不会死!她可能就不会死!"

他顿了顿,瞪大双眼继续道:"其实我原本准备将他们全都约出来吃顿饭,药死他们,这样简单省事,可是我不甘心啊,不解恨啊,我不甘心他们死得这么随随便便,我也想亲自动手把他们一个个都杀了,可是我老了,我担心打不过,并且我要让他们害怕让他们恐惧,我也要让我的女儿亲眼看着他们……"

"所以,你策划这么多,用一块所谓的价值百万的玉石吸引他们进行争夺?"

"是啊,我了解他们,我了解他们每一个人,穷啊,贪啊,想钱啊,想有钱之后娶老婆啊,那么大一笔钱摆在那里,哪个不想要啊?"

"你就不担心他们怀疑玉不值钱,进而不按你的计划走,你竹篮打水一场空?"

蔡泽普脸孔扭曲地笑着:"我担心什么?黄金是真的,是我们夫妻俩这么多年的积蓄买的,本打算留给我女儿的。和一堆真金摆在一起,尝到了甜头,谁愿意相信那块包装完好雕刻精美的玉石竟然是不值钱的玩意儿?"

他说着昂头长吁,惋惜道:"人呢,都是贪婪的,如果按照我的计划进行,除了戴生之外,他们每一个人应该都要死的,可惜……可惜……

"可惜你们……太快了。"

蔡泽普说着又挺直背脊,破罐子破摔地讲道:"东西都是我放进去的,张兴亮也是我杀的,你们不用再问了。"

谢云衿沉默几秒,双眼微微眯起,直接拆穿他的谎言:"东西不是你放的,人也不是你杀的。"

蔡泽普眼底闪过一丝慌乱,连忙将罪责全揽自己身上:"都是我干的,你们把我关起来吧,枪毙吧,我全都招了。"

"不可能是你。"谢云衿拿起手里的报告瞥了一眼,"你可能不知道,张兴亮死亡当天,我们警方的车就停在楼下,正对着张兴亮家的楼道,没拍到你的身影,反倒拍到了——"

谢云衿没将话说完,方审会意,将一张照片放在蔡泽普面前的桌上:"拍到了这个神似你妻子熊娣的身影,你辨辨,是她没错吧。"

蔡泽普着急了,伸手猛地将桌上照片撕碎:"我都说了,是我一个人干的!"

"并且,李自强身亡当天,你已经在我们刑侦支队了,如何还潜入他的家中呢?"谢云衿神情淡漠地再度开口,"你那个所谓的做玉石生意朋友的账号也是她在操作,那两个布娃娃,也是她制作的,没错吧?"

证据一一摆出,蔡泽普再无力辩驳,只说:"是我让她干的,她是个农村妇女,只读过小学,没什么文化的,都是我指使的。那天她去张兴亮租房内,见他没有死透,于是我教她戴上手套,教她将湿纸巾浸湿放张兴亮鼻子上憋死他……"

审讯完蔡泽普,方审立即动身打算对熊娣进行抓捕,而谢云衿则走出门来沉默了许久。

她心痛鲜活生命的逝去,唏嘘家长和学校对中学生性知识教育的缺失,憎恶张兴亮色胆包天的行径,感慨在这几起案件中所展现出人性贪婪的丑恶。

她慢腾腾地走到窗边,眺望奔腾不止的大江,时间向前四季更迭,它却始终自西向东永不停歇。

身后突然传来脚步声,紧接着,一个颀长挺拔的身影伫立在她身旁。

他的到来让谢云衿心情稍微缓和了些,虽然她的面色还是那般平静无波。

谢云衿偏头抬眼问:"烧退了,病好了?"

江暄眼中笑意更深,他咳嗽几声:"烧是退了,病好了一半,还有些咳嗽。"

谢云衿轻轻"嗯"了一声,看着远处阳光照射下波光粼粼的江面开口:"蔡泽普都交代了。"

"刚刚在监控室,我观摩了全程,只是没有想到,案件的起因,竟然这样让人唏嘘。"缓了一会儿,他又开口说道,"其实刚刚在你们审讯的期间,李自强和张兴亮的家属也过来认尸了,就在支队门口,互相搀扶着哭得撕心裂肺。"

在刑侦支队工作,谢云衿早已看惯了死亡,但若是遇到命案家属悲戚的哭声,她却做不到心如止水,这也是她不愿与家属打交道的缘故。

至亲逝去,她也曾经两度经历,对这种感觉,她刻骨铭心。

她垂下眼深吸几口气,努力使自己不再细想,随后调整好状态,突然转头对江暄说:"我休明后两天。"

江暄轻轻弯起嘴角:"谢组是想约我……"

谢云衿"嗯"了一声,直截了当:"一起去一个地方?"

江暄挑眉:"什么地方?"

谢云衿没问答,而是反问:"你见过什么明星吗?"

江暄不假思索:"见过啊。"

"近距离?"

"见过,以前咱们在学校,不是经常见着杨姝岑吗?"他语气漫不经心,"毕竟她现在这么红。"

听到她的名字,谢云衿心里"咯噔"一下,接着说道:"这次很有可能再次见到她。"

"再见到她?"江暄一脸错愕,"谢组是什么意思?"

谢云衿抿抿唇:"我有个明星朋友,她正在和杨姝岑一起拍戏。"

"明星朋友?"

"对,大概两年前,我负责她的案子,由此认识并发展成了朋友。"

江暄思忖片刻,随后说出一个名字:"宋翎?"

"是她。"谢云衿面露疑惑,"你怎么知道的?"

江暄嘴角弯起弧度:"临江电视台和我们支队合作的那档法制节目里有提到她的那起案子,我每期都追。说到明星,又是案子认识的,除了她应该没别人了吧?"

谢云衿笑了笑:"嗯,你猜得没错。"

"说说,他们拍的什么戏?"

"我也不清楚,听说是一部民国悬疑大戏。"她说着狡黠地眨了眨眼,"在临江下面一个古镇上拍摄。江法医,有兴趣和我一起探班去看看究竟吗?"

江暄若有所思地"嘶"了一声:"民国悬疑大戏啊?我其实没什么兴趣。"他双手插兜语调上扬继续讲道,"但如果是谢组约我,突然就来了兴趣。"

江暄停顿几秒,补充道:"我也申请休明后两天假,同你一样。"

谢云衿不动声色地点点头,心里却泛起涟漪,说:"那我们明天不见不散。"

"不见不散。"

花为系酒

下

许灵约·著

江苏凤凰文艺出版社

有爱的青春陪伴者

第 四 案

小羊皮靴之死

第十六章
感情突飞猛进

入夜。

台灯灯光昏黄，将谢云衿的身影放大投射到窗帘上。

她懒散地坐在桌前，左手拿着那份报纸残章，右手缓慢地滑动鼠标，眼神却很专注。

"临江晚报，2010 年 5 月 25 日……"

搜索出来的信息很碎片，网络上压根儿没有临江晚报关于此事的详细报道。

谢云衿胸腔郁结着一口气，她又删了后面的日期，只在搜索栏中输入"临江晚报"这几个字，很快，网页又被各种信息塞满了。

她浓眉紧锁，继续看下去的同时嘴里也在轻轻念出声。

"临江晚报创刊于上世纪末，原属临江电视台，2009 年 10 月报社由于经营政策等多方面原因脱离电视台，并转企改制，组建正锋文化社。2013 年，电子产业兴起，纸媒行业萎靡，临江晚报停刊，正锋文化几度面临倒闭。2014 年 1 月，正锋文化社总编杨殊宁拉来投资，提出'不破不立'的口号，要求正锋做出改变，摒弃老思想，跟上新时代，不拘泥于传统新闻，迎合年轻人审美。2014 年 5 月，正锋创办时尚杂志《尚》《谜》，并推出电子刊……

"临江晚报……2013 年停刊……"

谢云衿的目光久久落到这几个字上，与此同时，手指在键盘上敲了五个字：正锋文化社。

谢云衿往下翻着词条，可惜都是些无用信息，她有些气馁，还是继续翻页，翻到第五页时，有个本地论坛的帖子吸引了她的注意力。

谢云衿轻眯双眸点击进去，时间是2010年12月17日。

——杨姝宁什么来头？

——入职临江晚报也才三年，二十七岁，临江晚报转成正锋文化社后竟然被提升为总编，什么背景？

谢云衿继续下翻，只有寥寥几个回帖。

——二十七岁升总编，这么年轻，用脚指头都能想到，肯定有背景啊。

——台长杨正平和他什么关系，都姓杨。

——报社转企业后，和临江电视台就没关系了吧？

——明面上没联系，可是作为下属单位这么多年，怎么可能说没关系就没关系。

——姓一样不能代表什么，全国同姓的多了去了。

——前段时间不就是他搞了个大新闻吗？听说那期报纸发行三十万份，半天就售罄了，后来又加印了五万份，没多久也卖光了。

——不简单啊，这么厉害，他到底是什么来头？

回帖到此为止，谢云衿依旧没有获得有用信息。

她情绪更加差劲，没继续往下翻看词条了，"啪"的一声合上电脑，接着有气无力地吁了口气，将后脑勺枕在椅背上直愣愣地看着天花板。

盯了好几分钟，谢云衿终于站起身来，拿了桌面上的手机正准备揣进兜里，突然又想起什么，手指一顿，然后低头拨了江暄的电话。

没多会儿，电话被接起。

"在哪里？"谢云衿语气微顿，"我们，见一面吧。"

电话挂断，她随手戴了顶鸭舌帽出门。

已近立冬，临江市的气温也是急转直下，厚外套被谢云衿拉得严严实实，依旧挡不住四处逃窜的寒风。

天气寒冷，她站路边拦了一辆出租车，对司机师傅说道："去凌晨酒吧。"

后排昏暗中，谢云衿靠在椅背上看着车窗外一闪而过的城市夜景，脑子如一团乱麻。

今日周五，路面有些拥堵，二十分钟的车程，硬是堵了快四十分钟才到。

付钱下车,谢云衿伸手将帽檐压低,这才快步走进酒吧。

此时才晚上八点,酒吧里人不多,她往里走了没两步便看到了江暄,他也正好转头过来,两人视线相交。

江暄愉悦地抿抿唇,接着冲她扬手。谢云衿定睛看了一眼,接着在他旁边落座。

"喝点?"

谢云衿没有拒绝江暄倒酒,她环顾一眼四周,视线最终又回到他身上:"你经常来这里喝酒?"

江暄眸光深邃,深深吸着气回答:"也不经常,回临江后,一个人待着无聊就会过来,这里热闹些。"

玻璃杯倒满,浅黄色的液体在灯火照耀下流光溢彩,江暄将杯子推到她面前,抬眼看向她,好看的桃花眼里似乎含了若有若无的笑意。

他出声提醒:"好了。"

谢云衿接过来抿了抿,酒味浓郁,从舌尖汹涌到喉咙。

两人默契地举杯相碰,一杯入腹,又满上第二杯,很快一瓶见底,两人神态都有些微醺。

江暄晃了晃瓶身,问:"还能喝吗?"

谢云衿的酒瘾也被勾动,加之心中烦郁,于是爽快回答:"能喝。"

"我再去拿两瓶。"江暄轻笑着。

他起身往吧台的方向走去,对里面的人说:"一样的,再来两瓶。"

话音落下,程凌却迟迟不动作,而是神色狐疑地盯着不远处和江暄同桌喝酒的那个人,刚刚两人说说笑笑,举止也亲昵,很明显关系不一般。

江暄见他磨磨蹭蹭一直不拿酒,眼皮懒散地抬了抬:"你还做不做生意了?拿两瓶酒。"

程凌这会儿根本顾不上做生意,他凑近了些,上半身都靠在吧台上,探究地看着江暄,八卦地喊:"江暄?"

"嗯?"

"表哥?"

江暄语气不耐烦:"你到底想说什么?"

"我想说，你你你，终于看开了？终于不再执着了……"

"什么？"

程凌伸出手指胡乱指了指："那个……是新欢啊，刚刚看你俩那眼神那动作，不会告诉我这只是普通朋友吧。"

江暄听罢低低头，嘴角带着一抹若有若无的笑意："自然不普通。"

程凌激动地一拍大腿："我就知道！"他说完直起身体单手叉腰，又欣慰地说，"挺好的，这么多年了，人确实不能一直站在原地，得往前走，你能想开，做弟弟的我特别高兴，你今天尽管喝放肆喝，我请客。"一副豪气模样。

"不过……"程凌有些近视，他眯起眼睛紧盯不远处，只见那人穿着中性，姿势休闲，帽子压得低，也看不清脸，侧对着自己，发型像偏长的狼尾，总之他看了好几分钟也没看出男女。他收回目光，有些担忧地看着江暄，"表哥，你应该没想得那样开吧。"

江暄警觉地挑眉："什么意思？能不能说清楚点？"

程凌稍微往后退了一点，又吞了吞唾沫："表哥，你喜欢的还是女的吧？"

江暄没好气地瞥了他一眼，懒得再和他在这里扯些没营养的话浪费时间，催促道："酒，快点。"

程凌慢腾腾转过身去拿了两瓶，江暄也没和他废话，拎起就走。

程凌的心思已经完全飞到了江暄那桌上，他叫住旁边路过的手里端着果盘的员工："果盘给我。"

"老板，这是13桌的。"

程凌接过果盘，视线却一直定格在不远处喝酒的两人身上："你去后厨再弄一份给13桌送去。"

说着，他正了正神色，快走几步将果盘放到江暄桌上："这是送二位的果盘，请慢用。"

谢云衿语调淡淡："谢谢。"

听到是个女声，程凌悬在嗓子口的心回落下去。他拍了拍胸口，反客为主地坐到两人对面，笑嘻嘻地向谢云衿介绍起自己来："我叫程凌，我是江暄的表弟，请问……"

他话讲到一半，与抬头的谢云衿来了个四目相对。

终于看清她的脸，一股熟悉之感涌上心头，他愣了很久，脑中疯狂搜索记忆，然后不可置信地张大嘴："徐、徐……"

"你好，我是谢云衿。"她及时开口阻止了程凌，朝他伸出手。

程凌收回张大的嘴，握了握她的手指尖，还是没能压下心中震惊，瞪大双眼看向江暄："表哥，她不是……"

江暄清了清嗓子，轻描淡写地替她解围："她是我刑侦支队的同事，谢云衿。"

见他这么说，程凌松了口气，嘀咕着："我还以为大晚上见鬼了呢。"

谢云衿晃动玻璃杯里的液体，明知故问起来："为什么这么说？"

程凌不假思索："谢小姐，不瞒你说，你和我哥之前一位不幸去世的女同学长得特别像，她死了之后，我哥也跟丢了魂似的，你不知道，他这些年过的都是什么日子，那叫一个颓废……"

话讲到一半，程凌猛地噤了声，此时此刻，他只想跳起来甩自己两个大耳刮子。

眼下江暄好不容易有点走出来的苗头，他这样口无遮拦的一段话，就算是月老用钢筋绑的红线也得被他剪断了。

果然，听完这些，谢云衿的神色逐渐变得深沉。她低下头，很久都没再开口说话。

程凌懊恼不已，手足无措地瞥向江暄。江暄却并未说什么，而是冲他扬扬手："果盘送到了，程凌，你先去忙吧。"

程凌拍了拍脑门，赶紧溜之大吉："那我先去忙了。"

时间渐晚，酒吧也喧嚣起来，再一瓶喝完，两人都有些醉了。

谢云衿眼睛里透着迷离："有些吵，我们换个地方继续喝吧。"

"换哪里？"

"去你家吧。"她头脑昏沉，一字一顿，"顺便告诉我，你这些年过的什么颓废日子。"

一眨眼的工夫，程凌再往前望去，那里已经没了两人的身影。

出租车后排，昏沉夜色中，江暄是醉得更厉害的那个，他将半个身躯靠在谢云衿怀中，轻轻闭上眼，深深迷恋她身上的温度与味道。

谢云衿有些感慨，伸出手，轻轻抚上他柔顺的黑发。

一晃神,好像又回到了当初。

那天恰逢江暄的生日,徐酒酒也学了那些矫情的小把戏,亲自做了蛋糕。

徐酒酒把蛋糕举到他面前,说着祝福的话,期待地等待他的反应。

她至今还记得江暄看到那个丑蛋糕时的表情,先是一愣,然后是不知所措,接着半天没说话。她以为他不喜欢,想着自己辛苦半天却没人领情,一时间有些恼羞成怒:"那我扔掉。"

徐酒酒做事雷厉风行,提起蛋糕就要扔进垃圾桶。江暄神情一急,快步过去将蛋糕从里面提了出来。徐酒酒顺了下凌乱长发,视线凌厉地紧盯住他。

可江暄抿了抿嘴唇,手指将这盒蛋糕拎得更紧,他说:"我们去江边吧。"

后来,他们坐在凌江边上吹风,江暄小心翼翼地拆开蛋糕盒,自嘲地笑了笑。

"其实已经很久没人帮我过过生日了。"

徐酒酒侧脸看他,有些震惊。

就算她这些年和徐海成的关系早已剑拔弩张,但她每年的生日,徐海成都会定好蛋糕,尽管他不一定能在家。

夜风喧嚣,就着浓郁的夜色,江暄的语气有些苦涩:"我父母是很冷血的人,什么生日?在他们眼里就是普通的一天,怎么过不是过,甚至连一句祝福都没有,所以外公去世之后,我就再也没过过生日。"

他伸出手指,抹了一点奶油含进嘴里。

细腻的甜味在舌尖散开。

江暄轻轻吸气,有些委屈地说:"真甜啊。"

尽管他并不喜欢吃甜食,但却爱上了这种味道。

看出江暄的脆弱,徐酒酒揽过他的肩膀,放软语气,哄小孩一样说着:"放心,以后我都给你过生日。"

江暄低头无奈地笑了一声,他这些年伪装的冷漠外壳像被淋上速溶剂一样,被徐酒酒腐蚀得千疮百孔。他稍微偏头,看向身侧的人。

"真的?"

"真的,只要我活着。"

………………

想到这些,谢云衿低垂双眸难掩失落。

当年说得信誓旦旦,可后来她却食言了。

出租车在马路上疾驰着,很快便到了江暄的家中。

房子不算大,位于这座繁华都市的中心地带,能俯瞰临江市最美的夜景。

四下无人,游走于鼻息的酒气就像是催化剂,稍一触碰,便像燎原的野火一般,烧得漫山遍野。

分别七年,两人早已告别了青涩,而成熟男女压根儿无须多说废话,一切想念与爱意自有其他方式来表达。

泡腾片投入水中,几乎是一瞬,水便如同沸腾一般。

灯被熄灭,外套随意散落,吻也变得激烈,黑暗铺天盖地汹涌而入。

两人其实都能主导,但谢云衿总占上风,她轻轻勾唇,薅住他的衣领,凌厉的眼睛倨傲地往下盯着江暄。

"投降吧。"

江暄轻笑一声,无奈中透着愉悦:"好,我投降。"

这可不是让着她,是他只能做手下败将,这可能是上天注定的,命里安排的。

尽管空间和时间上都有长时间的分离,尽管中间还掺杂如此长久的误会,可两人却还是那样契合,灵魂如此,其他也是如此。

年轻的人,总是不知疲惫,辗转反侧,翻来覆去,一夜不成眠。

天蒙蒙亮,刚洗完澡的谢云衿头发湿嗒嗒地黏在脖颈间,她有些困了,靠在沙发上昏昏欲睡。

江暄拿了吹风机过来,调到合适的风速和温度,站在她身后动作轻柔地替她吹着头发,喊她从前的名字,吴侬软语的两个字,像喝醉了一般:"酒酒。"

谢云衿也轻轻回答他:"嗯……"

她已经睡得迷糊了。

江暄细致地将她的湿发吹干,然后轻手轻脚走到她面前,稍微躬身,伸手将她轻而易举地抱了起来。

她躺在他怀抱中,睡得乖顺安稳。

江暄低头亲吻上去,餍足地深吸一口气,这个时候,他才终于能够主导。

睡了很久,谢云衿终于醒过来,她下意识往身侧摸过去,却是空的。

她睁开眼,拿起床头柜上的手机看了眼时间,已经临近十点半,自己竟然一觉睡了这么久。

她伸了个懒腰,身体上有密密麻麻的酸痛之感,不过并不强烈,还不如她日常训练来得厉害。

掀开被子坐起身来,她披着江暄的外套走出卧室门,客厅里空无一人。她喊了几声他的名字,可惜并没有回应,她先是去了浴室,又去了厨房,还是没看到他的身影,可能是出门了。

她双手闲适地插进兜里,在这个房子里饶有兴致地打量着,然后,视线落到一扇紧闭的木门上,就在卧室侧边。

那是江暄的书房吗?

她正好有些无聊,想找本书看看,于是抬腿走过去,伸手握住门把手轻轻往下。

"咔嚓"一声脆响,门便打开了。

谢云衿定睛一看,果然是书房。紫檀木的书柜书桌,桌上方还挂着一个复古的时钟。

她双臂环抱,慢腾腾走进去,视线在那个大书柜上定格了。

她神情有些震惊,因为这个大书柜,除了最底层摆放了一排书,其他层上放的都是一摞摞类似纸张一样的东西,此时鼻尖也传来一股淡淡的油墨味。

好像是报纸。

谢云衿眯起双眸。

他难不成还有收藏报纸的习惯,以前怎么没听说呢。

谢云衿耸耸肩,往书柜的方向走近了两步,接着随手从中抽出一张报纸来。

她举到眼前随意一瞥,紧接着,浅淡的瞳仁急速收紧,她急切地将报纸摊开,纸张声清脆作响。

《临江晚报》。

2010年5月25日。

正是她苦苦找寻无果的这期报纸。

谢云衿的呼吸急促起来,她又从不同层抽出几张来摊开细看,都是5月25日这一期的。

她艰难地咽下一口口水,手指颤抖着看向关于七年前旧案的大篇幅报道,从头开始,一个字甚至一个标点符号都不敢漏掉。

直到新闻报道的最后一行小字:

(本报记者杨姝宁)

谢云衿轻轻将这个名字念出声,刚买完早餐回来的江暄也正好找到书房中的她。

他站在门口。谢云衿侧过身来,神情很凝重。

她举起这份报纸,视线往旁边的书柜落了下,接着疑惑开口:"你这里为什么会有这么多5月25日的临江晚报?"

江暄耷拉眼皮,陷入了回忆,轻轻说道:"当年出事不到二十四小时,这报纸便发行了,我不想这些造谣诋毁你的东西到处流传,就将大街小巷各个报刊亭的都买光了,我天真地以为这样就能阻止谣言到处传播,可我没想到……"

谢云衿急切地问:"没想到什么?"

江暄视线阴沉:"一天不到,电视台为了关注度竟然也开始传播这个谣言。"他语气很自责,"我能买光报纸,却没法阻止电视台节目的播出。"

他话音落下,谢云衿却慢慢低下头,如获至宝地看着这份报纸,然后轻轻笑了一下。

江暄不明所以。

她的表情却更加愉快,扑过来拥住江暄:"你不知道,我找这期报纸很久了,没想到得来全不费功夫,早知道,我应该早点来睡你。"

江暄无奈地笑了一声,语气暗含委屈:"谁让你误会我那么久。"

谢云衿抿抿唇,神情有些歉疚。

"算了,都过去了。"他又拉回话题,"为什么找这份报纸?"

谢云衿抬头与之对视,顿了下,然后出声解释道:"出事后不久,关于我放火杀父的传言闹得沸沸扬扬,我当时的感受除了愤怒便是诧

异,为什么会传出这个谣言,又是谁最先开始传播?后来,我也做了些调查,收集了能找到的所有新闻报纸以及网络视频,发现从时间线上看,最早是临江电视台的新闻栏目传出的,不过前段时间,我意外从小卖部墙上看到了这份报纸,我之前搜集信息时从来没有看到过出自临江晚报的这期报纸,所以觉得蹊跷,但现在我总算知道原因了……"

她说着深吸一口气,侧脸注视这个大书柜,眸中依旧有掩饰不掉的震惊。

这么多的报纸,几乎覆盖了整面墙。

"原来,这么多的报纸,都被你买下了。"

江暄回忆起之前的种种,仍觉心有痛意,他声音低沉:"我不相信这些,也受不了这些诋毁,这期报纸除了单位个人已经预订好的,剩余的应该没有机会在市面上流传。"

谢云衿捏紧报纸边角,又拿到眼前:"没想到,我的方向一直都错了,最先开始流传这个谣言的,是临江晚报。"

她的目光慢慢往下,凝视那个名字:"杨殊宁。"

江暄轻咽口水,喉结滚动,他走近了些,视线循着她的也落到这些密密麻麻的铅字上。

"为什么这么关注最先传谣者?"

谢云衿昂头向上,两人目光交缠,她反问道:"你觉得以临江晚报为首的媒体为什么要发这样一篇亦真亦假的新闻稿?"

江暄不假思索:"我认为是为了热度,用现在的词来说,叫'博流量'。对于这些媒体来说,关注度同时意味着利益和名气,没有哪个传媒工作者是不喜欢热度的,所以,没有底线的人为了热度,摒弃职业道德的事数不胜举。"

"这篇报道先用'纵火弑父跳江'这些极具冲击力的词语吸引人的关注,正文中又通篇用了'疑似、可能、好像'这些词,我能看出这篇报道并不具备真实性,但大众是不会细思其中的弯绕,三言两语就被带偏太正常不过了,再说三人成虎,假的也能成真的。"

这也是他当年费尽心力买这期报纸,不想让其流传的原因之一。

"这篇报道出来后,很快,与之雷同的内容开始席卷,后来之事便完全不是我能控制的了。"

江暄的回答有理有据,若谢云衿不是亲历者的话,很可能也会这样想,但……

"没这么简单。"

江暄面露疑惑:"为什么这么说?"

"你还记不记得我给你打的那通电话?"

"记得。"他刻骨铭心。

"我说那是一通求救电话的原因是,我当时正在被人追杀。"

江暄瞳孔收紧:"追杀?"

"嗯。"她语调沉重,"那天晚上我回家,黑灯瞎火,我爸已经遇害了,但杀他之人并未离开,而是在我家楼上翻找着什么,他们带了枪,不是普通人,后来追我出来想灭口,追到了大桥上,但同时让我感觉奇怪的是,还有另外一个人从桥的另一边出现挡住我的去路,衣袖下藏着刀,好像和之前追我的并非同一拨人,我当时下意识就想打电话给你,后来又想报警,但无论打给谁,时间上都是来不及的,所以跳下去,是我唯一可能生还的机会。"

"所以我赌了,也赌赢了。"

她目光坚定,又将话题引到报纸上来:"这篇报道太有针对性了。首先,把纵火弑父的罪名安到我的头上,完美掩饰了真凶另有其人。其次,合理化了我跳江的缘由,是畏罪自杀。并且,这篇报道也掺杂了一些真实内容,比如我的叛逆,比如我和我父亲关系不好经常吵架。最后,他笃定我跳下去一定死了,死无对证,只是没想到我命大。"

江暄静静聆听,只感觉呼吸都不畅快了。

"如果真是不到二十四小时报纸便发行了,"谢云衿沉吟几秒后再度开口,"那太快了,当时起火时间是5月24日晚上十点左右,得了解火灾情况,得了解我基本的家庭情况,还得添油加醋编造这些内容,时间上非常紧迫,而报纸每期发行都有诸多烦琐流程,这么短的时间,除非这期报纸从写稿开始就处处绿灯。"

谢云衿看着报道最后那行小字,再次念出这个名字:"杨殊宁。"

"这个人之前和你或者叔叔有过接触吗?"

"我和他是肯定没有过接触的,但和我爸……我不知道。"

"临江晚报呢?"

谢云衿再次摇头。

她思忖片刻，继续说道："不过昨天，我在网络上搜索临江晚报倒是了解到一些信息。"

"什么信息？"

谢云衿双目微眯："临江晚报原是一家电视报，之前是事业单位，不过由于政策原因，在2009年改成了企业，改名'正锋文化社'，而这个杨殊宁，更是在改企后不久便升职成总编，年纪轻轻，如此快的晋升速度，不知道和那起案子到底有没有关系，还是得先去了解这人以及临江晚报的背景，调查只能是我私下来了。"

"算了，先不说这个了。"

她说着舔着有些干枯的嘴唇，扬了扬手里的报纸："这个送我了，我得费时间好好研究一下。"

江暄挑眉，睨了一眼这满柜的报纸："要多少有多少，管够。"

谢云衿笑着"嗤"了一声："我饿了，想吃东西。"

餐桌上放着早餐，是江暄刚买回来的，还冒着热气，谢云衿已经迫不及待了。

昨晚给她带来的身体酸痛虽不如日常训练，可精力消耗还是比训练大得多，因此一早醒来，她便感觉自己亟需进食。

江暄看着她薄唇弯弯，温柔提醒道："先去洗漱。"

虽然美食当前，但谢云衿还是忍住了，她不情不愿地先去了洗漱间，洗手台上摆放着一套崭新牙具。

洗漱完毕，谢云衿这才坐上餐桌开始大快朵颐，她吃的同时还不忘夸奖江暄："真好吃，你还记得我的口味啊？"

"嗯。"他看着谢云衿，眼神很专注，"慢点。"

正吃着，谢云衿的手机冷不防响起，她昂头快语道："在卧室，帮我拿一下。"

江暄面露微笑，愉悦地应着，接着转身往卧室的方向走。

里面乱成一片，凌乱的被褥、被她撕碎的衣物散得到处都是，昨晚之事好像还历历在目。

他弯唇，揉了揉太阳穴，拿起谢云衿的手机看了眼，上面跳动着宋翎的名字。

江暄将手机递给她:"宋翎。"

谢云衿接起来,刚准备说自己等下过去探班,却没想到——

"云衿,你今天不要来了。"

"怎么,我们不是前几天都说好了吗?"

宋翎哽了下,声音很缥缈,断断续续的:"是,但我临时有事,可能、没、时间呢,下午……"

"宋翎,你后面说什么,我没听清。"

接着手机里传来一阵窸窸窣窣的声音,像是塑料袋被揉搓,然后,宋翎似乎是将手机拿近了些,传出来的音量骤增:"我说我这几天很忙,实在没时间。"

她顿了顿:"云衿,今天就算了,你以后会有机会来探我班的。"

谢云衿低着头:"我就这两天假,下次休假还不知道什么时候呢。"

宋翎却置若罔闻,又鬼使神差地回了一句:"你会有机会的。先不跟你说了,得拍摄了,不用想念我啊,云衿。"

谢云衿还准备说什么,可那边却挂断了,"嘟嘟嘟"的忙音听得人心里发慌。

她敏锐地感觉到什么,说:"她有些不对劲。"

"哪里不对劲?"

谢云衿放下手机:"拒绝我之后,又很笃定地说我有机会。"她顿了顿,"可是我很忙,忙起来甚至几个月都没有休假的时间,这些宋翎都是知道的,她为什么这么说?还提到不用想念她,太反常了……"

停了几秒钟后,谢云衿起身说道:"不行,我感觉不太踏实,还是得过去一趟。"

天边浓雾氤氲,阴沉得像是要滴下水来。

很快,一辆低调的黑色车辆从地下停车场驶出。

一路上,道路状况良好,江暄开得也不快,谢云衿有些困顿,索性偏过头靠着椅背小憩起来。

不知是否有所思,所以有所梦,总之谢云衿在车上做了个短暂的梦,她梦到了宋翎。

宋翎独自一人坐在空旷无人的舞台中央,四周都亮着,只有她一人

身处黑暗,她保持着优雅的姿势,穿一条月牙白的长裙,正在掩面哭泣,哭得很伤心。

谢云衿站在台下无法上去,只能急切叫着宋翎的名字,但宋翎就像什么都没听到一样依旧在哭泣。紧接着,身后响起了雷鸣般的掌声,可她往后看去,观众席上却还是空无一人。

梦做得诡异,谢云衿骤然醒来。

睁开双眼,她还坐在副驾驶座。江暄正在开车,听到身边动静,目不斜视地问:"醒了?"

谢云衿头有些痛,轻"嘶"一声扭了下发酸的脖颈:"醒了,做了个梦。"

"什么梦?"

"梦到宋翎,可能是刚刚和她通了下电话的缘故。"谢云衿看向窗外变幻的景色,又问,"离古镇还有多久?"

"半个多小时。"江暄偏头看了谢云衿一眼,注意到她鼻尖上的细汗,他的眼尾耷拉下去,目视前方,空出右手递给她一瓶水,"喝点。"

"好。"谢云衿脸色有些苍白,拧开瓶盖,昂头"咕噜"喝了一大口,依然是心不在焉。

半小时后,江暄驾车驶入古镇入口。

古镇名叫福灵镇,是一处水乡,坐落于临江市西北部,建于明末,距今五百多年历史。这里古韵十足,风景秀丽,不仅吸引了大批游客,也吸引了不少剧组来此拍戏取景。

车刚停稳,谢云衿便拨通了宋翎的电话,她语气不容置喙:"我已经到镇上了。"

十分钟后,宋翎身边的小助理火急火燎地找到谢云衿和江暄。她看起来才毕业,脸孔很稚嫩,穿件黑色羽绒服,扎着可爱丸子头,习惯性地连连鞠躬:"谢老师您好,我是宋老师的助理,她还在忙,让我过来接你——"

谢云衿点点头:"麻烦了。"

"不麻烦的,这是我的工作嘛。"小助理脸圆圆的,笑起来给人亲和感。

一路上,小助理自来熟地和谢云衿聊了起来,而谢云衿也问了她两个问题。

"宋翎最近很忙吗?"

小助理忙不迭地点头:"忙啊!进组以来,宋老师一直挺忙的,拍摄进度很紧。"

"她心情怎么样?"

小助理咧开嘴:"宋老师最近心情挺不错的,她的戏份快杀青了,马上就能休息了。"

谢云衿轻轻"哦"了一声,小助理自来熟地戳了戳她的腰窝,偷偷说:"谢老师,和你一起来的这个帅哥是你男朋友吗?"

江暄耳朵尖,她们俩的交谈一字不落都进了他的耳朵。而小助理问到这个问题时,他眼里散漫的眸光突然变得好奇起来,他在等待谢云衿的答案。

而谢云衿轻咳一声,语调虽冷,却还是给了个肯定答案:"是。"

江暄单手插兜,脸上的笑容从压抑变得放肆。

穿过两条街,到了一座大宅子前,保安见人便拦,小助理亮了证件说了情况才被允许进去。

他们刚走进去,便看见聚在一堆拍摄的人群、扛着器械的工作人员以及宋翎。

青砖红檐下,宋翎穿了一身月牙白的旗袍,头发风情卷曲,身姿也很曼妙,正和一个装扮佝偻的老妪演对手戏。

小助理伸出手指指了下,声音压低了些:"宋老师在那里,正在拍呢。"

谢云衿眯起双眸瞥了下,接着回过头来,视线往下,问道:"不是说舒岑也在这儿拍戏吗,她今天不在?"

"舒岑在外面那辆保姆车上呢,天气太冷了,现在肯定不会下来的。"小助理眼睛亮晶晶的,"谢老师是舒岑的粉丝吗?"

谢云衿微笑回答:"是,一直很喜欢她的戏,感觉她又漂亮又温柔,这次来不知能不能要到签名。"

"温柔?"小助理像听到了什么笑话,下意识说了一句,"可能是她的人设立得太好了吧。"

她好像说漏嘴，忙环顾一眼四周，见其他人都离得远没听到才放低声音说道："谢老师，这艺人的人设很多都不是真的，你看的只是表象，她人怎么样，只有深入接触了才知道。"

谢云衿稍微蹙眉："哦？"

她印象中的舒岑真的漂亮又温柔，所以当时才会受欺凌，但宋翎小助理的几句话又让她陷入疑惑。

"为什么这么说？"

小助理神秘兮兮道："谢老师，我是因为你是宋老师朋友才跟你说这些的。舒岑这个人脾气大难伺候，特别擅长为难人，进组这些天，导演啊工作人员，特别是她那几个助理，都快被折磨死了，私底下还偷偷和我叫苦，真不知道她为什么那么火，说起来还不如我们宋老师漂亮好相处。"

小助理说完又解释："我可不是因为我是宋老师助理，在你面前拍她马屁才这么说的，实在是舒岑这个人真的很差劲，人长得那么漂亮，心思实在是一言难尽……"

她没把话讲完，兜里手机响个不停，她焦急地连连回望："谢老师，我不能在这儿和你聊天，得先去忙了。对了，你们一定要记住，拍摄的时候不要靠得太近，不能影响拍摄，不然导演会骂，宋老师应该很快就能休息了。"

谢云衿淡淡点头："我们不会靠太近的，就在边上等着。"

小助理离开后，谢云衿伸手想拉江暄的手，却被他反手握住。江暄气定神闲地说道："走，去看看剧是怎么拍的？"

谢云衿任由他握住，唇稍微弯起，挑挑眉："行。"

两人并肩而立，站在导演、几名工作人员和摄影机后面，身躯互相朝对方偏了些，江暄挺拔，谢云衿清丽。

很快，导演看着显示屏喊："来来来，开始。"

接着又有工作人员高声："三场二镜一次。"

镜头移动，宋翎深吸两口气，开始进入状态。

她的神情突然变得凌厉愤怒，不顾形象地薅住那老妪演员的衣领："自我从法兰西回国，这宅子便开始死人，双儿上吊，之炀自杀，母亲变得神神道道，日日都说自己见了鬼，你告诉我，到底发生了什么？"

315

七年前到底发生了什么！"

老妪任由她拽着，神情冷漠无比。突然，老妪抬起头，视线如利刃般投射过去，却轻飘飘地回问她：

"这宅子七年前发生了什么？美音小姐，你真的什么都不知道吗？"

两人对视了很久，慢慢地，宋翎的神态动作开始变化了，她先是发愣，手松开老妪的衣领，身躯往后踉跄了两下，又似乎是想到什么，脸上的惊慌压根儿掩饰不住，脚下一软，直愣愣摔倒在地，眼眶大眦，喘息沉重。

持续四五秒钟。

"咔——"

导演拿起对讲机开始说话："这条过了过了。"接着又毫不吝啬自己的夸奖，"宋老师这几天的情绪和状态太对了太好了，可以休息了。"

他的话音落下，工作人员急匆匆跑过去将宋翎扶起来，接着刚刚的小助理忙上前为穿着单薄旗袍的宋翎披上外套。

宋翎披紧衣领，往前方看了一眼，很快锁定了谢云衿的方向。

她笑着小跑过去，高跟鞋被她踩得"哒哒"作响。

宋翎风情万种地嗔谢云衿："你真是杀了我个措手不及，我今天的戏可是排到了晚上十点，真没空招待你。"

谢云衿看着宋翎这副模样，堵在心口的担忧烟消云散，她目光懒散地扫了宋翎一眼："我可不缺你招待，就是顺道过来看看你，谁让你电话里太不对劲。"

宋翎轻哼一声，亲昵地挽住谢云衿的胳膊："我哪里不对劲，是你太敏感了，我明明一直都很正常。"

她说着，意味深长地将目光转移到江暄身上来："倒是你，不正常。"

江暄盯住宋翎挽上去的手，眸子暗了暗。宋翎敏锐地捕捉到了，弯唇道："挺小气，连我的醋都吃。"

被拆穿，江暄单手插兜忙转移目光，可最后还是不由自主看过去。

他好像控制不住，尽管知道这是个女人，还知道对方是她的好友。

可是爱一个人就会这样，占有欲疯狂得只能用理智强压。

江暄深吸一口气，故作无所谓地昂头看了几眼头顶天空。

谢云衿侧脸看向宋翎："刚刚看你演戏，感觉你这戏还挺有意思的，

叫什么名字，播了之后我一定追。"

宋翎冲她眨眨眼："《深宅》。"

"讲什么的？"

宋翎很敷衍："就是一个大宅院里各种死人闹鬼呗。"

谢云衿想到刚刚宋翎的表演，好奇地询问："那你给我剧透一下，七年前到底发生了什么？"

问题说出口，宋翎意外地愣了下，她的呼吸屏住，和谢云衿对视着，眼里明显闪过一丝慌乱。

但这些谢云衿并没有注意到，因为这时，不远处传来工作人员粗犷高亢的喊声："各部门准备，下一场是舒老师的戏！"

来自四面八方的视线齐刷刷投去。

在一群人的簇拥与保护之下，舒岑终于露了面。

她从外面走进来，穿一身民国小洋装，精致长鬈发，如高中时期一般漂亮耀眼。

谢云衿双手悠闲插兜，背脊稍微靠着江暄的胸膛，两人面无表情地站在人群外，默默注视着这个众星捧月的老同学。

舒岑妆容淡雅，头颅微昂着，目光中好像透着些许轻倨倨傲，懒懒地往旁边一扫，并未注意到两人，径直从他们面前走了过去。

江暄低眸，语调清冷舒缓："这么大阵仗。"

谢云衿微眯双目，看着舒岑远去的背影："看来要和她近距离接触挺难。"

说完，谢云衿看向宋翎，只见她脸孔苍白，不知在发什么呆。

谢云衿出声提醒："宋翎。"

她如梦初醒般战栗一下，神情很是心虚，谢云衿关切地询问："你怎么了？"

寒冷的天，穿着单薄的宋翎却出了一额头的细汗，她轻轻擦拭掉，看着谢云衿慢腾腾开口："七年前……"

只讲了个开头，宋翎又骤然噤声，她不自在地咽着口水："我不能告诉你，还没到时候。"

谢云衿轻松地笑了笑："没事，你不用给我剧透，我就随口问问。"

她说着又看向舒岑，双眸微微眯起，"对了，宋翎，能不能拜托你一件事？"

"嗯，你说。"

谢云衿抬抬下巴："那个舒岑，我想亲自要一张她的签名。"

"舒岑？签名？"宋翎像听到了什么了不得的事情，"我记得你一向不关注电视剧和明星，为什么会想要她的签名？"

谢云衿漫不经心地摩挲手指甲，一时间没想到什么好借口，很不厚道地指了指江暄："我……替他要的。"

江暄眼皮一跳，不可置信地复述："替我要的？"

"对。"谢云衿摸了摸翘挺的鼻尖，眼里露出些狡黠，"他以前就很喜欢舒岑，偶像近在眼前，不要张签名说不过去。"

江暄无奈地叹气，刻意加重了语气："嗯，我以前很喜欢舒岑，帮我要的。"

宋翎点头："那行，她今天下午好像就两场戏，等拍完我带你们过去找她。"

"麻烦你了，宋翎。"

"这种小事，跟我还客气什么？"宋翎说着抬抬下巴，"我先去换身衣服，等下就过来。"

宋翎换衣服的间隙，现场工作人员也在紧锣密鼓地准备。很快，舒岑拍摄也开始了。

如之前一样，江暄和谢云衿依旧站在不远处围观，不过舒岑的拍摄并不如宋翎那样顺利，相反，她麻烦得近乎刻薄——先是不满意自己今日的发型妆造，后又一直和道具师准备的道具过不去，好不容易都如意了，又一直没进入状态，折腾一个多小时，这段三五分钟的剧情才终于过关。

拍完，导演长松一口气，脸黑了两个度，可他依旧好言好语好态度地和舒岑说话。

后面还有她的戏份，因此，舒岑没回保姆车，而是又被一群人簇拥着去了旁边临时搭建的休息棚。

宋翎换好衣服走过来，冲谢云衿抬抬手："走。"

谢云衿掖紧衣领又戴上了黑色口罩，跟在宋翎后面，掀开临时休息

棚的布帘子，弓身走进去。

里面，舒岑正坐在软椅上厉声呵斥着其中一个助理，助理低着头佝着腰，神情委屈。

见宋翎进来，舒岑噤了声，抬眼瞥了下，有些不耐烦地询问："什么事？"

宋翎客气地称呼她为"舒老师"，讲明缘由。舒岑懒洋洋地看向宋翎后面的谢云衿，稍微放软了声音："拿过来吧。"

谢云衿捏着纸笔走过去递给舒岑，舒岑在上面签上了自己龙飞凤舞的艺名，抬眼与谢云衿对视了一下。

这一眼僵持了好几秒的时间。

舒岑盯着那双清冷疏离的丹凤眼，脸上表情先是惊讶，再是不可置信，最后是慌乱。

谢云衿拿回纸笔，道了声谢，头也不回地走出门去。

到了外面，她拿出刚刚的签名看了眼，突然想到什么，边走边揽上宋翎的肩膀："其实我有一个问题。"

宋翎眼前发黑，心也紧绷着："什么……问题？"

谢云衿的语气戏谑："你们这行怎么叫谁都叫老师？"

听到是这个，宋翎吁了口气，依旧是娇滴滴的语气："谁知道呢，反正大家都这么叫，不好特立独行。"

"也是。"谢云衿没再继续发表看法，冲不远处的江喧招招手。

这一趟没白来，不仅与这个可疑的老同学杨姝岑有了一次近距离接触，更重要的是，确认了宋翎没事。

天色渐晚，宋翎晚上还得忙碌，谢云衿没打算继续逗留。

谢云衿看着她的眼睛诚实地开口："宋翎，我今天之所以非常坚定地要过来探班，是因为在电话中感觉到了你的不对劲，如果你真的有什么事情需要我，只要开口，我会义无反顾地帮你的。"

宋翎的笑容依旧风情，她双臂环抱笑得放肆："谢大警官什么时候变得这么爱操心，我真的没事。"

"没事就好，时间不早，我们先走了。"

宋翎没挽留。

送二人到了宅子门口，宋翎脸上的笑容一点一点凝固。

她深深注视着谢云衿和江暄离开的背影,用如蚊蚋般大小的声音轻轻讲道:"对不起,云衿,我知道你会帮我的,但我不能再害你了。"

宋翎咬紧牙关,指尖嵌进血肉里,她艰难地咽下一口口水,眼睛如死灰一样黯淡。

五天之后的清晨,谢云衿闲适地靠在办公椅里看蔡泽普案的笔录,突然,方审从外面火急火燎跑进来。

他双手叉腰,声音洪亮。

"各位,都放下手头的工作听我说,刚刚收到消息,有案子了,我们得赶紧出趟现场,五分钟后楼下集合。"

赵语喝了口热水:"方组,哪里的案子啊?"

"福灵古镇。"方审缓了口气,"出事的好像还是个明星,我估计这次的舆论与媒体那边的压力会很大,大家心里先做好准备。"

天色依旧阴沉。

气温低,外面寒风呼啸,将操场边刚种半年的小树苗吹得左右摇曳。

走廊上,谢云衿快跑几步追上方审:"等一下。"

方审停驻脚步:"云衿,你有什么事?"

谢云衿心里有种不太好的预感,她英气的秀眉压低,一字一顿地问:"方审,出事的那个明星是谁,你知道吗?"

方审身躯稍微往后偏了下,没任何犹豫:"我不清楚,才收到消息,具体情况还没开始问呢。"

他说完看到谢云衿脸上凝重的神情,关切地问:"怎么了吗?"

谢云衿咬了咬下嘴唇,眼神有些飘忽:"没事,我就问问。"

"哦。"方审没多问,只说,"云衿,你跟何队说下情况,你通知下其他科室,让他们早些出发。"

谢云衿心事重重地点头:"好。"

话音落下,她立刻转身马不停蹄先去了技术科,简单地讲明情况后才去了法医科。

推开门,江暄正伏案奋笔疾书。他听到声音,警觉地向门口投去视线,见来人是谢云衿,原本淡漠透着冷意的脸孔漾出愉悦的笑意来。

谢云衿走到他身边瞥了一眼,纸上的字体遒劲锋利。

"在写什么？"

"蔡泽普案尸检情况的一些补充材料。"他放下手中钢笔，微叹一口气站起身来哑着声音问，"怎么有空过来？"

案子进入收尾阶段，各种材料还在整理阶段，并未移交检察院，按理说，她应该是很忙的。

谢云衿稍微捏紧指尖："过来通知你出现场的，有案子了。"

江暄如墨般浓黑的眉毛轻轻一皱："又有案子了？"

"嗯。"

"什么案子？"

"福灵古镇的案子，只说出事的是个明星，但是还不清楚是谁，我有些……"

她的话只说到一半，江暄却敏锐地从她的表情中探知到了些什么，他喉结微滚："你不知道是谁，并且担心是宋翎？"

谢云衿心乱如麻，她短吁一口气，心中所想被江暄看了个透彻。

江暄沉沉眉，握紧她被捏得发白的指尖，压低声音安慰："不会的。"

谢云衿低低头："我也希望不会是她。"

但那种七上八下的忐忑搅乱了她原本平静的内心。

几秒后，谢云衿终于抬了头，她回握江暄宽厚粗砺的手掌，热度在指尖跳跃。

"你先收拾一下东西，我在楼下等你。"

"好，我尽快。"

交代完毕，谢云衿面色凝重，她双手插兜走出法医办公室，脚步匆匆下了楼。

她在车前站立没三分钟，江暄就提着重达几十斤的法医勘察箱匆忙赶到，他微微喘着气，打开车后备厢将勘察箱放进去。

"啪"的一声合上车后备厢，江暄的声音不容置喙："我来开车。"

谢云衿点头，配合地拉开副驾驶门坐了上去，江暄绕过车尾走向主驾驶位。

他动作麻利，迅速系好安全带，转头侧看一眼，谢云衿靠在椅背上，怔怔看向窗外。

江暄探过身去，长手一伸拉过安全带帮她系好，刚准备发动车辆，后座车门被人猛地拉开，紧接着，罗宇超探进个头。

"谢组，我们那车坐不下，搭你的车过去呗。"

谢云衿这才回神过来，语调淡淡："上来吧。"

一阵窸窸窣窣的响声后，罗宇超和蒋丛先后落座，江暄很快发动车。

从刑侦支队去福灵古镇，要横穿车流人流繁忙的市区，颇费了些时间，江暄开车的速度并不慢，却还是花了将近两个小时的时间才到达。

刚一下车，谢云衿就听到路过的游客嘴里激烈的讨论声。

"什么情况？"

"秦氏古宅那边死了个明星？"

"真是明星？"

"真的是！那边围了好些记者媒体，围得水泄不通，都想掌握一手消息呢，不出半天，估计就能在热搜看到了。"

"那边好像在拍戏，是哪个明星知道吗？"

"不知道呢，只知道是个女的，死得很蹊跷。"

议论声一字不漏全进了耳朵，谢云衿心里的不安越发严重，她深深吸了一口气。

江暄担忧地看了眼谢云衿，轻轻拍了下她的肩膀。

谢云衿紧握的双拳松开，抱着些侥幸心理淡淡开口："走，去看看到底是什么情况。"

"好。"

两人没有丝毫迟疑，立刻往秦氏古宅的方向走去，还没到那里，便看到许多扛着长枪短炮的媒体工作者被阻拦在外，见有人来，他们如同见了腐肉的苍蝇一拥而上，都往谢云衿与江暄这里拥过来。

他们叽叽喳喳七嘴八舌地问着："请问你们是警察吗？里面到底发生了什么事情，可以透露一下吗？听说是拍戏的时候发生了意外，有这回事吗？"

两人嘴唇紧闭，目光凛然，抬手格挡胸前，好不容易才穿过人群。

两位景区民警站在门口严防这些想闯入的媒体，谢云衿走到他们面前亮出证件表明身份后，这才被允许进来。

他们一前一后走进古宅。

很快，另一位景区民警迎了上来，他中等身材中等身高，浓眉大眼，

讲话的声音也中气十足:"云澧区刑侦支队?"

"对,我们是。"

"哦,我是福灵镇派出所的民警,我姓陈,陈禹,"他说着朝谢云衿伸出手来,"请问二位怎么称呼?"

谢云衿轻握一下又很快松开:"外勤科谢云衿。"

江暄也如法炮制地握上去:"法医科江暄。"

寒暄的同时,谢云衿的视线一直往宅子深处探,嘴里也问道:"陈警官,请问案件是什么情况?带我们过去看看吧。"

"行。"陈禹颔首,"谢警官、江法医,跟我过来吧。"

他边走边介绍起来:"是这么个情况,这宅子是个古宅,这段时间都租给一个剧组拍戏,今天一大清早,工作人员来这里布置场景,结果远远地在宅子后廊地上看到一个躺着的女人,几个人凑过去一看,正是参与此戏拍摄的一个女演员,身体已经僵硬了。"

谢云衿呼吸一凛:"是哪个女演员,叫什么名字?"

陈禹思忖了三秒:"好像叫宋翎。"

第十七章
好友之死

谢云衿脚步骤然顿住，那一瞬间，她的大脑就像是失去信号花白卡顿的电视屏幕，"刺啦刺啦"嘈杂阵阵。

江暄低眸蹙眉，修长手指忙握紧她的。

感受到指尖传来的灼热温度，谢云衿空白的大脑稍微回过些神来，她极力压抑住情绪。

走在前方的陈禹转头过来疑惑询问："谢警官，怎么不走了？"

谢云衿放眼往前，声音轻微颤抖："就来。"

她缓了片刻，目光很快变得锐利坚定起来。

江暄见状也稍稍松了口气。

"陈警官，您继续说，我听着。"

"他们是七点四十四分报的警，这里离所里不远，七点五十二分我们就赶到对现场进行封锁，同时对人员进行了控制。"陈禹说着往旁边一指，那边站着乌压压的人群，"都在那里呢。"

三人说着话，很快穿过花园到达案发的后廊。

隔着四五米远，谢云衿便看见廊檐之下的地板上躺了一个女人。

她面无表情地走过去，还未看到脸，她便确认了，死的人确实是宋翎无疑。

攥紧的拳头慢慢松开，喉咙哽着的浊气也被她轻轻吞咽入腹。

她蹲下身来，静静看着地上的宋翎。

宋翎全然没了往日的生机活力，整个人双目紧闭，身躯僵硬，已然

死去多时了。

　　天气寒冷，冷风肆虐，气温仅仅只有八摄氏度。

　　现场人员都穿得非常暖和，可地上的宋翎却衣着单薄，她里面穿了一套夏季真丝睡衣，外面则披了件做工精致的灰色毛织风衣，视线再往下，她的脚上竟然套着双不合时宜的棕色短靴。

　　谢云衿的呼吸滞塞一分多钟。

　　很快，江暄也蹲下来仔细查看。

　　华铭还未赶到，因此，江暄仅仅只是将法医勘察箱打开横置一边，并未对尸体做出任何动作，只凭肉眼做出些简单判断。

　　"脸部、脖颈，及裸露在外的皮肤都未见伤痕，死者双目紧闭，死状痛苦，口鼻处附着少量呕吐物。"

　　他说着看向谢云衿："技术科没有过来，尸体暂时不能动。"

　　谢云衿神情凝重，定睛往前看去，她抬抬下巴："先不动，要不和我过去问下情况？"

　　江暄没有异议，他低头从衣兜里掏出纸笔："走。"

　　两人默契地对视一眼，然后脚步急促地走到剧组人员聚集地。今日的戏还未开拍，现场人并不多，只有十多名工作人员。"

　　"谁是这里的负责人？"

　　话音落下，人群中的窃窃私语声戛然而止，很快，一个身穿黑色棉服的中年男子从里面走出来。

　　他狠狠咽了一下口水，眼眶红着，神情有些惊魂未定，但还是故作镇定地扬手："你们好。"

　　谢云衿随意瞥了他一眼，讲明目的："有些情况需要向你了解，跟我们过来一下。"

　　男子忙不迭地点头，跟在他们身后走了十多米远的距离才停下。谢云衿和江暄转过身来，一人记录一人询问。

　　谢云衿眸光锐利："姓名？"

　　"陶振。"

　　"年龄？"

　　"三十五岁。"

　　"你是负责人？"

"是……"他说话声有些犹豫,"我是本剧导演兼制片人……"

"介绍下你们这剧组的一些基本情况。"

陶振捏了捏衣角,忧愁地开口说道:"我们拍的是一部民国悬疑剧,叫《深宅》,大概一两个月前就来了福灵镇拍摄,任务紧时间少,每天拍摄工作都特别忙,昨晚更是忙到晚上十点才收工,这拍摄进度刚刚过半,哪里晓得会出命案啊。"

"你们拍摄期间住在哪里,离这里多远?"

"镇上的一家酒店,离这宅子很近,几百米的距离。"

"演员和工作人员都住那里?"

"是,都住那里。"

谢云衿艰难地问出:"死者的情况你们了解吗?"

陶振颔首:"基本了解。"

"你简单说说。"

"死者、死者叫宋翎,是我们这部戏的女二号,她戏份不多,但这个角色挺重要,是我一个朋友推荐过来试戏的,我其实一开始别说用她了,连试戏的机会都不想给,因为她长得不算有特点,没什么名气,更没什么能拿得出手的作品,但朋友推荐,还是让她试了,意外发现很不错,是我想要的感觉,就用了。拍摄中接触下来,发现她业务能力非常强,演技不错,对角色情绪也拿捏得很好,我甚至都想过下部戏继续用她,可……"

他"可"了半天,最终只剩下一声痛苦的叹息:"怎么会出这种事呢?人死了不说,这后续拍摄乃至播出都成问题了。"

看来他最关心的,还是自己的切身利益。

谢云衿的脸色冷了些,她瞥了一眼懊丧的陶振,并未表现出任何情绪,继续开口说道:"这几天,宋翎有出现什么异常情况吗?"

陶振左手拍了下后脑勺仔细想了下,然后不确定地摇摇头:"好像……没有吧……"

他接着补充:"我没感觉到她有什么异常情况,都挺正常的啊,昨天晚上八点是她最后一场戏,拍完之后,我们还为她办了个小小的杀青仪式,她看起来挺开心的,后来工作人员就护送她和她的助理回酒店了,我真想不通,她怎么会一大清早死在拍摄现场呢?"

"和助理一起回去的？"

"是啊。"

谢云衿沉声："你再说下今早发现死者的过程？"

"我不是第一个，最先发现死者的是我们组的两名场工。"他指了指人群，"小王和小钱，因为他们来得最早，发现之后就赶紧给我打了电话，我确定是真的后才报的警。"

谢云衿的目光晃了一眼不远处的人群："宋翎的助理在哪里？"

"酒店，我不久前已经通知她了。"

谢云衿点点头："你再通知酒店其他人员，演员、工作人员都通知，不能遗漏一个，让他们立刻赶过来接受询问。"

"好好好。"陶振说着忙从兜里掏手机，"两位警官，我马上就去。"

谢云衿偏头看了眼江暄："记录得怎么样？"

江暄低着头，速度飞快："差不多了。"

谢云衿"嗯"了声："技术科的也到了，先暂停询问，去了解现场情况。"

"好。"江暄此时也正好写完，他合上笔记本盖好笔帽，向案发现场投去视线，只看到照相机的闪光灯激烈地忽闪忽闪。两人脚步不停，再次靠近案发现场。

江暄蹲下身来，神情凛冽，从衣兜中掏出一副手套戴上，接着检查起死者的皮肤。

"尸斑呈现紫红色，出现于死者脖颈两侧，指压不褪色，尸僵已经缓解。"

他说着话的同时，修长手指从勘察箱中取出一把特制镊子，撑开死者的眼皮。

"角膜重度混浊。"他又撑开另一边，"左右眼睑结膜均有充血现象，死亡时间不是很长，现在气温低，十二个小时以内。"

江暄身体下倾，夹起口鼻处附着的少量呕吐物看了几秒，又环顾四周："呕吐过，有醉酒或中毒迹象。"

刚说完，在后廊旁边灌木丛中搜寻线索的蒋丛疾声喊道："谢组！"

"什么事？"

"这里的树枝有人为撞断痕迹,且地面残留有新鲜呕吐物,感觉像死者的!"

尸表检验中,对死者头发、衣饰、鞋子的检查也是必不可少的一环。

"灰色薄款毛织外套,外套上蹭了不少枯叶。"江暄拿起一片枯叶仔细查看完,又往灌木丛投去视线,"两者是一种植物,紫叶小檗。"

谢云衿定睛一眼,疾步走到灌木丛旁。

她眼神中闪着冷肃的光,仔细查看着树枝断痕处,树皮青翠,截断面的根茎很新鲜,应该是昨晚新形成的。

谢云衿下巴微抬,目光随着这些新鲜折断痕迹一路过去,最终落到灌木丛旁的鹅卵石小路处。

她再回头,双眸焦点定格在躺在走廊地面的宋翎身上。根据现场这些痕迹,她的大脑飞速运转,猜测着宋翎出事前的画面。

漆黑深夜。

宋翎醉酒或者中毒,呕吐在这灌木丛中,可能身后有人追她,也可能是她身体不受控制,总之,她踉跄地没继续走鹅卵石小路,而是直接从这片灌木丛中横穿过去上了走廊。

谢云衿昂起头来:"华铭!"

"哎,谢组。"

"过来一下,将这里拍照留证。"

"好嘞。"

华铭架好摄像机,快门声"咔嚓咔嚓"几下,全方位多角度记录得完完全全。

而江暄在对宋翎衣物口袋的检查中也有了新的发现:"这里有东西。"他眸光锐利,伸手掏出个状如纸团的物品。

与此同时,谢云衿也绕到了他的身后,边戴手套边说:"什么东西?"

江暄并未回头,将这不明物品伸过头顶递到后面:"你看看。"

谢云衿拿过来翻转看了看。

像是纸团,很厚,挺度高,耐折,像是一张未塑封的照片。

她有些口渴,舔了舔干枯嘴唇,接着将纸团一层层展开,果然是一张折叠起来的照片。

照片目测起来有些年度,因保存不当部分画面已经模糊发霉,却依

稀能辨认出照片中的人物场景。

两个看不清脸的孩子，一高一矮，高的那个搭着矮个孩子的肩膀，他们站在一个铁制大门前，门上还挂着一个大招牌，但上面的字已然模糊不清了，像是在什么机构前拍摄的。

谢云衿轻蹙眉头，凝视这张照片很久，最终将它小心翼翼放到物证袋中，紧接着，又听到江暄的声音："她怎么穿了一双这么不合脚的靴子？"

谢云衿往前两步蹲在江暄身边，只见宋翎左脚上的靴子已经被他脱下来了。

宋翎没穿袜子，脚趾蜷曲着，脚尖袜背的皮肉被挤出了很深的痕迹。江暄看了谢云衿一眼，然后神情狐疑地拿起这只靴子对比宋翎裸露的脚，短了一截。

谢云衿拿过这只靴子看了几眼，眼眶微红，又急切地俯身过去扒下宋翎脚上的另一只靴子。

同样不合脚。

她眯起清冷的双眸，两只手各拿一只靴子放到一起对比了一下。

一只左脚一只右脚，是一双靴子，很经典的棕色。

她又翻转过来看向这双靴子的底部。

35码。

谢云衿伸出左手食指拇指丈量了一下宋翎双脚的长度宽度，推断以宋翎的脚，平时应该是穿38码的鞋子。

明明脚趾都被挤压出了血痕，为什么还要穿这样一双不合脚的鞋子出门呢？是她自己穿上的，还是另有原因？

疑团密布。

谢云衿伸出两根手指捏了捏靴子材质，很舒服，软硬适中，不像人工合成材料，像是生物皮质。她又将靴子翻开看向里面，有一行商标LOGO（标识）。

"willing。"谢云衿默念着这个英文单词，又将靴子来回翻看一遍，在鞋底边缘发现两个雕刻的字，"小智。"

再看另外一只鞋，相同的位置，同样刻有这样两个字。

她思考之际，江暄已经做完了最基本的尸表检测，他往灌木丛中走了几步，又取了些地面呕吐物，这才站起身来。

他一边脱手套一边抬眼，浅淡的瞳仁有微光流转："死前有呕吐反应，尸斑的情况也不对劲，我推测死者生前中毒，不过具体情况还不清楚，人我先带回实验室了，这种情况不做尸检是不行的。"

谢云衿回了个"好"字，将靴子放进物证箱中，又叫来罗宇超："阿超，你过来搭把手。"

罗宇超正在不远处搜证线索，听到谢云衿的声音急忙回头应下，随后三步并作两步走过来，甩开袖子便开始了装尸工作。

装尸袋被平铺在担架上，紧接着，罗宇超和江暄一人抬头一人抬脚将之放进展开的装尸袋中，动作小心翼翼。

放置平稳后，罗宇超胡乱拉住拉链想要将袋子合上，却被谢云衿叫停："等下。"

罗宇超疑惑抬头："有什么问题吗？谢组！"

谢云衿艰难地吞咽了下唾沫，她轻轻摇摇头："没问题，不过，让我来吧。"

罗宇超爽快地应声，侧身给谢云衿腾出位置。

谢云衿面上依旧是那副无波无澜的模样，可心里却翻江倒海久不平息。

谢云衿挪步到担架旁边，身躯半躬下去，她静静看着装尸袋中的宋翎，想到两人从陌生到成为好友的点点滴滴。

一开始，宋翎被"私生粉"骚扰，谢云衿出警找到蜷缩在角落的宋翎，彼时她手腕淌血，正哭得梨花带雨，见到谢云衿激动地狠抱上来不肯撒手，后来，谢云衿替她包好伤口。两人由此有了交集。

几天后，谢云衿作为负责此案的警察完美替她解决了这件事。宋翎热情似火，送好几次锦旗还不算完，甚至隔三岔五开个高调的红色跑车停支队门口来请谢云衿吃饭，声称要同谢云衿当朋友，可她说是这么说，每每挑高眉撩着发，车后座还带一束花，害得谢云衿好几次被队里同事八卦调侃。

实话实说，一开始，谢云衿确实不堪其扰，可逐渐地，谢云衿发现她是真的只想和自己当朋友，也开始被这个高调开朗的女孩打动，两人真的成为好友。

可眼下的宋翎,脸色灰白,毫无生气,也再不会冲她娇嗔地笑。

谢云衿平时疏冷的眸子此刻却流转着泪光,她轻轻喘着气,心一横,两指捏住袋子拉链慢腾腾往下。

"刺啦"声刺耳,持续好几秒钟才终于停止。

谢云衿低眸掩饰住悲伤,再度睁眼,神情中已经透不出任何情绪了。她好像还是那个说话做事雷厉风行的谢云衿,挺直背脊冷静地吩咐罗宇超:"抬去车上吧。"

不出一个钟头,除流动群演,所有的剧组人员已经通知到位悉数赶到。

他们聚集在古宅花园中,有的三两个分散,有的七八个聚团,无事可做,都窃窃私语讨论起这起蹊跷的命案来。

方审姗姗来迟,了解完案子基本情况后,绕着这宅子转了几圈,很快下达指令:"大丛,宅子里几处监控记得调出来。"

蒋丛掷地有声:"明白!方组。"

方审往后看去:"云衿。"

"嗯?"谢云衿正聚精会神地蹲在灌木丛中进行搜证工作。

方审叉着腰,那张嘴机关枪似的:"搜证工作你别管了,都交给老秦他们,你和我过去了解了解情况。"

"行,我问,你配合我记录。"

方审爽快地应声:"没问题。"

谢云衿起身来拍了拍身上的枯叶,跟在方审身后说道:"剧组负责人我已经问过了。"

"什么情况?"

"等问完再和你说。"

她刚站定,负责人陶振便迎了上来,他不知所措地搓手:"警官,人员我已经通知到位。"

谢云衿点点头:"好,我知道了。"

说完,她那双如鹰隼般锐利的眼在人群中扫了一眼,很快确定了宋翎小助理的方位:"麻烦跟我过来下,关于宋翎的案件,我有些情况需要向你了解。"

小助理明显惶恐又悲伤，眼眶通红，里面还有泪花打转。在看到谢云衿的脸时，她脸上的惶恐悲伤霎时转为震惊，伸出手指"你"了好几下，最终还是咽下了后续的话，默默跟在谢云衿身后走到一边，脚步分外虚浮。

谢云衿转身过来，上下打量了小助理一眼，淡声道："又见面了，还记得我吗？"

小助理已经完全没了那日的喜笑颜开，她轻轻抽泣着点头："我、我记得你，你是宋老师的朋友。"

"嗯。"谢云衿紧盯她的脸孔，"宋翎可能没跟你说起过我的职业，所以你在这里看到我会意外。"

小助理狠狠咽着口水："这个……宋老师确实没提过……"

谢云衿开门见山："你是宋翎的助理，最近几个月应该都和她待在一起，我有些情况要向你了解，希望你知无不言，不要隐瞒。"

小助理点头如捣蒜，急吼吼地回答道："谢警官，我一定把我知道的都讲出来，不会有任何隐瞒的。"

"那好。"谢云衿的目光凛冽起来，"你做宋翎助理多长时间？"

"刚……刚满三个月。"

"一般负责什么工作？"

"很多琐碎的工作，日常工作乃至生活起居都要负责，艺人去哪儿我们也得到哪儿，进组拍戏我们也得进组。"

"进组拍戏期间也是全方位陪同？"

"没错。"

方审笔尖动得飞快。

谢云衿缓了几秒，再度开口："昨晚宋翎拍戏拍到几点？"

小助理没有片刻犹豫："昨晚拍戏拍到晚上八点多，是最后一场戏，拍完便杀青了，剧组还给宋老师办了个很小的杀青仪式。"

"拍完之后，你们就在工作人员的陪同下回了酒店？"

"对。"

谢云衿轻轻"嗯"了声，这点倒是和负责人陶振说的对上了，不过真实性待查证。

"回酒店之后呢？"

"我把她送到了酒店门口,宋老师说她累了想早些休息,就让我也回去休息了。"

"那个时候大概是几点钟?"

小助理思考着:"大概是晚上九点,看到宋老师进酒店后,我就走了,之后的事情我也不知道,更不知道宋老师为什么会……"

她抹着眼泪噤声。

谢云衿:"昨天你有察觉到什么异常吗?"

小助理犹豫着,绞尽脑汁想了很久:"我、我没发现什么异常啊,就跟之前一样,正常地拍戏……"

她说到此处时顿了一下:"不过宋老师拍戏的时候,倒是和人、和人发生了些冲突。"

谢云衿英气的眉峰一挑:"和谁?"

小助理伸出手艰难地指向不远处那个被几人拥簇着的女子:"舒岑。"

谢云衿微眯眼睛,明锐的眸光在舒岑身上扫过,又很快收回来:"你简单描述一下,发生冲突的原因以及经过。"

"事情是这样的。"小助理抬起头小声讲道,"昨天,宋老师的杀青戏本来下午六点就开拍了,那场戏是和舒岑的对手戏,她们在剧中演非常要好的朋友,那段剧情是两人发生激烈冲突,最后舒岑将宋老师推倒在地,但拍摄过程中,舒岑一直状态不对,宋老师摔了十几次都没过,平时宋老师都很忍着舒岑,昨晚可能也是恼火了,就没管住脾气,反正两人闹了个小矛盾,吵了几句嘴,最后舒岑指着她的鼻子大骂,骂得可侮辱人可难听了。"

谢云衿长长地"哦"了一声:"后来是怎么收的场?"

"后来导演分别将舒岑和宋老师拉到一边做了工作,再拍就很顺利地过了,后来场工送了花拍了照,我们就回酒店了。"

"回酒店途中有发生什么吗?"

小助理摇头:"没发生什么——"她话没讲完,又另说道,"只是宋老师回去途中一句话都没说,平时她都会和我说几句话的。"

问完,谢云衿侧脸瞥了下方审的记录进度,又对小助理说:"行,感谢你的配合,基本情况我都了解了,有另外的问题会再来找你的。"

"那……"小助理吞吐着,"我可以走、走了?"

"恐怕不行。"谢云衿解释，"你是宋翎的助理，又是她已知的死前最后接触的人，后续可能还需要你和我们回趟刑侦支队。"

小助理闭上眼忙不迭地点头，声音柔柔弱弱："没问题，谢警官，只要需要我，我都会全力配合的。"

谢云衿点点头："麻烦你过去帮我叫一下舒岑，我有情况需要向她了解。"

"好。"

没两分钟，一个长鬈发、戴口罩、身材纤长的女子来到了谢云衿的面前。

谢云衿略微抬眼："舒岑？"

"我是。"

谢云衿眸子如寒星般凛然，眼一扫，语气不容置喙："口罩摘下来。"

舒岑嘟囔着："我没化妆，可不可以……"

"不可以，口罩摘下来。"

"戴着口罩也不影响问话吧。"

谢云衿第三次说道："我再提醒一次，口罩摘下来。"

这时，舒岑才不情不愿地摘下了口罩，她吸了下鼻子，眼皮耷拉望着地下。

朝夕相处一起工作很久的同事离奇死亡，可谢云衿在舒岑的脸上看不出什么情绪，舒岑神情淡淡的，事不关己、漠不关心。

谢云衿哽了几秒，开口提醒她："和你一起拍戏的宋翎今早被人发现死在了这古宅里。"

舒岑颔首，声音很轻："我知道，不久前收到的消息。"

"听说你和她昨晚发生了冲突？"

这个问题问出，谢云衿才从舒岑的面容上捕捉到表情，是一种莫名其妙的情绪。

"没错，是发生过冲突，可那又怎么了呢？"舒岑这才缓慢抬眼，将视线焦点定格在谢云衿的脸上，那一瞬间，和五天前一样，她的表情可谓是精彩纷呈。

舒岑好像突然被自己的口水呛到，不受控制地咳嗽好几声，咳得腰

背弯下,那张精致靓丽的脸孔被涨得通红狰狞。

谢云衿歪着头冷声询问:"舒小姐没事吧?"

舒岑清了清嗓子,缓了一阵,才停止咳嗽,但她的脸颊依旧通红,那双湛亮的大眼睛怔怔注视着谢云衿,用肯定的语气说道:"你很眼熟。"

谢云衿眸中流转着戏谑的眸光:"是吗?"

"是!"舒岑的神色很恍惚,"你、你长得很像我认识的一个人,很像……"

听到这番话,方审好奇地抬头看了眼,什么也没说,又低头下去继续奋笔疾书。

谢云衿淡淡笑了下:"我就是舒小姐认识的人也说不定。"

"不可能。"舒岑非常斩钉截铁,"我认识的那个人很久之前就去世了。"

"去世了?"谢云衿的语调轻松,"那我肯定不是舒小姐认识的人,毕竟我现在可是好胳膊好腿地站在你的面前。"

话虽如此,舒岑却像丢了魂一般,嘴唇微张,双目眨也不眨地盯着谢云衿,直到谢云衿轻咳一声拉回正题:"舒小姐,关于宋翎死亡案,有些情况需要向你了解。"

舒岑神情怔忪,没回一句话。

谢云衿提高嗓音:"舒小姐?"

舒岑似乎这才听到声音,连应好几声:"我我我、我听着。"

顿了顿,舒岑问:"我们前几天是不是也见过?"

"是。"谢云衿如实回答,"前几天我有幸被邀请过来探班过,还找舒小姐要过签名。"

舒岑深深吸气呼气,垂下头:"对、对,我记得这回事。"她又抬起头,"警官,你有什么问题就问吧。"

"好。"谢云衿问,"你昨天和宋翎发生过冲突,没错吧?"

舒岑背脊软下去不少,看起来有些心虚,语气也没最开始那样硬气了:"没……没错,我和她是发生过冲突。"

"什么原因发生冲突?"

舒岑的回答避重就轻:"就、就是拍戏闹了些小的分歧。"

"怎么发生的分歧？"

"我俩演对手戏，拍了十几条没过，两人心里都憋了气，吵了几句嘴，就这么简单。"

"听说你俩在剧中饰演非常要好的朋友，那你和宋翎剧外的关系怎么样？"

"实话实说，我和她的关系很一般，剧外也很少交流，主要是平时不在一个圈玩。"

谢云衿眉目中透着疏离，掷地有声："听说你们拍戏途中发生分歧后，你曾骂过宋翎，用了侮辱性词汇，骂得非常难听。"

舒岑语塞片刻，然后开始给自己找补："我俩那是争吵，我骂她她也骂我了，并且我没用侮辱性词汇，你要不信可以问现场工作人员，反正他们都听到了，都能为我做证。"

她吐了口气："情况就是这样了。"

"宋翎什么时候离开这宅子的你知道吗？"

舒岑摇头："不清楚，我拍完就回休息棚里休息去了。"

到这里，话问得差不多了，谢云衿开口："行，你先回去吧，之后有什么情况我们还会找你的。"

说完，舒岑却迟迟不肯离开，她眯起眼，直愣愣地盯着谢云衿的脸，喃喃道："警官，你和我那个熟人，长得真的很像。"

谢云衿目光冷冷地看了一眼舒岑，脸上的神情波澜不惊："我知道了舒小姐，这句话，你已经讲过好几次了。"

舒岑这才如梦初醒般披紧身上披着的围巾，转身过去时秀气的柳叶眉稍还挂着疑惑，她心里藏着事，慢腾腾往来的方位走去。

谢云衿斜睨舒岑的窈窕背影，眼里有隐晦的探究。

她知道，就像她对杨妹岑这个人充满疑惑一样，舒岑此刻也对她充满了疑惑，毕竟一个同去世之人长得如此相像的人猝不及防出现在面前，任谁都会疑惑。

方审记录完毕，笔尖停驻，墨水在纸张上漾出一朵小小的花。

他也凑过来好奇地问："云衿，你到底和舒岑那熟人有多像啊，她一直念叨呢。"

谢云衿回答的语气很平淡："不知道呢，可能真的很像吧。"

方审笑着摇摇头,并未将此事放在心上,又叫了下一个人继续询问,只不过后续收获寥寥。最后,谢云衿又叫来了陶振,询问他舒岑和宋翎闹矛盾后他是怎么解决的。

陶振颇为无奈地回答:"还能怎么解决,无非先拉住舒岑说宋翎不掂量掂量自己的身份,又拉住宋翎吐槽舒岑难伺候叫她不要放在心上,我能怎么办?只能是两面说好话呗。"

询问完毕,谢云衿与方审分工合作,一个去检查宋翎死前入住的酒店房间以及调取酒店监控,一个拷贝了宋翎案发前最后一天拍摄的现场录制视频。从中午忙到晚上,技术科和外勤科的搜证工作也陆续完成,方审大手一挥:"收队吧。"

一整天的忙碌,中午又只简单吃了些盒饭应付,此时早已是饥肠辘辘,因此众人归队的第一件事便是奔向食堂饱腹一顿。

谢云衿却没有任何胃口,一回刑侦支队,她就直奔法医实验室。

推开门,谢云衿做了下心理准备,这才缓慢地抬腿走进去。

解剖台上女子的尸检工作已经完成,她还是紧闭双目,脸孔越发可怖,一张白布从脖至脚盖上去,堪堪维护住她死后的尊严。

谢云衿的心脏像粘连着无数根细线,有股力量在狠狠撕扯着,扯得她痛意横生。她这一辈子送走过不少人,有父母、有同僚、有受害者,却从未送过自己的朋友。

她没什么朋友,从前就少,如今更是没了,唯一一个,现在躺在了冰冷的解剖台上。

不知何时,江暄出现在了谢云衿的身侧,他伸出那只腕骨粗韧的手掌,轻轻握住她的肩膀。

她嘴硬,也从不会开口说,但他能感受到她心中的痛楚。

谢云衿深吸一口气后,侧脸看了下肩膀上的手掌,突然偏身过来,将自己投入到江暄坚实有力的胸膛中。

她闭上眼,突然不受控制地落泪,将脸深埋进去。

江暄轻轻吸了一口气,眸中有隐晦的心疼。认识以来,她要么是放肆嚣张的,要么是高冷淡漠的,很少像这样直白不掩饰地将内心脆弱完完全全展现在他面前,向他寻求拥抱。

江暄手下更加用力,想要将自己浑身的力量都渡给她,毫无保留。

他动作轻柔地拍着谢云衿的背脊,想要说什么,却最终没说出口。

此时此刻,什么安慰的话语都显得苍白无力,这一刻只能靠她自己。

长时间的拥抱过后,谢云衿情绪缓和了些,她慢慢松开,抬眼凝视着江暄,嗓音沙哑:"和我说说吧,宋翎她到底是怎么死的?"

江暄眼神微动:"她的死因是口服过量苯海拉明急性中毒。"

一瞬间,谢云衿的眸光锐利起来,"苯海拉明中毒死亡?"

"嗯,苯海拉明是抗过敏防晕的药物,商品名苯那君,可那敏,属于乙醇胺类 H1 受体拮抗剂,对中枢系统有较强的抑制作用,同时也有镇吐和类似阿托品的作用。"

谢云衿鼓起勇气,拉开宋翎身上的白布,看着她沉静的脸庞:"你将宋翎的尸检结果和我详细说一遍。"

江暄转身过来,声音清冷磁沉。

"死者,宋翎,女,二十四岁,1993 年生人,身高一米六八,体重四十五点八公斤,死亡时身上穿了一套真丝睡衣,外面披着件毛织外套,外套沾了很多枯叶,头发上也沾有少许枯叶,营养程度中等,尸斑呈现紫红色,头骨颅骨未见损伤,不过——

"左右手臂都有伤痕,死前疑似与人发生过轻微扭打,膝盖、手掌有擦伤,也有擦药处理的痕迹,没有从她身上发现拖拽伤,我怀疑发现她的地方就是第一案发现场。"

头顶的灯盏大开,莹白色灯光充盈整个实验室。

江暄稍微躬身,再次戴上手套,骨节分明的手指从宋翎苍白脸颊弧线上扫上去,直至落到头顶。

"她的头颅硬膜外无出血及血肿,颈部皮下肌群也未见出血,另外舌骨未见骨折。"他指腹渐渐下至到各类脏器位置,"心外膜下散有片状出血,肺内淤血肿胀,双肾淤血,肝脏受损,胃内空虚,胃壁有点片状出血。"

江暄说着稍微抬眼,镜片后的目光寒气凛冽:"组织病理学检验结果显示肝细胞变性坏死,肾小管坏死,肺水肿,符合中毒死亡特征。

"另外,我和老袁又做了毒物检测,在宋翎心血中检测到了苯海拉明成分,其质量浓度不低。由此判断,死因系口服大量苯海拉明导致中枢抑制引起呼吸衰竭，从中毒到死亡，这个过程应该是极度痛苦的。"

江暄说完，手指捏住白布边缘，将之重新盖好，说："尸检情况就是这样。"

谢云衿长吸一口气："我明白了。"

"对了，案发现场的搜证情况怎么样？"

"不乐观，没在附近搜出什么有用线索来，不过现场的监控以及宋翎入住酒店的监控都已经调取回来，曾行、苏毓他们正在看，下午的时候，我还去了趟酒店询问情况，但……"她摇摇头，语气很气馁，"还是没什么收获。"

"剧组人员呢？"

"基本都简单盘问了一遍，只知道宋翎昨天是杀青戏，拍到晚上八点左右就结束了，拍戏过程中和舒岑，"谢云衿停顿了下，与江暄对视，"就是杨姝岑，发生过言语冲突，除此之外一切正常。"

江暄若有所思地摸摸下巴："对这案子，你怎么看？"

谢云衿苦笑着，如实道："一头雾水，什么都不知道，不知道为什么宋翎五天前还好好的，会突然中毒死亡？不知道她为什么会服下这么多的苯海拉明，是自愿是误服还是受人胁迫？不知道为什么她昨晚明明已经回了酒店，今天早上却出现在那座古宅子里，更不知道她的脚上为什么会穿那样一双不合脚的靴子！"

"还有兜里那张照片。"

谢云衿的目光愣怔地看着解剖台上隆起的身形："太多的疑团了，不过现在酒店监控和现场监控的情况都没有出来，也急不了一时。"

江暄赞同："是，有的时候太过于急切不是什么好事。"说着，他转过身到清洗池旁，背影长身鹤立。

尸检实验刚刚结束，一堆的器皿刀具需要清洁，江暄打开水龙头，水流"哗哗"而下，他微躬身体，一一将这些物品放到水流下清洗干净。

谢云衿懒懒地斜倚一旁，目光先是落到他那双手上。

好看，指骨修长，皮肤白皙，手背有青筋盘虬。

她的视线顺着臂膀越过他坚实胸膛慢慢往上，喉结性感，下颌线条清晰流畅。他很认真，唇轻轻抿着，目光温柔而坚定。

谢云衿陷入了短暂的回忆中，然后轻笑一声，感慨道："可算知道我最开始为什么会被你吸引了。"

江暄平静的眉眼一抬,转头期待地看着她。

谢云衿继续道:"因为你认真的时候特别乖,让人很想欺负。"

水还在流,江暄却轻佻地歪头:"之前说我娇,现在说我乖,这些形容词用在我身上不合适吧?"

谢云衿说得很理直气壮:"很合适啊。"

江暄强调:"看来下次得不乖一点喽。"

谈到这里,谢云衿突然来了兴趣,追问道:"那你呢,你这个贞洁烈男当年为什么心甘情愿被我染指,我到底是哪方面吸引了你?"

江暄听到她的用词无奈叹气,倒是没反驳,只说:"你猜猜。"

谢云衿绞尽脑汁:"我长发很飒?"

"不是。"

"皮衣很跩?"

"不是。"

"那就是骑摩托很帅?"

江暄很认真地回忆了一下:"是很帅,但不是。"

"难不成是因为我一直坚持不懈,你被打动了?"

"更加不是。"

谢云衿自暴自弃地问:"总不可能是我打架特别猛吧。"

江暄愉悦地弯唇:"为什么不可能?"

谢云衿轻"嗤"一声:"你好歹讲个好点的理由吧。"

江暄眼含笑意,却闭口不言。而这时,谢云衿兜里的手机毫无预兆地响了,她掏出来一瞧:"方审打给我的,我先过去一趟,这件事我们下次再掰扯。"

江暄清洗的动作不停,只说:"好,你先去吧,下回再谈。"

谢云衿离开,实验室的门被合上,江暄的手指被清水冲刷着,却忘了拿器械,视线幽深地往上移。

被吸引哪里有那么多理由,不过是莫名其妙地视线会追随她的身影,暗暗关注她的动态,早在她还没有发动猛烈攻势的时候,他的目光已经开始落在那个轻狂放肆的女孩身上,最开始不敢相信,也担心她只是一时兴起,所以故作冷淡地假意拒绝,可心动压根儿没法掩饰,

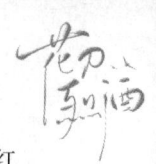

她说那些女流氓言论时,少年腼腆得很,表面一声不吭,却暗地里红了耳根。

回过神来,江暄非常自嘲地笑了笑,笑自己那时过于口是心非。

这边,谢云衿到了走廊上才划过接听键:"方审,找我什么事?"

"云衿,你来一趟技术科。"

"好,马上过来。"她挂断电话,抬腿便往前走去。

下到二楼,到了技术科的监控室,里面不断传出说话声,谢云衿直接推门而入,方审几个围在曾行等人周围观看监控结果。

见她来,方审连连招手:"云衿,你快过来看看。"

他手一指:"这是死者宋翎杀青戏的拍摄详情。"

听到此言,谢云衿秀眉微蹙走到方审旁边弯腰下来,电脑屏幕在她英气精致的面容上映上蓝光,上面播放着剧组摄像机的拍摄画面,人物只有两个,便是舒岑和宋翎。

舒岑洋装精致,宋翎旗袍秀美,一个叫丛雅,一个叫美音。美音是古宅主人的女儿,丛雅则是美音的好友暂住于此。古宅一直发生诡异怪事闹得人心惶惶,这场戏讲的是丛雅发现了些宅子里的秘密告知美音,可美音不相信自己家族隐藏的丑恶现实,两人发生争吵,最后以争论中丛雅不小心推倒美音结束。

第一次,舒岑饰演的丛雅推倒宋翎饰演的美音,舒岑笑场,导演喊了"咔"。

第二次,舒岑忘记台词,导演喊"咔"。

第三次,舒岑狠推宋翎,宋翎摔倒磕破腿,导演喊"咔",并喊工作人员帮忙处理伤势。

第四次,舒岑再次推倒宋翎,却主动说自己状态不对要求重拍……

第五次……

第六次……

一直持续到第十二次没过,宋翎从地上爬起来,气愤地指责舒岑:"你故意的吧?"

舒岑立刻剑拔弩张起来,说:"谁故意的?你有什么资格跟我这样说话?"

"我没资格？你都十几条不过了，之前也是，处处找麻烦，我已经忍你很久了！"宋翎说着轻"呵"一声，语气有些悲凉，"反正过了今晚我就要走了，我不怕惹出什么事得罪你了。"

画面中，舒岑果然指着宋翎的鼻子开始破口大骂，扬言要弄死她，现场有工作人员来劝阻。

第十三次，如小助理所说，很顺利地拍完，导演喊"咔"。

罗宇超看得双臂环抱，有理有节地说："舒岑不仅说了侮辱性词汇，还说出了威胁性言论，说要弄死宋翎。谢组，我觉得这个舒岑很可疑，应该要带回来好好审审。"

谢云衿的关注点却不同于罗宇超，她背脊躬得更低，对曾行说："再往后倒一些。"

直到出现谢云衿想重看的画面后，她才喊停。屏幕清楚地显示出宋翎的脸，她脸上的表情也一清二楚。

宋翎弯唇轻"呵"，像是自嘲，眼瞳无神，语气也是怆然的："反正过了今晚我就要走了……"

反正过了今晚我就要走了……

按理说，宋翎确实拍完这场戏，过了昨晚就能离开剧组，可她说这句话的表情谢云衿怎么看怎么感觉不对劲，她这种语气神态，倒很像视死如归。

谢云衿眸色晦暗，握拳托着腮，细细回忆着很久之前宋翎给自己打的那通电话。

在电话里，宋翎曾经非常怪异地，说过这样一番话。

——"云衿，这个世界上，我只相信你了，你帮帮我，救我一命吧。"

救我一命吧。

谢云衿陷入沉思中。

她分明记得很清楚，宋翎给自己打这通电话时是10月份，宋翎讲完这番说辞后又说自己是开玩笑，后来又说要约她吃饭。

当时正好是蔡淑语案期间，谢云衿非常忙碌实在无法赴约，打电话说明后，宋翎又说了一句莫名其妙的话——"可能这就是天意吧。"

她当时就感觉到了不对劲，也追问过，却被宋翎糊弄过去了，她想等自己忙完再找宋翎吃饭，可宋翎却以进组拍戏为由拒绝了。

谢云衿紧闭双眼，脑海中又浮现出两人几日前的通话内容，越发感觉疑云重重——宋翎拒绝自己过去探班，用的理由是自己这几天拍戏很忙，挂断电话前还蹊跷地说了一句："不要想念我啊，云衿。"

似乎从 10 月份开始，宋翎整个人都很不对劲。

想到这里，谢云衿挺直胸膛喊了声"阿超"。

罗宇超甩头回应："啥事啊？谢组。"

"宋翎家属通知了吗？"

"早些时候已经打过电话了，老两口都在外地，得到消息后正往临江市赶呢。"

谢云衿轻轻颔首。

她还记得宋翎提过自己的父母，都是植物研究院的教授，一年中有三百天都泡在滇南地区研究热带植物，经常是聚少离多。

思考时，曾行这边看起了酒店监控，并且定格画面："看，宋翎和她的助理出现了，时间是晚上 9 点 03 分。"

谢云衿再次躬身下去紧密注视着，屏幕中，宋翎和小助理一同行走，宋翎在前，小助理提着一堆东西在后，两人上了电梯，并摁下"7"。

晚上 9 点 05 分，两人从电梯走出，进入了 702 房间，很快，小助理空手从里面出来进入隔壁房间。

画面加速前进，时间显示在晚上 10 点整时，宋翎从房间出来，从监控视频中明显能看出，她身上穿的就是死亡时那套衣服，真丝睡衣加毛织外套，她神态很平静，正在打电话，脚上穿着的鞋子并非现场那双靴子，而是普通的毛绒拖鞋。

晚上 10 点整到 10 点 05 分，宋翎下电梯离开酒店，酒店监控之后便再未捕捉到她的身影。

紧接着，苏毓这边的古宅大门监控也看到了关键人物宋翎。

晚上 10 点 27 分，宋翎出现在画面中，她似乎这时已经开始出现了中毒反应，走路姿势有些踉跄。这时，她脚上穿着的已经不是出门时的毛绒拖鞋了，而是死亡现场出现在脚上的棕色皮靴。

太奇怪了。

从酒店到古宅前这期间为什么会换掉鞋子，还换了一双那么不合脚的靴子？

很快，敏锐的苏毓便从监控画面中捕捉到了更加奇怪的地方。

她柔和的目光骤然变得坚定，手指了指屏幕左上角："看，这里有个黑衣人影，好像一直跟着宋翎。"

谢云衿的眸子锐利地眯起，她呼吸声有些沉重，紧盯苏毓手指的方向，慢慢地，这个原本在屏幕一角的人越走越近，最后在画面正中央停下脚步。

黑衣黑裤，戴着个黑帽子，从身形姿态来看，像个男人。

而这时，宋翎已经进入了古宅，这个黑影却没进去，只是双手插兜在门口站了很久，然后，慢慢抬眼看向古宅门前的监控探头。

他戴着口罩，只露出一双眼睛，紧盯监控探头很久，又突然低头缩脖，径直往前走去，随后便消失在画面中。

谢云衿倒吸了一口凉气，对苏毓说："退回去重看一遍。"

苏毓听言照做，很快画面回退。

谢云衿凝视着电脑屏幕，努力从这简短画面中提出关于这人的有用信息。

他是细长眼，身量不会太低，初步预测至少一米七，穿衣显瘦，走路有些跛脚。

苏毓这边又继续看了下去，可古宅内几处监控都只拍到宋翎经过的身影，而她死亡的地方恰好是个监控盲区。

谢云衿心里整合完所掌握的各类信息，突然想到一个重要线索："宋翎出门带了手机，但无论是现场还是酒店搜寻时都没有发现她的手机。"

方审点头："嗯，是没发现手机。"

毕竟这个年代，人人都离不了手机，一部常用手机里能蕴含的线索可太多了。

方审思忖片刻，扬扬眉，"还是得查查道路监控和沿途的店面监控，弄清楚宋翎出酒店后到底去了什么地方、有没有见什么人、有没有被胁迫做什么事。"说着，他的视线聚焦，"那个尾随她的黑衣人影也得好好查查，不过舒岑这边我们也不能忽视，都得跟进。云衿，你的想法呢？"

谢云衿："我没什么异议。"

顿了顿，她再度开口："苏毓，你将这黑衣人影处理得更清楚些，

将照片发到我手机上。"

苏毓随意地昂头:"好的谢组,保证完成任务。"

看完监控,谢云衿和方审先后走出来,时间已经将近深夜十二点。

方审问:"你一回来就进了法医实验室,紧接着又和我们看监控看到现在这个点,这么久不吃东西,不饿吗?"

谢云衿情绪很低落,但还是如实点头:"饿,不过我没什么胃口。"

两人在走廊窗边停驻脚步,看着窗外夜色,方审说:"云衿,我比你早来不少,算是看着你一步一步成长起来的,你和宋翎是什么关系,我很清楚,你现在的心情我也很能理解,不过,我得提醒你,身体始终是本钱,后续肯定都是高强度工作,你这不吃饭可不行啊。"

谢云衿垂首轻轻笑了笑,笑容颇为无力。

两人是情谊深厚的搭档,朝夕相处,默契十足,同时也是彼此工作上的"警示灯",一方有什么问题,另一方总能及时发现。

方审:"我给你点了些吃的,估计快到了,你多少吃点垫垫肚子,回去什么也别想,好好休息一晚。"

她叹了口气,接着做出保证:"放心,我会努力调整心情的。"

方审没再说什么,只是安慰地拍了拍她的肩膀。

翌日清晨,床边闹钟一响,谢云衿骤然睁开双眼,想到宋翎这样不明不白地死去,她浑身上下似乎有电流涌过,每条经脉每寸肌肉都像被注入了力量。

她眉眼阴鸷,猛地翻身下床,洗漱完毕后去了操场,迎着寒风跑步三圈后上楼,迎面遇上江暄。

他目光定格在谢云衿身上挪不开,伸手递上一瓶牛奶。谢云衿接过来,玻璃瓶拿到手里是温热的,一个令人很舒服的温度。

谢云衿给了他一个微笑,看着他桃花眼下的青痕,问道:"什么时候睡的?"

江暄吁气,说:"凌晨五点,在休息室眯了会儿,总算把尸检报告赶出来了。"

她用命令般的口吻催促他:"赶紧回去休息会儿,快去。"

江暄看着她，眼中笑意更深。他伸手抚摸谢云衿凌乱的头发，嗓音沙哑地回应："好。"

他恋恋不舍地摸了下她头发，像完成某种"交接"仪式一般，忙碌整夜的他回宿舍休息。而饱睡一晚的谢云衿则风风火火踏进了外勤科办公室大门。

走到办公桌前，上面放置的尸检报告首先吸引了她的目光，谢云衿伸手拿起来刚准备翻开，门口有个高亢声音喊道："云衿！"

谢云衿转身发现是秦海明："老秦，什么事？"

秦海明伸出手往后指了指："宋翎的父母赶到了，现在被安排在楼下观察室，你看……"

他的话还未讲完便被谢云衿快速打断："我去和他们聊聊。"

"好。"秦海明语速迅捷，"那我和你一起呗。"

"行。"谢云衿边说边往外走。

两人踏进观察室，老两口看起来斯文体面，互相搀扶着起了身，他们的眼睛里盛满了哀伤，痛心地叫了一句"警官"。

谢云衿扬扬手，言语僵硬地让二老坐下，他们似乎有顾虑，迟迟没有坐下。

还是秦海明擅长和家属打交道，他几句软言好语讲出口，接着询问了基本情况，待老两口的情绪缓和后才迅速切入正题："二老这些天和宋翎联系过吗？"

二老摇摇头："我们工作忙，宋翎的工作也忙，这些天没有联系过。"

"上一次联系是什么时候？"

宋母低头擦了下泪痕，哽咽回答："有些久，得有两三个月。记得上次联系还是我的生日，她祝我生日快乐，还给我发了红包，哪里想到竟然会出事……"

"微信、电话都没联系过？"

"是啊，都没联系过。"

秦海明"嘶"了一声，有些奇怪地问："那确实有些久了。作为父母子女，一般来说，不打电话，也基本会发个微信啊，怎么会这么长时间不联系？"

宋父头发已经花白，他和宋母对视一眼，叹着气说道："警官，不

346

瞒你们说,宋翎和我们不太亲近,她是我们在福利院领养的孩子。"

谢云衿表情锐利了些。

"福利院领养?"宋翎可从来没跟她提过这些。

"是啊,我们的亲生女儿十多年前出车祸去世了。"宋父神情沮丧,他说到这里时紧了紧身边宋母的手,"我妻子有些受不住,我才打算去福利院领养个孩子作为慰藉。原本我们是打算领养个年纪小些的孩子,养大后可能会和我们亲近些,因为宋翎当时已经十二岁了,但我妻子觉得她的眼睛和我女儿很像,所以我们才领养了她。"

宋父神情转为歉疚,接着说:"年纪这么大的孩子,心智、性格都成型了,加之我们的工作也很忙,一年里大半的时间都不在家,管她的机会很少,所以这孩子和我们不太亲近。"

谢云衿想到宋翎口袋里那张发霉的照片,问:"宋教授,你们是在哪个福利院领养的,还记得吗?"

"当然记得,在裕华福利院。"宋父双眼有些混浊,他看向天花板,似乎陷入了思考中,"我还记得很清楚,领养她的时候是10月份。10月份是观鸟的最佳时期,我亲女儿生前酷爱观鸟,所以领养之后,我给她取名叫——宋翎。"

"但宋翎只是眼睛和她像,性格、爱好什么,相去太远,宋翎对植物动物都不感兴趣,学习成绩也很差,对我们安排的路也完全排斥,这点令我非常失望。"宋父叹了一声气,"她其实很独立,也很有想法,高中的时候非要学表演,后来走了艺考路,上了表演学院,毕业之后拍了几部戏,不过好像没太大的反响。"

谢云衿不发一言,静静聆听宋父讲述经过。

他明明是为了宋翎的死亡案件而来,可大部分的谈话都围绕自己早已故去的亲女儿,不知道宋翎在她养父母心中,会不会仅仅只是一个慰藉的存在。

秦海明浓眉紧皱,又问:"宋翎的感情,或者社交情况,宋教授知道吗?"

宋父无奈地摇头:"不清楚,她小时候就和我们不亲近,更不用提现在长大,这些情况怎么可能告诉我们,除了节假日能联系一下,我们想要获得她的消息,就只能是从媒体报道上。"

谢云衿将之记录下来,笔尖微顿,抬起眼来:"宋教授,宋翎被你们领养之前的事情,你了解吗?"

宋父揉了揉酸痛的双眼,认真思索了一阵:"领养前那院长和我们讲过基本情况,好像她很小的时候父母意外丧生,旁系亲属不愿抚养,才送到福利院来的……哦,对了,她好像还有个亲姐姐。"

"亲姐姐?"谢云衿的眉蹙得更紧。看来关于宋翎,她不知道的事情实在太多。

"对。"宋父的声音很疲惫,继续道,"只知道她比宋翎大上几岁,其他的我就真不清楚了。"

询问完毕,谢云衿带领宋教授夫妻俩去看了宋翎最后一眼,两人互相搀扶着来到停尸间。白布掀开,宋翎那张原本漂亮的脸孔此时苍白吊诡,宋母只看了一眼,心理承受不住地扑进丈夫怀里痛哭起来:"老宋,这是为什么呀?为什么会这样呀?咱俩是上辈子做了什么恶事,造了什么孽啊,为什么咱们的小旻那么年轻就去了,就连宋翎,也让我们白发人送黑发人啊,老宋啊,你告诉我这是为什么呀!"

宋教授也忍不住流泪,枯槁般的手掌轻轻抚摸妻子的后背。

秦海明最看不得这种场面,提前找借口尿遁了。

好不容易送走夫妻俩,谢云衿一人站在窗边吹风,她将从宋翎口袋中翻到的照片拿在手上,低头注视着。

隔着透明物证袋,照片上一高一矮的两个身形清晰可见,不过依然看不清脸。她不知道这张照片是不是宋翎和她亲姐姐的合照,因为宋翎身上的秘密,已经完全超出了她的预期。

她敛起神思,垂首看了非常久,直到身后传来赵语的声音:"云衿。"

谢云衿转过身。

"裕华福利院的资料我已经整理好了。"赵语将手中文件夹递来,"都在这里。"

谢云衿弯弯唇:"谢了。"

赵语性格爽朗,叉着腰:"跟我还客气什么?"

谢云衿接过来,赵语又开口:"对了,昨晚我们通知了舒岑和宋翎助理李忆然早上九点到队里配合调查,李忆然已经到了,但舒岑现在

还联系不上。"

谢云衿边翻文件边抬眼："联系不上？"

"嗯,她的电话,助理的电话,经纪人的电话我们都打了,都关机。"

"那就联系导演陶振问下情况。"

"早上八点已经联系了陶振,他说昨天接受完调查后,舒岑团队就离开了拍摄地,他目前也联系不上舒岑。"

谢云衿停止翻看文件的动作:"她的经纪公司呢？"

"我马上去联系。"

"好……对了,李忆然在观察室？"

"对,方组好像已经过去询问情况了。"

一听此话,谢云衿立马合上文件:"我去看看。"

她脚步不停歇,不多会儿便到了观察室门口,门正紧闭着,估计询问已经开始。她在门口站了几秒,最终还是没进去打扰,而是走到一旁的长椅旁坐下,看起裕华福利院的资料来。

资料很多很杂,谢云衿先看了下裕华福利院的简短介绍,继续往下翻看时,她被一篇新闻报道吸引了眼球,报道的标题起得很感人。

——从洗头妹到"陈妈妈",她的无私大爱让人动容！

文章的第一段先讲了裕华福利院的来历。它是一家民间养育机构,由归国华裔孙裕华于90年代中期创办,二十多年来,共收养过孩童逾两百名,2001年,创办人孙裕华逝世,死前将福利院托付于为其工作十余年的义工陈兰心。

第二段的小篇幅主要交代了陈兰心为人善良温柔,以及被福利院孩子称为"陈妈妈"的一些感人事迹。

第三段写了裕华福利院自创办人去世后面临的诸多经济困难,不过好在良心企业洹港集团的爱心慈善部门一直出资帮助……

谢云衿双眸微眯,目光落在这份报纸的结尾处:

(本报记者杨殊宁)

第十八章
神秘的福利院

杨殊宁,那个存在于报纸中的老熟人,巧了不是?

谢云衿饶有兴致地看着这几个字,又连忙翻看报纸日期,念道:"2010年1月17日。"

有意思。

她歪唇笑了一声,拿着这份报纸进了一旁的办公室,走到复印机旁,将面板掀开,报纸覆上去压下来,手指摁下确定键。

机器笨拙地"咔咔"几声,很快吐出一张完整清晰的复印件。

谢云衿拿在手上看了几眼,接着一下一下叠好揣进口袋,刚做完这一切,方审在门口探了个头:"欸,云衿,我刚想找你呢。"

谢云衿将桌上散放的资料收拾成一沓:"李忆然那里问出什么新情况吗?"

方审点头:"有,不过还得查证真实性。"

谢云衿扬扬眉,看向方审手里的记录本:"让我看看。"

方审递过去,同时讲述道:"我问了李忆然关于宋翎工作生活上的一些情况,她说宋翎脾气很好,很少发火,也很体谅下面的工作人员,就是运气不好,一直不温不火,在经纪公司也不受重视。李忆然是宋翎入行以来的第三个助理。

"她还说宋翎表面上开朗爱笑,其实私下被抑郁症折磨,一直都在接受治疗。"

谢云衿倒吸一口凉气:"抑郁症?"

看来，她枉做了宋翎两年朋友。

她一点也不了解宋翎，从家庭到生活，从过往到现在。

谢云衿将手里的部分文件递给方审："这是裕华福利院的资料，你看看。"

两人互相交换着信息，很快，赵语第二次过来汇报情况："联是联系上了，但舒岑拒绝来局里配合我们调查，并一再声称该说的昨天都说了，宋翎的死跟她没关系，所以她也没必要再过来。"

方审听到这样的言论只觉得好笑，他半叉起腰，言语非常不客气："有没有关系，是她说了算的吗？她怎么说也是公众人物，法律意识这样淡薄，你告诉她，再不配合就依法要求其强制配合，她今天上午要是不出现在我们刑侦支队门口，我们上门将她带过来。"

赵语摊摊手："好赖我都说了，舒岑这个人呢，反正是油盐不进，我觉得还是直接上门比较好。"

方审看了眼墙上时钟："这样，再通知她一次，等上一个小时，她要是还不来，赵语，你就直接带人上门。"

"行。"回答完，赵语的目光聚焦在谢云衿身上，见她一脸聚精会神的样子，好奇心涌上来，"云衿，你看的什么？"

"看李忆然的询问情况。"谢云衿回答完，突然想到一个问题，抬眼问道，"对了，宋翎出酒店后的路面监控调回来了没有？"

"还没呢，道路监控这方面，临风早前赶去交通部门了，估摸着时间也快回来了，店外监控和目击证人，我派了伍方和孟孚过去摸排情况。"方审说着言语稍顿，"云衿，宋翎抑郁症的情况，你下午去李忆然说的医院核实一下怎么样？"

他的提议刚说出口，便被谢云衿拒绝了："方审，你另外找人过去核实，我下午有其他安排。"

"嗯，什么安排？"

谢云衿的目光渐渐变得深沉幽暗，她一手扬起报纸复印件，另一只手手指屈起，修长水润的指甲尖弹了弹纸张，声音清脆刺耳。

"裕华福利院，我需要过去一趟。"

"不过在此之前，我还有一件事情要做。"

整整一个小时，赵语没等来舒岑，反倒等来了舒岑的经纪人，一位姓王的女士。

与舒岑的傲慢形成鲜明对比，经纪人王女士的姿态则放得谦卑恭敬，她先是一个劲地致歉，然后又向赵语解释道："警官，真不是我们家舒岑不配合，只是她想找个合适的时机过来，眼下媒体盯得太紧了，她是公众人物，又倒霉透顶地遇上这么一档子事，现在各路人马盯着她，一举一动都能在网络上引起轩然大波，我们也是没办法了。"

赵语倒是没有客气："公众人物？媒体盯得紧？我认为这不是她拒绝调查的理由。"

赵语的义正词严让王女士擦了下额头上的细汗，王女士忙强调："没拒绝，我们舒岑没拒绝调查！"

"没拒绝？那她人呢？人怎么没来？"

"她来了。"王女士颇为低声下气，"车停在大门口呢，舒岑在车上，她只是没进来。警官你不知道，舒岑特别害怕这里，她不敢进来，能不能……拜托你们去车上了解情况？"

赵语恼火了。

她几乎从睡醒开始就联系舒岑方，先是联系不上，后又胡搅蛮缠，折腾了一上午，现在人都到了大门口还在提条件。

赵语叉起腰，细长的瑞凤眼微挑，没给好语气："为什么不敢进这里？她是杀了人还是放了火，到底在害怕什么？只是要求她配合调查，怎么搞得我们好像要迫害她一样！"

王女士忙摆手："误会误会，没杀人没放火，我们都是良好市民，她就是有点恐惧而已。"

"王女士，我真的没时间和你在这里纠缠，我的忍耐已经到了极限，你现在给舒岑打个电话，她愿意大事化小，就立刻进来配合调查，她想把事情闹大，就继续待在车上等着我们的人去找她。"

见没有回旋余地，王女士只好答应："好的好的，警官，不好意思给你们添麻烦了，我现在立刻联系她。"

王女士说完立刻背过身去，掏出手机拨了舒岑的电话。

又等了十来分钟，舒岑这尊"大佛"才姗姗来迟。

舒岑完全没有往日的光鲜亮丽，寒冷的冬日里，她穿得非常低调，黑色大衣黑色长靴，鼻梁上还架了一副墨镜，素面朝天，低头缩脖地出现在赵语面前。

命案才发生，刑侦支队忙得人仰马翻，赵语更是，可由于舒岑，赵语今天一上午都浪费在这里，因此对此人印象极差。此时这个大明星站在自己面前，赵语也没个好脸色，横眉冷对地看了眼："跟我进来吧。"

舒岑拉下墨镜，眉头紧皱着，小心翼翼地环顾了下四周，脸色差得很，直到身边的经纪人提醒，她才不情不愿地进门。

赵语随手指了个位置："你坐那里吧。"

舒岑瞥了一眼，咬着下嘴唇缓慢地挪步过去，好几秒后，才拉开椅子坐下。

赵语和另外一名负责记录的女警坐在舒岑对面，她没废话，面前摊开摆放着舒岑的基本资料："舒岑只是你的艺名，你真名杨姝岑，没错吧？"

舒岑点点头。

"好，杨姝岑，今天找你来呢，也没什么别的事，还是为了宋翎的案子。"

这句话落音，杨姝岑才终于抬起了头，她鬈发披肩，美艳脸庞上没有了平时的傲慢，但语气颇为不耐烦："警官，我昨天不是说得很清楚了吗？宋翎的死跟我……"

她话没讲完便被赵语无情打断："就是因为昨天说得不清楚才会找你来的。"

杨姝岑语塞。

赵语手里拿着的是杨姝岑昨日的证词："案发前，你和宋翎发生过冲突，你昨天的回答是——两人闹了些小分歧，两人心里都憋了气，吵了几句嘴，就这么简单。"

杨姝岑"嗯"了声："是！"

"现场工作人员提到你曾用很难听的词汇骂过宋翎，但我们有询问你是否使用了侮辱性词汇，你说你们是争吵互骂，并且说你没用侮辱性词汇，是吗？"

杨姝岑瘪瘪嘴，神情看起来很烦躁，并没有回答。

"可是我们在后续调查中发现,你使用了诸如'贱婢''野鸡''舔脚婢'等侮辱性词汇,是吗?"

这个问题杨姝岑终于回答了,她似乎恼怒了,梗着脖子不服气:"我用了又能怎么样,我就是骂她又能怎么样,违法了吗?"

赵语轻"呵"一声:"严格来算,公众场合辱骂他人造成影响,还真违法。"

杨姝岑再次哽住,她沉重地呼吸着,眸中压着火。

"违不违法这个暂且不提。"赵语平静地盯了杨姝岑几秒,"我们找上你的第一个原因是,你明明在争论中使用了侮辱性词汇,昨天却说没有,言辞不一前后矛盾;第二个原因是,在争吵过程中,你对宋翎有威胁性言论。"

赵语一边说着一边拿起手机摁下录音播放键,短暂的电流嘈杂声后,手机传出声音来,循环播放着同一句话,高亢且恶狠狠。

——"你信不信我弄死你!"

杨姝岑默默听着,她的怒意渐渐被浇灭,脸上神情也越发不自在。

见此情景,赵语心下有了考量,她动动眉毛,手指轻轻摁下暂停键。那一瞬间,杨姝岑短暂地缓了口气。

赵语身躯后倾,眼神里带着局外人的睥睨,双臂环抱着问杨姝岑:"这是我从你们的拍摄视频中录下来的,你对你自己的声音肯定不会陌生吧。"

杨姝岑的双眼恍惚地眨了眨,不自觉地咽下口水,又一次沉默了。

到这时,赵语才厉声起来:"杨姝岑,我问你话呢。"

杨姝岑耷拉着眼皮回答:"这是我说的,没错啊。"

隔了几秒,杨姝岑怒火又上心头,气急败坏地讲道:"我就不明白了,这能代表什么?我是说了这句话,可也不能说明我真弄死了她吧。还怀疑我,一直揪住我不放,你们警察有什么毛病?杀她,我疯了吗?她处处不如我,对我也没有任何威胁,弄死她,我能得到什么好处,还怀疑我?有怀疑我的工夫,你们早查明真相了,还在这里和我浪费时间!"

"你前一天晚上说要弄死宋翎,结果宋翎第二天早上就被发现死亡,昨天还对我们撒谎,避重就轻。我们有所怀疑,并请你配合过来调查,

合情合理吧。"

杨姝岑反驳的话堵在嗓子眼里,她瞪大双眼,怒气冲冲:"随便你们吧,反正宋翎的死和我一点关系都没有,该说的我都说完了,可以走了吗?我下午还有事情。"

"既然你说宋翎的死跟你没关系,为什么一直拒绝来刑侦支队配合调查?你经纪人还说你恐惧这里,是怎么回事?"

"我有我自己的原因!"

"所以,以我的角度看,你就更加可疑了。如果你能及时配合,主动讲明原因,你现在早就可以走了,而不是浪费完我的时间,现在又来浪费你自己的时间。鉴于你现在情绪激动,先缓一下,我们等下再来聊。"

杨姝岑急忙起身,说:"我下午真的很忙,你们没理由将我扣在这里吧?"

赵语双目微眯,胸中怒火已然压抑不住了,她拍桌而起:"杨姝岑,你下午有事你下午很忙是吧?我告诉你,我比你忙得多,我手头还有一大堆事情要处理,但因为你的胡搅蛮缠拒不配合,我今天一上午都耗在了你身上!"

杨姝岑被赵语的怒斥震慑住,她似乎没受过这种委屈,喉咙哽住,胸膛滞塞,眼眶不争气地盈了泪。

赵语脾性大,压抑的情绪大爆发,也懒得再理会了。她烦躁地转身,扎在脑后的马尾狂躁地左右摆动,径直往门外走去,留下负责记录的小女警一人收拾残局。

她刚出门,迎面碰上吴海楼。他和颜悦色地问:"小赵,怎么了?楼道都回荡着你的声音?"

见到他,赵语才算收敛了些火气,她指了指身后:"还能是谁,那个大明星呗,非常难缠,今天已经浪费了我一个上午,恼火。"

"年轻人,都真性情,特别是你还是个急性子,我也理解,但我还是得提醒一句,火气不要这么大。"

赵语的脸上写着无语:"我也不想,但真的控制不住。"

吴海楼语重心长:"你得吸取云衿的教训啊,上次她也是没控制住挥拳就上,结果怎么样?"

"行,吴队,我知道了,下次不会了。"

"嗯。"吴海楼拍拍她的肩膀,"去办公室休息会儿,喝口水降降火。"

"好。"

赵语闻言照做,回办公室喝了杯水润喉,深吸气好几次,重新推开了门。

许是刚刚的斥责起了作用,这一次,杨姝岺的态度一百八十度大转变,她眼眶红肿着,低眉顺眼地配合询问,进展顺利,不到十分钟时间便回答完了所有问题。

赵语这才淡淡说道:"好了,你可以走了。你的答案,我们后续都会查证清楚。"

杨姝岺抿抿唇,起身走到门口。突然,她转身过来,神情有些虚,同时手指紧捏衣角,问了赵语一个问题:"昨天那个姓谢的警官在吗?"

"谢云衿?"

"对。"

"她不在。"

杨姝岺的表情瞬间变得微妙,她长长地"哦"了一声,没再讲话。

赵语问:"你找谢云衿有事?"

"没……"

"如果有事,我可以转告她。"

杨姝岺的神情慌乱一秒,很快恢复镇定,她拒绝了:"不用,我只是随口问一下……"

她话虽如此,脚步却停下了。

见杨姝岺迟迟不走,赵语又问:"还有什么事吗?"

"没有,"杨姝岺显得有些犹豫,言语囫囵着说,"我想问问,那个……那个,谢警官,多大了啊?"

赵语有些莫名其妙:"你问这个做什么?"

"没什么,我只是觉得谢警官和我一个多年不见的朋友长得很像,想验证一下年龄,因为真的很多年没见了,我感觉贸然去似乎不妥当,不知道您方便告知吗?"

赵语狐疑地瞟了她一眼,警觉地拒绝了:"抱歉,这个我无可奉告,

不过我倒认为没什么不妥当的,建议你自己问她。"

说完,赵语也没和杨姝岑继续纠缠,快步走出门来。

门外不远处的长椅上,经纪人王女士已经焦心地等待许久,坐立难安,看到杨姝岑出来才算松了一口气。

她赶紧迎上去,搀扶住杨姝岑神情关切。杨姝岑拍了拍她的手示意自己没事,两人随后又默契地对视一眼。

王女士说:"舒岑,我们走吧。"

杨姝岑有些恍惚,缓缓点着头。

看着她们离开的背影,赵语脸上疑惑的表情还未散去,她嘀咕了几句,转身看到踏上楼梯的罗宇超,忙出声问:"阿超,谢组去福利院了吗?"

"没,好像在三楼办公室里。"

"还在办公室呢。"赵语迫不及待,三步并作两步走上楼梯,"我上去找她。"

没两分钟,赵语火急火燎地闯进办公室,一眼便看见了谢云衿。

谢云衿正坐在办公桌前低头看着什么,而桌面杂乱无章地摆放着诸多文件。

"云衿,原来你还在呢,我刚刚还以为你出发去福利院了。"

谢云衿眼都没抬:"怎么了吗?"

"没什么,我之前不是在问那个舒岑情况嘛。"

听到"舒岑"二字,谢云衿终于抬起眼来:"她怎么说的?"

"我问了不少关于宋翎的问题,她一概表示不知情不清楚不了解,和宋翎不熟,不过她倒是承认了片场有过辱骂行为,也承认了自己确实说过威胁性言论,详细记录我等会儿给你。"

"好。"

"不过有一件事情,我感觉很奇怪,想着必须要来告诉你一下。"

"什么事?"

"不是什么大事,就是问完情况之后,舒岑打听了一下你的年龄。"

谢云衿细长眼尾翘起,脸色有些探究:"打听我的年龄?"

"对,我也觉得奇怪啊,不过她解释说感觉你和她一个朋友长得像,所以问下你的年龄验证一下……"赵语说着停顿几秒,之后摆手,"你放心,我可没告诉她,这不是都说女人的年龄是秘密嘛,所以我让她自己来问你。"

"你告诉她也没关系,我的年龄不算秘密。"谢云衿垂下眼睑,手指有一搭没一搭地敲着桌面,又慢悠悠地开口继续道,"不过让她主动来问我也好,省得我到时候还要上门找她。"

"什么意思?什么主动找她?你找她干吗?难不成你俩真是多年不见的朋友?"

赵语一连四问,机关枪似的。谢云衿只是轻轻笑了笑,并没回答她的问题。

赵语此时口干舌燥,没心思追问。她转身准备去接杯水喝,却发现饮水机上的水桶空空。

"我去隔壁接口水喝。"

"好。"

谢云衿心不在焉地回答完,目光却不自觉地往左上方瞟去,那里放置着一份杨姝岑的详细资料。

资料非常详实,年龄、籍贯、证件照甚至杨姝岑幼年童星经历都在列,半个小时前,她在上面发现了一个眼熟的名字,杨殊宁。

两人的关系是:兄妹。

谢云衿目光凌厉,盯着这两个字很久,冥冥之中,似乎有条看不见的细线,正一点点,将诸多疑团串连相接起来。

她伸出细长的手指,捏住纸张一角将之拿到面前,视线聚焦在杨姝岑的证件照上。

杨姝岑没笑,梳着马尾,露出光洁的额头,五官精致秀美,眉头似乎缠绕愁云,给人一种我见犹怜的感觉。

这不禁让谢云衿回忆起多年前的那个冬日下午,杨姝岑面对着欺凌她的一帮人瑟瑟发抖,她浑身浸湿了水,楚楚可怜地站在角落里,冰冷的水渍从脸颊淌下来,湛亮的眼睛里盛满了恐惧。

七年后再度相见,当年受欺凌的女孩成为炙手可热的大明星,也很意外的,成了另一种类型的欺凌者,她对工作人员百般为难,对助理颐指气使,对地位名声不如自己的同事侮辱大骂。

"柔弱,狂傲,到底哪个才是真的你?"谢云衿盯着照片,眉眼疏

离冷淡,"为什么发那条信息给我,为什么跟我说对不起,为什么说我必须死,还有,你的哥哥杨殊宁在那起案子中,扮演了什么样的角色,为什么要发那样一篇颠倒黑白的虚假报道?到底,是为什么呢?"

一连串的问题激荡胸膛,而照片也终究只是照片,给不了谢云衿任何的回答。

谢云衿疲惫地合上眼,屈起手指揉了揉太阳穴,酸痛感顿时消减了一些。

她心事重重地站起身来,舒展了一下僵硬的手脚,接着走到窗户边上站定。

天气依旧阴沉,虽未下雨,却雾气氤氲,她的心情好像更烦郁了。

外面寒风萧瑟,谢云衿透完了气准备关窗,突然被不远处走来的颀长身影吸引住了视线。

只看潇洒走姿,便能确定是江暄无疑。

她顿时没了关窗打算,半个身体趴在窗台上,饶有兴致地盯住江暄,待他慢慢走近,警觉地往上一瞧,两人视线相交。

江暄如治病良药,药效极好,见到他的那刻,谢云衿的燥乱情绪竟然神奇地熄灭大半。

她愉悦地弯唇,伸出手来,颇为俏皮地冲他挥了挥,用口型告知他:"我在看风景。"

江暄昂头往上,冷峻的面容上浮出笑意,掏出手机打了几个字,这才继续往里走。

不出一秒,兜里的手机振动一下,谢云衿解锁查看,发现他给自己发了一条暧昧消息。

——你究竟是在看风景,还是在看我?

谢云衿挑挑眉,狡黠地抿唇,手指飞快摁下去,回复江暄。

——当然是风景。

很快,江暄的消息再度回过来,只有短短一个字,透着傲娇与不悦,还有种娇情的幼稚。

——嗯?

谢云衿脸上不自觉浮现出笑容,刚转身,江暄已经到了门口。碰巧办公室里没有其他人,他眸光一敛,手掌握住门把手,毫不留情地关门反锁,长腿几步走到谢云衿面前,欺身凝视她,竟然对之前的问题不依不饶起来。

"到底是在看风景,还是在看我?"

谢云衿故作高冷,没回答。

江暄语气有些急了,尾音扬起,似乎急切,又像撒娇。

曾经生人勿近的男神,在被自己拉下神坛后,那副高冷外壳早已被他丢弃到九霄云外。

失而复得,江暄总是恨不得在谢云衿面前展露自己所有的热情。

他嗓音沙哑得惑人,快语道:"徐酒酒,快点,回答我。"

而谢云衿心里像落了羽毛,轻轻撩过经脉纹理,痒意横生,却像少年江暄附体一般故作高冷,就不让他如愿:"风景。"

听到这个答案,江暄眸中期待的神色黯淡下去,碎发稍稍遮住细长双眸,表情挫败颓丧,拉过一旁的转椅,不满地坐上去,手指将禁欲感满满的金丝眼镜推上去,腿却随意跷起来。

谢云衿看着他这副模样,竟然还大言不惭地问:"你生气了?"

"明知故问。"

"可做人得诚实,我确实在看风景。"

江暄似乎更加燥郁,耷拉着眼皮,一副恶犬战斗失败角落舔舐伤口的模样。

谢云衿看了许久,心里忍俊不禁。她挪步过去,突然拉住他的衣领迫使他抬头正视自己。

江暄冷哼一声:"伤害完我又来哄我?"

"不是。"

搭好的台阶她不下,反而一脚踹翻。

江暄更加受伤了:"你连哄都不愿意哄我?"

"不是。"

"只是想和你说——"谢云衿停顿住,嘴角漾着笑容,欺身而下碰上他柔软的唇,嘴里还在漫不经心讲着情话,"你是风景。"

江暄愣了几秒,正想起身反客为主时,刚离开转椅的身体又被谢云衿强制摁了回去:"乖,坐好。"

他喉结微滚,听话地坐在椅子上一动不动,目不转睛地看着她收拾桌上的资料文件,然后拿了椅背上放置的外套往外走。

江暄疾声问:"去哪里?"

谢云衿脸上是得逞的笑容,没回头,却撂下五个字:"裕华福利院。"

一听此话,江暄立刻从椅子上起了身,快走几步与之并肩:"等我,一起。"

时间并不晚,但天色依旧昏沉,灰色阴凉的气息在枯枝败叶里蔓延。

车停稳,江暄侧过脸,谢云衿已经睡着了。

刚刚在车上,她觉得困乏,于是靠着椅背小憩片刻,在没有感受到身下的车辆震动声时,她警觉地醒过来,睁开眼看向窗外问:"到了?"

"嗯,到了。"

"下车。"

谢云衿迅速解开安全带拉开门,她下意识地往前看去,裕华福利院就伫立在自己眼前。

它位于郊区,依山而建,三幢小楼,墙体灰白,树木枯黄,看上去萧瑟破败。谢云衿探究地看了一分多钟,直到后下车的江暄过来亲昵地抚了抚她的发,她这才如梦初醒般往前走去。

一扇锈迹斑驳的铁门横亘在自己面前,门上落了一把大锁,铁链缠绕着。铁门很高,上端有尖刺排列。谢云衿的目光从左至右掠过,铁门两侧围着红砖高墙,后面又是荒山,将裕华福利院牢牢包围起来。

谢云衿将宋翎死前携带的那张照片举在眼前,认真对比了一下,环境很相似,这张照片就是在裕华福利院门口拍摄的无疑。

江暄的目光则直接投向铁门里面,只见互相环抱的三幢小楼门都紧闭着。他疑惑地收回视线:"门都关着,也没见到人,会不会已经关闭了?"

谢云衿摇头:"不可能,我来之前已经查过了,裕华福利院没有关闭,依旧在收养小孩,十多年来也从未停止过接受政府部门和洹港集团的帮助。"

但门确实都紧闭着,且外面没看到有人活动,谢云衿也困惑了,她和江暄对视一眼:"要不,我喊两声?"

361

江暄没有异议。

谢云衿摩挲了下指腹，拿起门上大锁狠狠敲击了几下铁门，一阵"丁零当啷"的金属碰撞声响彻天空，惊飞了后面荒山里的一群飞鸟。

她声音高亢，几句"有人吗"喊完，里面依旧鸦雀无声，也没人出来查看情况。

江暄蹙眉："怎么回事？没人啊。"

谢云衿也不明所以，她怔了片刻，突然想到了什么，从兜里翻出一张纸片来，上面不仅有裕华福利院的基本介绍，下面还有两行小字：

　　裕华福利院，接收一切无家可归的孩子。
　　爱心热线：7800-5612354

谢云衿递给江暄："打这个号码试试？"

江暄拿出手机拨打了这串数字，可惜，长久的嘟声后传来忙音。

"没人接。"

"再打一次，要还没人接，我直接翻过去看看究竟——"

江暄点头，重新拨了一次，这次依旧是"嘟"声，很长，持续了快三十多秒。

谢云衿已经迫不及待了，她走到院墙边掂量了一下高度，眼神阴鸷，身体跃跃欲试，可就在两人都以为要挂断时，电话被人接通了，谢云衿停止了攀缘动作。

很快，一个沙哑的声音响起，混杂在电流声里，显得分外刺耳。

"喂，这里是裕华福利院，请问找谁？"

江暄和谢云衿交换了个眼神，他压低声音："你好，我们是云澧区刑侦支队的，有些情况需要向福利院了解，现在就在门口，请问方便我们进去吗？"

片刻的等待后，那头回答"稍等"，然后手机里再度传来忙音。

江暄放下手机："她把电话挂了。"

说完没几秒，只听到铁门之后的院子里终于传来动静，谢云衿和江暄循声望过去。

只见左边那幢小楼最左侧的门打开了，接着，里面走出个中年女子，她身材臃肿，脸颊有些皱皱，上面染着高原红，快步跑过来。

女子扯着嗓子，乡音很重："你们是哪个机构的？刚刚电话里没听

得太清楚……"

谢云衿抿了下唇:"云澧区刑侦支队,这是我的证件。"

"刑……刑侦队?"中年女子将信将疑,将两人上上下下打量了一番,"你们来有啥事情吗?"

"是这样的,最近福灵镇那边发生了一起命案,死者叫宋翎,曾经是你们福利院收养的孩子,我们想过来找你们了解下她在福利院的情况,刚刚叫了几声,还以为没人。"

"哦,这样啊,刚刚我在午睡呢,是听到点动静。"

"原来如此,陈院长在吗?"

中年女子应了个"在"字,倒是没犹豫,双手摸摸口袋掏出把钥匙将铁门打开,随后退到一旁:"你们进来吧,我带你们去找陈院长。"

谢云衿淡淡笑了笑:"麻烦您了。"

随后,她和江暄一前一后跨过铁门走了进来,跟在中年女子身后,目光探究地打量着这里的一切,同时,嘴里还在问着:"您是院里的工作人员吧,怎么称呼?"

中年女子挺善谈,问一句"叽里呱啦"说了一大堆:"是啊,我是院里管生活的,孩子们的好多杂事都归我管,什么吃饭啊,卫生啊,方方面面。对了,我姓刘啊。"

"刘阿姨,您在这里工作多久了?"

中年女子咧开嘴,伸出大拇指和食指比画着:"七年啦,我是2009年年底过来的。"

"院里一共多少工作人员?"

"就三个,我、陈院长,还有一个比我有文化的,她管的是后勤,就采购物资这些,陈院长负责找资金,还有给孩子们找领养家庭。"

谢云衿"哦"了声:"现在福利院里有多少孩子啊?"

"目前没多少了,年纪小的被领养走了,年纪大的要么去了政府的社会福利院,要么独立出去生活了,现在院里就十来个。"

"对了,一路走来,怎么没看到孩子呢?"

"下午一点半,孩子们都在楼上睡午觉。"

说着话,女子已经将他们带入了左边那幢小楼中,上到二楼,她突然转身过来:"两位警官,你们先在这里等会儿,我去里面叫一声陈院长,这个点,她估计还在午睡呢。"

谢云衿通情达理地笑了笑:"好。"

等这位刘阿姨走远,两人并肩站立,身体往对方侧了些,谢云衿低声道:"真没想到啊,最开始没人理我们的原因竟然是都在午睡。"

江暄笑意懒懒道:"半个人影没看到,我还以为只是个领资助的空壳呢。"

谢云衿搭上他的肩膀:"行啊,咱俩还挺默契,和我想一块儿去了。"

江暄神情有些愉悦,还想说话,但刘阿姨和一位矮个子的鬈发女士从门里走了出来,他立刻噤了声。谢云衿也将手从江暄的肩膀上放了下去。

她舔舔嘴唇,目不转睛地盯着前方那位鬈发女士。

这位女士看起来年龄比刘阿姨大,应该过了五十岁,穿衣挺有品位,五官也很端正,可由于年纪上来了,脸颊分布着的细细皱纹增添了她的老态,不过精神状态看起来很好,眉眼弯着,笑容温柔和煦,给人如沐春风之感。

"你们好。我是陈兰心,裕华福利院的负责人。"她好像带些江南口音,普通话也说得有些吴侬软语。

谢云衿立刻颔首回应:"陈院长好,我们是云澧区刑侦支队的,这是我的证件。是这样,有起案子有些疑点,与你们福利院有些关系,所以过来了解了解情况。"

陈兰心稍微眯眼,笑容依然温和亲切,不过语气透着疑惑:"案子?与我们福利院有关?我怎么——没太听懂呢?我们福利院怎么会涉及刑事案件,我们一直都严格守法的。"

谢云衿没立刻解释,而是开口问道:"陈院长,您先别着急,让我先问您几个问题好吗?"

"好,你问吧。"

"您是很久之前就来福利院工作了吧?"

"没错,福利院创办没几年,我就来了。"

谢云衿递上一张宋翎的生活照:"陈院长,您看一下,认识她吗?"

陈兰心接过照片端详几秒,她沉吟着:"有些眼熟。"

"这是你们福利院被领养出去的孩子,您还记得吗?"

陈兰心迟疑地摇头，讪讪笑道："福利院前前后后接收过几百个孩子，这孩子看照片挺大的了，应该成年了吧？这女大十八变，我一时半会儿还真想不起来是谁。"

谢云衿深吸一口气，这才讲明来由："她叫宋翎，今年二十四岁，是一名女演员，前几天被发现死在片场里，我们查案时有些疑惑，所以想了解一下她的过往。"

陈兰心的脸上已经没有笑容了，她痛心地叹了口气。

谢云衿继续说："她养父母是植物研究所的教授，据他们说，宋翎是他们在2005年从裕华福利院领养的，领养时是十二岁……"

这次，话还没讲完，陈兰心便一脸恍然大悟的表情："记起来了，你一说植物研究院和十二岁被领养我就记起来了！我印象很深刻，她确实是从我们福利院被领养出去的，在院里住了好几年，当时十二岁了，对孤儿来说，年龄算非常大的，讲起来被领养走非常不容易，但好在那对夫妻很喜欢她，硬要领养她。"

"您这里有她当年的资料吗？我们想看看。"

"有有有。"陈兰心很爽快，"资料在另一栋楼呢，二位先到会客室等等，我这就去取。"

谢云衿和江暄被带入会客室。

两杯热茶端上来，摆放在二人面前，纸杯顶端幽幽发散热气。

江暄颔首说了声"谢谢"，换来刘阿姨憨厚的笑容，同时热情地介绍："这都是好茶，有贵宾来陈院长才让泡呢，你们喝啊，喝完我再给你们泡，陈院长等会儿就过来。快到两点了，孩子们午睡快结束了，我得上去照顾着。"

她说着就要离开，谢云衿急声问了句："刘阿姨，孩子们都在楼上午睡吗？"

"欸，都在呢，这天冷，睡在一起暖和些。"

"我等会儿能上去看看他们吗？"

"可以，当然可以。"说完，楼上突然传来一阵小孩的哭声，刘阿姨说着咧着嘴指了指，"二位……领导，我就不和你们聊了，孩子估计醒了，我先上去忙啊。"

"好，那您快去吧。"

"哎。"

待刘阿姨的身影消失，谢云衿嘴角的官方弯度很快被她拉平。职业警觉让她拿起桌上的茶杯闻了下，江暄眯起双眼，凑到她耳边问："茶有什么问题吗？"

谢云衿轻轻嗅着，随即放了下去，轻轻摇头："没发现问题。"

江暄也适时站起身来，他装作随意地在这个小房子里踱步几下，可目光却在有意无意地四处睃着，最终，目光在天花板角落上的监控摄像头上晃了下，发现探头正对准自己。

他不动声色，又从一头的门走到另一头的窗，外面景物荒烟蔓草。与此同时，天花板的探头竟然也慢慢随着自己脚步挪动了。

这说明有人正通过监控观察他俩的一举一动。

江暄单手闲适地插进裤兜，又走回来坐在谢云衿身边，慢条斯理地推了下高挺鼻梁上的金属镜架，同时将声音压低："有人在看。"

两人默契地交换了一个眼神，都闭口不言了。谢云衿松松垮垮地靠向椅背。江暄则将腿跷起，动作懒散，尽量装出一副无聊等待的样子。

过了二十分钟，门外才传来急促的脚步声，随后，陈兰心抱着一大沓文件走进门来。

"二位警官久等了，资料多，又是多年前的老档案，找寻多花费了一些时间。"

谢云衿礼貌回应："麻烦您了。"

陈兰心喘着气，将这些资料摆放到两人面前的桌面上。

"都在这里了。"

她说着翻开一本，手指扒拉几下，在某一页停留下来："警官，你们看，这是小慧，很符合你们说的情况，十二岁时，2005年被植物研究院的教授领养，不知道是不是你们要找的……那个宋翎。"

谢云衿连忙接过来。

泛黄的旧档案，因潮湿以及保存不当边角染上霉菌，不过字迹依旧清晰可见。

谢云衿心里默念道："姓名钟小慧，性别女，年龄八岁……来院原因，父母双亡，无亲属愿意抚养。"

照片那栏贴有照片，眉眼五官都很像，这确实是小时候的宋翎无疑。

谢云衿低低头，语气有些沮丧："嗯，应该就是宋翎。"

话音刚落，门口突然响起稚嫩哭声，紧接着，一个男孩揉着眼睛跑了进来，他约莫五六岁，光着脚，嘴里喊着："陈妈妈，陈妈妈抱抱。"

因为小孩，原本的谈话只能中断。

只见陈兰心神情疼惜，她对谢云衿、江暄二人说了一句稍等后，赶紧起身将男孩抱了起来，温柔地哄着："浩浩乖，陈妈妈抱，不哭不哭……"

小孩哭得泪眼汪汪，揉着眼睛怯怯地看了一眼江暄与谢云衿，他许是怕生，看到是两个陌生人后头一偏，埋进陈兰心的肩头哭声更烈。

陈兰心轻轻抚摸他的背脊安抚，同时不忘对二人解释："不好意思二位警官，我得先哄哄孩子。"

江暄："陈院长，没什么不好意思，孩子重要，您先安抚孩子，我们不着急。"

"感谢体谅，感谢体谅。"她说着走到窗边娴熟地哄着孩子。这孩子与她的感情也非常好，在她的轻言细语里，没多久便停止了哭泣。

陈兰心转身走到椅子旁坐下来，浩浩坐在她的腿上，玩着她衣服上的纽扣，非常安静乖巧。

这一幕很暖心，谢云衿和江暄看着也有些动容。江暄询问了一下情况，陈兰心叹了口气："浩浩半年前被人遗弃在火车站，他胆子非常小，很爱哭，所以需要经常哄着。"

谢云衿说："这么依赖陈院长，想必陈院长平时对这些孩子也非常上心。"

陈兰心眼眶泛红，语重心长："福利院里每个孩子都如我亲生的一样，今天听到小慧死亡的消息，我这心里，就像刀割火烧一样。"

谢云衿安慰她："节哀，您的心情我能理解。"

陈兰心低头抹了下泪。

突然，谢云衿想到什么："陈院长，我有一个问题想问您。"

"你问。"

"宋翎的养父说起领养宋翎的情况时，还提到过，宋翎在福利院里有一个亲姐姐，有这回事吗？"

陈兰心悲伤的表情有稍微的怔凝，她沉吟着，抱孩子的手紧了紧："有吗？我……记不太清了……"

谢云衿将她不自然的神态精准捕捉。

按理说，陈兰心对孩子这么上心，甚至将十几年前就被领养走的宋翎都记得清楚，没理由将与之有关的亲姐姐忘得一干二净。

谢云衿狐疑着前后翻翻，她原想着两人是亲姐妹，大概率同时间进的福利院，档案估计也挨在一起，可翻遍整本档案都没找到，却在中间某一页发现轻微的撕扯痕迹。

她秀眉一挑，敏锐的目光在陈兰心身上落了下。她没说什么，将档案放置在一旁，思忖几秒，决定从眼前人的身上寻找突破口。

她直视这位年过半百的优雅女人，开门见山："陈院长，您对钟小慧的亲姐姐没有一点印象了吗？"

谢云衿的目光直探人心，陈兰心手指轻轻拍打孩子的肩头，视线却挪开了，她皱着眉头："二位警官，我确实没印象，福利院每年来来走走不少孩子，我不是每个都能记得那么清楚的。"

谢云衿从兜里掏出一张照片递过去："您看看这张照片。"

陈兰心低头一瞥，将之拿起来端详几秒。

"我们从宋翎的死亡现场找到一张照片，技术人员对这张照片做过处理和复原，这是复制件，很明显就是在福利院门口拍的，您再好好想想。"

陈兰心注视照片几十秒又改了口："好像有了点印象……"

谢云衿的笑容胸有成竹："细节想得起来吗？"

陈兰心的手指捏紧照片边角，又慢慢松开，她稍显无奈地抬眼："想起来了，钟小慧确实有个亲姐姐，是一起送到我们福利院来的，叫……叫钟小智。"

钟小智。

小智……

谢云衿想起宋翎死亡时脚上穿的那双棕色皮靴，橡胶鞋底边缘上面有刻字，上面就刻了"小智"两个字。

谢云衿昨天便已经让技术科查过这款鞋了。

willing，洇港集团旗下鞋业于2003年设计的一款靴子，用材为真羊皮，外观大方秀美，上脚柔软舒服，价格自然也不菲，一经推出便火爆一时，创下当时洇港集团千禧开年来的最高销售额。就在当年，洇港集团为更好地宣传靴子，专门为资助的福利院孩子赠送定做的同款小羊皮靴，随后广而告之。

谢云衿再次抛出问题："有钟小智的资料吗？"

陈兰心空出手指了指一旁的档案册，说："那年进来的，应该都在里面啊。"

江暄耐心地从头翻到尾："没看到。"

陈兰心表情有些讪然，她"啊"了一声，言语稍显犹疑："可能是，可能是年代太远，遗失了吧。"

"遗失了？"

刚说完，原本安静的浩浩不知怎么地又开始哭了起来。

陈兰心再次耐心安抚起来，场面还是很温馨。但谢云衿的神情已经冷下来，因为她对这个陈院长已经充满了疑虑。

最开始陈兰心支支吾吾，后又很快改口，谢云衿都不用细想便知背后有蹊跷，再结合档案簿上的撕扯痕迹，她判断陈兰心撒了谎。

可这又有什么好撒谎的？

死的是钟小慧，又不是钟小智，他们这次来只是顺便问下这个亲姐姐的情况，可陈兰心却刻意遮掩她的存在，这背后……

谢云衿面上神态自若，将档案拍照留证后，拿起另外的文件簿，发现扉页写有年份，里面夹着的都是照片。

"这些是孩子们在福利院生活的照片吗？"

"是。"陈兰心轻轻吐着气，"我们福利院每年都会为院里孩子们拍一些照片，记录他们的生活成长等各个方面的情况，同时，我也积极地给孩子们找好的领养家庭，不少孩子现在都生活得特别幸福。"

谢云衿附和地点点头，翻看了几页，很快找到了宋翎的童年照，然后，她的视线猛地聚焦，因为旁边那个揽着她肩膀的女孩开朗笑着，眉眼和宋翎如出一辙。

谢云衿将照片翻过来，手指点了点："陈院长，你认一下，这个女孩是钟小智，没错吧？"

369

陈兰心匆匆一眼，给出个模棱两可的答案："好像是吧。"

谢云衿将手里照片拿近，声音铿锵有力："陈院长，您好好看看，这个是钟小智吗？"

陈兰心依旧逃避谢云衿的视线，不过她这次给了肯定答案："是她。"

谢云衿又拿回照片对比二人的相貌。

钟小智姐妹俩的眉眼如出一辙，不过脸型、鼻子不像，宋翎长相更加精致，另外，钟小智比宋翎高些，可能由于是姐姐，年龄更大，因此在照片中，钟小智更加具有少女气息。

谢云衿继续往后看相册，翻动的速度放缓了，这几页的照片记录了洹港集团 2005 年的某次资助仪式。十多张照片，有负责人和举着洹港集团牌子的陈兰心的合影，有负责人和福利院孩子们的合影，有孩子们试穿靴子的照片，而照片上靴子的颜色款式，和宋翎死亡时脚上穿的那双一模一样。

谢云衿眉头一凛，再次询问起靴子的情况。

陈兰心缓缓开口："靴子是一直资助福利院的洹港集团在一次活动中捐赠的，每双靴子边缘还特意刻上了孩子的名字。"

谢云衿若有所思地点头，翻看下一页，是一张福利院孩子们的合照，他们对着镜头笑容灿烂，脚上都踩着洹港集团捐赠的靴子，钟小智姐妹也在其中。

谢云衿注视这张照片许久，又翻看了其他档案。

其实裕华福利院的记录比较全面，不仅有入院记录，还有健康体检记录、家庭收养记录、受教育记录以及离院记录，可全部翻看下来，就是没有看到钟小智的资料。

明明照片中都出现了钟小智的身影，可关于她的档案怎么一份都没有？

谢云衿翻看途中稍微抬眼，遇上陈兰心躲闪的目光。谢云衿顺势追问："陈院长，钟小智去了哪里，是被人领养走了，还是长大后独立出去生活了？宋翎现在死亡了，我们想联系下她的亲人。"

陈兰心经过漫长的思索过后，给出一个否定的答案："都没有。"

迎着两人疑惑的视线，陈兰心继续道："我想起些钟小智的事情，她没有被领养，也没有独立出去生活，而是多年前失踪了。"

"失踪了？"谢云衿毫不掩饰她对这个玄幻说法表现出来的惊讶。

"是……失踪了，失踪前还曾潜入档案室撕走了属于她的档案。"

走就走，还撕毁自己的档案，怎么想的？

谢云衿觉得匪夷所思。

"大概是什么时候？"

"2008年的时候，她在外面交了个男朋友，后来好像是和男朋友私奔了。"

"陈院长，既然关于钟小智纸质版的档案被撕走了，那有电子版档案吗？"

陈兰心边抚摸浩浩背脊，边说："原来是有的，不过2010年5月份我们市连续多日的强降雨，不知道警官知不知道这回事？短短两天降雨使得凌江水位上涨逼近两米，我们这里地势低，一楼都被淹没大半，用于记录档案的电脑被泡坏，2010年以前的电子档案都没了，就连这些纸质版，都是我们拼命抢救回来的。"

谢云衿喉咙哽住，江暄视线深沉。

那场雨，让他们经历了如死别一般的生离，两人自然不会忘记。

顿了几秒，谢云衿整理好心情，沙着嗓子道："陈院长，这些资料，方便我带回去做进一步调查吗？调查完毕我会派人把资料全部送回来。"

陈兰心犹豫了下，笑着点头："当然，当然可以。"

"我还想上楼看看孩子们。"

"好。"

江暄拿起桌上的几沓资料轻咳一声："我们来的途中给孩子们买了些学习和生活用品，都放在车上，我们先去取来。"

陈兰心抱着不知何时熟睡的浩浩，颔首："两位警官有心了，东西重吗？要不，我让小刘一起去取？"

"不重，我们俩能搬得动。"

说罢，谢云衿和江暄双双离开会客室。两人走下楼，目光落到中间那栋楼上，窗户蒙灰，门上落着锈迹斑驳的锁，看来已经很久没人进入了。

谢云衿四处观察一分多钟才收回视线，和江暄一同往铁门的方向走去。两人行走途中说起话来，谢云衿舔了舔嘴唇："这福利院以及陈兰心，感觉不简单。"

江暄压低声音："谈话间也有刻意隐瞒的意思，钟小智的去向也存疑，并且一聊到钟小智，陈兰心就给我一种语焉不详的感觉。"

谢云衿深吸一口气："太明显了。"

"嗯，关键，这钟小智的情况有什么好隐瞒的？"

谢云衿想到宋翎脚上那双属于钟小智的靴子，头轻轻摇了摇，她目前也不知道缘由。

说着话，两人走到车前打开后备厢，各抱一个纸箱下来。

江暄买了学习和生活用品各五十套，原本还担心福利院里孩子多不够分，上楼之后发现这院里就十来个孩子，都窝在一个房间里，门窗紧闭着，里面空气混浊，他们起先怕生，只睁着眼呆愣地看着。

见到两人，刘阿姨热情洋溢，连忙迎过来。江暄和谢云衿先后将纸箱放下："这里面是给孩子们带的礼物，刘阿姨，麻烦您给孩子们发下去吧。"

刘阿姨"哎"了几声，忙招呼孩子过来。听到她的声音，孩子们这才聚拢过来。

分发礼物的时候，谢云衿拉住一个看起来年龄最大的女孩想和她聊聊，但女孩很内向，一直低着头耷着眼。

谢云衿开始问话，问她叫什么、几岁了、在福利院过得好不好。

她也一一作答："安安，十一岁，过得好。"

再问下去，女孩扭捏着不肯回答了。

谢云衿无奈，将礼物递到她手上，小女孩抱住便跑远了。

江暄则眼疾手快地拉住一个小男孩，将他揽到身前："告诉叔叔，你叫什么名字？"

小男孩脸颊红红，性格比小女孩开朗得多。

"我在这里过得很开心，每天和小伙伴在一起做游戏，陈妈妈说我明年就到上学的年龄了，可以出去了，去幼儿园上学喽。"他说着"咯咯"地笑了起来。

江暄又问了几个问题，随后将一盒学习用品塞到他怀里："君君要

好好学习。"

　　小男孩的尾音拉得很长："好的——"

　　寒冬腊月，天黑得早，不过才下午五点，外面已经是暮色沉霭，狂风摇曳着院里的枯叶杂枝，两人分发完礼物，便决定不再久留。

　　陈兰心跟在二人身后："二位警官，我送送你们吧。"

　　谢云衿客气地回答："天气冷，陈院长不必送，快些进屋吧。"

　　陈兰心也没坚持，只说："那我听二位警官的，就不送了。对了，山路曲折难行，你们开车小心些。"

　　寒暄完，谢云衿和江暄转过身去，脸上的笑意瞬间湮灭，他们神情冷淡，并肩往前走。

　　临走前，谢云衿下意识地从车窗往外看去，她发现陈兰心并未进屋，而是直挺挺站在廊檐下，之前和蔼祥善的表情已然不再，陈兰心的脸色好像蒙上了一层寒冰。

　　谢云衿眯了眯双眸，忙侧身往外想看得更清楚些时，江暄不知情地发动了车辆，出现在谢云衿眼前的，只剩下将福利院围得铁桶一般的砖红高墙。

　　江暄不明所以："怎么了？"

　　谢云衿慢腾腾坐正身体，头缓慢地摇了摇。随后，她侧脸看向江暄："福利院，我们得重点查，我有个直觉。"

　　"直觉，什么直觉？"

　　"宋翎的死，和钟小智的失踪，肯定脱不开干系。"

　　江暄说："在案件侦破中，你很少说'肯定'这样的词。"

　　谢云衿感慨地点点头。

　　江暄说得没错，她追求谨慎，谨慎到就连案件侦破用词也很慎重，对于猜测，最大程度也只会用"大概率"这个词。

　　并且侦破过程中讲直觉是一件非常可笑的事情，可不知道为何，明明疑点还有一大堆，可她这种直觉却分外清楚生动。

第十九章
真相是什么

时间紧迫，一回刑侦支队，谢云衿又进入了无休止的忙碌之中。

在她出门的这几个钟头里，其他各组的调查也进展显著，福灵镇案发当晚的道路监控已经被全部带到了技术科。

从电脑屏幕中，谢云衿能清楚地看到宋翎死亡当晚的路径。

她先是沿着主干道走了几百米，过了福灵镇上有名的遇仙桥，到了镇上的酒馆聚集地，这个时候能看到，她脚上穿的依旧是一双普通拖鞋。

曾行指着屏幕提醒道："谢组，你仔细看着哈，尾随宋翎的那个男的从这里出现的。"

他的话音刚落，果不其然，旁边酒馆里走出个黑衣男子，男子走到宋翎面前，手上提了个袋子，袋子里的东西似乎并不重，因为男子提着非常轻松。

两人似乎是认识，总之，维持了面对面的姿势很久，好像在交谈，突然，两人看起来像发生了冲突，宋翎冲过去想抢男人的袋子，可惜男女力气终究悬殊过大，三推两搡，袋子依旧在男子手上，而宋翎则跌坐在地，拖鞋散落一边。

她光着脚，坐在地上很久，男子则跪在她面前。

几分钟后，更加让人摸不着头脑的一幕出现了，男子竟然跪着挪到宋翎身边，慢慢拥她入怀，宋翎的举动更加让谢云衿震惊，因为她伸手狠狠地回应了这个拥抱。

身后响起伍方疑惑的声音："他们是情侣？"

谢云衿表情迟疑着,她对此一无所知。

屏幕里的两人拥抱了很久,接着,男子将宋翎从地上扶起来,他们真如一对亲密情侣一般,手牵手继续往前走。

两人拐进了一条小巷子,巷子里面是监控盲区,根本看不清里面的情况。谢云衿拳头握紧。

不过没多久,男子率先走出来,他站在巷子口,似乎正在掩面哭泣。

十多分钟后,宋翎也走了出来,能够看到的是,她的那双拖鞋已经不见了,脚上赫然是那双不合适的小羊皮靴!

她这个时候已经有了中毒反应,走路踉踉跄跄,男子则一直跟在她的身后。

拐过两条街道后,男子做出了个匪夷所思的举动,他主动摘下帽子与口罩,直视头顶监控。

尽管监控并未拍得很清楚,可谢云衿看着这人的脸莫名感到眼熟。她迅速搜索脑中记忆,很快,把这人和一张脸孔牢牢锁定,她惊讶地猛睁眼眶。

这个人,这个人不是曾经入室刺伤宋翎的那个偏执狂热粉丝吗?

到底怎么回事!

"谢组,你看到了吗?嫌疑人的脸!"曾行将画面定格。

"看到了。"

她俯身往下,一只手肘搭在曾行座椅椅背上,视线阴恻恻。

"回退五秒。"

曾行闻声照做,视频重新开始播放。

她能清楚地看到,画面中,男子摘下帽子、口罩,抬头直视头顶监控,整套动作都彰显出刻意,似乎就是想让人将他的脸看得清楚明白。

三秒后,他将帽子口罩戴好,又双手揣兜紧跟脚步踉跄的宋翎继续往前走。再然后的事情,谢云衿都知晓了,宋翎进入古宅,到第二天早上,尸体被人发现。

谢云衿身体后仰,眼神高深莫测,她吩咐曾行:"先别看了,查个人。"

"什么人?"

谢云衿搜肠刮肚了半天,只想起这个人姓高,全名叫什么,她一时半会儿还真想不起来了。

她轻叹了口气："算了，你直接查两年半之前，宋翎的那起狂热粉丝入室伤人案，查下那个罪犯的信息。"

曾行"哦"了一声，手指快速敲击键盘，响声清脆刺耳。

"查到了。"

罪犯名叫高纯，当年是二十二岁，入室刺伤宋翎后逃走，于第二天傍晚被谢云衿擒获。

当初调查得知，高纯这人是个孤儿，没有正经工作，从十六七岁开始便在临江码头上卸货为生，过得很是辛苦。

谢云衿也清楚地记得，抓他那天是个艳阳天，尽管是黄昏时分，空气依旧热得像是要融化一切。

她从他的租房一直追击到码头置货区，两人在高低错落的货箱上上演速度角逐。

最开始的抓捕很不顺利，常年体力劳动下的高纯耐力十足，谢云衿则渐渐没了力气，好在赵语赶到，两人通力合作才终于将高纯牢牢控制，随后便将之带回刑侦支队进行了审讯。

谢云衿对高纯的长相印象深刻。细长眼，五官有些秀气，皮肤黑，还有点糙，能看出他是风吹日晒做惯体力活的。

审讯过程中面对铁证，高纯老实承认了，是他入室刺伤宋翎的。他表示自己是宋翎的粉丝，对她爱得痴迷，之所以偷偷潜入她的家中也只是想和偶像近距离接触，而刺伤宋翎纯属无心之失，他也很自责，逃跑拘捕是因为心里害怕，现在他想清楚了，也愿意承担相关的一切责任。

证据链完善，他自己交代得干脆，宋翎这边也没有任何异议，案子很快结案，高纯因为入室致人轻伤被判处两年有期徒刑。

如今看监控，两人举止亲昵，又是拥抱又是牵手，很明显关系匪浅啊，可距离他出狱不过三个月的时间，他们这么快就从罪犯与受害者转变了角色，这是宋翎被伤害后产生的"斯德哥尔摩综合征"？还是说，宋翎和高纯的关系并不像谢云衿所了解的那样表面，他们俩其实之前就相识呢？

谢云衿双臂环抱，她内心更倾向于第二种可能，两人都是孤儿，之前会不会就认识？

可就算是认识,也无法解释两人举止的奇怪!为什么宋翎要抢夺高纯手中的袋子?为什么两人要走进小巷?为什么高纯走出的时候手上没有再提袋子?为什么宋翎在里面换上了不合脚的靴子?袋子里装着那双靴子吗?宋翎为什么会服下那么多苯海拉明,是自愿还是被迫?为什么将脸遮挡得严严实实的高纯要故意在监控探头下露脸,是挑衅还是引导警方来找他?

重重疑点如同波浪一般在谢云衿脑中激荡不停。

她深深吐了一口气,浑身的疲惫全无,看来今晚注定无眠。

就在谢云衿查询高纯信息的同时,方审那边也从宋翎常去的医院带回了她的抑郁症消息。

"这里是宋翎的诊疗信息,你看看。"方审将一本册子交到谢云衿手上,"根据她的主治医生交代,宋翎的抑郁症其实持续好几年了,之前一直在积极治疗,不过不久前,她对于治疗这事开始变得很消极,不配合也不吃药,并且,她表现出明显轻生意向,好几次提到自己想死,她说自己只有死亡才有意义。"

"只有死亡才有意义?"

死亡了就什么都没了,哪还能有什么意义?

方审停顿片刻道:"云衿,我知道你对这个猜测不太容易接受,但这起案件中,宋翎可能自杀这一点,你必须得考虑进去。"

"嗯,我明白,不会忽视掉的。"

方审低叹一声,安慰般地拍了拍谢云衿的肩膀。谢云衿手指捏紧,冲他勉强笑了下:"我真没事。"

"那我就放心了。"方审收回手,"对了,今天下午有什么收获吗?"

"收获很多,不过——疑点更多。"

"你和我详细说说!"

谢云衿将福利院之行长话短说,方审听完浓黑眉毛一挑:"陈院长先不谈,不过福利院里才十来个孩子,且只有三名工作人员啊?"

"目前只有十多个,说是其他的都被领养走了。"

方审手掌虎口摩挲了下自己下巴处的胡楂,若有所思道:"不对劲啊,我了解到的情况,洹港集团每年宣称的资助款可不是什么小数目啊,再加上政府扶持以及社会捐赠……"

谢云衿眼神晦暗:"你怀疑裕华福利院的资金流向有问题?"

"有点,不过我这也是没有依据的猜测,感觉可以让经侦的同事去追一下,没问题当然最好。"

谢云衿颔首:"也是,方审,这事就交给你了。"

方审大气地扬扬手:"行。"

结束完和方审的对话,谢云衿不休不眠,继续投入到调查中,深查下去有两点重大发现。

第一,钟小智这人在警方信息库状态显示为失踪,失踪时间为2008年11月27日,报案人是裕华福利院院方,这让谢云衿感觉陈兰心可能并未说谎。

第二,高纯和宋翎还真可能认识。

警方的信息库中显示,高纯确实是孤儿,曾在裕华福利院生活过五年时间。

得到这个惊人消息后,谢云衿几人忙翻阅从裕华福利院带回来的纸质档案,果然找到了高纯的,里面详实记录了他的来因及去处。

2003年初,十岁的高纯和五岁的智障弟弟高翔被一个年迈老人送往裕华福利院。老人自称是孩子爷爷,孩子父亲死亡,母亲不知所终,自己疾病缠身无力抚养,不得已才送养。

看完档案后,谢云衿又翻到了高纯的离院登记表,其中记录了高纯在2009年1月申请离院,她顺手翻了下他弟弟高翔的,上面写明高翔在2008年12月末被一对美国夫妻领养。

原本到这里,案件脉络已经算很明晰了,接下来的重点理所当然就得放到宋翎死亡案的第一嫌疑人高纯身上了。

可由于谢云衿的职业谨慎性,她在面对与宋翎案无关的高翔时也并没有完全相信福利院的记录,而是顺手在公安系统中查了下高翔的信息,不查不知道,一查竟有意外发现,被领养到美国的高翔在出入境管理中心竟然没有任何的出境记录!

就在谢云衿被线索与疑点搅得焦头烂额时,一篇极具话题性的帖子于深夜出现,短短几个小时便引爆网络。

帖子标题取得非常吸睛。

——"惨死女星宋翎生活过的裕华福利院，究竟是儿童乐园，还是人间魔窟？"

发帖人爆料宋翎曾经是孤儿，在裕华福利院生活了好几年，遭受了非人的体罚与体虐，因为之前的遭遇，即使被领养家庭带走也无法忘记在福利院生活过的痛苦，由此患上严重的心理疾病。他还自爆，自己也是裕华福利院的一名受害者，这次冒着被裕华福利院负责人暗杀的风险站出来发帖，同时他还在帖子里呼吁公安部门尽快处理……

乐园魔窟、孤儿福利院、体虐孩童，这些要素汇集一起，再加上明星死亡自带的热点，很快引起社会广泛关注，也像加了助燃剂般，迅速点燃大众愤怒。

很快，各种谩骂流言开始在网络中甚嚣尘上。

——"福利院比地狱还可怕，这个世界怎么了？"

——"天啊，福利院不是救助孩子的地方吗，为什么会变成火坑？"

——"太黑暗了，严查！"

——"这负责人可以判死刑吧？"

——"不把裕华福利院负责人网暴到死，在座的各位都有责任。"

网友力量强大，不到半天时间，裕华福利院以及负责人陈兰心的资料被扒了个干干净净，随之而来的便是对于她的猛烈攻击与言语侮辱。

——"洗头妹摇身一变成了福利院院长？世界真魔幻啊。"

——"什么陈妈妈？明明是披着羊皮的狼啊。"

——"想给她买棺材祝她早登极乐！"

——"兄弟，棺材太贵了，她不值得，死了用草席扔给狗吃就行了。"

——"给狗吃？别侮辱狗了！"

流言蜚语在网络上迅速发酵的同时，线下也不得消停，比媒体记者们更先出动的竟然是那些直播网红，他们举着手机，嘴里喊着"老铁点个关注"，将裕华福利院前前后后围了个水泄不通，妄想抓住这个热点新闻的流量密码。可惜网红们蹲点整整一天，裕华福利院始终大门紧闭半个人影都看不到。

这篇帖子的出现也打得云澧区刑侦支队措手不及，无数的电话追魂夺命般拨打过来，都是为裕华福利院这回事，还有愤怒民众电话催促公安立刻去抓捕陈兰心解救儿童，得到需要进一步调查的答案后更是气得破口大骂不作为。

　　大众愤怒能够理解，可事情真相到底怎么样，一篇网络帖子又能证明什么呢？真的假的都不知道，能证明裕华福利院真的存在虐童情况吗？自然不能！

　　于是，何繁忠连夜召开会议商讨对策，由方审临时抽调人手打算从三方开展调查：一是裕华福利院正收养的儿童，二是从裕华福利院长大并走出社会的人，三则是这篇帖子的作者。谢云衿这边则按照原来进度继续追查线索。

　　就在网络上各种声音沸反盈天时，裕华福利院的负责人——处于风口浪尖上的陈兰心终于露面了，此时距离帖子发布已经过去了四十个小时，在临江电视台晚间新闻栏目里，美女主持人储俪对她进行了直播专访。

　　这场专访临时插在黄金时段播出，又经过电视台一整天的宣传预热，收视率在各大电视台里简直一骑绝尘。

　　"观众朋友们早上好，聚焦热点，探寻真相，我是你们的新闻引导员储俪。"

　　储俪讲起案件前情："这些天，一起命案引发大众关注，12月3日清晨，女星宋翎被发现死在片场，案件悬而未破之际，一篇匿名帖更是刷爆网络，帖子直指裕华福利院涉嫌体虐儿童，手段残忍，更是爆料女星宋翎的死亡与幼时在福利院遭受的非人虐待有关。而今天，我将对这个福利院的负责人进行专访，事情真相到底如何，是真如匿名帖所言，还是另有隐情？"

　　她说完，镜头移动。陈兰心出现在画面中，她面容憔悴，脸上还有未干的泪痕，双手交握身前。

　　储俪："您好，陈院长。"

　　陈兰心背脊挺直，声音哽咽着："您好。"

　　储俪维持着一贯的主持风格，脸上是漂亮且落落大方的微笑："陈院长，其实我很意外您能接受我的专访，能告诉我您来到这里，是出于什么样的原因吗？"

　　"这些天，网络谣言越演越烈，作为裕华福利院负责人，我觉得有

义务站出来制止谣言，给大众一个真相。"

"那陈院长，您说是谣言，意思是裕华福利院没有体虐过孩子吗？"

"对。"

"孩子吃得多就要和老鼠关一屋，做错事要被拔指甲，说错话要被烫舌头，还有动不动的棍棒抽打，帖子里披露的这些情况都不存在吗？"

陈兰心斩钉截铁："不存在！"

陈兰心深吸了一口气，神情痛心："我不知道到底是什么人这样居心叵测，发布这种谣言，但从我来裕华福利院工作开始，一直是兢兢业业，二十多年了，裕华福利院收养过多少孩子？聋哑儿童、唐氏儿、自闭症儿童，每一个被父母亲人抛弃的孩子我们全部接受，尽力照顾，我给病残孩子找医院，给正常孩子找领养家庭，没人知道我的苦楚，真的，从裕华福利院长大并走入社会的孩子也有不少，到底有没有出现体虐情况？这些孩子也能证明，今天，我之所以敢来到这里，接受大众的审视，正是有十足的底气，裕华福利院从来没有体虐过孩子！另外，我也不会放任谣言肆虐，我们已经报警，相信不久之后，造谣者一定会受到法律制裁。"

储俪耐心地听完陈兰心的话，问出个犀利问题："陈院长，如今网络上质疑您，说您原本只是一个洗头女工，没有文化没有学历，如今却当上福利院院长，是否德不配位？"

陈兰心眼眶略微红肿，苦笑一声："福利院院长不是学院院长，不是医院院长，我不知道我需要什么程度的文化和学历才能与这个位置般配，我之所以能成为院长，是因为我自己喜欢孩子，所以去了福利院做义工，一做就是二十多年的时间，试问有几人能做到与我一般？我将整个青春与生命都奉献给了孩子们，福利院创办人孙裕华先生和他的夫人也是觉得我真心喜爱孩子才将之交到我的手上，这些年，我对孩子们倾注了所有心血，我没有结婚，更没有……"

她哽咽一声："更没有自己的孩子。

"我从来不避讳谈及我以前的事，我出生在60年代的西北，饥荒中过来的，从小过的便是苦日子，我不仅做过洗头女工，我还做过挤奶女工，做过洗碗工洗菜工，我的前半生似乎只有苦难，但我从来没有想过放弃，我一直热爱生活，也教孩子们热爱生活，我全心全意，如今却要被这样诋毁!"

陈兰心的一番话不算精彩,但胜在真诚,胜在掏心掏肺让人动容。储俪似乎也被感动,感慨地点点头,接着再次面对镜头:"警察在调查的同时,我们电视台也对几个从裕华福利院走出的孤儿做了采访,看看他们眼中的裕华福利院,以及陈院长,究竟是什么样的?"

随后播放了一段短片,有男有女,有愿意露脸的也有不愿意的,都是曾经从裕华福利院走出去的孩子。

——"我真的很愤怒我们的陈妈妈被人用这样的污言秽语攻击,我是个孤儿,因为右腿有残缺一直没有被领养,在福利院里生活到十七岁,陈院长给了我们妈妈一样的爱,我不允许有人诋毁她!"

——"绝对没有帖子里出现的情况,什么殴打被惩罚和老鼠关在一起?我听着只觉得可笑,我只知道福利院给了我家,陈妈妈给了我爱。"

——"如果睡觉的时候在被子里偷吃零食被阿姨拿竹片打过几次手掌心也叫体虐的话,那我好像有过几次。"

——"假设我真的遭受过这些虐待,我现在长大了,读了大学,我完全可以曝光出来啊,我没必要忍着对吧?这稍微想一下就能想明白的事情啊,最后呢,还是希望网友们擦亮双眼,不要轻信网络谣言,谣言能杀人!"

电视屏幕前,何繁忠、谢云衿和江暄都双臂环抱看着这场直播专访。

访谈的最后,陈兰心似乎被勾动了委屈,终于对着镜头悲伤地掩面哭泣起来。

何繁忠看向谢云衿,说:"我听说发帖人还没找到,不过福利院里面的,能联系上的,方审那边都联系调查了,没有出现过帖子里说的体虐情况?"

"方审那边是没有发现任何体虐情况。"

"那就好。"

江暄接了一句:"不过我们发现了裕华福利院的新情况。"

"什么新情况?"

"从裕华福利院纸质档案中发现2008年间,有八名男童被领养至国外,但在我们出入境系统里,只有两名男童有出境记录。"

何繁忠沉重地倒吸了一口凉气:"这是怎么回事?工作出现纰漏?"

谢云衿面无表情:"一个两个,还可能是出现工作纰漏的原因,可六个,领养时间各不相同,我不相信是巧合。没有出境记录,就说明这六个男童可能根本没有离开国内,且去向不明,这是我后续要调查的重点。"

何繁忠点点头:"行,你办事,我一向放心。"

他顿了顿,又意味深长地看了眼江暄,拐着弯讲话:"云衿,之前你风风火火冲我办公室发脾气那会儿,我还担心你会和小江闹得剑拔弩张呢,不过现在来看,关系倒是很和谐嘛,矛盾化解了?"

谢云衿尴尬地轻咳一声,瞟了眼江暄。江暄落落大方地回应:"何队,我和云衿本来就没什么矛盾,只是一个误会,现在误会解开了。"

听到这里,何繁忠放下心来,眼中笑意很深,含糊地说:"哦,解开了,解开了好。"

他话音刚落,身后有个声音高声喊:"何队,云衿,嘀,江法医也在呢!"

几人扭头一瞧,来人是王临风,他火急火燎地走过来。

"临风,你有什么事?"

"我来告诉你们一声,那个匿名发帖人找到了,身份也确定了,可以去逮人问情况了,我先卖个关子,猜猜是谁?"

他刚说完,谢云衿和江暄异口同声:"高纯?"

王临风咂了一下嘴:"这个关子卖得一点意思都没有,一下就被你俩猜出来了。"

谢云衿:"主要是没什么难度。"

"行,那我再来卖个关子,猜猜他住哪里?"

谢云衿不假思索:"难道还住之前那码头附近?"

王临风竖起大拇指:"厉害啊谢组,怎么猜到的,教教我呗。"

"没猜,我之前就调查过他。"

得到这个消息后,谢云衿便开始集结人手准备抓捕。

高纯是个重点人物,不仅涉及宋翎死亡案,还与裕华福利院遭受的谣言息息相关,他到底什么目的、什么动机,事情的真相是什么,恐怕只有从他的嘴里才能知晓了。

可就在所有准备工作做完之际,谢云衿兜里的手机突然响起,她看了眼,陌生号码,没有犹豫,立刻接了起来。

一个嘶哑的男声从听筒里面传出来:"谢警官,这个时间了,你们警方应该已经查到我身上了吧?"

谢云衿的目光立刻阴鸷下来,她点开手机扬声器,给江暄比了个手势。下一秒,江暄神情凝重,拿出自己的手机摁下录音。

谢云衿故作疑惑,和他周旋道:"你是谁?"

那边有些嘈杂,像风的声音:"我是谁,谢警官……肯定清楚。"

"你怎么知道我的手机号码?"

"你的朋友宋翎告诉我的,她让我找你。"

"找我有什么事?"

"你正好也是要过来的,来了再说吧,我和你单独聊聊。"

谢云衿和江暄交换了一个眼神:"我和你聊什么?"

他没回答,而是说了一个地址:"渔光码头,我等你。你可以带人来,但我们聊天的时候,我希望他们能够离远点。"

谢云衿冷笑一声:"你让我来就来,凭什么啊?"

"我这里有你想要的真相。"

谢云衿神情戏谑,故意问:"什么真相,你就确定我一定想要?"

他长长叹了口气,声音缓慢:"你会想要的,徐小姐。"

电话挂断,谢云衿的表情凝在脸上,她只感觉身体有一股电流涌过,手臂瞬间僵硬,僵硬得她连一个小小的手机都没拿住。

手机落向地板,紧接着,撞击声振聋发聩。

短暂的愣怔过后,谢云衿捡起手机疯狂往前奔跑,速度很快。江暄压根儿没时间反应。

他喊了声"云衿",眸中急切一览无余,胡乱将刚刚的录音保存好,快步跟上去。

谢云衿直奔技术科,"啪"的一声将自己的手机摔在王临风办公桌上:"上一通电话,定位,快点。"

王临风才回办公室没几分钟,并不知道发生了什么事情,还准备打个哈哈调侃下,转过头一看谢云衿的脸色,神情瞬间严肃起来。

他没有多问,手指快速敲击键盘,很快,电脑屏幕上的地图急促缩小,红点闪烁,上一通电话拨打人的位置被确定,显示在靠近渔光码头的江水中心。

谢云衿犹疑片刻:"江水中心?这是在船上?"

"很有可能。"

"行,我知道了。"谢云衿转身过来。

江暄就站在门口,他喘着粗气,眸中有寒意翻涌。

江暄顾不得其他,迎着所有人的视线,走过来狠狠拉住谢云衿的手往外走。

谢云衿咽了下口水,没挣开他的手,任由他拉着走出门去。

办公室里的人面面相觑了几秒,王临风最先反应过来:"刚刚是什么情况,我眼花了还是出现幻觉了?"

"那不是明摆着吗?谢组和江法医有情况,都牵手了!"

王临风丈二和尚摸不着头脑,自言自语道:"他俩是啥时候有情况的?一点预兆都没有呢。"

"是你太迟钝,反正我看到好几次两人搁窗户边上吹风呢。"

办公室里的这些八卦猜测,谢云衿已经无暇顾及了,她被江暄拉到楼顶。

"这通电话蹊跷,先不要行动,从长计议。"

"我知道蹊跷,可是没有时间了,高纯在等我,我会安排人在渔光码头不远处等待行动,我自己先去和他碰面。"

"不行!"江暄几乎失控,"不能去!"

他深深吸了一口气,心情稍微平静了些,喟叹一声解释道:"他知道你的真实身份,而我们不知道他的目的,也不知道他是善是恶,不知道他的背后是不是有其他人的指使,我不能放你置身危险……"

谢云衿知道他的担心,这次却不能听他的:"正是因为他知道我的身份,我才更要前去,你知道的,我不在乎什么危险。"

"可是我在乎!"江暄拉她入怀,坚实的双臂环紧她,轻柔的风以及他压抑的低语在谢云衿耳边缠绕,"酒酒,我不能再冒一点风险,我不能眼睁睁看着你将自己置入危险里,我不能再一次承担失去你的后果。"

谢云衿将脸紧靠在江暄胸口，听到他短促急切的心跳声，甚至环抱住她身体的手都在微微颤抖。

她能感觉到，江暄的害怕。

他哑着声音，带着卑微的请求意味："可不可以从长计议，这样至少，能将风险降到最低。"江暄心里抱有一丝侥幸。

谢云衿拥紧他，手指捏紧又松开，最终还是残忍地否定了他的侥幸思维："不管如何计议，都会有风险的，因为面对的情况未知，更何况，高纯不会给我们那么多的时间，所以我一定得去，他知道我的身份，那么他会不会也知道其他的，比如七年前的旧案，江暄，你知道真相对我来说有多重要。"

他低眸注视谢云衿，眼晕红着，眸里盛满痛意。

谢云衿放软声音，轻轻说着："这么多年，除了当年卷宗上记录的情况外，案件没有新的线索，没有任何进展，他死得不明不白，我甚至不能用原来的身份生活，我需要真相，哪怕前路真的是死，我也不能放过一点可能。"

她握紧双拳："如果高纯真的和七年前那些人是一伙的，那也算是给了我捷径，让我不用再费力气找寻了。但我认为高纯和那些人没关系，两年前，我亲自逮过他，审过他，我能确定那个时候他是不认识我的。"

"那他现在为什么知道你的身份？"

"我不清楚。"谢云衿眯起双眸，想到那张娇俏漂亮的脸，"但我有个猜测，我的电话号码是宋翎给他的，我的身份会不会也是宋翎告诉他的？会不会，是宋翎知道我的身份？"

她回忆起两年前与宋翎的熟识过程，越来越感觉不对劲。

现在想来，宋翎当初那么热情地接近自己，目的恐怕没有那么简单。

"我必须要知道高纯嘴里那个真相，不管这个真相是什么。"

江暄知道自己没法阻止，也没有理由阻止，他喉咙痛涩，最终化为无奈的一声轻笑，布满青筋的手也慢慢松开："好，你去和他碰面，我为你布控好后方的一切事宜。"

谢云衿看出了他的强颜欢笑，伸手揽紧他的腰身，抬头冲他咧嘴："你放心，我不会有事的，我会谨慎，我会警觉，我不会让你有成为

鳏夫的可能。"

江暄无奈地抿唇："这个点了，你还有心思开玩笑？"

"我没开玩笑啊，我这是在向你保证，"她伸手勾弄江暄的下巴，努力缓和气氛，"我肯定不会死的，我可舍不得你。"

"你哪有半点舍不得我的样子？"他言语落寞。

当年因为一个误会，狠心躲藏起来，让他白白痛苦这么多年，这笔账，他还没跟她计较呢。

可谢云衿看着他，拉下他的衣领，认真地吻上江暄冰凉的唇，她没带任何技巧，只是笨拙地贴上去，像个撒娇的小女人："这次相信我，我不会抛下你。"

江暄眼尾下垂，目光温柔地看着她："好，我信你。"

从楼顶下来，谢云衿又恢复了之前的冷静果敢，她眼睛淡漠，里面似乎还蕴藏狠厉。

她动作飒爽，弯腰钻进车里："出发！"

一声令下，几辆车有秩序地在平坦大道上疾驰起来。

云澧区刑侦支队离渔光码头有接近半个小时的距离，因此每隔五分钟，王临风便会来报位置。

"江水中心。"

"江水中心。"

"他还在江水中心……"

到第二十分钟时，王临风的声音再次响起，伴随着些许电流声："失去信号，位置不明。"

谢云衿冷寒眸光敛起，吩咐开车的伍方："再快些。"

"明白！"

入夜时分，码头上灯火熹微。

冬日天寒地冻的，江边冷风刮得人耳朵根子生疼。

谢云衿的目光警觉地四处睃着，近处是几艘泊岸的渔船，而江水中心也有三两船只漫无目的在水面上漂荡，半个人影都看不着。

她收回目光，紧接着，藏匿在齐肩短发里的无线耳机传来江暄的声音："四周布控完毕，信号再度出现，依旧是在江心。"

谢云衿听完,脸上没有出现半分波澜,她掏出手机,翻找到高纯的号码拨打过去。

长长的"嘟"声响起,持续了四十秒的时间,就在谢云衿准备重新拨打时,电话被接通了。

她没有和高纯兜圈子,开门见山地说:"我已经到了。"

伴随着嘈杂的风声,高纯的声音有些没力气:"嗯,你来得很快。"

谢云衿环顾了一眼四周:"不是说要和我谈谈吗?你人呢,不出现怎么谈?"

"不用着急,咳咳咳……"几声艰难的咳嗽声响起,他缓了一阵,又交代谢云衿,"你往左边走两百米。"

谢云衿转过身,往左方向缓步行走,凛冽的寒风将她额间碎发吹得肆意飘扬。

她掂量着距离,约莫走了两百米路程后停步下来。

"然后呢?"

"在你的右边,有一截通往江边的楼梯,你从这里走下来。"

谢云衿往右边瞟了一眼,右前方果然有一处楼梯,很长,上半截有路灯照亮,可是下半截却漆黑一片,下面是什么情况,有没有人埋伏,全都是未知数。

但此时此刻,除了听他的往下走,她别无选择。

谢云衿脚步挪了挪,手肘有意无意地往腰间碰了下,那里别着让她安心的武器。她面色淡漠,盯着楼梯下方的黑暗处很久,然后,若无其事地往下走去。

她走得很快,一阶又一阶,灯光从脚的位置开始快速上移,很快上升到腰部、下巴、眼睛,直至没过头顶。

到此时,她已经完全置身于黑暗里了,谢云衿的防备心拉满,右手扶着栏杆,左手摸到腰后的冰凉处,继续一阶一阶往下走。

走到底,谢云衿的脚踩上地面,冬日枯水季,水位下降,江边裸露一大片滩涂,眼前江面一马平川。

四周漆黑,只能隐约看到周围景物,不过视线没有阻挡,谢云衿并未发现有人藏匿的情况,她往前走了几步,耳边"飕飕"风声呼啸而过。

无线耳机里电音"刺啦"两下,传来江暄的声音:"江面三艘船,

手机定位在中间那艘。"

谢云衿冷冷凝视中间那艘小船，船头亮着盏橘色小灯。

电话一直没有挂断，谢云衿将手机贴向耳边，对那头的高纯说："我下楼梯了，你人呢？"

又是一阵咳嗽，高纯说道："你再往右边走五十米。"

谢云衿耐着性子，在滩涂地上快跑几步，远远地便看到泊在岸边的一艘小船。还不等她开口问，高纯的声音从手机里传出："那里绑着一艘船，上去。"

她犹疑片刻，最终深吸一口气，解开系在岸边石头上的一条麻绳。

那是一艘破旧的手划木船，船身只有一半入水，另一半靠在岸上。

没有办法，谢云衿只能躬身下去，奋力将全部船身推入水中，期间她还不忘检查船体四周，确定上面没有绑爆炸装置后，这才上了船。

而不远处的布控点，江暄放下夜视望远镜，视线凛然："云衿上船了，何队，这边看到高纯了吗？"

何繁忠心里"咯噔"一下，身体侧了个向，目光从江心那艘船转移到岸边来，果然看到谢云衿登上了船。

他又看向江心的船："一直没有看到高纯，旁边那两艘上也没有看到人影。"何繁忠心里有不好的猜测，立刻吩咐方审，"咱们不能坐以待毙，方审，你从最近的水警处调快艇过来，得做好营救的准备，保证云衿的安全。"

方审回答声高亢有力，又接着说道："何队，狙击手也蹲伏就位了。"

"好。"

而这边，谢云衿已经登上了船，她摇了两下桨，这艘破旧木船摇摇晃晃离开岸边。

夜色朦胧，她拿起手机："按你说的，我已经上船了，接下来需要做什么？"

"划船。"

谢云衿故意试探："你到底在哪里？"

高纯没有回答，只重复说道："划船。"

"往哪里划？"

"随便。"

"随便？"

"对。"说完，电话被挂断。

谢云衿沉了沉眉眼。

她不清楚他折腾这样一大圈，葫芦里到底卖的什么药？

可为了他口中那个所谓的真相，谢云衿只能硬着头皮照做。

既然说随便，那她就往江心那艘船的方向划去，看看他到底在搞什么鬼！

谢云衿将手机放到衣袋里，咬了咬下嘴唇，眸光中透着坚韧。

她双手握紧船桨，用尽力气摇动起来，小木船距离岸边越来越远。

划船不是什么容易事，耗费力气大，方向难控制，加上江面风大，几度吹得她眼睛都睁不开，好在她毅力顽强，咬着牙往前划动。

江面上，这艘小木船摇摇晃晃，离江岸也越来越远。

就在这时，兜里的手机毫无预兆地响了起来，谢云衿忙从兜里掏出，急切地划过接听键。

"放下你手中的桨，不用再划了。"

谢云衿坐正身体，语气压抑着不耐烦："你到底什么意思？绕这么大一圈，是想和我谈话，还是想折腾我？不妨说清楚些。"

高纯沉默了几秒："我想告诉你真相。"

看了眼时间，已经接近零点了，她在这里和他耗了快四个小时。谢云衿轻"嗤"一声："真相，真相是什么？"

高纯这次倒没有再兜圈子了，他直截了当："船尾有支录音笔，里面有你想要的真相。"

说完，电话再度被挂断，里面忙音阵阵。

谢云衿狐疑地看了眼船尾，黑灯瞎火的，什么也没看清。怕这破船侧翻入水，她小心翼翼地爬到船尾，伸手四处摸了摸，很快，手指触碰到一个冰凉的金属块。

她将之拿起来，打开手机手电筒照了照，果然是一支录音笔。

谢云衿将信将疑，手指摩挲了下外壳，接着找到开关键摁下去。

她侧着头，将录音笔放到耳边，"刺刺啦啦"一阵响动声后，里面传出一个女声，太熟悉了，这声音是宋翎的无疑。

"云衿,当你听到这段录音的时候,我应该已经彻底解脱了,真好,你不用为我难过,这是我最有意义的选择。"

谢云衿稍微屏息,她看着荡漾向外的水纹,录音笔里继续传来宋翎的声音。

"或许,我不应该再叫你云衿,我应该叫你的本名,徐酒酒。我知道,你肯定会很奇怪,我为什么会知道你的身份。"她轻轻笑了一声,"不用奇怪,因为很早之前,我就认识你,我是低你两届的学妹,在你不知道的地方,我曾默默地关注你一年的时间,所以,再次看到你,我也只用一眼就将你认了出来。太好了,你还活着,你没有死,那我的罪孽,可能就能减轻些了吧。"

"你放心,我会把我知道的全部都告诉你的。"

她说着长长地喟叹一声,"该从哪里讲起呢?让我想想,对了,我给你留的线索,你都看到了吧,你肯定已经通过那张照片找到了福利院,知道我的身世,又通过那双小羊皮靴了解到我的姐姐了吧?你那么聪明,可能还查到了更多的信息,是吧?

"我必须要向你坦白,我接近你,目的一点都不单纯,我不是想要与你做朋友,我是想要利用你,就像当年……当年利用徐叔叔一样。"

谢云衿静静聆听着宋翎留给她的录音,眼中有掩饰不住的震惊,她的手指指尖被自己捏得发白。

宋翎的声音很轻柔,是一种"人之将死其言也善"的轻柔。

"你肯定想知道我和徐叔叔是怎么认识的、我为什么要利用他、我利用他和他的死有没有关系,我可以一个一个回答你,毫无保留。

"没记错的话,那应该是 2008 年,1 月 7 日,我十五岁生日。那天我不想上学,就逃课出来了,一个人在江边坐了很长时间。徐叔叔发现了我,他看我穿着校服,以为我是想不开的学生,特地过来开解我。我们俩聊了很久的天,他面容很严肃,可循循善诱劝解我时,声音却很温柔,是那种属于父亲的温柔。"

她苦笑一声,接着说:"我亲生父母去世得早,虽然被养父母领养,但我过得并不好。他们的女儿去世了,我在那个家里只是个替代品,他们领养了我,却没法从心里爱我,对我很冷漠。我作为一个半路加入这个家庭的孩子,一直小心翼翼地生活,过得很压抑。徐叔叔开导我的样子,满足了我对父亲的一切幻想,我想如果我的父亲还在的话,应该就和他一样吧。

"他还说,他自己也有个女儿,和我差不多大,和我读一个学校,只不过我是初中,她是高中。他说自己很爱这个女儿,却不知道怎么教育她,他是个失败的父亲,女儿恨他,一见到他就剑拔弩张,恨不得和他干仗。他说自己已经好久没有和女儿坐下来好好谈心了,他很想和女儿好好说说话,就像我和他这般,他说这些的时候,看起来非常落寞。"

谢云衿听着录音,想到父亲落寞的样子,眼眶不禁有些湿润。

她对父亲的隔阂与仇恨,连一个解开的机会都没有,他便离开了这个世界。到如今,真相不明不白,凶手逍遥法外。

谢云衿吐了口浊气,努力整理好情绪,继续听宋翎留给她的录音。

"我也给徐叔叔讲了自己的遭遇,亲生父母离世,养父母冷漠,我真的很想和爸爸说说话。徐叔叔安慰我,给我留了他的电话号码,还说要是遇到了自己不能解决的事,可以给他打电话,他还说他是警察,他不是坏人,他会尽力帮我的,这便是我和徐叔叔认识的全过程。

"其实最开始,我生活中遇到了挺多不能解决的事,但我一直没有打扰过他,不过我从和徐叔叔的聊天中得到的信息找到了你。你不知道,我的心里有多嫉妒你,你漂亮,天不怕地不怕,还有默默爱你的爸爸,你不知道,我偷偷关注你很长的时间,甚至开始留起长发,学习你的打扮。直到2009年,我和我姐姐失去联系。

"我的姐姐钟小智,是全天下最好的姐姐,父母死后,我们俩相依为命,她明明只比我大两岁,却在很多年里承担了我生命中母亲的角色,我原本不想被领养走的,可是姐姐坚持让我跟养父母走,她说我的养父母都是教授,是知识分子,跟他们走,我才有机会过上更好的生活。在被领养的那一天,我们交换了刻有彼此名字的小羊皮靴,这也是我手上除了照片,有关她的唯一一件东西。其实在我被领养后,我们很长时间都保持着密切联系,有一天晚上,她给我打电话,语气非常慌乱,说自己在福利院最右边那栋废弃的楼里,看见杀人了。

"我吓得不行,忙问她前因后果,谁杀的、杀了谁,她先说不知道,后面又支支吾吾,说自己开玩笑的。直到2008年12月,我发现自己

联系不上姐姐，打给她的电话一直都是关机。但我记得姐姐之前跟我说过，她的手机进了水，有些不灵敏了，动不动就关机，等她出去工作，她买一部新手机，到时候我们就能好好打电话聊天了。所以那个时候，我以为是她的手机坏了没法联系，也就没当回事。

"2009年4月份，我和姐姐断联的第五个月，我开始感觉不对劲了，过去这么久了，她应该早就工作拿到工资买新手机了，为什么我不仅联系不到姐姐，姐姐也没有主动联系我。

"我开始寻找姐姐，打电话回福利院，打给陈妈妈，打给之前照顾我的阿姨，可她们都说我姐姐不见了，说我姐姐认识了一个男人，和他私奔离开福利院了。我和我姐姐经常联系，我们俩无话不谈，她要是认识了一个男人肯定会告诉我的，可是她从来没有向我透露过这件事，所以我对她们的说法表示怀疑。但我当时年纪不大，怀疑归怀疑，我没有能力去做什么，所以在很长一段时间里，我只能继续等着她的电话。这种没有结果的等待非常折磨人，就在我备受折磨时，我偶然在手机垃圾信箱里发现了一封彩信，发送时间是2008年11月28日，是姐姐发过来的，不知道为什么这封彩信进了垃圾信箱。彩信内容是一张照片，照片是一个模糊的背影，在一个类似台球桌的前面，那人手上拿着一把刀。我又想起姐姐给我打那通电话时奇怪的说辞，说在福利院里看见杀人了。我越想越感觉不对劲，有种不好的预感，我觉得，我的姐姐钟小智，她遇害了。

"我当时去报过警，但我能拿出来的只有这一张什么都不能证明的照片，甚至连正脸都没有，压根儿没法立案调查。我当时真的不知道怎么办，所以就想到了徐叔叔，想到他是警察，我想让他帮我调查姐姐的事，所以我找到了他给我留的电话号码，本来还担心打不通，没想到打过去，他很快就接了，我自报姓名，主动说起我遇到了无法解决的事情，我哭着求他帮帮我。他问我什么事，我骗了他，我们在学校外面见了一面，我对他说我目睹了杀人，他不相信，他觉得我是恶作剧，我给他提供了照片，并拜托他立案调查。他将信将疑，说他不知道我说的是真是假，仅仅凭这张照片也压根儿证明不了什么，立案调查肯定不行，但他和我说他会私下查一查的。"

宋翎长长地叹了一口气，语气很自责："我看他的反应，本来没对他抱任何希望的，没想到他真的去福利院调查了，回来之后问了我许多问题，也拆穿了我并没有目睹杀人这回事，我只好向他坦白了实情，他有些生气我没有说实话，但并没有对我多说什么，只说确实发现了疑点，不过没有证据，他会私下继续调查下去的。我不知道他到底查到了什么，我只知道没过多久，我就从新闻报道上看到了你纵火弑父后跳江自杀的消息，我隐隐约约觉得事情不是这样的，这只可能和我拜托他的那件事情有关系。你们俩都是因为我死的，后来我常常做噩梦，梦到你来向我追魂索命，我只能努力忘记这件事，努力让自己的生活回到正轨，我后来学了艺术，考了电影学院，当了我一直梦想的艺人，但姐姐一直下落不明，我的抑郁情况也越来越严重。直到两年前，高纯找上我。

"其实他并不是我的私生饭，而是我曾经在福利院的朋友，只不过从我被领养后，我和他就再也没了联系。后来我才知道，他这几年一直在找我的下落，直到从电视中看到我，他才知道原来我做了演员。一开始，他在社交媒体上私信过我，不过我没有看私信的习惯，加上私信真的很多，我并不知道，后来他就根据我发在社交媒体上的照片找到了我的住处偷偷潜入进来，但那个情况下，一个陌生男人进入家中，任谁都无法冷静，我压根儿听不进他的任何解释，把他当成了入室抢劫的强盗，不仅报了警，还从厨房拿把刀防卫，还不小心刺伤了自己。后来，我冷静下来，也想起来他是我在福利院的朋友。

"高纯对我说了很多事，他说他弟弟没有被外国人领养，而是失踪了，那段时间压根儿就没有人来福利院领养过孩子，更别说外国人，可福利院却对他说弟弟被领养到国外。他还说我姐姐和他说自己好像看到杀人了，让他不要声张，她要去确认下，然后她也失踪了。我们没有把话说完，你们就来了，没办法，我只能让他先走。却没想到，事情的发展完全脱离了我的预料，他很快被抓住，并胡诌了自己是我狂热粉的事，加上入室伤人不是小罪名，我追不追究他都逃不过，所以他被判了两年，好在当时，我遇到了你，并且……

"认出了你，原来，你，徐酒酒，并没有死。

"最开始我很高兴，我庆幸你没有死，后来我心里开始酝酿一个计划，于是接近你，拼了命地要和你做朋友，死缠烂打，竟然真的成功了。

"我想要如法炮制，就像当年利用徐叔叔去调查我姐姐的下落一样，利用你也去帮我调查，我知道，你和你父亲是一种人，你肯定会帮我的，其实有好几次，我请求的话都到嗓子口了——"

她痛苦地长吸一口气，声音轻轻的：“但最终，我没有说出来。”

谢云衿想到不久之前，宋翎那些欲言又止的时刻，想来就是想跟自己说这件事的吧，但她为什么没有说出口呢。

谢云衿继续听下去。

"这样一件没有证据的事，如果你选择帮我，也只能私下去调查，我已经将你和徐叔叔害得够惨了，我实在没法昧着良心又将你一个人牵扯进来，我怕你最终落得像徐叔叔一样的下场，所以我放弃了之前的计划，想了一个新的。我想利用我自己的死亡，将你们整个公安局都牵进来调查，引导你们调查到福利院和我姐姐身上，让你不至于孤军奋战，同时我利用舆论这种东西，编造出福利院体虐儿童这件事引燃大众怒点，吸引网友们将视线聚焦在福利院身上。舆论这东西很有意思，它能杀死人，同时也能拯救人，这样的监督之下，背后的人应该不敢轻举妄动吧，当然，这也是我能做的最后一件事。"

说到最后，她泣不成声，"这就是事情的全过程，我所知道的，都毫无保留地告诉了你。背负了太多的秘密，真相却遥不可及，精神折磨，我活得太过于痛苦了，只想快些解脱。最后，我想要跟你说一声对不起，对不起云衿，对不起，我要自私地先走一步了。如果找到我姐姐的下落，麻烦你来我坟前告诉我一声，这是我死前最后的心愿。"

谢云衿咬紧指甲，堵在嗓子眼里的那口气随着宋翎声音的停止轻缓地吐了出来。

第二十章
我不会再丢下你

　　冰冷江面上的一叶扁舟之上,谢云衿握紧录音笔,终于控制不住低声痛哭起来。
　　哭不是懦弱,而是情绪的释放,情感的宣泄。
　　她为永远没有机会和父亲心平气和坐下来谈心而哭,为自己漫无目的地找寻真相这么多年而哭,最后,她也为了宋翎飞蛾扑火的选择而哭。
　　手机铃声再度响起,谢云衿看了一眼熟悉的号码,手指轻抖着接了电话。
　　"高纯,我都听完了。"谢云衿极力控制好情绪,盯着不远处燃起微弱灯火的船,没和他拐着弯试探了,"你在中间那艘船上吧,我们见一面,我还有些问题要问你。"
　　高纯拒绝了:"不了,你有什么问题,直接电话里问吧。"
　　谢云衿顿了顿:"宋翎说的,都是真的?"
　　"是。"
　　"钟小智的羊皮靴和导致宋翎死亡的苯海拉明是你带过去的?"
　　高纯疲累的声音里带着些许哭腔:"是我,我阻止过她,我想让她寻找更好的解决办法,但她执意如此,我阻止不了。"
　　"福利院虐童这事不存在,对吗?"
　　"对,那篇帖子是宋翎编的,虐童是假,失踪是真,生死不明。"
　　谢云衿看着围绕四周的江水:"为什么不干脆一点将录音笔给我,而要兜这么大的圈子,让我划船到这江水中央?"

"对于今天晚上折腾你这么久,我说一声抱歉,不过我也是想确认,你真的有找到真相的决心吗?"

谢云衿不解:"什么意思?"

"这是我给你的考验,和宋翎的计划无关。我被欺骗过,我不信任你,所以我没法轻易将这么重要的东西交到你的手上。"

谢云衿目光微敛:"我还是听不明白,被谁欺骗过?"

高纯沉默了一小会儿:"实话跟你说吧,为了这件事,我和宋翎做过很多努力,不同的是,当年她找了警察,而我找了记者。我当时年轻,毫无保留地将自己掌握的所有信息都告诉了那名记者,他也向我承诺自己会调查出真相,可他拿了线索,没几天就告诉我,整件事情太复杂,他不想查了。"

谢云衿敏锐地抬眼:"你什么时候找的记者?"

"2010年3月份。"

谢云衿的嗓子悬在心口:"你找的记者叫什么名字?"

短暂的停顿过后,高纯说了一个名字:"杨殊宁。"

杨殊宁!

又是他!

谢云衿急切追问:"记者那么多,为什么你会找上杨殊宁?"

"2010年的时候,我看过他写的一篇关于陈兰心的专访,里面提到她和裕华福利院的种种善举,我觉得很讽刺,所以,我主动联系了他,告诉他真正的裕华福利院根本不是他报道中的那样。我当时年轻,以为所有的记者都会为了真相不顾一切,没想到,他拿了所有的线索,却半路退缩了……"

说到这里,高纯艰难地咽了口口水:"你还有什么要问的吗?"

与此同时,观测点位里,通知完水警的方审走进来,问:"何队,怕打草惊蛇,从水警处调的快艇停在距离云衿位置五百米处,接下来怎么办?"

何繁忠从夜视望远镜中观察到,谢云衿已经在小船上很长时间了,同时高纯所在的船上也终于出现了人影,他摸不准是什么情况,于是转过头:"江暄,你听到些什么,云衿那里到底什么情况,要不要通知快艇上前营救?"

江暄脸色冷沉，抬了个手："先按兵不动。"

他说完将无线接收设备的耳机往里面塞了些，以便将两人的对话听得更加清楚。

"你弟弟高翔，什么时候失踪的？"

"2008年12月21日，陈兰心说带出去治疗了，过几天回来，但是他没有回来，陈兰心又告诉我是被美国人领养到国外过好日子去了，但是小智姐说，她在12月21日深夜，在裕华福利院右边那栋楼看到有个人在宰杀什么，满地的血。"

谢云衿语气疑惑："她在福利院生活这么久，没认出这个人是谁？"

"没有，她之前从来没有见过这个人，并且小智姐并不确定是杀人还是其他的，还告诉我要去确认一下，没几天，她也失踪了。"

谢云衿沉吟片刻："宋翎在录音笔里提到有一张照片，照片现在还有保留吗？"

"有，我已经寄出去了，你应该明天早上就能收到快递。"他走上船舷沙哑着嗓子，一字一顿，"时候到了，我也应该走了。"

谢云衿有种不好的预感，她急得站起身来，船身因为她的动作摇晃起来。

她只能尽力稳住，紧紧盯着高纯："你去哪里？高纯，你先冷静些。"

高纯站在船头，江上疾风将他的衣袂吹得飞扬，他眼含热泪，昂头看着深沉的天空。

谢云衿安抚着他的情绪："你先不要冲动，这些事情还没有说清楚，不说清楚后续调查将会非常麻烦。"

"我知道的全部都交代了。"高纯声音悲怆，"她走了，我一个人活着还有什么意思呢？"

"当然有！"谢云衿瞪大双眼，手指捏紧手机，"高纯，你听我说，如果你想早些查明真相，就听我的，不要冲动，先跟我回队里……喂！不要！"

话音未落，只听到"扑通"的落水声，高纯毫无眷恋地跳入冰冷江水中，重物坠落，激荡起一层水花。

观测点里，何繁忠暗叫一声"不好"，忙对身后的方审说："让水警赶紧将快艇开过去，救人，快，救人！"

398

谢云衿将手机和录音笔用外套包好放在船头，咬咬牙，看着高纯跳水的方向，也纵身跳入冰冷的江水中。

观测点中的江暄看到这一幕再也无法淡定，谢云衿跳水的那一刻，他心脏仿若骤停几秒，情绪几近疯狂。

何繁忠几声急切的"江暄"喊出口，却阻止不了，江暄充耳不闻，转身猛地往外冲。

江暄跳下观测车辆，在这车辆寥寥的跨江大桥上狂奔，风衣衣袂被劲风刮得往后飘扬，神情是掩饰不住的慌乱，脑中飞闪而过的全是七年前的场景。

那一天深夜，接到她那通未说完便挂断的电话，江暄也是这样，在空无一人的大马路上不要命地疯狂奔跑，他希望能救她，能去到她的身边，能和她共同面对，可最终得到的却是她可能已经死亡的消息。

江暄双目猩红，牙关咬紧，有什么东西堵在心口之上。他急促地下桥，岸边有闲置的快艇。这次，他必须要赶到，他必须要和她共同面对，他绝不允许七年前的事情再度上演。

江水寒冷刺骨，翻涌而来，谢云衿的身体甫入水便被冻得僵硬。

她的头发已经被水浸湿，正服帖地搭在脖颈里，僵硬过后，身体却开始发热，她强咬着牙，往高纯跳江的地方奋力游动，她不允许高纯就这样轻易地殒命在自己眼前。

她四肢发力，游动却还是很艰难，头几度没入混浊江水中。几分钟后，她才终于到达高纯跳入位置的附近。

她冒出个脑袋，双手双脚在搜寻摸索着，可是江水是流动的，船只也是移动的，摸不准高纯坠入的具体位置，因此，她只能在这冷水中漫无目的地找寻。

对于一个不会游泳的人来说，入水窒息毙命的时间仅仅只需三五分钟，最多十分钟。如今已经过去几分钟了，谢云衿心里清楚，如果高纯不会游泳的话，再拖延下去，生还希望非常渺茫，所以她只能以意志对抗身体快速流失热量带来的眩晕感，手脚在泥沙混浊的江水里继续搜索。

水警部门停泊在不远处的快艇也来得迅速，正在飞速逼近高纯和谢

399

云衿的位置。

　　与此同时,谢云衿的手终于摸到了一个硬物,她咬牙硬撑着想将高纯的头往水面拖,准备带着高纯浮出来等待救援。

　　高纯心里也许是求死的,可人在濒临死亡的边缘,他的身体还是在本能求生。他手指拽住谢云衿衣角的瞬间,像抓住救命稻草般,他开始猛地挣扎起来,一番动作又将她带了下去。

　　谢云衿和高纯体重本就有差异,水中行动又受限,加之游过来体力和热量流失极大,三度被他拉入江水之中,第四次时,谢云衿终于支撑不住,再也没有起来。江面只有荡漾的水纹和冒出的水泡,她的身体却在缓慢地下沉,紧握的手指也一点一点慢慢松开。

　　要死了吗?她心里这样问自己,这次真的要死了吗?

　　可她不能这样轻易地死呀,她还没有找到真相,还没有抓住凶手,还没有洗清徐酒酒这个名字的冤屈,还没有给枉死的父亲做个交代,还有江暄,她还没有告诉他自己有多爱他,有多想和他走完这跌宕的一生。

　　还有好多好多的事情没有做,她不能死的呀,好不容易解开了误会,她怎么那么自私,再次丢下江暄一个人呢!

　　谢云衿想像七年前一样拼命往上游,可眼下与七年前不一样,她已经耗完了力气。渐渐地,她感受不到寒冷,感受不到下方拉拽的重物,感受不到江水灌入耳朵。她感觉身体变得越来越轻盈,越来越轻盈,耳边好像有轻风吹过,鼻尖萦绕馥郁花香,她一度听不到任何声音,可没过多久,耳畔又传来悦耳的鸟叫声。

　　她缓缓睁开眼,发现自己并不在江水之中,而在一个公园里,面前几米处是一块面板,上面一排排全是气球,一个熟悉的声音由远及近从身边传来:"十发中九发!"

　　谢云衿有些不可置信,转头往左边看去,那个男人也正看着她。他身材魁梧粗壮,讲话声音也高亢有力,咧着嘴,脸上的笑容很夸张:"酒酒,你看老爸厉害不?"

　　母亲死后那几年,父女俩闹得剑拔弩张,谢云衿有将近五年没喊过他一声。她愣愣地看着眼前这个熟悉的男人,喉咙哽咽,眼含热意,轻轻喊了一声"爸"。

男人却像没有听到一般，低头给这玩具气枪上满子弹。下一秒，右边便有个稚嫩的声音传来，先是不服气地哼了一声，然后撂下狠话："有什么厉害的？我能中十发！"

谢云衿往右边看去，是个小女孩，约莫七八岁的年纪，细胳膊细腿，扎着高马尾，微微上翘的丹凤眼和她的像极了，这分明就是小时候的自己。

男人夸张地"嚄"一声："年纪小小，口气不小。"说着越过谢云衿将这把玩具枪递到小女孩手上，"打十发给我看看。"

小女孩走过来，举枪站立，姿势标准，眼睛里有睥睨一切的自信，她没有说大话，十枪打出去，气球"啪啪"爆炸，弹无虚发。

男人眉里眼里是藏不住的自豪，他宽厚的手掌摸了摸小女孩的后脑勺，毫不吝啬他的表扬："酒酒真厉害，真不愧是我徐海成的女儿，好样的，今晚回去让妈妈奖励你，给你做油焖大虾吃。"

女孩昂起头，神情得意："我还想吃你做的红烧肉。"

"行，想吃什么吃什么，走，去菜市场！今天爸爸下厨。"

谢云衿看着其乐融融的父女俩，泪水夺眶而出的同时，他们的身影消失，身边的公园消失，她再度陷入无边无际的暗潮之中。

江暄乘快艇赶到之时，水警部门的两名水下救援人员已经找到了高纯，并将之举起来交接给快艇上的人员做急救工作。当听到谢云衿还没有找到时，江暄后背陡地一凉。

江暄词严令色："方审，你在上面接应！"说完，他深吸一口气后，没有任何犹豫，脱下外套猛扎进江水中。

方审扶着船桅往下看，暗潮翻涌，水波激荡，他焦急万分。

两名救援人员将高纯托上去后，转身和江暄一起潜入水底搜寻，漆黑江底，混浊江水，三人争分夺秒，心急如焚。终于，江暄的手指摸到一缕衣服布料，他手指攥紧，快速向前，然后抱住谢云衿的腰身往上游动。

很快出水，江暄伸手胡乱抹掉脸上的水渍，他睁开眼，只听到方审的疾呼："江暄，过来些，快点！"

江暄手臂使力，托着谢云衿的腰将她往上送，方审动作迅速，立刻伸手接住，两人通力合作，很快将谢云衿送上快艇。

江暄拉住船舷,一个纵身翻上去,他跪趴在谢云衿身侧,身体止不住地颤抖,旁边淌着一摊水渍,头发、下巴、耳垂到处都在滴水,可他却顾不了这么多。

他急切地低哑着嗓子喊她"酒酒"。

而谢云衿平躺在地上,脸上水渍淌下,双目紧闭,嘴唇发白,对他的呼喊没有任何反应,整个人毫无生气。

江暄立刻俯身下去开始检查,耳朵贴近她的鼻子,又看向她的胸腔,伸出食指和中指触摸颈动脉感受脉搏。

没有呼吸音!

没有胸腔起伏!

没有脉搏跳动!

江暄心口堵着什么东西,像有火灼一样。他狠咽一口气,将谢云衿的下颌上抬,捏住她的鼻子,俯身下去贴上她冰冷的唇,将温热气息渡给她。五次过后,江暄离开她的唇,声音带着哭腔,依旧不停呼唤着她的名字。

"酒酒……酒酒……酒酒……"

水珠不停地从他脸颊汇流至下颌处滴落,已经分不出是水是汗还是泪,他极力使自己镇定下来,双手重叠,找准谢云衿胸廓的位置垂直按压下去。

谢云衿的胸腔随着他的按压动作起起伏伏,一次又一次。心肺复苏极度耗费力气,一轮下来能累得人手臂都抬不起来,江暄机械地按压着,按得手臂酸痛,却丝毫没有减缓速度和力气,他嘴里喃喃她的名字,按压到第三十次时,他再次俯下去,开始第二轮渡气。

方审转头回望,江暄正在做第二次人工呼吸。方审急得像热锅上的蚂蚁,除了一个劲加快速度什么都做不了。

方审声音高亢洪亮,喊道:"云衿,你坚持住,一定要坚持住,救护车已经在岸边等着了,一定要坚持住啊。"

快艇在漆黑江道上疾驰,尾部划出一道迅猛的水痕,探照大灯悬在铁杆之上,光线能在黑夜照亮数百米远的距离。

江暄不敢有丝毫松懈,又开始机械地按压起她的胸腔,这是他们两个人与死神的博弈,每一次起伏,每一次颤动,都代表着,他将"鬼门关"

的谢云衿往自己身边拉回了一小步。

三轮心肺复苏做完,谢云衿终于往外吐了一口水。

而此时江暄突然感觉胸口堵塞的什么东西好像在往外喷涌,一股腥甜之味在唇齿间散开。

他忙偏过头。

气急攻心,他竟然吐出了一口浊血。

江暄眼角耷拉,脸色苍白疲倦,余血顺着他的嘴角缓缓流下来,他还是强撑着伸出手指检查谢云衿的情况。

有呼吸了。

有心跳了。

有脉搏了。

江暄耗尽了浑身上下最后一点力气,将鬼门关闯了一趟的谢云衿抱在怀中,他的脸轻轻蹭着她的湿发,吐了一口长气,喃喃低语着:

"我不会丢下你,你也不能像之前一样丢下我。"

他回想刚刚的一切,心里无限后怕,咬紧牙关:"想都不要想!"

救护车停在岸边,医护人员早已等待在侧,快艇刚泊岸,担架立刻抬了上来。

江暄抱起谢云衿下艇,将她安稳放在担架上后,他强撑的意志才终于溃散,体力不支带来的眩晕感冲上脑门,趔趄两步后倒地不起。

方审从快艇上跳下来,忙过来扶他:"江暄!"

医护人员手忙脚乱,处理完一个又得处理另一个,将三人都送上车。随着后门"砰"的一声关上,两辆救护车车头警灯闪烁,在平坦大道上飞速奔驰。

一路绿灯,警笛响彻,过往车辆纷纷让道,让救护车得以在最短时间内赶到了医院。

谢云衿做了好长一个梦。

梦里没有那件事,她没有改名换姓,甚至母亲都没去世,她和父亲也从没有闹过嫌隙,一家人还是像当初那样,有吵闹,但大部分时间平淡幸福。

她的人生按部就班,和江暄也没有那么长时间的分别,毕业后,她带着江暄来家里见父母，母亲忙着做菜，父亲迟迟未归。厨房里，她听着母亲惯常的抱怨，抱怨父亲工作忙碌，这么重要的日子都不早些赶回来。徐酒酒轻笑着揽住母亲的肩膀替父亲说话："我爸那个工作你还不知道啊，天天忙得不可开交，他心里肯定是想回来的。"

话音刚落，大门处响起开门声，一个洪亮的声音响起："老婆，酒酒，我回来了。"

徐酒酒探出个头，脸上满是不悦："你还知道回来啊，门口罚站去。"

徐海成看着沙发上西装革履正起身的江暄，抬手扬了扬，讪笑着："女婿在呢，稍微给我留点面子。"

…………

阳光洒在谢云衿的脸上，稍微有些刺眼，她皱皱眉，伸手挡了下，缓缓睁开眼。

眼前一片白，白色天花板，白色被套，白色床单，没有母亲，没有父亲，没有江……

手边有什么东西动了动，谢云衿斜眼往下看去，一阵模糊过后，她看清了，江暄紧紧握住她的手，靠在床边沉沉睡着。

不，有他，还好他在自己身边。

谢云衿浅吸一口气，嘴角微微勾起弧度，伸出手指轻抚上他的短发，柔软，被阳光晒得很温暖。

昨夜被高纯拉着沉下去后，她其实就意识不清了，但恍惚中，还是听到一个嘶哑急切的呼唤，一声声喊着酒酒，她知道，那是江暄的声音。

谢云衿白皙的手指慢慢往下，从他的头顶到他的鬓角，从他的鬓角到他的耳朵，最后摸上他柔软冰凉的耳垂。见他还不醒，她手不安分，顺着性感的喉结再往下，伸入他的衣领里。

感受到脖子前传来的痒意，江暄醒了过来，手一扬，抓住她使坏的手，无情地拿出来。

谢云衿眨眨眼："不好意思，把你玩醒了。"

"还能和我开玩笑，看来是真的没事了。"他无奈地笑着，反摸上她的头发。

想到昨晚的惊险时刻，她距离阎王殿就差么临门一脚，江暄心里就涌起无尽后怕。

但谢云衿那时候昏迷着，自然不知道自己心脏骤停差点就没了，她嘴咧开，心情倒是不错："我能有什么事，好着呢，就是心口有点疼。"

　　她挣扎着想起来，没想到一动，心口就不是有点疼了，而是敲骨震髓的剧痛，她倒吸一口凉气，忙捂住胸口。

　　江暄在给她倒水，见此情形忙放下水杯扶着她躺下来，温柔提醒她："不要乱动。"

　　躺下来不动，疼痛果然缓解，谢云衿意识到什么，忙问江暄："心口怎么这么疼，我是不是做心肺复苏了？"

　　江暄给她倒了杯温水，轻轻"嗯"了一声："喝口水。"

　　谢云衿抿了一口，突然想起来她昨夜跳水的初衷是要救人，于是赶紧问道："高纯呢，他怎么样？"

　　"他没事，人救回来了，就是还在昏迷中。"

　　"救回来就好，活着就有希望。"她刚说完，又想起什么，"录音笔还在那艘船上。"

　　"没事，都拿回来了。"

　　谢云衿松了一口气："那我就放心了。"

　　说话声音刚刚落地，病房外边传来一个洪亮声音，一直在疾呼："谢组！谢组！"

　　紧接着，罗宇超迅猛蹿进来，蹿到谢云衿床边，急得除了"谢组"两字什么都叫不出来。

　　谢云衿抬抬手，提醒他："阿超，停停停，这里是医院，安静点，我还没死。"

　　罗宇超忙噤声，见到她睁着眼安然无恙，悬在嗓子口的心重重落了下去，堵在喉咙里的那口气也终于喘顺了。

　　黄缘捧着一束花，和赵语一同走进来："听你这声音，应该是没事了，昨晚可把我们吓坏了。"

　　谢云衿歉疚地扫了眼来人，眼神最终还是定格在江暄身上："抱歉，让你们担心了。"

　　黄缘看着病床上脸色苍白的谢云衿，将手中的花递给江暄。

　　"向日葵，蓬勃新生向太阳，云衿，祝你早日康复。"

　　"谢谢，花很好看。"

江暄接过来看了看花束,边说边往外走:"我去找个花瓶将花插上。"他说着转身往门外走。

赵语单手插进衣兜,看着病床上病容倦态的谢云衿,哪里还有雷厉风行说一不二的样子。她不擅长说什么好听的话,只是依照本心感慨着:"从前的你,从不请假,生病也是吃药蒙头睡一晚,第二天立马精神抖擞,有案子永远冲到最前面,我还以为你是个不会累的铁人呢。"

原来这样坚毅的人,生命也是如此脆弱,生与死,往往只有一线之隔。

见气氛沉重,谢云衿尝试缓和,说:"我都这样了,你还有心思调侃我呢。"

"我哪里是调侃!"

谢云衿忍俊不禁,她笑笑:"好了好了,我明白,你是担心我。"

黄缘性格比赵语柔软得多,看着谢云衿这副样子心里不好受,同时身体也表现了出来,她眼眶红红的,说话声也带着哽咽,过来拉住谢云衿的手:"云衿,现在感觉怎么样,身体还有没有哪里不舒服?"

谢云衿如实回答:"心口有些疼,脑子有些晕,其他的倒还好。"看到几人沉重的脸色,她又出声安慰,"没事,你们都不用担心,我恢复能力很快的,最多三天,立马生龙活虎,摞倒方审都没问题。"

方审响亮有劲的声音从门口传来:"养三天就想摞倒我?云衿,说大话可要提前写好草稿啊。"

看到方审这强壮的体格,谢云衿一拍脑门,无奈道:"行,我收回刚刚说的话,三天还是有难度。"

方审进来四处看了几眼:"江法医呢?"

"黄缘买了束花,江法医找瓶子插花去了。"

"他起这么早?怎么不多休息会儿啊!云衿,你是不知道,昨天那情况真的惊险,你心脏骤停,他一个人硬撑着给你做了好几轮心肺复苏,到最后,都急得吐血晕倒了。"

方审嗟叹道:"江暄可是你的救命恩人,你要好好感谢他。"

谢云衿的笑容在脸上凝了几秒,眼神有些恍惚,原来昨晚情况这样紧急,紧急到他都吐血晕倒了吗?

为什么他什么都没有和自己说,甚至一睁眼就看到他在床头,他昨

晚有好好休息吗?

谢云衿垂下眼睑,舌尖漾出苦涩,一直以来都是自己亏欠他,现在倒好,又欠了他一条命。

正失神着,江暄适时走进来,他找护士要了个玻璃瓶,将瓶子里灌上水,花束正开得灿烂。他将玻璃瓶放到病床旁边的柜子上。

见他来,方审夸张地咳嗽了一声,看看罗宇超又看看赵语、黄缘,给他们使眼色:"那……那什么,看也看了,花也送了,云衿也没事了,咱们还是去看看高纯吧,撤撤。"

罗宇超是个人精,立刻心领神会,嚷嚷道:"是啊是啊,看高纯看高纯,谢组,我等会儿再来看你啊。"

几个人平均年龄都奔三的了,却扭捏得跟小学生似的,推搡着走出去,还贴心地关好了门。

江暄奇怪:"他们怎么就走了?"

"可能是不想当电灯泡吧。"谢云衿挑挑眉,冲他勾手指,"江暄,你过来一下。"

江暄听话地走到她床边。

"扶我起来。"

"好好躺着,起来做什么?"

"起来活动活动筋骨。"

江暄这才将她扶起。谁知,谢云衿反手环紧他的腰身,将脸贴过来,轻轻蹭着他,在他耳边吐出热气:"谢谢你。"

心脏处好像落下一片羽毛,轻轻撩拨,疼痒无比,他拥紧她,嗓音低下来,下巴搁在她的头顶:"谢什么?"

谢云衿并未回答江暄的问题,而是说了那句俗套的三字情话:"我爱你。"

在她沉入水底时,在她以为自己要死了时,心里涌起的最大的遗憾便是没有来得及跟江暄说一句"我爱你"。

比起找真相找凶手,这明明是一件最容易做的事情,可她一直没有做。而现在,她将这句话明明白白说给江暄听。

江暄嘴角漾起弧度,轻轻回应她:"好,我听到了。"

这是一个漫长的拥抱,长到这对有情人以为,他们好像已经走完了这一生。

两日后，高纯身体好转，他来到了谢云衿的病房中。他脸色苍白，看起来依旧虚弱。

高纯穿着蓝白相间的病号服，微微低头："听方警官说，我差点害死了你，对不起。"

谢云衿坐在窗边，没接他的话茬，只问："身体恢复得怎么样？"

"还好。"

"那就行。"

高纯神情有些歉疚："其实跳下去之前，我是真的一心求死，可是当我意识到自己可能要死的时候，又、又后悔了，谢谢你跳下去救我，这次也是上天给我重生一次的机会，我会为我自己做的事情负责。"

他看着谢云衿的侧脸，冬日柔和的阳光映在她鼻梁上那几颗俏皮雀斑上，有种动人的感觉，他微微失神。

谢云衿收回目光，看着伸手可触的枯枝败叶，现在荒芜，可来年春天，它又能抽枝发芽，继续蓬勃。

在最困难的那些年，她都从来没有想过死，死亡很难，活着更难，但只有活着，才有希望，死了也就什么都没有了。

她不知道宋翎在服药后经历那些痛苦的瞬间时有没有后悔过，但无论宋翎是否后悔，都不可能有重来一次的机会了。

死，本身就是极其不明智的决定。

谢云衿"嗯"了一声，指了指面前的椅子："坐，聊聊吧。"

高纯很拘谨，他指尖捏了捏，在谢云衿面前坐下来。日光有些刺眼，让这个久处黑暗的人本能地抬手挡了一下。

谢云衿手里捏着那张照片，目光淡淡地一扫。

照片是新洗出来的，但能看出是多年前拍的，画质非常模糊，只能看到一个短发背影，男女不确定，那人确实站在一个台子前，手上拿着一把刀，其他信息便都看不出来了。

"这就是你寄给我的照片？"

高纯往她手上看了一眼，缓慢地点了点头。

"和我说说钟小智吧，她是一个什么样的人？"

高纯愣怔片刻，接着陷入短暂的回忆里，他脑中浮现出一个动人的笑貌："小智姐是个很好的女孩子，很坚强很善良也很会照顾人，在福利院里，是大姐姐的存在，她帮了我很多，也教会我很多。"

说起钟小智，他黑而秀气的面容上漾出些笑意。谢云衿看着他的表情，一针见血："你爱慕她？"

高纯被说中心思，轻咳一声，如实点了点头。他有些哀伤："曾经有过。"

"曾经有过？"谢云衿想到宋翎死亡之前，两人的亲密举动，以及他说宋翎死亡，他活着也没意义这类话语，又追问，"那宋翎呢？你对宋翎是什么样的感情？"

高纯的脸微微红着，看起来有些不好意思。

"你爱慕她们姐妹俩？"

高纯低下头，承认了："是，最开始我喜欢小智姐，她失踪后我便一心只求个真相，直到后来遇到宋翎，她和小智姐完全不一样，我在和她的相处中，也、也动心了。"

他顿了顿："我知道我先喜欢上姐姐后喜欢上妹妹的心思很无耻，但我就是控制不住自己。"

谢云衿听到他文艺忧伤的描述以及自责的话语，若有所思地笑了笑："也没什么无耻的，没有要求人一定得这辈子只爱一个。"

她说完又另起了话题："宋翎提到的钟小智目睹杀人这一事件，录音里说得太笼统了，我想要捋一下时间线，以及还有些问题要问你。"

高纯这才抬头，轻轻颔首。

"第一个问题，你弟弟高翔，是2008年12月21日开始下落不明，但钟小智早在2008年11月28日甚至更早便发现裕华福利院存在杀人这回事，没错吧？"

"没错。"

"第二个问题，钟小智说自己是在福利院右边那栋废弃院楼里看到的，这栋楼为什么会废弃你知道吗？"

"好像知道一些，因为被鉴定为危房，不适合再住人，福利院也没有对这栋房子进行改建修缮。2007年末，陈兰心让原本住在里面的孩子都搬了出来，后来就一直空置着。反正楼和楼之间只是挨着，并不连通，废弃它并不影响其他的楼，不过由于废弃了，陈兰心和当时照顾我们的几位阿姨都严令禁止我们上废弃楼玩，一旦发现有孩子进入，还会给些惩罚，久而久之就没人去了。"

"第三个问题，既然严令禁止，那你知道钟小智为什么会去吗？"

高纯点点头："知道，小智姐有说过，她和宋翎之前住的就是右边的楼，父母留给她的遗物不见了，她怀疑是遗落在原来的房间了，所以她好几次在晚上偷偷上去找东西。"

谢云衿回想了几秒裕华福利院，房子是非典型的三合院构造，中间的楼很宽，两边则窄些，不过她前些日子去的时候不仅仅是最右边的楼废弃，中间那栋大的也被废弃，只有最左边的还在使用中。

等高纯离开，谢云衿再次将那张照片拿到眼前深深凝视，可惜这张照片已经被她反复看过无数遍，再看不出多余的信息。

而自从陈兰心专门上电视台澄清之后，网络上的舆论也发生了很大改变，一部分人仍然认为裕华福利院有体虐现象，觉得世界黑暗义愤填膺，而另一部分人是理智派，他们反思整件事，觉得凭一篇毫无证据的网络文章无法断定裕华福利院存在体虐，但又认为没有什么事情是完全空穴来风的，所以一直督促公安机关早日出调查结果，还有一部分人则完全倒戈陈兰心，觉得她是被冤枉了。

谢云衿看着那张照片视线幽远。

如果宋翎和高纯所说全部属实的话，那裕华福利院可能存在比体虐儿童更加恶劣的事情。

她又拿出一张照片，照片上的男人西装革履，坐在一张简约的沙发上，十足成功男人的做派。

这男人也确实够成功，记者出身，国内畅销时尚杂志创始人，三十四岁，英俊帅气，年轻有为。

谢云衿看着这个身形，莫名觉得有些眼熟，她喃喃了一个名字：

"杨殊宁。"

"你在整件事情当中，到底扮演了什么角色？"

但照片只是照片，无法回答她。

谢云衿拿掉肩膀上披着的厚重大衣，猛地站起身来，她只觉得五脏

六腑七经八脉里血液沸腾，想做的事情是一刻也等不了。

她沉吟片刻，高声喊出一句："我要出院。"

对于她的请求，何繁忠环抱双臂，说出一句："我不同意，先好好休养，案子重要，命更重要。"

"不用休养，我已经好得差不多了。"

"那也不行，案件强度之大之辛苦你比我清楚，云衿，你刚从阎王爷那里捡回一条命，休养好了再说。"

但谢云衿很固执："我继续待在医院不叫休养，叫虚度光阴无所事事，倒不如让我早日回到案件中。"

何繁忠看了眼旁边的江暄，决定把这个难题抛给他："江暄，你好好劝劝云衿，多休养休养，不急这一时。"

谢云衿警告般地轻咳一声，看江暄的眼神分外幽怨。

江暄看她这副模样忍俊不禁，他浓黑眉峰轻扬，轻叹一声："何队，这个事情您都劝不住，我怎么可能劝得住？她不听您的，还能听我的？"

江暄看向谢云衿，目光坦诚而专注。他们二人相识许久，她是什么样的人，什么样的性格，他比谁都清楚。

所以，江暄不会阻止她，而是完全支持她的决定。

江暄语调很淡，可眼神却有浓浓柔情："何队，不用阻止云衿，她的身体她自己清楚，说没事肯定没事，我们所有人都为案件忙，您让她一个人待在医院无所事事，这怎么可能呢。让她出院吧，不用担心，我跟着她一起去，我会陪着她，不会有事的。"

谢云衿忙不迭地点头，补充道："对，并且我就去做些调查，又不去打打杀杀，您就放心吧，真不会有什么事的。"

何繁忠叹了口气，他知道谢云衿性格固执自己说服不了，也就不再坚持了，只叮嘱她："万事小心些，千万不要冲动……"

谢云衿无可奈何地揉揉额角："何队，我就冲动过那么一次，被你念叨到现在……"

"这种低级错误，犯一次都不应该。"

谢云衿的双眼耷拉着，一副好好认错的模样："我一定吸取教训，要再冲动打人，你开除我都行。"

何繁忠从鼻孔里哼出一声："去办出院手续吧，我去找高纯聊聊。"

411

目送何繁忠的背影离开，谢云衿收回视线，见江暄还愣在原地，冲他勾勾手指，眼神带着轻佻。

"走吧，跟班，不是说要陪着我吗？"她说完，留给他一个笑容，转身就往前走。

江暄愉悦地挑了下眼，薄唇微启，语调倒是不紧不慢，冲着她清丽背影回答道："不急，跟班就来。"

办理完出院手续，谢云衿和江暄一同走出医院大门。

谢云衿稍微抬头看着天空，深深吸了一口新鲜空气。江暄垂眸，凝视她翘挺的鼻尖："接下来去哪里，福利院还是正锋文化社？"

"都不去，先陪我去趟墓地吧。"

江暄意识到什么，他小心翼翼地询问："你想去看叔叔阿姨？"

"不是。"

"那为什么会想去墓地？"

谢云衿依然是笑着的："我想带你见见家长，现在方便吗？"

江暄喉咙有些酸涩，他看着谢云衿脸上的笑容，手指紧了紧，突然坚定地握住了她的手，给她肯定的答复："怎么会不方便。"

"我去开车。"顿了顿，江暄又停下来,看了看自己身上休闲的衣服,有些紧张，"不太正式，我要不要换一身？"

谢云衿哑然失笑，安慰他："不用不用，很好了。"

"我怕叔叔阿姨不喜欢。"

谢云衿笑容和煦,轻轻对他说："不会的，我喜欢的，他们也会喜欢。"

今日虽有阳光，不过寒风依旧萧瑟，在空旷平坦规划有序的墓地中畅通无阻。

江暄和谢云衿一前一后，在一个墓碑前停下来。

墓碑上的几个大字非常显眼——爱妻谢小芸。

谢云衿看着墓碑上的照片，母亲的笑容温暖，还是那样年轻。母亲从前总是抱怨时间残忍，让她头上生白发，让她眼角长细纹，让她一年老过一年青春不再，可现在，岁月永远不会在她脸上留下痕迹了。

谢云衿稍微弯腰，将手中的白菊递到墓碑前。

从她记事开始，母亲的身体就非常差，隔三岔五便有个头疼脑热，

可父亲工作又忙，整个家庭，年幼的孩子，都是她拖着病体支撑住的。

其实外婆和徐酒酒说过，母亲的身体不是一直这样差的，之所以这样，是因为怀她的时候落下了病根。是她躺在母亲的子宫内，通过脐带吸收走了母亲大半精力与营养，所以她生下来才会健康强壮，母亲才会消瘦虚弱。

她爱自己的母亲，心疼自己的母亲，所以在母亲突发疾病送医不及时去世时，她才会那样恨，觉得是父亲挂断了母亲的救命电话，不听父亲的任何解释，将所有的责任都怪到他身上。

但其实，真要追本溯源，她也脱不开干系，她没有资格怪任何人。是因为生下了她，母亲的身体才变得那样差，才会在三十六岁壮年时期便离开人世。

江暄蹲下身来，扫去墓碑上的灰尘和落叶，他瞳仁黯淡，起身来揽紧谢云衿的肩膀。

谢云衿偏头看了他一眼："我已经跟妈妈说了，她知道了，她很喜欢你，我们走吧。"

"不去看看叔叔吗？"

"不去了。"谢云衿远眺这一排排整齐有序的墓碑，"等案件有了结果，再来看他吧。"

她抬腿走下台阶，虚弱的身体也像是注满了力量。回到车上，她像换了个人一般，很快进入工作状态。

车后座放着一堆资料，都是她让赵语帮自己搜集的，大部分是关于杨殊宁、临江晚报以及正锋文化社的资料。

方审这些天都在紧追裕华福利院的资金流向以及男童失踪情况，因此，谢云衿则将重点放到与这几起事件处脱不开关系的杨殊宁身上。

找了个安静地点，江暄将车停靠路边，谢云衿靠向椅背，目光正全神贯注在这些资料上。

由于杨殊宁的妹妹杨姝岑是公众人物，杨殊宁本人也拥有一定名气，所以他的资料并不是很难查。

谢云衿手上的资料非常详实，这才短短两天时间，能看出赵语在搜集这方面颇下了一番功夫，基本将杨殊宁这些年能查到的都查了个底朝天。

谢云衿一目十行，浏览速度虽快，重要的基本没落下，很快了解到了杨殊宁的基本情况。

他和杨姝岑出生在临江市一个普通家庭，父亲杨康时是国企小领导，母亲李怡美是舞蹈教师。妹妹杨姝岑从小跟着母亲学舞蹈，五岁被看中拍摄儿童广告，七岁演了当年家喻户晓的家庭剧，后来又多次拍摄电视剧以及广告，成了小童星，红极一时。不过杨姝岑的星途并没有继续顺利下去，她十岁拍戏时骨折，养伤两年，观众遗忘快，市场更迭快，新人替旧人，她逐渐没了戏约。

后来，杨姝岑一门心思要走演艺路，也成功以高分考上电影学院，凭借着幼时的童星光环，她成年后很快再度出名。

与亲妹妹的传奇人生相比，杨殊宁的成长经历就黯淡很多。他比杨姝岑大了七八岁，长相不出众，才艺不亮眼，如大部分普通人一样，按部就班地念书，按部就班地考学，念了传媒大学新闻系。

大学时期的杨殊宁非常活跃，他积极社交，积极参与各种活动组织，校辩论社、校足球队以及学生会都留下过他的身影。并且杨殊宁担任辩论社队长时，还带领队伍赢得全国大学生辩论比赛冠军，学校很骄傲，更是连写几篇文章全平台全力宣传这份荣誉。

谢云衿在这些文章复印件以及配图中发现了另一个熟悉的人。

储俪。

临江电视台颇有名气的美女主持人。

照片中，她就站在杨殊宁旁边，两人都穿着正装，面对镜头时笑容满面。

而从文章中，谢云衿又了解到，杨殊宁是2001届新闻系学生，储俪是2002届新闻系学生，两人不仅是校友，杨殊宁还是储俪的师兄。

二人毕业之后，一个进入报社，一个进入电视台……

联想到在临江晚报工作的杨殊宁率先发出那篇不实报道后，很快，在临江电视台工作的储俪也做出了与之类似的报道，谢云衿屏住呼吸，神色渐渐冷了下来，她很难不去恶意揣测这两人与那起案子的关系。

谢云衿脸色阴鸷，将头狠狠往椅背上靠去，深深吸了一口气。

江暄不清楚她看到了什么情绪这么激动，他伸手将谢云衿手上的资

料拿过来,同时眉头紧锁:"怎么了?"

翻看下去,江暄声音冷沉:"杨殊宁和储俪原来还有这层关系,怪不得。"

"嗯,当年那篇假新闻传播范围如此广,公安机关辟谣都于事无补,他俩真是'功不可没'。"

谢云衿闭眼缓了会儿,复睁开,瞳仁恢复湛亮清明。

"如果真如宋翎所说,我爸是因为调查裕华福利院被报复的话,那杨殊宁、储俪与裕华福利院,很大可能是有共同的利益往来,所以才会利用自己的职务之便,拼尽全力掩盖真相。"

江暄沉吟片刻,将资料合上:"这三者之间会有什么共同的利益往来呢?"

他想不出来。

谢云衿思考着,缓慢说道:"临江晚报脱离临江电视台后转成了正锋文化社,在2013年遭遇重大危机,报纸停刊,正锋文化社一度面临倒闭……"

江暄指骨弯曲抵住下巴,听谢云衿继续讲下去:"后来是作为主编的杨殊宁拉来投资盘活正锋文化社,而方审那边也查到,裕华福利院的资金流向确实有问题,如果真的有共同利益往来,会不会和这些问题资金有关系?"

她说到此处,突然挺直腰背,在腿上这沓资料上翻了翻,想找找赵语有没有调查这笔资金来源。但资料太多太杂,她手忙脚乱没注意,腿上的资料从侧面一股脑往脚下掉。

江暄知晓她心里着急,轻声安慰她:"不用着急,缓口气,慢慢来,给我一部分,我帮你找。"

谢云衿点点头,躬身下去将资料捡起来,递给江暄一半。

两人分工合作,狭小逼仄的车内空间里一直传出纸张"哗啦"的清脆声音。

谢云衿一页一页翻得极快,与此同时,食指伸出来比对着资料上的一行行文字,快速迅捷。

终于,她的手指在纸张某处停了下来:"在这里。"

"2014年,洹港集团投资正锋文化社。"

415

同时间，两人目光看向彼此，异口同声："洱港集团！"

江暄扶了扶鼻梁上的银质镜架，镜片后的视线幽深凛冽，两人对视了很长时间，彼此的思绪都在飞速运转。

江暄说："我没记错的话，过去多年里，大手笔资助裕华福利院的，就是洱港集团吧。"

"你没记错，是洱港集团。"

洱港集团，原是临江市龙头企业，制鞋发家，后又投资不少朝阳产业，一度赚得盆满钵满。创始人吴德冠，生于1940年，本来只是街头一个贫苦的制鞋工，后来遇上贵人，开了个小小的皮鞋店，凭借着独到的生意头脑，加之精湛的制鞋手艺，吴德冠皮鞋店很快开始发迹，发迹之后，他扩店面，开工厂，生意越发红火，改革开放初期，吴德冠又看准时机，改建洱港集团，吸引投资，将生意拓展到海外。

2009年，年近古稀的吴德冠因心脏疾病逝世，享年六十九岁，他的赘婿陈良善随即接手洱港集团。可惜这个陈良善的生意头脑完全比不上他的岳丈，短短几年，从洱港集团对外公布的营收情况来看，已经大不如前。

即便如此，陈良善的口碑却非常好，他热衷于慈善事业，看来人如其名，是个良善之人。

谢云衿指尖轻敲，视线透过车前挡风玻璃看向远处，沉思几秒。

"或许，我们应该将搜查的网布得更大一些，洱港集团，可能并不简单。"

谢云衿耸了耸酸痛的脖颈，兜里的手机突然响了起来，她掏出来一看，屏幕上跳动着方审的名字。

"看来是案件有了进展。"谢云衿自顾自说了一声，接过电话放到耳边。

"喂，方审。"

"哎，云衿，我听何队说你已经出院了是吧？"

"嗯，出院了。"

"我就是跟你还有江法医说一声，对裕华福利院的搜查证下来了，我打算等下就带人过去一趟，你们现在在哪儿呢，赶紧回来吧，咱一起过去。"

谢云衿声音坚定:"我们马上回来。"

她挂断电话,偏头凝视江暄:"福利院的搜查证下来了,我们现在立马回去。"

"行。"江暄的手搭上方向盘,车辆发动,在凛冽寒风里疾驰远去。

没多久,车在刑侦支队门口稳稳停下,谢云衿更是一刻都没有迟疑,立刻从车里钻出来,推开玻璃大门,大踏步往楼上走去。期间碰见几个小警员朝她打招呼,她颔首一下算是回应。

她面若冰霜,直接推开外勤科办公室大门,走到方审办公桌前:"我回来了,可以出发了。"

第 五 案

荒山谜踪

第二十一章
意外车祸

谢云衿回来，方审很高兴。两人搭档这些年，彼此都是对方成长路上的助力，前几天晚上她差点溺水而亡时，方审可是担忧得一晚上没睡觉，一直陪着江暄在外面等待。

他打趣谢云衿："这么快出院，恢复能力不错啊，看来你撂倒我不在话下啊，挺好挺好。"

谢云衿轻笑一声，漫不经心地说："撂不撂得倒，等回来可以试试。"

方审连连拒绝："算了算了，不试不试。"

"方组还怕输？"

方审瞪大眼睛，提高音量："怎么不怕，要真输了，我这张老脸还要不要？"

说完，两人默契地相视笑笑，插科打诨了几句，终于拉回正题。

"经侦那边有什么进展没？"

方审摇头："哪有那么快，是查出有问题，但具体资金流向情况还在细查。"

"好，咱俩的闲话少说，准备下出发吧。"

"别那么着急，"方审咂了下嘴，"主角还没到，江法医呢，他怎么没一起上来，没他在，这搜查工作进行不下去啊。"

"他被我扔楼下了。"谢云衿紧绷的背脊突然松懈，有些懊恼地揉了揉额角，不知是不是这起案子与自己息息相关，她明显感觉到自己的心境比起之前来急躁了许多。

419

验证宋翎录音的真假，查明裕华福利院那栋危楼多年前有无凶案发生，她和方审去能顶什么事啊？主要还得看法医科啊。

她润了润唇，缓了口气，心中暗暗重复：平和、冷静、谨慎，不可焦、不可躁、不可气馁……

到第二遍时，门口传来江暄的声音，夹杂着急促的喘息："我到了。"

他瞥了眼谢云衿的背影，语气有略微宠溺："停个车的工夫，你就没影了，害我一顿好追。"

方审看到这一幕，不客气地笑出声："云衿，你这干的什么事？"

谢云衿瞥了江暄一眼，摸摸鼻尖："不好意思。"

"你还知道不好意思，"江暄无奈地垂眸看她，"下不为例。"

几人说着，又讨论起搜查的方向来。江暄开口："要检验一个地方几年前有没有发生过凶案，关键还是查血液残留，血液这东西，最难清除干净。"

说到查血液残留，方审想起了一件旧事，他颇有感触地说："我记得我刚来刑侦支队第一年，那时候法医科还是宋清山前辈坐镇，我们当时接手的一个陈年旧案，已经十一年了，逮住了嫌疑人，就缺关键证据，然后宋清山老前辈就带着我们，在嫌疑人那个破败的房子里，真是趴地上一厘米一厘米地找，找得我们几个人腰酸背痛，结果还真就在嫌疑人床头柜柱子下发现了一个小黑点，提取出来一验DNA，和死者的正好吻合，关键物证有了，何队主导审讯下去，嫌疑人再也抵赖不掉，就全都招了。"

江暄微笑着环抱双臂："如果现场清理得够干净的话，我们这次可能也要用这个死办法，一厘米一厘米地找。"

方审大刺刺地叉腰，想起之前大热天的，自己这个魁梧大汉蜷缩在嫌疑人脏如狗窝的房子里寻找血迹的痛苦回忆，他浅叹一口气。

"那只能这样，没办法。"

"是没办法，对了，出发还得再等等，我回办公室收拾器械。"

方审扬扬手："行，赶紧的啊。"

十多分钟后，搜查行动小队于楼下集合，讲明本次行动要点后，警员们快速有序地上车，车辆一溜烟疾驰而去。

裕华福利院远且偏，路上耗了些时间，大概下午两点才到达目的地。

同上次来一样，依旧是大门紧闭，四周草木凋零，半个人影都见不着，只有三幢老楼依山而蠹，看起来分外荒凉。

叫了半天门，就在警员们已经翻墙而入时，陈兰心终于出面了。与前几天相比，她明显憔悴了不少，脸色暗沉，表情透着颓态。虽如此，她依旧维持着优雅姿态，端着手走过来。

方审连忙上前解释："陈院长您好，我是云澧区刑侦支队方审，前几天来调查过福利院有无虐童情况，您应该还记得我吧？"

陈兰心警觉地看着眼前这些警员，脚步稍稍退后两步："我记得你，你们之前来福利院问过情况，这都几天了，想必你们已经查明，我们福利院确实不存在虐童情况，怎么这次又来了？"

她没了之前的和善，语气渐渐气愤："来就来了，不打声招呼，也不等我们开门就直接翻墙闯入，这个合规吗？会吓到我的孩子们的，这个你们负责吗？"

方审的笑容很耐心，他拿出纸张，伸手在她面前甩了甩，声响清脆。

"合规的，您看看，这是搜查证，有人举报裕华福利院里发生过凶杀案，并且，我们还调查到福利院在2008年有六名男童去向不明，结合这两点，特申请获批过来搜查。

"陈院长，您还有疑问吗？"

"信口雌黄。"陈兰心冷眼相对，似乎有些恼羞成怒的意味，她身上的那份优雅早就荡然无存，如一个没文化的市井女人般胡搅蛮缠起来。她蛮横地打掉方审手里的搜查证，"别给我看这东西，没用，真的假的都不知道！"

她说着往兜里掏手机，嘟囔着："别以为你们是警察就能肆无忌惮欺负我，欺负我们院里的孩子，欺负孩子我能和你们拼命，我现在就打电话，叫媒体，叫电视台，我让他们来看看，让他们报道出去给全国人民都看看，我就不信这天底下没有王法了。"

谢云衿听到陈兰心说要叫电视台，轻笑一声。她看着陈兰心拨号时狐假虎威的架势，对宋翎的话更加笃定了。

"陈院长，您可要想清楚，我们没搜查出什么还好，要是搜查出些什么，叫媒体，叫电视台，您这不是搬石头砸自己的脚吗？"

方审则捡起地上的搜查证，抬头："陈院长，还有，您别开口闭口都是孩子，我现在可以明确地告诉您，我们不会打扰孩子们，您可别泼这脏水给我们。"他指了指旁边的楼，"根据我们的调查，这是栋危楼，空置多年，里面可没孩子吧，我们就在这栋危楼里搜查。"

他没回头，往后做了个行动的手势，警员们动作迅速地逼近危楼。

陈兰心情绪有些失控，她冲过来想阻拦。谢云衿赶紧伸手，对付这个年过半百的女人，几乎不费吹灰之力，很快控制了她。

而那头，警员们已经破了锁，通往楼梯的铁门大开，灰尘扬起。

或许是得知自己再无力阻拦，陈兰心像一只泄了气的皮球瘫坐在墙边，疲惫松弛的眼皮往下耷拉，沉重地喘着气。

谢云衿招招手叫来赵语："你在下面好好安抚陈院长的情绪。"

说是安抚，实为看牢，不让她逃走，也为了避免她轻生的情况发生。

赵语会意，立马上前来。

谢云衿松开陈兰心站起身来，定睛一看，楼高十多米，灰白破败，门中楼梯只能看到个底，再往上看，仿佛通往黑暗。

江暄提着勘察箱："上楼吧。"

谢云衿"嗯"了一声，抬腿往危楼的方向走去，很快到了楼梯下。

方审随手扔给她鞋套、口罩："戴上，荒废这么多年，上面肯定灰尘多。"

谢云衿接过来。

穿戴完毕后，几人顺着楼梯往上爬，年代久远，又长时间没人居住，戴了口罩都能感觉到空气中漂浮的灰尘与霉味，几人稍稍皱眉。

上了二楼，左右都是走廊，地面有些杂物，纸屑衣物都有，墙边还有黑色粒状物体，铺了满满一层，谢云衿弯腰辨认了一下，嗯，老鼠屎。

她拿出那张照片看了眼，又结合房子格局，从角度看，像是站在走廊外透过窗户玻璃拍的。

她浅思片刻，放下照片往前走去，通过窗户往里瞧，里面摆放着一些上下铺，似乎废弃前，这层都是孩子们的宿舍。

二层看完，谢云衿几人又往三楼走，一边走一边对比，在三楼最里侧一间房间外，谢云衿停住了脚步。

她双目微眯，眸中有洞察一切的敏捷，伸手推开紧闭的木门。瞬间，

灰尘像受了惊吓般纷纷飘浮起来。

她下意识地抬手挡了下眼睛，待尘土落地后才将手放下来。她眸光定定，聚焦于房间中。

与其他房间地板多多少少散落着垃圾废弃物相比，这间房间就有些过分干净了，地面只有灰，没有杂物，看来是被精心清理过。

谢云衿神色冷沉，目光最终定格在靠墙那个绿色台子上，她又看了看手上的照片，与照片中出现的台子一角颜色接近。

她走近端详这个台子，整体呈长方形，分段，应该能够调整形态，并不像个台球桌，反而像个手术台。

谢云衿用对讲机通知下面的法医科："东西提上来，三楼左侧最里间。"

一分钟不到，江暄几人带着监测器械与勘察箱爬了上来。方审还未进来，只在门口看了眼房间，便发出一句中气十足的评价："嚯，真干净，这一看就是被清理过的。"

江暄一走进来，目光便定格在了那张绿台子上。他将这张台子简单检查了下，干净得很，没看到任何血迹，随即冲身后的袁新元招招手："老袁，拿东西。"

袁新元回了句"好嘞"，拿出鲁米诺试剂和紫外线灯。

这两种东西，是刑事影视剧中出现的常客，大众不陌生，现实应用里是血迹测验的老朋友。

喷上鲁米诺试剂，但凡有过血迹残留，甭管是被清理过还是过了好几年，都能出现荧光反应。

不过这种检验方法也有局限性，只能测试有没有过血迹，并不能测试是人血还是其他动物的血。

光线都被遮挡，试剂反应结果也逐渐显现出来，喷洒过试剂的台面显出蓝白色荧光，反应时间极快，大概几十秒的时间。华铭赶紧将这一幕拍摄下来。

这也验证了照片的真实性，不管是杀人还是杀什么，总之台子沾过血这事是跑不掉的。

方审神色逐渐变得深沉，他抬抬手示意其他警员将遮挡光线的幕布撤去。

验证了这房间里确实曾残留血迹后,便要开始关键一步,便是找寻没有被完全清理掉的血迹,找到后提取检测 DNA,人血还是动物血就都清清楚楚了。

江暄蹲下身来,几个放大镜分发下去:"辛苦大家了,墙壁、地板缝隙,都不能放过。"

话音落下,几人划分了区域,便开始行动了。这场特殊的找寻工作听着简单,实际操作起来却非常麻烦困难,历经这么多年,就算还残留了细微血迹,颜色上很难再用人眼分辨出来,因此,这需要极度的耐心与细致。

几名警员都趴在地上,一毫一厘地找寻,天气严寒,地板冷得像冰块,手掌接触上去,没几分钟,浑身都被冻得僵硬。

谢云衿往里走了几步,走到窗户边,她往侧边看去,后面傍着一座荒山,山不大也不高,黄土枯枝,看起来萧瑟凋敝。她收回视线,又往楼下看去,下面杂草败叶,还残留着不少垃圾,腐烂严重,能看出是多年前留下的。

她盯着楼下杂乱无章的垃圾若有所思,突然抬腿往门外走。方审在她身后问:"云衿,干啥去啊?"

谢云衿没回头,只撂下一句:"捡垃圾。"

她提着袋子拿个钳子,很快到了危楼背面。她低着头,面无表情,用铁钳子四处扒拉,垃圾多是些零食塑料袋,也有铁制饮料瓶,应该是以前住在这栋楼的孩子们扔的。

"谢组,方组让我来帮你。"

谢云衿听到声音后抬头,看到罗宇超笑嘻嘻过来了,她刚想说不用,让他上去找血迹。谁知罗宇超这厮眼神尖得像装了探测器,他一低头,用铁钳子夹起来个玩意儿。

"谢组,这是针剂瓶吧。"

谢云衿的视线探过去,罗宇超也适时将铁钳子举到她面前。

她稍微敛眉:"安瓿瓶。"

安瓿瓶一般用于存放注射类药剂或者血清,谢云衿将之拿起来放到手里若有所思,然后放到袋子中:"再找找。"

罗宇超"欸"了一声,再次弯下腰来,两人就在这垃圾堆里来回翻找。

这次就没有上一次幸运了,将近两个小时后,罗宇超才在这堆垃圾中又找到一枚开口的安瓿瓶。没等他们开始找可能存在的第三个,方审从楼上探出个脑袋。

"云衿,找着啥了?"

"两个安瓿瓶。"

"哦——"他脸上是喜悦,"上来吧,别找了,我们在窗帘上找到可提取的血迹了。"

"行,就来。"

罗宇超扭动了下酸麻的腰背:"谢组,你先上去,我站这里抽根烟,就抽根烟。"

他笑容灿烂,晃了晃自己手上的打火机和烟盒。

看出他憋了很久的烟瘾,谢云衿也没苛责,她点点头,走出软绵绵的垃圾枯草地,在台阶上粗略地清理着鞋边污渍。

罗宇超懒洋洋地站在垃圾堆中,视线落到后面的荒山林,随意嘀咕了一句:"没想到后面还有座山呢。"

谢云衿"嗯"了一声,又远眺了眼后面的荒山。

荒山萧瑟,黄土裸露,树木枯枝,视线畅通。

谢云衿站姿笔直,凛冽的目光在荒山上扫视一眼,职业的敏感度让她脑中瞬间想出多种可能性,但猜想终归是猜想,她并未多说,也很快收回视线,叮嘱一声:"快些抽,抽完赶紧上来。"

"好嘞。"

谢云衿顺着台阶从危楼背面走出,又很快爬上楼去。

这边,江暄和袁新元两人将沾有血迹的窗帘布剪下来。谢云衿凑近看了一眼,两处稻谷粒一般大小的血迹,在下摆脏污的窗帘布上和其他污渍混杂在一起,压根儿不起眼,也不知这几名警员是如何在这种环境中发现的。

方审走过来好奇询问:"什么安瓿瓶,给我看看。"他扯开袋子瞄了一眼,"这就是针剂瓶吧。"

谢云衿点点头:"是,就是普通针剂瓶,也不知道是什么原因被随意丢弃在危楼后面。"

方审收起袋子，摇摇头："这个说不好，都有可能。"

这里孩子多，地方又偏远，有个头疼脑热的，医生上门治疗很正常，针剂瓶难保不是因为这种情况留下来的。再者说，就这样两个针剂瓶，别说不知道和案件有没有关系，就算有关系，暴露在自然环境中这么多年的时间，也应该什么证据都留不下了。

因此，案件重点依旧得放在血迹上。

方审挺直背脊，对袁新元说："事不宜迟，袁法医、江法医，你看你俩谁先带着这块带血迹的布料回去检测？"

袁新元收好布料："我先回去做检测，老江跟着你们继续搜查。"

江暄并无异议，回了个"行"字。他看向沉思中的谢云衿，正准备说些什么，就听到一声高亢的疾呼从外面传来，响彻云霄。

"谁！在那里鬼鬼祟祟做什么！"

一听到声音，几人皆是一怔，还是谢云衿的反应敏捷，她眉一皱，飞速跑到窗边探身看去，未等她问情况，只看到楼下的罗宇超喊了一声"后山有人"，随即他将手上香烟一扔，便如离弦之箭一般往后山的方向冲去。谢云衿定睛一瞧，荒山枯树之中，有个黑色身影正在其中穿行。

这种情况下，她没有丝毫迟疑，往门口的方向转身就跑。江暄急切地叫了声"云衿"，话音未落，她人就没了影子。方审此刻也终于反应过来，他下意识骂了一声，跟在谢云衿身后火急火燎往外跑去。

楼梯旋转往下，脚步声响彻楼道，身后灰尘飘扬，谢云衿双手摆臂，两侧衣袂摩擦声刺耳，但她全然不顾，此刻她神情冷肃，头发被风吹得凌乱，下楼后跑过院子，穿过两幢楼之间的空隙，很快到了后面荒山。

荒山上的黄土有些黏湿，但谢云衿的速度丝毫不减，很快与罗宇超速度平齐。两人在荒山中狂奔几分钟，即将追上时，前方之人脚步一乱，鞋底打滑，直接跌倒在地，她"哎哟"几声，坐地上痛苦哀号起来。

谢云衿走近一看，哀号之人是个女人，她上了些年纪，眼窝深凹，神态疲惫，一头枯干的长直发，发顶白了不少，手边提着个大编织袋，像一副跑路架势。谢云衿看向她的脸，却感觉很陌生，似乎从来没有见过这人。这四下荒无人烟，谢云衿直觉她应该是福利院的人，还记得最初来这里调查时,那个刘阿姨曾经透露过,福利院里除了她和陈兰心,还有另外一名工作人员,那人有些文化,管的是后勤采购物资这些方面。

罗宇超跑得脸色泛白,叉腰喘气缓了下,还是没能缓过来。

谢云衿抬抬腿,鞋搁在石头上,等喘匀了气,她对眼前之人一连三问:"你是谁?从哪里来?跑什么?"

女人揉着脚踝,凄苦哀号也逐渐变成了气若游丝的小声呜咽。她起先并未回答,等谢云衿厉声重复问了一遍之后,她这才开了口,身份也在谢云衿的意料之中。

"我……我是那个福利院的马……马小青……"

谢云衿顺势问:"管外勤的那个?"

她没犹豫:"是、是,我是在福利院负责外勤工作。"

谢云衿的目光在她身边那个红蓝白相间的大编织袋上停驻,只见它被塞得满满当当。

谢云衿眼中流转一丝狐疑,弯腰下去,想拉编织袋拉链,却遭到马小青下意识的阻挡。谢云衿一个锐利眼神下去,马小青又讪讪地缩回了手,忙解释道:"这里面就是些生活用品。"

谢云衿置若罔闻,动作利落地拉开了编织袋,随后伸手翻了翻。

马小青也没撒谎,乍看下去,里面确实是些生活用品,被褥、毛巾、牙刷什么的胡乱混杂着,毫无整理痕迹,像是慌乱赶时间时收拾出来的。

谢云衿收回手,冷瞥马小青一眼:"这是准备跑路?"

马小青赧颜,忙无力辩解着:"不是,跑……跑什么路,我就是回趟家……"

谎言拙劣,谢云衿压根儿都不用对她的话语神情细作分析,脱口而问:"只是回趟家,有必要背着所有人偷偷摸摸走后山,有必要连被褥、毛巾都带走?"

被拆穿,马小青尴尬地张大嘴,却又无法反驳,她局促地搓着衣角。

而此时,方审也终于姗姗来迟,他浓黑的眉毛一扬,忙询问情况:"怎么回事?"

"不知道,正问呢。"

谢云衿转向马小青继续询问:"跑什么?"

"我没跑……"

谢云衿语气有些不客气:"老实讲。"

马小青支支吾吾了一分多钟,最终无奈地挠挠后脖颈:"这……陈兰心不是被你们逮了嘛,我还待在这里做什么?"

方审叉着腰:"谁跟你说陈兰心被逮了?"

马小青的声音大了起来:"你们大批人马气势汹汹的,不是来这儿逮她的?"

"逮她做什么?她又没犯罪。"

马小青的神色闪过一丝怪异,很快又恢复如常,但可惜被谢云衿精准地捕捉到了。

谢云衿来了兴趣,眸中泛起狡黠的光,随意问道:"她难不成犯罪了?"

"没……没呢……"马小青反应很快,只是笑容不自然,有些讪意。

谢云衿知道,这种情况下,围绕这个问题继续追问势必会造成马小青的防备,因此她顺坡下驴地"哦"了一声,看着马小青紧张的神态,换了个看似轻松实则重要的问题。

"来裕华福利院工作多少年了?"

听是这个问题,马小青轻缓一口气:"不多不少,今年刚好十年。"

"哦,这么说,2007年就来了?"

"对,对!"

听到这个答案,谢云衿心里有了考量。她点点头,没继续问了,开口说道:"是这样的马阿姨,我不管你是要跑路还是真的要回家,总之现在你不能离开,关于福利院,我们有问题需要问你,请配合我们调查,明白吗?"

马小青面上有些懊恼,但也只能不情不愿地应下来:"行,行啊。"

"走,那回去吧。"

说着,谢云衿给方审使了个眼色,两人十分默契,谢云衿过去搀扶,方审则提起那个鼓鼓囊囊的大编织袋,中气十足地"嘀"了一声:"还真沉。"

方审走了几步,见罗宇超不动,转了个头:"阿超,上去呀。"

罗宇超手指夹着根香烟,不好意思地笑了笑:"方组,我抽根烟。"

谢云衿:"你刚刚不是抽了?"

"没呢，谢组，我刚刚就抽了两口，瘾都没过就看到这马阿姨鬼鬼祟祟，连忙追过来了。"

"行，你抽完再上来。"

"抽完立马上来。"他点燃了香烟，看着几人离去的背影笑得愉悦。

罗宇超抽了几口，抬头看向头顶阴沉的天空，不知哪里来的一阵阴风吹动这荒山上的枯枝败叶，吹得左右摇曳，"咯吱"作响的声音听得他心里发毛。他似乎有些晕，摇晃的树枝在他眼前慢慢重影起来。

他定定神，晕感消失，视线重新明晰起来，而谢云衿和方审的身影已经远了。

他吐了口白圈，自嘲自己胆小，自言自语道："怕啥啊罗宇超，你一个警察，什么牛鬼蛇神没见过，这光天化日的，还能有鬼不成，吹阵风看你吓得，手上鸡皮疙瘩都起来了。"

罗宇超说完环顾这个不大的荒山，萧瑟寂寥，只有风声在林间幽怨穿行。他又抽了一口，脚闲不住地踩了几下地下黄土。这里的黄土不像前面的黏湿，而是很酥脆，踩起来很带劲，他一边抽烟一边踩土块，踩着踩着，突然脚下一空，身体直接往前趔趄。

好在他反应快，没摔，只是刚抽没两口的香烟掉落在地。

罗宇超犯了嘀咕："今天是咋回事，碰鬼了，抽个烟都不得安宁。"

他转过去，蹲下身，捡起地上香烟，刚准备起身时，眼尖的他看到了黄土块下一截灰色不明物体。

好奇心涌上来，罗宇超伸出手去扯了扯，没扯动，这玩意儿似乎深埋地底。

他不服气，将香烟摁灭，扒拉起上面的土块来。

他干劲十足，不过越往下扒拉，他就越感觉不对劲，越感觉冷汗透背。

他觉得自己可能是真的碰鬼了。

天气阴沉，荒山林间，阴风在枯枝上肆虐。

罗宇超停下手里的动作，狠咽一下口水，他稍微动了动蹲麻的双腿，看着自己扒拉出的小坑，刚刚裸露于黄土外的那截灰色不明物体也越发明显了。

是一截灰色布料,像人的衣物,而深埋地底的,似乎是个穿着衣服的人。

罗宇超深深吸上两口气,给自己的肺部注入新鲜空气,冷静几秒钟后,他掏出手机拨了谢云衿的电话。

"喂,谢组,你带人回来一趟。"

带人、回来……

谢云衿抓住罗宇超话中重点,反应敏锐道:"你在后山是发现什么了吗?"

罗宇超头点得跟捣蒜一样:"谢组,你会读心术啊?"

谢云衿一听这话,顾不得歇口气,冲着从楼上下来的江暄勾勾手指:"去后山。"

江暄腿长步快,几下到了谢云衿面前,他刚刚在楼上透过窗户已经看到了全程,而妄图跑路的马小青也已经认命地坐在了陈兰心的身边,此时去后山……

还没来得及问,谢云衿便主动开口:"阿超说在后山发现了东西,过去看看。"

正向下面警员交代工作的方审耳朵尖,他立刻转过头:"后山发现什么东西了?"

他声音洪亮,引来所有人的目光,包括东张西望的马小青和蔫头耷脑的陈兰心,可谢云衿偏偏反其道行之,将视线定格在那两人身上,她在观察两人。

在听到方审这高亢一声后,马小青下意识的反应便是慌乱地将脸转向陈兰心,而陈兰心则盯住方审,手指心虚地捏紧。

谢云衿冷漠地收回视线,看来这后面荒山,确实不简单啊。

方审性子急,叫了两名警员,忙抬腿过来:"走走走,我也一起去。"

一行人浩浩荡荡,从两幢楼中间的缝隙中穿行过去,又踏过楼后的枯黄杂草堆,踏上这座不高也不大的黄土荒山。

缓坡往上,罗宇超就蹲在地上,而他的面前,是一个直径三十厘米左右的小土坑,挖得非常不规则,依稀可见裸露在外的一截灰色布料,往下似乎还埋着东西。

罗宇超连忙起身腾地方,谢云衿在他刚刚待过的地方蹲下来。江暄

则在她身侧蹲下,他手套未脱,因此直接触摸上了那截灰色布料。

看样子,似乎在自然环境中掩埋多年,布料缝隙渗满干涸黄土,稍微用力便能将之轻而易举撕毁。

罗宇超退到方审身边双臂环抱,他得意地用手肘戳了戳方审的胸膛:"那个,方组,咨询个事。"

方审注意力都在土坑上,敷衍地回了一个字:"咨。"

"我今天这两波,算不算立功啊?"罗宇超舔了舔嘴唇,"看我今天,先是发现马小青,又发现这玩意儿,万一埋的是那些失踪男童的尸体,那我们的进度,是不是直接跨越一个台阶?"

"要真是尸体,那必须算立功啊。"方审亲昵地揽住罗宇超的脖子,故意开玩笑,"阿超,厉害啊,你这今天是走了什么运,瞎猫碰上死耗子就算了,还让你碰上两只。"

罗宇超眉飞色舞:"那怎么能算瞎猫碰上死耗子呢,我能发现,那靠的是我细致的观察力,敏锐的行动力,以及、以及一点点小运气。"他说完笑了起来。

而这边,谢云衿已经察看完毕,她起身来,声音泠然道:"工具拿了没?"

方审立刻停止与罗宇超的插科打诨,递过来一把铁锹。谢云衿接住,没有丝毫废话,埋头便掘起土来。

江暄也要了一把,两人动作利落却又不乏细致,快速掘土的同时,也保证对底下深埋之物尽可能小的破坏。当然,方审和罗宇超没有干看着,很快加入进来。

四人通力合作,挖掘工作进行到一半时,里面的东西已经很显眼了,衣物白骨,明显是一具陈年尸体。

江暄抬了下手,开口说道:"不要用铁锹了,容易破坏尸身,换小铲子。"

寒意料峭,但方审已经忙活得满头大汗,他擦了一把汗,忙从兜里掏手机:"没带,我通知他们带点铲子。"

不多会儿,几名警员携带小型工具加入到这次的挖掘工作中来。忙碌半个小时后,这具深埋地底数年的陈尸,才终于得以窥见这大白的天光。

天色依旧阴霾,风却不知道什么时候停了下来,山林再度回归静谧。

罗宇超站在深坑旁边,看着落满尘土的白骨头颅,它的双眼空洞洞,往里窥去,是看不见底的黑。

他想起他刚刚站在此处独自抽烟时刮过的那几阵让他汗毛竖起的阴风,不禁生出一个大胆的想法。

那几阵阴风,会不会是这地底之人不甘自己的身躯被掩埋,不甘自己的冤魂被深锁,不愿自己的死成为永久的秘密,所以它发出了点动静,让罗宇超发现了自己。

想法玄乎,当然,答案究竟如何,也没人能知道。

正当他走神之际,江暄的一句"阿超,帮忙提一下我的勘察箱"打断了他的思绪。

罗宇超爽快地回了声"得嘞",转身过去,将靠在树干上那个银白色大铁皮箱子提了过来。

"真沉。"

"当然。"

江暄打横放下箱子,扣动锁扣,里面大大小小闪着寒光的各类刀具放置得很规整,随后他俯身下去开始查看起这具白骨化尸体来。

衣物之下,尸体的血肉早已被自然环境中的蛇虫鼠蚁以及各类微生物蚕食殆尽,只剩了光秃秃的骨头。

对于法医来说,手法细致的分尸以及年代久远的白骨化尸体是最为棘手的。前者尸身残缺,往往很难找到全尸,甚至只能找到一部分器官组织,而法医则需要通过残缺的器官来推断死者的死因。后者棘手也很容易理解,时间长留痕少,软组织缺失,只能通过人的尸骨进行死因推测,而尸骨能确定的死因毕竟有限,若死于电击、中毒、窒息之类的,人体骨骼则完全无法表现出来。

总之,两者的难度都相当之大。

当然,难度大归难度大,这个时候,便要利用尸体周围一切可利用的物证,其中最重要的便是死者的衣物。

衣物能暴露出非常多的线索。

不考虑凶手刻意给死者换衣服的情况下,衣物首先能反映出的便是

死者死亡时的季节。

夏天穿夏服，冬天穿棉服，什么季节一目了然。死者身上这身衣服虽然已经腐化严重，但还是能明显看出是件灰色的薄款西装外套，袖口、肩宽、腰宽都很窄，女式衣物，里面是浅色衬衣打领结，下面是一条与西装同色系的百褶裙，脚上是一双已经看不清原本颜色的袜子和一双37码数的小皮鞋，像是年轻女性春秋季节所穿的衣物。

江暄下意识地想到什么，抬眼看向谢云衿，声音却稍显犹疑："钟小智？"

谢云衿想到刚刚说起后山发现东西时陈兰心的反应，她的第一反应也是失踪多年的钟小智。

她凑上前来，认真端详白骨身上穿着的这身衣物，越看越觉得眼熟，好像……

"这是临江高中的校服。"

她说得非常肯定。

江暄的手指在半空中停顿片刻，身体俯得更低。他伸手往下，触及到西装外套一侧扣着的铁制标牌，上面有刻字，不过已经被泥土填满，看不清本来面貌。

他小心翼翼拂去铁制标牌上的尘土，上面的刻字清晰可见——临江中学。

这是两人的母校。

但同时，江暄又提出问题："我查过钟小智的资料，她很早就辍学了，并没有在临江中学念过书。"

不是钟小智？

谢云衿想到宋翎脚上那双钟小智的小羊皮靴，猜想："宋翎念过，会不会她穿的是宋翎的校服？宋翎也穿过钟小智的鞋子，姐妹俩有交换衣物鞋子的习惯？"

"也有可能。"

江暄将手探入西装左侧衣兜，掏出些东西，一个黑色橡皮圈，同样腐化严重，一个指甲剪，虽是不锈钢材质，可表面还是出现了斑驳锈迹，此外还有两枚硬币。

他又将手伸入另一侧口袋，里面只有一把生锈的钥匙，从钥匙的齿痕来分辨，是一把单排防拔钥匙，所有口袋掏光，并没有能直接证明死者身份的物品。

粗略检查完死者的衣物，江暄又开始对死者身边及身下的土壤做提取工作，死者若是中毒而亡，尸体在腐烂过程中，毒素会慢慢地渗入土壤，对于这种数年的白骨化尸体，埋尸附近的土壤植被乃至昆虫都至关重要。

他取了一试管瓶的土壤交给随后赶来的法医助理："等下带回去做个毒物化验。"

与此同时，华铭也端着单反相机走过来拍照留证。

旁边铺了一张白色的垫子，江暄极其耐心，小心翼翼地将坑中白骨进行转移拼接工作，过程中还要特别注意有没有骨头缺失。

工作烦琐，又需要极度细致，因此耗时很长，江暄和两名法医助理足足忙活到晚上九点才算忙完。

黑夜低垂，暗影重重，温度降下来，风像夹杂了冰粒子，于林间肆无忌惮地穿过，将在场每个人的脸颊都刮得生疼。

为了确保工作顺利，三盏强光大灯映照过来，笼罩在这片荒林上方的黑暗被完全驱散。

江暄双腿已经麻得完全没有知觉，起身时又因为体位性低血压带来的眩晕感险些摔倒，好在一旁的助理扶了一把。他定了定神，终于缓过来，转身过去，目光牢牢定格在谢云衿的身上。

她站在不远处，侧脸清冷，不知正和方审说些什么，嘴唇微动。这时，他疲惫的神态上才终于染上一丝愉悦，长腿几步走过去，轻抿一下，随后道："尸骨清点完毕，需要带回队里做检验，你们这边什么时候结束？"

方审忙转身过来，说："云衿，你和江法医先回去，我在这里做善后工作。"

"陈兰心和马小青呢？"

"我和赵语等会儿把她们俩带回去。"

谢云衿没有异议："行，这么晚了，你们小心些，我们先走了。"

"先走吧。"

谢云衿看着垫子上的白骨，扬扬手招呼来几名警员："小张、小王，

你们和我一起协助江法医将死者尸骨衣物运到车上。"

"没问题。"

小张、小王动作迅速，很快动手做起转运工作，几人又忙碌了二十来分钟。

后备厢门被合上的那一瞬间，江暄晃动手里的车钥匙，他缱绻的目光投向谢云衿："你开车还是我开车？"

谢云衿越过车尾直接走向驾驶位："这黑灯瞎火的荒郊野岭路，当然是我来开。"

"怎么，不相信我的车技？"

谢云衿歪头："知道就好。"

江暄丝毫不意外她的回答，懒洋洋地轻笑一下，伸手将钥匙往她的方向抛去。谢云衿反应敏捷，稍微扬手，钥匙被她稳稳抓到手中。

她轻轻摁动钥匙，车鸣一声，车灯闪烁，拉开驾驶位的门准备钻入之时，她却反悔了。

"还是你来开吧。"

她说着又绕过车头走向副驾驶位。

"为什么？"

"太困了，我想在车上睡会儿。"谢云衿狡黠地笑笑，"有意见吗？"

"没有。"江暄挑挑眉，听话地钻入驾驶位，随着"砰"的一声响，车门关闭，车辆缓缓启动。

黑沉暗夜，浓云压低，道路两侧的山峦密林连绵不绝，在夜色掩映下更显得阴森诡谲。

夜已深，蜿蜒盘桓的公路上寂静无比，江暄驾驶车辆疾驰而过，大灯照亮前方数米远。

路程遥远，车程无聊，他打开了音乐。

舒缓的轻音乐悦耳动听，如水流般轻轻淌过谢云衿的耳郭，忙碌整整一天后，她真的已经很困乏了。

她此时正慵懒地靠在椅背上，上眼皮和下眼皮打着架，整个人进入了一种似睡未睡的状态中。渐渐地，她的意识也越来越恍惚，她嘟嚷着说道："江暄，很困，我先睡了，你到了叫我，回去还得审审陈兰心和马小青……"

江暄侧过脸去,温柔地看了一眼谢云衿:"快睡吧。"

"我还得审……"

"放心,我会叫你的。"

听到他舒缓的安慰声,谢云衿这才找了个舒服姿势,合上眼沉沉地睡去。

她虽然已经睡着,可是眉依旧轻蹙着,似乎有很多心事未了。

"睡觉呢,还想着审讯。"江暄无奈轻叹,他一手搭在方向盘上,另一只手揉了揉她柔软的短发。谢云衿似乎感受到了他的抚摸,往江暄的手掌上蹭了蹭。

她无意识的反应让江暄嘴角弯起愉悦的弧度,他恋恋不舍地收回手,专注在驾驶上。

开了几分钟,江暄发现后面不知道何时出现了行驶的另一辆车。

起先,江暄以为是方审他们的车便没管,又开了两分钟,江暄的手机收到群消息,是方审发的。

——搞完了,准备归队。

他这才发现后面那辆车不属于刑侦支队,它似乎正跟着他们的车,且速度越来越快。

意识到危险,他眸光冷厉,伸手推了推睡梦中的谢云衿:"酒酒,好像有车跟踪我们。"

酒酒,好像有车跟踪我们!

谢云衿一个激灵,猛地眼眶大睁,她挺直背脊,浑身的困乏混沌一扫而空。

她眸光锐利坚韧,忙转头回望,后面不远处确有一车紧紧跟随。她看向江暄,声音迅疾:"开多久了?"

"八分钟。"

"后面那辆车什么时候出现的?"

江暄一边将油门踩到底,一边回答:"具体不清楚,应该刚开没多久就出现了。"

谢云衿头脑似乎有风暴扫过,她飞速地整理思绪。

今日去裕华福利院先是搜查,后又在荒山上挖尸,闹出的动静不小,如果后车不是正常行驶，而是真的在跟踪他们，定然与福利院的案件脱不开干系。

谢云衿想到自己的父亲，当年，他正是偷偷调查裕华福利院期间出的事，并且，那群人猖狂至极，竟然携带枪支闯入家中先杀人后纵火。

如果后车之人真与裕华福利院的案子有关系，那会不会，和父亲的死也有关系……

她想到这里，七经八脉中流淌的血液逐渐沸腾翻滚。她浑身气息凛然，先是掏出手机拨打了方审的电话。

"方审。"

"云衿，我们搞完了，刚上车。"

"我们在回去的路上疑似遇上跟车，你现在用最快速度赶过来。"

"跟车？"方审言语一惊，"行，马上。"

说完，她挂断电话，转头看向后车。后车的车速比他们的快，已经离得很近了，被追上是迟早的事。

谢云衿看向江暄："减速，掉头。"

江暄的目光和她相交两秒，并没有废话，而是无条件相信她的决策，果断减速。

电光石火之间，后车迅速逼近，并且刻意撞上他们的车尾，两人皆身体猛地前倾一下，江暄的额头磕上方向盘，谢云衿急切担忧的声音传来："江暄！"

"放心，我没事。"

他嘴上说没事，实则剧痛袭来，但他强忍不适，迅速调整状态，眉目带戾，先往前驶动，再抬油门，脚轻踩刹车，左手猛打方向盘，后轮狠狠摩擦地面，发出刺耳的"刺啦"一声，紧接着，车头被顺利掉转过来，直直抵住后车车头，指示灯乱闪。

谢云衿动作敏捷，在掉头之际果断钻入后座。

两车性能和速度有差距，就算一直拉满速也跑不过，因此，谢云衿索性决定不跑了，让江暄掉转车头直接硬刚，一是拖时间，等后面方审的大部队前来支援，二是实在想看看，车里的人和七年前闯入她家中杀人纵火的是不是同一批。

她那双上翘的丹凤眼轻微眯起，目光如离弦之箭，直指对车驾驶位。

437

她左手慢慢放上腰腹处，那里别着一把92式警用手枪。

借着车灯光亮，谢云衿能明显看清，后车开车的是个男人，身材看起来魁梧有力，不过戴着口罩，谢云衿看不清他的模样。后排座位也坐着人，看样子有三个，正襟危坐着，面容被黑暗掩盖掉，只能看到健硕的身形。

荒郊野岭，三四壮汉，追尾阻车，不惜与警方正面冲突，弄得这么兴师动众。

看来裕华福利院里暗藏的秘密不小啊。得尽早扒出来，里面到底连着什么样血淋淋的真相，谢云衿实在太好奇了。

她记得，七年前闯入她家中那批人，身上是携了枪的。

她摸不准这几人有没有枪，更加摸不准他们会不会开。

谢云衿没有下车，她叮嘱江暄小心些，接着不动声色地掏出枪支，借着副驾驶位的椅背遮挡，将黑黝黝的枪口对准对面驾驶位的男人，目光冷冽肃然。

即便手里拿了枪，她也没有轻举妄动，首先是法律对警方开枪有严苛规定，其次是摸不准对方底细，最后则是对面人数有压倒性优势，有多少武器未知，她没有上帝视角，他们就两个人一把枪，此时冒进开枪非常不明智。

不过江暄直面歹徒实在危险，谢云衿深吸一口气，观察这些人到底有什么意图。

但凡后座那几人有掏东西威胁江暄生命的举动，谢云衿都有把握在他举起之前将之一击毙命。她死死盯住对车，对车之人却没有动静。双方就这样不进不退僵持了好几分钟的时间。

突然，对面那辆黑色车辆突然发动，江暄的车被撞得往后摩擦，地面被刮出两条触目惊心的车轮痕印。

再接着，这车先退后进，狠狠撞击上来，撞击过程中刻意改变方向，将他们的车往公路左侧撞击。

谢云衿瞬间明白了他们的意图。

这路环山，左侧下面虽不是什么悬崖峭壁，却也是直挺挺一个大陡坡，这连人带车的，被撞击下去不说车毁人亡吧，至少伤残是逃不掉的，若是再往车上扔上那么一把火，燃油一烧，钢筋铁骨也挡不住，压根

儿等不及方审过来救援。

　　江暄反应过来，也发动车辆狠撞上去，不让车辆位置被撞到左侧。对方的车做过改装，虽说性能比他们这民用小轿车好上不少，可都是车，它也不是什么铜墙铁壁无坚不摧，主动狠撞多下，车头同样变了形，只不过比他们的程度轻得多。

　　就这样，双方再次僵持几分钟，后面方审的大部队已经赶了过来。开车的男子非常警觉，远远地听到后面传来的汽车行驶声，意识到了情况不妙，立刻放弃与江暄的纠缠，猛打方向盘擦着他们的车身疾驰逃离。谢云衿也果断降窗掏枪攻击车轮，可惜黑灯瞎火对方车速又快，只听到几声震耳欲聋的清脆金属声。

　　车子扬长而去，很快逃离了最远射程。

　　谢云衿放下枪，第一时间将车子外形刻在脑子里。

　　江暄下意识开车想追，可惜车头变形严重，谢云衿抬抬手："他们的车特意改装过，我们这车追不上的，等方审过来。"

　　"好。"

　　两人对视一眼，又默契地看向前方，尾灯逐渐消失在两人眼前。与此同时，后面的车辆行驶声也骤停下来，谢云衿知道是方审他们赶来了。

　　下一秒，谢云衿便听到着急忙慌的摔门声，紧接着，方审的大嗓门极具穿透力："我隔老远怎么听到枪声了，云衿、江暄，你俩没事吧？"

　　方审走到车前一瞧，眼睛瞪得老大："怎么回事？车被撞成这副鬼样子！什么人，这么猖狂！看清了没啊？云衿，云衿！你说句话啊？"

　　话音刚落，谢云衿先从车上下来，她缓神片刻，往那辆改装车遁走的方向远眺一眼，凌厉尽显："看到身形了，脸倒是没有看清，一行有四个人，主驾驶一个，后排三个，身材壮硕，看身形像受过训练的，车被改装过，没有牌照。"

　　"带家伙了吗？交手了吗？"

　　"不知道，他们全程只撞车，没出手，似乎只想将我们的车从这里撞下去。"

　　按理说，对方人多，对付孤立无援的谢云衿和江暄是很有优势，为何却始终没有正面出手？

439

"带这么多人，只撞车没出手？不符合常理啊。"方审疑惑几秒，"是不是还没来得及出手我们就来了？"

"应该是。"

"不过他们首先撞你的车做什么？"

谢云衿犹疑着，走到道路一边往下看去，一个陡峭的山坡，下面是青翠树木，不过在黑夜笼罩下，视觉上全都化作一团团浓郁的墨。

如果刚刚真让他们得逞了，估计她和江暄不死也得残了。

再和七年前一样故技重施，放一把火，他们俩，包括车里的尸骨物证……

谢云衿敛回视线。

有可能对付他俩只是附带的，更重要的是想毁掉车里所载的尸骨与物证，他俩死了，警方依旧会将调查进行下去，但若是尸骨物证没了，这案子的调查可就真的悬了。

她浅思之际，江暄也已经从车上下来，他的唇色苍白，目光直击茫茫夜色，将谢云衿心里的猜测说出口："他们想毁我们刚掘出来的那具尸骨。"

谢云衿想到刚刚的惊险时刻，又想到七年前独自面对这一切的徐海成，她神色瞬间冷了下来，忙掏出手机拨出一通电话。

询问完情况后，谢云衿挂断电话昂头说道："前面就一条直路，道路环山，两边跟悬崖没差，没有任何小道可以逃，三公里处的三岔口有监控，我已经让交通部门注意这辆车的逃跑轨迹了。"

方审点点头，俯身下去看了下，地面凌乱深刻的车辙轮印彰显着刚刚情况的惊心动魄。

"太恶劣了！"方审被这群人猖狂的做法气得咬牙切齿，他冲华铭招招手，"这里、这里、这里，还有被撞毁的车头，都拍个照留个证。"

"行，方组。"

华铭端起沉重的单反相机"咔嚓咔嚓"几下，证据以图片形式被记录下来。

方审又开口："咱们一伙人，都杵在这里意义也不大，这样，云衿、赵语，你俩带一部分人先回去，阿超、小张几个陪我善后。"

"好。"

"对了,你俩那车肯定不能继续开了,尸骨和物证这些转移到我车上,先开我的车回去,你们这车……"方审看着那个严重变形的车头顿声,"阿超,你叫个拖车拖回去。"

罗宇超高声道:"马上。"

转移完尸骨,谢云衿载着赵语几个,驱车赶往云澧区刑侦支队。路过三岔口处的监控探头时,谢云衿特地抬头扫了一眼,接着拐向了通往城区的那条道路。

城区道路车辆渐多,一路上风平浪静,很快到了队里。

第二十二章
这世界需要光

兹事体大，刚回来，谢云衿便马不停蹄地走进何繁忠的办公室汇报情况，毕竟这些人今天敢如此明目张胆地对自己动手，也难保不会为了阻止案件调查对其他人动手。

她不想刑侦支队有任何一个人成为下一个徐海成。

何繁忠听完她的话，心情万分凝重。他抿了一口浓茶，放下茶杯，眼神往办公桌一旁扫去。

那里摆放着两个相框，一个是何繁忠与妻子儿子的合照，另一个则是与他一同入队走过风霜雪雨的队友们。现在的他已经不再年轻了，鬓边白发拔了又冒，眼眶下的纹路也是一天深过一天，可照片上，他揽着徐海成的肩膀，两人大笑着，站在刑侦支队大楼前，却依旧是年轻气盛的模样。

何繁忠叹了口气，拿起相框看了下，眼眶有些湿润。他伸手拂去玻璃上的细灰，陷入悲伤中。

这七年，他也为了这起悬案费力劳神，只不过警方掌握的线索太少，他有力没处使，自然也没什么收获，眼下案情有了重大进展，他们距离真相似乎就只剩下一层窗户纸，他绝不允许云澧区刑侦支队再有类似惨案发生。他当即开口："云衿，你的重点还是放在福利院上，不要分心，这几个人，我亲自追，你和江暄是亲历人，必要时协助我就行。"

谢云衿也完全遵从何繁忠的安排："没问题，我到时候将车子外形、几人身形以及事件发生的时间经过写一份报告交过来。"

何繁忠点点头。

"那何队,我先出门了。"

"你等下。"何繁忠突然开口叫了她原本的名字,声音有些沧桑,"酒酒,这案子水太深,出任务首要还是保证安全,毕竟敌方在暗,我们在明,今天实在太惊险了,你要是出事,我往后要是去了底下,没法和你爸爸交代。"

听到他提起父亲,谢云衿脚步一顿,她的头稍稍低下。灯光从上至下打在她脸上,在她眼睫处晕出哀伤的光影。

谢云衿很快收敛了情绪,偏头过来,给了何繁忠一个坚定的笑容:"我会保证安全,放心吧,何叔叔。"

两人现在似乎不是上下级,而是叔叔对侄女,说出最纯粹的叮嘱。

他们相视一眼,谢云衿正了正神,抬腿走出办公室的大门。

她出来就看见了江暄。他正坐在走廊的长凳上,整个人被疲倦侵袭,懒懒地倚靠在椅背上,手臂压上双眸。

谢云衿刚准备走过去,突然想到什么,转身下了楼。

她回了趟办公室,取了毛巾和冰块,慢腾腾走到江暄身边坐下,伸手撩开他额前细碎的黑发,刚刚他的额头狠磕上方向盘,此时红肿一片。

江暄实在困顿,没能睁眼,却条件反射般精准无误地抓住了她撩自己头发的手,捏紧了迟迟不肯松开,用脸颊轻轻蹭着她的手背,贪恋着她身上的温度。

两人历经长久的分别,还屡次在"鬼门关"前打转,熬过了生离,挺过了死别,才能得到这短暂的安宁时刻,来之不易,因此,他不愿意松手。

谢云衿只觉得此时的江暄像一只黏人的小猫,安静的时候待在主人脚下,闹腾起来了又绕着主人的小腿肚不停打转。

她轻轻弯唇,脸上漾出淡淡的愉快笑容,压低声音:"松开一下。"

江暄像没听到一样依旧抓住不放。

她的声音更加低,脸凑过来,唇中呵出热气,像电流般淌过江暄的脉络纹理。

"乖。"

她这种哄他的语气让江暄无比受用,他越发肆意地蹭了蹭她的手

443

背,这才松开来。

甫睁眼,他便看到谢云衿欺身上来,她躬着身体,与他四目相对,呼吸相闻。

江暄轻咳一声:"做什么?"

他的神态更加困倦懒散,狭长的眼半睁着,他以为谢云衿要使坏,要像之前一样蛮横地吻过来,他也不动了,配合且期待地看着谢云衿。

谁知,谢云衿一把薅开他的碎发,用包裹冰块的软毛巾轻轻敷在他额头上的肿块上。

"你受伤了,冷敷一下,给你消肿。"

红肿的皮肤触及到冰块,疼痛的感觉突然明晰起来,江暄轻吸了一口凉气,浑身的困乏突然被一扫而光。

他看着谢云衿认真地给他冷敷,不禁轻笑出声,说:"我还以为你要……"

"以为我要什么?"

"没什么……"

谢云衿手上的动作很温柔,语气却轻佻:"以为我要吻你啊?"

被她一眼看穿,江暄也懒得否认,大大方方地诚实点头:"嗯。"

他又接了一句:"谁知道竟然不是。"语气里蕴藏着淡淡的失落。

谢云衿轻"嗤"一声,对他的诚实回答不置可否。

额头上的痛意很快被冰凉感淡化,江暄的疲乏再度袭来之际,谢云衿将毛巾放置一旁,突然欺身上来吻住他的唇。

她吻技高超,辗转撩人,热气涌动。江暄也不甘示弱,左手抚摸上她的后颈,指腹在她光滑肌肤上轻轻摩挲,主动加深了这个吻。

深夜时分,走廊无人经过,也自然没人打扰这个长长的深吻,激烈又温柔,缠绵且缱绻,经历过生死,温存也显得更加可贵。

此时灯光与夜色暧昧相融,唇齿与气息亲密交缠,两人气息紊乱,快要失控时,被理智强行拉回,眼下不是能失控的时候。

深吻结束后,两人身体相依,一左一右坐在长椅上缓气许久。谢云衿揽住江暄另一侧肩膀,下巴搁在他肩膀上,意犹未尽道:"还想再来一次。"

不过,没等她有再来一次的机会,走廊尽头已经响起了匆匆忙忙的

脚步声。

来人是秦海明。

他定睛一瞧，在长凳处见到了谢云衿，于是脚步放缓，大声说道："云衿，原来你就在何队办公室外面呢，我还在那边找你半天。"

谢云衿和江暄也适时站起身来："刚和何队汇报完工作。"

"听方审说你们路上遇着歹徒，什么情况啊？"

谢云衿视线一沉："现在还不清楚这伙人撞车的真实意图，不过我们都猜测跟车里的尸骨有关。"

秦海明若有所思地摸了下下巴，又昂起头："刚刚收到交通部门对这辆车的追踪调查情况了，特意来跟你交代一声。"

"说说。"

"三岔口的监控探头确实拍到那辆车，他们走了右侧方向的道路，后续又接连有两个探头拍到这辆车经过，然后便再也没拍到过了，交通部门已经派就近的警员赶过去了，只在路边发现一辆空车，车门大开，车头轻微变形，初步估计这几个歹徒肯定是弃车往下面村子里逃了，技术科已经在追这辆车的来源了。"

秦海明说完，又指了指何繁忠办公室："云衿，我先不跟你聊，还得去和何队汇报。"

"好，你先去吧。"

结束完和秦海明的对话，谢云衿又坐在长凳上沉思良久。

翌日，七个小时的睡眠赶走疲惫，谢云衿只觉得浑身精力充沛无比。

洗漱完毕，她直奔刑侦大楼，法医实验室里，江暄的工作刚开始。臃肿的白色防护服丝毫掩盖不住他挺拔的身姿，而一旁的解剖台上，死者的数块白骨已经被拼接完毕，呈现出一个非常标准的人体形状。

检查白骨，尤其是这种软组织已经消失殆尽的白骨，重点得检查颅骨、舌骨以及肋骨有无损伤痕迹。

江暄在检查过程中只在死者的颅骨上发现了端倪。

死者的头颅很完整，但右颞顶部有一处明显的骨折线，初步得出结论，死者死前头部有遭受击打。

但这是否是致死原因尚且成谜。

445

检查完死者骨骼损伤痕迹,便要开始判断死者性别,推测死者死亡时的年龄与身高。

虽说白骨身上穿的是女性衣物,但并不能断定这就是一具女性尸体,要判断性别,得着重看死者的骨盆。男女骨盆虽说都由髂骨、坐骨、耻骨这三块骨头组成,具体的形态表现却各有差别。

通常情况下,男性骨盆粗壮,而女性骨盆浅宽,骨面也更加细腻,坐骨大,耻骨下角也较男性更大。江暄看完骨盆,心里已经确定了这是一具女性尸骨,但白骨检验,肉眼查看虽然方便快捷,主观性也大,误判的情况也偶有出现。为了检验结果更加准确无误,江暄又查看了包括下颌骨、颅骨在内的其他骨骼以佐证他的判断,最终得出结论:"是一具女性尸骨,没有分娩过。"

谢云衿面色深沉,双臂环抱站在一旁,一句话也没说。

江暄看了一眼她的脸色,继续他的检验工作。

由于白骨比较完整,身高判断便简单方便了很多,测量出尸骨总高度后,再加上预测的软组织高度,江暄得出一个初步估计:"身高一米六五厘米到一米六八厘米。"

性别、身高判断完,接下来便是年龄。

判年龄复杂得多,一般情况下,先看尸骨牙齿,再看尸骨骨化中心和骨骼线,必要时还得辅以实验。谢云衿在旁边观摩之际,兜里的手机响了起来。

她忙接过来,转身出了法医实验室:"方审?"

"哎,云衿,你来一趟办公室。"

"好。"

谢云衿挂断电话,抬头挺胸往方审办公室走去。她推开门,方审正好端着茶杯送入唇,一抬眼看到来人,茶也顾不上喝了,忙从桌上取了份报告递过去:"看看。"

"血迹检验报告?"

"对,老袁早上交过来的,不过这是血迹种属检验报告,验证了窗帘上那两滴,就是人血,老袁说DNA检验结果没那么快,估计得等明天。"方审说完才满足地喝了一大口茶,突然想到什么,"昨晚的撞车事件,找到弃车了,人还没找着,何队在亲自追。"

"嗯，何队昨天跟我说过这回事了。"谢云衿没抬眼，视线焦点贯注在检验报告上。

"等会儿你去审审陈兰心。"

谢云衿没有异议："好。"

"对了，云衿，还有一件事。"

"什么事？"

方审放下茶杯，动手理了理桌上杂乱的纸张："高纯，他想要见你一面。"

"想要见我？"

谢云衿的目光这才从报告上挪开："他有说什么事吗？"

方审缓慢地摇了摇头："没说，只是一直和陪同的小李表示，他想要见你。"

谢云衿面上闪过一丝踌躇，但还是应下了："行，等明天，我空下来，会去一趟医院的。"她说着扬了扬手里的纸张，"报告我先拿走了。"

"好。"

出了方审办公室的门，谢云衿又径直回了法医实验室，她没有拐弯抹角，直接要白骨的年龄检验结果。

江暄回答："十七八岁，成年的边缘。"

谢云衿听完艰难地吞咽了一下口水。

年龄、性别、埋尸的地址、死亡的时间，都对上了失踪数年的钟小智，但究竟是不是钟小智，还需要更加有力的证明。

江暄抬眼："我会将这具尸骨与宋翎的遗骸做个亲缘关系鉴定，看她到底是不是钟小智。"

"鉴定结果大概需要多久？"

"十个小时以上。"

上午十点，日光无力，气温寒冷，冰窖一样的审讯室里，陈兰心双目无神地坐下来。

她将手放在审讯椅上的挡板上，低着头，看不清表情，保养极佳的手掌十指交合。

谢云衿的视线将她从上至下扫了番，问出一句颇有些"阴阳怪气"

447

的话:"陈院长,昨晚休息得怎么样?"

陈兰心手指动动,眼也懒得抬,当然,也并没有回答谢云衿的问题。

"看陈院长的神态,想必休息得并不是很好。"

陈兰心润了润干枯起皮的唇,还是不说话。

一旁的秦海明轻咳一声,他故意用随意的语气刺激她:"休息不好也很正常,毕竟我们昨天在福利院后山挖出了那种东西,陈院长怎么可能休息得好?"

陈兰心绝望地闭了下混浊无光的双眼,呼吸慢慢变得急促起来。

谢云衿冷哼一声,目光如炬地看向陈兰心:"毕竟,是鲜活的人命啊。"

秦海明:"陈院长,还在坚持什么呢,你苦守这么多年的秘密保不住喽。"

"瞒得再好又能怎样,终究有撕破的那一天。

"右边那栋楼到底发生过什么?那张手术台,为什么曾经会覆满鲜血,午夜梦回,你真的不害怕吗?

"坦白从宽啊,陈院长。"

一连几个问题,听得陈兰心双手捏紧双脚紧绷,连连打着寒噤。

她的心虚很明显,她的害怕也不假,原本就薄弱的心理防线抵挡不住连番进攻。秦海明也适时切入正题:"失踪多年的钟小智,是不是早就死了,被埋在后山了?"

陈兰心一阵昏聩,沉默很久,她有气无力,最终给出一个答案。

"是……

"她早就死了,被我埋在了后山的一棵树下……"

陈兰心说话时,语气神态都透着乏力,像哑火的车,像涸辙的鱼。她长长吐了口气,像是要一口气将深藏心底多年的担惊受怕都完全吐露一般。

感觉自己距离真相只差咫尺之遥,谢云衿心中已然翻涌,但她面上还是无任何波澜,像平时一样,冷静得可怕。

谢云衿问了下去:"她为什么会死?"

陈兰心干枯的嘴皮动了动,她沉默了。

谢云衿再问:"钟小智,为什么会死?"

陈兰心持续沉默。

"钟小智，为什么会死？"

沉默依旧。

谢云衿换了个问法，带着试探："你为什么要让她死？"

陈兰心还是没有说话，但是，她也没有否认。

她嘴巴微微张开，视线却落到审讯室一旁的墙壁上，那里贴着两行大字——

  坦白从宽

  抗拒从严

陈兰心盯了许久，最终低了头，她只说了这样一句话，声音嘶哑沧桑："要么她死，要么我死，小谢，如果是你的话，你该怎么选择呢？"

她看似是问谢云衿，实则是自问自答："我只是做了任何人都会做的选择，仅此而已。"

陈兰心正襟危坐着。她不年轻了，虽然保养得当，但不带任何妆容的她，皱纹和老人斑在她脸上清晰可见。

她陷入了短暂的回忆中，眼眶濡湿了。接着，她就像打开了话匣子，开始自顾自说了起来："其实，我的前半生，真的过得非常苦。

"我是大西北长大的，黄土高原上，水都吃不上，更别说餐餐吃饱饭了，最穷的时候，家里都揭不开锅。我娘早死了，爹爱打人，他有一根非常结实的真皮皮带，是我出生那年，一个下乡知青卖给他的。这根皮带打起人来非常疼，堪比抽筋扒皮，我就是这样被抽着长大的……"

谢云衿和秦海明看着她痛苦抹泪，并未打断她说这段与案件无关的往事，而是充当两个聆听者，静静听了下去。

"家里哥哥要结婚，可是没钱结，我爹听人说沿海要发展，肯定好赚钱，就让我跟着同村的大姐出远门，打工赚钱寄回家里给哥哥娶老婆。我记得很清楚，那时候是 1982 年，我第一次坐火车，第一次去到城市，第一次走出黄土高山。我年纪小，做工也处处受欺负，在理发店洗头，遇到那些男人，还要被调戏一番，可是我都忍着，我不敢吃不敢穿，挣那么一点点钱，还要被家里搜刮干净……"她说得涕泪俱下，情绪几度失控，缓了好长的时间。

到这时，谢云衿才终于开口说话。

尽管陈兰心讲得如此情真意切，可谢云衿始终像个没有任何感情的机器人，她面无表情，语气也很冷漠。

"陈院长，您的这些经历，您艰苦的前半生，您对孩子的一颗善良心，临江晚报和临江电视台，记者杨殊宁和主持人储俪，已经替您向全国观众广而告之过好几遍了，您也获得了很多的同情与赞扬，实在不必向我们重复。我还是更想知道，您是裕华福利院的院长，钟小智只是福利院里一个普普通通的孤儿，您的地位对她来说近乎于碾压，您为什么非要她死呢？她又有什么能力让您死？"

陈兰心哽咽着，恍惚着，没有回答。

谢云衿头稍微瞥向另一边，平静地抛出惊雷般的问题："和福利院里失踪的那六名男童有关系，是吗？"

她站起身来，椅子腿与地面摩擦，发出极度令人不适的声音，刺激着陈兰心的耳膜。

陈兰心颤抖不已。

"钟小智知道了什么，所以您必须让她死，如果被抖落出去，就是您死，您的那句'不是她死，就是我死'是这个意思吧？"

陈兰心怔了下，却心虚地摇了摇头。

谢云衿将一摞资料扔到陈兰心面前的审讯桌上："这六名男童的去向，我们都查证过了，并没有被领养到国外，全都下落不明，陈院长不应该给个交代吗？"

她加重语气："不仅是要给民众交代，还有给这么多年来，大手笔资助福利院的洹港集团交代，陈院长，您说是吗？"

一番言语下来，陈兰心再度狠狠闭上双眸。

她绝望地意识到，警方所掌握的线索，似乎比她料想的更加多，更加细致，更加全面。

谢云衿的每一句话，明里是在问问题，实则是将与这起案子相关的人员和机构全都抛到台面上。

到了这个节骨眼，秦海明也压抑不住，他的询问掷地有声："那六名男童还活着吗？"

陈兰心阵脚自乱，她的表情古怪了片刻，审讯椅上的双拳握紧又松，混浊的眼睛闭了又睁，深深吸气后，又沉重地喘气。

一连串神态动作,六名男童的下场如何似乎昭然若揭。

可是在陈兰心还没有将答案说出口之前,谢云衿和秦海明还是天真地抱有一丝期望,毕竟是六个无辜的孩童,鲜活的人命,不谙世事的年纪,陈兰心有什么理由非要杀死他们呢?

但下一秒,陈兰心的话让他们仅剩的期望如坠冰窖:"没了。"

秦海明:"六个都没了?"

"嗯,六个都没了。"

秦海明艰难地问出:"怎么没的?"

陈兰心的眼皮耷拉着,始终不肯正视前方,她的肩膀耸了耸,喟叹一声:"是我自己利欲熏心,是我想要谋取资助款,我是苦过来的,我不愿意多花钱,所有的事情,都是我一个人干的,他们六个,都是有缺陷的孩子,智障、兔唇、羊癫风,不管是治病还是请人照顾都要多花很多钱,并且还领养不出去,所以,我就……我就解决掉了他们……"

"所有的事情,都是你一个人干的?"

"是!"

"仅仅只是不愿意多花钱,所以才谋杀这六名男童?"

陈兰心声音十分颤抖,但很坚定:"是……"

"尸体在哪里?"

陈兰心摸了摸鼻子:"没了,都烧光了。"

"真的烧光了?"

陈兰心神态恍惚,再度说道:"是,是,都烧光了。"

谢云衿看着陈兰心这些明显心虚的微表情,对这个答案存了疑。她低眉敛目,背脊往后靠去,修长手指在一沓资料上翻了翻,很快发现了疑点,那就是失踪的仅仅只有男童。

多年来,裕华福利院同样接收过不少身体有缺陷的女童,却都平安无事去向明确。

并且福利院有缺陷的孩子很多,为什么只选择这六名男童?

还有,陈兰心虽然将所有的罪责都揽到自己身上,声称"都是我一个人干的",但只要稍微一想,便能发现诸多不对劲的地方。

杀人纵火的黑衣人、拦路撞车的壮汉、杨姝宁、储俪、已经倒闭的临江晚报,还有七年前铺天盖地的将她打成"弑父恶女"的新闻宣传,

451

这一切，都需用动用非常多的资金人脉和关系。谢云衿不相信陈兰心一个人能有这么大的本事。

谢云衿默了片刻，从资料夹层里翻出一张照片。

他警服警帽，神态刚正不阿，正是她故去的父亲——徐海成。

谢云衿将照片放到陈兰心面前："这个男人，陈院长认识吗？"

陈兰心瞥了一眼，脸孔透着疑惑，显然，她并不眼熟。

谢云衿慢条斯理继续开口："不要紧，我帮陈院长回忆一下，可能您就会觉得眼熟了。

"七年前，临江市那起震惊全国的恶女弑父案，陈院长应该还记得吧？这个男人便是当初的受害者，云澧区刑侦支队刑警徐海成，他死前，正在秘密调查裕华福利院里失踪的钟小智，并且，他应该已经查到了很关键的线索，陈院长对他有印象吗？有接待过他吗？"

陈兰心的视线缓缓上移，落到那张黑白遗照上，她盯了一会儿，突然像触及什么恐怖东西一样慌张地扭过头。

谢云衿的目光从上至下，盛气凌人，她看着陈兰心这副举动轻笑一声："看来，陈院长是认识的。"

"我不认识。"

"他没去过裕华福利院？"

陈兰心不说话了。

"您没有接待过他？"

陈兰心依旧不回答。

"我很好奇，他到底查到了什么，您要置他于死地，是查到了钟小智，还是查到了失踪的六名男童，还是这背后隐藏的真相？"

陈兰心不仅不回答，还直接闭上了眼。

接下来的时间，不管秦海明和谢云衿怎么撬她的嘴，她都始终没有松过口。

谢云衿没有选择继续和陈兰心耗下去，反正，她有很多时间挖掘这背后隐情。她和方审合计一番，一致认为如果六名男童真的遇害，尸体很可能和钟小智一样，始终藏在福利院里面或周围某个地方。因此，两人再度整队，带上人马和搜查犬，安营扎寨，打算将福利院掘地三尺，

翻个底朝天。

工作从当天下午持续到翌日上午，两组人员轮番上阵，不休不眠，终于在后山另外一边的一棵大树下掘出了东西。

众人都以为是男童的尸体，挖掘的热情瞬间高涨，方审都感觉真相的曙光就在眼前了。可从法医实验室传来的消息就像往他们燃火的身上狠狠泼了一桶凉水——

"经过检验，昨日挖掘出的那具白骨，和宋翎没有任何亲缘关系。"

带着疑惑、不解、迷惘，方审几人继续挖掘了下去。

又一具尸骨重见天日，谢云衿站在土坑边往里看，白骨森森，与焦黄掺褐的土壤形成鲜明对比。

此情此景，谢云衿的心情无比复杂。

方审撂下铁锹与谢云衿并肩，双手比画着说道："我刚刚抽烟的时候梳理了一下，现在这情况吧，要么钟小智和宋翎她们俩啊，不是亲姐妹，所以鉴定结果没有亲缘关系，要么死的压根儿不是钟小智。"

谢云衿凝视地面很久，接着方审的猜测说下去："第一，我看过两人的童年照，五官神态非常相似，我实在不敢相信两个没有亲缘关系的人能有如此相似的容貌；第二，钟小智确实已经失踪多年，并且陈兰心也承认钟小智已经死亡，且尸骨被她埋在后山……"

方审犹疑片刻，他看向谢云衿，指了指眼前这具，眼皮不受控地跳了跳："会不会，那个不是钟小智，这个才是钟小智？我们搞错人了！"

如果这具尸骨才是钟小智，那最先挖出的那具、和钟小智特征那样相似的尸骨，会是谁的呢？这片荒山林里，到底埋了多少冤魂？除了这具，还有没有呢？

太多的疑团，让她此刻无法冷静思考。最终，谢云衿大手一挥："先运回去吧，鉴定再说。"

紧接着，这具刚出土的尸骨，被紧急运回刑侦支队进行检验工作，而针对裕华福利院的搜查却并未停止。

法医实验室里。

将近两个小时的拼接工作结束后，江暄用肉眼细细查看后说出简单结论："白骨都属于一个人的，成年人，又是女性。"

他又检查起与尸骨一同出土的衣物。

"黑色外套,看样子是羽绒服,黑色棉裤,两件浅色毛衣,一件黑色里衣和一套黑色内衣裤,脚上是一双普通运动鞋,腐蚀严重。"

一旁的法医助理笔尖不停,记录的声音"唰唰"作响。

江暄说着将手伸进羽绒服衣兜,从里面掏出一部老式手机,银白色,翻盖的,同样腐蚀严重,表面掉漆。

"找到一部手机。"

他又掏了另外一边,除了些泥土,没掏出其他东西。他看了看衣物,又看了看手里的手机,沉默良久。

与此同时,谢云衿和方审决定分头行动,方审留在裕华福利院继续搜查,而谢云衿则返回队里继续审讯工作。

这次,她决定一同审讯陈兰心以及在裕华福利院工作多年的员工马小青。

一人一间审讯室,日光灯从头顶照射而下,两人身处光圈中心,视线焦点。

拍摄设备从三个角度进行拍摄,以确保她们俩的神态表情、细微动作都能被精准捕捉。

陈兰心由秦海明、肖正钧审讯,马小青由赵语和孟孚审讯,谢云衿和何繁忠则坐镇监控室,把控这两场审讯的基本走向。

两人缓慢坐下来,动作神态情绪完全不同。

马小青缩头缩脑,双手死死交握身前,一听到动静便有想要站起身来看个究竟的念头,整个人的背脊直挺挺的,神经明显紧绷,情绪也明显紧张。

而陈兰心则相反,她经历过一次审讯,也知道了警方掌握的情况远超她的预料,许是心如死灰,又可能是破罐子破摔,她的身体瘫软在椅背上,眼神呆滞,看起来很是有气无力。

最初是对马小青的基本询问,她虽然回答时总是吞吞吐吐的,但好在还是全部回答了。

"马……马小青……"

"今年满打满算,正好五十五岁……"

"来……裕华福利院工作已经十多年了。"

"具体什么时候？我……我想想，大概是2006年底那会儿，具体日期我是真想不起来了，好像是12月份那会儿。"

"我负责的就是采购，买菜买日用品这些，偶尔搭手照顾孩子，就这些……"

"对陈院长的看法？陈院长人……人还行吧……平时对孩子也还不错……就是……就是……"

她嗫嚅了半天，始终没把"就是"后面的话说出口。

赵语眼睛不大，却锐利有神，眼神又带了刻意的审视，看得马小青有些生畏，急急低了头。

赵语拍桌，灰尘飘浮空中。

"就是什么？"

赵语性子躁了些，语气更重："我问你就是什么？"

马小青又惊慌又犹豫，更加没把话说出口。

何繁忠见此情景，忙凑近面前的小话筒："小赵，不用那么躁，越躁她越怕，越怕就越不敢说，一步一步来。"

赵语听到何繁忠的话，扶了扶无线耳机，收敛了些躁气，再度抬眼，语气也缓了不少："马小青，陈院长平时对孩子也还不错，就是什么……"

"就是……"马小青顿了许久，复而抬眼，"警官，我主动举报的话，算立功的吧。"

赵语眼皮一跳："这要看你举报的是什么内容，有价值的话，我们会考虑的。"

马小青听罢咬咬牙："她贪钱了。"

"贪，怎么贪的？"

马小青一咬牙，开始爆起料来："其实这些年，她确实对院里的孩子挺好，只不过这各方的资助，也落了不少到自己口袋里。"

此时，无线耳机里传来谢云衿的声音："赵语，问她是怎么知道的。"

赵语背脊往后靠，问："你为什么会知道陈兰心落了资助款到自己口袋里？"

马小青双手手指交缠着，讪讪笑了笑："警官，我好歹跟在陈兰心身边这么多年，多多少少也知道些。"

455

"各方资助款,应该不是落了一笔小钱吧?"

"确实不是小钱。"

"这么多年,这么多钱,你怎么之前没想过举报?"

"我想着多一事不如少一事……"

"她贪这么多钱,你一点都不眼红?"

马小青视线有些许恍惚,支支吾吾答不上来。

赵语脑子转得飞快,很快做出猜测:"我记得你在福利院里是负责采购的,你有没有往自己口袋里落资助款?"

这句话问得马小青语噎,她心虚地咬住下唇,牙齿撕扯干枯嘴皮,说不出一句囫囵话来。

赵语也是刑侦支队里经验丰富的老人了,一看她的反应便知马小青的命门被自己找对,于是乘胜追击:"在采购过程中,你有没有落过油水?"

眼看马小青还是不肯讲,赵语鼻子里轻蔑地哼出一声来:"都进审讯室了,还有什么可隐瞒的呢?我们能查到裕华福利院,能查到陈兰心,自然也能查到你。"

马小青经过一阵思想斗争,选择说了真话:"落过。"

她虽然承认了,不过也脸红脖子粗地强调:"警官,我确实落过油水,不过苍天可见,我落的和陈兰心的相比,那就是九头牛一根毛儿,我这顶多算她从牙缝中漏出来的零星半点。"

谢云衿眼睛半眯:"赵语,问她失踪男童和钟小智的事。"

赵语的手指从无线耳机上挪开,视线沉了沉,问道:"既然你都知道陈兰心贪资助款的事,那你知不知道陈兰心杀人的事?"

赵语的话音落下,马小青的脸白了白,她下意识舔向嘴唇,瞳孔闪烁,手指不受控制地紧了紧。

她回答:"啊,什么,我不知道。"

谢云衿对这个答案轻"嗤"一声。

在听到"杀人"这一消息时,马小青的反应不是震惊,而是先慌张,再否认。结合发现第一具尸骨时马小青看向陈兰心的动作,谢云衿笃定,她是知情人。

谢云衿死死盯住面前的监控屏幕:"赵语,她知道,继续追问。"

赵语得到指令，停了几秒："你不知道？"

"不知道。"马小青眼神闪烁，否认得非常快。

"那你应该知道，我们在裕华福利院后山挖出东西的事情吧……"

马小青回得断断续续："知……知道……"

"我可以明确地告诉你，我们挖出一具女性白骨。"赵语说着看向桌上的尸检鉴定书，"而陈兰心也交代，钟小智确实系她所害，且将尸骨埋进了后山，并且，陈兰心还交代了2007年到2008年间裕华福利院六名失踪男童的事情，这些，你真的不知情？"

马小青明显犹豫了，同时，她也难掩紧张，以至于在不停咽口水、擦汗、左顾右盼，就是不肯直视赵语锐利的视线。

赵语狠狠拍桌，刻意厉声道："你知道！"

马小青被吓得身体一颤，她背脊紧紧绷直。

"还是说，你也参与了！"

赵语眉峰一挑，开始攻她的心理防线。

"马小青，我希望你能说实话，因为就在你旁边这间审讯室，陈兰心同时也在接受审讯，有些事情，从你嘴巴里说出来，和从她嘴巴里说出来，性质就完全不一样了，其中利弊，我相信你能想透彻的。"

一阵急促低喘的呼吸声结束，马小青抬起她那双混浊而疲惫的眼，终于鼓起勇气直视赵语："我交代。"

屏幕正中央，光圈焦点，马小青坐在审讯椅上，双手交握，絮絮叨叨地讲了起来。

"陈兰心害了小智，这事，我知道，我真知道，我不仅知道，我还……还……"她深深吸了一口气，带着浓重的哭腔，"我还把她埋了。"

马小青说着连连摆手，急切强调道："但我没参与杀人，我没杀人，我只是帮忙埋人，我没杀人！姑娘，你一定要相信我，我真的没杀人，人是陈兰心杀的！真的……"

"那天，到底是什么情况？"

"那天……那天……"

马小青陷入了深深的回忆中，长吁一声后开始道来："我记得那是冬天，天冷得很，那时候是晚上，福利院的孩子们早就、早就休息了，外面黑灯瞎火的，我打个手电筒起来上厕所。一出门，陈兰心上楼急急忙忙撞上了我，我们俩都吓了一跳，我把手电筒往她脸上一晃，看到是陈兰心这才放心下来。我说：'陈院长啊，你怎么都不打个灯，大晚上摔跤了就不好了。'陈兰心急吼吼的，她说：'没事啊没事，福利院的路我闭着眼睛都能走，我先回屋了。'但是我想着她屋在楼上，还远着，我说：'陈院长你还是打个灯吧。'说着，我就把手电筒往她手里塞，这不塞不要紧，一塞，我竟然看到她满手的血！"

马小青捂着胸口，惊骇地继续讲："我吓了一跳，我问她：'陈院长，怎么回事啊，你怎么一身的血？哪里磕着碰着了你告诉我呀。'她却不回我的话，那脸冷得跟冰壳子似的，好半天，她问我：'你想不想给你儿子买房？想的话就跟我来……'

"我其实意识到发生了不好的事，还可能是人命关天的大事，否则陈兰心不会问我想不想给儿子买房，她知道给儿子买房是我的心病，是我半辈子的痛。但是给儿子买房的诱惑对我来说太大了，所以我心一横，就跟着她去了。她告诉我、告诉我小智来她房里偷东西，她以为是外面的小偷，就失手打死了，让我帮她把人埋到后山，我照做了……

"我帮她把人拖到后山，刨了个坑给埋了。那天晚上又冷又黑，那风刮得像女人哭一样，但是我却一点都不觉得冷，只觉得热，我汗珠子不停地淌。死人可真重啊，小智平时看着瘦，那腿跟竹竿子一样，但就是重，重得很，埋的时候，我的手电筒晃到了她的脸，那脸铁青铁青的，眼睛珠子瞪得跟死鱼一样，骇死我了，骇死我了……"

等马小青平复了心情，赵语继续问："陈兰心说钟小智来她房间偷东西，以为是外面的小偷，被她失手打死了？"

"是！是！"

"你在哪里看到钟小智的尸体的？"

"在楼下，右边那栋危楼的走廊。"

"钟小智当时是什么样的状态、什么样的姿势、穿了什么样的衣服，这些你还记得吗？"

"小智……小智趴着躺地上的，看不见脸，后脑勺上都是血，淌到地上了，她穿的棉衣，好像是黑色的棉衣，羽绒服。"

"你确定她真的死了吗？"

"不知道，但是我背她的时候，只觉得很重，听说只有死人才会这

么重。"

"陈兰心当时的房间在哪儿?"

"在……左边那栋楼的三楼。"

"这两栋楼中间还隔了一栋,陈兰心的房间在左边那栋的三楼,钟小智的尸体却在右边危楼的走廊,而她却说是钟小智来房间偷东西被失手打死了。这样拙劣的谎言,你也没起疑?"

"没想,没想那么多,"马小青搓着手,"我只想快些埋了,给我儿子买房子!"

对马小青来说,给儿买房,胜过一条鲜活人命。

赵语眉心微皱,沉默了片刻,继续问:"裕华福利院2008年间有六名男童失踪的事情,你知不知道?"

马小青愣怔着,惊讶道:"失踪?"她睁大眼,缓慢地摆了摆头,"我不知道。"

赵语念出一串姓名:"高翔、邓泉、杜玉宸、林子明、张开、黄琪,这几个孩子,都是残障儿,都于2008年在裕华福利院失踪了,这件事情你不知情?"

"我不知道。"马小青绞尽脑汁想了几秒,"这些孩子,不都在那一两年被外国人领养了吗?就是2007年到2008年啊,我记得很清楚,因为我来裕华这么久,就没哪年像那段时间那样,有那么多的孩子被外国人选中,还大多是残障的孩子,这真的很不容易。外国人会来咱福利院领养孩子不新鲜,几乎每年都会有那么一两对外国夫妻来福利院领养孩子,不过他们一般都会挑健全活泼的孩子。"

"你说他们都被外国人领养走了,那你有见到过他们所有人的领养过程吗?"

马小青吞了吞口水,摇头:"没……没有……"

"一个都没有?"

马小青似乎意识到了什么,脸色很难看:"一个都没有……"

"那你怎么知道他们是被外国人领养走了?"

"陈兰心……陈兰心说的,说外国人通过网络领养的。"

"你也没多问?"

"没有,我那时真的想不到那么多,并且,陈兰心是院长,裕华福利院都是靠她拉资助撑起来的,我有什么资格过问,就做好自己的事就行了,有孩子被领养走了,我高兴还来不及呢。"

"那你还记不记得,2010年,有个姓徐的警官去过你们福利院?"

"谁?"

"一名姓徐的警官。"

马小青摇头:"这个我真不知道。一般来说,有外人过来,都是陈兰心自己接待的,真记不清了。"

赵语又问了几个问题,马小青都一脸茫然地说自己不知道,赵语几番确认,她还是摇头,应该是真的不知道。

无奈,对马小青的审讯只能到此为止。

孟孚将笔录打印出来递到马小青桌上:"这是你的笔录,看看,都是你说的,没有问题吧?"

马小青翻开几页,木讷地点点头,依照孟孚的要求,她签了字,并颤抖着手写下——

以上笔录我看过,和我说的一样。

另一间审讯室。

大灯将这间昏暗封闭的小房间映得通亮,陈兰心身处光圈中央,眼神黯淡无光。

如此狼狈的时刻,她的头发依旧一丝不苟,发缝处光滑得像被小牛舔过。

秦海明已经各种方法用了个遍,还是没能撬开她的嘴,休整半个小时后,换谢云衿和陈兰心展开第二次博弈。

谢云衿什么也没说,先在陈兰心面前的桌子上放了一个录音机。

摁下播放键,录音机里缓缓传来马小青的声音。

"陈兰心害了小智,这事,我知道,我真知道……"

陈兰心只是缓缓掀了下眼皮,又将眼睛闭上了,录音机里还在持续传出马小青的声音。

"她告诉我、告诉我小智来她房里偷东西,她以为是外面的小偷,就失手打死了……死人可真重啊,小智平时看着瘦,那腿跟竹竿子一样,但就是重,重得很……眼睛珠子瞪得跟死鱼一样,骇死我了……"

马小青的证词播放完毕，陈兰心脸上始终没有情绪。

"陈兰心，这是马小青交代的，她说人是你杀的，她只是帮忙埋，对这个，你有什么要辩驳的吗？"

陈兰心闭着眼，依旧不说话。

"你这是默认了，没有要辩驳的？"

陈兰心鼻腔里哼出一声来，算是回应了。

还是没能撬开她的嘴，谢云衿沉思了几秒，决定换种思路。

谢云衿猜测，陈兰心怎么也不肯开口的原因是知道自己难逃法网，索性将罪责全部揽到自己身上，声称都是她一人所为，她也明白自己心理素质不强，因此选择闭嘴不言，怕自己说多错多，牵扯出这背后的其他人。

想让她开口，一定要给她更大的情绪刺激。

于是，谢云衿在陈兰心桌上放了两份报纸。

第一份报纸的日期是2010年1月17日，标题是"从洗头妹到陈妈妈，她的无私大爱让人动容"。

另一份报纸的日期是2010年5月25日，标题是"花季少女，纵火弑父后跳江自杀为哪般"。

陈兰心抬了抬眼，冷漠地瞥了一下，又闭上了，一副两耳不闻窗外事的做派。

谢云衿放下报纸却没离开，她站在陈兰心面前，背后的大灯灯光穿不透她的身体，在陈兰心面前投下阴影。

她轻咳一声："知道我为什么要专门过来给你看这两份报纸吗？"

陈兰心闭着眼，看起来面无表情，好像对什么事都不再关心。可当问话落音时，谢云衿又明显看到了陈兰心那微蹙的眉。

谢云衿不紧不慢，语调舒缓地说着："自然不是因为这两份报纸都属于临江晚报，也不是因为这两篇报道都是杨殊宁撰写的，而是因为……"

她故意顿声，故意卖关子，而陈兰心也被她吸引了注意力，甚至稍微侧目，想将她后面的话听得更清楚些。

看着陈兰心的举动，谢云衿轻笑一声，漫不经心地说出后面的话："因为，这两篇报道的主角，一个是你，一个是我，有趣吧。"

461

陈兰心感觉到"轰"的一声,耳膜被什么尖针刺了一下,血液流经之处好像都麻木了。

登时,她瞪大双眼,再也没法装聋作哑。她的情绪激动起来,不可置信地看向谢云衿,声音刺耳得如同锐物划过地面。

"你,你,你……"她指了指谢云衿,又一把抓过桌上的报纸看了起来,依旧不敢相信,她喃喃自语着,"不是说死了吗?不是说跳江死了吗?"

"很好,陈院长,终于让你开了金口。"谢云衿脸上的笑意更深,也很快捕捉到她话里的漏洞,"说?你听谁说的?"

陈兰心双拳握紧,覆着淡淡老年斑的手背上凸出两条明显的、如树杈般的青筋。

谢云衿试探着问:"是听临江电视台的美女主持人储俪说的?"

"还是临江晚报记者杨殊宁说的?"

陈兰心神情不变,眼眶下的细微赘皮层叠,依然维持着握拳的姿势。

谢云衿敛起眸光,慢条斯理地继续追问:"抑或,洹港集团?"

"团"字落地,陈兰心紧握的双拳不受控制地抖了一下。谢云衿眼中锋芒绽出,冷哼一声:"真和洹港集团有关啊。"

陈兰心的喉咙烧得慌,嘴里的唾沫怎么也吞咽不下,不止如此,她的心口像有巨石压着、铁丝箍着,紧紧的,连口完整的气都吐不出。

而谢云衿的状态则和她完全相反,谢云衿气定神闲,先是绕着审讯桌走了一圈,接着到陈兰心面前站定,双手撑在审讯桌上,慢慢俯身下来。

"洹港集团,制鞋发家,创始人吴德冠,膝下仅有一女吴桂蓉,2009年初,吴德冠因心脏病离世,享年六十九岁,他死后,他的赘婿陈良善接了他的位置……陈兰心,与这起案子有关的所有信息,我熟得都能背诵下来了,陈良善这些年多次资助裕华福利院,你们两个人到底是什么关系?"

陈兰心想也没想:"他是大老板,我只是小小福利院的院长,我和他,就是简单的慈善家和被资助方的关系。"

谢云衿的嘴角弯起弧度。

陈兰心摘得这么快、这么干净,谢云衿很难不对陈良善起疑。

可顺着陈良善追问下去,陈兰心又咬紧牙关不肯吐露一个字,对陈兰心的审讯只能再一次停止。

可谢云衿出门前,陈兰心一直紧闭的嘴巴却动了动,在她身后问出这样一句话:"跳江,真的没有死吗?"

很显然,陈兰心还是不敢相信。

谢云衿眉峰挑挑,转过头来。

"跳江,也不一定会死的,这世上总有人福大命大。"

徐酒酒就是那个福大命大之人。

曾经两度被江水淹没,两度到了阎罗殿,可阎王爷不收她,让她死里逃生,继续到人间搅动这诡谲暗潮。

听到这个答案,陈兰心骤然激动,她伸出手指,指着谢云衿的后背咬牙切齿:"继续下去,你不会一直福大命大的。"

"那又怎么样?"谢云衿淡淡地瞥了陈兰心一眼,迎着陈兰心如刀如刃的眼神,挺直后背,整个人笔挺如松。

她无所谓地耸了耸肩,眉目淡漠却凛冽,步履坚定地往外走去。要查真相,不只是为了她自己,也不只是为了死去的父亲,还为了数个枉死的灵魂。

这个世界需要光,因此,她愿意当那个拨开乌云的人。

463

第二十三章
疑云重重

又过一夜，各方消息纷至沓来。

弃车那边锁定了车源，目前在做进一步的调查。

方审还在后山搜查，不过进展不大。

清早再审陈兰心，问到六名失踪男童，她将责任全部揽到自己身上，咬死尸骨早已被烧掉，可对于怎么杀的、在哪儿烧的骨灰、如何处理的这些问题却一直语焉不详，让人生疑。

但是，陈兰心再说起杀害并埋尸钟小智的事情就坦然了许多，不过提到福利院后山出现另一具女性尸骸的事情时，她表达了疑惑，似乎真的不清楚是什么情况。

江暄已经做完了第二具尸骸的检验，一大清早，他和谢云衿在三楼窗边碰了个面，同时简单概述了自己的尸检情况。

"鉴定结果和第一具极其相似，十八岁的女性尸骸，没分娩过，身高一米六三到一米六五之间，尸骨完整，颅骨骨裂，脑部疑似生前遭受过击打，暂不明确是否由此致命。"

谢云衿将纸杯中的最后一口咖啡一饮而尽，苦味在舌尖流淌。她眉峰挑挑："还有呢？"

"还有，她和宋翎的亲缘关系鉴定结果也出来了，两人系亲姐妹。"

手里纸杯被攥紧，谢云衿双眸骤抬："她真的是钟小智！"

"嗯。"

确定钟小智的尸源，案件也算迎来一丝进展，只不过难题依旧没能解开……

"第一具尸骸,会是谁的呢?"谢云衿喃喃自语,眉头紧锁疑云。

早在高纯发布的那篇虚假虐童帖在网路上发酵之时,方审就带人将裕华福利院收养的孤儿都调查了一番,除了失踪的钟小智与那六名男童,其他孩子都去向明确,没有无故失踪者,更没有与第一具尸骸特征年龄全部相符的失踪者。

难道这具尸骸和福利院没有关系?

谢云衿将纸杯抛进旁边的垃圾桶:"第一具尸骸还在实验室?"

"是。"

"走,带我去看看。"她说着抬腿往前走。

江暄直了直背,很快跟上了她的脚步。

两人步履迅速,连跨三楼,终于到了法医实验室门口。

一号解剖台,那副被拼接完全的白骨静静躺在那里,旁边则整齐摆放着与她一同出土的所有物品。

东西很少,一眼就能看完。

衣服、鞋袜、黑色橡皮圈、指甲剪、两枚硬币、一把钥匙。

谢云衿戴上手套,手指捏起死者衣物上的铁制标牌细细摩挲,神态有些高深莫测。

"女孩,十七八岁,花样年华,身上穿着临江中学的校服,可能真的是我们的校友。"谢云衿语气凝重,"我待会儿去查查临江中学这些年间的失踪学生。"

说到这里,江暄的瞳孔突然紧缩,他看向谢云衿:"说起临江中学的失踪学生,我倒想起一个人。"

谢云衿也猛地抬头,与江暄的目光紧紧相接,说:"我记得你跟我提过的!"

——"霍如。"

两人默契地说出同一个名字。

谢云衿眉间褶皱更深:"你之前说她七年前就失踪了。"

"没错,就在你出事前后。"

"我出事前后?"

谢云衿沉默几秒,随后摘下手套,用虎口蹭了蹭鼻尖的细汗。

"你知道具体情况吗?"

江暄"嘶"了一声,身体懒散地往后靠去:"不知道,这个情况,是程凌告诉我的,要不——"

他的话还没讲完,谢云衿已经猜出了他的意图,掏出车钥匙在他面前晃了晃:"走,他现在还在酒吧吗?"

江暄轻笑一声,拿过谢云衿手里的钥匙:"这个点他应该在睡觉,我直接开车去他家吧。"

寒冷冬日,窗外冷风"飕飕",程凌此时正裸身在温暖被窝里会"周公"。

睡着睡着,外面响起敲门声,他疲乏至极,翻个身准备继续睡,无奈那声音一阵响过一阵。

"大冬天!大早上!谁呀!扰人清梦!"程凌气得从床上弹射坐起,烦躁地揉了揉头发,骂骂咧咧地披着被子走出卧室,肮脏之词已经涌到喉咙了,见到江暄的那一刻,惺忪双眼瞪了瞪,"表哥?"

程凌:"你怎么来了?"他说着视线往后,看到谢云衿那一刻冷汗透背,"徐酒酒?见鬼——"

"鬼"字没讲完,程凌突然想起来:"不是鬼不是鬼,不好意思,我忘了,表哥,这位是你刑侦队的同事谢小姐,是吧?"

谢云衿哼了一声表示回应。

可程凌盯着谢云衿,越盯越出神,越盯越怀疑人生,手里一松,裹紧的被子往下掉,差点在两人面前走光,好在他眼疾手快在被子滑到腰间时提住了。

程凌笑了笑,为了缓解尴尬,特意转移了话题:"表哥,你和谢小姐这么大清早找我有什么事情吗?"

江暄瞥了他一眼:"你先回屋穿身衣服吧。"

两分钟后,程凌穿戴整齐地坐在沙发上:"表哥,无事不登三宝殿啊,你到底有什么事?"

江暄也没废话,直奔主题:"你还记得当年读书的时候,我们学校那个霍如吗?你上次跟我说起杨妹岺时提到过的。"

听到是这个事,程凌大刺刺:"记得啊,霍如嘛,跩得很,当时校

外认哥哥，天天吼着打这个打那个的，欺负这个欺负那个的，风光得很。对了，后来好像失踪了，现在也不知道找到没有。"

谢云衿这时开了口："你把你知道的，关于霍如失踪的情况详细说一遍。"

程凌托住下巴做沉思状，三分钟后，他断断续续地讲述起来："我就记得、记得那阵子咱学校发生的两件大事，一件是霍如失踪，另一件就是、就是……"

他没讲完，而是小心翼翼地看了下江暄，见他神态无异才敢继续："那个……跳江……"

谢云衿摁下录音键，说："跳江的事不用说，只说霍如失踪的事就行了。"

"好。"程凌继续，"她好像是那一年5月20日前后失踪的，具体哪天我就不知道了，只知道警察来我们学校调查了好一阵，还找过她那几个跟班去问，不过什么也没问出来，人也没有找到，有人说她是跟人私奔了，也有人说她其实一直都很想当明星，去外地参加选秀了。她爸妈还来学校闹过，想让学校赔钱，不过只是失踪，又不是死了，学校又不是冤大头，当然不可能赔钱，后来就没消息了。"

程凌摊摊手："我就知道这么多。"

"她那几个跟班，你还记得都有谁吗？"

程凌冥思几秒："我就对霍如有些印象，几个跟班？还真记不清了。"

谢云衿拿起桌上的手机保存了刚刚这段录音，瞥了一眼程凌，官方地说道："行，谢谢你的配合。"

程凌对上谢云衿那双深邃淡漠的双眼，不淡定了，他揪住大腿肉，挺疼，看来没产生幻觉。

今天见到这位谢小姐，感觉比那天晚上看更像了，要命。

"还有事，就不打扰你了，你继续睡觉，我们先走了。"江暄说道。

眼看他们要起身，程凌忙开口："那个，喝口水再走呗，不然显得我多没礼貌。"

"水就不喝了。"江暄看着他死命揪自己大腿肉的手，"为了你的腿着想。"

程凌打了几声哈哈，尴尬地松开了手，起身目送两人离开。

待门关上,程凌狠狠拍了一下自己的脑门,不可置信地回味几秒,然后掏出手机给江暄发了条消息。

一秒钟后,江暄的手机提示音响起。

谢云衿:"程凌?"

"嗯。"

"问我的事?"

江暄轻哼一声:"不错。"

"问的什么?"

"他问我,你究竟是谁。看来他并不相信那天晚上我们在酒吧的说法。"

"他怀疑也很正常。"

毕竟顶着张和"已故"熟人一模一样的脸,怀疑也是无可厚非的。

"打算怎么回?"

江暄想也不想,将手机塞进兜里:"不回,这事越掩饰他就越好奇,最好的办法就是不理会,我了解他,他不是个会自讨没趣的人。"

"万一你不回他也好奇,想要查个究竟呢?"

"放心,就算好奇,他也没这个智商查。"

谢云衿抿唇:"你这表哥不厚道啊,利用完表弟还说他没智商?"

"我一向不厚道得很。"江暄笑容懒懒地拉开车门。

刚上车,谢云衿的手机也响了起来,她低头看向屏幕,上面跳动着赵语的名字。

在找程凌之前,她就拜托赵语去调查汇总霍如失踪案的全部可查信息。她划过接听键,将手机放到耳边:"赵语,查到了吗?"

"云衿,我查完了,确实有霍如这个失踪人,案子是临关派出所办理的,东西我全部整理好发你了,注意查收。"

"好,辛苦了。"

挂断电话,谢云衿点开赵语发过来的文档,笔录和侦办材料非常详实。她压了压眉眼,将文档转了江暄一份,并快速浏览起来。

最先看到的是霍如父母的报案笔录。

失踪人:霍如

报警人：霍喜安 童丽

报警时间：2010年5月24日早9点43分。

问：失踪人是你们的什么人？

答：女儿。

问：什么时候发现她失踪的？

答：22日晚上她就没回家，但当时我们俩都不在家，并不知道这回事，23日早上我们下班后，她奶奶说起我们才知道的，当时以为她是去同学家过夜了，因为之前也有过这种情况，我们就没管，但23日晚上她同样没回家，手机也联系不上，今天早上去学校问了，才知道她23日没去上课，我们又问了她关系好的几个同学，都说联系不上我女儿，也不知道她去了哪里。

问：这几个关系好的同学最后一次见到霍如是什么时候？

答：她们说22日下午下课，几人还一起在学校门口的饭馆里吃了晚饭，22日晚自习就没看到她人了，她们几个都联系不上我女儿，也不知道她去哪儿了。

问：最近和她的相处中，有发现异常情况吗？

答：什么叫异常情况？

问：比如家庭间的争吵，和同学闹矛盾，厌学倾向或者心情低落等等。

答：没有，我女儿一向性格开朗，大大咧咧的，爱玩，和同学玩得很来，学习成绩一直都不好，这个我们都知道，也不做强求，只要她健康快乐就行了，以前有过逃课情况，但没有失联过这么长时间。

问：有没有结识什么校外人士？

答：这个我们不清楚。

…………

谢云衿继续往下看，后面几页笔录被询问人的名字她都很眼熟，是霍如好友——不，准确来说，是跟在霍如身边的那几个跟班。

韩悦爱、郜艳、范瑜然。

谢云衿记得，这个韩悦爱和霍如关系最亲近，她的脑中还能浮现出韩悦爱的模样来。

469

尤记得韩悦爱脑门低、眼睛大、嘴巴也大，齐肩短发，发尾拉得很直，总把脏话挂在嘴边。

谢云衿揉了揉僵硬的脖颈，又挺直后背，聚精会神地看起这几个人的笔录来。

问：韩悦爱，你和失踪人霍如是什么关系？

答：如如是我很好的朋友。

问：你最后一次看到霍如是什么时候？

答：5月22日，上晚自习前。

问：具体是什么时候？

答：晚上六点半左右。

问：你描述一下你见到她最后的场景。

答：当时，我和如如、邵艳还有瑜然在学校门口的小饭馆里吃完晚饭，如如说她有约，就让我们先走了。

问：和谁有约你知道吗？

答：知道，徐酒酒。

谢云衿看到"徐酒酒"那三个字，漆黑瞳仁急促聚焦。

她翻了其余二人的笔录，和韩悦爱说的大同小异，其中，都提到霍如说自己和徐酒酒有约。

这时，江暄也轻皱眉头侧脸过来："你22日那天和霍如有约，我怎么不知道？"

谢云衿和江暄四目相对几秒，接着她慢慢后仰，直到背脊贴上靠垫，伸出拇指和中指分别揉了揉两边的太阳穴。

有约？

"我得好好想想，5月22日，5月22日……"

谢云衿闭上眼，脑子里各种记忆一股脑涌上来，她仔细又迅速地搜索着学生年代关于徐酒酒的往事。

七年前的5月22日，就在父亲出事的前几天，那阵子天气不好，天空总是阴沉沉的，一副雨要落未落的样子。

那段时间徐酒酒情绪很不好，像个火药桶，几乎是一点就炸。她在家里和父亲的关系势同水火，在学校也和江暄因为学习态度的问题闹

得不可开交，总之事事都不顺心得很。

5月22日和霍如有约吗？

谢云衿闭上眼，深想几秒又赫然睁眼。

想起来了。

好像还真有。

那一年的5月，霍如频繁接触徐酒酒，大抵是希望徐酒酒能加入她们那个小团体，强强联合，不过徐酒酒没任何兴趣。

5月22日早上，徐酒酒来上课，她脚步懒懒，随意将书包搭在肩头，刚跨两阶楼梯就被人拦住了去路。

她上翘的眼抬了抬，拦她去路之人正是霍如。此时，霍如双臂环抱，脸上是惯有的嚣张笑容。

徐酒酒收回视线，耸耸肩，语气平静："让开。"

霍如偏不让。

"别逼我动手。"

霍如难得好声好气："徐酒酒，你先别生气，我有事情和你说，晚自习前来一趟仓库。"

仓库是临江中学的禁地，位置很偏僻，是教学楼后面小树林最深处的一间小平房，原本是学校建校完毕后用以存放建筑垃圾的地方，后来有传言这里面曾经死过一个学长，久而久之就成了学生口中的"禁地"，传言真假不得而知，反正平日里几乎不会有学生过去。

徐酒酒眉一蹙："到底什么事？"

"你来了就知道了。"霍如说完才让路，还撂下一句，"你一定要来。"

霍如说完一甩靓丽长发，给她抛了个媚眼，转身就往楼上走。

徐酒酒轻"嗤"一声"有病"，心里却犯嘀咕，脸上也露出疑惑的表情。

思绪回转，场景转换，楼梯口，波浪鬈发妆容精致的徐酒酒瞬移成车里的谢云衿，两人的面容和疑惑起来眉心皱起的弧度都一模一样。

江暄很了解她："我猜你一定去了。"

"对。"谢云衿坚定地看向江暄，"我赴约了。"

徐酒酒有个优点，从小胆子就大，天不怕地不怕，什么死过人的禁地，她压根儿没放眼里。

同时，她还有个缺点，就是好奇心过重。她猜测霍如约她没什么好事,但好奇心驱使,她还是打算去那个所谓的禁地看看到底是件什么烂事。

当天晚上六点多,在食堂吃完晚饭,徐酒酒就打算赴约了。

她走过热闹的教学楼,走过寂静的学校小礼堂,走过教师宿舍,走过教师宿舍后面那一大片茂密小树林。

当时时间还不算太晚,天没黑,不过因为天气原因,树林里面略显阴沉。

远远地,她就看到了那间被临江学生们称为"禁地"的小平房,在阴暗树林深处显得孤寂恐怖。她漫不经心地收回目光,懒着步子继续往前走,直到在门口站定。

仓库的门低低矮矮,敞开着,徐酒酒听到里面有些窸窸窣窣的声音,好像什么东西在摩擦地面。

于是,徐酒酒背过身去,开口说道:"霍如,我来了,你到底什么事?出来说吧。"

话音落下,里面细碎的声音也停止了,然后,四周安静得可怕。

徐酒酒有些疑惑,又转身过来抬了腿,想进去看看霍如到底在里面搞些什么鬼。

"然后呢?你见到霍如了吗?"

谢云衿摩挲着自己虎口处的糙茧,回答江暄:"没有。"

她垂眼几秒:"但我见到了另一个人。"

"谁?"

谢云衿咬紧字眼:"杨姝岑。"

那时,徐酒酒想进去看个究竟,她的视线警觉地往里瞟了一眼,左腿刚踏进仓库的门,有个身影从里面冲出来直直撞上了她。

事发突然,徐酒酒没有准备,被这冲击力撞得往后跟跄几步。力的作用是相互的,因此事故制造者更惨,被反作用力撞得直接往后跌倒在地。

几秒后,徐酒酒终于站稳,她以为撞击之人是霍如,因此不掩怒火地朝地上看去,却没想到,撞她的人是杨姝岑。

杨姝岑本就生得唇红齿白清纯漂亮,眼下狼狈地跌倒在地,眼眶也盈了些泪光,此时看起来楚楚可怜。

见是杨姝岑，徐酒酒压抑了火气："你没事吧？"

杨姝岑倔强地咬紧下嘴唇，摇了摇头。

"我拉你起来吧。"

杨姝岑的表情闪过一丝惊慌："不用、不用，我自己起来。"

徐酒酒瞟了一眼门内，眼珠子一转："霍如是不是在里面？我进去看看。"她说着抬腿要往里走。

杨姝岑连忙起身阻拦住她的去路，结结巴巴道："没、没有，她不在，我刚刚一个人在里面呢。"她语气里掺杂些许慌乱。

徐酒酒因此止步，不过她也奇怪："对了，你怎么会来这里？不害怕啊？"

毕竟"仓库"可是传言死过一个学长的禁地。

而杨姝岑给她的感觉，胆子小，性格文静温柔，因此对于在这里看到杨姝岑，她感到很疑惑。

杨姝岑逃避着徐酒酒的视线："快要艺考了，我想找个没人的地方练练声音，就来了这里，又没什么好怕的。"

"也是，确实没什么好怕的。"

突然，徐酒酒想到什么："你有见到霍如吗？她约我来这里，说有事情找我。"

杨姝岑低着头，声音有些抖，她复述了五个字："约你来这里？"

"嗯。"

杨姝岑揪紧衣角："我没见到她。"顿了顿，她犹疑着说道，"你有没有可能，可能是被她耍了，她并没有来这里。"

耍人这事，徐酒酒相信霍如这种无聊的人一定能干得出来。

沉默一会儿，徐酒酒没好气地耸耸肩，自嘲道："我真是有病才会信她的。算了，回去了。"

原本就是好奇霍如找她到底是什么烂事，这下倒好，连烂事都没一件。

无趣至极。

徐酒酒转过身去，见杨姝岑还愣在原地："快上晚自习了，你不回教室吗？"

"回。"杨姝岑小跑两步到徐酒酒的身边。刚站定，徐酒酒从她身上闻到一股味道。

一股淡淡的香烟味。

回忆戛然而止，谢云衿也骤然深吸一口气。

如果这件事发生在现在的谢云衿身上，以她的敏感多疑，一定能从杨姝岑的回答和神态中找到诸多疑点从而寻根究底。

但经历这件事的，是当年的徐酒酒，那时的她并没有这样的敏锐力，且懒得理会那么多，自然也没有多想。没等两天，徐酒酒身上遭遇巨大变故，父亲被害，她跳江求生，自顾不暇，这件微不足道的小事早被她忘到九霄云外了。

如果不是因为这份笔录提到她的名字，谢云衿可能这辈子都不会去回忆这件往事。

"所以，你去赴了约，但自始至终没见到霍如？"江暄问。

谢云衿点头："嗯。"

她闭眼缓了几秒，拿起手机继续翻看霍如失踪案的材料。

在三个跟班之后的笔录中，还提到了几件关于霍如的事情。比如霍如提过想去参加唱歌比赛，比如霍如最近和两名"社会人士"打得火热，临关派出所的办案人员除了当时已经跳江失踪的徐酒酒没有询问，依次调查了这些人，但都没有结果。

霍如没有再出现过，线索不足，案子也一直没破。

看完侦办材料，谢云衿仿佛力气被抽走大半，她疲惫地往旁边瘫下去，靠上江暄的手臂。

旧案未解，新案又出，并且这两起案子似乎都与她脱不开干系。

江暄理解她的心神俱疲，另一只手的手掌轻抚上她的头顶，身体也往她的方向偏了些，好让她靠得更加踏实。

谢云衿轻闭上眼，语调冷沉："韩悦爱几人没说谎的话，霍如失踪，杨姝岑的反应是很有问题的。"

她在脑中重新梳理了一遍。

当时，徐酒酒站在门外时分明听到了仓库里面传出声音，可当她出声后，这种摩擦地面的声音随即戛然而止。随后，杨姝岑突然冲出并撞击想要进去的她，在交谈时杨姝岑屡次表现出慌张心虚的情绪，且

在她再次想要进屋时故意起身挡在她面前。

杨姝岑全程都在阻止徐酒酒进仓库。

似乎里面有杨姝岑不想示人的东西。

和徐酒酒在外面听到的声音有关系吗?

这整件事情,和杨姝岑在社交软件上给徐酒酒发的那句"对不起,但你必须要死"有直接联系吗?

一切成谜。

唯一破局只在杨姝岑本人身上。

谢云衿双眸骤睁,眼中已经恢复果敢清明:"开车。"

"去哪里?"

"霍如家。"

江暄有些意外:"不先找杨姝岑?"

"找,但不是现在,等那具尸骨和霍如父母的亲子鉴定关系结果出来再找杨姝岑吧。"

她眯了眼,眸色晦暗不明。

杨姝岑她会找,还有杨殊宁,她也一直都很想会会。

但现在不是好时候。

江暄重重"嗯"了声,系上安全带,车辆很快在平坦大路上疾驰起来。

根据户籍信息上的地址,江暄开了半个小时,车在霍如家门口停下。

谢云衿摔上车门,凝视这幢双层小楼几秒,等着江暄绕过车头走到她的身边,她这才抬腿往前。

到大门前,谢云衿摁响门铃,大概三分钟后,一位妇人出来开门,声称是霍如的母亲童丽。谢云衿讲明来意后,妇人迎他们进来。

童丽的情绪很激动,甚至说话音都颤抖着:"刚刚警察通知我们去采集血液,我正准备出门你们就来了。警官,是不是我们如儿找到了?"

谢云衿避开这位母亲殷切的眼神,敷衍着:"还在调查中。"

江暄也补充:"有消息我们会通知你们的。"

"还没找到吗?"

"暂时没有。"

童丽叹了一口气,眼中希望的火苗渐渐破灭。她忍不住,边走边和两人倾诉这些年来女儿失踪后的苦楚。

"刚不见那会儿,我和我老公就没睡过一个安稳觉,我总做噩梦,梦到她说她冷得很,旁边黑得很,多少个晚上,我在梦里被惊醒……"童丽挽起鬓边头发,脸庞已经能明显看出岁月痕迹了,她继续说,"大门的锁这么多年都没换过,就怕我们家如儿回家开不了门,后来生了弟弟,对她的思念才稍微缓解些,无论怎样,只希望她不要受苦,只求她还能活着。"

这是一个母亲最质朴的心愿。

谢云衿心虚地抿抿唇,想说安慰的话,却什么也说不出来。

这时,童丽才想起正事:"警官,这次来我家是有什么事情吗?"

"有几个关于霍如的问题想问一下您,请务必如实回答!"

"好。"

"您之前对霍如在学校的情况了解吗?"

童丽迟疑着,但还是摇头:"不了解。"

"她在学校有过欺凌同学的行为,您知道吗?"

"肯定是误会。"童丽眼眶泛红强调道,"我们家如儿性子是泼辣了些,也贪玩,不爱学习,喜欢打闹,可同学之间打打闹闹的不是很正常吗?"

如果霍母知道霍如的失踪极大可能就和霍如的欺凌行为有关,不知道她还能不能站在自己女儿的角度,说出同学之间打打闹闹很正常的话。

谢云衿很勉强地摇头,没有继续在这个话题上纠缠。

她从兜里掏出什么东西,捏住一角,东西整个在童丽眼前展开,是一个透明物证袋,里面装着一把金属钥匙。

"这个东西,您眼熟吗?"

童丽佝着背,吞咽唾沫,稳了稳神才终于聚焦视线,手指颤抖着接过来。

尽管不愿打破一个母亲盼望孩子归家的期许,但谢云衿还是面无表情地狠下心来。

"您刚刚不是说自己家的门锁这么多年来都没有更换过吗?不妨拿这把钥匙试着开下门。"

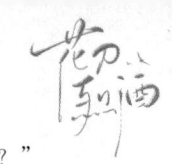

童丽张张嘴,声音绝望而沙哑着:"这把、这把钥匙是哪里来的?"

谢云衿没回答她的问题,只说:"先试试吧。"

童丽愣了几秒钟后急切地冲到大门外,她摔上门,因为心慌意乱好半天才将钥匙插进锁孔。

瞬间犹疑过后,她往左转动钥匙,随着"咔哒"一声脆响,大门开了。

童丽的身体摇晃几下,但她全靠意念撑住,她意识到霍如很有可能已经凶多吉少了。

"这把钥匙,哪里来的?"

谢云衿迈步走到童丽面前平静地开口:"我们在裕华福利院后山挖出一具女尸,从她的衣兜里发现了这枚钥匙……"

童丽难以置信,再次确认:"一具女尸?"

"嗯,女尸,十七八岁,身高一米六五到一米六八之间,身穿临江中学春秋校服,已经死亡多年。"

"年"字落地,童丽终于撑不住,她双眼发黑,双腿酸软,险些倒在地上,好在谢云衿眼疾手快地扶住了她。

"霍太太,您没事吧?"

童丽早已情绪失控,她瘫软在谢云衿怀里失声痛哭:"如儿,我的如儿……"

一个小时后,神情恍惚的童丽采集完血液,由罗宇超护送回家。

江暄随即带着这份血液样本进了实验室,等到了明天,第一具女尸究竟是不是失踪多年的霍如,一切便都有了结果。

夜幕时分,冬日冷风越发刺骨。

谢云衿却迎着凛冽的风在操场上跑了一圈又一圈,不知疲惫。

她的短发被风吹得凌乱,额上汗珠顺着流畅的下颌线流下来。

这起案子查得越深入,浮出水面的线索越多,离真相越近,她的心就越乱。

心躁乱的时候,似乎只有不要命地狂奔才能得到片刻宁静。

记得七年前那阵子,父亲惨死,家被烧毁,她死里逃生躺在医院里,做一晚上的噩梦被惊醒时,也是像这样,在住院楼门前空旷的草坪上一圈一圈地跑,直到浑身精力都耗光瘫软在地。

477

但现在不比七年前,她不能耗光精力,她得保存体力,因为她还有很重要的事情要做。

谢云衿终于停下脚步,她深吸一口气,冷空气从鼻腔灌入心肺,这种感觉如她沉没江底拼命往上最终成功浮出水面一般舒畅。

她转过身,拖着无力的双腿走到操场边上的单杠旁,拿起搭在上面的毛巾,将身上的汗擦干,又回宿舍洗了个热水澡,随后驱车出了刑侦支队的大门。

她还记得方审说的——高纯想要见她一面,并且不说是什么事,只是偏执地只想见她。

明明高纯该交代的事情已经交代完全,谢云衿实在想不出一个他非要见她的理由,但见他如此坚持,又担心高纯遗漏了什么线索没交代,眼下好不容易得了空,她决定去见他一面。

到病房门口,陪同监视的警员小郑朝她打了个招呼。谢云衿抬抬手示意他轻一点声,然后通过门上的观察窗口往里看了一眼,高纯正坐在窗边看外面看得出神。

"小郑,他这段时间恢复得怎么样?"

"恢复得挺好的,医生说明天就能出院了。"

谢云衿点了点头。

她收回视线,动手敲了敲门,随后走了进去。

"听说你找我有事。"

她的声音清冷,有种吸引人的魔力。高纯呆滞的眼睛突然有神且聚焦,他忙转过身,确定是谢云衿后,久阴不晴的脸上出现久违的笑意。

"谢警官,你终于来看我了。"

谢云衿走到窗边,看着外面沉沉夜色以及不远处的璀璨霓虹:"听说你身体恢复得挺好,明天就能出院了。"

听到这句话,高纯苍白脸庞上的笑容收敛起来,他神情沮丧,往病房外深深看了一眼,很明显,他在看外面监视他的小郑。

"出院了又能怎么样,我也得不到自由,不是吗?谢警官。"

谢云衿缩了下脖子:"是。"

她的双手插进衣兜取暖,缓缓道来监视缘由:"虽说以我们掌握的线索,宋翎的确是自己服药死亡,但你在明知道宋翎会做危险举动的情况下,依然购买并提供致她死亡的苯海拉明,从法律上看,属于故意杀人,总之,刑事责任是逃不掉的。"

高纯的头无力地垂下去。

"不过宋翎案特殊,法官会根据实际情况从轻考虑,你应该不会坐太久的,放心。"

高纯自嘲地笑了笑:"谢警官,你误会了,我其实不在乎坐多久的牢,我这一辈子,好像就是为爱活着的,为了我爱的人,我能苟且偷生隐忍数年,也能不顾一切为她去死,不要自我,不要回应,也不求回报,只做我自己觉得值得的事,可是没有自由,我什么都没法做。"

谢云衿摇摇头,并不认同他的观点,但她也知道,价值观一旦形成他人无法更改,因此只简单回了一句善意劝告。

"无论是不要自我,还是为人去死,都很不理智,我建议你先爱己,后爱人,生命可贵。"

高纯心不在焉地回了个"好"字。

两人又闲聊几句,高纯也并没有什么要紧事同她讲,谢云衿耸耸肩膀决定打道回府。

"看你身体恢复得挺好,我就放心了,时间太晚,我不打扰你了,早些休息吧。"

高纯脸上闪过一丝失落,他低低头,不情不愿又回一个"好"字,然后郑重其事地说道:"谢警官,谢谢你救我,也谢谢你来看我。"

谢云衿颔首,转身走出门。她回味刚刚高纯的话,察觉出些许不对劲的感觉,拉上病房门后,她招呼来长凳上抱臂昏昏欲睡的小郑:"他最近情绪怎么样?"

"情绪有些低落,总是一个人望着窗外发呆,还总是吵着想要见你一面。"

谢云衿若有所思:"那个,你和小萧两班倒是吧?"

"是,谢组,他马上就要过来替我的班。"

谢云衿的头往后面方向点了下:"最后一晚了,你叮嘱小萧让他警醒些,看紧点,移送看守所前不要出什么意外。"

小郑连连点头:"行行,我们肯定会注意的。"

"嗯。"谢云衿交代完,脚步急促地下了楼。

而病房内，高纯痴迷地望着谢云衿消失的方向，心中那抹随着宋翎死亡而熄灭的火苗好像又复燃起来。好半天，他才回过头重新看向窗外，看着外面随风飘落的细雨丝轻轻叹气。

谢云衿让他先爱己后爱人，可是他做不到，他这一辈子好像只会爱人不会爱己。

他爱钟小智，爱她温柔如风，在孤儿院里像大姐姐一样照顾他，帮他排解忧愁，抚平他心中创伤，所以她失踪后，他行尸走肉般地活着，不顾一切只为找寻她的下落。

他爱宋翎，爱她肆意漂亮，像朵绽放的野玫瑰，不用采撷，只需靠近，便能嗅到她身上的馥郁花香，而玫瑰枯萎后，他也不愿意苟活于世，他想要陪她一同去死。

可是当他万念俱灰，跳入江水中央，离死亡只差临门一脚的时候，谢云衿出现了，她一次又一次将他带出江底，如同黑暗里的一束烈阳，也让他的心脏重新恢复跳动。

他再次燃起了昂扬的斗志。

高纯起身来，看着这间空旷病房摇摇头，他明白，一旦出院，自己将没可能再脱身。而最好的机会，只在今晚。

他走到窗边，盯着夜雨出神许久，终于有了计划。

外面下了场中雨，"啪嗒啪嗒"打在车窗上，水汽朦胧，雨刮器左右摇摆，谢云衿回到车里缓了几分钟，很快发动车辆。

车前大灯亮起，雨幕在灯光映照下浮出无数发光游丝，引擎声响，车轮碾动，溅起一层水坑污泥。

她掉了个头，车辆很快在平坦大道上疾驰起来。

不过谢云衿没注意的是，就在她发动车辆的同时，不远处的停车位上，一辆黑色小轿车同样启动，它似乎已经在黑暗中蛰伏等待许久了。

可惜，这个人的跟车技巧太低端，很快便被谢云衿发现了。

深夜时分，天下着雨，谢云衿的车速并不快，且道路空旷少车，想超车在分秒之间，可是这辆车却始终跟在后面保持一定的距离，她加速，后车也加速，她减速，后车也减速。这种情况下，只要不是傻子都能意识到自己被跟车了，更何况谢云衿警觉非常。

她哼了一声，嗤之以鼻："又来？"

主城道路，四处都是监控，不比荒郊野岭的环山公路，一举一动都难逃天网视线。

如此跟车，半点好处捞不着，怎么想的？

谢云衿面露疑惑。

冷雨潇潇，打在车窗玻璃上响声清脆。

从挡风玻璃往前看去，两边路灯都被雨雾氤氲成虚焦的光点。

谢云衿沉了沉英气眉眼，故意迎着风雨降下车窗。

冷风冰雨从外而入打在她脸上，寒气渗透，能让人骨髓都发冷，可她浑然不觉不说，甚至五脏六腑都感觉到燥热。

她伸出手去擦拭掉后视镜上的水雾，利用镜片照射出的画面看清了后车。

黑色车辆，低调却奢华，品牌谢云衿并不陌生，市价数百万，查车主易如反掌。

如此高调，要么猖獗至极，要么和之前那伙不是同一批。

从后视镜中，谢云衿也看到了车里的情形，主驾驶位坐了一个男人，其余位置都空着。只见这男人正襟危坐，幽深眼睛正盯住前方。

城区行车，拍照也一览无余，谢云衿心中默念："临A1544。"

她轻轻歪嘴笑了一下，收回冰冷视线，右手摸到手机，找到一个号码拨打出去。

"嘟"声几秒后，一个惺忪睡意的声音传来："云衿？"

"临风，拜托你一件事。"

"你说，什么事？"

谢云衿的视线在雨雾迷蒙的后视镜上落了下："帮我查个车牌号，临A1544。"

王临风爽快地回答："没问题。"

几声键盘敲击声响起，没多久，王临风的声音从听筒那头传过来："云衿，查到了，临A1544，车主叫杨殊宁，男，临江市生人……"

后面的话，谢云衿已经完全听不见了，她耳边只盘旋着一个名字。

杨殊宁。

她的目光变得幽深，她升起车窗，双眸眯起，不受控制地轻"嗤"

481

一声:"好啊,杨殊宁,我还没找你,你倒先沉不住气来找我了。行,既然这样,就如了你的愿。"

谢云衿心中已然有了计划,她的嘴角一点点拉平,眸光阴骘,手指将方向盘握得更紧,然后猛地急刹车,脸上露出高深莫测的笑容。

车辆骤停,她也因为惯性身体小幅度前倾,紧接着,预料之中,没有准备的后车刹车不及时,直直撞击过来。

雨越下越大,外面已经迷濛一片,谢云衿解开安全带想下车处理这起追尾事故,并借机会一会杨殊宁。不过出乎她的意料,她刚将车门拉开一条缝,后车突然启动后退,然后从谢云衿车边擦身而过,似乎并不愿意与她正面交流。

她看着匆匆逃走的车辆,车尾闪烁的橘灯在雨中分外显眼。

王临风的电话并未挂断,他也听到撞击声,急切的声音传出来:"云衿,没事吧?"

谢云衿冷眼看着远去的车影,拿起手机通知道:"临风,上报下交通部门,匀湖路第二个路口这里发生事故,后车追尾逃逸,让他们追一下这个车主,追到告诉我一声。"

王临风愣了一下:"行,我马上打电话。"

挂断电话,谢云衿拉上车门,她随手拿起一旁的抹布擦了擦车座和身上的水渍,随后将抹布甩到一边再次启动了车辆。

回到刑侦支队已是深夜,方审一伙人还没有归队,看来始终不肯放弃对裕华福利院的搜查。

谢云衿径直回了办公室。

办公室里,赵语弄了个折叠床和衣而睡,谢云衿走到自己办公桌前:"赵语,怎么不回宿舍睡?"

赵语咧开嘴:"都忙到这个点了,外面还风大雨大,我懒得回去了,躺这里凑合一晚得了,对了云衿,高纯找你到底什么事情啊?"

"也没什么大事,就随便聊了聊。"

谢云衿拉开转椅,身体瘫软进去。她双腿交叠,不羁地搁在办公桌上,调整好姿势后,披紧身上棉服,并双手五指交叉枕在脑后,打算就此休憩一会儿,赶一赶这浑身上下的疲惫。

482

她闭上眼，困意来得很快，像头恶狼，不多会儿就蚕食她半个大脑。

另外半个还清醒着，以至于她还能听到走廊上急促的脚步声。

不出两分钟，另一半大脑也即将被占领。

就在这时，办公桌上的有线电话突然响了起来，深夜时分，这声音清脆急促，追魂夺命般，倏地将谢云衿惊醒过来。

她立刻睁开眼，目光和折叠床上同样被吵醒的赵语对了一眼，然后起身接起电话。

伴随着电流声、雨声，雨打塑料"噼里啪啦"声，谢云衿清了清嗓子："喂？云澧区刑侦大队，请问您找谁……"

"云衿，是我，方审。"

"方审！"

"你手机打不通啊，我就索性打办公室来了……"

谢云衿动了下手机，屏幕黑着，她解释："不好意思，我手机没电关机了。"

"没事，没事。"方审穿着一身黑色雨衣，手机夹耳朵边上。

他叉着腰，胡乱摸了一把满是水渍的脸："云衿，急事，你带人赶紧来一趟吧。"

"是挖出什么了？"

闪电先行，电光撕裂广袤天空，骤亮过后则是更深沉的黑暗；惊雷后到，雷声由远及近，仿若天空被撕裂后愤怒的狂吼。

方审盯着眼前的景象，轻轻摇了摇头："不是从后山挖出来的，是这栋楼……算了，云衿，我现在电话里三言两语解释不清楚，反正你来了就知道了，最重要的，叫个技巧高超的开锁师傅一起来。"

黑云在无际的天边翻涌，诡谲莫测，雨似有倾盆之势，打在人的皮肤上又冷又疼，像下刀子。

眼前三幢福利院大楼在夜雨中显得苍凉阴森，很快，车辆在铁门前停下，谢云衿披着雨衣下了车，脚步急促，泥水缠着她的鞋后跟，在地面带起一串水花来。

远远地，方审看见谢云衿，抖了抖帽檐上的积水，随后冲她招手："云衿，你这速度够快的。"

谢云衿半眯起眼睛:"接到电话就来了。"

"听你的吩咐,叫了个开锁师傅。"她说着回看一眼,介绍起与她同来的那位中年男人,"这是陈师傅。"

陈师傅的开锁技术远近闻名,也多次帮助警务人员前往案发现场开锁,老熟人了。

方审一看他,黯淡的双眼骤地亮了:"陈师傅,你来就好办事了。"

方审说着将几人往福利院左边那幢楼后引,边走边和谢云衿介绍情况:"在后山搜了两天,没搜出什么,然后就开始搜查福利院,在楼里依旧没搜出什么,就在我以为要无功而返的时候,竟然发现了一个隐蔽非常的门。我们打开来看,里面竟然是台阶。"

方审伸手指了指,正是一扇大开的锈迹斑驳的铁门,而往下深入,确实是一阶一阶通向地底的台阶。

"是个地下室。"

方审在门口抖落水珠,打着电筒带领谢云衿几人继续往下走,四周寂静空旷,几人的脚步声荡着回音。

"我已经提前查看过了,往下几阶还是个门,铁门上挂了锁,这个锁非常难开,反正我们的技术人员小张折腾了一番,说这不是普通的锁。"他说着看了眼身后,"陈师傅,你等下好好看看,这是个什么锁。"

行走过程中,谢云衿皱着眉头,上下打量了许久,很快几人到达,黑色铁门在手电筒光线的照射下恍若一个方形漩涡。

光影晃动。

陈师傅忙走过来,先将开锁箱搁在地上,然后弯腰仔细查看了一番,在锁方面见多识广的他很快得出结论:"这是乱码滑销锁,价格非常昂贵,只有专门配套设计的钥匙才能打开,用其他的开锁工具强开不但打不开,还会让锁芯变成乱码,一旦乱码便再也不可能被打开了。"

陈师傅又看了看,随后无奈地摇头:"被强开过,里面已经乱码了,开这锁的技术,我目前还没有掌握。"

方审一听这话,眼里的火苗又熄灭下来。他咬了咬食指骨节,犹豫地说:"云衿,要实在开不了,咱们就只能采取最笨拙的办法了。"

"笨拙就笨拙吧,目前也没别的法子开。"

方审:"名人说得好,甭管黑猫白猫,抓得住老鼠就是好猫,甭管

笨不笨，打开这扇铁门看看地下室才最重要。"

他最终拍板："小张，你通知一下消防队，让他们带齐工具，把这铁门切割开。"

时间已经来到后半夜，雨势渐小，不过寒风依旧凛冽。

等来消防，橙黄服装的几名队员鱼贯而入，一起围聚在铁门门口。

消防员钱铮上前查看了下情况，另一位站他旁边四处动手敲敲，从敲击铁门发出的沉闷声音判断出："这铁门挺厚，实心的。"

方审忙插嘴："那能切开吗？我们要求不高，不用全开，开个口子，能让人钻得进去就行。"

钱队点头："能倒是能，就是需要时间。"

得到"能"的答案，方审算是放心下来："大概需要多久？"

"最快最快，得到早上了。"

"那没事，我们不急，有的是时间。"

方审说完，招呼其他人："云衿，小张，这里本来就窄，咱几个杵这里不是回事，先到上面去，别干扰人家切割。"

"行，先上去。"

几人先后走回地面，谢云衿朝底下看了一眼，那里已经被消防队的工作灯盏照得透亮。

她稍微眯眼睛，亮光像有魔力一样吸引她的视线。好半天，她的失神被方审打断："云衿，想些什么，我看你眼睛眨都不带眨的。"

"没想什么，"她说着稍微迟疑，"就是觉得，应该通知一下法医科，让他们早上派个人过来。"

方审愣了一下："对对对，我打个电话通知他们一声，等在里面发现情况再通知，咱又得干等着。"

挂断电话没多久，底下的消防队开始工作，切割工具发出的剧烈轰鸣声刺激着在场每个人的耳膜。

哪怕是这样嘈杂的环境，几天没睡个安稳觉的警员们依然感觉到困意。方审也是，他捂着耳朵"哎哟"一声："这声可真够大的，吵得我脑子疼。"

方审说着扬扬手招呼几人："眼下没咱的事，先回车里休息休息吧。"

其余警员自然欣然同意，连轴转了几天，身体很是疲惫，因此逮着空闲时间就想睡上一觉,毕竟身体是革命的本钱。

方审连打好几个哈欠,说:"云衿,我实在撑不住了,先去睡一觉啊。"

"去吧。"

方审伸了个懒腰,钻进车里没两分钟便打起了呼噜,一觉睡到了早上。

冬日的天亮得很慢,更遑论这样的风雨天,尽管时间已经来到了早上七点半,不过天空依旧阴蒙蒙。

雨停了,风还是大,卷着谢云衿的厚外套和头上那几根乱飞的呆毛,她下去问了下消防队的切割进度。

刚上来,迎面遇上了方审,他抬抬下巴:"云衿,底下情况怎么样,门还没开吗?"

谢云衿双手插兜:"还没开,但快了,最多半小时。"

"那行,再等等。"

两人说着又走到外面,其余警员也都休整完毕,披紧外套领子从车上下来。

这时,谢云衿的手机突然振动一下,她掏出来看了下,是江暄发的信息,言简意赅。

——结果出来了,第一具尸骨与童丽系母女关系。

谢云衿的视线停留在"母女"二字上。

虽然早已经猜到这个结果,但真正确定时,这种"一锤定音"的感觉还是让谢云衿晃了一下神。

方审烟瘾犯了,从裤兜里掏出烟盒和打火机打算抽根烟提提神。

他用中指指尖弹开盒盖,拿着在另外几名警员面前晃了一圈,分发出几根,这才抽出一根衔嘴上,正准备将烟盒塞进兜里时,谢云衿突然开了口,声音清寒。

"给我一根。"

方审指尖顿顿,眼神难掩惊诧。他停止收回的动作,再度弹开烟盒递到谢云衿面前:"云衿,可从来没有见过你抽烟呢,这不是个好习惯,你可别跟我们学,戒这玩意儿可不容易,不抽心里老痒痒。"

"放心。"谢云衿淡淡地笑了笑。

她伸出手指，圆润干净的指尖捏住雾霾蓝烟蒂将之抽出。

她将这根香烟拿在手上，鼻尖萦绕些许烟草味，并不难闻。

烟这玩意儿，谢云衿之前也碰过，那时候行为举止乖张，总想要做些大逆不道的事情来气自己的父亲，当然，她也无数次得逞。

现在想到自己那些自以为是的幼稚行为，谢云衿心里漾起一些悔意，但后悔已经枉然。

如果那时候没那么犟，没那么心高气傲，懂得好好沟通，后来的很多事，压根儿不会发生，也不会过了那么久才解开误会。

她轻轻叹气一声。

她随意站在屋檐底下一块干燥的石头上，背脊靠着红砖墙，从兜里掏出一个漂亮的银质打火机。

这些年，谢云衿改名换姓，丢弃了徐酒酒的衣物，改掉她的生活习惯，抹掉她存在过的痕迹，努力成为一个全新的人。

就连知晓一切内情的何繁忠，偶尔也会忘记，眼前这个干练果敢的短发后辈是之前那个放肆乖张的侄女。

而这个打火机，则是她与徐酒酒有关联的唯一旧物。

曾经与她一起入过漆黑江底，体会过冰冷江水灌入肺腑的窒息，同样，与她一起闯过鬼门关存活下来。

因此，她没有选择丢弃它，而是一直将它带在身上，偶尔怀念时掏出来看看，提醒自己那些不该忘记的事情。

谢云衿咬了咬干枯嘴唇，指尖弹开盖帽，清脆的金属声响，蓝色火苗迸出，她点燃香烟。

她看着飘飘而起的青烟、忽明忽灭的火星子，然后捏住烟蒂轻轻抽了一口，烟味从口腔进入肺腑。

长久不曾有过烟味浸润，谢云衿的身体适应不了，当下反应剧烈地咳嗽起来，她咳出眼泪，却不管不顾，固执地抽了第二口。

隐忍这么多年，抛弃过往的一切，无数个煎熬的日日夜夜，在收到江暄短信那刻，谢云衿意识到，终于到时候了。

随着底下传出的一声巨响，历时五个小时，那扇坚固的大铁门终于被打开。

487

第二十四章
窥见天光

方审很激动，烟都来不及抽完，第一个冲了下去，身上的疲惫此刻似乎也消失殆尽。他忙跟几名消防员道谢："辛苦了，辛苦了。"

道谢完，他拿了手电筒，忙不迭地钻进一个头，里面霉味灰尘味扑面而来，他被迷了双眼，又退出来。

这时候，消防员给了个经验之谈："方组，我建议你等会儿进去。这地下室密闭性很好，应该也长时间没打开了，里面缺氧不说，味也重，有没有毒气还说不好呢，散散气再进去吧。"

方审想了下："也是，我太心急了，没考虑这些。"他说着关闭手电筒起了身。

送走消防队，迎来法医科和技术科，谢云衿戴好防毒面罩打头阵。

她先钻进个头，随后小心翼翼探入身体，手掌撑到地上以一个不雅的姿势爬了进去。

她拍拍手上和身上的灰尘，拿起手电筒，"啪嗒"一声打开开关。

刺眼光线霎时充斥了整个地下室，她先闭眼适应了一会儿，才睁开眼。

她昂起头，双眼细细打量里面的一切。

地下室并不大，目测也就五十来个平方米，高度不高，走在里面感觉气闷压抑，谢云衿身高一米六九，稍微伸手便可触顶，要换了江暄、方审几个大高个进来，估计还得低个头。

里面堆放着不少杂物，桌子腿、椅子背都严重阻挡视线，她只能边

走边看。

往里几步,谢云衿没注意脚下,踢到一个桌腿,牵一发动全身,上面的杂物应声掉落,震起一层厚灰。

紧接着,方审雄浑的声音从外面传来:"云衿,里头没事吧?"

谢云衿用手电筒晃了晃:"没事,不小心踢到东西。"

她将掉落在地的物品扶正,往里继续查看,墙边立着不少钢板瓷砖,她估摸着应该是当年建造时留下的建筑垃圾。

她收回视线。突然,寂静的地下室内竟然传来类似机器运转的"轰轰"声,像是贴着墙壁传出,声音不大,但在这安静的环境里显得尤为刺耳。

谢云衿警觉的视线四处睃着。

很诡异。

事发之后,陈兰心和马小青都已被带走,刘阿姨和裕华福利院的孩童被紧急转移到社会福利院里,里面的机器应该不会被人为操纵而发出声响,那为什么又能响了再停?

谢云衿侧耳细听这种"轰轰"声,感觉很熟悉,她蹙眉思忖几秒,开始寻找声音来源。

外面的方审已经等得不耐烦了,他扯着嗓子高声询问:"云衿,里头什么情况?你怎么没声了,我们可以进来了吗?"

谢云衿回了下头:"先别进来,等会儿。"

循着声音,她继续往里走,当她感觉距离音源越来越近时,耳畔声音又骤然消失了。

这种有规律的运转停运,这种声音……谢云衿低眉沉默了几秒,然后猛地抬头。

"是冰箱!"

在这不见天日的密闭地下室的某个角落里,放置着一台通电运转的冰箱!

谢云衿心里已经猜到了大半。

她再度回头,目光锐利如刃,深吸一口气:"方审,你们几个可以进来了。"

方审已经戴好防毒面罩,一听这话忙不迭地往里钻。

地下室里空间不大，杂物又多，方审这个大高个进来后便更显狭窄，他头抵着天花板，脖子微微弓着，这才勉强站直。

没几分钟，机器运转声再度响起，方审心里一"咯噔"："这'嗡嗡嗡'的声音不会真是冰箱吧。"

谢云衿循着声音继续往前，搬开一张废弃沙发、两张废弃课桌后，终于在一堆杂物背面找到了声音来源。

果然。

卧式大冰柜，上面还盖着隔热的大棉被。

谢云衿走近，视线在这冰箱上来回扫了几眼，先伸手摸了摸柜壁，手心发烫。她掀开厚棉被尝试打开冰柜，铆足浑身力气依然打不开。

她感觉冰柜霜结得太厚冻住了，又叫来方审，两人一同忙活一番，可惜于事无补。

方审累得甩甩膀子："云衿，这粘得够牢实的啊，要不先断电等冰融化再开。"

"可以，不过……"谢云衿指了指不远处的铁门，"我觉得还是得先将这个冰柜运出去。"

方审看了看那个仅供一人钻进钻出的口子咬咬牙，高声呼叫外面的警员："嘻，赶紧的，别让消防队走远了，叫回来叫回来。"

消防员又费了些劲儿才将那扇坚固的实心铁门完全卸下。方审赶忙安排人将冰箱从地下室里搬出来，搬的时候几人直呼"重"，都说连柜带物得超五百斤了。

笨重的大冰柜被放置在青天白日下，没人知道它在阴暗晦冥的地下空间里到底默默工作了多长时间。

方审叉着腰，绕着这个大冰柜转了好几圈，稍微下蹲再次尝试开盖子，还是没能打开，突然，他在冰柜盖下方的缝隙处发现一丝端倪。

方审伸手抠了抠，抠下橡胶状的粘物，他摩挲了下指腹，发现冰柜一圈都有。方审终于挺直背，对着不远处的谢云衿开口："云衿，霜结得太厚打不开可能只是一方面，更主要的是，这盖和壁相交的地方被人抹了胶，我看还是别等冰柜解冻了，直接切开得了。"

他说着指了指一旁还未离开的消防队员："反正咱现在有人有工具，切开来看看里面是什么，和案件无关也省事了，和案件有关就正好运

回去。

"我看这又是放地下室,又是乱码锁,弄那么个实心厚铁门,冰柜还被粘得牢牢实实,没关系的可能性太低。"

黄缘看着这个大冰柜叹了口气:"其实我的心情很复杂,一方面,我希望有关,这样你们就不用再漫无目的地搜索了,可另一方面……唉……要是有关,我能想到的,只有那六个失踪的孩子了。"

众人沉默许久。

谢云衿完全理解黄缘的心情,她伸手拍了拍黄缘的肩膀表示安慰,随后又打破沉默晃了晃手里的电筒:"你们在上面忙活着,我再下地下室看看。"

方审打了个"OK"的手势,半蹲下来查看冰柜盖。

黄缘自告奋勇:"云衿,我同你一起吧。"

谢云衿回了个"好"字。

两人折返回去,她们一阶一阶走下楼梯,逐渐深入地底,眼前慢慢变暗,外面的切割声也越来越小。

谢云衿打开手电筒,再度钻入地下室,黄缘紧随其后。里面太暗,黄缘有些害怕,她捏紧谢云衿的衣角,感受到谢云衿的动作幅度,这才有了安全感。

"云衿,我替你打灯吧。"黄缘开口讲话,有回音飘荡其中,更显气氛诡谲,突然,她脚下踩到什么东西,"咯吱"一声响,她下意识地冲谢云衿"投怀送抱","云衿,啥啊?"

谢云衿被黄缘的反应逗乐,她懒懒地笑了笑,躬身下去看了眼:"没事,你踩到个橡胶玩具。"

她拿起手电筒四处晃了晃,光影乱舞,她语调舒缓地说道:"别慌,地下室里我已经简单查看过一番了,没什么吓人玩意儿。"

听谢云衿这么说,黄缘的紧张情绪也逐渐被抚平,她深吸一口气。

谢云衿将手电筒递过来:"你拿着,说了帮我打灯的,拿好,我看下那堆杂物。"

"好。"

谢云衿戴上手套半蹲下来,姿势很随意,却莫名潇洒好看。

她很专注，头低垂，眼睫敛起，手指逐一清点这堆物品。

书本、废弃纸张、旧衣物、桌椅腿……

一堆看下去没什么收获，她起身转向另外一堆。

旧衣物、旧被褥、饮料瓶、废纸……

她掏了衣袋，抖了抖被褥，还将废纸一张张展开，可惜衣袋里是空的，被褥也并未包裹物品，废纸上不过是孩子们的涂鸦之作。

她有些气馁，大海捞针般继续寻找，突然，她的手指触碰到了什么，眼神瞬间聚焦。

谢云衿拿起看了眼，是个小针剂瓶，和罗宇超在危楼后面垃圾堆里发现的针剂瓶很相似，只不过罗宇超发现的那些由于暴露在自然环境中太久，瓶身粘贴的标签纸早已腐化消失，而地下室里的标签纸却完好无损，甚至，上面的小字都清晰可见。

光线太暗，谢云衿看不真切，她聚了聚神，冲身后的黄缘抬抬手："手电筒打近些。"

黄缘闻声照做，光源靠近的同时，她的身体也慢慢躬下。她聚精会神地凝视了几秒安瓿瓶上的字，然后念出声来："丙泊酚注射液？这不是麻醉剂吗？"

谢云衿伸手再往前摸了摸，又是几剂丙泊酚，她举起一瓶凑近到眼前看了看生产日期。

2007年1月24日。

黄缘语气吃惊："麻醉剂是受管制的啊，私人购买不到，医用都得很谨慎呢，怎么会出现在福利院，还这么多？"

谢云衿的脸色冷了冷，脑海中瞬间浮现出钟小智偷拍的那张拿刀背影照以及危楼之上那张曾覆满血迹的绿色手术台。

她坚实的拳慢慢握紧，指甲嵌进肉里，可见用了力气。缓了片刻，她吁了一口气，询问黄缘："带物证袋了没？"

"带了，口袋里。"黄缘赶紧掏了出来递给谢云衿。

谢云衿将地上散落的安瓿瓶一个个捡起装进物证袋，正准备起身，只听到外面传来高亢的呼喊声。

"开了，开了！"

"怪不得天天掘地三尺带十多只犬到处嗅嗅找不着，原来都冷冻在这里!"

昨夜冷雨狂风不停歇,没承想到了上午时分,天空竟然晃出了些太阳影子。

福利院三幢大楼正中央,冰柜盖被完整地切割开来,日光照在内壁冰霜上,折射出浅淡光斑,然而冰霜覆盖下的景象却让在场数人倒吸凉气。

冻得发白的小脸,冻得僵硬的四肢,一具具小小的身体,一个一个,往下层叠着。

方审的拳握了又松,最后狠狠拍上自己的后脑勺。

一旁的空地上,塑料地垫已经铺设完毕,肖正钧和蒋丛戴上手套开始了抬尸工作。

他们一人抬头一人抬腿,动作小心翼翼,整个过程中没有一人说话,只低头奋力干活。而其余警员,有的静默站立,有的搭手帮忙,都没一人出声。众多情绪涌上心头,人的语言则会随之变得匮乏。

尸体被逐一抬出放置在一旁的塑料地垫上。

一具。

两具。

三具。

四具。

…………

蒋丛抹了把鬓边的热汗,和肖正钧一同将最后一具尸体抬了出来。

尸体身形有胖有瘦,有高也有矮,但从模样上看,都是稚嫩脸孔,不多不少,刚好六具,正好对应了刑侦队一直寻找的失踪数年的六名男童。

方审耷着眉,说话时的吐气声都能听出沉重,他左手叉腰,右手胡乱扬了扬:"法医!法医!"

法医科来的是袁新元和他的助理,方审话音刚落两人就走了过来:"在这里。"

"老袁啊,你看看吧。"

"嗯。"袁新元蹲下身去,旁边的助理已经麻利地将勘察箱打开放置在他手边。

第一步当然是检查尸表,头颅无明显外伤,脖颈无外伤,四肢无外伤,但尸体身上穿的 T 恤却浸染有明显血迹。袁新元眼皮一跳,忙掀开衣物。

"肚腹被剖开,简单缝合。"

他忙起身,急匆匆转移到第二具尸体旁边,同样掀开衣物,眼眶眦开,又去掀了其余几具……

无一例外。

袁新元冷汗透背,将工具扔回勘察箱。伴随着一声清脆的撞击声,他起身说道:"不看了,直接运回实验室,我和老江商量商量。"

方审点头:"行。"他说着指挥肖正钧,"正钧啊,你把车开过来些,尸体运上去。"

方审清点了一下现场人数,说:"大丛,尸体找到了,我留这里收尾就行,你们几个都跟着袁法医的车回去,务必保护好尸骨和袁法医他们的安全。"

蒋丛一脸正气,打着包票:"那是肯定的。"

方审拍了拍他的肩膀:"自身安全也得注意。"

"明白,明白。"

谁都不想那晚惊心动魄的撞车事件再发生第二次。

交代完,肖正钧将车开了过来,另外几名警员依照袁新元吩咐开始搬运尸体。

搬运工作过半时,谢云衿和黄缘带着从地下室杂物里刨出的一堆东西走过来。方审见状赶忙转身迎了几步,他看着谢云衿手里拎着个大黑袋子双眼瞪大:"云衿,看来收获不少啊,什么东西?"

谢云衿面无表情,将这大黑袋子往放置物品的桌上随意一放,"丁零当啷"的声响刺着人的听觉神经。

方审浓眉一皱,快步走着上前来,他先是掂量了下这大黑袋子:"嗬,还不轻。"又望向谢云衿,"啥东西?"

谢云衿眼波转动,她下巴动了动:"打开看。"

方审狐疑地看了谢云衿一眼,伸手拉开那大黑袋子的拉链,接着又双手将口子扯开,里面装着的赫然是刀具。

这些刀具并不大,细长刃弯,形似柳叶,都是普通的手术刀。

方审喉咙里堵着什么，艰难地问出声："都是从地下室找到的？"
"嗯。"
黄缘又将几个装着东西的物证袋放到桌上："还找到了这些，丙泊酚注射瓶，未使用过的，一共十一瓶。"
谢云衿的目光已经落到了搬运着的尸体上，她的双眸如平静水面，没泛起半分波澜，显然，她早已料到这一结果。
"都在冰柜里吗？"
"对，都在，六具，肚腹都被剖开，只做过简单缝合，虽然还没检验身份，但……八九不离十了。"方审嗟叹一声。
装车完毕，几人热汗淋漓，蒋丛大手一拉合上车后备厢，对着方审高声说："方组，我们现在走？"
方审的注意力都在这些刀刃上，他头也没抬，手挥挥："走吧。"
得到准许，蒋丛等人护送尸体先行归队，谢云衿和黄缘带着物证其次归队，方审几人则收尾完毕最后归队。

刚回来，谢云衿便收到医院那边传来的消息——高纯逃了。
负责看守的小萧神色歉疚："换班的时候郑哥还叮嘱过让我注意些，可我当时没放心上，感觉他这些天很安分，就放松了警惕。办出院手续的时候，他说要上个厕所，我当时账快结完了，想着就几十秒钟的事，应该不会出什么岔子吧，没想到我转个身的工夫，他人就不见了。
"事情发生之后，我赶忙追了出去，没见着高纯的身影，回过头来再找医院调监控，才发现他很鸡贼，没第一时间外逃，而是往住院楼里面走了，后来医院的保安都跟着一间一间搜过了，但高纯还是不见踪影。"
他说着看了眼谢云衿的神色，复将头垂得更低："谢组，让高纯逃走是我的问题，是我警觉心不强，粗心大意，造成了队里的麻烦，我甘愿受处罚。"
当晚和高纯聊完，谢云衿就隐隐有不好的预感，千叮万嘱，没想到还是让他逃了。
她垂眸沉默片刻："处罚不能解决问题，现在最关键的是将高纯抓回来，毕竟他虽然没直接杀人，可提供了致死宋翎的药物，刑罚逃不掉的。既然他是在你手上丢的,我希望他也能由你找回来。"

"我明白。"小萧终于抬起头来直视谢云衿,"谢组,你放心,从我手里溜的,一定能从我手里回来!"他的语气非常坚定。

一波未平一波又起,谢云衿揉了揉额角,眉宇间有淡淡担忧,她想起那晚高纯的"文青"发言直摇头。

只为爱情活,不为自己活,那他逃走是什么意思?要自由,要做值得的事,他一个人逃出去能做什么事?

目送小萧离开,谢云衿顿了顿步子,径直进了法医实验室。江暄头都没抬,只听鞋底踩地力度便知是谢云衿。

"什么时候回来的?"他抬起那双好看的眸,说话尾音上扬。

"刚刚。"谢云衿看了眼主解剖台,冰霜消融,小死者不再脸孔发白,而是呈现铁青之色,腹部至胸腔下侧都被完全打开。

江暄挑了一边的眉,手拿刀具走到解剖台另外一侧:"头部、四肢、后背、脖颈都无伤,腹部被剖开,内脏错位,只心脏缺失,怀疑剖腹后用手或者器具粗暴取心,导致脏器错位,后简单缝合。"

"血液检验已经在做了,由于冰冻,死亡时间全都无法确定。"顿了顿,江暄又补充,"一运回来,我就和老袁将这六具尸体做了个简单检查,情况基本一致,都缺失心脏。"

谢云衿视线阴鸷,沉了沉声:"都被取了心脏?"

江暄郑重点头:"对。"

方审一回刑侦支队,立马进了审讯室再审陈兰心,出来后,他一脸凝重地坐在长凳上对谢云衿说:"这个陈兰心啊,难缠得很,问她就跟倒豆子一样,我们查出一点,带着证据,她就能给你交代一点,没查出来的咬死不说,嘴都不张。"

方审身体往后倒去,继续说:"陈兰心交代了冰柜里的尸体就是福利院失踪的六名男童,不过不肯说钟小智拍下的照片上那个拿着手术刀的人是谁,也不肯说为什么要取这些孩子的心脏,更不肯说心脏的去处。"

谢云衿冷哼一声:"她在护人,我们拿不出指向性证据之前,她是肯定不会交代的。"

"是,眼下我们只能顺着这条线一点点往下查。"方审捏了捏酸痛的脖颈,"另外,陈兰心依旧声称霍如的死跟她没关系,她都不认识霍如,你说她有没有可能又在撒谎啊?"

谢云衿陷入思考。

霍如失踪一定和杨姝岑逃不开关系,杨姝岑是杨殊宁的亲妹妹,杨殊宁和陈兰心交情并不似表面看上去的那样简单,霍如的尸体被埋在裕华福利院后山,这陈兰心到底有没有撒谎,说实话,她还真的判断不好。

方审继续开口:"霍如是临江中学的学生,顺着临江中学这条线去查,应该能有些收获,听说你已经让赵语调了霍如失踪案的材料?"

"嗯。"

"有什么发现?"

"有,很大发现。"

"来,跟我说说。"

方审摆出聆听架势,没承想谢云衿没跟他讲发现,而是说了一句匪夷所思的话:"我想报案。"

方审头上雾水连连,他感到有些莫名其妙:"云衿,你报什么案?"

"我要交代与霍如失踪案有关的情况……以徐酒酒的名义……同时,我会严格遵循规章制度,回避侦办与我有直接关联的案件。"

谢云衿无数次进过审讯室,但从来没以这种方式进入。

这次,她没有睥睨一切,也无法洞察人心。

她坐在审讯椅上,身处光圈中央,灯悬挂在天花板上,光白得像是在她头顶结了霜。

面前二位,是她昔日的同事、并肩的战友,方审与秦海明,熟得不能再熟,常在一起办案聊天,脾气、秉性她都一清二楚。但在这一刻,她在这个位置上和两人对视,他们的表情没有温度,他们的措辞官方冷漠,他们的眼神压迫感太足,她好像没有认识过他们一般。

因为现在,他们是执法者,而自己是一起命案的嫌疑人。

立场对立。

"徐酒酒,你交代一下经过。"

她有些恍惚,七八年的时间,改名换姓,隐去了过往的一切痕迹,现在，她终于有机会，以真实身份示人。

徐酒酒的指尖有些僵硬麻木，她怔了一下，低着的头慢慢抬起，双眸平静冷淡地注视前方。

"霍如失踪之前，确实约了我。"她看到方审的眉轻轻皱起，继续开口，"我也赴了约，但是，我没能见到她本人，我记得那天是2010年5月……"

徐酒酒全程面无表情，语调很舒缓，依照记忆将赴约霍如时发生的事情原原本本复述一遍。

听完，方审的眉皱得更深，他身体战术性后仰一下，抱着双臂问道："这么说，你并没有见到霍如最后一面。"

"嗯，我见到的是杨姝岑。"

"临江中学那个'仓库'还在吗？"

徐酒酒摇头："我不知道，但我认为你们应该尽快过去勘察一下。"

秦海明又接过话茬："你说你是和杨姝岑一起离开的？"

"没错。"徐酒酒又补充，"不过现在这些只是我的一面之词，我建议尽快找杨姝岑过来和我对峙……"她已经习惯性地说了后续流程。

方审轻咳一声打断她："嗯，我们会有安排的，行，那个云衿……徐酒酒！就到这里吧。"

审讯结束，录像关闭，徐酒酒被带出门去。

江暄在走廊尽头默默注视着这一切，眼眶染了些热意。

这么多年了，被时间和记忆尘封的名字，终于重新与她的生命纠缠在一起。

往前走着，徐酒酒似乎感应到了什么，她下意识地转头往后看去，和江暄目光相交。

她歪嘴冲江暄笑了一下，笑得随性，狡黠地眨了眨眼，神情鲜活，与记忆中那个乖张放肆的女孩如出一辙。

江暄欣慰地抿了抿嘴。

很快，徐酒酒转过头去，坚定地继续向前，背影坦荡潇洒。

在得到"徐酒酒"的证词后，方审和何繁忠简短商议后很快做出安排，兵分两路，由秦海明带人赴临江中学小树林中的"仓库"实地勘察。

498

赵语则调查了一下杨姝岑的行踪,得知杨姝岑今日在本市电视台参加节目后立刻带人前往。

临江电视台后台休息室。

节目录制快开始了,艺人舒岑正在做妆造,她靠在椅背上昏昏欲睡,小助理在小心翼翼地替她捶背,化妆师则动作轻轻地在她双颊打着细粉。突然,她吃痛地叫了一声,推开化妆师的手转头狠狠剜了小助理一眼:"捶重了!"

小助理吓得后退一步,卑躬屈膝连连道歉。舒岑来气了,妆也不肯继续化,陪同的工作人员有些着急,试探性地出声提醒:"舒老师,节目快开始了。"

舒岑耍了脾气,双臂一抱:"不录了。"

工作人员一听这话,吓得惊慌失措:"舒老师,这不录了可不行,咱们没法跟领导交代,更没法跟观众和粉丝们交代……"

话音刚落,休息室的门被粗暴地推开,舒岑又想发火,转头一看,美丽脸庞上的怒意凝固了。

只见三名穿着警服的男女站在门口,为首的人,舒岑看着很眼熟,是之前做笔录时和她闹得很不愉快的那位赵警官。

赵语也是一眼就看到了众星捧月的杨姝岑,她快步走过去,脑后的马尾随着她的步子轻轻甩动。

"杨小姐你好,又见面了。"

杨姝岑看到赵语,脸上神情不耐烦得很,没好气地哼了一声:"宋翎的事情我不都说清楚了吗?怎么又来找我,你们是不是没完了?"

赵语站在杨姝岑左边,居高临下地看着她精致的上半张脸:"杨小姐,我们这次不是为宋翎的案子来的,是有一起新的案子需要你的配合。"

"什么新案子?"

赵语眉眼压了压:"一起受害人失踪多年的死亡案件,不知道杨小姐认不认识这个人。"她说着从兜里掏出一张照片,用食指和中指夹着递到杨姝岑的面前。

杨姝岑不悦地抿抿唇,看都没看就说不认识。

赵语的手指弯曲,将化妆桌叩出沉闷响声:"请杨小姐看一眼照片再回答我。"

杨姝岑像没有听到,赵语加大音量重复一遍。

杨姝岑脸色很差,终于往照片上瞟了一眼,很随意地、懒懒地那么一瞥。一瞥之后,她没法继续随意,因为她面露惊色,忙伸手将面前照片打落在地。

"我不认识!"她的语气又急躁又慌张,行为反常,绝对不可能不认识。

赵语慢腾腾地从地上捡起照片:"杨小姐不记得不要紧,我可以来帮你回忆一下。

"她叫霍如。2010年5月22日失踪,在这期间,将近七年半的时间里,霍如没有任何消息,像人间蒸发了一般。"

赵语视线往下,看着杨姝岑的手指在一点点捏紧,她心中有了思量,继续说:"不过前些日子,我们在裕华福利院后山挖掘出一具无名女性骸骨,通过调查及DNA亲子鉴定,确定了此具女性尸骨正是多年前失踪的霍如。有人交代,你可能是最后一个见过霍如的人,现在我们不确定她说的是真是假,因此必须要带您回队里接受调查。"

"谁?"杨姝岑咬着牙关,"谁交代的?"

赵语一字一顿,缓缓说出一个名字——

"徐酒酒。"

临江中学,小树林深处,这个被学生们称为禁地的地方,今日却来了一群不速之客。

门紧锁着,锁头甚至被两根大铁丝紧紧缠绕住,看上面的锈迹与腐旧程度,应该很久没被打开过了。

方审取了个镊子来开门,不费吹灰之力,木门"咯吱"一声打开,里面灰尘扑面。

他朝后招招手,准备完毕的肖正钧和伍方先后走进,很快进入状态,开始在这方禁地中仔细勘察起来。

而这边的杨姝岑被带出了休息室。

她戴着墨镜、口罩,头垂得很低。

名气太大,稍微有些风吹草动,不出一天时间便会在网络上传得沸

沸扬扬。

　　杨姝岑已经尽可能地低调了，可惜电视台外面围着的粉丝太眼尖，有人一眼就认出了全副武装的杨姝岑，大叫一声："舒岑。"

　　无数的视线投射过来，接着是欢呼声和脚步声。疯狂的粉丝们从四面八方围追过来，赵语见状立刻拉开警车车门将杨姝岑推上车去。

　　"砰"的一声响，车门关闭，粉丝扑了个空，将警车围得水泄不通。赵语和另外几名警员拉开门想上车都有粉丝妄想钻进来和偶像近距离接触，他们颇费了些力气才冲出重围。

　　甩开那些企图追车的粉丝，赵语这才松了口气，她交代前面开车的罗宇超："阿超，再加点速。"

　　罗宇超回过头给了个笑容："行！"

　　车辆疾驰，没多久赵语便带着杨姝岑回了刑侦支队。

　　她一路上都低着头，长发很好地遮挡住了她两边的脸，因此没人能看清大明星此时心里到底在想些什么。

　　就在进审讯室之前，杨姝岑迎面遇上了之前那位神似旧人的谢警官谢云衿……

　　不对！

　　杨姝岑的背脊僵硬，脚步也停顿下来。

　　她站在审讯室门口，看向不远处，那位谢警官就站在走廊窗边。

　　些许阳光洒落进来，洒在谢警官半边脸上，杨姝岑看得不太真切，她伸出手指，终于拉下了墨镜，视线明晰起来。

　　那位谢警官斜斜倚靠窗边，手肘随意靠在窗台，头微微昂起，脸上那种傲慢和不可一世的眼神让杨姝岑身躯一震。

　　她先是感觉自己呼吸不畅，又是感觉自己大脑缺氧。

　　光影之下，杨姝岑感觉这位谢警官的头发在慢慢拉长，并一点一点卷曲，她素淡英气的眉眼似乎在被一双无形双手自动上妆，逐渐昳丽野性起来。杨姝岑感觉周遭景物变换，自己好像又回到了高中年代，年少成名的光环没有让她的校园生涯顺风顺水，相反，她却因此遭到了嫉妒和欺凌。那个下午，天阴沉沉，冷得要命，她被霍如堵在厕所角落里，冰冷的水浇透了她的身体。

　　这时候，那个人出现了，三言两语几个动作替自己解了围。杨姝岑感激地看向那个人,她的长发卷曲,眼线撩人,看人的视线却凌厉张扬,如果没有后来的那件事,可能自己会一辈子感激她。

周身景物转换,杨姝岑身边还是白墙走廊,而面前那位谢警官的脸与她脑海中的完全重合,她听到有人喊道:"徐酒酒,来签个字。"

而不远处的谢警官淡淡"嗯"了一声,视线回避了她的,转身进了另一间房。

徐酒酒!

真的是她……

杨姝岑的神情难掩惊愕,她瞳仁聚焦前方,怔怔地看着,灵魂好像也随着这声轻描淡写的"嗯"而飞走了。

这时,旁边的审讯室里也传出一个声音:"杨姝岑,愣着干吗,快进来。"

杨姝岑手指动了动,出窍的灵魂已经归位,可她的身体像是被什么操纵了一般,以至于她虽然往审讯室里走,可脚步踉跄得像是下一秒就要跌倒一般。这几年光鲜亮丽的明星生活给她带来的娇纵脾性已经完全被从心底涌起的担忧恐惧所压制。

她慢腾腾坐下来,双手交握于身前,整个人在不受控制地轻轻颤抖,被她极力控制住。

审讯她的人是之前那位赵警官。

流程走完,进入正题,赵语向杨姝岑抛出第一个问题。

"杨姝岑,你和死者霍如是什么关系?"

杨姝岑的背脊颤了一下,拳慢慢攥紧,她看着桌面:"我和她,没有关系……"

"没有关系,你们不是同学吗?"

她下巴轻轻抬起,眸子却半眯着,梗着脖子回答:"我的同学那么多,多少年前的事了,我、我早就忘记了。"

"忘记了?听说她欺凌过你,欺凌过你的人有那么容易忘记吗?"

听到"欺凌"二字,杨姝岑的肩膀无意识地耸动,逃避着赵语犀利的眼神。

"杨姝岑,我在问话!"

杨姝岑压根儿没经历过这种严肃场面的审讯，她完全没有任何能力招架，只能紧咬嘴唇说实话："没忘记……"

"没忘记就好，她失踪的事情，你知道吗？"

杨姝岑脸色泛白，嘴唇都快被她自己咬出了血痕："知道……"

赵语将语气放得更严肃，她身体前倾，给足杨姝岑压迫感："你最后一次见霍如，是什么时候？"

"不……不记得……"

"好好想想。"

杨姝岑将脖子伸长，头稍稍后仰，好像有双无形手掌扼住她的咽喉，她感觉呼吸不畅快，同时，她的神色也古怪起来。

其实她都记得。

什么都记得。

她记得霍如，记得霍如嫉妒她嫉妒得红眼的样子，也记得霍如给她带去的痛苦和屈辱。

当然，她更不会忘记见霍如的最后一面。

那时她去学校会受到霍如的欺负，回家又得面对父母望女成名的压力。什么死过人的禁地？那里是她最后的净土。

杨姝岑慢慢闭上眼，那天的场景放电影一般重映。

周围绿树葱葱，小房子里被映出绿意，微风拂过她的校服衫，将她锁骨的汗渍吹干。在那里，她感觉很放松，可以无拘无束，做自己喜欢又不被允许做的事。

——与此同时的禁地中，肖正钧蹲下身捻起一根什么东西："看样子应该是多年前留下来的。"

小房子里，杨姝岑刚拿出口袋中的东西，可随之而来一声"咔嚓"打破了原有的平静，吓得她赶紧扔掉。

她慌乱地往声源处看去，来人让她大惊失色，她忙站起身来，恐惧让她下意识地退向角落。

来人笑得猖狂，说话时也掩饰不住得意，笑嘻嘻地晃了晃手机："我拍下来了，你的脸很清晰，表情也很生动呢。"

杨姝岑脸色煞白,随着霍如走进来的脚步一点点后退。

霍如兴奋地看了看手机:"你说你以后要是真的成名了,我手机里有这么多你的黑料照,卖给娱乐杂志,是不是能卖好大一笔钱呀。"

霍如走过来,一只手攥紧手机,另一只手轻轻拍了拍杨姝岑的肩膀,神情故意做无辜状:"小童星,你一定要好好努力,考上电影学院,以后拍电影电视剧成为大明星,你的名气越大,我这手机也就越值钱!"

霍如明明在笑,可杨姝岑看着她的笑容却只感觉恐惧和恶寒,她每拍一下自己肩膀,杨姝岑就感觉自己的身体被人用刀划了一道口子。杨姝岑积压心底的愤恨沸腾起来,伸手去抢夺手机,可霍如劲大,哪里会那样轻易让她如愿。

霍如一把推开杨姝岑:"就你还想从我手里抢东西,也不掂量掂量自己。"她说着转过身去,"我在这里约了人,今天不和你计较,要是识相的话就快滚吧。"

杨姝岑看着霍如的背影,连后脑勺都让人恶心,她心底的愤怒直冲脑门,冲动之下拿起地上的砖石狠狠往霍如头上砸去,砸得霍如闷哼一声,身体也随之倒在地上。杨姝岑这时候便完全顾不上抢夺手机,仇恨让她红了眼,她骑在霍如背上,又一砖头砸下去。

霍如的身体抽搐了几下,鲜红血液从细密的黑发中渗出,很快覆满了地面。杨姝岑感觉无比畅快,甚至有一瞬间,她可耻地理解了霍如对自己的欺凌,原来压制一个人,是这样的愉悦。

——勘察还在继续,几名警员清理掉杂物,围在一摊黑色污渍旁:"像血迹,还有拖拽痕迹,这砖头上面好像也有。老肖,你拿点试剂检验一下。"

杨姝岑依旧闭着眼,脑中浮现着那日的情景,她这辈子都不可能忘记,刻骨铭心。然而这种压制霍如的愉悦感只存在了片刻,很快她就意识到自己犯了大错,自己似乎杀人了。

她慌乱了,连忙起身,愣了一会儿,躬身下去拖着霍如的双腿往后面拉。突然,她听到外面的脚步声,知道可能是有人来了。

接着一个声音响起:"霍如,我来了,你到底什么事?出来说吧。"

杨姝岑紧张得大气都不敢喘,她看着掉落在地的手机,抬腿将它踢进一旁的建筑垃圾里,紧接着,紧闭双眼冲出门去,她和徐酒酒撞了满怀……

——验证了地上的正是血迹之后,肖正钧又在瓷砖底下发现一部大红色的手机:"这手机老古董了吧,好几年前的了,拿个物证袋。"

审讯室里,杨姝岑这才睁开眼:"我不记得了。"她的呼吸慢慢变得畅快,"这都多少年的事情了,我早就不记得了。"

审讯室是见证最多谎言的地方。

进来的人鲜有立马开口说真话的,有的会直白撒谎,误导警方思维;有的则一言不发,掩盖事实真相;还有的就像杨姝岑这样,不管问什么问题,只说:"我不记得了。"

什么都不记得了。

再问就是要喝水,要吃东西,要上厕所。赵语也是耐着性子和她磨,磨到了半夜,赵语精神萎靡,杨姝岑嘴里还是只有那一句话——

"对不起,我不记得了,我想要休息。"

赵语的精神也快到了溃堤的边缘,但她依旧不肯放弃。她认为审讯就是个一鼓作气的事,再而衰三而竭,一旦给了嫌疑人休整时间,心理防线便更难攻破。比如陈兰心,数次审讯,开始还会慌张心虚,能问出话,但现在是一次比一次"从容",只有拿出证据的抵赖不掉了,她才会承认。

吴海楼也给了赵语提醒:"小赵,你已经磨了够久了,可要把握个度啊,车轮战好用,但不适用,疲劳审讯可不行,超过二十四小时就算刑讯逼供了,年轻人,做事还是得懂变通。"

赵语只能低头受教:"是,吴队,我知道了。"

赵语无奈地宣布审讯结束。

她一脸挫败地出门来,抬眼看到长凳上的谢云衿,谢云衿正姿势闲适地靠在上面看手机。

虽然坦白了过往徐酒酒的身份,可她现实还是云澧区刑侦支队警员谢云衿，除了与她本人和亲属有直接关联的案子需要规避参与外，按理说其余案子她都是可以接手的。只不过现在因为霍如死亡案，她也算沾点嫌疑，因此暂时闲在这里，等二十四小时满便能自由活动了。

赵语走过去，在谢云衿身边坐下，无奈地叹了口气。

谢云衿没抬头，依旧在看手机。赵语有些奇怪，转过头："不好奇我审得怎么样？"

"不好奇。"谢云衿将后脑勺搁在椅背上，"我现在是嫌疑人。"

"你这么守规矩，我真不适应。"赵语凑过来，"真不想问我审得怎么样？"

谢云衿眸光淡淡，一针见血地指出："不用问，肯定不怎么样，要不然你不会这么垂头丧气。"

赵语："……什么都瞒不过你。"

谢云衿换了个姿势，弯唇笑了笑。

赵语此刻却没有笑的心情，她情绪越发低落，昂头看向天花板："云衿，我现在找不到突破口，怎么办？"

谢云衿懒懒抬起手指："给你指个方向。"

"什么？"

"方审回来了，在技术科里忙活了几个小时没出来，这个方向够明确了吗？"

一听这话，萎靡的赵语立马打满鸡血，她撂下一句"云衿，谢了啊"，随后马不停蹄往技术科走。

谢云衿看着赵语匆匆离去的背影，懒散地抬了抬眼皮。虽然她也想上前去看看，但理智还是阻止了她，希望方审他们找到的，是对案件侦破有用的物证。

赵语推开技术科的门，看到方审几人都围在王临风办公桌前。见她进来，方审连忙热情招手："哎，赵语，你来了，快过来看看。"

"什么东西？"

她凑上前去定睛一眼，原来他们在用电脑翻阅一些电子档的照片，照片的主角都是些校园男女，看上去青春洋溢，不是近期拍的，除了画质一般，照片底部还显示有拍摄时间。

赵语有些疑惑："这些照片哪里来的？"

肖正钧指了指不远处桌上那部充满年代感的红色手机:"我们在临江中学后面的小房子里发现的。经霍如母亲辨认,霍如失踪前使用的正是这一品牌这一型号这一颜色,手机是坏得无法使用了,不过里面的内存卡倒是保存得非常好,也省得技术部门修复了。"

毕竟之前和钟小智一同出土的那部手机便因为深埋地底太久修都没法修复了。

赵语立刻挤到最前方:"照片还真多。"

其中大部分都是一个青春靓丽女孩的自拍照,是那个年代特有的自拍方式,看模样是霍如本人。

还有一部分乱七八糟的照片,比如亮亮的手指甲、霍如和好友的合照、路边一辆价值不菲的豪车等等,其中,赵语还看到了杨姝岑的照片,那狼狈模样,似乎都是被欺负时拍下的。

翻看到最后几张照片时,几人的表情同时冷凝起来。照片上显示了确切时间——

2010/5/22/18:43

照片主角正是审讯一天无果的大明星杨姝岑,她身穿校服,头发披散着,坐在一个小集装箱上,她似乎发现了拍摄之人,抬眼正对镜头,表情慌张无措。

这些照片验证了一个事实,徐酒酒说的话不假。

赵语激动得瞪大双眼,忙拍着王临风的手:"拷贝了,打印给我,都打印给我。对了,你们在那里只发现了一部手机吗?"

"那可不止。"

"还有什么?"

"疑似第一案发现场,拖拽痕迹,以及作案工具。"

谢云衿的嫌疑暂时洗清,这次,她决定要去见一个人,一个她很早之前就想见的人。

在见他之前,谢云衿巧合地又在走廊见到了杨姝岑。

与之前的光鲜亮丽不同,现在的杨姝岑死气沉沉,精致面容上的疲惫掩盖不住。

她死死盯住谢云衿,嘴巴动了动,想说些什么,却最终没有说出来。

反倒是谢云衿，主动走上前，神情从容淡定，和她打着招呼："好久不见，老同学。"

杨姝岑的嘴唇在轻微抖动，她不敢置信地看着谢云衿："老同学？你真的是……"

"是。"

"你怎么会？明明……"

"明明跳江了，是吗？"

杨姝岑眸子黯淡无光，她没回答。但从她的表情上，谢云衿已经得到了答案。

"新闻媒体都说我纵火弑父跳江自杀，这些都是他们希望的，可惜，我并没有让他们如愿。"谢云衿朝杨姝岑投去一个探究的眼神，转换话题，"5月22日上晚自习前，在学校后面的禁地，霍如也在里面是不是？"

杨姝岑嗓子眼里哽着什么东西，以至于她感觉自己此刻呼吸得非常难受，难受得眼睛已经涨出了泪意。

"我不知道你、不知道你在说什么？"她话说得结巴，逃避着谢云衿的视线，手指甲嵌入肉里。

谢云衿盯了她的手指甲很久，目光冷漠疏离："你知道的，你其实都记得。"

谢云衿继续，不过声音依旧没有任何温度："霍如的尸体为什么会出现在裕华福利院后山呢，为什么偏偏选择那里？怎么转移过去的？谁转移过去的？那个人和你是什么关系？"

杨姝岑的呼吸骤然急促起来，一声声的喘息清晰可闻。她悲哀地发现，明明自己什么都没有交代，可谢云衿的句句问话却直戳她的命门。谢云衿好像有种洞察人心的能力，杨姝岑有些绝望。

"以上问题我现在都不关心，因为我更想知道，事发之后，你为什么要给我的社交软件发那样一句话？"

杨姝岑心里"咯噔"一声，这才慢腾腾抬眼与之对视。

谢云衿慢条斯理地继续说道："我记得很清楚，你发的是——'对不起，但你必须要死！'

"为什么跟我说对不起？你做了什么对不起我的事？

"又为什么说我必须要死,我的死,对你有什么好处?"

一连几问,一字一顿,每个字都是重击,杨姝岑却像患了失语症,她泪光糊眼,半个字的回应都吐不出来。

谢云衿的神色很冷淡,她轻轻笑了笑:"不要紧,以上这些问题,我会原封不动,好好问一下你的亲哥哥杨殊宁。"

话音落地,杨姝岑双腿明显一颤,险些跌倒在地。

杨姝岑的回忆涌上心头。

失手杀死霍如后,她跪倒在杨殊宁面前。

杨殊宁问她怎么了,她哭着将事实告知:"哥哥,我杀人了,但是我、我不是故意的,她一直欺负我,还、还拍到了我很多黑料。哥哥,那些照片传出去会影响我以后,一冲动我就拿砖头砸了她,我没想着会将她砸死,我不是故意的,我不是故意的。"

"她在哪里?"

"在学校小树林后面的房子里,那个禁地……哥哥,怎么办?我怎么办?要是坐了牢,我这辈子都完了,哥哥……"

一双宽厚大手温柔抚摸她的头发,他说:"岑岑别怕,你是我的亲妹妹,我们血脉相连,哥哥豁出这条命也会帮你的,尸体在学校那个禁地是吗?"

"是、是,哥哥,你要救我!你一定要救我。"

长久沉默过后,他说:"放心,哥哥会帮你处理的。你仔细想想,有没有别的人看到?"

"没有!没有!"

"没有就好,省了很多麻烦。"

顿了片刻,杨姝岑突然想起来:"有!好像有!"

"谁?"

杨姝岑语塞片刻。

"告诉哥哥是谁?"

"她叫徐酒酒。"

…………

"杨社长,外面有位谢警官找您。"

正锋文化社社长办公室外,前台小姐正恭敬传话,谢云衿和罗宇超站在门口耐心等待。

隔了一分多钟,一个男声响起,声音很低沉:"请她进来。"

前台小姐这才转身微笑:"谢警官,杨社长请您进去。"

谢云衿回报笑容,越过前台小姐,比了个手势示意罗宇超跟上,然后推开虚掩的门。

里面暖气开得很足,热风扑面,谢云衿下意识地拿手挡了一下。

很快,她的视线穿过手指缝隙到达窗边,那里站着个男人。

谢云衿眯了眯眼,男人背着光,中等身材,穿着件单薄外套,黑色长裤,似乎正在喝东西。

他听到脚步声,慢慢转身过来。

第二十五章
殊途同归

看清这人身形那一刻,谢云衿感觉天旋地转,她的眼睛骤然凛冽起来,周遭由白天变成黑夜,由办公室变成跨江大桥。

桥底暗潮翻滚涌动,似有无数只鬼手在里面沉浮。

七年前,她跑到跨江大桥中心位置,后面有人追杀,前面有人挡路,她进退两难。

但此时,谢云衿却坚定地往前走,她每走一步,男人的脸庞便清晰几分,接着,他脸上似有口罩若隐若现,直到谢云衿看清他的眉眼。

那是她刻骨铭心的记忆。

只不过现在,这男人的袖口里,没藏着那把闪着寒光的尖刀。

谢云衿的眸垂了片刻,再度睁开,脸上半分波澜都没惊起。她伸出手,嘴唇甚至弯起一个微笑的弧度:"杨社长?"

比起杨姝岑的漂亮出众,杨殊宁的模样未免普通了些,不过他穿衣有品位,打扮有气质,五官是普通,放人堆里却也是显眼的。

他的嘴角也弯起弧度,将咖啡杯放置到一旁的办公桌上,声音很淳厚:"谢警官?听说您有事情找我?"

谢云衿从容淡定:"是。"

"请问是什么事情?"

质问的话语到了嗓子眼,又被谢云衿生生咽了下去,她决定先迂回探探底:"不知道杨社长还记不记得几天前的晚上,您临 A1544 的车在匀湖路第二个路口追尾前车……"

杨殊宁保持笑容,听她将话说完:"我就是前车车主,我和杨社长有场交通事故需要处理。"

他低了头,手指放在鼻尖处,低低地笑出声来:"原来是追尾的事,我还以为谢警官是为我妹妹的事找上我的。"

谢云衿也低低地笑出声来,她还准备再探探,没想到杨殊宁如此开门见山,她便也不打算拐弯抹角:"也不全是为了杨妹岑。"

杨殊宁锐利的眼睛稍稍转动,他沉了沉眉,谨慎地同谢云衿周旋:"这么说,谢警官找我还有其他事?"

谢云衿大方承认:"没错。"

杨殊宁摊摊手,示意她说下去。

谢云衿环顾了一眼这办公室装潢,低调又奢华,她走动两步:"听说杨社长是记者出身?"

"是,那都是过去的事了。"

谢云衿的笑容深了些:"您的过去很辉煌啊,撰写的头条报道曾一夜卖爆临江市,还创下过纪录,临江晚报,您做主编,实至名归。"

听着她这些话,杨殊宁脸上的笑容凝固一瞬,很快又恢复如常。

他盯了谢云衿几秒,眸中闪过一丝古怪。

他咽咽口水,心绪镇定了些。

谢云衿的目光落在墙壁上,那里挂满了正锋文化社的各类社会荣誉证书,她的视线逐渐冰冷:"我听说正锋文化社的前身正是临江晚报,当年临江晚报面临倒闭,杨社长拉来洹港集团的投资将报社盘活,并改建了正锋文化社?"

她每说一个字,杨殊宁的嘴角就会被拉平一分。似乎意识到了什么,他的神情不受控制地凝重起来。

"谢警官所说的其他事,就是细数我这文化社的过往前生?"

谢云衿突然转身,刃一样的视线落在他脸上。她掷地有声:"当然不止,我主要还是想问问杨社长那篇卖爆临江市的报纸头条,就是那篇'花季少女,纵火弑父后跳江自杀为哪般'的报道,您是怎么查得比警方还快的?"

杨殊宁眼皮子跳动:"新闻讲究时效性,媒体工作者必须要快,才能有口饭吃,我不过是敏锐力更强罢了。"

顿了片刻，杨殊宁轻咳一声，似乎是有点不耐烦了：“谢警官找我，到底为了什么事，不妨直说。”

虚与委蛇到现在，谢云衿也不打算与他继续了。她抬起眼来，凌厉尽显，说了一段话，语气平和。身后的罗宇超听得摸不着头脑，但杨殊宁是完全听懂了，他虽然还在笑着，却有种皮笑肉不笑的意味。

谢云衿说："杨社长的变化不大，虽然过了这么些年，穿着打扮都与之前不同，但我还是一眼就将您认了出来，您还是习惯带刀啊，以前藏袖口里，现在藏在笑容里。"

"谢警官在说什么，我一句都没有听懂。"杨殊宁摊摊手，表情很无辜，"什么藏刀？谢警官不要同我打哑谜呀。"

他的笑容高深莫测，旁人看不出破绽，但他接下来的问话，却被谢云衿一眼看穿。

"谢警官在跟我开玩笑吗？倒是说说，藏的什么刀？"

刨根问底，他着急了。

杨殊宁停了稍许，声音慢悠悠："现在什么事都得讲个证据，是吗？谢警官。"

他在试探，试探自己有没有证据。

谢云衿轻笑一声。

他站桥上挡路袖口藏刀的证据自己自然没有，不过这不重要，毕竟他没有动过手，真有他在场证据又怎样，追究不到他。

这不是最主要的，最主要的是——

她狭眸中透着寒意，再凝视眼前人："你们是一伙的？"

杨殊宁逃避了谢云衿的视线，神情虽然无波澜，但心里终归是乱了，不然他的手指不会一下一下没节奏地轻敲桌面。

微表情小动作被谢云衿尽收眼底。

谢云衿往下瞥了一眼："不是一伙的？"

伴随轻微敲击声，她继续问出口："抑或者殊途同归，起因不同，但目标一致而已？"

响声骤停。

杨殊宁的手指轻微一颤，快速细微得让人无法察觉，谢云衿还是敏锐地捕捉到了。

得到答案，谢云衿脸上的笑容深了几分。她骤转话题："杨社长应该很担心自己的妹妹吧，大明星大庭广众被警方带走，现在网络热搜都炸开了锅，您不想知道是什么事？"

两人的对话一直是你来我往针尖麦芒，谢云衿只稍稍占了上风，但这句问话后，她感觉杨殊宁明显低声下气了不少："我妹妹怎么样了？"

他没有接过谢云衿的话茬问是什么事，而是问了杨姝岑怎么样？看来他对于杨姝岑为什么会被带走心里已经有了答案。

"挺好的，审讯完就直接安排休息了，我们局里的伙食也不错，吃的方面您也不必担心，不过她情绪不太好。"谢云衿漫不经心重复一遍，"杨社长不想知道什么事？"

不等杨殊宁开口，谢云衿自顾自说着："调查裕华福利院时，我们在福利院后山发现一具无名女尸，经过检验，女尸是七年前失踪的临江中学女学生霍如。"

"那和我妹妹有什么关系？"

"有目击者看到了。"

"谁？"

他不问看到什么了，却直接问了谁。谢云衿盯着他只淡淡笑了笑，他瞬间明白了是谁，也瞬间意识到自己又露了破绽。

谢云衿又开口："尸体是转移了，不过临江中学后面那小房子里的痕迹没清理干净，现在判断可能是第一案发现场，并且现场发现的物证对杨姝岑很不利啊。

"裕华福利院很偏远，知道的人不会太多，距离临江中学有足足四十公里，只能是开车，就算开车，环山公路也是不好走的，埋尸点选在裕华福利院后山，搬运转移挖坑，耗时间也耗精力，您说会是谁转移的呢？"

杨殊宁合了下眼，放在桌上的手指在一点一点捏紧。

到这时，谢云衿的试探终于完毕，言语周旋间，她心中的疑惑已经全部得到了答案，只是可惜，没有任何实质性的证据。

她抬起眼皮，从兜里掏出手机："加个联系方式吧，杨社长。"

杨殊宁目光溢出狐疑，似乎不明白她此举的目的。

谢云衿慢条斯理地继续说道："加联系方式，我将修车明细发到你

的手机上,到时候按价赔偿就行。"

"好。"杨殊宁大大方方拿出手机扫了码。

"叮"的一声,验证消息发送过来,谢云衿快速点击同意,随后晃了晃手机:"我没什么别的事,就不打扰,先告辞了。"

杨殊宁往前走了几步送客。到门口时,谢云衿突然转身说了一句:"杨社长,您这顶楼,风景真是不错。"

等他们出了办公室,门慢慢关闭,杨殊宁脸上的笑也倏然消失。

杨殊宁敛回视线,转过身来,再次走到窗边,轻轻叹了口气。

他往远处眺望,建筑高耸入云直插云霄。

玻璃金属,铜墙铁壁,烟云缭绕,看起来颇为壮观。

他不知道底下的人看自己这里,是不是也那么壮观,但他从一个小记者爬到这壮观顶端,其中的艰辛与成就感,外人不会明白。

不仅是外人,就连熟人也不会明白,他们只会觉得这家人真厉害,培养了这么优秀的一儿一女,女儿大明星,儿子大老板,多么风光。

只有杨殊宁自己知道,妹妹的成功源于她的天资、她的漂亮,老天爷赏饭吃,而自己,出生就没有任何光环,现在能站在顶端,是他一步一步走出来的。

他泯灭了良知,抛弃了职业道德,成为那人在报刊机构的发声工具,同时也得到相应的资金与人脉,为了这些,他甚至亲手葬送了自己纯洁的校园恋情,但他觉得值得。

现在他拥有的东西远比他付出的多得多,金钱、地位、名誉、家族荣耀,什么都有了,现在却因为一个不速之客的到来,让他觉得这一切都摇摇欲坠。

杨殊宁又闭了眼,牙关咬紧:"你的命真硬啊。"

徐酒酒,当年真是小看她了。

当年从妹妹口中得知这个名字,杨殊宁便觉得耳熟,他利用自己的记者资源简单查了下,意外地发现这个徐酒酒正是他下个新闻对象的女儿。

在那之前,那人甩给他徐海成的资料,资料很详实,家庭关系、家庭住址、社会背景甚至邻里评价都有。那人说:"他是个警察,碍了事,动手的时候我会通知你的,你关注一下他的死讯,该拍照拍照,该采访采访,到时候发一篇报道,引导舆论,混淆视线,多往他身上泼脏水就行了。"

24日晚上,他收到消息,本想趁乱动手解决了徐酒酒,却没想到徐酒酒在进退两难之际直接选择纵身跳入江中。

至今,杨殊宁依旧记得徐酒酒跳江前看向他的眼神,阴鸷冷厉,让他有一瞬间汗毛倒竖,好像她就算去了地府,也一定会回来向他寻仇一般。

她跳下去的那一刻,他的心都悬到了嗓子眼。那时候,他就站在栏杆边,看着暗色江面激起水花又恢复平静,然后,很久都没有头露出来。

他的心落了下去,不远处熊熊的火光将他漆黑瞳仁映得通亮,他的眼眯了眯,脑中慢慢酝酿出一篇新报道的雏形。

纵火弑父,骇人听闻,最大程度引发愤怒。

叛逆少女,与父不和,弑父逻辑合情合理。

跳入江中,畏罪自杀,完美混淆事情真相。

徐酒酒已死,妹妹的事永不会败露,自己这样做也算给上面解决了意料之外的麻烦,或许他还能趁机要点资源。

警方查案不会那么快,掌握舆论,就是掌握了真相。

真是个绝妙的想法。

他那时是由衷佩服自己的聪明,恨不得仰天大笑几声。

但他冷静了下来,第一时间给师妹储俪去了电话。

两人一个报纸一个电视,成功引发舆论热潮。

哪里想到,徐酒酒竟然没有死。

她改名换姓,真的从阴曹地府回来向他"寻仇"了。

杨殊宁吐出一口浊气,收起眸中的慌乱,他掏出手机,给那人去了个电话。

他觉得,比起自己,那人现在应该更想要了她的命。

法医科连续几日加班加点,六具尸骸的检验工作总算结束。

一大清早,尸检鉴定书送到谢云衿办公桌上,她拉开椅子坐下,一页一页翻阅下去,脑中高速提取关键信息。

六具尸骨性别都为男，年龄六到十二岁不等，被麻醉后剖腹取心，其中四具尸骸都有明显身体残疾或疾病。

尸骸腹部缝合都用了外科手术中常用的间断水平褥式缝合，手法是专业的，只不过缝得粗糙，尸骸表皮未出现明显腐烂特征，鉴定书推断取心死亡后一到五小时内便被放入冷柜冷冻。

由于冷冻，尸骨死亡时间全部无法鉴定。

提取完有用信息，谢云衿将鉴定书往桌上一扔，眼睛闭上，双臂环抱，身体压进柔软椅背中。

不是普通杀死，而是都被麻醉取心，陈兰心口中那个所谓的"不想给残障孩童花钱治病所以选择杀死他们"的说法明显站不住脚，因为他们的死亡重点在两个字上——心脏。

老话说，人无心则死，灯无心则灭。心脏，承载着为血液流动提供动力的功能，人体最重要的器官之一，是必不能少的。

取这么多心脏什么目的？

谢云衿的第一想法便是器官买卖。

目前国内的心脏移植手术相对来讲比较成熟，患者移植成功长期服药的话运气好能活很多年，并且世界范围内都缺乏供体，六颗心脏放暗网里，能卖不少钱。

很快，谢云衿摇摇头，自己将自己否定。

如果是单纯的器官买卖，不可能只取心脏。

心脏不比肾脏，肾脏有两只，取下一只来人也能继续存活，也不比肝脏，肝脏割了一块还能继续长，心脏这玩意儿，取了必死无疑。

如果说猪的全身都是宝，那么人的全身就都是钱，肝肾眼角膜等价值其实都不低，其余部位却并未出现缺失，只少了心脏……

到这里，谢云衿有了第二个想法：为某个特定对象提供移植心源。

不过，谢云衿心中又有了不理解的点。

尸检时江暄说过，死者是腹部被剖开，粗暴取心导致了内脏错位。

心脏毕竟连接不少血管，这样取下的心脏无论是立刻移植还是买卖应该都不符合条件吧？

术业有专攻，谢云衿对医学知识知晓不多，思索几分钟思索不出结果，准备起身去法医办公室问问江暄。

刚到门口，正巧碰到他过来，两人默契地相视一笑。

各自忙碌，谢云衿和江暄虽然都在一栋楼，但是这几天见面机会属实少。

"我刚准备去找你。"

江暄笑容懒懒："猜到你要去找我，所以我自己主动过来，说说，对于鉴定书有什么疑惑的？"

谢云衿的神情凝重起来："取的这六颗心脏，有做移植的条件吗？"

江暄的头稍稍倾斜："你怀疑取心是为了做移植？"

"嗯，我猜测取心是为某个特定对象提供移植心源。"

江暄的虎口托住下巴做沉思状，一分多钟后，他摇头："我不认为这几颗心脏有成为供体的条件。

"心脏移植对供体要求很高，但从这六具尸骸的状况看，开的是腹腔，不是胸腔，并且动脉和静脉都是被生生拽断的，足以见手法粗暴，如果是为了移植，这样取下的心脏后续手术难度大，移植失败的可能性很高。"

他深吸一口气，继续道："你说的为某个特定对象提供移植心源，我认为可能性也不大，心脏移植也是需要配型的，主要和血型有关，但这六具尸骸，几种常见血型都存在，应该不是为某个特定对象提供。"

听完，谢云衿有些泄气地晃了晃脑袋："再猜下去估计也是无用功，真相如何，还得从陈兰心嘴里逼出来。"

毕竟，陈兰心才是了解所有内情的人，只可惜她现在的嘴不好撬开。谢云衿陷入思索。

见谢云衿失神，江暄颓散地靠在墙壁上："在想什么？"

"想陈兰心的弱点。"

"我听说陈兰心已经被审讯好几轮了，还没松口？"

"跟我们小孔倒豆呢，查到一点她就交代一点，没查到的，她死也不开口。"谢云衿抬了眼，"我知道，她现在不开口，无非就是想保人，她的弱点，也就在这个保的人上。坚持这么久只为了保他，这个人一定和陈兰心关系匪浅，父母亲人，配偶孩子，抑或者情人？"

江暄专注地看着谢云衿的侧脸，唇边带着淡淡的撩人笑意，她推测的时候，眼瞳扭转的狡黠微光，灵动得让他挪不开眼。

谢云衿双眼眯起，自顾自说着："陈兰心的父母早就去世了，有个哥哥在老家，面朝黄土背朝天的农民，应该不会是为了他。她这一辈子没有结婚也没有生育过孩子，配偶子女就更不可能了。她的情人？那么急着否认和陈良善的关系，是他吗？"说到这里，她的瞳仁骤然聚焦，"得深入起起洹港集团和陈良善的底。"

江暄："经侦那边不是一直在查善款去向吗？听说已经从裕华福利院查到洹港集团了，你可以过去问问情况。"

谢云衿弯弯嘴角："你倒是提醒了我，有一段时间没去经侦那边打听消息了，我现在过去问问。"

她说着挑逗似的捏了下江暄的下巴："走了。"

江暄很受用，长腿几步立刻跟上了。

经侦大楼就在刑侦大楼边上，几分钟时间便到了。刚到三楼，谢云衿就遇上了经侦一组的组长孙祁。

"云衿，你来得正好，你要不找我，我都打算等下就去找你了。"

两人也是老熟人，谢云衿懒得废话，直接开门见山："裕华福利院那案子有进展了？"

孙祁动作比嘴巴快，手指晃了半天，嘴里才吐出一句："进展，大进展，来我办公室，我跟你说说。"

关上门，暖气开启，驱散室内寒意，孙祁将一沓资料放到谢云衿面前："你和江法医看看。"

谢云衿刚准备翻那厚厚一沓，孙祁又拿了回来："这挺多的，详细的你带回去慢慢看，我先跟你简单讲讲吧。"

"行。"

"这做慈善是假，靠做慈善洗钱是真，从洹港集团出来的钱款，大多数又流向了几家空壳公司，最后通过虚拟币交易的方式转移海外，都和陈良善有关系。陈良善在洹港集团这些年，耍的花招不少，从他接手起，洹港集团的营收就一年不如一年，不过他自己另外成立的投资公司倒非常不错。"孙祁说着抱了抱臂，意味深长地说了句，"主要的，他是个赘婿……"

谢云衿说："他这是一边洗钱转移资产，一边挖空岳丈的公司成就自己？"

"也可以这么说。"孙祁耸了耸肩膀，"我们查陈良善的时候，还查到点新东西。"

"什么？"

"桃色新闻。"

"桃色新闻？"

"喏，你看看。"

谢云衿神色狐疑，从孙祁手里接过一沓照片，一张张看下去。

环境黑暗，觥筹交错，男主角自然是陈良善，他年过半百，休闲衣物下的身材微微有些发福，脸色红润，笑起来颇有佛相。女主角优雅长裙，脚踩高跟，年轻美丽，亲昵地依偎着他。从照片上便能看出两人关系匪浅来，然而，这个女人并不是陈良善那个体弱多病的妻子，而是——

谢云衿眼皮跳动，翻看照片的手指更加迅速，直到翻到一张能看清女主角正脸的照片。

"储俪。"

孙祁的背往后一撞，跷起二郎腿："临江电视台的美女主持人，原来是陈良善的情人，暗查资金流向期间，我们同时对陈良善进行了跟踪调查，没想到还有这个意外收获。不过这暗查可真不容易，陈良善身边的保护工作做得可真到位，我们的人差一点就被发现了，还好那小子机灵。"

"这是在哪里偷拍的？"

"一家名叫竹庭的娱乐城。"

"竹庭？"

"嗯。"

谢云衿浅思几秒，临江市几个大的娱乐城她都了若指掌，小一些的她也略有耳闻，但竹庭，却是听也没听说过。

这时候，孙祁解了惑："竹庭娱乐城在岛鹤港那一片。"

谢云衿这才恍然大悟："我说怎么没印象。"

岛鹤港位于临江市和隔壁滨海市的交界，治安这块是滨海市公安管辖，那一带由于交界又临港，乱得很，夜晚更是灯红酒绿鱼龙混杂，

滨海市公安也整顿过几次，但效果颇微，往往是平静一段时间后，各类治安事件过段时间又会再次浮出水面。

谢云衿浅思几秒，拿起桌上的资料和照片："这些我先拿走了。"

孙祁站起身来送客："云衿，慢走，有什么新消息咱俩再通气。"

"好。"谢云衿回以微笑。

走出经侦大楼，阴沉的天空晃出些日光。

气温依旧低，冷风吹着，谢云衿和江暄并肩行走。

她缩了缩脖子，猛地想起来："是不是快过年了？"

江暄心里算了算日子，点头道："是，快了，算起来还剩两个星期。"

谢云衿将喉间那口浊气吐出来，感慨着说："有时候觉得时间过得真的很快，可是有时候又觉得这时间啊过得真慢。"

江暄抬头看了看将露不露的太阳："是啊。"

他对此深有体会。重逢之前，他觉得时间怎么会那么慢，慢得连每一次呼吸都那样清晰，但现在，他又觉得时间过得飞快，明明再过几个月，两人就快相处一年时间了，可他却觉得仅仅只是一眨眼。他垂了垂眼睫，侧脸看向谢云衿，用轻松口吻问出一个沉重的问题："那几年，你过年怎么过的？"

谢云衿笑了笑，明明对她来讲是一件悲惨的事情，可真的说出口，却又显得无比云淡风轻："亲人没了，家也被烧了，我每年没地方去，都是去何队家里过的年。"

谢云衿双手插进衣兜中，风掀起她额前的碎发："何队和我爸先是同学后是同事，何队的妻子，我叫她'婶婶'，我妈没去世之前，两人也是很好的朋友。这些年，婶婶把我当成她自己的孩子，做很多我爱吃的菜，平时也总叫我去她家里吃饭，不过这段时间太忙了，已经很久没去看她了。"她说着朝江暄眨眼，"江暄，等这一切结束，要不要和我一起过去蹭饭，婶婶的手艺很好。"

江暄笑音低低："那不正好，沾你的光。"

两人的脚步放得很缓，沐浴在冬日没有任何温度的阳光下，扯扯家常话。

谢云衿将话头转移到江暄身上："你呢？过年一般怎么过的？"

"我？"江暄笑得有些自嘲，"一个人过。"

谢云衿看出他的失落，漫不经心地拉开话题："那今年好了，和我一起过。"她的手不安分，顺着外套领口慢慢往下，触及他脖颈的皮肤，再往下。

手冰凉的，刚伸进去就冷得江暄倒吸了一口凉气，不过身体温度很快渡到她手上，他很快便觉得烫了起来，从脖颈烫到耳根。

日光晃眼睛，江暄懒洋洋眯起来，劲瘦手腕反擒住她的腰。

他偏过头，呼吸搅动她的耳郭："大庭广众的，随时有人路过，还要继续往下吗？"

谢云衿丝毫不在意，挑衅地看着江暄，手指顺着流畅的胸廓继续往下，目光赤裸地从上至下，眼里的欲念毫不掩饰。

前方有人出现，她眼中的扫兴一览无余，这才恋恋不舍地抽出手来。

江暄语气愉悦："怎么不继续往下了？"

谢云衿轻咳一声："想了想，影响不好。"

"你还知道影响不好啊。"他声音带笑。

谢云衿耸耸肩，说："我的意思是，对你的影响不好，我自己倒是无所谓。"

"没事，我不要影响。"

两人之间暗潮涌动，没几分钟就回到刑侦大楼，在大厅遇上赵语，她风风火火地走过来，朝谢云衿招招手："云衿，江法医，你俩吃早饭没？"

谢云衿停下脚步："还没，打算等下去吃，你呢？"

赵语摸摸肚皮，爽快笑着："我早吃了，人是铁饭是钢，不吃饱我等会儿审讯都没力气。"

"等会儿审杨姝岑？"谢云衿不经意地问了一声。现在是赵语全权负责霍如案。

赵语重重颔首："是，方组他们采集回来的血迹应该已经做完检验了，我等会儿去看看，汇总一下证据，商讨一下，然后就直接去审了。云衿，你那边呢？你手里拿的什么，那么厚一沓。"

谢云衿扬了扬自己手里的文件："刚去了趟经侦，那边查到洹港集团挺多线索的，我等会儿吃完饭也去汇个总，然后审陈兰心，找突破口，

希望这次能全部问出来。"

"好。"赵语顿了顿，又开口，"欸，云衿，何队不是一直在追那晚上撞车的人吗？听说有线索了。"

"是吗？"

"是啊，你这几天都没在队里看到何队吧。"

谢云衿想了想，确实如此，这几天都没见何繁忠的人影。

赵语继续说："何队带了一队人从弃车点追到下面一个叫松叶的村，又追到集贤镇上，接着上了临滨高速，现在追到滨海市去了，最后锁定在了岛鹤港。"

听着这地名，谢云衿英气的长眉一皱："锁定岛鹤港……"她心里抽了抽。

又是岛鹤港。

偷拍到储俪和陈良善的竹庭娱乐城也在岛鹤港，谢云衿心里直觉不会是巧合，这整起事件，应该都和陈良善脱不开干系。

"好，赵语，我知道了。你先去忙吧，我去吃点东西。"谢云衿匆匆结束和赵语的对话。

去吃了个早餐，谢云衿又匆匆赶回办公室忙碌。经侦部门搜查的资料多且详实，别的方面先不谈，至少陈良善和他接手后的洹港集团经济犯罪这点逃不掉。

谢云衿拿起那沓照片，一张张看下去，面色冷肃，又拿起之前便搜集到的陈良善的资料细看起来。

陈良善是本地人，和陈兰心都生于 60 年代。从资料上看，他和陈兰心同岁，本名叫陈岩岗，初中学历，1989 年在滨海市因打架斗殴入狱三年，出狱后机缘巧合下结识德冠鞋业吴德冠离异有子的千金，并入赘吴家，同时德冠鞋业也迅速发迹，改建了洹港集团。

许是过去不光彩，即便入了赘，陈良善似乎也未得老丈人赏识，婚后好几年没在洹港集团中担任过职位，直到千禧年后，洹港集团组建了慈善部，他才空降成为慈善部部长，并于同年改名陈良善。此后七八年，陈良善一直帮洹港集团处理各种慈善工作，他积极活动，高调捐赠，临江晚报刊登过好几篇宣扬他善心善举的文章，临江电视台也几次报道,当然,此举也为洹港集团带来了很好的社会口碑。

谢云衿翻看着陈良善慈善活动的这些照片,那个时候他还没有发福,身材清瘦,看起来儒雅斯文。

她轻"嗤"了一声。

毕竟真实情况太不堪,善心善举不过是陈良善的敛财工具,得名又得利,慈善真是他打得一手好牌!

谢云衿翻开一张临江晚报对陈良善的专访报道,报道里是这样写的:

在对陈先生的了解中,我们知道了他的过往,原来善良也是有传承的。陈先生的父亲陈正先早年做过"赤脚医生",农忙时务农,农闲时行医,行走于医疗水平极其落后的山村山野,为村民解决各种头疼脑热问题,很受村民尊敬,他始终保持着一颗善心,不止为人看病,也为牲畜看病,因为每只牲畜对农民来说,都是活下去的底气……

谢云衿沉了沉眉,翻后一页,下面那段写了陈良善回忆自己小时候帮着父亲替一头生病母猪做手术,手术成功,村民跪下感谢的事例,接着是煽情的结束语,最后则是署名——本报记者杨殊宁。

看到这个名字,谢云衿沉默片刻,又翻开另一篇报道,同为杨殊宁撰写,写了陈良善大冬天去养老院看望老人,看到老人穿得单薄,当场痛哭,并把自己的衣服鞋子送给老人穿,说想起了自己早已死去的父亲……

看到这里,谢云衿也不得不承认,杨殊宁的文字功底真的不错,写得催人泪下,要不是她知晓内情,都得偷偷抹两把眼泪了。

她闭上眼,大脑则在飞速整理这些关系网。

钱从洹港集团以慈善名义捐赠出来,裕华福利院只是其中一个最大的善款中转点,陈兰心是接应人,最后流向陈良善的海外账户。

陈良善和陈兰心的真实关系成谜。

杨殊宁是陈良善纸媒方面的宣传工具,他能从一名小记者走到现在,成为正锋文化社社长,陈良善的背后帮助不会少;储俪就更不用说了,陈良善的情人,短短几年从小记者一跃而成知名女主持,必定也少不了陈良善的支持,同时她也成为陈良善在电视方面的舆论窗口。

而杨殊宁和储俪是师兄妹,大学开始便朝夕相处,讲不好还有更亲密

的关系。

谢云衿睁开眼,眼里盛满了疑惑。她疑惑吴德冠为什么最终会选择将洹港集团交到陈良善的手上。

婚后几年不让陈良善在集团任职,就算后来任职也只给了个慈善部部长,等同一个虚职,经营管理一直没让陈良善插手过,怎么会在死前不久突然让初中毕业的陈良善接手经营呢?

吴德冠只有一女,虽然女儿多病甚少参与集团事务,可他还有一个亲外孙啊,他起初也是将外孙当作继承人培养的,外孙也优秀,读的海外金融名校,怎么说也比陈良善这个赘婿更有资格……

难道是外孙当时年纪太轻,而陈良善在慈善部的工作给洹港集团带去了良好的社会口碑,所以吴老爷子改变了主意?

谢云衿百思不得其解,她往下看去。有报道称,吴德冠的外孙吴盛知2010年春节前夕于拉斯维加斯车祸去世。

她揉了揉太阳穴,抬头对秦海明说:"老秦,帮我拿一下吴德冠生前的详细资料。"

很快,一沓文件交到谢云衿办公桌上。

吴德冠的资料谢云衿之前已经看过一遍,不过当时没查到这一层,只是粗看。

现在她细看下去,发现了不少之前看到却因为线索不全未能引起关注的点。

第一,吴德冠的心脏不好,心衰严重,自2007年起便多处求医问药。

看到"心"这个字,谢云衿眼皮一跳,毕竟裕华福利院六名男童都是被取了心脏。

心衰竭首选便是换心手术,以吴德冠的财力和人脉,适配的供体不难得,换心手术对他来讲也并不是什么难题。可难就难在,他当时已经年近古稀,身体衰弱,疾病缠身,并不仅仅只有心衰竭这一个问题,综合考虑下,换心手术风险太大,医生建议保守治疗。

第二,2009年1月16日,吴德冠因心衰竭逝世,享年六十九岁。

谢云衿想起宋翎和高纯提供的线索,2008年11月28日,钟小智给宋翎发送一张拿手术刀背影的彩信照片,2008年12月21日左右,高纯的弟弟高翔失踪,2009年1月,吴德冠去世。

525

谢云衿不信这其中没有联系。

她起身走到窗边,看着远处平静流淌的凌江。冬日到来,凌江正处于枯水期,水源干涸,江岸两边略显萧条。

她脑子很乱,平复了一会儿继续投入工作中。

整理好审讯陈兰心需要的材料,谢云衿叫来江暄:"来帮我记录下吧。"

江暄正好闲得无事,于是欣然应下。

很快,对陈兰心进行第七次审讯。

她足够从容淡定,脸上半分情绪变化都没有,只不过比起初见时,她明显憔悴了不少。

审讯技巧对决心死也保人的陈兰心半分作用都没有,因此谢云衿也不打算说那些废话,她直奔主题,先将六名男童骸骨照片放到了陈兰心桌上。

"都找到了,在裕华福利院地下室的冰柜里。"

不出意料,陈兰心神色依旧没有被激起半分波澜,她轻轻"哦"了一声,表明知道了。

"尸检结果也出来了,都是被活体取心而死。"

陈兰心低垂着头,这次没再出声。

谢云衿站在她面前,没有高高在上也没压迫感,如一个平静的讲述者:"我们还找到了手术刀、手术台以及取心脏用的麻醉剂。"

她说着身体往下探了一些:"你说不想给这六个残障孩子多花钱才选择这样做,站不住脚,明明不用这么大费周章,明明有更省时省力的方法,为什么要将他们一个一个取出心脏呢?"

陈兰心还是一副无所谓的神情:"我乐意。"

"不,不是你乐意,我猜……"谢云衿眸中有睥睨一切的自信,"是你不得不这样做。"

陈兰心依旧淡漠:"我有什么不得不这样做的?"

"有人让你这样做。"

"随你怎么说。"

谢云衿挺直背脊,问起了另一个问题:"吴德冠老先生的心脏疾病

持续了多久？"

这个问题问出来，陈兰心涣散的目光有一瞬间聚焦："我怎么知道他的心脏病持续了多久。"

从这句话里，谢云衿迅速找到破绽："所以，你知道吴德冠，也知道他有心脏方面的疾病，是吗？"

陈兰心吞咽了下口水："我不知道。"

谢云衿低头轻笑一声："你的回答暴露了你的心理，真的毫不知情，你不会这么回我，你会疑惑地反问我，吴德冠是谁？什么心脏疾病？"

陈兰心语塞。

谢云衿的语调依旧不紧不慢："我这里倒是查到些信息，可以慢慢讲给你——"

话没讲完，陈兰心不耐烦地打断她："不用说了。"

谢云衿并未理会陈兰心，而是紧盯着她，自顾自说了下去："我查到他频繁寻医问药是从2007年年中开始的，当时心衰竭程度不会轻，2008年是他最难熬的一年，巧的是，在你的记录里，裕华福利院那六名残障男童也正是那一年被逐一领养到国外的，现在证实都是被活体取心致死，最后一名受害者高翔被取心的时间大概在12月份，而来年1月份，吴德冠去世，此后再没有儿童遇害。这些，你不会告诉我都是巧合吧。"

陈兰心始终没有直视谢云衿，她轻轻地吸了一口凉气。

"被我说中了？"

陈兰心没有言语，但呼吸急促了起来。

"取心的目的是什么？"

谢云衿继续说道："我相信洹港集团董事长吴德冠心衰竭想要获得合适的心脏供体不是什么难事，没必要为了换心手术要这么多孩子的命，更何况六个孩子被取下的心脏不符合供体条件，医生也不建议吴德冠进行换心手术，那取心的目的是什么呢，陈兰心？"

她慢慢探身下去，目光平视陈兰心，声音逐渐冷肃下来："你告诉我，是谁非要取的，陈良善？取了用来干什么的？"

"跟他没关系。"

"跟他没关系！"谢云衿重重地重复了一遍，"真没关系，你也不会回得这么急。你看似从容，其实一提到陈良善就急得不得了，我前面跟你说了那么多你不开口，到他你就着急得开了口。"

谢云衿笃定："一定跟他有关系。"

陈兰心紧闭上眼又睁开，疲惫地强调："都是我干的，和任何人都没关系。"

"我知道你为什么不肯交代，无非就是想保陈良善嘛，你跟他是什么关系？"

陈兰心咬咬牙。

"不是父母，不是兄妹，不是亲戚，不是配偶，不是子女，如果只是朋友，没必要这么着急。我只能想到两种情况，第一种，你受他的威胁，有把柄在他手上，不过仔细想想也不可能，毕竟你死都不怕了，还怕什么把柄；还有第二种，你们是情人。"

"人"字落音，陈兰心的身体下意识颤抖一下，她整个人不复之前的淡定，变得紧张局促起来。

谢云衿话中带着愉悦的笑，加重语气："所以，真的是情人。"

陈兰心否认得很没底气："不是。"

谢云衿皱皱眉，惋惜地说道："陈院长，说真的，我替你不值。"

"你说你这么大年纪，再过几年都到花甲之年了，在这里我们的每次审讯对你来说应该都是一次心理和生理的双重折磨，但是你坚持了这么多次，我真的替你不值。你不惜将所有的事揽到自己身上，只为了保全他。"谢云衿的语气故意带调侃，刺激她，"陈院长，你都不知道，他现在在外面，和那个美女主持人，临江电视台的，上次还做过你访谈的那个，储俪，打得火热。"

一沓照片扔下去，照片中的两人很是亲昵，发福的中老年男人和正值曼妙年华的女主持人，若是放网络上，必定掀起八卦狂潮。

可陈兰心颤抖着双手拿起那沓照片，似乎不敢置信，她一张张翻看下去，越看神情越崩溃。

至此，谢云衿明白，这个突破口，算是找对了。

她赶紧趁热打铁，往陈兰心伤口上疯狂撒盐："陈院长，你说你图什么呢？你在里面经受折磨，人家在外面逍遥快活，哪里还会念着你，你这父母也走了，兄弟靠不住，又没有子女，情人呢，早就拥抱新人，怕是你就算死了,他连张纸都不会给你烧,你还在这里护着他,不值得啊。"

陈兰心终于绷不住,气得将桌上照片全部扫出去,纸片乱飞,她双肘撑着桌子,掩面痛哭起来。

到这时,她苦苦支撑的最后一道心理防线才终于破了。

谢云衿给后面记录的江暄比了个"OK"的手势,这才回到审讯位上坐下来。

陈兰心痛哭很久之后,胡乱摸去脸上泪痕,眼下皱纹更显深重。

她有气无力地、哽咽着说出肺腑之言:"谢警官,我也是真的撑不下去了。你说得对,你说得很对,你们每次审我,对我来说都是折磨,这种感觉太痛苦了,就好像拿刀子一下一下割我的肉……

"早点结束吧,我也轻松些,背了这么多年的罪孽,我心里也不好受的,常常做梦,我都会梦到那几个孩子,我不是个泯灭良心的人,只是很多时候,身不由己。"

谢云衿往后靠去:"你和陈良善怎么认识的、什么时候认识的?"

陈兰心双眼晦暗混沌:"我和他认识的时候,他还不叫陈良善,也没认识吴家那女人,更没有被招郎。"

她叹了长长的一声气,昂起头,嘴巴张了张,像坠入了回忆里。

"我们八几年就认识了,那个时候我在昔丰路那块给人家洗头,他呢没什么正经活,是个地痞流氓,在街上逞凶斗狠,靠打打杀杀换些钱,他常来我这里洗头,一来二去就认识了。他长得俊,也会说好听话,我那时候年轻,什么也不懂,被他哄着谈了爱,还怀过两次孩子,他不要,我也压根儿养不起,就都流掉了。那时候医疗条件不好,为了流这两个孩子,我的身体也受伤了,医生说再也要不了孩子了。"她苦涩地笑着,可脸上还挂着泪,"再也要不了孩子。后来,他进去了,坐了几年牢,我为了混口饭吃,就去裕华做义工。

"九几年的时候,他出来了,不知道怎的,竟然认识个大老板的女儿,那女的就是吴赖丽,他现在的老婆,当时离了婚还有儿子,他招郎去了她家里,算是改邪归正了。只不过他后来又找我,说他苦得很,那老丈人狗眼看人低,瞧不上他,家里的生意是一点没让他插手,一来二去,我俩就又偷摸着好上了。

"好上没几年,他老婆终于替他在那公司里谋了个职位,帮着搞慈善,能经手不少钱,他又来找我,说让我帮着他一起搞钱,我那时候都靠着他,就同意了。他挺有手段的,通过帮洹港集团搞慈善结识了不少人脉,后来他那老丈人病得严重了,就是那什么心衰竭……谢警官啊谢警官,你真的猜得很对,那几个孩子的死,就是和他老丈人的病有关。"

谢云衿:"有什么关系?"

"他那老丈人其实活不长了,可是又只能保守治疗,真要换心搞不好还死得快些,可是你说他做成这么大的生意,那么大的老板,那么有钱,才六七十岁,哪肯那么轻易地去死啊,必定是什么方法都得试上一试,这医院的专家治不好,就找民间的神医,神医说要吃童子心,可童子是什么,是人啊,是孩子啊,哪那么容易得到。陈良善为了讨好他的老丈人,就把主意打到我们福利院来了,福利院有的是童子,我没办法,就同意了。"

谢云衿:"谁动的手?"

"这种事情,当然是越少人知道越保险。他自己来的,他爸爸以前在乡下是个兽医,帮猪牛都做过手术,他也会帮忙,开膛缝针什么的都很拿手。我找的是有残疾的孩子,难得治,花钱多,死了我还轻松,他最开始取了一颗,那老爷子吃了说效果很好,心脏没那么难受了。"

谢云衿冷眼看着陈兰心轻"嗤"了一声,哪能有什么效果,无非是那老爷子的心理作用罢了,要真有作用,他也不会死得那么快。

"后来断断续续的,一共六个,直到那老头子死。尸体难处理,就找了个冰柜都冰起来了。"

"钟小智的尸体为什么没冰,而是选择了埋?"

"她太高了太大了,冰柜放不下她,只能埋。"

谢云衿手指紧了紧:"你还记得那位徐警官是吗?"

陈兰心艰难地点点头:"记得,记得,他太精了,一直都在调查我们,再让他查下去,我和陈良善都得玩完,没办法,陈良善将他处理掉了。"

谢云衿缓慢地呼吸着,尽量保持冷静,身边的江暄发现她情绪不对,他忧心地望过去,从下面紧握了她的手。

谢云衿沉了声:"谁动的手?"

"我不知道是谁动的手。陈良善以前就是地痞流氓,他有钱,花钱找些地痞流氓替他卖命不是什么难事。"

"他们的落脚点在临滨交界的岛鹤港是吗?"

陈兰心摇头:"我不知道。"

"你真不知道?"

"嗯,我真的不知道,知道的事情我都说了,没必要隐瞒这个了,他的这些事怎么可能都告诉我。"

说完,陈兰心的肩膀软下去,无力地瘫在椅背里。

她目光涣散,盯着头顶的节能灯喃喃:"我都说了,什么都说了,终于轻松了,终于不用再受折磨了……"

走出审讯室,谢云衿一直强撑的情绪终于绷不住,她脚步踉跄几下,手肘撑着墙面,这才站稳了。

江暄担忧地开口:"酒酒……"

谢云衿抬手,深深换了口气:"我没事,缓些就好。"

紧握的拳慢慢松开,力量也重新汇聚于双腿,她的手肘离开墙面,眼睛恢复凛冽。

这时,身后有匆忙脚步声响起,急切的喊声随之传来:

"谢组,谢组,出事了。"

谢云衿转过身:"出什么事了?"

"何队出事了!"

第二十六章
有你在真好

　　冷风从谢云衿发间穿过，但她却丝毫不觉寒冷，只觉得浑身上下热气搅动。
　　她下了楼，脚步急促，过来汇报消息的肖正钧跟在谢云衿身侧。
　　"究竟怎么回事，边走边说。"
　　肖正钧言语带急："那几个人非常精，何队他们追到岛鹤港，磨了两天，才终于锁定那几个歹徒的落脚点，联系了滨海市公安，打算来个协作将他们一网打尽，只不过刚取得联系没多久小武就被发现了。这几个亡命之徒，藏身之地都有枪，发现后就立刻想要杀人灭口，何队为了救小武中了一枪，现在正在滨海第一医院抢救，还没脱离危险期……"
　　谢云衿面无表情，眸光带冽，伸手拉开主驾驶位快速钻入，江暄和肖正钧分别坐进副驾驶位和后座。
　　"继续说。"
　　"滨海市公安没想到情况这么严重，带的人手不足，没能一网打尽，抓到两个，逃了两个，不过逃的那两个身上都负了伤，目前滨海那边正在附近搜寻。"
　　谢云衿"啪嗒"一声扣上安全带，吩咐肖正钧："赶紧通知方审。"
　　"方组那边已经通知过了，现在正往医院赶。"
　　"不，你通知方审，让他先不要去医院，多带些人手，紧盯洹港集团陈良善。这些人是一伙的，逃两个肯定打草惊蛇，严防陈良善得到消息后从滨海市出海逃往国外,同时通知特警那边,让他们做好行动准备。"

陈良善在海外有大量资金,要真逃出去,就像鱼入大海,不知道何年何月才能再将他缉拿归案了。

"好,我明白。"肖正钧想从兜里掏出手机,可惜手忙脚乱没拿稳,手机掉落在地。

江暄安慰道:"正钧,别着急。这样,你联系特警那边,我给方审打电话。"

"好,好,江法医,谢谢你。"

谢云衿开着车,车速飞快,她感觉自己血管液体急促涌流,不停躁动。

他们到了医院,被告知:"还在抢救。"

眼前虚影重重,恍惚几秒,谢云衿极力使自己保持镇静,深呼吸两口,心绪慢慢平静下来。她转过脸,语气带着请求:"江暄,在这里帮我看着何队的情况,有什么情况及时通知我。"

她已经失去了很多人,她不想再有一个亲近的人离开,但是她不能守在这里,她还有更重要的事去做。

江暄给她一个坚定的眼神:"好。"

在谢云衿转身离开前,江暄又急切深情地叫了她:"酒酒……"

他眼中热流掩饰不住,几步到她身前,伸出手臂将她紧紧揽入怀中。

她的外壳坚硬冷漠,可只有江暄知道她内心的柔软。

江暄知道立刻行动是谢云衿作为刑警的职责,每次大行动其实都是拿命在赌,一旦走出这扇门她的前路危险重重。他也知道自己不能去阻止她,他很想陪她一起面对那些刀光剑影枪林弹雨,但事实并不允许。

所以,在她走之前,他贪心地索要一个拥抱,抱得久一点,再久一点,舍不得松开,想将力量和所有幸运都渡到她的身上。

但谢云衿却显得不解风情了一些,她非常不合时宜地推开了他。

"嗯?"被推开,江暄好看的桃花眼里涌起些委屈。

谢云衿轻轻笑了笑,总算有了温度有了情感。

"这个时刻,只抱一抱会不会太清汤寡水了。"

"嗯？"

下一秒，她将江暄推坐到旁边的长凳上，手指捏紧他的衣领，在人来人往、目光交错中，激烈地吻上他的唇。

天旋地转，热情似火，又柔情似水，统统揉碎掺进这个吻中，吻得她重重喘息，吻得他气息凌乱。

松开后，谢云衿狡黠地抿抿嘴，还不忘伸出拇指轻轻擦去他唇边的痕迹，走前给了他一个坚定的明媚笑容："放心，我不会有事的。"

转过身再抬眼，冷冽已经重新充斥了她的眼角眉梢。

她步伐果断，直奔滨海公安局。

在那里，她见到了撞车人其中的两个。

只需一眼，她便认出，这两个不是那晚闯入她家中杀人纵火的人。

首先是身形不像，其次是声音不像，还有年纪也对不上。

"你们都是陈良善雇来的？"

他们不说话，看模样很年轻，即便被抓了，被手铐束缚，眉宇间也透着不服气，像是随时要起来干一架似的。

谢云衿眼中难掩失落，往后看看："那两个还没找到吗？"

滨海市刑侦支队二组组长于劲摇头："没找着，岛鹤港私房密集，人员混杂。"

"直接查竹庭。"

"竹庭？"于劲思索几秒，"行，我通知下去。"

暮色已临，外面深蓝迷蒙，谢云衿走到窗边给方审去了电话。

方审的声音急吼吼传来："云衿，盯着呢，还好经侦那边一直关注陈良善的行踪，很快便锁定了，这几天，他都待在一家叫竹庭的娱乐城，前些日子，经侦派卧底混进去过，说里面修得跟迷宫似的。我们现在就在附近埋伏着呢，屋顶停了一架小型直升机，我在调狙击手过来了。"

听到这句话，谢云衿赶紧阻止了正准备打电话的于劲："先别通知，开个会吧，好好商量一下后续行动。竹庭你了解多少？"

很快，临江市、滨海市联合行动会议开始。

一张地形图和一张竹庭的外观照片被摆在谢云衿眼前，于劲介绍着："竹庭那儿以前是家洗脚城，今年年初的时候更换经营人翻修过

屋顶,停了一架小型直升机。"

"里面进去过吗?"

另外一名区姓警员开口道:"我之前进去扫过黄,里面的构造的确奇怪。"

"怎么奇怪?"

"大厅倒是宽敞明亮,不过大厅旁边修了几条走廊,虽然走廊两边都是房间门,不过有的房是普通KTV设施,有的门后还是门,可能连接另一条走廊,有的可能连接去往楼上的楼梯,熟悉了还好,要是不熟悉里面构造,指定迷路,这么修建应该是为了防我们的突击检查。"

谢云衿听着若有所思:"这种构造啊。"

于劲:"其实也好办,不管里面是什么迷宫构造,我们四周包围,先把他们困里面,屋顶是平的,特警从外墙往上到楼顶,防止他们开直升机逃跑,然后一间一间搜,跑不掉的,总不可能遁地吧。"

谢云衿敛了敛眉:"修得这么严密,还真说不好。"

"谢警官,我看我们还是别磨蹭了,眼下肯定已经打草惊蛇,再不行动怕生什么变故。"

沉思几秒后,谢云衿点头:"好。"

夜幕已临,岛鹤港的各家娱乐会所、酒吧、舞厅开始嘈杂喧嚣起来,霓虹五光十色,烟味、酒味、糜烂味充斥鼻腔。

谢云衿成功和方审会合,隐秘处狙击手就位,竹庭左右两侧有特警从墙壁外侧急速往上攀爬。

谢云衿打头持枪破门而入,方审带人紧随其后,数名警员鱼贯而入,里面灯火昏暗,尖叫声此起彼伏。

"都不许动,抱头蹲墙角。"

服务员们吓得大气不敢出,纷纷往墙角拥去。

找到负责人问陈良善,他支支吾吾地指了指走廊。

依照陈良善的秉性,身侧必定有要钱不要命的亡命之徒保护。

防弹衣早已穿在里面,进去之前,方审叮嘱一起行动的警员们:"不可冒进,安全第一。"

"明白。"

一声令下，谢云衿杀伐果断，进入走廊两脚踢开两侧的门，同时持枪朝里，里面娱乐的男女吓得连连尖叫。

不是陈良善。

她皱皱眉，冷声道："外面蹲着。"

方审这边也踢开了几扇门，里面是空的，其中有一扇门后还是门，连接着另一条走廊，他忍不住爆粗口："妈的，真修得跟迷宫一样啊。"

数名警员一起搜查，行动很快，几层楼的房间厕所都找遍了，里面那些人都被带到了外面大厅蹲着，可惜就是不见陈良善的踪迹。

同时有特警在楼顶守着，同样不见有人上来。

大活人凭空蒸发是不可能的，唯一的可能就是从别的道跑了。

可这四周都被严防死守，连楼顶上都有人蹲伏，除了遁地，还真没有别的路了。

谢云衿、方审和于劲兵分两路，一路就在一楼搜索，搜地道、地下室，另一路审讯竹庭的负责人。

两方配合默契，这边问出有地道，那头也成功找到地道。

墙角铁皮盖被掀开，里面黑洞洞，于劲蹲下身来不可置信道："真遁地啊。"

"狡兔三窟。"方审冷嘲，"问出来了，这地道连接后面那栋私房，云衿已经带人过去了。"

他的话音刚落，耳机里传来谢云衿的声音："方审，赶紧过来支援，陈良善上了车，车牌号滨A0888，往港口方向逃了。"

于劲立刻起身："我汇报回去，让队里调警力围堵他们。"

深夜，路上车辆少，谢云衿面色寒肃，冷眼盯住前车。

而前车像疯了一般，油门踩到底，死命往前冲，陈良善坐在后座，狠狠叹了一口气。他闭上眼，脑中快速闪过他这"辉煌"的一生，睁开眼，他还是不肯认命："再快点。"

然而再快也无用，因为前方立起路障，开车的壮汉惊得瞪大双眼，下意识减速刹车。

车轮与地面急速摩擦，"刺啦"声刺耳，他以为车辆就要撞上路障，没想到显眼路障前侧还设置了一排尖锐的铁尖扎破轮胎。

前后夹击，陈良善逃无可逃。

前方两名护送的壮汉已经被控制,谢云衿面无表情地下了车,她英姿飒爽,直奔前车拉开后座车门,从腰间取下一双银色手铐牢牢铐在了陈良善的手上。

陈良善有气无力地抬眼看了一下,他对这张脸并不陌生,几天前,杨殊宁曾来电提醒他:"徐海成的女儿没死。"

那个时候,陈良善觉得有些可笑:"我的人亲眼看着徐海成的女儿跳江,没见露头,并且当晚就暴雨涨水,这都没死?"

"真没死,你最好还是解决她,不然后患无穷。"

陈良善看着杨殊宁发过来的照片心神不宁。

他其实也想过解决,但警方速度太快,他还没来得及,就被逮住了。

陈良善认命地瘫软在车后座里。

谢云衿深吸一口气,看着陈良善发福的脸,她一字一顿,掷地有声:

"陈良善,我终于找到你了,今年,是第八年。"

押送陈良善几人回局里的路上,谢云衿接到江暄电话,她的心悬在嗓子眼,直到听到江暄的声音。

"手术成功,何队已经脱离了最危险的时期……"她的心这才重重落了下去。

三日后。

简陋老旧的民居里,电视开着,广告背景音吵吵嚷嚷。

一只宽厚修长的手伸过来,拿起面前遥控器胡乱摁下换台键,画面转换,调到了另一个台,里面正在播报两则轰动全国的新闻,女记者字正腔圆地说着:"本台讯,洹港集团总经理陈良善于近日被临江警方抓捕归案,据悉陈良善涉黑涉恶、涉经济案件、刑事案件多起,临江警方透露,著名主持人储俪和正锋文化社社长杨殊宁均牵涉其中,二人目前潜逃,此案正在进一步审理调查。"

一声叹息响起:"求人不如求己。"

新闻播报声继续——"人气女星舒岑被指控于多年前杀害同学……"

这只手的主人突然疯狂,拿起桌上的重物起身将电视砸了个稀烂。

冷静下来后,他倒在沙发里,眼角沁出绝望的泪来:"没了,什么都没了,一切都被毁了……"

537

顿了片刻，他又咬牙切齿："徐酒酒，你为什么没死！"

突然，旁边的铁皮箱子里响起呜咽声，他突然起身给了这铁皮箱子结实几脚："蠢货，你还有利用价值，我会多留你几天的，死前想少受罪就安分点！"

…………

杨殊宁和储俪潜逃的第五日，谢云衿的手机接到来电。

临江市的陌生号码。

谢云衿眼皮跳了跳，果断接了起来："找谁？"

那头的声音气若游丝："谢警官，救救我，救救我……"

"你是？"

"救救我，求求你来救救我……"

"你是谁？"

电话那头的喘息声急促，然后缓慢地、艰难地说："储……俪……"

谢云衿缓慢地抬了下眼皮，将手机拿开看了眼号码，立马刻在了脑子里。她三步并作两步，抬腿往楼上走，声音冷静自持："你没关注新闻？我要抓你的，你找我求救？"

储俪的声音带着压抑的哭腔："求求你，救救我……"

谢云衿到达技术科，给王临风比了个手势，接着走到他桌前，拿笔写下一串数字。王临风会意。

同时，她又冷哼一声："储俪，你和杨殊宁玩什么把戏呢？"

"没……没玩，他囚禁了我，要杀死我，求你来渔光码头附近装货的小仓库救我……"

谢云衿眼皮再跳："储俪，你别以为我不知道你和杨殊宁什么关系，师兄妹，这几天我把你俩查了个遍，你俩大学时期还是男女朋友，亲密无间，你说他囚禁你，要杀你，你是傻子还是我是傻子？"

她转过身，背脊懒懒靠着桌子，漫不经心地分析着："你被囚禁，真能拿到电话，应该第一时间打110求救，而不是打给我，还有我这是私人号码，你是怎么知道的？"

顿了顿，她语气坚定："杨殊宁在你旁边吧，他让你打的？"

王临风这边已经定位了地址，他指给谢云衿看。

确实是渔光码头附近。

电话那头突然传来清脆巴掌声,窸窸窣窣的物品倒地声以及女人的哭喊声,紧接着,杨殊宁的声音传出来:"是我让她打的电话。"

谢云衿:"杨殊宁,你到底要做什么?我劝你投案自首。"

"我给你四十分钟,四十分钟后我要在渔光码头旁边装货的仓库看到你,不然明天,潜逃中的著名女主持人浮尸凌江的新闻又得上头版头条了。徐酒酒,现在有公民受到人身威胁向你求救,你真的可以不来吗?"

谢云衿走出技术科的门,她走到方审办公室,将手机扩音打开,冷静地同他周旋着:"杨殊宁,你们俩和我做戏呢,骗我过去是不是?我不相信你真的会杀了储俪。"

"我拼命护的妹妹没护住,努力掩盖的真相没盖住,得到的一切化为虚有,我什么都没了,我也什么都不在乎了……"

"你什么都不在乎了,让我一个人过去,我没那么蠢。"

"来不来看你,你不来,储俪必死,你来了,真有本事的话,兴许能救下她呢。说四十分钟就是四十分钟,现在已经过去两分钟了,还剩三十八,不,三十七分钟,抓紧时间啊谢警官。对了,记得一个人来,要是我看到其他人和你一起,储俪也必死无疑。"

"嘟嘟嘟……"

电话被挂断。

方审怒而拍桌:"云衿,十分有九分是做戏,他俩那关系,我真不信杨殊宁会杀储俪。"

谢云衿扶额:"我知道有九分可能是做戏,但我们不能放过那一分的可能性。"

沉思几秒后,她说:"还是得去,现在好不容易有抓到两人的机会,不能放过。"

"云衿,一个人可不行。"

"那是当然,我先去周旋,你马上集结人手包围那个仓库,两个一起抓了。"

时间紧迫,谢云衿先行出发,车开走后江暄才得到消息,他脚步急促地从楼上跑下来。

谢云衿看着时间，又加了些速度，终于在四十分钟内赶到了杨殊宁指定的地点。

渔光码头。

高纯上次约她也是渔光码头，这次杨殊宁约她又是渔光码头。

不同的是，上次是江岸边，这次是码头附近的仓库。

仓库门虚掩着，谢云衿观察了下，然后慢慢推开。

"咯吱"一声响，门开了，里面空旷，一览无余，只有角落里堆放着些集装箱。

集装箱前方，一个蓬头垢面脸上都是伤的女子被捆绑着，见到谢云衿，她神情激动："谢警官，他不在，救救我，快解开我，快带我出去。"

谢云衿面无表情，余光往后扫了下，眉宇无意识地扬了扬。

她环顾两边，确实没见着人。思忖几秒，她脚步加快，走到储俪面前弯下腰来似乎是要解绳子，可是下一秒，她眼神带凛，突然一记回旋踢，踢得身后那人趔趄倒地，手中扬起的尖刀也掉落地面，声响清脆。

她轻蔑地瞥了一眼地上痛苦闷哼的杨殊宁，又转身回来，狠狠扼住储俪挥来尖刀的手腕。

谢云衿皱一点眉手下就用一分力，储俪娇弱得很，哪能承受得了谢云衿的力道，很快疼得叫出声来，手上的刀也掉落在地。谢云衿松开她的手，储俪疼得后退三步紧靠墙壁。

"戏演得太拙劣了。"

谢云衿将储俪掉落的那把刀子踢远，看了看她："绳子没绑紧，脸上伤口假，还有你说的话，全都暴露了，他约我四十分钟到，不到就撕票，我来了他人出去了？你觉得我会信？"

她又望向地上的杨殊宁："还有你，这仓库空空旷旷，除了那几个集装箱，能躲的就这门后，你不在门后能在哪儿？总不能从集装箱跳出来吧，还躲后面偷袭我，真有你的。"

谢云衿用手指抵了抵耳机："方审，你到了没？人我制伏了，赶紧过来吧。"

话还没讲完，杨殊宁艰难地从地上爬起来，他握紧地面的尖刀，掀开旁边的铁皮箱，从里面拎出个人。

人没有死，气息奄奄、鼻青脸肿的，谢云衿辨认了很久才认出：

540

"高纯？"

惨痛的呜咽声回应了谢云衿，确实是他。

"你……"谢云衿感觉自己太阳穴有点疼，"你怎么在这里？"

杨殊宁将刀架在高纯伤痕累累的脖子上，笑得猖狂："他这个蠢货，竟然想绑架我，想从我这里问到真相。他想报仇，还想帮你报仇，你说好不好笑？"

"高纯你……"谢云衿语塞。

杨殊宁的刀尖晃了晃，指挥谢云衿："我没杀得了你，杀他还是绰绰有余的。别动，你走一步，我就杀了他。"

谢云衿眉心拧紧："杨殊宁，你到底想干什么？"

杨殊宁情绪突然激动，脸孔也狰狞起来："我想干什么？我的妹妹被你毁了，我的事业也没了，我的人生都完了，你说我想干什么？我想要你的命！"

谢云衿冷嗤一声："你的妹妹不是被我毁的，是她自己杀了人走错了路。你的事业？你有事业吗？你得到的一切都是你抛弃职业道德换来的，你应该想过会有这一天。"

"霍如不该死吗？"

"或许在你们兄妹眼里，霍如的确该死，但杀人就是杀人，法律就是法律，她再该死，也不是你们兄妹能审判的。"谢云衿虽然在说话，脑子里却在盘算如何救出高纯，她润了润嗓子，"杨殊宁，你以前是记者，对于这些你心里不会不明白，我知道，你只是不愿意接受这个现实……"

话音还未落，身后的储俪从墙边摸了一根木棒往谢云衿的头上挥舞过来。

谢云衿一边和杨殊宁周旋，一边想着救高纯，因而忽略了储俪的举动，头部挨了这结实一棒，剧痛袭来。

谢云衿神情阴鸷，忍着痛用手接过了储俪的第二棒，她抢过这根木棒狠戳储俪的胸口，接着看准时机将之往杨殊宁脸上投掷过去。

伴随杨殊宁痛苦的哀号，方审带着人终于赶到。

谢云衿感觉脑子晕晕沉沉，摸了下刚刚被储俪袭击过的地方，手掌覆满鲜血。

她眼前一黑，双腿没有力气，身体直愣愣往后倒去——

没倒地上,江暄冲进来及时接住了她。

他将他的酒酒打横抱起,汩汩流出的鲜血刺痛了他的双眼。

他急匆匆地往外跑去。

"酒酒,你撑住,我马上带你去医院!"

仓库外面日光柔和,谢云衿感觉到些许温度,她缓缓睁开眼,看着他因奔跑而晃动的下颌线:"江暄……"

"嗯。"

"我其实没事,我就是头晕没站稳。"

"你流了很多血,先别说话,我先带你上车止血,然后去医院。"

"不,你要听我说……"

"好,你说。"

"每次,你都在,真的很好。"她虚弱地叹了口气,"这些事情都结束了,今年,我们终于能一起过年了,你不用再一个人过,我也不会无地可去了。"

江暄喘着粗气:"嗯,一起过年,我们好像从来没有一起过过年。"

"是啊,江暄……我昨天晚上做了个梦。"

"梦到了什么?"

"梦到高中。"

"梦到我了吗?"

"嗯,我梦到——"

领奖台上,白衬衫的清冷少年捧着奖杯和校领导合影,后排徐酒酒睡了一觉醒来,目光正好落到江暄身上,内心深处的某团火突然被点燃。

她随意地跷起腿,戳了戳旁边讲小话的同学,问:"欸,台上那个是谁啊?"

同学语气恭敬:"徐姐,您不认识啊?江暄,年级第一,听说什么竞赛又拿了冠军,可厉害了。"

徐酒酒突然将腿放下,身体前倾盯了那个少年许久,然后突然撂出一句:"这个人,挺有意思。"

"徐姐,他可是神啊,生人勿近的,可高冷了。"

"那我更要近一近了。"

徐酒酒死死盯住他。

神又怎么样？拉下神坛就好啦！
…………
江暄低下头望着怀中的酒酒："他现在已经被你拉下来了。"

番外一
校园往事

按照理论来讲，徐酒酒和江暄本来应该不会有交集的。

一个是品学兼优处世冷淡的学霸，一个是吊儿郎当行为出格的问题少女，方方面面都不相同的两个人，实在很难让人联想到一起。

但就是如此不同的两个人，却在颁奖典礼结束后莫名产生了交集。

奖章拿在手里，江暄回到自己座位上拿起之前没看完的书继续看起来，思绪便被打扰了，只因后排几个人围聚在一起聊得热火朝天。这本来不是什么大事，江暄看书时能做到两耳不闻窗外事，不过这次他没法不闻，因为几人议论的主角是他自己，还有另外一个耳熟的名字。

"欸，徐酒酒真这么说的啊？"

"是啊，她说要把江暄拉下神坛。"

"怎么拉？江暄那成绩，怕是十个徐姐也拉不下来吧。"

"保守了，一百个吧。"

有人挤眉弄眼：“哎，你们确定徐姐说拉下神坛是这意思吗？"

议论声很大，一个字不落全入了江暄的耳朵。

江暄面上还是如往常一般冷漠，谁也注意不到，他的指尖已经将书本纸张捏皱，他没法心如止水了。

江暄突然起了身，围聚一团的人低声说"别说了，他起来了"，然后作鸟兽散。

他自始至终没给他们眼神，背脊挺拔，背影翩然。

他去了厕所，拧开水龙头。他能感觉到自己乱掉的思绪。

水流声"哗哗",他躬下背脊浇了几捧到脸上,感觉思绪清醒了些。

他再度回到座位,像什么事都没发生过一般。

徐酒酒和江暄这两个名字在临江中学可谓响当当,江暄成绩好到逆天,竞赛奖拿到手软,徐酒酒三天两头惹祸,叛逆乖张。不知为何,他俩的"传闻"就像长了脚一样,一个下午不到,在临江中学里传了个沸沸扬扬。

有好事者还专程去问了徐酒酒:"徐姐,听说你要将江暄拉下神坛?"

她倒是坦诚得很:"对,有什么问题吗?"

徐酒酒是个行动派,说拉就拉绝不食言。

都说江暄生人勿近,但为了近一近他,徐酒酒摸索了几天,无师自通了一套法则。

第一步,明目张胆。

下课时,徐酒酒会懒洋洋倚靠在走廊两侧,等江暄经过时,她会挑逗似的吹口哨,引起他的注意。

旁边的好事者激动地起哄,但江暄虽然脸都红到了耳朵根,却又看都不看她一眼。

干了几天后,徐酒酒发现这个第一步的效果很鸡肋,闹得这么兴师动众会给江暄带去困扰不说,他也压根儿不会在大庭广众下理会她,实在忍无可忍了他撂下一句"有病",然后匆匆离开现场。

很快,徐酒酒开始了第二步,暗地里围追堵截。

她不再闹到明面上,而是在四下无人的黑暗巷道,将江暄堵在巷子里,他招架不住,徐酒酒则游刃有余。

"你天天躲我做什么?"

"惹不起你我还躲不起?"

"为什么惹不起?"

她欺身上来,眼神直勾勾的。

江暄躲避着她的视线,眼神往下,却不动声色地咽口水,没人知道此时他在想些什么,拒绝得倒是干脆:"我到底哪里惹你了?说明白。"

徐酒酒轻笑一声:"你没惹我。"

"那你是为什么?"

她轻轻凑近江暄,目光带着轻佻:"听说你学习好,教教我呗?"

江暄秀气的脸孔涨红。

徐酒酒的笑声更加愉悦:"生气了?"

江暄依旧逃避她的视线。

"其实我就是想和你做朋友,请你辅导我,提升成绩,仅此而已,又不会吃了你,你别这么娇羞?"

她盯着他看了很久,最后将脸凑得更近,近得彼此呼吸都清晰可闻。

江暄似乎如临大敌,再也承受不住她的嘲弄,忙匆匆逃离。

徐酒酒看着他的清隽背影终于肆无忌惮大笑出声,潇洒地冲他挥挥手,高声道:"拜拜,咱们下次见,你不答应,我是不会罢休的。"

她说着转了身,双手插进兜里,嘴里散漫地吹着口哨。

而这边,江暄匆匆逃离的脚步却缓了下来。

徐酒酒的口哨声在寂静黑夜里非常响亮,他默默听着,稍微侧了身,余光往后瞥去,直到她的身影彻底消失。

面上冷漠,可江暄伸出手抚摸自己胸口,却能感受到自己乱跳的心,那么强劲,那么有力量!

等到了周一早上,学校开早会,江暄刚拿了个重要的竞赛大奖,自然被安排在早会结束前上台讲话。

他带着稿子上台去,漠然地看了眼下面乌压压的人头,垂首照本宣科起来。

徐酒酒在最后排,混迹在学校的顽劣分子堆里,坐没坐相。

江暄是目光焦点,徐酒酒则是光线盲区,两人之间隔了无数个人头。

他虽在念稿子,却心不在焉,频频抬首,目光寻觅着,却始终不见那个身影。

就在他讲话结束的那一刻,最后排却传出一个清冷声音,音量不大,却因为礼堂的鸦雀无声而显得格外洪亮:"你们愣着干吗?"

四周安静了一分钟。

随后,她的声音再度响起:"鼓掌啊。"

这时,礼堂响起掌声,徐酒酒又高声道:"声音太小了,用力点啊。"

话音落下,掌声雷鸣般响起,还伴随后排那些顽劣分子捧场的口哨声,任凭教导主任如何拍话筒,掌声、口哨声都没停过。

早会结束，徐酒酒被叫到了办公室。

秃顶的教导主任气得吹胡子瞪眼睛，不停地列举她在校几年所犯下的"罪行"，列举完便声色俱厉地讲起这次事件的严重性，最后还勒令她道歉。

徐酒酒的嘴张张，还没讲话，江暄却先开了口："不用了。"

他的目光在徐酒酒脸上落了一秒又赶紧移开，神情很淡然："主任，我觉得徐酒酒没有恶意，也没有不尊重我，可能是我的发言太过于无趣，她想帮我活跃下气氛。"

他顿了一下，继续："并且现在是上课时间，我觉得我们该回去上课了。"

主任的表情愣了又愣，嘴张了又张，手抬了又抬，最后摸了下后脑勺对徐酒酒说："这次是江暄大度，不和你计较，下次可不能再犯！"

徐酒酒笑眯眯地看着江暄，语气甜甜地说"好"，乖顺得让主任瞪大了双眼。

两人一同出门来，徐酒酒刚想和江暄说句话，谁知他加快脚步立刻进了教室，她看着他慌乱逃跑的背影又忍不住笑出了声。

晚上，依旧是四下无人的漆黑小巷，江暄将书包斜挎在背上独自走着。他侧耳倾听身后动静，可惜却什么都没听到，便刻意放缓了脚步。

终于，身后传来急促脚步声。

他的嘴角微不可察地抿了一下，紧接着，有人从后过来扳正他的肩膀往墙上抵去。

故技重施好几次，撞击声沉闷，江暄闷哼一声，心态已然改变。

她轻笑着："江暄，你什么意思？"

漆黑夜色中，江暄沉默无声。

"欸，你是不是答应了？"

"答应什么？"

"教我学习啊。"

他分明听到自己心中在激荡翻涌，可嘴张张，又什么都说不出来。

"不说话，我当你默认喽。"

"我没答应……"

他落荒而逃的身影让徐酒酒觉得好笑。

547

可徐酒酒却不知道，在她转身之后，江暄却再次停了脚步，他感觉到心脏的痒，深吸好几口气才平复下去，又想到什么，低头无奈地抿了抿唇。

他好像越来越沉溺于这种感觉了。

第二天下晚自习，他依旧独自一人走到这条漆黑小巷上，脚步缓了又缓，始终没有听到声音。

江暄心烦意乱，眼看要走出这条小巷了，脚步停下来，又狼狈地退了回去。

他再次缓缓往前走，放慢再放缓，身后却始终寂静无声。

那个夜晚江暄至今刻骨铭心，他像个傻子一样，反反复复，走了那条小巷三十多次。

可那个人却始终没来。

不仅如此。

她第三天没来。

第四天没来。

第五天也没来……

程凌在讲话，讲得笑嘻嘻，江暄看着他的嘴上下翻动，像失了聪，一个字都没听到。

他讲完看江暄半天没有反应，于是伸手戳了戳江暄，说："哥，你觉得呢？"

江暄双眸垂下，下意识回了个"好"字。

程凌一拍大腿情绪高涨："你觉得好就行，我还生怕你不同意呢。"

程凌停了一会儿，嘴又开始"叽里呱啦"讲个没完没了。江暄的听觉又消失了，他转过头，目光落到了窗外的香樟树上。

郁郁葱葱的树叶反射日光，江暄的视线里也染上了光晕，恍恍惚惚，模模糊糊，光晕中心似乎出现那个人的笑容，鲜活生动。

耳边骤然传进一个"徐"字，同一时间，他也被日光刺得紧闭了眼，江暄连忙收回视线："你说什么？再说一遍！"

"我说……"程凌凑近，笑容里带着八卦，"那个徐酒酒最近好像几天没来骚扰你了，估计你不理她她觉得没什么意思了。"

程凌越说越眉飞色舞:"恭喜你,哥,这下你可终于清静了。"

江暄的薄唇紧抿着,似乎有些咬牙的意味,发红眼眶里蕴了些泪光,可能是刚刚的日光刺的。他突然起身,椅子被推得往后挪动,发出嘈杂刺耳的摩擦声。

江暄已经无意再听程凌聒噪了,他撂下一句:"我去趟洗手间。"

"行,哥,你可答应我了,晚上吃饭你一定得来啊。"

江暄没有回话,只留了个落寞的背影。

程凌伸了个懒腰,又拉起旁边的同学"叽里呱啦"扯起来。

江暄如之前一样掬了捧凉水到脸上,想让自己清醒些,这次似乎不管用了。

越浇越烦乱,耳边幻听她的声音,眼前浮现她的笑容,他一拳打在洗手池里,疼痛袭来,所有幻觉消失,他这才感觉自己清醒了些。

江暄抬眼看镜子里的自己。

脸苍白得可怕,颓丧,双目无神,浑身精力好像都随着她的偃旗息鼓而消失殆尽了。

要命。

他平复了下心情,抬腿往洗手间外走。

初夏的日光很晃,很亮,他的眼睛眯着,脚步缓着,破天荒没回自己教室。他绕了个路,走到这层最尽头最里面的那个教室。

还未靠近,他就听到里头传来嘈杂的声音,是两个人在打闹。

他不动声色地走到窗边,身体稍稍侧着,目光精准无误地捕捉到了那个身影。

她背对着这边,瘫靠在课桌上,黑卷的长发顺着桌沿垂下来,整个人看起来很颓废。

她是遇到什么事了吗?为什么……不是说好不认输也不放弃的吗?

江暄心潮暗涌,迟迟没挪开目光。

一整天,江暄都心不在焉,不过他会伪装,旁人也压根儿看不出来。

最后一节课的下课铃声响起,教室里骤然变得喧嚣,书本"哗啦"声、课桌摩擦声、脚步踏地声在耳边此起彼伏。

江暄却好像都听不到,只能听到徐酒酒愉悦的调笑声。

有病。

他吁了一口气,终于收回神思起了身,刚准备出教室门,程凌突然从后面拍了拍他的背。

程凌和江暄是两个极端,一个脸上常年没笑容,一个嘴就没合拢过,他笑哈哈一甩头:"江暄,一起走啊。"

江暄此刻只想静静待着:"我俩回家好像不顺路。"

程凌愣了愣,忙提醒道:"什么回家顺路的?今天我请客吃饭。"

他说着凑近,神秘兮兮地说:"有个女孩非说我要请得动你她才来,她成绩好,想向你请教些学习方法。"

程凌说着又换上祈求神色:"江暄,不,表哥,不,我亲哥,你都答应了总不能反悔吧,再说了,我话都放出去了,你这不来我丢面。"

江暄感觉太阳穴鼓鼓地疼:"我什么时候答应的?"

"上午,我跟你唠了一个大课间,我嗓子都快唠冒烟了,你回我好,这总不能不作数了吧?"

江暄这才想起来,不过他当时什么都没听,只是为了打发程凌才说了个"好"字。

江暄抬了下眼皮,这才回答:"想起来了。"

程凌展露笑颜将他往外推:"你终于想起来了。哥,吃饭地就在金源路那边的大排档,那里离你家近,你吃完回家也方便,不会耽误你太多时间。"

晚上七八点,夜幕降临时,大排档这边的吃喝饮食闹得热火朝天。

程凌请的人陆陆续续都到了,男男女女围了一大桌。江暄安静坐在那里,眼皮耷拉,背脊懒懒靠着,和周遭嘈乱环境显得格格不入。

旁边有个女孩一直在同他讲话,他提不起一点精气神,只"嗯嗯嗯"回应着。

不远处来了个人,一个清丽飒爽的身影。

她神情淡漠,将长发高高绑上去,又从包里掏出件宽松的黑T恤,一边套一边往大排档走去。

黑T恤后背映着六个大白字——夜猫子大排档。

席上有人问:"程凌,没点喝的?"

"还没,这不是等宇哥发话吗?"

"别磨蹭，快点快点。"

程凌立马起身来："服务员，来两箱。"

"马上。"

女子走到旁边的饮料区，弯腰下去垒起两箱，手臂发力，肱二头肌显出漂亮线条。

落地声沉闷，玻璃瓶撞击声却响亮。女子起身来正准备继续忙活，突然有人眼尖，试探性说了声："咦，这不是徐姐吗？"

江暄这才抬眼，目光落到面前的女子身上，尽管套上了肥厚丑陋的服务员T恤，却丝毫掩盖不住她的清丽身影。

当然，徐酒酒也捕捉到了江暄的身影，她只随意晃了下，又很快挪开，像是不认识一般。

那位宇哥起了身热情邀请："徐姐怎么在这里？快，坐下一起吃啊。"

徐酒酒笑了笑，笑意不达眼底，她拒绝得很干脆："不了，我还得打工，你们慢吃。"

此时，烧烤摊那边也传来呼喊声："小徐，送到3号桌。"

徐酒酒随意应了声"来了"，转身走得潇洒。

她离开后，席间的八卦谈话也自然转移到了她的身上。

"欸，她……怎么在这里打工啊？"

"对啊，她怎么在大排档打工，有没有人知道内情？"

"不知道，不过看她那么跩，我还以为她家很有钱呢。"

"她跩和钱没关系吧，她跩真的是因为她性格狠。"

"狠是真的，主动惹她的人真没好果子吃，不过有钱？不见得吧，听说她爸就是个警察，警察赚不了什么大钱吧……"

说到这里，饭桌上一个尖嘴猴腮又将话题引到江暄身上，他笑着，咧开一口牙看看徐酒酒忙碌的背影八卦问道："江暄，她前段时间不是经常缠着你嘛，跟我们透点内情呗。"

程凌看着江暄不自在的神色，忙起身打圆场顺便引开话题："这有什么好问的，我哥这么优秀，和她压根儿不是一路人，理都懒得理。哎，别提她了，吃！"

众人的注意力成功被程凌引开，又开始嬉嬉笑笑吃吃喝喝起来。江暄却不淡定了，自从徐酒酒出现，他的注意力好像也随之离开了。

他余光瞟着不远处,指尖一点一点被自己捏得发白。

江暄看着她,看她娴熟搬货,看她跑前跑后,看她抬手擦汗,看她忍受客人抱怨,看她点头哈腰。

时间一点点流逝,程凌的朋友们也一个个离开,程凌结完账也满心欢喜要送同学回家。很快,饭桌上只剩了江暄以及一桌的残羹冷炙。

人走了,账结了,作为服务员的徐酒酒自然要过来收拾桌子。

她面无表情地走过来,看都没看江暄一眼,低头耐心地收拾着桌上的碗碟。

角色对调,这次换成她逃避江暄视线,而江暄则直勾勾地看着她。

收拾完桌面又得收拾地面,徐酒酒蹲下来清理着空瓶,有一个滚落到了江暄坐着的椅子底下,她伸手过来,清冷声音传入江暄耳朵:"麻烦起来一下。"

言语冷漠得好像换了个人。

江暄顿了一下,手指动动,还是听话地起了身。

徐酒酒躬着背,将椅子搬开后取出空瓶,将之放入纸箱中搬到一旁。

一直忙到晚上十二点,大排档的客人渐少,徐酒酒的工作时间才算结束。

大排档老板停下手里的烧烤工作,从腰间挎着的钱袋里掏出一张皱巴巴的五十元钞票递给徐酒酒:"小徐,干得不错。"

徐酒酒抿了下唇,算是回应他对自己的赞赏。

接过钱,散下头发,徐酒酒手指伸到发端捋了捋,接着脱下套在外面的T恤转身过来。

江暄竟然还没离开,他就站在不远处的阴影里,大灯的背光处,身影颀长而落寞。

徐酒酒抬腿往他的方向走去,却又不是为他而来,她和江暄擦肩而过,然后走到她停到这里的小电驴旁跨坐上去。

江暄此时也转了过来,他脚步挪动,嘴张了张,终于叫出了她的名字:"徐酒酒!"

徐酒酒轻轻皱了下眉,甩发回望,那双漂亮的丹凤眼锐利凛然、动人心魄。

"你有事?"

江暄细碎的短发搭在眼前，眸子轻轻地闭了下又睁开，他吞咽了口口水，白皙脖颈喉结颤动。

"没事的话，我先回家了。"

眼看她要离开，江暄出声："有事。"

"什么事？说。"

江暄舔了舔干枯的嘴唇，又是好一阵没有说话。

徐酒酒扭动了下脖颈，见他迟迟不说准备离开，背后，江暄的请求声入了耳。

"徐酒酒，你能顺便载我回家吗？"

徐酒酒还以为自己听错了，疑惑地转头过来："啊？"

她没想过江暄的嘴里能说出这句话。

"我送你回家？"徐酒酒不可置信地指了指自己，提醒他，"喂，江暄，我是徐酒酒！你今天是不是脑子喝大了？"

江暄轻轻摇头："我没喝酒。"

"你不是对我避之不及吗？"

江暄的借口很蹩脚："我身上没钱打车回家了。"刚撒完谎，他耳朵先红了。

徐酒酒眯起双眼盯了他很久，那眼神像是能够洞察他的内心。

江暄招架不住她这么直勾勾的视线，忙看向别处，他神情很不自然，但还是将心里的担忧问出口："你怎么会在这里打工？"

"为什么打工，我缺钱花啊。"

"这些天，是不是……出什么事了？"

她倒是坦坦荡荡："家里停了我的生活费，所以我得打工挣钱，不然吃不上饭。"

江暄缓慢地"哦"了一声。

徐酒酒看着他，殷红的唇慢慢勾起弧度。她又开始笑，笑声很愉悦："江暄，你在关心我啊？"

江暄否认得迅速："没有。"

"哎，没有就算了吧。"徐酒酒敛起笑又收回视线，扬手扔给他一个头盔，江暄伸手稳稳接住。

"上车吧。"

江暄跨坐在后面,他的唇动了动,眼神有些失落,很想问徐酒酒,很想问她不是要拉他下神坛吗?不是追着求着要他辅导学业吗?为什么到一半,她就不来了……

这些天,他一遍一遍走过那条漆黑小巷,无数次地涌起希望,也无数次地希望落空。

江暄也不知道自己怎么了,他只知道自己以前的世界枯燥无光,世界上好像没有什么事能勾起他的情绪波动。

从她强势闯入开始,一切都好像不一样了。

江暄其实早就听说过徐酒酒的大名,也知晓她那些顽劣行径,有一次下晚课,两人还打过照面。

他还记得徐酒酒当时穿了一件夹克,身上也是铆钉铁链,她将书包随意搭在肩头,眼皮往下耷拉着,耳朵上挂着个耳机,和他擦肩而过。

那一瞬间,江暄感觉自己心脏猛跳一下。他脚步停下,下意识往后看去,这一眼,自己似乎再也没法心如止水。

他原本是别人口中的神,高高在上,遥不可及。

可现在,他好像变成了情绪的奴隶。

虽然很想知道,但江暄是理智的也是骄傲的。他垂了垂眼睫,还是没有问出口,而是跨上了徐酒酒那辆小电驴。

发动声响,车往前方疾驰,冷风将徐酒酒的长发吹得往后乱飞,打在江暄清隽的脸庞上,让他乱了呼吸。

大排档离江暄家确实不远,不到十分钟便到了。

江暄将头盔还给徐酒酒,正欲转身,却被她叫住了。

"走这么快干吗?"她歪着头,语气带着调笑。

"我到家了。"

"我知道你到家了,只不过,你还没付钱呢,兄弟。"徐酒酒眼里透着狡黠,"这个距离,辛苦费,收你二十不过分吧。"

"嗯?"

"哦,想起来了,你没钱,没钱可不行,我车也不是白坐的,这样吧,你拿点东西抵债。"

江暄眉目淡淡:"你要什么?"

"我要……"

她突然拉过他的衣领。

江暄冷白皮肤上又不受控地染上淡红，他手握紧又松开，呼吸声也渐渐沉重。

徐酒酒见状吹了声口哨："哈哈，瞧你吓得，我有那么可怕吗？"

夜风吹动他白衬衣的下摆，也将她的悦耳笑声揉碎在风里。江暄垂了眸子，将书包拉到身前，修长的食指与中指捏紧书包拉链，随着"刺啦"一声响，包被半拉开。

江暄的动作慢条斯理，从包里拿出个钱夹。

钱夹打开，里面是一沓粉色钞票。

徐酒酒现在浑身上下就五十块钱，此时看见钱眼都直了，她语调非常夸张："你不是说你没钱打车吗？这就是你们有钱人说的没钱？"

江暄沉默着将那沓钞票拿出来递给徐酒酒："给你车费。"

徐酒酒愣了愣，下意识地接过来。

她甩了两下，纸钞声"哗啦"作响。江暄突然往前走了两步。

他半低了头看着电驴上的徐酒酒，深吸一口初夏夜风，清冷声音里染上混浊："我答应了。"

"什么？"

"晚七点，学校后巷的水吧，我可以教你两个小时。"

天空阴云翻涌，瓢泼大雨倾倒而下。晚自习的下课铃声响起，学生们一窝蜂地从教室里拥出来，踏起水花无数。

等人走得差不多，江暄这才出了教室门。

他走到廊前，撑开一把做工精致的直骨黑伞走下来。

江暄估摸着时间出校门，快步走到那条小巷里，他站在巷子中央，脚步却停了下来。

骤雨毫不留情打在伞面，响声清脆。

他面上无波无澜，可心却焦躁地跳动着，这么大的雨，不知道她还会不会来。

他想她来，可雨实在太大，又不想她来，于是犹豫着焦虑着。

直到身后传来脚步声和踏动水花的声音，江暄的心这才定了，这才转身过来，紧接着，湿漉漉的身体撞入了他的怀里。

江暄被这股冲击力撞得后退半步，左脚稳稳抵住，这才不至于继续狼狈地踉跄后退。

徐酒酒没打伞一路淋过来的，此时脸上全是水渍，头发也因雨水拧成一缕一缕，发尾还在淌水，她浑身上下都湿透了，衣服黏湿着，勾勒出她美好的身体线条。

很快，徐酒酒松开江暄后退两步。

她站在雨里，脸上的笑容张扬依旧。

"我还以为你不会来了。"

"学神免费辅导，我怎么可能不来？"

江暄没接话，嗓音低低道："出来怎么不打伞？"

徐酒酒倒是很无所谓："我没带伞啊，所以来蹭你的伞。"

江暄面无表情，却不受控制地将伞面往她的方向倾斜了些。

雨越下越大，无数水珠从伞上落下来，细细密密，将两人与这世界隔离开来。

距离水吧还有好几百米，徐酒酒走着路也不安分，一路上都在踏水坑，飞溅的水花浇湿了江暄的裤腿，浸入了江暄的鞋子。理论上说，他应该生气的，却又气不起来，甚至也学了她，去踩水坑回击。

徐酒酒调侃他："你挺坏的啊。"

江暄回应："还不是跟你学的？"

他以前总是循规蹈矩，吃饭睡觉看书上课，好像没有什么东西能拨动他的心弦，扰乱他的思绪，让他感觉这世界竟然这样生动有趣。

连踩水坑这种事都觉得有趣。

两人走过小巷，拐了几个弯，终于到了约定的那家水吧。

里面很空，只有寥寥几个人，服务员靠在吧台打盹。

徐酒酒要了两杯茶水、两份点心，坐在靠窗的位置。江暄拿出书本。

他教得很认真，徐酒酒也一改吊儿郎当的性子学得很认真。

她其实很聪明，很多难点，江暄只稍微一提，她便弄明白了。

两个小时过得飞快，江暄检查她今日的学习成果，而徐酒酒则百无聊赖地趴在桌上转笔。

他一行行往下看，看得很仔细，检查到最后一大题，徐酒酒的公式都用对了，计算过程也无误，却偏偏写了个错误答案。

江暄蹙蹙眉，抬眼看向对面，刚想出声，却发现徐酒酒不知何时睡着了。

她睡得很浅，呼吸都浅，很安静，只有这个时候，她才不那么闹腾吧。

他默默看了很久，目光缱绻。

"你这么信任别人吗？"江暄轻轻地问出声，"在外面还敢睡得这么沉？"

是因为信任我吧，他贪心地想。

但徐酒酒没有回答。

突然，她的眉心蹙了蹙，殷红嘴唇动动，呓语着："妈妈……"

"嗯？"

江暄俯身下去，想听清楚她梦里说的什么。

徐酒酒的手指动了动，眉间褶皱更深："妈妈，我不要一个人……"

这次听清楚了。

江暄伸手抚了抚徐酒酒光洁的额头，这种安抚的感觉让她很心安，她的眉心渐渐舒展，她的梦呓也慢慢消失。

江暄这才停了手，看着徐酒酒，深深将一口新鲜空气吸入肺腑。

原来包裹你的，是虚假的坚硬外壳，原来我们本质，是一样的人，原来你的内心和我一样，都是孤独的，原来你也在忍受孤独，你也害怕一个人。

又是一个大课间，程凌再次过来找江暄谈话了。

他哭丧着一张脸，幽怨地看了江暄许久，然后语气不甘地问出一句："为什么？"

江暄今日心情好，所以耐着性子接受程凌的废话袭击。

"什么？"

"为什么你的魅力比我的大？为什么！你转学过来这一年，好多女孩接近我，只是为了通过我问你的联系方式……"

程凌的声音渐渐变得悲愤："原来那天晚上，那女孩子非要让我吃饭时叫你并不是为了向你讨教学习问题，居然也是为了接近你，那天我送她回家，我俩走在寂静无人的小路上，气氛刚刚好，你猜她说了句什么？她居然来了一句'你表哥电话号码多少'。江暄，你说这到底是为什么,明明咱俩的妈是姐妹,我俩也算流着四分之一的相同血液,为什么我的魅力就是没有你的大,我好苦恼,呜呜呜——"

最近江暄的心情还不错,他调侃道:"好了表弟,不要苦恼这种自己没有的东西。"

程凌张大嘴,巴巴地盯着江暄,悲伤很快被诧异占据。

他歪着头,对江暄左看看又看看,最后发出灵魂拷问:"你这两天给我的感觉特别奇怪。老实说,你还是我哥江暄吗?这种话怎么会从你的嘴巴里说出来?"

江暄耸耸肩:"以后你就习惯了。"

程凌张大嘴,愣愣地盯了江暄很长的时间,然后若有所思地摇摇头:"你不对劲,你真的不对劲,你以前冷冰冰,惜字如金,冷酷无情,从来不会开玩笑。哥,你是不是精神错乱了?说起来那个徐酒酒真是太可恶了,不过做弟弟的也帮不了你什么,你就自求多福吧,欸,哥!哥!我话还没讲完,你怎么就走了……"

程凌说着,江暄已经起了身,他不打算和程凌继续废话纠缠下去了,他走出教室来到走廊。

刚走两步,肩膀突然被人从后拍了拍,江暄下意识地扭头,后面那人却一阵风似的到了前面。

江暄的嘴角已经不自觉地勾起,他自然猜到了作怪之人,慢腾腾正视前方。

徐酒酒在他眼前打了个响指,脸上笑容慵慵懒懒,她伸手递给江暄一瓶饮料,声音轻快。

"请你喝的,不用客气,毕竟是花你的钱买的。"

饮料冰冰凉凉,外壳还有水汽,江暄接过来,徐酒酒的声音继续响起:"今天晚上,不见不散。"

江暄点点头:"好。"

旁边的程凌听得一头雾水,他挠挠脑袋,冲着江暄的背影:"什么不见不散啊,哥,哥,你等等我啊……"

江暄将手上的饮料单手打开,他稍微昂头喝了一口,清爽甜味冰凉入胃,赶走初夏的燥热。

时间过得很缓慢,慢得好像隔了一个世纪才下晚课。

下课铃响,教室里的人都走得差不多了,江暄却还坐在座位上看书。

其实他只是摊开书本在等待,书本上密密麻麻的铅字他一个也没看进去。

又等了一阵,直到听到走廊外熟悉的脚步声,他这才开始动手合上书本。

窗户边,徐酒酒探出个头来:"江暄,走吧。"

辅导结束,徐酒酒收拾完试卷,突然想到什么:"时间还早,要不要一起去玩?"

江暄:"去哪里?"

徐酒酒卖关子:"别问别问,去就知道了,去不去?"

江暄听话地没继续问了。

"去。"

徐酒酒露出个狡黠笑容,很快,江暄就被她带到了附近的夜市摊。

夜市摊很热闹,哪怕时间已经很晚了,这里依然人潮拥挤,满满都是生活的烟火味。

徐酒酒是这里的常客,她常来逛夜市,也喜欢逛夜市,这里想吃什么吃什么,想买什么买什么,无拘无束,悠闲自在。

"要不要去撸串?我用你上次付的车费请你。"徐酒酒不客气得理直气壮。

江暄低下眼睫:"嗯?用我的钱请我,羊毛出在羊身上?"

徐酒酒冲他眨眨眼:"羊就说他想不想吃吧?"

江暄已经被徐酒酒打败,他叹了口气:"羊说他想吃。"

她拉着江暄坐到旁边烧烤摊主准备的桌椅上,大手一挥,串串点了满满一盘。

江暄细嚼慢咽,徐酒酒大快朵颐,也是饿了,两人没花多长时间便风卷残云。

吃饱喝足,他们又在这夜市里停停走走起来。

到一处摊位前,店老板热情招呼两人:"帅哥,美女,来打枪吗?"他指了指不远处的一排气球,"打中有礼品相送哦。"

老板说着看向江暄:"帅哥,打个娃娃送女孩吧,要是把那一排全

559

都打中一个不落,这堆大的娃娃随便选,我下血本了。"

徐酒酒:"那么大,不便宜吧,这是真的吗?"

老板拍着胸脯:"那是自然的,不过你们要站得远上一米才行。"

徐酒酒眼珠一转,使坏地将江暄推出去:"老板,我们玩,我朋友打枪特别厉害。"

江暄单眉一扬,满脸写着拒绝。

他不是不想赢几个奖品送徐酒酒,而是他不会。但徐酒酒的话已经放出去了,他也只好硬着头皮上。

江暄拿着那杆玩具气枪试了下,第一发就偏了,他再来一枪,第二发也打到墙上。

老板哀叹一声故作惋惜:"姑娘,以你朋友的技术,看来今天你是拿不走这礼品喽。"

江暄听着这话,秀气的眉沉了沉。

徐酒酒则回了一句:"那可不一定,你别瞧不起人。"

她走到江暄身边,目光却凛冽地扫了一眼墙上的气球靶子。

徐酒酒轻咳一声,在他旁边轻轻说着:"双脚自然站立,与肩同宽,据枪时抵肩实、重心要接近身体,腰部固定,瞄准,击发!"

"砰!"

气球爆炸。

"按照刚刚的,再来一次吧。"

江暄学习能力非常快,就这样简单的几个字,已经迅速掌握了要领,他又几枪出去,弹无虚发。

徐酒酒连忙鼓掌夸他真厉害,鼓掌结束还不忘从江暄身侧探出个头笑意懒懒:"老板呀,我觉得还是你下血本的可能性比较大,新来一轮。"

老板叉着腰:"姑娘,这这这……这才打中几个?"

江暄的眉压得更低,转了另一边,他又"啪啪"数声击出去,一排已经爆完了。

徐酒酒又喊:"新来一轮。"

这次徐酒酒接过了玩具枪,稍稍后退目光锐利,她的枪法比起初学的江暄可谓又快又稳。

又爆一排,老板的脸色已经很难看了。

徐酒酒还准备新起一轮："老板，你这血本太好拿了，要不我远个两米吧，不然这布娃娃我拿得心里不安。"

但老板已经撑不住了，他看出徐酒酒是个狠人，哭丧着求她住手，还选了一个大的一个小的娃娃递过来："姑娘，你们别玩了，玩的钱我也不收了，我这小本买卖，你们再玩下去我裤衩子都得赔没了。"

徐酒酒大度地拍拍手，接过这两个布娃娃笑眯眯道："行吧，谢谢老板。"

东西太大实在不好拿，徐酒酒又天生不喜欢这种毛绒玩具，所以她脑瓜一转："要不折一折便宜卖给老板吧。"

江暄轻笑出声："挺好。"

徐酒酒一转身，又和老板谈起了买卖，讨价还价一阵，然后将卖娃娃得来的钱在江暄面前得意地扬了扬。

"走，我请你吃冰。"

她挽着江暄手臂步履欢乐，而老板则看着两人的背影欲哭无泪："这是来我这里赚钱来了……"

贪心本就是天性，没人能违背，连神都不可以。

更何况，江暄并不是神。

他开始逐渐思考起未来，而所有规划的未来里，都有徐酒酒的影子，他梦想着，有一天，两人可以上同一所大学。

只是现在的江暄不会想到，就在不久之后，他会体会到生不如死的滋味，而且，持续了整整七年的时间。

接到徐酒酒打来的那通电话前，两人其实在闹矛盾，冷战着，谁也不理谁，江暄只记得接到那通电话后不久，就得到她跳江自杀的消息。

徐酒酒虽然某些行为有些出格，也确实和父亲关系不好，但江暄很明白，她的心是善良的，更是爱自己父亲的，只是太多的误会与隔阂积压在两人中间得不到解决，才会常常爆发争吵。

所以媒体说的那些什么"纵火弑父"的字眼，他一个字也不信，当然，他更不相信活得这样轰轰烈烈的徐酒酒会选择跳江来结束自己的生命，这简直荒谬。

那几天凌江涨水，蛙人在江面进了又出，却什么也没有捞上来。

警方虽然否认了徐酒酒"纵火弑父",但对于她的下落,却只有六字回复——可能凶多吉少。

这几个字击溃了他所有的骄傲。

江暄开始学她的行为处事,用一切能用的方式来减缓这种疼痛,却发现什么方法都是徒劳。

他花了整整一年的时间振作起来,努力进入公安部门,想要查出当年的真相。

直到,在夜市摊前,他遇到了那个长得和徐酒酒一模一样的女人。

关于两人新的故事,才终于以另一种方式得以展开,只不过她已经换了名姓,她叫谢云衿。

这次,江暄不会再让她离开自己。

他抱着虚弱淌血的谢云衿走出仓库,柔和日光照在他们身上,两人的身影拉长交叠。

江暄眼中已经泛起了泪光,他轻轻低语,告诉她:"酒酒,这一切都结束了,这次,我们终于可以一起回家了。"

番外二
故事在继续

两个月时间不到，谢云衿已经两次住院了，并且两次都与高纯有着直接关系。

她躺在病床上，脑袋被白纱布缠得严严实实，神情幽怨地看着眼前的高纯。

他之前被杨殊宁折磨得很惨，送医治疗几天后终于能行动了，这次，他强撑着让看护警员推他来看望谢云衿。

但谢云衿此时并不是很想看到他。

本来她能全身而退的，要不是高纯出来搅局，自己何至于又受伤？

一想到这个她就愤愤，她忍不住吐槽道："高纯，我都怀疑你是不是专门来克我的啊？"

对于这个，高纯也显得很不好意思，他连声道歉："对不起，真的对不起，谢警官，我以为能帮到你的。"

谢云衿忙抬手："打住，别道歉了。你要真觉得对不起我，这次养好伤后就别想东想西，好好等待法院判决吧。"

原本，高纯的刑罚不会太重，但他居然畏罪潜逃，两罪并一起，谢云衿估计他蹲的时间要翻个倍了。

高纯吸了下鼻子，显得非常自责，他默默点了点头："我这次一定好好的，不会再出乱子了。"

"行行行。"谢云衿颇不耐烦，"好了，看也看了，歉也道了，我没什么事，也原谅你了，走吧。"

"谢警官……"

"走吧。"谢云衿颇不留情面。

见状，高纯便也没有再打扰："好，祝谢警官早日康复。"

"嗯，也祝你早日康复。"

高纯叹口气，深深看了谢云衿一眼当作道别。然后，看护警员推着他离开了病房。

病房里终于只剩了谢云衿，她扭动了下酸痛的脖颈，打算将身体挪下来继续睡觉，突然，门被人从外敲响了。

"请进。"

历史总是惊人的相似，话音落下，赵语、黄缘、罗宇超等好几个同事鱼贯而入，他们异口同声："我们又来看望你了！"

谢云衿无奈笑出声："谢谢你们啊。"

黄缘又买了一束向日葵递给谢云衿："云衿，向日葵。"

"祝我蓬勃向太阳？"

"不止。"黄缘温柔微笑，"也祝你获得新生，以后阳光永照。"

谢云衿笑意盈盈，她接过来："真好看。"

很快，罗宇超也凑上来奉上一个大果篮："谢组，这是我和赵姐合资送你的大果篮，祝你往后顺风顺水，吃了我的水果，以后再出任务，可千万不能再受伤了。"

谢云衿扶额笑着："行！"

没过两分钟，方审也冲了进来，他看着这满屋子的人："嗯，我来迟了？"

赵语毫不客气地吐槽他："方组，你好像每次都最迟。"

黄缘帮腔："对，一点也不积极。"

"队里有事，我耽搁了。"方审挠挠头，决定转移话题，"那个……江法医呢？"

谢云衿："他出门买早餐了。"

"我说怎么没见着他人。"

话音刚落，江暄提着早餐进门来："这么多人？"

"我们都是来蹭早餐的。"

江暄轻轻笑着，扬了扬手里的早餐："那你们可来迟了，我就买了

564

一份。"

他拎着早餐走到谢云衿床边,放到一旁的小桌子上。罗宇超看着两人,眼里的八卦之火冒得熊熊,他"哈哈"两声便说了一句无厘头的话:"我真是火眼金睛。"

赵语嗤笑:"为什么发出这种感慨啊阿超?"

说到这儿,罗宇超马上开始滔滔不绝:"我记得之前,就是张德树坠楼案那会儿,我一看谢组和江法医,就感觉他俩关系不简单,没想到,还真让我猜中了。欸,江法医,讲讲你和我们谢组的故事呗?"

"我听说云衿和江法医是同学。"

方审狠狠咳了一声:"我听说比同学关系还要更亲密一些。"

"那得亲密到什么程度?"

谢云衿和江暄相视笑笑:"喂,你们几个,要八卦好歹也背着我们俩好吗?"

"那不是专门摆到明面上,让你们俩答疑解惑吗?"

罗宇超"嘿嘿"笑了两声:"来吧谢组,不要藏着掖着了,赶紧说出来,满足我们的好奇心。"

谢云衿拿起一个枕头扔过去:"不要好奇,好奇害死猫。"

罗宇超眼疾手快地躲了过去,笑得贱兮兮:"嘿,谢组,你没打着。"

"看把你能耐得!"

几人说说笑笑,病房里充斥着欢乐的气氛。

三日后,谢云衿终于出院,她和江暄带着鲜花和水果来医院看望恢复期的何繁忠。

病房里,妻子李晓琴正在给何繁忠削苹果,她一边削着苹果皮,一边和丈夫说说笑笑。

场面温馨美好。

谢云衿叩了叩门,随后推开:"何队,婶婶。"

听到声音,何繁忠忙从床上坐起,李晓琴也放下苹果站起身来回望:"嗯,酒酒来了?"

虽然她已经改名多年,但李晓琴私下还是会唤她原来的名字。

"嗯,婶婶,我来看何队。"她递上鲜花和水果。

李晓琴嗔一声:"来就来,还带东西做什么?"

谢云衿笑笑:"空手岂不是太没礼貌了。"

"跟我们见外。"李晓琴接过来,视线落到谢云衿后面的顾长身影上,"这是?"

谢云衿大大方方将他拉到身前:"婶婶,这是我男朋友,江暄。"

江暄也是恭敬地颔首:"婶婶好。"

"小江好。"李晓琴说着看向谢云衿,"酒酒,交往了男朋友怎么也没和婶婶说?"

"我这不是专门带到面前和您来说了吗?"

李晓琴笑眼眯成一条缝,越看江暄越满意:"挺好挺好,你俩怎么认识的?"

谢云衿也并未隐瞒:"以前念书的时候就认识,兜兜转转这么多年,还是在一起了。"

李晓琴惊叹一声,说出了很有哲理的一段话:"其实缘分就是很神奇,有的时候,身边出现什么人是早就注定好的,有缘走不散,无缘求不来。"

江暄问候病床上的何繁忠:"何队的伤恢复得怎么样?"

何繁忠手挥挥,哈哈两声:"没事,我虽然不比年轻的时候,不过骨头还硬朗着,这都是小伤、小伤……"

话音没落,李晓琴的巴掌已经落到了他的手臂上,她责怪道:"还小伤呢,命都快丢了。"

何繁忠躲避着巴掌,不好意思地看了看两个小年轻,忙压低声音:"别闹别闹,在孩子面前给我留点面子。"

李晓琴这才反应过来,赶紧收了手。谢云衿和江暄看着相视一笑。

中年夫妻有自己的相处方式,打打闹闹也是甜蜜日常。

看望完何繁忠,谢云衿和江暄走出医院大门。

今日天气非常好,天朗气清,阳光明媚,谢云衿拉住江暄的衣袖,突然侧脸看着他笑眯眯的。

她的眸光中透出些狡黠和探究,将江暄打量了个遍。江暄单手插进裤兜,眼睛戏谑往下:"嗯?直说!"

"这段时间忙得不可开交,我还没好好和你约过会呢?"

"想去哪里约会?"

谢云衿沉吟了几秒钟:"去你家吧。"她勾住江暄的衣领,"咱们来点成年人的约会呀,上次夜晚太短暂,我还没有玩尽兴呢。"

江暄凑到她耳边语气闲闲:"好,教教我,成年人的约会是怎样的?"

两人一进屋,门还没关,吻先缠绵上了。

江暄一手揽着谢云衿劲瘦的腰身,另一只手拉住门把手往前一推。"砰"的一声巨响,门被他紧紧摔上。

门外寒冬腊月,门里烈火燎原。

谢云衿昂起头,纤细脖颈光洁漂亮,下方锁骨白皙有致,那颗红痣点缀其上,只一眼,江暄已经深陷进去。

他的视线幽深如墨,俯下身亲吻上那颗红痣,触感柔软,谢云衿轻哼一声痒。

窗外夜色弥漫,床头的台灯灯光摇摇晃晃到天亮。

两人相拥而眠,在下一个傍晚醒过来。

谢云衿睁开惺忪双眼,下意识伸手触了下身边人。

空的,被褥里还残留了体温,刚走没多久。

她起身套上床头柜上的衣物,双脚伸进床边放置的一双棉布拖鞋,出了卧室门。

听到厨房有动静,她小跑几步到了门口,隔着玻璃推门看见江暄在里面忙活。

谢云衿双臂慵懒地抱着,倚靠在门边,饶有兴致地看着江暄做菜。

他专注起来的时候,似乎任何事情都不能打扰到他,就像她已经站门口巴巴地看了这么久,他也是在关火转身的瞬间才发现。

江暄快走两步过来揽住她的腰:"什么时候醒来的,怎么不出声?"

"醒来半天了,我就站这里看你什么时候才能发现我?"

江暄狭长眼睛中带着粲然笑意:"这不是发现了吗?"

谢云衿捋了下不长不短的发,点点他的胸膛轻嗔:"你啊,太迟了。"

"我是在给你做吃的。"江暄唇边噙着淡淡笑容,"怕你精疲力竭,体力不支。"

谢云衿秀丽的眉往上挑挑,目光里满是轻佻:"到时候看看谁体力不支?"

说着,她轻吹一声悠扬口哨,推开江暄肩膀踏进厨房。

"做什么好吃的?"

刚刚在门口就被这香味勾动了馋虫,如今美食当前,她也顾不上矜持了,伸手捏住一块食物扔进嘴里。

"嗯,手艺真不错。"她丝毫不吝啬自己的夸奖,懒懒撒着娇,"你怎么能这么厉害呢。"

事实证明,"厉害"这个词是男人的听话药水,不管他是什么狠厉恶狼,听到这句撒娇夸奖大概率都会秒变乖狗狗,膨胀得将尾巴翘到天上去。

江暄也没能免俗,并且,他对这句话很受用。

他贴在谢云衿身边,脸蹭着她的,语气里带着淡淡祈求:"酒酒,你再说一遍!"

然而,给甜枣也得给巴掌,驭夫之道就在于,一件事情只能得到一句"厉害",要是再提就要果断拒绝,这样他就会为了下句"厉害"而暗地努力。

所以,谢云衿狡黠笑笑,故意拖长尾音:"不说了——"

江暄并不想放弃,在他第二次纠缠上来时,谢云衿则选择在他脸上浅吻一下,接着发号施令:"盛饭去吧,我饿了。"

江暄满足地笑了,连忙开始端饭端菜拿碗筷。

嗯,这是另一种听话药水。

过完年,短暂的假期结束,江暄和谢云衿重回了工作岗位。

案子的调查抓捕虽然结束了,但后续还有一大堆的事情要处理,因此过完假期回来,谢云衿也是狠狠地忙了好一阵子。

证据和人都移交检察院,事情才总算是告一段落。

冬日结束,春日来临,万物复苏生机勃勃,香樟树开始发新芽,枝叶顶端郁郁葱葱,看得人心旷神怡。

江暄端了杯咖啡站窗边,刚抿一口,腰间突然被人用手指戳了戳,很痒。

他的唇弯起,都不用看便知道来人是谁。

整个刑侦队，除了谢云衿不会有人对他这么放肆。

果然，下一秒，谢云衿凑上来，她手上也端了杯咖啡，轻抿一口："江法医，您在这里看风景吗？"

江暄声音含笑："不是，我在等你。"

"怎么，这么笃定我一定会来找你？"

"你这不是来了吗？"江暄侧脸看向谢云衿。

经过了一个冬天，谢云衿的头发已经留长，没烫没染，配上她精致清伦的五官，和短发以及长鬈发相比，是另一种类型的美。

江暄远眺奔腾凌江："你们那边在忙什么？"

"最近也没出新案子，反正追追旧案喽，有起潜逃十年的入室抢劫杀人案的嫌疑人最近露了头，方审这几天都在外面追呢。"

她说着将话头抛给江暄："你呢，在忙些什么？"

"我这边也没事，写写材料，整理档案。"

谢云衿舒爽地伸了个懒腰："这没案子就是清闲，希望这种日子再多持续一段时间。"

没案子没罪行，天下太平。

江暄又喝一口咖啡："我也希望。"

两人逮着这十多分钟的时间聊了个天，又各自回到了工作岗位。

而临江市也真如他们所愿，平静了好几个月的时间。

可就在端午前夕，久违的平静被513公路上的一起离奇车祸所打破。

不出半个小时，肖正钧便脚步匆匆赶到办公室通知："收拾东西，出案子了。"

谢云衿本来正躺在座椅里昏昏欲睡，听到这声"出案子了"，忙站起身来。赵语放下手机，秦海明放下茶杯。

"正钧，出什么案子了？"

"不久之前513公路中间段发生了一起蹊跷的车祸。"

"继续。"

"车子撞到了旁边的防护栏，损毁严重，交通部门的同事赶过去查看，发现司机早已死亡。"

"大约死亡多久？"

"不知道，只知道尸体已经腐烂发臭了。"

谢云衿眉一挑，显然有些惊讶："死这么久了？"

"对，所以才说它蹊跷。"

谢云衿手一挥："明白了，立刻出发。对了，正钧，你去通知技术科和法医科。"

"好嘞。"肖正钧步履急促，又赶紧去了另外两科的办公室。

五分钟时间不到，人手已经在楼下集结完毕，江暄将沉甸甸的法医勘察箱放进后备厢，接着拉开副驾驶位坐了上去。

系好安全带，谢云衿一踩油门，车疾驰出去。

513公路在临江市郊区，距离云澧区刑侦支队颇有些距离，开着车，两人说起了刚发生的这起案子。

"怎么回事？"

谢云衿目光凛凛直视前方："不知道，正钧说车祸才发生不久，但司机尸体却早已发臭了，大概率是杀人后伪装车祸。"

她说着又稍微加快了速度，在最短时间内赶到了案发现场。

谢云衿将车停在路边，远远就看到围在车旁的交警和民警，她眼睛一眯，径直往案发地走去。

江暄也下了车，他走到车后备厢提起勘察箱，跟着谢云衿的脚步往前走。

公路宽阔无人，道路两侧是坚实的铁制护栏，护栏外的芦苇荡随风摆动，不远处还散落分布着不少稻田和民居。

谢云衿走到车边，开始自我介绍："云澧区刑侦支队的，姓谢，谢云衿。"

"你们终于到了。"

"车祸具体是什么时候发生的？"

"大概是下午两点钟，那下面的村民听到车辆撞击的巨响跑到路上来看，发现驾驶位上有个死人，这才急急忙忙报警。"

谢云衿环顾了四周。

这条公路连接乡村与城市，路面压根儿就没有监控。

"有没有目击者？"

瘦高个民警忙回答："我去村子里问过了，无人目击，只听到一声巨响。"

谢云衿绕着车子走了一圈，将肉眼能提取到的车辆信息一行一行排列眼前。

黑色桑塔纳，好几年前的老款式。

车身很脏，覆盖黄泥，像是开了很远的距离。

外地牌照。

她又将身体探进车窗观察尸体。

一具男尸，腰身被安全带绑着。

身穿黑T恤牛仔裤，手上戴着块手表，不知名杂牌。

身体膨胀、皮肤腐败，发烂发臭，口鼻处有血水流出。

谢云衿退出来，本能反应让她伸手掩住了鼻子。

江暄拿了把镊子开始粗略检查起死者的基本情况。

谢云衿戴好手套拉开车后座的门爬了进去，她细细检查了一下，发现车后座非常干净，像是被刻意打扫过。与此同时，车里还飘浮着一股浓郁的香水味，像是为了掩盖尸体臭味。

她又退出来，绕到车后打开后备厢。

她的身体半探进去，里面香臭混杂，不仅有香水味和尸臭味，还有一种类似禽类的臭味。

她眉宇狐疑地动了动，手指扒拉几下，摸到几团黏黏的灰白色膏状物体，她将之捻到橡胶手套上，然后放到鼻下轻轻嗅了嗅，一股禽类粪便味直冲脑门。她赶紧出声：“麻烦递给我物证袋。”

话音落下，一枚物证袋递到她面前，她搓开物证袋的口子将那堆膏状物体全部装了进去。

换了一副手套，她又继续在后备厢里勘察起来，没过多久，找到几根禽类羽毛。

这羽毛很好看很特别，绝不是家禽的毛，但具体是什么动物的毛，谢云衿也并不清楚。

这边，江暄在对男尸进行初步检查后得出结论："至少死亡五天了。"他顿了顿又继续，"我注意到驾驶位的安全气囊爆开，但男尸身上却没有炸过的痕迹。事发时，驾驶位上另有人开车，男尸是事故之后被绑上来的。"

谢云衿点点头："先将死者从车里转移到路面吧。"

她刚说完，担尸架已经放置到了一旁，肖正钧和伍方自告奋勇："谢组，我俩来吧。"

"行，小心些，尽量避免对尸身造成损害。"

"明白。"

两人通力合作，很快将里面的男尸放置到了担尸架上。

江暄蹲身下去开始检查起男子的衣物来，衣物口袋空空，里面什么都没有。

谢云衿又爬进去将车前的储物箱都检查了个遍，里面有垃圾有杂物，但就是没有任何能证明男子身份的东西。

这时候，交通部门通过车牌号查到些线索。

"滨J4432，车主黄明城，这是他的基本资料。"

谢云衿接过来快速扫了一眼。

黄明城，1983年生，滨海市人，离异，无吸毒记录，无犯罪前科记录……

谢云衿神思重重，最终叫来罗宇超："找个拖车将这辆车拖回队里。"

她又远眺了下下面的村落："伍方、正钧，你俩还是再去一趟下面的村子，看能不能找到事故目击者，实在找不到目击者的话，问问案发先后，有没有外地面孔的人在村子周围出现过。"

"收到。"

"老秦，这些粪便和羽毛送到林业部门鉴定下，看是什么禽类的？"

"赵语，你……"

"我查下黄明城，联系下他的家人，问问他的体貌特征和行踪，看看能不能和死者对上号。"

"对。"

任务一一分配下去，谢云衿手抬抬："收队吧。"

几人又马不停蹄赶回了刑侦支队。

傍晚，外勤侦查科的人都陆续归队，谢云衿组织开了个小会，各方汇报调查情况。

首先是肖正钧和伍方："还是没能找到目击者，村里多是老人孩子，也没有人看到外地面孔。"

赵语:"我查了这个黄明城,他是滨海市人,平时就在本市开开黑车贴补家用。据他的家人说,大概五天前,黄明城就失踪了,体貌特征和身上衣物都能和死者的对上,现在家属正从滨海市赶过来。"

谢云衿若有所思:"开黑车的?"

"是。"

"黑车就不好查了。"

说着,谢云衿又将话头转到秦海明那里:"老秦呢?"

"林业部门鉴定过了,这几根羽毛确实特殊,不是普通鸟类的。"

"嗯?"

秦海明轻叹一声气:"猎隼的。"

"猎隼?珍稀动物啊。"

猎隼这种禽类,广泛分布于西北地区,临江这种东部地区基本不会出现,而现在,新鲜粪便和羽毛出现在车的后备厢……

"盗猎?"

"羽毛和新鲜鸟粪出现在后备厢里,盗猎的可能性很大。"

"我听说猎隼这种珍稀禽类,非常受中东土豪的喜欢,买来当宠物养,黑市上,能卖出数十万美金。"

"这么多?"

谢云衿听后若有所思:"行,顺着这条线索追查下去肯定能有收获。猎隼虽然值钱,但只是猎到手里没用,只有顺利和买主接头卖出去才有价值。"

秦海明沉吟着:"卖出去,卖到中东,就一定得出境,我们临江很显然不是交易的好地方,应该只是运输的中转站,既说到交易又提到出境,旁边的滨海市不仅外贸业发达,更重要的临海,交易出境都更加方便。"

"不过黄明城就是滨海人,车里的禽类粪又很新鲜,可能他们已经到了滨海,但是交易没成功,所以带着货物走了回头路?"

"有可能。"

谢云衿:"我们上次和滨海那边合作,也交流过其他案件,滨海那边在挖一个盗猎案,猎的也是隼,不知道这两起案子会不会有关系,我等会儿联系那边问问。"

573

会议结束后,谢云衿电联滨海市刑侦队的于劲,讲明来意。

两人本就相识,在抓捕陈良善时又开展过合作,因此很是熟悉,三言两语切入正题。

于劲听完谢云衿的话有些激动:"云衿,巧了不是,我们这几个月以来一直在追一个盗猎团伙,团伙人不多,但分工明确,做事也谨慎,就在前几天,我们追到了该团伙的交易踪迹,但是他们很警惕,在我们刚准备部署时就嗅到气息撤走了,我们目前也失去他们的踪迹。临江这起命案,很可能就是和我们追的这个盗猎团伙有关。这样,云衿,你将命案信息发我,我们研判一下,如果真的有关,届时咱们又得来个合作了。"

通话结束后,谢云衿将案件基本信息发给于劲。

没多久,肖正钧和伍方收到新消息,说有村民看到一胖一瘦的两个陌生身影往镇上的方向去了。一个小时后,云澧区刑侦支队接到通知,距离案发地十公里远的村镇,有村民的车被两个外来男子劫走。谢云衿立刻调人手对此进行追踪。

事故车辆也早已被拖车拖回来,此时正放置在刑侦支队操场上。

傍晚时分,太阳未落,痕检人员正在细致地检查这辆车上残存的蛛丝马迹。

车后座虽被人为清理过,但清理得并不彻底,车座缝隙中还残留有血水,一拆开,里面的浓郁臭气散发出来,众人都屏了呼吸。

谢云衿在旁观围观了半个小时左右。突然,兜里手机振动起来,她稍微垂首,拿出手机放到耳边。

是于劲的回电。

"喂?于劲。"

"欸,云衿,"于劲的语气相较于之前凝重了些,"你发过来的案件信息,我们做了研判,很大可能,这起命案和我们追的那起盗猎案有关。"

谢云衿眯了眯眼,看向摇曳的树顶:"怎么说?"

于劲的声音继续传入耳中:"四个月前,我们在一次扫黄行动中抓到个人,叫关想,我们在审讯盘问过程中意外在关想手机中发现几张被关铁笼的猎隼照片,细追下去,发现这人竟是盗猎团伙的一员。据

他交代，这团伙除他之外还有四人，两个负责猎，两个负责运，他则是负责联系买家进行交易。这个团伙做事非常谨慎，滨海这个负责交易的谈到买卖后才会联系源头开始捕猎，源头捕到猎物则主动联系运输方运到滨海，运输方运到滨海后会将之交接给交易方，卖出后三方分账，没交易时就各自在自己城市生活。

"从查到这个盗猎团伙开始，我们也开始了部署计划，因为冬天没猎可捕，所以我们一直等到春天才开始联系源头方，打算来个假买卖，让他们先捕，再运，等到了接头的时候将负责运输那两个一网打尽，再往上溯源寻找源头捕猎方，最开始倒是顺利，可到了交接时间，这两人似乎察觉到了，没去约定地点弃车逃了，我怀疑他们就是那个点劫了被害人的车一路逃到临江。"

"有那两人的身份信息吗？"

"有，身份信息我现在发你，注意查收。"

"行。"谢云衿回答完，快步往办公室的方向走。

她打开电脑，手指快速点击鼠标，很快打开于劲发过来的文件夹，里面是这起盗猎案的一些信息。

看的时候，赵语也凑了过来，她将下巴搁在谢云衿的肩膀上："云衿，这是？"

"滨海追的一起盗猎案，和今天发现的这起命案很大概率有关系。"

谢云衿聚精会神看了下，资料底部附着两人真实身份信息，有照片，能看清两人身形，胖的叫彭昆，代号昆子，瘦削脸的叫陆兴修，代号阿找，和村民所说劫车之人的身形外貌倒是吻合。

她趴在桌上冥思片刻，门口突然传来敲门声。

谢云衿循声望去，发现来人是江暄，他长腿几步走到桌前。

她凝重的神色缓和不少，靠上椅背，懒洋洋地问："尸检结果怎么样？"

江暄单手撑在桌面，手臂白皙又清瘦修长。他简单地概括着："死亡时间五天以上，身体有伤，手肘脚踝都有勒痕，死前死后都被捆绑过，死因是窒息。"

"窒息。"谢云衿低声喃喃，碎发遮住她的双眸。

江暄伸手将之拨弄开："案件有什么进展没？"

575

"有,你看看。"谢云衿往旁边侧了些,"这起案子大概率和滨海市的一起盗猎案有关,嫌疑人交接猎物不成劫了死者黄明城的车逃到临江,今晚我准备去一趟滨海市,陪我一起?"

她热情邀约,江暄自然应允:"几点出发?"

晚上七点半,江暄、谢云衿以及赵语、罗宇超四人出发前往滨海市。

车程一个半小时,开到半路天下起濛濛细雨来,从车窗往外看去,路灯氤氲在雨汽中,漾出一圈光晕。

车上无聊,几人也闲扯起来。

后排的罗宇超将脑袋凑上前来,他看了会专注驾驶的江暄,又看向懒散靠着车窗的谢云衿。

"谢组,我可以问你一个私人问题吗?"

"不行。"

罗宇超不死心,转向江暄"嘿嘿"笑:"江法医,谢组不回答,那我能问你吗?"

江暄可比谢云衿好说话得多,他转头温柔地瞥了眼谢云衿:"什么问题,你先说,我考虑一下回不回答。"

罗宇超和赵语八卦地对视一眼:"你俩什么时候请我们喝喜酒啊?我份子钱都准备好了。"

赵语也看热闹不嫌事大:"对啊,你俩明明早就认识,最开始还在我们面前装不熟。"

罗宇超晃着手指:"我可火眼金睛早看出他俩装的,只是苦于没有证据。"

江暄眼角眉梢带着调笑:"我哪里是装不熟,分明是谢组不想和我熟。"毕竟他全程可是很主动的。

罗宇超见话锋逐渐偏离,连忙扯回来:"别岔开话题啊,我是想问,什么时候能喝到喜酒?"

赵语也在一旁帮腔。

谢云衿这才睁开眼,她轻笑一声,头稍微侧偏:"你俩工资挺多啊,抢着给我份子钱,放心,不会放过让你俩大出血的机会。"

江暄开着车,薄唇抿了抿,眼神深了些。

三人谈话间，车也很快驶入滨海市刑侦大楼。

四人先后下车，于劲和另外一名滨海警员迎了上来，寒暄几句后，于劲带领四人边上楼边说起案件细节来。

"那两个猎手代号，一个老鹰一个大漠，盘踞西北无人区盗猎好几年了，我们前些日子派人去摸这俩猎手行踪了。"

"我们这边也查到，陆兴修和彭昆弃车后又劫了一辆车，我们已经锁定他们的位置，现在就等抓捕。"

上了楼，会开到凌晨两点，双方最终敲定方案，再次就这两起案件进行合作。

会议刚结束，谢云衿这边便收到秦海明的消息，陆兴修和彭昆已被抓获，连夜审讯得知，黄明城确为二人所害，他们劫车之后绑了黄明城折磨一天，一不小心将他折磨死了。

几天后，彭昆开车不慎撞柱，车没法开了，两人伪装现场后再次逃亡。

翌日回临江市，云澧区刑侦支队再开会，决定派小队前往西北无人区与滨海刑侦合作抓捕猎手。

第三天下午，谢云衿、秦海明、肖正钧、赵语四人收拾行李出发西北。

与此同时，荒野戈壁，道路通往天边尽头，一辆黑色越野正在路上疾驰。

男人开着车，头发凌乱双眸桀骜，眉紧皱，五官轮廓刀锋似的，看上去狠厉却英俊。他似乎心情不佳，烦躁地关掉车里悠扬的音乐，眼睛注视前方，思绪却不知飘到哪里去了。

男人名叫程昭野，滨海市嘉虞区刑侦队外勤行动一队队长，十天前来此西北腹地执行任务抓捕盗猎团伙，就在昨天，同样的路，同样的时间，他开着车穿过这片危险重重的无人之境时，路边突然冲出来一个不要命的女人，他一个急刹车。

女人穿着惹眼的衣裙，一头漂亮的鬈发，她趴在车窗前抬起头，楚楚可怜低声祈求。

她让程昭野救救自己，程昭野本不想管这等子闲事，毕竟自己有任务在身，可当时已近傍晚，这里半个人都没有，附近还有狼群出没，

577

程昭野担心他不管的话，这女人恐怕活不过明天。

于是，他好心让她上车，可上车后，自己却被这个狡猾多端的女人狠狠坑了一把。

坑完之后，这女人一句谢谢都没有就消失了。

程昭野气得牙痒痒，要再见到那女人，定要一报还一报，不过应该不会再有这个机会了。

他吁了一口气，旁边的手机响了，他拿过来接起，来电人是滨海的同事。

他口气很凶："喂？"

"程队，我是小蒋啊，临江的增援今天就到，联系方式我发你手机，你记得联系一下。"

"嗯。"

挂断电话，程昭野看了眼新消息，不知为何，脑中又浮现出那女人的笑容。

他烦郁地揉了揉头发，努力赶走心中杂念。

傍晚六点半，谢云衿几人在车站见到了程昭野，他朝谢云衿伸出手："程昭野。"

谢云衿自报家门伸手和他握了一下："这是我的同事，秦海明、肖正钧、赵语。"

简单寒暄过后，几人上了车，在车上谈起这起案件。

程昭野说："我来这里十天，依照关想提供的信息，锁定了老鹰和大漠的落脚点，是位于无人区中的一个修车铺，前两天，我以游客身份，谎称车坏去踩了个点，基本弄清了这个修车铺的人员构成。

"这铺子一家人经营，一共四个人，不止修车，也加油，卖些水、饭和一些杂用，老婆子和女儿卖东西，老鹰和大漠就是这家的儿子、女婿，同时也负责修理。"程昭野咬咬牙，"这一家子真黑心，补个胎黑我四千！差点没能出得来。"

谢云衿眉一挑："这么黑？"

"这方圆百里没什么人，上头也管不着，这一家子还藏着自制猎枪，妥妥的地头蛇，自驾游客遇到这事只能破财免灾。"

程昭野说着吹了声口哨："你们来得正好，明天咱们好好筹划一番，

将他们一锅端了。"

休整一晚，大清早，客栈房间里，程昭野和谢云衿等人开始商量此次行动。

"我们一大伙人一起去指定引起他们起疑，得先去个人吸引住他们的注意力，其余人再行靠近。

"最好是我们行动的时候确保他们都在屋里，不然这逃出去，咱们不好追。"

谢云衿道："程队已经去踩过点，他们肯定眼熟，打头阵指定不行，会打草惊蛇，我和赵语伪装成自驾游客先过去吧。"

赵语道："我俩是女人，应该能让这些人对我们放松警惕了……"

第二日是个艳阳天，清早，谢云衿便已经感受到了日头的威力。

她今日打扮亮眼，黑夹克黑长裤，柔顺黑直发披在脑后，鼻梁上架着副墨镜，五官精致，气质却凛冽。

谢云衿双手搭在方向盘上，随意拉下墨镜冲赵语摆了下头："上车。"

"来了，谢组。"赵语将双肩包扔在后座，自己则麻利地钻进了副驾驶位。

和秦海明简单交代几句后，谢云衿一脚油门，车辆飞驰，车尾黄烟弥漫，眼看距离渐远，程昭野和秦海明等人也带好装备追了上去。

一路上，蓝天白云，戈壁黄沙，目之所及都是无际的旷野，似乎平静安宁。

可这一切都只是表象，在这片土地上，环境恶劣，气候严酷，野兽出没，人迹罕至，天气好的时候所见都是美景，可一旦风暴来袭，地动山摇漫天雷鸣电闪，荒原上压根儿无处遮蔽躲藏。

还好，任务期间遇不上极端天气。

驱车两个小时，眼看着目标点越来越近，谢云衿停车下来，在车上做了些小手脚，然后继续往前开。

又开没多远，车如愿熄火。谢云衿依照计划在车上等待，而赵语则下车前往修理铺找人。

远远地，谢云衿看到赵语一步步地靠近修车铺，和铺子里忙碌的男人说话。

天气热，男人打着赤膊，往谢云衿的方向定睛一眼，接着上了旁边一辆皮卡。

很快车辆驶来。赤膊男下了车，挥动臂膀，声音很粗犷："那小丫头说你们的车坏了？"

谢云衿也下车来，烈风将她的衣摆吹得飞扬："对，车突然熄火了，不知道是什么原因。"她说话时，目光从上至下，不经意间已经将此人身形刻在脑中。

体壮圆脸，额头上两颗大肉痣，正是猎手之一的大漠，真名代漠。见到谢云衿，他小眼睛眯了眯，不怀好意地调侃："两个小丫头啊，来这里做什么的？"

谢云衿附和着笑了笑："我们是摄影的，来拍这里的戈壁风光。"

大漠意味深长地"哦"了声，从车上拿了卷拖车绳下来："你上车吧，我把你们的车拖过去修理。"

"好。"谢云衿再度上车，几分钟后，车被大漠拖到了修理铺门口。

谢云衿和等待的赵语交换了下视线，男人钻入车底进行检查，没多久他又从车底爬出来。

赵语急声："师傅，哪里出问题了，什么时候能修好啊？"

"问题可多了，一时半会儿修不好，要不你们先进去休息休息，里面冰水免费，也有物资可买。"

"行，正好一路来又燥又渴。"

两人顺水推舟，跨过门槛进入门中。

几间结实平房围成的大院子，院子里地面黄土、墙角杂物，很快迎上来个蜡黄脸的女子。

女子不老，看上去约莫三十来岁，颧骨高脸下盘大，应该就是这家的女儿，她很热情地招呼着两人，询问需要购买些什么。

谢云衿要了些水和泡面，一问价，比外面贵了二十倍不止，也难怪程昭野踩完点那样义愤填膺。

付完钱，女子招呼她们进里屋凉快凉快。谢云衿和赵语交换了下眼神，并未拒绝，两人跟在女子身后走进屋内。

屋里凉快不少，门口一张躺椅上躺着个玩手机的男子，谢云衿只淡淡瞥了一眼。

该男子体型也壮，铜色皮肤，长脸，眼很锐利，形象迅速与照片重合，是猎手老鹰。

目标都在就好办事了。

谢云衿不动声色地收回视线，继续往里走。

车其实没什么大毛病，却还是磨蹭了两个多小时才说修好，两个男人进屋来："车修好了，一万。"

赵语依照计划站起身来，语气很激动："一万？你们坐地起价呢，车什么毛病啊就收一万？"

女子也起身，有些阴阳怪气："妹妹，这怎么能叫坐地起价呢，你不看这是什么地方？"

大漠也开口："你们这车毛病可多了，我都给你们修好了，再说了，要不是我，你们今天回都回不去。"

"那也不值一万啊。"

谢云衿也起身来："是啊，这么贵的水已经很离谱了，修个车怎么也这么贵？这钱我们是不会给的。"

"不给？"

…………

两方争论着，而不远处的程昭野几人听到耳机里传来声响，知道是时候了，他一声令下："行动！"

话音落下，车疾驰着靠近目标点。

这边，谢云衿和赵语还在和这一家子人纠缠，吸引着他们的注意力，眼看关了门，眼看彪形大汉端着枪围靠过来，举止中的威胁之意很明显了。

赵语故意抖着声音："你们这是干什么？怎么，不付钱就杀人灭口啊，我告诉你们，这是法制社会……"

"一万不行的话，那就两万吧，我看你们俩是大城市来的，穿这么光鲜亮丽，应该不缺这点钱吧。"

谢云衿一直默不作声，直到头发掩藏下的耳机中发出程昭野的声音："云衿，到门口了，能行动吗？"

她轻轻"嗯"了声，突然抬眼，凌厉之色尽显。

谢云衿给了赵语一个眼神，她突然抬腿狠踢拿枪的猎手老鹰，踢得

581

他往后趔趄几步,枪也掉落在地。

大漠一看这情况怒了,朝赵语挥臂而来,被她灵活躲开。谢云衿又看准时机侧身飞踢几脚过去,赶紧过去抢夺猎枪。而这时,紧闭的大门也被肖正钧一脚踢开,程昭野带着人冲进来,引得女子惊叫出声。

这一次围捕非常顺利,将盘踞无人区的盗猎者一网打尽。

任务圆满完成。

两日后,滨海小队和临江小队押解嫌疑人回到临江市。

下火车前,谢云衿和程昭野来了一次对话。

谢云衿:"程队好像有心事啊,一路上心不在焉的。"

程昭野轻笑一声,大方承认了:"是有心事。"

他偏过头:"被人坑了,心里不爽。"

"什么人能坑得了程队?"

"一个萍水相逢,却没问名姓,也可能再也不会见面的女人。"

谢云衿轻轻弯起嘴角,心中却想到江暄:"曾经有个人,我也以为再也不可能见面,可缘分有时候很奇妙,以为再也见不到他时,他却偏偏再次出现在我的生命里。"

程昭野将信将疑:"是吗?"

"是。"

程昭野懒洋洋笑了下,脑中又浮现出荒漠中那个红裙女人的身影。

"希望如此吧。"程昭野看着车窗外飞驰而过的景色。

一个故事结束,但另一个故事正悄然开启。

番外三
我们结婚吧

出差回来,谢云衿第一时间联系江暄。

电话打过去,"嘟"声响起,一直无人接听。

谢云衿翻了下社交软件,两人上次聊天停留在三天前。

怎么回事?

她出差忙工作没时间联系他,怎么他也不知道主动一点,还有没有当人男友的觉悟了。

谢云衿再拨一通电话过去,江暄这次接了,却没想到只撂下一句:"我在忙,先不说了。"

谢云衿的一句"想不想我"被堵在喉咙里,她听着手机里传来的忙音,提着行李箱在高铁站凌乱了几秒。

不来给她接风洗尘就算了,连话都不让她说完,胆子大了。

近些天队里又没案子,他忙活些什么?谢云衿被勾起了好奇心。

这时,后出站的赵语从后面拍了拍谢云衿的肩膀:"谢组,回队还是回家?"

"我回队。"

赵语:"老秦回家,我和正钧也回队,一起打个车回去吧。"

谢云衿点了点头:"行。"

回到刑侦支队,放好行李,谢云衿直奔刑侦大楼法医科,结果却被告知江法医不在。

"他休假了?"

"没。"

"他请假了？"

"也没，他在警犬犬舍。"法医助理小郑冲她眨眨眼，"江法医这两天都在那里驯犬。"

"驯犬？"谢云衿一头雾水。

犬自有警犬驯导员驯，再说了，他一个法医驯什么，去给狗讲不同时期尸体的表现形态吗？

谢云衿脸上疑云未解，她"哦"了一声，对小郑说完"谢谢"转身就走。

下楼出门，绕过操场，那边便是临江市的警犬训练基地。

还未走近，只听到里面一声声狗吠，迎面遇上驯导员傅林："谢组。"

"我来找江暄，听说他在基地驯犬？"

"是，几个月前飞龙生了一窝小马犬，其中有只左前腿残疾，没法做警犬，江法医想领养回去，所以这些日子一直在基地训练小犬呢。"

谢云衿恍然大悟："我说他怎么会来驯犬。"

她去了训练草坪，远远地看见一个身影，宽肩窄腰，挺拔颀长，背对谢云衿，有只小马犬正瘸着欢乐奔跑。

江暄似乎早知谢云衿会来，及时转过身来。他沐浴在阳光下，英俊面容上挂着笑，黑发被光透成亮黄色，细长的眼睛微微眯起："你来了？"

谢云衿双手反背，嘴角噙着笑，她缓慢踱步到江暄跟前："听说你在驯犬，我来检验下你的训练成果。"

江暄环抱双臂言笑晏晏："谢组检验成果，我压力很大啊。"

"怎么，驯得太差拿不出手？"

"那不存在，让你见识见识。"江暄吹了声口哨。小马犬停顿一下，然后朝着江暄飞奔而来，兴奋地绕着江暄和谢云衿的腿绕圈圈。

谢云衿的心情非常愉快，她蹲下来想摸摸小马犬。

这小马犬完全不认生不说，还偷香谢云衿，在她左边脸颊上兴奋地狂舔好几下。

江暄脸一黑，连忙喊"立正"，小马犬立刻收住癫狂状态，昂头挺胸坐得端正，它吐着舌头，眼睛亮晶晶。

他悻悻看了眼笑着擦口水的谢云衿，又很是不悦地望向小马犬，语气里充满了怨气："我女朋友，我还没亲呢，倒被你这个家伙抢了先。"

谢云衿起身，不禁打趣他："嗯？江法医刚刚不会在吃狗的醋吧？"

江暄哼了一声，不回谢云衿的话，反而指着小马犬："罚你十分钟不许动。"

"你怎么回事？"

"我报私仇呢。"

谢云衿笑着："小气。"

江暄不反驳不说，反而大方承认："我就是小气。"

谢云衿摸了摸小马犬的头："它叫什么名字？"

"'幸运'，傅林起的，它是飞龙生的最后一只，听说当时又小又瘦，还残疾，生下来就奄奄一息，没想到很幸运地活了下来。"

江暄说着又看向谢云衿："谢组现在要不要检验下我的训练成果？"

"不罚它了啊？"

"我迫不及待想展示。"

谢云衿忍俊不禁："行吧，看看。"

江暄挺直背脊，对着幸运发号施令。

"站。"

幸运头晃晃，很快站了起来。

它左前腿有些残疾，但是站得很稳当。

"转圈。"

"叫三声。"

"汪汪汪！"

幸运响亮的声音响彻训练草坪。

江暄给了它些奖励，又指了指不远处的木桩子："第一个木桩下的小球衔过来给我。"

幸运得了指令，往第一个木桩飞快跑去，软趴趴的小耳朵上下跳跃着，它很快叼回一个绿色小球。

谢云衿鼓掌："训练得不错啊。"

江暄脸上尽是得意，他摸了摸幸运的小脑袋，又发指令："把第二根木桩下的袋子提过来。"

幸运"犬不停蹄"掉头就跑，它咬住布袋子提手又奔回来。江暄接过来，第三次发号施令。

他指了指身边的谢云衿:"将第三个木桩下的盒子叼过来。"

幸运点了点头,又转身狂奔向木桩,没刹住车,还翻了个跟头。谢云衿担心了一下,没想到它很快爬了起来,咬住木桩下的小盒子直奔谢云衿。

它在谢云衿身前停下,嘴里咬着个白色的小盒子,昂首挺胸看着谢云衿,又往前走了几步,将盒子往谢云衿的手上蹭了蹭。

谢云衿语气愉悦:"幸运,你给我的吗?"

她尝试将盒子从幸运嘴边拿出来,可谁知幸运不松口,它绕着谢云衿的腿蹭上三圈,最后将盒子扔到她的脚下。

小盒子一落地竟然自动弹开,正中央躺着一枚精巧的戒指,阳光下,顶端的钻石熠熠发光。

谢云衿愣了下,只见江暄单膝跪地,绅士而优雅,他从地上拿起盒子,取出里面的戒指举到谢云衿眼前。

江暄目光虔诚,他深深吸气一口:"酒酒,我知道你不喜欢兴师动众,不喜欢烦琐仪式,更不习惯众人瞩目,所以,我策划了这些,没请任何人,只让幸运见证这一切。"

江暄说话时,幸运乖乖地坐在一旁,像它的主人一样虔诚地看着谢云衿。

突然,它坐不住了,往前几步蹭了蹭谢云衿的腿,似乎在祈求她快点同意。

江暄紧张得手指有些颤抖,他努力平复心情,继续对谢云衿说着肺腑之言:"酒酒,从十七岁到二十六岁,原来我们已经认识了九年,可这九年里,我们却有七年时间都在经历分别,这七年里,我无数次觉得时间竟然如此缓慢,一分一秒都是那样难熬,好在上天没有斩断我们的缘分,它让我们再次相遇。

"现在,好不容易,我们之间没有阻碍,没有心结,我一刻都等不了,我想做你的丈夫,做你虔诚的小狗,也做你可以依靠休憩的港湾,酒酒,我们结婚吧。"

谢云衿低头看着江暄期待的紧张神色,眼眶有些湿润。她脚步稍稍往前,对他说出自己最坚定的答案:"好,我们结婚吧,我也想做你的妻子,和你并肩,与你同行,一起到老。"

江暄没想到谢云衿答应得如此爽快，他愣了片刻，甚至忘记了求婚下一步应该怎样做。

还是谢云衿主动将手递到江暄面前，她催促他："快点，给我戴上。"

江暄强抑制住心中的激荡，他低着头，轻轻拉住谢云衿的手，将这枚戒指缓缓戴进她的无名指。

日光投射下来，在两人身上镀上温柔的金边。

江暄握紧她的手："这下，我终于名正言顺了。"

谢云衿看看手里的戒指："这下，我们可以名正言顺收罗宇超他们的份子钱了。"

罗宇超不愧是云澧区刑侦支队八卦消息的小灵通，江暄这边刚在基地草坪求完婚，他那边已经得到了一手消息。

因此，谢云衿一走进外勤侦查科办公室，就看到罗宇超凑上来的大笑脸。他搓着手，言语之间难掩兴奋："谢组，你就没啥要跟我们宣布的吗？"

"宣布什么？"

"宣布——"罗宇超抬抬下巴，眼睛往谢云衿手上瞟去，"那个啊，谢组，你瞒是瞒不住的。"

"你怎么知道的？"谢云衿端详着罗宇超，脸色狐疑，"你是不是在我身上安监控了？"

不然她这刚接受求婚没二十分钟，罗宇超就知晓了一切，速度实在太快。

听她这么讲，罗宇超赶紧摆手否认三连："我没有，我不是，谢组你可别瞎说啊，我怎么敢在你身上安监控，那我小命还要不要了？"

"别贫，老实交代，那你怎么知道得这么快？"

"我向傅林打听的啊，他虽然站得远，但他眼神好啊。"

谢云衿轻轻笑了一声，大方展现自己手上的戒指："如你所见，如你所猜。"

罗宇超看着谢云衿手上的戒指咽了下口水："这么大这么亮，谢组，江法医够有钱的啊。"

"他有没有钱我不知道，我只知道，你口袋里的钱要飞走了。"

罗宇超怔了一下,赶紧捂紧自己的口袋。

"份子钱准备好,多备点,我可不会客气的。"谢云衿说完,从办公桌上拿了车钥匙,然后转身潇洒对着错愕的罗宇超说,"拜拜。"

已经到下班时间,她和江暄还有约会,谢云衿心情愉快地哼着小曲下楼赴约。

江暄正等着她,谢云衿小跑过去拉住他的手掌,而他反手将之握得更紧。

她将车钥匙提到江暄眼前晃晃,笑容俏皮:"你去开车,我在大门口等你。"

"好。"

江暄接过车钥匙,不到五分钟,车在谢云衿身边停下。

她钻入车内,系好安全带转头过来想对江暄说什么,却没想他突然压身过来,气息凛冽,将谢云衿抵在车椅背上深吻下去。

这次,完全由江暄掌握主动权,他攻城略地,炙热的亲吻尽数落入了他的节奏中。

而谢云衿动弹不得,两人气息交换,一点即燃,但此时青天白日,外面时不时还有路人路过,谢云衿只能忍着,将他的衣领抓得凌乱。

好半天,江暄才松开。

两人轻轻喘息,眼神又对上,江暄捧着谢云衿的脸:"出差这么久没亲到,我忍得很辛苦。"

谢云衿嘴角勾起戏谑的弧度:"就亲够了啊?"

"嗯?"

"我还没够呢。"

谢云衿伸出手指轻轻挑起江暄的下巴,目光轻佻地从他黑沉的眼睛往下,经过高挺的鼻梁最终到达殷红的薄唇处。

江暄挑挑眉,唇也不受控制地弯了起来,他享受得等待着谢云衿的下一步动作,却没想到,她只在自己唇上浅啄一口后离开了。

这高高举起轻轻放下的一通操作直接搞蒙了江暄,他眯了眯眼,一脸不可置信:"这就是你说的,还没够?"

"是还没够。"谢云衿将手肘靠上江暄的肩膀,她抬抬下巴示意外面,"主要是,车外面时常有人经过,我不好发挥。"

588

她说着手指交叉枕在脑后吹了声口哨:"晚上再发挥吧。"

"好。"江暄无奈地低头笑了。

"去哪儿约会?"谢云衿问。

"保密,到了你就知道了。"

谢云衿"嗤"一声:"还搞神秘。"

车很快在宽阔马路上疾驰起来,窗外景色变换,谢云衿才出差回来,舟车劳顿,她很快躺副驾驶上睡着了。

江暄听着她轻微的呼吸声,往旁边温柔地瞥了一眼,稍微放缓了速度,好让她能睡得更加安稳些。

开了三个多小时车,开到日头西斜,才终于到了目的地。

谢云衿睁开惺忪双眼看向车窗外,只见绿树荫蔽下,一幢别致小洋房矗立其中,傍矮山而建,环境清幽,是个休闲度假的好住所。

"这地方环境真好,你怎么找到的?"

江暄边关车门边回:"程凌前些时间买下了这里,房子整修后就一直闲置在这里,还没有人住过,听说我要带你出去放松放松,他就把钥匙给我了。"

两人拾阶而上,到了大铁门前,江暄掏出一串钥匙打开。

里面花园、水池、秋千煞是好看,谢云衿轻轻抿唇:"他还挺会享受生活的。"

江暄笑了下:"他一直就这个败家德行。"

进了门,屋内装潢现代,窗明几净。

谢云衿在车上睡了几小时,睡得腰酸脖子痛,此时看见客厅那个柔软的大沙发便走不动道了,她飞扑过去,将自己的身体埋进沙发里。

太舒服了。

江暄则直奔冰箱,他拉开看了眼,里面食物丰盛,瓜果蔬菜什么都有,看日期还很新鲜。

想到程凌虽平日里不着调,如今这事倒还办得漂亮,江暄心里欣慰不少。

关上冰箱门,刚欣慰了没两分钟,江暄手机振动了一下,他掏出来看了看,是程凌发过来的信息。

——哥,到了吧,怎么样?房子我找人打扫过了,里面食物充足啥都不缺，生活用品都给你换了全新的，主卧在二楼左手边，我还找人给你精心装扮了一番，你肯定喜欢。好了，废话不说了，祝你和嫂子有个愉快的周末。

江暄一看"精心装扮"这几个字，眉毛不由自主地皱了一下，他隐隐有种不好的预感。

他看了眼楼梯，抬腿往前走去。

沙发里的谢云衿翻了个身："干什么去？"

"我看看二楼卧室。"

"我也上去参观一下。"谢云衿说着从沙发上爬起来，跟在江暄身后上了二楼。

往左走了几步便是主卧，江暄指骨分明的手握紧把手轻轻往下一拉，门开了，刚走进去，他可算明白程凌说的精心装扮是什么意思了。

那迷离晦暗的小转灯，那满是暧昧情欲气息的墙壁画，还有那一坐上去就左右晃荡的秋千床……

江暄揉了揉太阳穴，这就是他说的精心装扮？

谢云衿后脚跟进来，看着这装饰得颇为别致的卧室兴奋了，她"哇"一声，勾下江暄的肩膀："这么花哨，你的品位……"

江暄还想解释下，他的品位其实没这么糟糕。

"不是……我……我……"

"品位很不错嘛！好喜欢，你现在这么野的啊？"

江暄的内心挣扎几秒后愣是把这房间看顺眼了，他很违心地承认："对啊，我现在，就是这么野。"

看完卧室，两人又一前一后下了楼。

江暄问："饿了没？"

"饿了。"

江暄走向冰箱："晚上想吃什么，我给你做。"

谢云衿昂着头沉思片刻："每次都是你给我做饭，这次我来给你做吧，顺便向你展示下我的厨艺。"

"好。"

"你想吃什么？"

"应该是我问,你会做什么?"

谢云衿"哈哈"两声:"还是看看冰箱里有什么吧。"

她挤到江暄身边看了眼冰箱里的食材:"这么多啊,这程凌果然败家子啊。"

她动手翻翻找找,翻出一包火锅底料:"吃火锅吧。"

江暄眼波流转笑意,他掐紧谢云衿的腰身,低头往下,而谢云衿抬头,两人目光交缠,气息相闻。

"这就是你说的,向我展示厨艺?火锅能展示什么厨艺,嗯?"他嗓音低沉,喉结滚动,有种致命的性感。

谢云衿理不直气也壮:"能把火锅煮得香,那也是一种本事,懂不懂啊,江法医。"

她说着又伸出手指戳戳江暄坚硬的腹肌:"待会儿,切菜的活就交给你了。"

"晚餐已经简化成吃火锅了,切菜这活还得交给我啊?"

"不能浪费你的专业,是吧?"

"嗯。"江暄声音朗悦,"行,等着吃专业手法切出来的食材吧。"

"那我期待着。"

江暄从冰箱拿出食材,分门别类后又抽出一把菜刀来。

他果然专业,"咔嚓"几下,刀法精湛,切出来的肉片又薄又齐,纹理清晰。

谢云衿也没闲着,从厨房中翻翻找找,翻出个电锅来,打算用它来煮火锅。

两人互相忙碌,但偶尔会看向对方,眼神充满爱意。

生活是琐碎小事,爱是平淡温情。

底料投入,倒上合适的水,锅子插上电,水很快沸腾翻滚出香味来。

一张桌子,两张椅子,江暄和谢云衿相对而坐。

谢云衿迫不及待地嚷嚷着下菜,江暄轻轻地笑着将食材一盘盘投入锅中。

没多久菜便熟了,两人碰杯饮酒,说说笑笑,在一起似乎有说不完的话。

火锅汤底浓郁,再简单的食材经过烫煮也能变得有滋有味,谢云衿饿惨了,刚下锅的肉她就伸了筷子。江暄制止她,语气温柔:"还没熟,再等两分钟。"

谢云衿耐着性子等了两分钟后抬头问:"现在熟了吗?"

"熟了。"江暄将煮熟的食材一一夹进谢云衿的碗里,她低头一口接着一口不带歇的。

江暄很喜欢看谢云衿吃饭,他勾起嘴角,饶有兴致地盯着她。

她自然也感受到了来自江暄的视线,但她除了吃什么都顾不上。

终于,谢云衿吃完最后一根青菜,还很丢脸地把汤都喝完了。见江暄碗里干干净净一点油渍都没有,她不好意思地舔舔唇:"下一轮给你吃。"

"没事,你先吃饱。"

"你不饿吗?"

"饿。"

"饿了不吃有什么乐趣?"

"我觉得,"江暄脸上笑意更深,"看你吃比较有趣。"

吃完火锅,两人一起收拾桌上的残羹冷炙,一起洗碗,一起玩水,将洗碗池搅得全是泡泡。

乐此不疲。

晚上,夜幕降临。

谢云衿拎起自己的衣领闻了闻:"都是火锅味汗味,我先去洗澡了。"

"好。"

她刚走了没两步,脑子里突然冒出个鬼点子,她坏笑两声走进浴室。隔了一会儿,她冲着外面喊:"江暄。"

"嗯?"

谢云衿拉开一条门缝:"我忘记拿换洗衣服了,麻烦你帮我拿下,就在沙发上。"

"好,我去给你取。"

江暄不疑有他,立刻去沙发拿了衣服给谢云衿送去。

浴室门口,里面水声"哗哗",玻璃门上雾气氤氲。

江暄视线深了些,他轻轻吁出一口气,抬手敲了敲门:"酒酒,拿来了。"

谢云衿将门缝开得大了些，然后伸出手来："衣服呢？"

"这里。"江暄将衣服递上去，刚想收回手，却没想到谢云衿直接伸手将他拉进浴室。

她笑容肆意，手里拿着喷头，淋了江暄一身的水。

原来她并没有在洗澡，而是铆足了劲使坏。

江暄擦了擦脸上的水渍："捉弄我，是吧？"

谢云衿歪嘴一笑，坏心又上来，举起喷头将江暄刚擦干净的脸又淋了一遍。

他的白衬衣被水浸湿，衣物之下是泾渭分明的腹肌线条。

谢云衿伸手戳了戳，嗯，手感真不错。

正当她感叹时，江暄本就沉的视线更加幽深了，他搂紧谢云衿的腰转身将之抵在浴室玻璃门上欺身上来。

再弓下身来，两人鼻息相贴咫尺之距。

谢云衿那双微微上翘的丹凤眼风情别样，让江暄深深着迷。

他喘息加重，眸中炙热又带着克制，却又克制不住，再往下凑近了些，两人温热的气息交融。

江暄的视线再往下，落到她殷红小巧的唇上，终于，他压抑不了，低头吻住。

谢云衿也不客气，她踮起脚来，伸手勾紧江暄的脖子回应他的热情。

这是一个又长又烈的吻，两人都颇具进攻性，互不相让，情欲在他们之间潮起汹涌。

没多久，江暄率先松开谢云衿，他环在她腰身的双臂更紧了些，唇贴到她的耳边低低言语："这里不影响你的发挥了吧？"

"我也是这么想的。"

谢云衿笑得狡黠，反手用力，两人调换位置，这次是谢云衿将江暄推上冰冷的玻璃门。

"还没亲够。"

意犹未尽，食髓知味。

很想再来一次。

不，多来几次。

江暄低头轻笑，任由谢云衿踩在他的脚上，好让两人的身高差距能

593

小些。

两人都被浸湿，水流从谢云衿的脸颊滴落到锁骨那颗痣上，鲜红如朱砂，分外夺目。

江暄低头，虔诚而迷恋地吻上了她的红痣。

亲吻着，拥抱着，两人回了卧室。

如小小船只在海面上漫无目的地晃晃荡荡，风浪汹涌而来。

风浪一阵一阵，并未停歇。

似乎有电闪雷鸣，似乎有骤雨侵袭，又似乎是和风细雨，又似乎是晴空万里。

最后，风浪卷着船只一同沉没于黑沉大海里。

惊涛骇浪退去，海面又回归平静。

这两天是完全属于谢云衿和江暄的时光，两人在这栋小别墅里肆意。没有旁人打扰，没有案件烦忧，还有地方尽情发挥，过得惬意非常。

嗯，感谢程凌，这果然是个愉快的周末。

愉快周末结束，两人驱车从乡郊回到城市。

车窗外的风景变换，从山河树林到钢筋铁骨。

车里放着音乐，悠扬悦耳的调调，女歌手慵慵懒懒地哼唱着——

"明天我要嫁给你啦，明天我要嫁给你啦，要不是你问我要不是你劝我，要不是适当的时候你让我心动……"

谢云衿开着车，耐心听完整首歌后瞟了眼旁边的江暄："你户口本在哪儿？咱要不择日不如撞日，今天去结婚吧。"

江暄一听，背脊立刻挺直。他紧紧盯着谢云衿，声音都有些抖了："酒酒，你说真的？"

"气氛都到了，那当然是真的。"

"我的在家里。"

"走走走，去拿。"谢云衿兴奋了，当即掉头加速往江暄家的方向开。

取了户口本，两人就这样什么都没准备，脑子一热进了民政局大门。

谢云衿和江暄两人没经验不说，连准备工作都没做，无头苍蝇一样在里面转了半天，最后两人面面相觑了几秒，无奈地拉住一对刚领证完的新人耐心请教。

新人听完他俩的问题,女孩没忍住"扑哧"一声笑了出来:"你俩怎么这么猴急,什么都没准备就过来领证了。"

"是啊。"谢云衿非常恬不知耻地将这个"锅"甩给了江暄,她用手肘戳了戳他的腰窝,"都怪你。"

江暄眉目中带着调笑,他非常娴熟地接下了这个"锅",双目柔情潋滟:"主要是我太想和她结婚了,所以一着急就带她过来了,没想到流程还挺多。"

男孩一听这话亮出口大白牙,他搂住女孩的腰身:"嘻,兄弟,我懂你,我也是,她答应我求婚那天晚上,我就恨不得把她扛到民政局把证领了,要不是人家晚上不开门,我真……"

女孩听到男孩这样说,秀美脸庞飞上红云,她嗔怪地打了男孩一下:"不害臊,什么话都往外面说。"

"哪有,我说的是事实啊。"

女孩子叉腰做生气状:"你还敢顶嘴?"

男孩一被呵斥,立刻笑呵呵轻轻打了两下自己的嘴:"老婆,我错了,我错了。"

"这还差不多。"女孩轻哼一声,又看向面前的谢云衿和江暄,换了语气,"其实领证流程不麻烦的,你们东西都带齐了吗?身份证、户口本这些。"

"带了都带了。"这些他们还是有常识的。

"那就行。"女孩指了个方向,"你俩去那边领结婚申请表承诺书这些材料,然后到大厅填写好,再领号排队,最后宣誓。欸,对了,你们拍结婚照了吗?"

"啊?"谢云衿彻底蒙了,"什么结婚照?"

"就是结婚证上面的照片啊?"

"这个是要自己拍的吗,不是统一拍?"谢云衿是真没有了解过。

"我做过领证攻略,可以在这里拍,也可以自己准备,反正只要合规就行了,我是自己拍的,就怕来这里拍摄影师不给修,这可是放在结婚证里放一辈子的照片,可要修得好看点,不过——"女孩话锋一转,"你俩俊男靓女,颜值都这么高,不用修肯定都好看。"

男孩指了指旁边:"那边就是照相室,去里面拍就行了。"

595

江暄连声道谢,并祝他们新婚快乐。小夫妻相视笑笑,异口同声:"你们也是哦,新婚快乐。"

终于弄明白了流程,谢云衿拉着江暄去了照相室。

一块红布,一张长凳,一个打光板,摄像师是个粗犷的大胡子,他手一指:"坐那里就行。"

谢云衿和江暄一同坐下。

刚坐下,谢云衿突然犹豫了,她也意识到好像有些太草率了,忙拉了拉江暄的衣角问道:"我的衣服整齐吗?头发乱吗?要不咱们改天再来吧。"

她刚想起身,就被江暄眼疾手快拉回到原本位置坐好。

他先动手帮谢云衿理了理衣领,又伸手捋了捋她头顶几根乱飞的发:"好了。"

谢云衿深吸一口气,又问:"江暄,会不会,有点草率了?"

江暄笑容戏谑,他凑近谢云衿的耳边轻喃:"都到这里了才觉得草率啊?晚了,今天无论如何得领了证再走。"

行吧,谁让这"贼船"是她自己嚷着上的!

话音刚落,摄影师已经调好相机参数转过身来,他看到举止亲昵的谢云衿和江暄狠咳一声,忍不住打趣:"小夫妻回家再亲热哈,坐正坐正,我要开始拍照了。"

谢云衿和江暄立刻跟小学生一样坐得板板正正。

摄影师大叔笑了:"太板正了,感觉你俩下一步就要立正稍息齐步走了。"

两人被大叔逗笑,身体也放松下来。

"这样才对嘛,坐近些,放松点,不要太紧张,来来来,看着镜头,笑一笑。"

谢云衿和江暄咧开嘴,一齐看向镜头。

"一!

"二!

"三!"

快门摁下,闪光灯亮起。

红色背景,白色衣物,一男一女,笑容定格。

等待半个小时后,终于轮到了谢云衿和江暄。

两人递上材料,按好手印,在工作人员的带领下走到了宣誓区。

红色背景墙下,两人并肩站立,面前则是宣誓台。

国徽下是白色的"执子之手与子偕老"八个大字。

庄严和浪漫,有时一点也不冲突。

宣誓台上是两本婚礼誓言词,谢云衿和江暄温柔对望彼此,然后分别拿了一本誓词开始宣誓。

"我江暄。"

"我……"谢云衿语气稍微停顿了下,然后深吸一口气坚定说道,"谢云衿,曾用名徐酒酒。"

江暄从底下拉紧了她的手,两人异口同声说出誓言。

宣誓完毕,两人的结婚证书也落下坚实庄严的钢印,工作人员将这两个红本本郑重地交到他们手上:"新婚快乐,以后要相互扶持。"

"谢谢您,我们会的。"

谢云衿接过结婚证书,轻轻嗅了嗅上面的油墨,没想到这么快,两人就拥有了国家维护法律承认的关系。

"现在是不是该改称呼了?"谢云衿一把勾住江暄的脖子,语调轻佻,"老公。"

"嗯。"

"老公!老公!"

江暄很受用,非常受用,他甚至没有骨气地祈求:"酒酒,你再多叫几声。"

谢云衿:"你还听上瘾了?"

翌日大清早。

谢云衿刚到办公室,就被赵语堵住了。

赵语手揪住她的衣领子,脚踩旁边的凳子上,气冲冲地兴师问罪:"你还打算瞒我们到什么时候?"

谢云衿一头雾水:"瞒什么?"

她双眸一瞟,看见办公室门口鬼鬼祟祟的罗宇超,一下明白赵语为何而来了。

赵语咬牙切齿："我都到你面前了你还不肯和我们说实话，我告诉你，阿超早跟我说了，江法医是不是跟你求婚了？是不是？是不是？"

谢云衿摊摊手大方承认："是。"

"好啊你。"赵语假意掐了掐她的脖子开始晃，"这么大的事，你竟然都不跟我们讲，还是不是好朋友了啊？"

谢云衿被赵语摇晃得头昏眼花，忙出声："赵语，放放放……放开我，我今天正要跟你们说这件事。"

她话音刚落，门口鬼鬼祟祟的罗宇超突然进了门，嚯，还不止罗宇超，谢云衿看着一群人鱼贯而入，原来半个队的人都在外面听消息。

她很是服气："你们一个个的，也太八卦了吧。"

看到方审，她轻"嗤"一声："好啊方审，你还带头八卦。"

方审搓着手不好意思地说："主要是队里太久没喜事了，云衿，大伙儿也是关心你的终身大事。"

秦海明"哈哈"两声："听说江法医的求婚仪式特别别出心裁，愣是在驯犬基地里待了快一个月啊。"

黄缘也微笑着："云衿，你快给我们说说吧，我们可好奇了。"

谢云衿撩下了长发，什么都没说，直接从包里掏出两个红本本扔到桌上。

"我就不说了，你们直接看吧。"

众人一齐惊讶瞪大双眼。

罗宇超眼疾手快，从桌上拿红本本念出上面的字："结婚证？"

赵语："你你你……这这这……不是才求婚？不是才求婚没两天吗？就这两天，怎么直接领证了？你们这速度坐飞机啊？"

"谢组和江法医的速度不是坐飞机，这是直接上火箭吧？"

谢云衿神色如常："我做事就是这样，不喜欢犹豫，随心所欲，想领就领了。"

秦海明服气了，他冲谢云衿竖起大拇指："云衿，我就欣赏你这种雷厉风行的架势，刚被求婚下一秒就去领证了，厉害。"

黄缘一脸艳羡："云衿，那你们啥时候办婚礼？"

"选个好天气，租个草坪，我们俩都很随意的，婚礼也想简单一点，也不准备搞什么传统的烦琐流程，大家都来吃吃喝喝玩玩乐乐就行。"

到这里，罗宇超迅速抓住话中重点，他小心翼翼地询问："谢组，既然没啥传统的烦琐流程，那份子钱这项既传统又烦琐的项目，是不是可以免了？"他亮晶晶的小眼睛里满是期待。

谢云衿面容上是和煦的微笑："我想了想，份子钱确实没有必要，收来收去，还来还去的，所以，我的婚礼，大家来就行了，不用份子钱。"

罗宇超听到这里兴奋地握拳："谢组，你是我的神——"

"神"字没讲完，谢云衿突然看向罗宇超："其他人不用，不过你，想得美，你的免不了，你得给我包个最大的！"

"啊？"罗宇超哭丧着一张脸，"谢组，你也太狠心了吧？"

"心不狠站不稳，这个月工资，好好准备着啊。"

听说谢云衿和江暄要办婚礼，程凌简直比新郎江暄本人还激动，他兴冲冲地拍胸脯："婚礼策划这活交给我准没错，我保证把你和酒酒嫂子的婚礼办得漂漂亮亮。"

江暄想起他那"精心装扮"的卧室很是犹豫："还是算了吧。"

"表哥，你信不过我？"

江暄："是不太信得过。"

程凌闭了嘴，转头就向谢云衿毛遂自荐，江暄还想阻止一下，没想到谢云衿倒是想也没想就同意了："程凌，那就拜托你了。"

工作已经够忙了，她实在没有精力再去策划婚礼这事了，既然程凌主动包揽，她也乐得轻松了。

"拜托什么，都一家人了，你和我哥的事，就是我的事。"

江暄也没再说什么，只是拍了拍程凌的肩膀："婚礼不要太出格，有点分寸，你明白的吧。"

程凌大手一挥："我明白，我有分寸。"

事实证明，程凌是有点子分寸的，但不多。

他听从谢云衿和江暄的要求，租了场地，免去烦琐传统的流程。但同时，他还加入了自己的奇思妙想，将这个草坪婚礼办成了星球大战主题，现场充满未来科技感，宾客在其中能尽情玩乐。

想法虽然是大胆的，但效果却极好，在场宾客都非常喜欢非常有体验感。在各种酷炫光效中，谢云衿一袭鎏金黑纱，江暄则是优雅的白色西装，两人在众人祝福下牵手拥抱亲吻。

简单仪式结束后，谢云衿高声：

"大家，快乐起来吧！"

- 全文完 -